Federlos

Uwe Uzoma Krüger, geboren und aufgewachsen in der Mainmetropole, studierte Biologie an der Johann Wolfgang Goethe-Universität. Langjährige Mitarbeit bei einem weltweit agierenden Großhandel für Aquarienfische und als Marketing-Manager für ein internationales IT-Unternehmen. Mit seiner Familie wohnt er im badischen Odenwald in Sichtweite von Fuchs und Rotmilan, kehrt aber immer wieder gerne zum Schoppen und Shoppen in seine hessische Heimatstadt zurück. In seiner Freizeit sucht er seltene Vögel und Ideen für den perfekten Mord.

Neuigkeiten von und über den Autor unter **www.frankfurterkrimis.de** und **www.wortgebildet.de**

Jonas Torsten Krüger kam ebenfalls in der Goethestadt zur Welt, studierte dort und in Marburg Germanistik, Kunstgeschichte, Musikwissenschaft und Botanik. Nach dem Lesebuch der ökologischen Literatur »unter sterbenden bäumen« von 2001 veröffentlichte er Kinder- und Jugendbücher, Fantasy und historische Romane. Mit der hohen Kunst der Ornithologie kam er erstmals während des Zivildienstes auf Norderney in Kontakt – seit dieser Zeit übernimmt er immer wieder einmal Brutvogelkartierungen oder Beringungsaktionen.

Mehr Infos und tolle Schreibtipps von Jonas findest du hier: **www.einbuchwiekingsturm.wordpress.com**

Krüger & Krüger

Federlos

Ein Vogelkrimi

SCIENCE-CRIME

ANOSTOMUS VERLAG

Impressum:

Umschlaggestaltung: Sander Both
Lektorat: Carlos Westerkamp und Uwe Krüger
ISBN: 9798773661047
Neuauflage der Originalausgabe von 2015
erschienen bei emons unter dem Titel „Die Tränen der Vögel“

Uwe U. Krüger widmet dieses Buch
allen Naturwissenschaftlern,
denen Erkenntnis wichtiger ist als Anerkennung,
und allen schrägen Vögeln in Frankfurt.

Jonas T. Krüger widmet dieses Buch
wie immer und stets seiner Iralyra,
seinem Freund Gerd, der das Abenteuer
Norderney erst lebendig machte,
sowie *Accipiter nisus*, dem Vogel des Jahres 2015.

Blackbird singing in the dead of night
Take these broken wings and learn to fly
All your life
You were only waiting for this moment to arise.

Blackbird singing in the dead of night
Take these sunken eyes and learn to see
All your life
You were only waiting for this moment to be free.

Paul McCartney

1

Sonntag, 17. Mai, 20.30 Uhr

Sie umkreisen sich, hektisch atmend, die Augen starr, kein Blinzeln erlaubt. Nervöses Schlucken, höhnisches Aufplustern. Die beiden Kämpfer belauern einander im grellen Licht der Scheinwerfer, suchen in der Deckung des Gegners nach einer Blöße. Endlich stürmen sie aufeinander los, ohne Plan um sich schlagend, jung und wild. Von den Zuschauerbänken stürzt Gelächter und Grölen zu ihnen herunter, oben sitzt das Publikum und schaut zu mit aufgerissenen Augen, grinsenden Lippen. Hände schieben sich Geldscheine zu oder halten Bierflaschen.

In der Arena unten ächzen sie, belagern sich wieder und scharren im Sand. Die anfeuernden Rufe werden lauter: Das Publikum will etwas sehen für sein Geld.

Ein zweites Aufeinandertreffen, endlich. Begeistertes Brüllen in den Rängen. Schlagen und Hacken, das erste Blut. Dann trifft einer der spitz zugefeilten Stahlbolzen, die an den Beinen befestigt sind, die Brust des Gegners. Noch mehr Blut. Mehr begeisterte Schreie vom Publikum. Aus der Wunde in der Brust spritzt rote Flüssigkeit, das Krächzen bleibt in der Kehle stecken. Schmerzen überall. Der Tod kommt. Und von den Rängen der Beifall, denn der Kampf ist entschieden. Dann aber eine unerwartete Pause im Spiel, das Publikum in der Arena verstummt. Über den beiden Gegnern – der eine stolz die Brust aufgeplustert, der andere verblutend am Boden – greift groß und mächtig die Hand eines Gottes hinunter. Packt den Verletzten, vorsichtig, fast zärtlich, hebt ihn hoch, schmiert sich sein Blut in die Finger.

Karsten drückte den verletzten Vogel an seine Brust. Wut und Furcht hielten sich die Waage – wie konnten diese Typen nur. Und wie konnte er nur: Hier hereinplatzen und den Rächer der Tiere geben. Karsten umklammerte den Vogel, spürte das Pochen des kleinen Herzens durch Federn und Hemd hindurch, starrte auf die lädierte Nickhaut, hinter der ein dunkler Fleck wuchs, sich von der Pupille löste und als klebriger Tropfen im Gefieder hängen blieb. Der Hahn weinte Blut.

Karsten blickte verächtlich in die Runde aus Halbbesoffenen und Wettfreaks.

Hahnenkämpfe.

Illegale Hahnenkämpfe.

»He, Arschloch«, rief einer aus dem Publikum, eine leere Bierflasche in goldberingter Fingerhand. »Was soll das«, brüllte er weiter. »Die Show ist noch nicht zu Ende!«

Karsten spuckte aus und blinzelte gegen die Scheinwerfer an. Kurz vor neun in dieser Mainacht, ein Hauch von Dämmerung hing noch im Himmel. Das elektrische Licht blendete. »Und ob die zu Ende ist«, rief Karsten zurück. »Das sind unschuldige Tiere, ihr Wichser!«

Gegröle und Pfiffe. »Biste von Greenpeace, oder was?«, schrie Goldring und winkte mit der Flasche. »Dann kette dich doch vor den Scheißvogel.«

Die Typen im Publikum lachten, ein paar klatschten und einer rülpste so laut, dass es Karsten hier unten zwischen Stroh und Hühnerscheiße hörte. Andere musterten ihn mit finsterer Miene. Aggressiv wie hungrige Bulldoggen, dachte Karsten, und wahrscheinlich auch genauso intelligent. Nichts gegen Bulldoggen. Aber diese wütenden Blicke gefielen ihm nicht besonders. Keiner dieser Idioten wäre allein besonders gefährlich – aber es waren viele. Zu viele.

»Ich gehör zu den Bullen!«, brüllte Karsten zurück. »Meine Kollegen sind gleich da. Also, wer schlau ist, verpisst sich jetzt lieber.«

Eine Welle aus Gemurmel zwischen den Holzbänken. Die Männer hier in der zugewachsenen Schrebergartenkolonie geilten sich zwar an verbotenen Hahnenkämpfen auf, waren aber keine Schwerverbrecher. Lust auf die Polizei hatte von denen keiner.

»Sagt wer? Und welche Spezialeinheit?« Goldring ließ nicht locker und stand auf.

Karsten blinzelte. Das war echt nicht zu fassen. Ein Sonntagabend im Mai, erste Frühlingsdünste im lauen Himmel – und er stand hier, im Scheinwerferspot wie ein verdammter Stripper, mitten in einem verfallenen Schrebergarten-Areal samt dem Mief von Generationen an Grillwürstchen und Babywindeln in den klapprigen Kleingärtenzäunen. Hier stand er, mit einem halbzerfetzten, ihm sein neues Billig-Jackett vollblutenden Kampfhahn in den Armen, während ein Depp mit Goldringen und Bierflasche dumme Sprüche abgab.

Noch einmal markierte Karsten den dicken Mann, spuckte Speichel und Wörter aus: »Ihr seid die Tiere, nicht diese armen Viecher!«

Karsten drückte den gequälten, zappelnden Hahn an sich. Das Blut, eben noch in arterieller Flut herausgepumpt, tropfte nur noch aus der Wunde. Der zweite Vogel stolzierte mit aufgeplusterten Federn durch die Arena, pickte nach dem ausgelegten Stroh und hastete dann in die Plastikbox, die sein Besitzer ihm aufhielt. Der Käfig schloss sich, die Hände des Hahnenkampf-Herrchens hatten nun Platz für einen Baseballschläger. Herrchen reckte den Rücken und ging, seltsam breitbeinig, auf Karsten zu. »Verpiss dich, du Arsch!«

Der drückte den Kampfhahn an seine Brust, behutsam. »Pferd oder Schiff verloren?«, fragte er.

Der Baseballschläger zögerte. »Was?«

»Dein Gewatschel in O-Bein. Stammt das aus deiner Vergangenheit als Cowboy oder Matrose?«

Hinter Karsten tauchte ein zweiter Typ auf. Kein Baseballschläger, sondern eine Brechstange. Er grunzte: »Das ist mein Tier, das dir grad dein Hemd vollscheißt.«

Karsten drehte sich halb, behielt sowohl Schläger wie Stange im Blick, machte einen Schritt rückwärts. Das Publikum auf den im Arenakreis aufgestellten Bierbänken grölte und setzte sich wieder. Goldring brüllte: »Macht die Sau fertig!«

Die Meute freute sich auf frisches Blut – diesmal keines von Tieren.

Karsten wich einen Schritt zurück, während die zwei Typen ihn einkeilten, ihm von rechts und links siegesgewisse Blicke zuwerfend. Ihre Waffen hebend, die eine aus Holz, die andere aus Eisen, näherten sie sich von beiden Seiten.

»Die Kollegen sind gleich da«, rief Karsten ihnen zu. »Macht es nicht noch schlimmer.«

»Siehst nicht aus wie 'n Bulle«, gab Brechstange zurück.

»Ihr seht auch nicht intelligent aus. Seid ihr's doch?«

Mister Baseballschläger kam von links, Herr Brechstange von rechts. Schauten sich an, um sich Mut zu machen. Sandwichblicke.

Karsten tat einen letzten Schritt zurück und schaute zum Publikum: Die meisten hockten zwar wieder auf den Bierbänken, aber einige, Goldring zum Beispiel, packten vorsorglich schon mal ihre Flaschen am Hals. Nicht gut, dachte Karsten. Mit den beiden Schlägern würde er fertigwerden – aber mit dem ganzen Rest dieser Typen? Also anders. Wie hatte sein Kollege Karl-Heinz Buchholz früher zu Karsten gesagt? »Deeskalation, Kasti. Das ist das Zauberwort.«

Er schob sich den blutenden Vogel in die Armbeuge und hob die andere Hand. »Am besten beruhigen wir uns alle mal wieder.«

Mister Baseballschläger hob seine Waffe und fletschte die Zähne.

So viel zur Deeskalation, Buchholz.

»Ich sag's euch ein letztes Mal«, brüllte Karsten laut, damit auch jeder der anderen Zipfelmützen es hörte. »Ich bin wirklich ein Bulle. Hier.« Er schob die nun freie Hand langsam in die Innentasche seines Jacketts. Fingerte nach dem kleinen Gerät, drückte den Knopf: Die Aufnahme lief – jetzt hatte er fünfzehn Sekunden. Mit dem Ausweis tauchte seine Hand wieder auf – jener Ausweis, den er damals nicht abgegeben, sondern *verloren* hatte. »Hier«, rief Karsten und wedelte mit dem Plastik. »Wenn ihr jetzt nicht Ruhe gebt, macht ihr mehr Bekanntschaft damit, als euch lieb ist. Verstoß gegen das Tierschutzgesetz, illegales Glücksspiel – sucht's euch aus. Ein letztes Mal: Meine Kollegen sind sofort hier.«

»Ach ja?« Baseballschläger streckte seine freie Hand flach aus und legte sie als Schirm an die Stirn – pantomimisch suchend.

Also doch Seefahrer, dachte Karsten.

Theatralisch glotzte er in alle Richtungen. »Ich seh aber gar nix.«

Karsten rollte seine Hand lauschend um die Ohren: »Dann probier's halt mit hören.«

Verwirrt blickte der Typ um sich, ließ den Schläger durch die Luft fahren, zuckte endlich zurück, als Martinshörner zu jaulen begannen, langsam lauter wurden und näher kamen.

Der Erfolg dieses speziellen Konzerts war beeindruckend: Die Hahnenkampf-Arena leerte sich sekundenschnell, ließ umgestoßene Bierbänke und gluckernd schäumende Flaschen zurück. Auch Herr Baseballschläger warf nur einen ängstlichen Blick um sich, bevor er seinen Hahn samt Käfig packte und Richtung Main verschwand. Nur Brechstange zögerte noch, hin- und hergerissen zwischen Fluchtinstinkt und Gier: »Mann, der Hahn hat mich zweihundert Eier gekostet.«

Karsten hielt das verletzte Tier mittlerweile wieder vorsichtig mit beiden Armen. »Dann sei froh«, knurrte er, »dass ich dir nicht noch zwei Eier zusätzlich abnehme. Jetzt tu mir einen Gefallen und hau bloß nicht ab, sondern warte mit mir auf die Kollegen.«

Die Sirenen kamen noch näher, jaulten dringend. Schweiß lief in dicken Tropfen von der Stirn des Typen und blitzte im Scheinwerferlicht.

Der Schläger fluchte ein letztes »Dich mach ich fertig!« und rannte davon.

Auch Karsten trat den taktischen Rückzug an und hastete zu seinem Auto zurück. Fummelte dabei in seiner Jackentasche herum, bis er die kleine Fernbedienung für die Stereoanlage im Wagen fand. Er drückte auf Stopp, die Martinshörner verstummten. Grade noch rechtzeitig, hatte Karsten diese Aufnahmen doch von »Notruf Hafenkante« mitgeschnitten: In den nächsten Sekunden kam ein »Moin, hier spricht die Polizei. Sie sind umstellt«. Aber der norddeutsche Dialekt – »s-pricht« und »ums-tellt« mit näselndem Einschlag – wäre hier im Herzen von Hessen nicht wirklich gut angekommen.

Karsten grinste: Technik war schon was Feines.

Er erreichte seinen alten Opel Corsa, den er am Rand des Schrebergarten-Geländes geparkt hatte. Viel Garten war wirklich nicht übrig:

die fauligen Zäune mit Brombeerranken zugewachsen, die Hütten baufällig wie aus Pappe, auf den Kieswegen Unkraut, Plastiktüten, Bierdosen und Kippen. Das Einzige, was hier neu war: das Schild einer Immobilienfirma, das den Bau exquisiter Apartments mit Blick auf den Main androhte.

Bevor Karsten den Kofferraum öffnete, verschwendete er einen letzten Blick auf die Mainfeld-Siedlung weit hinten, eines der aktuellen Sanierungsprojekte Frankfurts im Stadtteil Niederrad, eine Ansammlung von Hochhäusern, denen das Etikett »Sozialer Brennpunkt« mit den Fleckenentfernern Geld und Lobby abgerubbelt werden sollte.

»Viel Spaß mit den Apartments«, brummte Karsten und wühlte im Kofferraum nach dem Erste-Hilfe-Kasten. Er fummelte das Plastikding auf, riss Heftpflaster ab, schnippelte dem schwach nach ihm hackenden Vogel die letzten Federn von der Brust und versorgte die Wunde, so gut es ging.

»Nur ruhig, mein Freund.« Karsten streichelte das Tier. Musterte den rosafarbenen Kamm, den überlängten Hals. Mit Kampfhühnern kannte er sich nicht aus – müsste er raten, würde er auf Hint Horoz tippen, eine aus der Türkei stammende, orientalische Rasse. Und müsste er noch einmal raten, würde er dem armen Hahn keine vierundzwanzig Stunden mehr geben. Andererseits waren diese Viecher zäh.

Schließlich entfernte er noch die angeklebten Metallsporne von den Klauen. Damit sollten die Kämpfe schneller entschieden werden, das Blut rascher spritzen. Verächtlich vor sich hin schnaubend, packte Karsten eine Wolldecke, breitete sie auf dem Rücksitz aus und bettete den Kampfhahn darauf. Der blinzelte nicht, starrte nur mit kreisrunden, blutunterlaufenen Augen zurück.

Karsten wuchtete sich auf den Fahrersitz, zog die Wagentür zu und steckte den Schlüssel in den Anlasser. Blickte in die dunkle Welt der Betonschattensiedlung, erhaschte ein paar Sterne am Nachthimmel, machte das Fenster auf und schnupperte Frühlingsluft. Aber nicht nur die. Angewidert hob er den Ärmel und roch am Jackett: Vogelscheiße und Blut – das Teil konnte er in die Tonne treten. Er startete den Motor, lauschte in sich hinein – diesmal waren es Wut und Trauer, die sich die Waage hielten – und schob den ersten Gang ein.

Bloß weg hier.

Weit fahren musste er nicht. Karsten steuerte den Corsa vom Main weg, auf Umgehungsstraßen, über eine Brücke und zwei Autobahnzubringer entlang, bis er wieder zum Main zurückkehrte. Auf eine rissige Asphaltstraße einbog, vorbei an Lagerhallen und Wellblechschuppen, unter einer Eisenbahnbrücke hindurch, direkt am Ufer des Flusses, rein rechnerisch noch in Frankfurt am Main, rein menschlich im Niemandsland zwischen Vororten und Höchster Industrie.

Im Scheinwerferlicht tauchte Karstens Zuhause auf – der Mainfeld-Siedlung, wenn er ehrlich war, nicht ganz so unähnlich, nur ohne Wohnsilos mit bis zu zweiundzwanzig Stockwerken. Aber fast genauso heruntergekommen wie die Schrebergärten vorhin. Von demselben muffigen Geruch des Mains umwölkt, einer Mischung aus Diesel, Fisch und Algen. Die gleichen mit Graffiti verschmierten Wände, der Müll am Wegrand. Und sein Zuhause: zwei Gebäude, die zwischen Mainufer und Streuobstwiese dann doch den Unterschied ausmachten. Das eine kaum mehr als eine flachdachige Hütte auf wackligen Wandbeinen, das andere eine durchaus stattliche Erscheinung: Stolz und seit Jahrzehnten hier am Main schlummernd, thronte die aus Fachwerk errichtete Wohnscheune, die Karstens Großvater gebaut hatte. Ein Relikt in der Frankfurter Stadtlandschaft, ein altes, merkwürdiges Ding – so wie Karsten sich selbst immer öfter fühlte.

Er hatte dieses spezielle Ding sofort nach Opas Tod bezogen und umgebaut, noch in seiner Zeit als Bulle. Vor fünf Jahren, als damit Schluss war, als die Ratten vom Präsidium ihn zwangsbeurlaubten und so lange mit einem Disziplinarverfahren drohten, bis er von selbst seinen Abschied nahm, war diese Kombination aus Haus und Scheune zu seinem Halt geworden. Und mehr noch: zu seinem Sinn. Und dann hatte er die Idee zur »Strandfurt« gehabt, einer Mischung aus Kneipe und Sozialtreff. Ein Jahr später konnte er diesen von der Frankfurter Stadtverwaltung mitfinanzierten Hybrid aus Kneipe, Kiosk und Drogenhilfe eröffnen. Die Strandfurt, zusammengezimmert aus am Mainufer angetriebenen Brettern und

Porenbetonziegeln, kauerte nur ein paar Meter neben Großvaters Haus wie ein schlafender Wachhund. Nur dass die Strandfurt noch wach war – vor eins in der Nacht war hier selten Ruhe.

Karsten stellte den Wagen ab und schaute nach dem Kampfhahn: Der hatte seine Starr-Augen endlich geschlossen, atmete aber ruhig auf dem Rücksitz. Vielleicht packte er's ja doch noch.

»Träum schön«, sagte Karsten zu ihm und zog den Schlüssel ab. Warf durch die Frontscheibe einen prüfenden Blick auf die Strandfurt und die weißen Billig-Tische und Liegen aus Plastik davor.

Ei des isses nu, dachte Karsten, schließlich war er Frankfurter durch und durch.

Ja, da war er nun, sein neuer Job seit fünf Jahren, direkt neben Großvaters Scheune. Sechzig lange Monate voller Rückschläge und Herausforderungen. Die Dienstwaffe eingetauscht gegen Bembel und Geripptes hinter der Theke. Keiner war erstaunter als Karsten selbst, wie gut die Kneipe lief. Irgendein lokalpolitischer Verwaltungsfuzzi hatte, weichgeklopft von Sozialarbeitern und Hilfe-zur-Selbsthilfe-Gruppen, ein bisschen Kohle locker gemacht für das Projekt Strandfurt und sich feiern lassen, als diese kleine Idylle im Nichts fertig gebaut war. Die Schöne und das Biest hatte Spotti mal zu den beiden Häusern gesagt: Opas Schöne aus den 1920er Jahren, die Strandfurt in dilettantischer Postmoderne. Letztere hatte Karsten fast komplett eigenhändig gezimmert, hatte ganze Schubkarren voller Wut und Frust mit verbaut, die Enttäuschung über seine Kollegen und Chefs bei der Polizei mit eingemauert, seinen Hass gegen Dealer und harte Drogen vergipst. Wenige Wochen später eröffnete er – der ehemalige Kommissar für Drogendelikte als Kneipenwirt mit eigener Apfelwein-Kelterei in der Scheune.

Karsten hockte immer noch im Wagen, atmete ein paarmal tief durch. Er war müde, aber zwei Stunden musste er noch mindestens durchhalten: Die Digitalanzeige am Armaturenbrett des Opels sprang um auf dreiundzwanzig Uhr drei.

Noch einmal blickte er auf den verletzen Hint Horoz, dann stieg er endlich aus dem Auto. Wurde von zwei Stammgästen begrüßt, die es sich draußen bequem gemacht hatten, soweit weißes Plastikmobiliar bequem sein konnte.

Karsten nickte ihnen zu. Von drinnen hörte er Rufe, Klatschen und Klirren, was nichts Gutes verriet. Da stand auch schon Spotti in der Tür, für Karsten das, was die Nummer Zwei für Captain Picard, Robin für Batman, der Watson für Holmes war. Ein Freund eben. »Alter«, begrüßte ihn Spotti, »wir haben ein Problem.«

»Bin ich Houston?«, fragte Karsten und seufzte. Anscheinend würde es heute doch nicht ohne Schlägerei ablaufen.

2

Montag, 18. Mai, 05.01 Uhr

Erster sein. Darauf kam es an – alles andere ergab sich wie von selbst. Nicht umsonst hieß es so treffend, dass nur der frühe Vogel den Wurm fing. Hendrik Stritzel atmete die kühle Morgenluft ein, schob seine ID-Card in den Schlitz der Metallplatte und wartete auf das Klicken der sich entriegelnden Eingangstür. Er gähnte und betrachtete zum hundertsten Mal das Firmenlogo auf der großen Glasscheibe, eine stilisierte Feder, die sich um ein Reagenzglas legte. Doc Stringwell persönlich hatte es ihm bei seinem Vorstellungsgespräch damals erklärt: »Sie kennen doch sicherlich den Äskulapstab, das Symbol der Apotheker?«

Klar, hatte Hendrik geantwortet, obwohl er keinen Schimmer hatte, worauf der Alte hinaus wollte.

»Nur die Wenigsten ahnen, dass dieser Stab vor allem das Zeichen der Pharmazeutik ist. Wissen Sie, was das griechische Wort Pharmazie bedeutet?«

Verdammt. Woher denn, war er ein Lexikon? Hendrik grunzte unbestimmt, und Stringwell setzte seine Belehrung fort: »Die wörtliche Übersetzung lautet Zaubermittel. Und das trifft es doch, nicht wahr? Das Unternehmen Orni Charm Pharmaceutical forscht nach Zaubermitteln, die der Menschheit Gesundheit und langes Leben ermöglichen.«

Wieder war ein zustimmendes Nicken angebracht gewesen.

»Und wissen Sie auch, Herr Stritzel, welche Tiergruppe sich aus den Reptilien entwickelt hat?« Der Geschäftsführer deutete dabei demonstrativ auf die Feder im Logo, sodass Hendrik das gesuchte Stichwort liefern konnte: »Vögel?«

Doc Stringwell hatte gestrahlt. »Genau! Deshalb ist unser Firmenlogo kein knorriger Wanderstab mit einer darum geknoteten Natter, sondern eine Feder mit Reagenzglas, Symbole für die Freiheit des Geistes und den wissenschaftlichen Fortschritt.«

Der Typ hat eindeutig 'nen Vogel, hatte Hendrik gedacht und sich nicht vorstellen können, wie recht er damit haben sollte. Insgesamt waren es Hunderte von ihnen, die in verschiedenen Volieren der Labors auf ihren Einsatz warteten. Die Firma forschte mit und an und in Vögeln, und auch wenn Stritzel immer noch nicht kapierte, was genau sie mit den Piepmätzen machten, konnte man wohl gut davon leben. Zumindest wenn man die beeindruckende Flotte neuester Limousinen auf dem Firmenparkplatz als Gradmesser für Erfolg nahm.

»Und deshalb brauchen wir Sie in unserem Team«, hatte sein neuer Chef gesagt und mit einem Designerstift auf ihn gezeigt. »Wir brauchen Sie, damit unsere Wissenschaftler unbehelligt forschen können und unsere Ergebnisse erst dann publik werden, wenn wir das auch möchten. Ist Ihnen bewusst, wie wichtig diese Aufgabe ist?«, hatte ihn Stringwell gefragt, aber da war ihm schon klar, dass er den Job bekommen würde. Die Firma wollte sich in Sicherheitsfragen nicht von externen Leuten abhängig machen, sondern suchte jemanden, dem sie per Arbeitsvertrag und einem Batzen Geld Treue und Verschwiegenheit abkaufen konnte.

Und damit war sie bei ihm, Hendrik Stritzel, genau richtig: Er besaß sowohl ein polizeiliches Führungszeugnis, dessen Tadellosigkeit ihn immer noch zum Schmunzeln brachte, als auch die Sachkundeprüfung des Bewachungsgewerbes, die er mit Auszeichnung bestand – weil er sich vor dem Test den IHK-Typen mal richtig zur Brust genommen hatte. Was ihn aber vor allem qualifizierte, waren seine stattlichen Eins neunundachtzig und jede Menge Muckis, die er nicht nur zur Zierde trug. Leider gab es nur selten Gelegenheit für deren Einsatz, selbst wenn er es immer wieder drauf anlegte und sich beim Supermarkt in der Schlange vordrängelte oder der drallen Braut eines Hänflings auf den Hintern klatschte. Doch kaum einer besaß den Mumm, sich mit Hendrik Stritzels Größe und Unverschämtheit anzulegen.

Er grinste, fasste sich an die Eier und packte dann den chromglänzenden

Griff. Öffnete die Glastür und betrat, das Frühlingsgezwitscher der Piepmätze in Freiheit hinter sich lassend, die Firma Orni Charm Pharmaceutical. Stille begrüßte ihn. Die roten Ziffern über dem Empfangstresen blinkten ihr gewohntes Fünf-Uhr-Eins. Seine Schicht dauerte nur vier Stunden, schon in einer würden die ersten Frühaufsteher vor Ort sein – dann war's vorbei mit Ruhe und intimer Einsamkeit. Der frühe Vogel eben, der das Würmchen pickte.

Hendrik atmete die trockene klimatisierte Luft. Dieser Job war ein Geschenk der Götter: So einfach hatte er noch nie seine Kohle verdient. Sechs Tage in der Woche musste er nicht mehr tun, als die Alarmanlage und den Brandschutz in Schuss halten, die Videoaufzeichnungen der Nacht durchsehen und einen abschließenden Rundgang durch Büros, Labore und Konferenzräume machen. Sonntag, also gestern, hatten sie frei.

Die Abendschicht machte meistens Timo-Boy, da Hendrik die morgendliche Stille besser gefiel. Nur vorletzte Nacht nicht: Am Samstag hatte der Jungspund Timo ihn um einen Gefallen gebeten. Tja, Pech für ihn, denn natürlich hatte Hendrik großzügig seine Hilfe versprochen, sich dann aber doch lieber zu Hause zusammen mit Fortuna den einen oder anderen Porno reingezogen. Hätte irgendjemand die fehlende Sicherheitsschicht bemerkt, wäre das Timo-Boys Problem gewesen.

Hendrik lachte leise.

Schließlich verließ er den Empfangsbereich, öffnete eine unscheinbare Tür und betrat den dunklen, fensterlosen Raum, an dessen Längswand ein halbes Dutzend Bildschirme flimmerten. Er setzte sich an einen der Computer, öffnete das Zeiterfassungsprogramm der Mitarbeiter, trug sich selbst für heute Morgen und Timo für Samstagabend ein – überprüfen konnte das ja eh nur die Security. Und das war er selbst. Danach der Blick in die Bänder der Überwachungskameras: Routine. Außen der schmale Rasenstreifen mit irgendwelchen immergrünen Scheißsträuchern, die den drei Meter hohen Drahtzaun zur Straße optisch etwas aufwerten sollten. Und im Innenteil der Empfangsbereich – müde Gesichter, die sich gegenseitig mit einem Kopfnicken in den Feierabend verabschiedeten. Mehr Kameras im Innenbereich gab es nicht, die Installation von neuen Geräten hinter dem

Haus war in Planung, aber noch nicht realisiert. Ihr aller Herr und Meister, Doc Stringwell, hatte die Investition erst nach ewigem Zögern abgenickt und Hendrik mit der Umsetzung beauftragt. Er grinste: Nächste Woche würde die Firma aus Tschechien, deren Besitzer er rein zufällig von früher kannte, die neuen Überwachungssysteme einbauen. Zwanzig Prozent, steuerfrei, für ihn.

Immer noch lächelnd, beendete Hendrik die Kontrolle der Videoaufzeichnungen. Nichts Auffälliges, business as usual. Gleiches galt für die Aufzeichnungen vom Samstag. In der Nacht, zwischen zweiundzwanzig und zwei Uhr, war natürlich kein Security-Mann draußen oder im Empfangsbereich zu sehen. Hendrik zögerte: Pech für Timo-Boy, falls sich der Chef doch mal die Mühe machen sollte. Andererseits – wozu schlafende Hunde wecken? Zumal sich das Risiko mit einem Mausklick vermeiden ließ. Erster sein, darauf kam es an. Immer ein bisschen schlauer, immer ein bisschen schneller als die anderen. Stritzel öffnete den Ordner mit ihrem Filmmaterial der letzten Monate und suchte eine Weile herum. Schließlich fand er eine Aufnahme, in der Timo-Boy besonders dämlich in die Kameras schaute – perfekt. Hendrik kopierte die Filmsequenz in die aktuelle Datei. Das sollte genügen.

Und das war's hier.

Ein letzter Blick, ein letzter Klick, dann verließ Hendrik Stritzel den Raum. Die Digitaluhr im Foyer zeigte fünf Uhr neunundzwanzig, durch die Fenster zwängte sich die Dämmerung des neuen Tages hinein. Nutzte aber noch nicht allzu viel. Natürlich hätte Hendrik die Beleuchtung einschalten können, aber dafür mochte er das Gefühl zu sehr, wie ein Höhlenforscher durch die Gänge zu schleichen und dem Strahl seiner Taschenlampe zu folgen. Er fühlte sich dann selbst wie ein Entdecker, und nicht selten fand er auch interessante Dinge: In den Schubladen und Kleiderschränken der Angestellten zum Beispiel, kleine Schätze oder entlarvende Details, versteckte Alkoholreserven, Fotos von Damen, die nicht nach der Ehefrau aussahen, Sexspielzeug oder diverse Pillchen. Was besonders peinlich war, fotografierte er mit seinem Smartphone. Als innerbetriebliche Altersvorsorge sozusagen und manchmal auch zur Aufbesserung des aktuellen Gehalts.

Hendrik hatte schon einige schöne Trümpfe gesammelt, würde sich mit der Abschöpfung seiner Gewinne aber eher Zeit lassen. Die Typen hier verdienten ein Schweinegeld – eine kleine Spende zur Festigung des guten Rufes war für die meisten kaum schmerzlicher als ein Mückenstich beim Abendcocktail auf der Gartenterrasse.

Hendrik zog seine schlanke Mag-Lite aus dem Gürtelhalfter, schaltete sie ein und inspizierte die Verwaltungsbüros im Erdgeschoß. Nach einer – aus seiner Sicht – enttäuschenden Runde stieg er in den Aufzug und fuhr nach oben. Dritter Stock, das Reich des Chefs, die größte Chance für weitere Peinlichkeitstreffer. Er winkte den Strahl seiner Stablampe durch die Etage: Treppenhaus und Flur gingen direkt in das geräumige Vorzimmer Doc Stringwells über. Besucher, die es bis hierher in den dritten Stock geschafft hatten, durften auf dem bequemen Ledersofa Platz nehmen und in hochglanzpapierenen Imagebroschüren blättern.

Den Schreibtisch der Chefsekretärin von Orni Charm ließ er links liegen – die Frau hatte kein Privatleben, für Hendrik gab es da nichts zu holen. Also weiter zum Chef, um sich dort umzusehen. Aber noch bevor Hendrik Stritzel die Klinke drückte, zuckte er zusammen. Ein Fauchen, direkt neben ihm. Seine Hand zitterte mit der Taschenlampe durch die Luft. War da nicht ein Kratzen, ein Scharren? Ihm wurde heiß; er zwang sich tief durchzuatmen und lauschte. Schob das Lichtbündel der Mag-Lite über den Tisch der Sekretärin. Nichts. Oder doch?

Vorsichtig machte er einen Schritt auf das Möbel zu, streckte den Kopf voraus und erschrak zum zweiten Mal. Eine Fratze aus blutig unterlaufenen Augen über einem hässlichen Schnauzbart fixierte ihn, öffnete das Maul und griff an.

Hendrik riss die Arme vors Gesicht, wankte zurück, schrie auf und schlug nach dem flatternden Dämon. Er traf nicht. Federn tanzten durch die Luft. Ein erneutes Fauchen, dann wieder Stille. Der Sicherheitschef von OCP klammerte sich an seine Lampe, richtete den Strahl auf das Ding und lachte auf.

Scheiße, Mann, dachte er. Nur ein hässlicher Vogel. Das Mistvieh musste aus den Volieren im zweiten Stock ausgebrochen und übers Treppenhaus nach oben geflattert sein.

Prüfend schaute er sich um – nur gut, dass niemand gesehen hatte, wie er hier rumkreischte. Verflucht, aber dieses Ding sah wirklich hässlicher aus als jeder Fernsehzombie – am liebsten hätte Hendrik das lächerliche Wesen gepackt und aus dem Fenster geworfen. Andererseits konnte es sich um eines der wertvollen Versuchstiere handeln, und wenn er es unbeschadet in den zweiten Stock zurückschaffte, würde ihm das Pluspunkte beim Chef einbringen.

Noch einmal, diesmal suchend, blickte sich Hendrik um. Mit irgendwas musste er den Scheiß-Vogel ja einfangen. Das Tier hockte jetzt ruhig in einer Ecke des Vorzimmers und schaute ihn zufrieden an; die großen, rotdunklen Augen reflektierten im Taschenlampenstrahl. Alle paar Sekunden zuckte der flache Schädel samt schmal-spitzem Schnabel nach unten – so als picke das Vieh nach irgendetwas unter seinen schuppigen Füßen. Das Ding erinnerte Hendrik an eine missglückte Mischung aus Falke und Taube, ohne dass abzusehen war, ob mehr von einem Raubvogel oder einem Körnerpicker in ihm steckte. Mit bloßen Händen wollte er diesen Ausreißer jedenfalls nicht anfassen. Das Licht anmachen? Eher nicht, entschied Hendrik. Nachher erschreckte sich das Vieh und haute ab.

Endlich erspähte Hendrik etwas Brauchbares, legte die Mag-Lite so auf den Boden, dass sowohl Sitzgruppe als auch Vogel-Dämon beleuchtet waren. Er schob die Firmenprospekte vom Tisch, zerrte die Tischdecke herunter, nahm einmal Maß und warf sie wie ein Fangnetz über das am Boden kauernde Tier. Sprang sofort hinterher, packte das Knäuel, wickelte die losen Enden des Stoffes um den jetzt wieder fauchenden, hackenden Vogel und drückte das Bündel wie einen Säugling an seine Brust.

Erleichtert aufseufzend, hob Hendrik die Lampe auf und steckte sie sich zwischen die Lippen – das sah immer cool aus. Vorsichtig trug er seine kreischende Last die Treppen runter bis zum zweiten Stock.

»Abteilung Forschung«, murmelte Hendrik, »Laboratorien und Volieren, du hässlicher Vogel. Deine Station.«

Das Tier schien ihn zu hören, zappelte und drückte seine Scheiß-Krallen durch den Tischdeckenstoff in Hendriks Haut. Auch im zweiten Stock ließ er das Licht aus – sicher war sicher. Und den Weg kannte er ohnehin im Schlaf: vorbei an der Aufzugstür, durch den nur per Notbeleuchtung erhellten Flur bis zu den Laboren der Wissenschaftler und Volieren. Die Tür dahin war zum Glück nur angelehnt; mit der Schulter drückte Hendrik sie auf. Richtete den tanzenden Lichtstrahl nach vorne auf die Gitter der Käfige, lauschte auf das leise Gurren und Rascheln.

Er drückte sein Bündel noch enger an sich. Rutschte aus, taumelte zum zweiten Mal an diesem beschissenen Morgen und riss japsend den Mund auf. Hendrik Stritzel stürzte. Auch die Mag-Lite fiel: In ihrem zuckenden Licht leuchteten zwei gebrochene Augen auf, ein weit aufgerissener Mund, die riesige Blutpfütze, auf der Hendrik ausgerutscht sein musste, und ein verdrehter Körper - auf dem Hendrik landete.

Er kreischte, starrte auf den zertrümmerten Schädel, stieß sich ab, als hätte er sich verbrannt, rollte über den Boden fort und schlug sich irgendwo den Kopf an. Immer noch brüllend, rappelte er sich auf, ließ alles liegen. Rannte aus dem Labor zurück ins Treppenhaus, schlug mit flacher Hand auf alle Knöpfe des Aufzugs ein. Beruhig dich, befahl er sich. Lehnte, während er wartete, gegen die kühle Metallwand des Fahrstuhls. Aber sein Körper spielte Befehlsverweigerer. Zitterte und schlotterte. Eine verfickte Leiche, wie zum Teufel und wann ... Scheiße. Wann? Vielleicht war der Killer ja noch hier.

Hendrik schlug auf den Aufzug ein, aber auch der verweigerte Gehorsam. Weg hier, dachte der Security-Mann. Und, ja, Hilfe holen. Sein Blick irrte an die Decke und blieb an der Notbeleuchtung hängen: Der grüne Mann auf der Flucht, ha! Wo blieb der verdammte Aufzug?

Noch ein Hämmern, dann endlich das helle Klingeln. Gleich würde er sicher sein. Die Tür öffnete sich, die leere Kabine lud ihn ein mit ihrem schummrigen Licht.

Bevor er den erlösenden Schritt hinein machte, spürte er den Luftzug. Erstarrte und lauschte. Spürte eine Hand auf seiner Schulter. Aufjaulend zuckte er zusammen; warme Nässe rieselte an seinen Oberschenkeln entlang. Und Hendrik Stritzel hatte, als er sich langsam umdrehte, nur den einen, irrwitzigen Gedanken im Kopf: Scheiß auf den frühen Vogel.

3

Montag, 18. Mai, 05.03 Uhr

T minus neunzig setzt der Hausrotschwanz ein. T minus fünfundsiebzig trillert die Rauchschwalbe. T minus siebzig fangen Rotkehlchen und Singdrossel an zu schlagen, T minus sechzig Amsel und Ringeltaube. Fünfzig: Kohlmeise, vierzig: Buchfink. T minus dreißig zwitschern Spatz und Zilpzalp los, minus zwanzig tiriliert der Star, minus zehn pfeift der Grünfink. Und dann als Letztes, T minus null: die Mönchsgrasmücke singt. Der Countdown ist zu Ende.

Die Sonne aufgegangen.

Karsten lag auf seinem Futon und konnte nicht schlafen. Er drehte sich hin und her, starrte in die Dunkelheit und versuchte, die Uhrzeit zu raten. *Im Sommer liefert die Natur/Ganz ohne Strom die Vogeluhr.* Wo hatte er diesen bescheuerten Spruch bloß gelesen? Stöhnend wälzte er sich auf dem Bett herum. Seit dem Rotkehlchen war er schon wach – das war hier am Main immer das Erste, gleich nach dem Sumpfrohrsänger. Aber auch Kohlmeise und Buchfink hatte er mittlerweile gehört – also musste bald Sonnenaufgang sein. Egal, ob es draußen zwar triller-laut, aber noch dunkel war. Fünf, schätzte Karsten. Andererseits hatte diese dämliche Vogeluhr noch nie wirklich funktioniert – die Tiere sangen, wann es ihnen passte, und nicht im festgelegten Minutentakt.

Er hustete. Was für eine beschissene Nacht: Erst der illegale Hahnenkampf, dann die besonders nette Begrüßung in der Strandfurt.

»Alter, wir haben ein Problem«, hatte Spotti gesagt und damit die Untertreibung des Monats abgeliefert. Karsten knäulte das Kissen unter seinem Kopf zurecht und durchlebte einmal mehr die Begegnung mit Darius Tablo und dessen Kumpel.

»Was ist denn los?«, hatte er Spotti gefragt.

»Zwei komische Typen«, antwortete der und zog Karsten in die Strandfurt.

Er folgte ihm schnaubend hinein. Jeder hier in der Kneipe war ein komischer Typ, Karsten selbst sowieso: ein Ornithologie-begeisterter Ex-Bulle mit selbstauferlegtem Sozialauftrag? Schräger ging's kaum. Und was die Kunden von der Strandfurt betraf: Abhängige jeder Couleur, egal ob an der Flasche oder Nadel, ob mit den Lippen im Alkohol, mit der Nase im Puder oder den Fingern in einer Pillendose hängend – auch da war von Normalität nichts zu spüren. Trotzdem konnte Karsten die beiden speziellen Komiker nicht übersehen: Vor der langen Pressholztheke war eine Schubserei im Gange. Zwei hochgezüchtete Muskeltypen stießen Karstens Gäste durch die Gegend. Groß, anabolikaprall, dunkle Stoppelhaare, fiese Stiefel und noch fiesere Gesichter. Klassische Aufteilung: Der eine redete, der andere blieb stumm – beide schubsten.

»Warum unfreundlich, he?«, fragte der, der reden konnte. Ostblock, tippte Karsten und hoffte, er würde sich täuschen.

Das Wort für die Strandfurt führte Clayderman, ein ehemaliges Wunderkind am Klavier, das dem Konkurrenzdruck nicht standgehalten hatte und nach einem miesen LSD-Trip in die Psychose abgerutscht war. Karsten hatte ihn noch nie am Klavier gehört – Claydermans Finger spielten nur noch mit Tabletten.

»Hier gibt es Regeln, Mann«, versuchte er den Typen zu erklären.

»Was Regeln?«

Karsten schob sich durch seine Gäste. Die halbe Strandfurt war auf den Beinen und umringte die Gruppe. Die andere Hälfte hockte zugedröhnt und starrte ins eigene, ganz private Höllenfeuer.

»Eigentlich nur eine, und das wissen hier alle.« Karsten stellte sich neben Clayderman, nickte ihm dankbar zu. Die Blicke der Muskelberge wurden finsterer – ein Gewitter war in Anmarsch. »Deeskalation«, raunte Buchholz' Stimme in Karstens Kopf. Na, hoffentlich klappte es diesmal besser: »Jeder kann hier nehmen«, sagte er so freundlich er konnte, »was er will. Scheiße, Mann, wenn's sein muss, kannst du dir hier 'nen Schuss setzen.«

Zustimmendes Gemurmel von seinen Stammgästen. Ein paar Hipster, die seit einiger Zeit die Strandfurt zum Chillen entdeckt hatten, zuckten zusammen.

»Aber«, machte Karsten weiter, »verkauft wird nichts. Keine Dealer.«

»Nix verkaufen«, erwiderte das Stoppelhaar, das reden konnte. »Nur Geschenke für Freunde.«

Clayderman schnaubte. »Haltet ihr uns für bescheuerte Kiddies? Die erste Runde gratis zum anfixen und dann ...«

»Nix Verkauf«, widerholte der Typ stur. Lockend hielt er ein Plastiktütchen in die Höhe: »Geschenk!«

Karsten kniff die Augen zusammen, als er die kleinen Kristalle darin musterte: mattweiß wie Gipsbrocken. durchsichtig wie Eiswürfel. Crystal Meth, die Droge mit den vielen Namen. Ice, Crank, Yaba, Crystal Speed, Pee, Wint, Tik oder, auf schlau, N-Methylamphetamin. Viele Namen für immer den gleichen Mist. Karsten hasste das Zeug. Wenn es etwas gab, das er mehr verabscheute als Heroin in Spritzen, war es diese Billigware: leicht zu produzieren, preiswert für Hersteller und Konsumenten, einsetzbar in allen Varianten – vom Schnupfen und Rauchen bis zum Spritzen konnte jeder damit tun, was er wollte – und ein Teufelszeug ohnegleichen. Machte schneller süchtig als jeder andere Dreck. Zerfraß den Körper, zerfetzte die Haut und ließ die Zähne verfaulen.

»Ihr haut jetzt besser ab«, zischte Karsten.

Clayderman nickte zufrieden. Die Hipster verließen so unauffällig wie möglich die Kneipe. Zögernd senkte der Muskelberg seine Hand mit der Plastiktüte. Sein Blick versuchte sich in Karsten zu bohren, brach aber nicht durch. Finstere Augen. Gewitterstimmung.

Von hinten aus seiner Ecke krähte Rotze: »Abbe wenn's doch n Geschenk is?«

Clayderman ächzte, doch sonst beachtete ihn niemand: Rotze hockte meist für sich und hielt seine namengebende rote Schniefnase in Karstens selbstgekelterten Apfelwein, ein ruhiger Säufer, der schon zu viel gesehen hatte. Ihm waren ein paar Lutschbonbons mit Kick egal.

Karsten nicht. »Jetzt!«, knurrte er.

»Sagen wer?«

Karsten musterte die beiden – keine leichten Gegner. Von seinen Strandfurtern konnte er nicht viel Beistand erwarten: Die einen halb weggetreten, die anderen auf Speed und durchaus gewaltbereit, aber so aufgeputscht, dass sie keinen Sandsack vor ihrer Nase getroffen hätten. Nur auf Spotti konnte Karsten sich verlassen, auch wenn der nicht gerade Bruce Lee war. Und eine Kneipenschlägerei wollte Karsten ohnehin vermeiden – das sah nur im Kino gut aus.

Leider konnte er seinen Meine-Kollegen-sind-gleich-da-Trick hier nicht wiederholen: Zum einen wollte er seinen Kunden keine Angst machen, zum anderen hatte er auf der Fahrt nach Hause die CD gewechselt.

»Ich sag das. Ich bin hier der Chef. Will keinen Ärger haben, aber -«

Den Schlag hatte er weder erwartet noch kommen sehen. Fixiert auf den Sprecher, war der zweite Typ Karstens Aufmerksamkeit entwischt. Fehler, fluchte er lautlos, spannte im letzten Moment die Bauchmuskeln an, um wenigstens ein bisschen was abzufangen. Wenig genug: Die Faust explodierte in seinem Magen wie ein Torpedo beim Aufschlag. Hatte der Kerl Schlagringe an den Fingern? Karsten krümmte sich und rang nach Luft. Die wache Hälfte der Strandfurt brummte empört auf: Ihr Kasti war nicht nur der Chef, sondern auch ein Freund. Andererseits ließ sich keiner von ihnen gern auf einen Kampf mit diesen Schwarzenegger-Zwillingen ein.

»Mann!« Röchelnd bog Karsten sich wieder in die Gerade. »Was soll das? Soll ich die Polizei holen oder was?«

»Nix Bullen.« Der Sprecher dieses durchgeknallten Duos nickte seinem Kollegen zu. Der packte Karsten, hob ihn hoch und schleuderte die neunzig Kilo Ex-Bulle mühelos wie einen Sack Abfall Richtung Eingangstür. Ein Stuhl ging zu Bruch und zersplitterte. Einer von zwei Holzstühlen mit Bastflächen. Plastik war doch einfach besser, dachte Karsten wirr. Aber gerade dieser eine, zerbrochene Stuhl machte ihn noch wütender: Das war *sein* Stuhl, verdammt noch mal. Seine Bretterbuden-Kneipe am Main. Sein ... Zuhause!

Mühsam drückte er sich hoch, den beiden zurufend: »Letzte Warnung.« Schmeckte blutige Spucke im Mund und schluckte sie runter. »Verpisst euch. Haut ab. Spotti, ich brauch das Extra-Stöffsche.«

Die beiden Meth-Dealer standen da wie die Könige der Welt, was

Karstens Wut abermals anschwellen ließ. Es war immer dasselbe. Immer die gleiche Leier, dasselbe Hamsterrad, dieselbe Spirale der Gewalt. Jedes Mal aufs Neue glaubten irgendwelche Idioten, sie könnten alles machen, was sie wollten, nur weil sie stark waren. Karsten hatte das in der Schule erlebt, beim Studium und bei der Polizei, er erlebte es auf den Ämtern und bei den Abhängigen. Immer dasselbe. Nie zu lösen.

Deeskalation – das war einfach nur ein schönes Wort.

Karsten ächzte, stand wackelig über den Trümmern des Stuhls. Eine Rippe angebrochen? *Seine* Rippe. »Kommt doch her, ihr Schwanzlutscher!«, brüllte er.

Nie konnte man reden mit diesen anderen, mit jenen, die viel Geld oder Muckis hatten. Nie. Immer nur eins auf die Fresse. Gott, wie ihn das ankotzte. Das Böse, hatte er mal gelesen, ist banal. Diese Arschlöcher.

Man sollte Buddhist werden.

»Motherfucker«, rief er zur Sicherheit, falls sie Englisch besser verstehen sollten. Trat einen Schritt zurück, um das Duo ins Freie zu locken. Spürte die Tür an seinem Hintern, drückte die Klinke. »Haut endlich ab – ich mach euch sogar die Tür auf!«

Synchron stürmten sie auf ihn zu, aber diesmal war Karsten vorbereitet. Den stummen Schlagringträger ließ er ins Leere laufen: Ein Schritt zur Seite, ein Hieb auf die Schulter und der Kerl stolperte nach draußen. Den Schwinger des Teamsprechers konnte er gerade noch abblocken, packte mit der rechten Hand dessen Kragen, mit der linken den Arm, zog ihn an sich, ging in die Knie und schleuderte ihn über die Schulter nach draußen. Die Strandfurt applaudierte geschlossen. Aber was zum Teufel machte Spotti so lange? Karsten konnte die beiden Dealer eine Weile in Schach halten, mehr aber auch nicht. Zumal die Arschlöcher sicher nicht mit leeren Händen gekommen waren.

Als hätten sie Karstens Gedanken erst auf die Idee gebracht, zog der Stumme ein Butterfly und ließ die Klinge einrasten. Der Redner nickte aufmunternd.

Karsten stand schwer atmend in der Tür der Strandfurt, spürte seine Gäste hinter sich, ängstlich, wütend, frustriert oder schon jenseits der realen

Welt.

Das Butterflymesser kam auf ihn zu getänzelt – langsam wurde es eng. Knapp sauste die Klinge an seinem Bauch vorbei, den zweiten Hieb lenkte Karsten mit einem Tritt auf den Unterarm ab. Dem dritten, das wusste er, würde er nicht so leicht entkommen.

Aber dann war Spotti da und drückte ihm das Extra-Stöffsche in die Hand. Der Griff aus Dural-Aluminium, der Rest rostfreier Stahl. Karsten erlaubte sich ein erleichtertes Lächeln und hob die Pistole. Zielte auf das Butterflymesser mit allem, was dranhing.

»Weg damit!«, herrschte Karsten ihn an, machte einen Schritt vor und nickte dem Sprecher der beiden zu. »Sag's ihm.«

Kurze Blicke und noch kürzere Wörter in östlichem Zungenschlag, dann fiel das Butterflymesser auf den mainlehmigen Boden.

»Kniet euch hin. Beide.« Karsten konnte selbst kaum noch stehen. Sein Schädel brummte, der Magen gab deutliche Hinweise auf Entleerungswünsche und seine Rippe stach mit jedem Ausatmen stärker zu. Er hasste Gewalt, er hasste die Schmerzen – die im Körper und die in der Seele. Aber in diesem Moment hasste er am meisten die beiden Wichser vor ihm.

»Macht!«, brüllte er.

Wieder ratlose Blicke, dann knieten sie sich hin. Karstens Gedanken stolperten durch seinen Kopf. Und nun? Diese Typen würden immer wieder kommen, bis sie Erfolg hatten. Würden ihm das Einzige kaputtmachen, an dem er sich seit vier Jahren festhielt. Polizei war keine Option – die würden sie einkassieren und schneller wieder rauslassen, als Karsten die Strandfurt aufgeräumt hätte.

Angestrengt überlegte er, aber sein Kopf war ein Auto ohne Benzin und stand auf der Stelle. Ihm war nur klar: Sein Leben würde er sich von niemanden zerstören lassen, egal ob sie aus Polen, Italien, Brandenburg oder Hessen kamen. Karsten hatte die Strandfurt, das war wenig genug. Aber alles, was er hatte.

Sein Blick fiel auf die Tüte Meth, die noch immer in der Hand des Sprechers steckte. Mit dem Kinn deutete er darauf, mit krächzender Stimme forderte er: »Wirf her.«

Raschelnd landete die Tüte vor seinen Füßen. Karsten trat drauf, zerquetschte mit dem Hacken die Kristalle zu kleinen Brocken und Pulver. Schob den Plastikbeutel wieder zurück. »Jetzt friss dein eigenes Zeug.«

Zum ersten Mal erschien Angst auf diesem Gesicht, kletterte über die zusammengekniffenen Lippen bis zur Nase hinauf, hangelte sich bis in die aufgerissenen Augen hinein. »Was wollen?«

»Du kannst es auch schnupfen, wenn dir das lieber ist.« Karsten zeigte mit der Pistole auf ihn, ohne den neben ihm knienden Partner aus den Augen zu lassen. Der Typ war ihm unheimlich – er hatte immer noch kein einziges Wort gesprochen.

»Friss das Zeug!«, brüllte Karsten, spürte aber, dass die Angst im Gesicht noch nicht groß genug war. Spürte auch, dass ihn seine eigenen Beine nicht mehr lange tragen würden – er musste das hier schnell beenden. Seufzend ging er in die Hocke, packte die rechte Hand des Mannes, bog die Finger auseinander, dachte an den Kampfhahn, der mittlerweile hechelnd im Schuppen gleich neben den Plastikkanistern Most lag, und schoss durch die Handfläche.

Karsten konnte nicht schlafen. Drehte und drehte sich auf dem Futon wie ein Braten am Spieß. Dieses Bett war der einzige Luxus, den er sich beim Einzug in Opas Scheune geleistet hatte. Von Design und Größe passte es zwar kaum in die Behausung, aber ein gutes Bett brauchte er. Wie hatte der alte Becker, Karstens Lehrer in Sachen Apfelweinkelterei, immer gesagt: »Wenn de schläfst, bekommste ka Durscht.«

Ja, das Bett war die zweitbeste Erfindung nach dem Ebbelwoi. Aber in dieser Nacht hatte das Futon kläglich versagt. Immer wieder waren die Bilder hinter seinen geschlossenen Lidern aufgeblitzt: Der blutspritzende Hint Horoz, die Herren Baseballschläger und Brechstange. Die Schlägerei in der Strandfurt, seine Pistole in der Hand. Die alte Walther PPK, seine erste Undercover-Waffe, bei einem Kollegen in Bayern beschafft, wo die Dinger heute noch vereinzelt rumschwirrten. Das »besondere Stöffsche«, versteckt unter der Theke an einem Ort, den außer ihm nur Spotti kannte. Eine

Walther PPK, sorgfältig gepflegt und gewartet, dieses tödliche Spielzeug, das jeder James-Bond-Fan kannte. Very british, die »Polizeipistole Kriminal«.

Noch mehr Bilder dieser Nacht: Das kleine Kaliber stanzte ein Loch in die Handfläche des Dealers. Blut und Schreie spritzten durch die Luft vor der Strandfurt, mischten sich mit dem leisen Plätschern der Mainwellen, dem Säuseln des Windes und dem Krächzen der Lachmöwen. Der stumme Typ stürzte sich sofort auf Karsten, aber der schlug mit dem Pistolenkolben zu und drückte ihn zu Boden. Schob die Meth-Tüte jetzt zu ihm hinüber.

»Dann eben du«, sagte Karsten. Winkte mit der Walther, wartete ein paar Sekunden, streckte schließlich drohend den Waffenarm durch. »Friss!«, befahl er, und der stumme Dealer fraß. Schob sich ein paar Finger Meth in den Mund, zog sich den Staub in die Nase, starrte dabei Karsten an, bis der ihm die Tüte aus der Hand riss und den Rest des Inhalts dem Wind schenkte.

»Und jetzt haut ab. Und kommt nie wieder. Sonst schieß ich nicht nur durch Hände.«

Der Stumme verzog keine Miene, stand taumelnd auf und zog seinen stöhnenden Buddy auf die Füße. Bevor sie sich davonschleppten, machte der schweigende Schläger dann doch noch, zum ersten Mal, seinen Mund auf: »Du bist tot, alter Mann. Merk dir meinen Namen: Darius Tablo.«

Grammatikalisch erstaunlich korrekt.

Als die beiden Dealer ihr Auto, einen tiefergelegten BMW, an der Lagerhalle erreicht hatten, eingestiegen und fortgefahren waren, fing Clayderman an zu klatschen – ein Applaus, in den alle anderen einfielen.

Karsten grinste, wendete sich ab und kotzte in den nächsten Busch.

Kein schlechter Highscore für einen Tag, grübelte er jetzt auf seinem Futon. So viele Feinde in derart kurzer Zeit hatte er sich noch nicht mal in seiner aktiven Bullen-Zeit gemacht. Was für ein Tag.

Und die Nacht war genauso beschissen: keine Ruhe, kein Schlaf. Würden die Typen wiederkommen? Vorhin hatte Karsten seine superharte Nummer schlau gefunden. Aber jetzt in der Dunkelheit, alleine auf der Matratze, zweifelte er an seinem Verstand. Darius Tablo. Seit seinem Ausstieg bei der

Drogenfahndung war er nicht mehr auf dem Laufenden. Aber der hier hatte sich eher nach Big Boss angehört als nach Kleindealer. Scheiße, woher hätte Karsten wissen sollen, dass in der unbedeutenden Strandfurt ein Hard Player auftauchte?

Wieder drehte er sich auf den Bauch, lauschte den Vögeln und schätzte die Zeit. Was war bloß aus ihm geworden? Der Verteidiger von Federvieh und Drogis. Er legte sich auf die Seite. Hast es ja weit gebracht, Karsten! Die nörgelnde Stimme seines Vaters im Kopf. Deine Kollegen bei der Polizei wussten schon, warum sie dich rausschmissen.

Und wieder auf den Rücken. Die Schmerzen und seine kreisenden Gedanken ließen Karsten keine Ruhe finden. Einer seiner Stammgäste war im früheren Leben Sani gewesen, bevor er sich selbst ein paarmal zu oft im Medikamentenschränkchen bedient hatte. Er tastete Karstens Rippen ab und diagnostizierte nur eine Prellung. Karsten glaubte ihm, und warum auch nicht? War der ein schlechterer Mediziner als andere, nur weil er Pillen schluckte? War Karsten ein schlechterer Bulle, weil er damals einmal, nur das eine Mal, dem Sog der Macht, der Stärke gelauscht hatte?

Bauch, Rücken, Seite. Herrgott, was für eine Nacht! Einmal war er kurz davor gewesen, sie trotz Müdigkeit und Schmerzen definitiv für beendet zu erklären und aufzustehen. Zur Nachtigallenzeit, noch bevor die anderen Singvögel an ihr Morgenkonzert überhaupt dachten. Ein Klappern und Schaben hatte ihn aus seinen Grübeleien gerissen. Karsten hatte natürlich sofort die beiden Dealer dahinter vermutet und eine Hand nach dem »Extra-Stöffschen« ausgestreckt. Aber die Geräusche kamen nicht näher, blieben unten im großen Stall der Scheune hängen. Der Hahn, war Karsten erleichtert eingefallen. Es geht ihm besser. Wahrscheinlich stolziert er durch die Scheune und wirft leere Mostkanister um.

Das erste Lächeln seit Langem machte ihn dann doch wieder schläfrig, aber der Schlaf kam nicht. Die Handfläche des Dealers mit ihrem blutigen Loch, ein Stigma der seltsamen Art, leuchtete drohend in seinem Kopf. Der Meth-Schaum spuckende Mund des Typen, der sich als Darius Tablo vorstellte. Karsten musste unbedingt seine alten Kontakte reaktivieren. Falls er die überhaupt noch hatte – Karl-Heinz Buchholz zumindest war tot. Am besten setzte er gleich Spotti drauf an, der war schließlich schon immer Karstens bester Informant gewesen.

Bauch, Rücken, Seite. Minute um Minute. Stunde um Stunde. Selbstvorwurf um Selbstvorwurf.

Karsten streckte sich. Gähnte. Und lauschte einmal mehr in dieser Nacht: Von draußen kam ein quietschendes Tschilpen, kamen kanarienvogelmäßige, schnelle und hell geflötete Töne. Er lächelte. Die Mönchsgrasmücke. T minus null.

Dann war wohl endlich die Sonne aufgegangen.

4

Montag, 18. Mai, 06.30 Uhr

Sie hatten es immer noch nicht geschafft, einen Vorhang aufzuhängen. Er wollte Gardinen, ganz klassisch, sie lieber einen Rollo in bunten Farben. Weder von Vorhängen noch Rollos abgehalten, hämmerte deshalb das Morgenlicht durch die Fenster. Ihr Schlafzimmer hatte also Ostlage – jetzt wussten sie wenigstens das. Vom Fenster wanderte ihr Blick weiter zu den gestapelten Umzugskartons.

»Karola, mach das verdammte Ding aus! Will schlafen.«

Mirko neben ihr. Mirko bei ihr. Mirko in ihr. Darüber wollte sie jetzt am wenigsten nachdenken. Sie richtete sich auf, drehte sich aus dem Bett und schnappte sich das Teil. Im Display leuchtete die Nummer des Kriminaldauerdienstes.

»Bartsch.«

»Na endlich«, sagte eine genervte Stimme. »Dachte schon, du nimmst gar nicht mehr ab.«

»Bist du das, Konrad? Machst du mal wieder den KDD?«

»Heute hätt ich gerne drauf verzichtet ...«

Von einer Sekunde auf die andere war sie hellwach: »Verdacht eines Tötungsdelikts?«

»Scheint so. Zumindest sind die Kollegen aus Seckbach dieser Ansicht.«

»Und das heißt was?« Karola wurde ungeduldig. Wenn es sich wirklich um ein Kapitalverbrechen handelte, sollte sie umgehend am Tatort auftauchen.

»Ja, ja. Soll heißen, dass wir eine Leiche haben. In einem Bürogebäude in der Wilhelmshöher Straße, Hausnummer 230, die Firma nennt sich – hast du was zum Schreiben? Orni Charm Pharmaceutical, ja, ich weiß, ist ein komischer Name.«

»Mann oder Frau?«, unterbrach ihn Karola.

»Männlicher Toter, wenn du das meinst.«

»Der Tatortkombi schon unterwegs?«

»Ja. Franz und seine Leute und natürlich die Rechtsmedizin sind informiert.«

»Gut, kannst du Jannik und Lotte noch Bescheid geben und auch Laurenz? Ich hätte sie gerne vor Ort.«

»Klar, wird erledigt.« Konrad Gisselberg zögerte. »Soll ich auch den Wollbricht anrufen?«

Karola tat es ihm gleich: Staatsanwalt Jochen Wollbricht war keine große Hilfe am Tatort – im besten Fall stand er unnütz herum und hielt die Spusi von der Arbeit ab. Andererseits sparte sie sich den unausweichlichen Anschiss, wenn sie Wollbricht von Anfang an in die Ermittlungen einbezog.

»Ja, ruf ihn an. War's das?«

»Ist das nicht genug?«

»Aber hallo. Bin in zwanzig Minuten da.«

Sie schnappte sich die schon am Vorabend bereit gelegten Kleider und zog sich im Badezimmer an. Fünfzehntausend Straftaten fluteten jedes Jahr über Frankfurt, ein Tsunami an Gewalt, Betrügerei und Diebstahl. Drei bis vier Tötungsdelikte pro Monat, die meisten waren schnell aufgeklärt, erklärten sich sozusagen von selbst: Eifersucht, Drogenstreits, Schlägereien mit Unhappy End. Das übliche Serien-Allerlei der Fernsehkrimis.

Karola Bartsch putzte sich die Zähne, grinste ihrem Spiegelbild entgegen und genoss das Brennen der Zahnpasta auf den Lippen. Schaum vor dem Mund. So wirkte sie nicht besonders überzeugend als Leiterin einer der vier Frankfurter Mordkommissionen im Frankfurter Polizeipräsidium, dazu auserkoren, ihr Team zu motivieren und junge Google-Freaks mit erfahrenen Sturköpfen zur gemeinsamen Arbeit zu bringen.

Karola spuckte ins Waschbecken, trocknete sich die Hände und schielte durch die offene Badtür ins Schlafzimmer. Vor ihrem Bett und zwischen den Kisten verstreut lagen ihre Klamotten von gestern. Eine leere Rotweinflasche mit dem sinnigen Etikettenaufdruck »Kuss des Bacchus« hatte sich zwischen ihrer Bluse und Mirkos Socken zur Ruhe gelegt und wartete auf ihre Bestimmung im Altglascontainer. Karola hasste Unordnung, aber Aufräumen war jetzt natürlich keine Option: Unpünktlichkeit konnte sie schließlich noch weniger ausstehen als Unordnung.

»Hey, Mirko. Mister Mirko, hörst du mich?« Karola öffnete zwei Pappkartons und fischte aus dem dritten frische Unterwäsche hervor. »Wie wär's, wenn du mal ein bisschen aufräumst? Sieht ja aus wie an einem Tatort.«

»Is ja auch einer ...« Mirko grinste aus dem Kissen hoch.

»Dann mach doch mal einen richtig guten Tatort daraus, vor allem einen sauberen!«

Mirko fing an zu jaulen.

Oh nein, dachte Karola, bitte nicht die Nummer mit dem Alpha-Wolf. »Ich muss los«, sagte sie. »Tötungsdelikt in Seckbach. Hundefutter findest du in der Küche.«

»Wuff«, machte Mirko und zog sich die Decke über den Kopf.

Karola blinzelte und verließ die gemeinsame Wohnung, ohne auch nur an einem einzigen der unzähligen Pappkartons hängenzubleiben.

Ihre Investition in das Zwanzig-Gänge-Rad würde sich rasch bezahlt machen – auf zwei Rädern kam man in Frankfurt eindeutig schneller voran als auf vieren. Die Wilhelmshöher Straße zwängte sich durch den Frankfurter Stadtteil Seckbach, war eng, sanierungsbedürftig und wirkte dörflich – ein allseits bekannter Schleichweg nach Osten und eine beliebte Umgehungsstrecke Richtung A 66 über Enkheim. Hinter der Linkskurve an der Zentgrafenschule ging es aufwärts; Karola schaltete zwei Gänge hoch und erhöhte das Tempo.

Fast schon außerhalb von Seckbach und kurz vor dem Altenheim wurde die Straße wieder flacher, links der Straße ging es steil aufwärts zum Lohrberg, rechts schmiegte sich ein Mosaik aus Brombeerhecken, verwilderten Gärten und Streuobstwiesen an den Hang. Die Aussicht von hier oben auf die gesamte östliche Mainebene war atemberaubend. Die Hausnummer 230 befand sich fast in Alleinlage außerhalb der geschlossenen Bebauung, und die Polizistin in Karola fragte sich, wie es die Firma geschafft hatte, hier im Grünen eine Genehmigung zu erhalten.

Kriminalhauptkommissarin Karola Bartsch bog gleichzeitig mit einem schwarzen Mercedes in die Einfahrt zum Firmenparkplatz, sie von rechts mit Schwung über den schmalen Fußweg, der Wagen von links eine Lücke im Verkehr nutzend und mit aufheulendem Motor die Straße querend, ein tiefgelegter Koloss auf vier Rädern. Viel zu schnell.

Karola riss das Lenkrad herum, aber zu spät: Als sich Vier- und Zweirad trafen, übernahmen Muskeln und Reflexe ihres Körpers die Führung. Während das Metall kreischte, riss Karola ihre Füße von den Pedalen, setzte sie auf die Rahmenverstrebung und stieß sich ab, drehte den rechten Arm nach innen und drückte das Kinn an die Brust – das Kreischen von Metall in den Ohren. Sie machte sich klein, stieß den Atem aus und rollte über dem Unterarm ab, kugelte über das Pflaster, einmal, zweimal, dreimal. Ihr Ellbogen handelte sich diverse blaue Flecken ein, das Röcheln des Motors hinter ihr erstarb, dann Ruhe, nur noch ihr keuchender Atem und das Tschilpen der Spatzen aus irgendeiner Hecke.

Jemand zerrte an ihrem Ärmel. »Haben Sie sich verletzt? Soll ich einen Krankenwagen holen? Warum haben Sie nicht besser aufgepasst?«

Die Kommissarin rappelte sich auf, rieb sich den Ellenbogen und streckte ihn vorsichtig. Zweimal Nein und einmal Dito, du Arschloch, dachte sie, schwieg aber. Der Typ vor ihr hatte einen leichten Akzent, dessen Ursprung sich irgendwo im Britischen Empire befinden musste. Er schaute erst besorgt, dann erleichtert und schließlich tadelnd. Eine Hand im Nadelstreifenanzug streckte sich ihr entgegen. Dazu passte das gestärkte Hemd mit himmelblauer Krawatte und sogar das kantige Gesicht: glatt rasiert, schmale Lippen, schwarze, kurz geschnittene Haare und eine aristokratische Römernase zwischen energischen Augen. Einzig das schlampig befestigte Pflaster über der rechten Augenbraue minderte den perfekten Gesamteindruck.

Die ausgestreckte Hand ignorierend, schaute Karola nach ihrem Schätzchen, das unter dem fetten Mercedes wie eine moderne Schrottskulptur aussah: der Rahmen halbseitig um die Kühlerhaube gewickelt, die Räder nur noch malträtierte Rugby-Bälle.

Verflucht. Tausend frisch ausgegebene Euro am Boden zerstreut.

»Ich hoffe, Sie sind gut versichert!«, kläffte der Al-Capone-Verschnitt. Die anfängliche Besorgnis in seiner Stimme hatte sich in Spucketröpfchen verwandelt, die er jetzt großzügig versprühte. »Hier, schauen Sie mal!«, rief er und deute auf die Kühlerhaube, in die sich ein Pedal wie ein deformierter Angelhaken hineingebohrt hatte.

Der Kerl sollte froh sein, dass ich noch lebe, dachte Karola und bekam richtig schlechte Laune. »Sie haben mir die Vorfahrt genommen und ich erwarte, dass Sie mir mein Rad, das übrigens neu war, ersetzen. Den Schaden an Ihrer Blechkiste haben Sie selbst zu verantworten. Im Übrigen behalte ich mir vor, Schmerzensgeldforderungen geltend zu machen.«

Bei dem Wort »neu« hatte sie gezögert, aber das merkte ihr Gegenüber nicht. Bei dem Wort »Schmerzensgeld« fasste sie sich an ihren Ellbogen und verzog vor Schmerzen das Gesicht. Das sollte Nadelstreifen merken.

»Na hören Sie mal«, erwiderte der. »Vielleicht sollte die Polizei entscheiden, wer für den Schaden zuständig ist.«

»Gute Idee«, sagte Karola und hielt dem Mann ihre Polizeimarke unter den römischen Zinken. Fast gleichzeitig ertönte eine bekannte Stimme in ihrem Rücken.

»Astreiner Mae Ukemi! Aber soll ich nicht vorsichtshalber einen Krankenwagen rufen?« Vor ihr stand Franz Komtschewski und applaudierte pantomimisch. Erst jetzt nahm Karola den blauen Tatortkombi auf dem Firmenparkplatz wahr und Komtschewskis Team, das Karola mit großen Augen und offenen Mündern aus ihren Schutzanzügen heraus angaffte.

Zeit, dass sie die Initiative ergriff. »Hallo Franz, wart ihr schon drin?«

»Nee. Wir wollten gerade loslegen, als du deine Luftnummer abgezogen hast.« Der Leiter der Spurensicherung, ob seines schwer auszusprechenden Namens gerne als Kommt-Chef-auf-Ski oder einfach nur Chef Ski tituliert, musterte sie immer noch besorgt. Als Leiter der Kriminaltechnik musste er sich für Außeneinsätze freistrampeln, was nur selten geschah. Heute war solch ein Tag, der Komtschewski dabei half, sich wieder zu erden und mit den Füßen auf dem Boden zu bleiben.

Er steht gern mal im Dreck, dachte Karola, ignorierte seinen beunruhigten Blick und fragte nur: »Wer ist alles vor Ort?«

»Die Kollegen vom KDD und aus dem sechsten Revier passen schön auf, dass alles so bleibt, wie es ist.« Und mit einem süffisanten Lächeln: »So wie immer halt.«

Karola wandte sich zu den anderen Kollegen der Spusi und winkte ihnen zu.

»Okay, Leute. Mir geht's gut. Legen wir los!«

»Kann mir vielleicht jemand erklären«, mischte sich der Unfallfahrer ein, »was verdammt noch mal hier los ist?«

Karola drehte sich zu ihm und musterte ein paar Sekunden die glitzernden Schweißperlen auf seiner Stirn, die sich an dem Pflaster verfingen. Auch die Haut zeigte nun hektische rote Flecken: Offenbar bekam der Nadelstreifenträger jetzt doch Muffensausen. Ein paar Sekunden genoss sie die gehetzten Augen, bis sie fragte: »Ihr Name bitte?«

»Michael Stringwell. Dr. Michael Stringwell. Ich bin der Geschäftsführer hier.«

»Sie haben nicht zufällig einen Doktor der Medizin?«

»Nein, hm, bedaure. Ich bin DBA, Doctor of Business Administration. Habe in Amerika Betriebswirtschaft ... egal! Was geht hier eigentlich vor?«

»Sie wissen nicht, warum wir hier sind?«

»Nein, verdammt, ich komme direkt von meiner Wohnung. Ist etwas passiert?«

»Hat man Sie nicht informiert?«

Stringwell fingerte sein Handy hervor, drückte darauf herum. »Hm. Leerer Akku.«

Noch einmal zögerte Karola. »In Ihrer Firma wurde jemand tot aufgefunden.«

»Was? Um Gottes willen ...«

Sie blickte ihm fest in die Augen. »Bitte unterstützen Sie unsere Ermittlungstätigkeit und ...«, Karola senkte Stimme und Augenbrauen noch etwas tiefer und deutete auf die Überreste ihres Bikes, »... melden Sie das da unverzüglich Ihrer Versicherung.«

Sie ließ ihn stehen und betrat Orni Charm Pharmaceutical. Der Beginn einer ganz normalen Ermittlung.

Kriminaloberkommissar Laurenz Dahlberg atmete auf, als seine Chefin hereinkam. Wurde Zeit, dass in diesem Hühnerstall Ordnung einkehrte. Zu viele Köche verdarben den Brei, oder wie der Engländer sagte: »A camel is a horse designed by committee«. Zum Glück hatten die Kollegen aus Seckbach den Tatort abgesichert und bereits eine Liste aller anwesenden Personen erstellt.

Dahlberg musterte durch seine Kontaktlinsen hindurch die Bartsch mit Kennerblick. Für ihre einundvierzig Jahre sah sie noch verdammt hübsch aus. Kastanienbraune Haare wie ein Rahmen um das feine Gesicht, die Nase keck und für seinen Geschmack ein bisschen zu spitz. Große Augen, die Iris mal hell glänzend wie Sand, mal dunkel wie Braunkohle. Die Bartsch gehörte, wie Dahlberg fand, zu den wenigen Frauen, deren Schönheit durch die Errungenschaften der Beauty-und-Style-Industrie kaum noch gesteigert werden konnte. Wer einmal erlebt hatte, wie die schmalen Fältchen unter ihren Schläfen bei ihren seltenen Lachausbrüchen in Schwingungen gerieten, würde verstehen, warum andere Frauen Karola sogar um diese Altersinsignien beneideten. Tja, jetzt war sie also mit Mister Mirko Fink zusammen, Hundestaffelführer bei dem Vier-Pfoten-Verein in Mühlheim. Nichts gegen die Kollegen mit der kalten Schnauze, aber dass die Bartsch sich ausgerechnet einen dieser Alpharüden aussuchen musste?

Als Karola ihn entdeckte, lächelte sie Dahlberg zu.

Dir wird, dachte er, das Lachen schon vergehen.

»Morgen, Laurenz«, begrüßte sie ihn. »Wenn ich gewusst hätte, was mich hier erwartet, hätte ich mich im Bett einfach umgedreht.«

Und weiter mit meinem Hündchen beschäftigt, ergänzte er in Gedanken. Grinsend sagte er: »Das Schlimmste hast du doch noch gar nicht gesehen.«

»Was kann schlimmer sein als ein unklarer Todesfall am Montagmorgen?«

»Zwei?«, scherzte Laurenz. »Außerdem gilt immer noch: Wer den Fuchs fangen will, muss mit den Hühnern aufstehen.«

»Du mit deinen Sprüchen«, sagte sie lachend. »Immer noch auf der Suche nach dem perfekten Aphorismus?«

»Klaro, Karo. Hab doch sonst keine Hobbies.«

Prüfend, wie es ihm schien, schaute sie ihn an, bevor sie mit den Schultern zuckte. Diesen Reim auf die Kurzform ihres Namens konnte sie nicht ausstehen. Früher oder später würde sie mit Laurenz darüber reden müssen. Und über ... anderes. »Bevor du in Selbstmitleid zerfließt, gib mir lieber einen Überblick.«

Dahlberg nickte. »Männliche Leiche im zweiten Stock. Als Mitarbeiter der Firma identifiziert. Ein Doktor ...« Dahlberg kramte einen Notizblock hervor. »Sven Seidelmann.«

»Wer hat ihn gefunden und identifiziert?«

»Der Sicherheitsbeauftragte, Hendrik Stritzel. Er war es auch, der den Notruf abgesetzt hat. Um fünf Uhr achtundvierzig wählte er die 110 und scheuchte die Kollegen vom Seckbacher Revier auf.«

»Wurde er bereits befragt?«

»Keine Ahnung. Wie die Obermutti dahinten behauptet, hat er sich verdünnisiert. Angeblich um sich frisch zu machen. Der Ärmste hat wohl zittrige Beine bekommen und heftig transpiriert.«

»Dann soll Jannik den Kerl wieder herholen. Und wir brauchen hier einen eigenen Besprechungsraum. Kannst du dich darum kümmern?«

»Klaro -«

»Hast du die Leiche bereits gesehen?«

»Nur aus der Distanz: Der Mann liegt in seinem Blut, und die gerufenen Sanis haben mit ihrer Ersten Hilfe wohl ein bisschen Unordnung angerichtet.«

»Der Rechtsmediziner?«

»Unseren Toten übernimmt Lambrecht, aber der steckt noch im Stau.«

»Das Gebäude ist gesichert?«

»Wir sind gleich durch. Jannik und Lotte sind mit ein paar Kollegen der Schupo noch dabei. Scheint aber alles sauber zu sein. Kommt ja leider selten vor, dass ein Mörder neben der Leiche einschläft.«

»Deinen Humor möcht ich haben. Ich hol mir jetzt das Okay vom Franz und schau mir den Toten an. Kannst du hier unten das Chaos ein wenig bändigen?« Karola deutete auf den Mann am Empfang. »Der Typ da, der sich so angeregt mit der aufgebrezelten Mittfünfzigerin unterhält, ist der Geschäftsführer des Ladens. Er soll gefälligst dafür sorgen, dass wir hier ungestört arbeiten können. Und wir brauchen Informationen über den Toten, nicht nur den üblichen Kleinkram. Ich will alles über Sven Seidelmann wissen.« Sie betrachtet den Firmeneingang und deutet auf die an der Decke befestigten Optiken. »Videoaufzeichnungen der Überwachungskameras?«

»Frag ich den Firmenboss gleich. Sieht allerdings nicht so aus, als würde er mit uns kooperieren.«

»Er wird.« Karola grinste müde. »Verlass dich drauf.«

Behutsam trat sie auf den Flur hinaus. Sie drehte sich um, musterte den Aufzug, dessen Türen sich schon wieder ineinander schoben: Ein handbreiter, rostfarbener Streifen zog sich über die Metallverkleidung der Ruftasten. Sie fingerte die Plastikhandschuhe hervor und strich mit dem Daumen vorsichtig über die getrocknete Flüssigkeit. Blut. So viel war klar.

Sie folgte dem Stimmengemurmel durch den vierten Stock, bis sie den eigentlichen Tatort erreichte. Das größte Problem bei der Aufklärung eines Kapitalverbrechens war es, unter den vielen Spuren die richtige zu finden, die eine heiße Spur, die am wahrscheinlichsten zum Ziel führte. Oder, wie Mirko es auszudrücken pflegte: »Mach es wie die Hunde. Nimm die Fährte, die am meisten nach Scheiße riecht.« Karola lächelte. Genau das war ihre Aufgabe: Dort zu wühlen, wo stinkender Unrat lag. Wühlen und wegwischen, immer wieder, weiter zum nächsten Kackhaufen der Gesellschaft. Sie waren die Totengräber der Moderne und genau so unbeliebt wie ihre mittelalterlichen Berufskollegen.

Schließlich stand sie direkt vor dem rot-weißen Flatterband mit der besitzergreifenden Aufschrift »Polizeiabsperrung«. Es war sieben Uhr fünfzehn am Montag, den 18. Mai, im zweiten Stock des Unternehmens Orni Cham Pharmaceuticals in der Wilhelmshöher Straße 230, als sie das Plastikband anhob und darunter hindurchschlüpfte. Hinein ins Zimmer 212. Hinein in einen neuen Fall, in ein neues verbandeltes, verstricktes, jetzt ausgelöschtes Leben.

Wie auch immer Chef Ski es geschafft hatte, er war schon vor ihr da und drehte seine Runden. Karola beobachtete ihn, wie er als Schneemann im weißen Schutzanzug ins digitale Aufnahmegerät murmelte. Seine detaillierten Beschreibungen würde der jeweilige Dokumentationsbeamte auswerten und für alle Kollegen zusammenfassen. Normalerweise übernahm das Laurenz, weil er gerne systematisch arbeitete und in ihrer Gruppe am meisten Erfahrung hatte. Aber Karola entschied, dass es an der Zeit war, die Rollen zu tauschen: In diesem Fall würde sie Kriminalkommissarin Ahrens diese Aufgabe zuteilen. Konnte wirklich nicht schaden, Laurenz ein bisschen zurechtzustutzen, Grenzen zu ziehen und ihn daran zu erinnern, dass sich die Welt nicht um ihn drehte. Lotte dagegen hatte sich im vergangenen Jahr bewährt und etwas Anerkennung verdient.

Karola fragte sich, ob der Staatsanwalt genau wie Rechtsmediziner Lambrecht noch auf der A 66 zwischen Wiesbaden und Frankfurt im Stau steckte, als sie ihre Schuhe in Kunststoff verpackte. Natürlich bestand Komtschewski auf Plastikfüßlingen. Der Kriminaltechniker gab seinen Kollegen Anweisungen für Fotos und winkte Karola gnädig heran. Die Ermittlerin machte einen weiteren Schritt hinein in das Büro von Sven Seidelmann, begleitet von dem ihr gut bekannten Gefühlsmix aus nervöser Neugierde, wachsamer Unbefangenheit, kontrollierter Aufregung - und dunklen Ängsten vor der Begegnung mit dem Tod.

Jeder Tatort war für Karola ein unbekannter Kontinent: Scheinbar harmlose Pflanzen und Tiere konnten sich als giftig oder gefährlich erweisen, Pfade und Wege mussten gesucht oder angelegt, ein sicherer Lagerplatz ausgewählt werden. Behutsam näherte sich Karola der Leiche, suchte – wie ein Fotograf nach der besten Position für sein Bild – nach einer Stelle im Raum, von der aus sich Details offenbarten, die nur aus diesem bestimmten Blickwinkel erkennbar waren. Von der die eine, heiße Spur zu sehen war.

Kalt hier, dachte sie. Rechts von der Eingangstür in Richtung Osten ließ ein zwei Meter breites Fenster mit Blick auf den Firmenparkplatz erstes, zögerliches Morgenlicht in den Raum fallen. Auf der gegenüberliegenden, fensterlosen Seite eine Glaswand mit eingebauter Tür, hinter der sie ein kleines chemisches oder biologisches Labor erahnte.

Sie holte Luft und trat näher an das Opfer. Die Leiche befand sich in einer fast kreisrunden Blutlache, umgeben von drei, nein vier verschiedenen Schmierstellen. Auch Schuhabdrücke im klebrigen Rot. Der Körper des Toten lag seltsam verdreht in einer schlampig ausgeführten stabilen Seitenlage, wohl den herbeigerufenen Sanitätern zu verdanken. Sie mussten mit dem Erste-Hilfe-Personal sprechen, um die ursprüngliche Position des Opfers zu rekonstruieren – auch wenn Karola nur zu gut wusste, dass diese Gespräche selten brauchbare Puzzleteilchen lieferten.

Die Ermittlerin ging in die Knie, beugte sich, vom misstrauischen Komtschewski beäugt, über das Opfer. Augen und Mund waren weit aufgerissen, das sorgsam glattrasierte Kinn und große Teile des Halses mit einer dünnen Blutschicht bedeckt. Die rechte Schädeldecke existierte nicht mehr – nur ein blutiges Loch aus Knochensplittern und Hirnmasse.

Karola schluckte und ignorierte die aufkommende Übelkeit. Da der Rechtsmediziner immer noch nicht aufgetaucht war, schob sie – nach einem Nicken Komtschewskis – selbst mit Daumen und Mittelfinger die Wangen des Opfers zusammen, fasste an den Nacken und hob den Hals vorsichtig an. Leichenstarre am Kiefer, aber noch nicht komplett im Nacken. Totenflecken an Ohren und Wangen, noch wegdrückbar. Sie befingerte vorsichtig den rechten Oberschenkel – die Muskulatur war noch beweglich. Sie überschlug das Zeitfenster und schloss die Augen. Zwischen neunzehn und vierundzwanzig Uhr am Vorabend. Genaueres musste auf Lambrecht warten – wenn der Rechtsmediziner es je bis hierher schaffte.

»Keine Tatwaffe?«, fragte sie Komtschewski.

»Bis jetzt noch nicht«, antwortete er und wedelte mit seinen dünnen Fingern.

Karola nickte stumm. Noch einmal musterte sie Sven Seidelmanns Körper aus nächster Nähe, hob behutsam seine rechte Hand, registrierte einen Ehering und sorgfältig manikürte Finger. Die Haut auf dem Handrücken sah gepflegt und weich aus, war aber von Kratzern und kleinen Wunden älteren und jüngeren Datums übersät.

Schließlich erhob sich die Hauptkommissarin, trat vorsichtig ein paar

Schritte zurück und betrachtete den Körper aus der Entfernung. »Wer hat dir das angetan?«, flüsterte sie.

Gestern, dachte Karola, Sonntag. Was hattest du an einem Sonntag hier zu suchen, Sven Seidelmann?

Die Leiche antwortete nicht.

Sie schaute sich weiter um, rieb sich dabei den immer noch schmerzenden Ellbogen. Fundort war gleich Tatort – daran gab's keinen Zweifel. Hatte Seidelmann einen Einbrecher überrascht und den Helden gespielt? Wie leicht war es für einen Firmenfremden, in das Gebäude zu kommen? Oder war das für den Mörder ohnehin kein Hindernis, weil er als Mitarbeiter unbeschränkten Zutritt zu den Räumlichkeiten hatte?

Die Fahnderin betrachtete den erstaunlich klobigen Bildschirm, auf dem sich eine dünne Staubschicht befand. Der dazugehörige PC stand ausgeschaltet unter dem Schreibtisch. Sie mussten den Computer sicherstellen und klären, woran Seidelmann gearbeitet hatte. Und natürlich die Angehörigen informieren: Der schmale Ehering glitzerte im Licht der aufgestellten Scheinwerfer wie eine goldene Träne. Karola zog ein paar Schubladen auf: Kugelschreiber, Bleistifte, Karteikarten, das übliche Bürozeug. In einem Fach fand sie eine Mappe mit abgehefteten Notizen voller chemischer Formeln, aneinandergefügter Kreise und Hexagonen, scheinbar willkürlich und eilig mit Bleistift bekritzelt. Auf dem Schreibtisch ein Kalender mit dem OCP-Logo: eine sich um ein Reagenzglas windende Feder. Ein Telefon daneben und ein umgefallenes Passepartout, dessen Knickfalte zum Aufstellen Karola an einen gebrochenen Flügel erinnerte. Sie drehte den Rahmen um und blickte in das blaue Augenpaar einer attraktiven Frau mit hellblonden schulterlangen Haaren, die mit einer Mischung aus Selbstbewusstsein, Spott und Laszivität in die Kamera lächelte.

Das ist dann also die Witwe, dachte Karola. Seufzend legte sie das Foto zurück und beobachtete das Tatortteam dabei, wie es den Raum in Planquadrate einteilte und abfotografierte. KT und RM – die Kriminaltechnik und die Rechtsmedizin – waren die beiden Pfeiler, auf denen der objektive Tatbefund ruhte. Die Ermittler, Karola Bartsch und ihre Kollegen des 3. Frankfurter Mordkommissariats, sie kümmerten sich um den subjektiven

Tatortbefund. Dennoch folgte Karola den Technikern und drehte sich selbst einmal um ihre eigene Achse. Merkwürdig ... Ein Detail irritierte die Kommissarin, passte nicht hierher in dieses kühl-langweilige Männerbüro: In der Ecke gleich hinter der Tür lag eine zerknitterte Tischdecke. Karola erinnerte sich an eine Sitzgruppe mit Tisch im Eingangsbereich neben dem Aufzug – da lag eine ähnliche Decke. Langsam trat sie näher und bückte sich: Blutflecken überall, aber auch eine winzige schwarzbraune Feder und eine gräuliche Masse, die an Taubenscheiße erinnerte.

Draußen auf dem Firmenparkplatz hupte jemand.

Karola trat ans Fenster und schob die schweren Lamellengardinen auseinander.

Im selben Moment hörte sie ein leises Fauchen und registrierte den Schatten, der auf sie herabglitt. Sie duckte sich, spürte Krallen, die sich in ihren Haaren verfingen. Als sie mit der Hand danach schlug, erwischte sie etwas Weiches, Warmes, dann nichts mehr. Unter ihr lag jetzt etwas Lebendiges, Kleines – und ziemlich Jämmerliches. An die Zimmerwand gedrängt, zitterte ein Häuflein Federn und ruckelte mit dem Kopf. Mit seinen großen, nachtschwarzen Augen, der weißen Halskrause und den langen Schnurrbarthaaren rund um das Maul sah der Vogel eher skurril als gefährlich aus.

»Hallo, wer bist du denn?«, fragte sie beruhigend und bückte sich hinunter zu dem Tier, das ängstlich nach ihr pickte. Und was war das? Der Schnabel des Vogels war blutverschmiert. Blut, das noch nicht vollständig geronnenen war. Karola überlegte: Blut blieb keine fünf Minuten flüssig, koagulierte schnell und verwandelte sich binnen einer Stunde in eine gallertige Masse aus verklumpten Blutkörperchen.

War der Vogel verletzt? Oder hatte das Tier womöglich an dem Toten geknabbert? Angewidert wich sie zurück, fuhr sich prüfend mit den Fingern durch die Haare. Nichts. In Gedanken machte sie sich eine Notiz: Die Gerichtsmedizin sollte am Opfer nach, nun ja, frischen Pickstellen suchen.

Noch einmal musterte sie das Tier. Die Schnurrbarthaare zuckten, der Kopf nickte immer wieder ruckartig nach vorne. Vielleicht war das ja auch eine Art Haustier gewesen. Sven Seidelmanns bester Freund. Beide überraschen den Täter, worauf sich der Vogel voll Beschützerinstinkt auf ihn stürzt und Blut samt DNA aufsammelt?

Karola musste grinsen. Wie sagte Mirko oft: »Mädchen, du hast zwar selten Phantasie, aber wenn, dann geht sie gleich mit dir durch!«

Natürlich konnte das Blut nicht vom Täter stammen – sonst wäre es längst geronnen. Es sei denn, er hätte hier noch bis vor einer Stunde seine Runden gedreht. Unwahrscheinlich, aber nicht unmöglich. Auf jeden Fall musste der Vogel eingehend untersucht werden. Karola zögerte, Beweis gegen Beweis abwägend, dann nahm sie schließlich doch die Tischdecke und warf sie über das am Boden kauernde Tier. Das zuckte kaum, zischte erst los, als sie es wie eine Mumie einwickelte.

»Tut mir leid, Kleiner«, erklärte sie leise, »aber du wirst noch gebraucht.«

Neugierig war Komtschewski in knisternden Überschuhen auf sie zugeschlurft. Grinsend drückte Karola dem Schneemann ihr zappelndes Bündel in die Hand. »Hier, Franz, das Vieh da drin hat Blut am Schnabel. Blutwerte und falls möglich die DNA?«

Bevor der Kriminaltechniker antworten konnte, ertönte eine ruhige, tiefe Stimme aus dem Flur: »Was haben wir, Frau Bartsch?«

Die Stimme gehörte zu einer Vogelscheuche, die an der Tür zu Seidelmanns Büro aufgestellt worden war. Ungekämmt und im abgetragenen, viel zu engen Anzug, reckte Staatsanwalt Wollbricht seinen kurzen Hals Richtung Tatort.

Karola ließ Kommt-Chef-auf-Ski stehen, zerrte sich die Einmalhandschuhe von den Fingern, verließ das Zimmer und schüttelte eine verschwitzte Hand. »Morgen, Herr Wollbricht. Was wir haben? Bis auf Unfall und Selbstmord würde ich erst mal nichts ausschließen.«

»Na kommen Sie, Frau Hauptkommissarin«, sagte die Vogelscheuche. »Irgendeinen Tipp werden Sie doch schon für mich haben!«

»Einen Tipp? Natürlich.« Lächelnd tippte sie ihm auf seine knallrote Krawatte mit weißen Punkten: »Dieses Ding sollten Sie vor der Pressekonferenz gegen ein dezenteres Modell eintauschen.«

Damit hob sie grüßend den Arm, ließ den Mann stehen und steuerte den Fahrstuhl an.

»Wohin gehen Sie?«, rief Wollbricht hinter ihr her.

»Beweisfotos aufnehmen.« Karola machte sich nicht die Mühe, sich umzudrehen.

»Aber ... der Tatort ist doch hier.« Wollbricht klang ratlos.

»Draußen im Hof ist noch einer!« Das helle Bing der Fahrstuhlkabine setzte ein akustisches Ausrufezeichen hinter ihre Antwort. Karola trat ein und winkte: »Ich berichte dann ausführlich im Präsidium. Heute Nachmittag?«

Die Türen des Aufzugs schoben sich ineinander, mit einem schlürfenden Geräusch zog die Hydraulik die Kommissarin nach unten.

Jochen Wollbricht starrte zu Komtschewski, der an einer zusammengeknautschten Tischdecke herumzupfte, und rief ihm zu: »Hat die jetzt einen Vogel, oder was?«

»Nein«, grunzte der Leiter der Kriminaltechnik und runzelte die Stirn. »Ich fürchte, den habe ich.«

5

Montag, 18. Mai, 10.35 Uhr

Der Hahn ist tot, der Hahn ist tot. Er kann nicht mehr krähn kokodi, kokoda, koko kokodi, kokoda. Der verdammte Kanon um einen toten Hahn dröhnte in seinem Hirn. *Kokodi, kokoda*. Schüleraustausch in Lyon, der französischen Partnerstadt Frankfurts, *kokodi, kokoda*, Gott verdammt, aus welcher tot und begrabenen Erinnerungsgruft kam das jetzt?

Karsten stöhnte. Die Melodie war plötzlich da gewesen, krähte sich fest in seinen wirren Gedanken. Er blinzelte, starrte auf die Spiegelungen im Main. Humpelnd hatte er sich nach einer ganzen Kanne Kaffee hier nach draußen geschleppt, auf eine der Plastikliegen der Strandfurt geworfen und gehofft, die wärmende Maisonne möge die Gespenster der Nacht wegbrennen. Schließlich war er sogar ein bisschen eingedöst, trotz des Kaffees und seiner durch den Fleischwolf gedrehten Muskeln. War mit pochender Rippe, einer Ahnung von Sonnenbrand auf der Nase und dem französischen Kinderlied im Kopf aufgewacht. Karsten lachte und wunderte sich, wie krächzend das klang. Lachte über die seltsamen Umwege, die das Unterbewusstsein machte. *Kokodi, kokoda* – natürlich. Er musste unbedingt nach dem Hint Horoz schauen, dem armen Schwein, das ein armer Hahn war.

Ächzend stemmte er sich hoch und wankte zur Scheune. Zog die breiten Flügeltüren auf und entdeckte den Kadaver sofort. Der stattliche Türke hatte also doch keine Chance gehabt. Früher oder später traf man eben immer auf einen, der noch stärker war. Bei den Menschen wie in der Tierwelt, obwohl die Viecher normalerweise nicht bis zum Letzten gingen. Sich meist damit zufrieden gaben, den im Kampf Besiegten aus ihrem Revier zu vertreiben. So wie Karsten es gestern mit den Meth-Dealern getan hatte. Scheiße, was machte er sich da vor? Karsten starrte auf den Vogelkörper. Tippte ihn an –

noch warm. Seufzend streichelte er die rostroten Federn am Nacken. Schloss die Augen, zuckte zusammen, als der nächste Atemzug an seiner Rippe hängen zu bleiben schien, und nickte dem Vogel zu. Weitermachen, dachte er und blickte sich um.

Irgendwo musste doch noch die Axt rumliegen.

Kurz danach stand er wieder am Mainufer. Lauschte dem *Kokodi, kokoda* in seinem Kopf und dem leisen »Pfluff«, wenn er ein neues Büschel rupfte. Die von der Sonne aufgeheizte Luft trieb die tanzenden Hint-Horoz-Federn in die Höhe, fast bis zu den unteren Ästen der knorrigen Silberweide, die – ein grauer, schwankender Riese mit langen knotigen Gliedern – auf dem Main vorbeifahrenden Schiffern salutierte. Ein bescheuertes Lied: Nicht ein einziger Hahn krähte so, und erst recht nicht dieser hier, dessen Kopf beim schwungvollen Rupfen, *kokodi, kokoda*, nur noch gehalten durch ein blutiges Stück Halswirbel, wie ein makabres Pendel hin und her wippte – die Axt war zu stumpf gewesen. *Kikeriki* war auf jeden Fall besser.

Obwohl ihm zum Heulen war, musste er grinsen. Und rupfte weiter. Ich hätte den Kerl erst kochen sollen, dachte er und starrte finster auf das Finnenmesser mit der lang ausgezogenen Klinge, das im Sand lag. Im Gegensatz zur Axt scharf und zum Ausweiden bestens geeignet. Neben dem Messer stand der weiße Malereimer im Sand, gefüllt mit der bräunlichroten, fast wie Kirschmarmelade aussehende Flüssigkeit. Karsten hielt inne, tunkte den Zeigefinger hinein und steckte ihn in den Mund. Spuckte angewidert in den Sand, wischte sich die Hand an seiner abgeschnittenen Jeans ab und blinzelte durch die Federwolke über das funkelnde Wasser.

Der alte Papa Main. Ohne ihn gäb's kein Frankfurt und den Namen auch nicht – ohne Fluss keine Furt. Er starrte hinunter bis zur Staustufe, die Griesheim mit Goldstein verband, zwei Stadtteile, die sich, eingekeilt von Autobahn, Chemiepark und Flughafen, schutzsuchend an den Fluss zu drängen schienen. Griesheim und Goldstein – auch zwei herrliche Namen. Zumal für graue, verdreckte Arbeitersiedlungen, die erst in letzter Zeit von den Stadtvätern und -müttern aufgewertet wurden: durch Spielplätze, winzige Grünflächen und Uferpromenaden mit Bootsanlegern. Karsten war's zum Schreien. Er atmete tief, schaute wieder in den Fluss, hoffte auf die plätschernde Beruhigung des Wassers.

Hinter der Schleuseninsel pflügte ein Lastkahn entlang. Der aus dem schäumenden Rückstau aufsteigende Wasserdampf tauchte die aufragenden Schleusenmasten und die vom ätzenden Kot der Kormorane entlaubten Baumskelette in ein weicheres Licht. Vom Westhafen näherten sich die ersten aufgemotzten Motorboote und zeichneten Wellenkurven auf das schlammtrübe Mainwasser.

Karsten schaute und lauschte. Kniff die Augen zusammen und krallte sich mit den Zehen in den Sand, den er selber hier aufgeschüttet hatte, um der Strandfurt ein bisschen Beach-Feeling zu geben. Genoss die Sonne, die schräg über der Europabrücke stand. Das monotone, nie endende Tschak-Tschak-Tschak der über ihre Dehnungsfugen rasenden Autos vermischte sich mit dem Tschilpen der Kohlmeisen, dem Krächzen der Rohrsänger, dem Schnattern der Stockenten.

Karsten legte den Hahn auf einem der Plastiktische ab und streckte die Arme nach oben. Der Himmel, das konnte er schwören, war karibikblau, die Luft roch nach Bärlauch, dessen Knoblauchdunst aus dem Niedwald bis hierher rüberwehte. Wenn er Glück hatte, würde das Thermometer heute die fünfundzwanzig Grad knacken – der perfekte Tag, um die Grillsaison zu eröffnen. Karsten ließ seinen Blick über die Tische mit übrig gebliebenen, halb vollen Gläsern gleiten und weiter über die grinsenden Holzgesichter, die ein Motorsägen-Künstler in alte Baumstämme hineingeschnitten hatte. Rechts davon drängten sich Lagerhallen aus Wellblech und Containern, linkerhand standen Strandfurt und Opas Scheune wie Haus gewordene Dick und Doof.

Besonders stolz war Karsten auf den künstlich angelegten Teich, über dem die ersten Königslibellen schwebten, und natürlich auf die ungemähte Wiese mit hochstämmigen Apfelbäumen – Hauptquell seiner kleinen Apfelweinproduktion und behängt mit unterschiedlichsten Nistkästen. Im Windschatten einer Brombeerhecke hatte er ein Insektenhotel für Sandbienen eröffnet, und während er jetzt abermals den Hahn packte, kam ihm dieses selbst erschaffene Märchenland so verlogen vor wie sein komplettes Leben. Wem machte er eigentlich was vor? Was sollte seine Strandfurt beweisen, dieses Domizil für die Gestrandeten der Stadt mit Kuschelsofa, Plastikstühlen und mannshohem Kühlschrank für die ewig durstigen und dürstenden Seelen?

Karsten spannte die Muskeln, begrüßte den Schmerz von gestern und riss mit einem Ruck endlich den Kopf vom Hahn.

Und trotzdem: Mochte er auch bei seinen Exkollegen auf der schwarzen Liste stehen, die Strandfurt machte Sinn. Ein Ort für Aussteiger und solche, die sich dafür hielten, ein Treffpunkt für Berber und Bankfuzzis, die der Großstadt für ein paar Stunden die coole Schulter zeigen wollten. Wer einen Platten flicken konnte, der reparierte hier Fahrräder, und wer Gedichte schrieb, las seine Reime vor. Blasse Soziologiestudenten ließen sich von ganzkörpertätowierten Türken Tricks aus dem Kickboxverein beibringen, wer kochen wollte und konnte, war herzlich eingeladen.

»Ich such jetzt den Grill«, erklärte er Main, Strandfurt und der ganzen Welt. Atmete tief aus.

Hustend schlurfte er zurück zur Wohnscheune, zerrte das Tor auf und durchquerte den Stallbereich. Hier hatte sein Großvater erst Kühe, dann Pferde gehalten. Das System hatte Karsten schon als Kind fasziniert: Ein Haus, das auf der einen Seite Stall, auf der anderen Wohnung war, und insgesamt wie eine große Scheune oder ein kleines Bauernhaus aussah. Während die Zimmer – bis auf das Futon – eher kahl waren, herrschte im Stallbereich großzügige Unordnung. Der Boden nur festgestampft, jahrzehnteharter Lehm, die Dunkelheit wie ein Tuch auf den Augen.

Karsten fingerte nach dem uralten Bakelit-Drehschalter, stoppte aber in der Bewegung, als ihm einfiel, dass die Glühbirne vor ein paar Tagen ihren Wolframgeist aufgegeben hatte. Ruhig stand er da, bis seine Augen sich ans Zwielicht gewöhnt hatten, fixierte wie immer als Erstes die gemauerte Feuerstelle ganz hinten an der Scheunenwand, hoch bis zur Ziegeldecke wachsend und mit rostigen Schürhaken und einem zentnerschweren geschmiedeten Amboss an seine frühere Verwendung erinnernd.

Karsten seufzte, schob ein aufgehängtes Vogelnetz zur Seite, pustete Staub von einem vergilbten Poster mit einheimischen Singvögeln und dem ausgestopften Turmfalken, der sich an einen an die Wand geschraubten Birkenast krallte. Eine Weile kramte er in einer gewaltigen Kommode herum, in der Beringungszangen unterschiedlicher Größen zwischen brüchigen Vogelnestern, leeren Eierschalen, Schädelknochen und Federn in allen möglichen Farben und Formen herumlagen. Auch die passenden Bestimmungsbücher fehlten nicht – Karsten hatte Jonssons »Die Vögel Europas« immer besser gefallen als Petersons Klassiker – und verstaubten einträchtig neben alten Fotos, Notizbüchern, Maßstabskarten, Ferngläsern mit zerkratzter Optik und Vogelstimmenkassetten, die nie mehr einen passenden Rekorder finden würden.

Aber weit und breit kein Grill.

Karsten wühlte weiter, grub sich durch ein halbes Dutzend quietschgelber Sonnenschirme, vorbei an einer peruanischen Hängematte aus blauem Mantastoff, an wurmstichigen Brettern, zerfallender Teichfolie, ausgemusterten Kelterei-Kanistern, an Säcken mit Erde, Dünger und Grassamen bis hin zu einem roten Eskimokajak – sein geliebtes Topolino –, das hochkant in einer Ecke lehnte, als würde es gerade den Rheinfall abwärts gehen. Daneben baumelte an einem Kleiderhaken eine grünweiße Polizeimütze zusammen mit einer speckigen Jacke aus schwarzem Nappaleder und aufgenähtem Hessenlöwen.

Gottsche, Gottsche, dachte Karsten, diese Faschingsverkleidung habe ich nie zurückgegeben. Zögernd setzte er sich die Mütze auf den Kopf mit den kurz geschnittenen Stoppeln, nickte sich auf einem an die Wand genagelten silbernen Servierteller zu und streichelte über die schrundige Plastikschale des Kajaks.

»Und das Paddel?«, fragte er die Scheune. Mit der linken Hand wuchtete er das Boot in die Höhe, balancierte ächzend das Gewicht und griff mit dem anderen Arm in die dunkle Ecke dahinter, berührte mit den Fingern etwas Rundes und fasste danach. Na bitte, Ordnung im Chaos. Aber warum klebte das Ding so? Mit einem Ruck zog Karsten den Arm zurück. Das war kein Paddel. Allerdings auch etwas, das wie sein Grill als verschollen gegolten hatte.

Karsten hielt sein Zeiss-Spektiv in der Hand, das er seit fast drei Monaten suchte. Im März, als die Brutvogelsaison losging, hatte er eine so ausführliche wie erfolglose Suchaktion gestartet. Im ersten Moment freute sich Karsten, im zweiten schüttelte er misstrauisch den Kopf: Das Fernrohr sah aus wie in rote Farbe getunkt. Farbe oder etwas anderes. Er schlurfte Richtung Sonne, zum Scheunentor hin, suchte das helle Licht, blendend, als hätte jemand die Stadionbeleuchtung in der Commerzbank-Arena eingeschaltet. Die Polizeimütze juckte. Karsten starrte auf seine Hände.

»Verdammt«, krächzte er. Als Metzger und als Bulle erkannte man Blut sofort. Was ging hier ab? Karsten wurde übel – vielleicht würde dieser Tag ja doch nicht besser werden als der gestrige. Automatisch kehrte er in die dunkle Ecke zurück, legte das blutverschmierte Spektiv vorsichtig ab und schob das Topolino wieder davor.

Hinter ihm hüstelte es: Karsten wirbelte herum und machte in der grell beleuchteten Türöffnung die Silhouette eines dürren Körpers aus, der wie ein Erzengel von Licht umhüllt wurde und in einer Hand ein in der Sonne blitzendes, kurzes Schwert hielt.

»Echt krass, Alter«, sagte der Erzengel. »Was is 'n das für 'ne bekloppte Kapp auf deinem Podolski-Schädel?«

»Spotti.« Karsten atmete aus und rückte das Kajak sorgfältig zurecht. »Kann mich nicht erinnern, dass du jemals vorm Nachmittag hier aufgekreuzt bist.«

»Stimmt, Kasti, aber nach gestern musste ich doch mal nach dir gucken.«

»Mit 'nem Messer in der Hand?«

Spotti grinste mit verfaulten Zähnen »Der Indianerdolch lag draußen am Strand. Du warst nicht da und die Kiddies vom Kindergarten im Anmarsch, also hab ich das Ding mitgenommen. Nich dass sich noch jemand verletzt.«

Karsten ging auf ihn zu und zog ihn aus der Scheune. »Ich weiß deine Fürsorglichkeit zu schätzen. Dann gib mal her das gute Stück.«

Nickend hielt Spotti ihm den Holzgriff entgegen. »Vielleicht haste es ja noch nicht gemerkt, aber deine Hand ist ganz blutig.«

»Das ist nichts«, sagte Karsten ruhig und nahm das Messer an sich. »Nur Blut vom Hahn.«

»Häh?«

»Mein Mittagessen. Wenn du Lust hast, bist du eingeladen.«

»Nee, so 'n zähes Teil schaffen meine Beißer nicht mehr.«

Gemeinsam gingen sie hinüber in die Strandfurt, wo Karsten sich die Hände wusch und zwei Schoppen einschenkte. So ausgerüstet hockten sie sich in den Schatten der Silberweide. Das Hühnerblut im Plastikeimer begann zu stinken.

»Was willste denn damit?«, fragte Spotti naserümpfend.

»Guter Dünger«, antwortete Karsten. Forschend blickte er in Spottis dunkle Augenhöhlen, unter denen ein wolfsgrauer Stoppelbart die schlecht verheilten Narben kaum verbarg. Als er Reiner Spottke kennenlernte, traf er einen Menschen, der bereits mit beiden Beinen im Grab stand. Einen mit offenen Geschwüren im Gesicht und halb abgefaulter Nase, mit Augenlidern, die wie Kerzenlichter im Wind flackerten, und Zähnen, die an schwarze Kohlestifte erinnerten. Die Lepra des 21. Jahrhunderts hatte Spotti erwischt und war kurz davor, ihn ins Leichentuch zu wickeln. Nichts konnte diese Seuche aufhalten, nichts außer absolutem Verzicht. Reiner Spottke hatte es – mit Karstens Hilfe, mit Karstens Brutalität – zwar geschafft, aber die Geliebte Crystal Meth ließ ihn nicht fallen, ohne für alle Zeiten ihr Brandmal zu hinterlassen.

»Was ist los?«, fragte der Ex-Bulle.

»Also, Kasti ...« Ausgelatschte Turnschuhe scharrten durch den Sand, Zahnstummel kauten aufeinander. »Was ich schon immer mal fragen wollte: Ist das ein echt richtig geschmiedeter Amboss da hinten in deiner Scheune?«

Karsten nickte. »Yep. Mein Opa hat das Haus gebaut und war Schmied. Vor hundert Jahren oder so konnte ein Amboss noch nicht aus Stahl gegossen werden.«

»Krass, dann kannst du ja deine eigenen Messer herstellen.«

»Könnte ich, aber gelernt hab ich's nie. Mein Vater hat nie ... ach egal.«

»Warum hat's dein Opa dir nicht beigebracht?«

Karsten zögerte. Alte Familiengeschichten ließ er am liebsten ebenso ruhen wie junge Familiengeschichten. Aber Spotti würde keine Ruhe geben.

»Großvater Karl hatte es wohl drauf«, fing Karsten an. »Zwischen den

Weltkriegen war er sogar 'ne lokale Berühmtheit: Von Hanau bis Wiesbaden gab's keinen besseren Schmied als ihn. Unsere Familienlegende besagt, dass ein einmal von ihm beschlagenes Pferd nie mehr ein Hufeisen verlor. Das wurd ihm dann auch zum Verhängnis.«

»Wieso das?« Spotti kratzte an seinem Bart herum.

»Die Nazis. Konnten den besten Schmied gut brauchen und schickten ihn 1939 nach Polen. Kam nie zurück, mein Großvater. Kannst also sagen, seine Kunstfertigkeit hat ihn umgebracht.«

Spotti schnalzte mit der Zunge. »Doppelt gequirlte Elefantenscheiße.«

»Ja, ja. Aber jetzt lass den Mist und sag mir endlich, was dir Kummer macht.«

Noch einen Moment zögerte Spotti. »Mensch, Alter, wenn's denn meine Sorgen wär'n.«

»Erzähl endlich. Ich werd dir schon nicht den Kopf abhacken – bist ja kein Hahn.« Karsten grinste aufmunternd.

Spotti wand sich, dass sich der Plastikstuhl zu verbiegen drohte. »Gut, aber von mir hast du's nicht gehört.«

Karsten nickte stumm. Ehrensache und kein Wort wert.

»Also, ich hab mich noch in der Nacht ein bisschen umgehört.«

»Darius Tablo?«, fragte Karsten.

Diesmal nickte Spotti. Kaute auf seinen Zahnstümpfen und kratzte den Bart.

»Und? Hast du was rausgefunden über den Typen?«

»Ist der Neffe von Soltan Tablo. Schon ma gehört?«

Karsten zuckte nur mit den Schultern.

»Seit zwei Jahren die größte Nummer der Stadt, was Crystal angeht. Harter Brocken. Seinen Neffen, diesen Darius-Arsch, nennen alle nur den Ice-Man.«

»Scheiße.«

»Kannste laut sagen.«

Karsten zog die Mütze vom Kopf und rieb sich über das, was Spotti Podolski-Schädel getauft hatte. Seine Stoppelhaare waren schon wieder viel zu lang. Und dieser Tag würde definitiv nicht besser werden. »Wie kann man nur so 'n Pech haben«, murmelte er und setzte die Mütze wieder auf.

»Du schaffst das schon«, tröstete Spotti. »Jedenfalls -«

»Und der andere?«

»Der mit'm krassen Loch in der Hand? Unwichtig. Nur ein kleiner Handlanger mit großen Muckis. Über den Durchschuss hat der alte Tablo nur gelacht.«

»Netter Kerl.«

»Sauer war er wegen der Meth-Nummer. Angeblich hat Darius im Meth-Rausch ordentlich randaliert. Der Ice-Man auf Droge – hüte dich!«

»Und?«, fragte Karsten. »Was will er denn machen?«

»Angeblich hat Ice-Man ...« Diesmal war Spottis Pause verdächtig lang. »Schon drei Typen umgelegt. Der geht über Leichen.«

Karsten hustete und schob mit den Füßen etwas Sand zusammen. Das war doch absurd. »Wir leben zwar im Wilden Westen von Frankfurt, aber ich bin doch nicht Billy the Kid.«

»Nimm die Sache ernst, Kasti.«

»Hast ja recht.«

Sie schwiegen und schauten einem Schubkahn nach, der bis zur Eichmarke beladen Richtung Rhein hinuntertuckerte.

»Verschwinde für ein paar Tage, bis sich die Tablos und vor allem der Ice-Man beruhigt haben.«

Karsten schüttelte den Kopf »Ich kann die Strandfurt nicht einfach schließen.«

Spotti nickte, schälte seinen klapprigen Körper aus dem Plastikstuhl und reckte sich ächzend. »Alter, dann pass bloß auf dich auf, okay? Ich werde die nächsten Tage jedenfalls nicht hier sein, ich meine ...«

Karsten lächelte. »Nicht so der Held, was?«

»Exakto. Mann, dir ist schon klar, dass du immer noch diesen bestickten Klodeckel auf der Birne hast?«

»Klar.« Karsten zerrte die Polizeimütze vom Kopf und hielt sie sich an die Nase. »Hier, schnupper mal!«

»Ne.« Spotti winkte dankend ab. »Riecht eh nur nach verschwitzten Haaren eines übermüdeten Ex-Bullen.«

»Das auch, mein Freund. Aber vor allem nach verstaubten Dienstanweisungen und über Leichen gehenden Beamten.«

Der Mann mit dem vernarbten Gesicht suchte Karstens Augen. »Ich weiß. Hättest du mich vor sechs Jahren nicht aus der Szene geholt und mir einen kalten Truthahn verpasst, ich würde hier nicht stehen.«

»Und ich auch nicht. Und deshalb, mein lieber Reiner Spottke, bester Freund in guten wie in schlechten Zeiten, bist du jetzt mein Zeuge.«

»Für einen deiner bescheuerten Bullenwitze?«

»Besser. Schau her! Die Wässerung der Narrenkappe!« Mit nackten Füßen humpelte Karsten ans Ufer und schleuderte die Kopfbedeckung wie einen Frisbee hinaus in den Main.

»Umweltverschmutzung, also wirklich.« Spotti stand neben Karsten und blinzelte auf die im braunen Wasser schaukelnde Mütze.

»Mein kleinstes Problem.«

»Stimmt.« Spotti zeigte seine Zahnlücken. »Also dann, bis die Tage, Alter.« Spotti schlackerte los, ging den Main entlang, bis er zum Punkt wurde. Spotti, der Ex-Junkie mit zerfressenem Körper und zusammengenähter Seele. Oh ja, Karsten war es gewesen, der ihm den Turkey verpasst hatte, den kalten Entzug, die einzige Waffe gegen Crystal. Karsten war es, der diese Keule geschwungen hatte. Der taube Ohren gehabt hatte für Spottis wochenlanges Gewinsel und Geschrei. Blinde Augen für die Kotze auf dem Boden und den Kot in der Hose. In dieser Zeit war Karsten der Teufel gewesen für Spotti, der Mensch, den er von allen auf der Welt am meisten hasste. Wenn er gekonnt hätte, dachte Karsten jetzt, hätt er mich ohne Wimpernzucken umgebracht. Und manchmal, nur ganz selten, fragte er sich, was sein Freund Reiner Spottke wirklich dachte.

Wieder rieb er über seinen Schädel und schaute zu, wie die Polizeimütze schaukelnd unterging. Dann erst nickte er: Er hatte wahrlich ein Problem. Die Meth-Mafia wollte ihn fertig machen.

Hatten die ihm das blutige Fernrohr untergeschoben? Wollten sie ihm etwas anhängen? Aber das passte doch nicht – sein Spektiv vermisste er schon seit Monaten.

Trotzdem, das Ding musste untersucht und vorerst an einem sicheren Ort versteckt werden. In der Scheune konnte er's jedenfalls nicht lassen. Vergraben, im Libellenteich versenken oder gleich in den Main werfen wie die verfluchte Dienstmütze? Karstens Blick ging hin und her, blieb schließlich an der Silberweide hängen. *Kokodi, kokoda* – das Kinderlied war wieder da, und mit ihm die Erinnerung, wie er als Zehnjähriger die raue Borke des Stamms hochklettert bis zu dem über das Wasser ragenden Ast und dann mit einem Köpfer rein ins algengrüne Element, sofort zurück ans Ufer krault und wieder hochklettert, immer wieder rauf und runter, bis seine Mutter nach ihm ruft.

Karsten blinzelte die Erinnerungen fort. Er hatte sein Versteck gefunden.

6

Montag, 18. Mai, 10.55 Uhr

Dahlberg kam wie immer viel zu schnell die Danziger Straße in Bad Vilbel hinuntergebraust. Die üppigen hundertfünfzig PS unter der Motorhaube katapultierten seinen schwarzen VW Golf mühelos vorwärts, bis er mit bremsendem Quietschen vor der Hausnummer 113 hielt.

»Bin schon da«, begrüßte Karola ihn.

»Sagte der Igel zum Hasen. Wie schaffst du das bloß?«

»Hartes Training.« Ihr Lächeln war falsch.

Noch bevor sie von Stringwells Mercedes und ihrem Wrack Fotos gemacht hatte, rief sie Mirko zu Hause an. Und schon kurz nachdem sie das Unfallfahrzeug samt Nummernschild, ihr geschrottetes Rad und die Straßensituation fotografiert hatte, war Mirko mit seinem alten Hollandrad im halboffenen Kofferraum bei Orni Charm Pharmaceuticals angekommen. Sie hatten Probleme, aber Mirko war treu und stand zu ihr. Und natürlich wusste er Bescheid.

Mit einem Kuss hatte sie sich bedankt und Dahlbergs Wettfahrt zugestimmt: Wer war schneller in Bad Vilbel bei der frischgebackenen Witwe?

Kindisch, dachte Karola jetzt. Und grinste trotzdem: Sie hatte gewonnen.

»Ja, ja«, brummte Laurenz. »Hast du wenigstens die Berger Warte bewundert?«

Karola zuckte mit den Schultern.

»Lag doch auf dem Weg: Frankfurts höchster Punkt. Daneben befand sich im 18. Jahrhundert ein steinerner Galgen. Lauschiges Plätzchen.«

»Soll das jetzt eine Geschichtsstunde werden?«

»Warum nicht?«, fragte Dahlberg prompt zurück. »Wusstest du, dass in der hessischen Verfassung – auf die wir unseren Beamteneid geschworen haben – noch immer die Todesstrafe drin steht, weil die Politiker Schiss davor haben, dass sich keine Mehrheit im Landtag für eine Streichung findet?«

Ja, sie wusste es.

»Und kannst du dir vorstellen, dass ...«

Karolas Smartphone dudelte »Bella Notte« aus dem Disney-Klassiker »Susi & Strolch«. Erleichtert schnappte sie sich das Gerät. »Pause, Laurenz. Die Spusi.« Sie strich über den Touchscreen und meldete sich: »Bartsch.«

»Karola, die wollen nicht, dass ich die Nachtschwalbe mitnehme.«

»Wie bitte? Franz, bist du das?«

»Wer sonst?

Karola wartete schweigend, bis der Leiter der kriminaltechnischen Abteilung weiterredete: »Dieser Geschäftsführer mit dem bescheuerten Namen ...«

»DBA Stringwell?«

»Genau der. Behauptet, dass es sich bei dem Vogel um Firmeneigentum handelt, das wir nicht mitnehmen dürfen.«

»Hast du ihm erklärt, dass es sich bei dem Tier möglicherweise um ein Beweis...« Karola wollte nicht »Stück« sagen und suchte nach einer passenden Alternative. »...mittel handelt?«

»Davon kannst du ausgehen. Der Typ meint aber, dass die Schwalbe Teil eines wichtigen Experimentes ist, an dem unser Opfer gearbeitet hat.«

»Tierversuche also.«

»Wenn du so willst.«

Karola überlegte. Sie brauchten den Vogel, um klären zu können, von wem das Blut am Schnabel stammte. Wahrscheinlich hatte sich der Vogel verletzt oder am Körper des Toten herumgepickt. Dann war die Spur eine Sackgasse. Andererseits bestand die minimale Chance, dass es sich bei dem Blut um das des Täters handelte. Das Polizeipräsidium war allerdings wirklich kein vogelverträglicher Ort, auch wenn es manchmal wie in einem Hühnerstall zuging.

»Franz, frag Dr. Stringwell, ob er den Vogel in einen einzelnen Käfig sperren kann, zu dem nur die Polizei Zutritt hat. Falls ja, soll der Piepmatz in

Gottes Namen dort bleiben.«

Karola hörte mit, wie Komtschewski die Frage sofort weitergab. Die Antwort verstand sie allerdings nicht.

»Okay«, berichtete Franz. »Die sind nicht glücklich darüber, aber ja, es geht.«

»Gut. Kannst du heute Nachmittag an der Besprechung teilnehmen?«

»Nur, wenn ich es hier gar nicht mehr aushalte.«

»Bei dem Charme von Mister Stringwell zweifle ich nicht daran.«

»Dafür ist der Kaffee hier besser als bei euch. Ich schau, was sich machen lässt.«

Karola beendete das Gespräch und schaute die Straße hinauf. Bad Vilbel an der Nidda durfte sich dank einiger mineralischer Quellen seit 1948 Kurstadt nennen. Allerdings deutete abgesehen von der Tatsache, dass das Städtchen gerne von gestressten Managern als arbeitsplatznaher Wohnort ausgewählt wurde, wenig auf einen Kurbetrieb hin. Karola fand Bad Vilbel zu provinziell für eine Stadt und zu besiedelt für eine gemütliche Kleinstadt. Genau dieser Meinung waren wohl auch die Frankfurter, die sich – bis jetzt erfolglos – immer mal wieder für eine Eingemeindung des Örtchens stark machten.

»Gehen wir.« Karola verhinderte jeden neuerlichen Redeschwall ihres Mitarbeiters, indem sie auf die kleine Pforte im schmiedeeisernen Zaun deutete. Dahinter streckte sich eine grüne Mauer aus Kirschlorbeer zwei Meter in die Höhe und verdeckte so halb die Fassade eines im Bauhausstil errichteten zweistöckigen Bungalows.

»Ich wette, dass man vom Grundstück aus den Taunus sehen kann«, meinte Dahlberg und streckte sich. »Seidelmann scheint gut verdient zu haben.«

»Hast du schon herausbekommen, woran er gearbeitet hat?«, fragte Karola.

»Nee. Wirklich gesprächig waren die nicht im Hause Orni Charm. Aber vielleicht kann uns ja die Witwe helfen.«

Karola überlegte, dass die Frau gleich selbst Hilfe nötig haben würde. Sie würde sich vorantasten und erfühlen, wie stark Frau Seidelmann war. Nicht immer war der direkte Weg der beste.

Unter dem Klingelknopf am Zaun glänzte ein graviertes Messingschild im Sonnenlicht: »Sonja und Sven Seidelmann«. Karola drückte zweimal kurz auf den Knopf. Fast augenblicklich schnarrte der Türöffner, ohne dass jemand die Gegensprechanlage genutzt hätte. »Hast du uns angekündigt?«, fragte Karola ihren Kollegen, während sie den Weg zum Haus einschlug.

»Nein. Vielleicht wartet sie auf UPS oder hat Pizza bestellt.«

Die beiden Ermittler näherten sich der großen, von modern bodentiefen Fenstern flankierten Haustür. Die samtschwarzen Gardinen waren zugezogen, an der Schmalseite des Bungalows zogen sich Rabatte mit Rosensträuchern entlang, begrenzt von sorgfältig geschnittenen Buchsbäumen. Von der Rückseite des Hauses waren hohe Stimmen zu hören, die wild durcheinander plapperten, schrill und laut – Sonja Seidelmann schien Besuch zu haben. Dahlberg zuckte mit den Schultern und klopfte an die massive Holztür.

Als sie sich öffnete, wich Dahlberg reflexhaft zurück. Zur Entwarnung tätschelte Karola seine Schulter: Die Blondine in der Tür hatte zwar ein Küchenmesser in der erhobenen rechten Hand, aber der Zwiebelgeruch und die umgebundene Schürze mit dem kulinarischen Hinweis »Lieber Froschschenkel in der Suppe als Eisbein im Bett« zeugten von ihrer Harmlosigkeit.

»Was ...?« Die Frau betrachtete das Messer in ihrer Hand fast so, als bemerkte sie erst jetzt, dass sie damit an die Tür gegangen war. »Ich war gerade am Zwiebelschneiden für Frankfurter Gulasch. Das Lieblingsessen meines Mannes. Aber ... was rede ich denn da. Wer sind Sie?«

Karola räusperte sich und zückte ihren Dienstausweis. »Frau Seidelmann?«

»Natürlich.«

»Kriminalpolizei. Dürfen wir hereinkommen?«

Die Seidelmann zuckte zusammen. »Um was geht es denn?«

»Das würden wir Ihnen gerne im Haus erzählen.«

»Na gut. Bitte, folgen Sie mir.«

Frau Seidelmann stöckelte voran. Die Schürze war hinten offen und mit einem Stoffband im Rücken verknotet. Wieso trägt sie ein schwarzes Kleid?, überlegte Karola und schielte zu Laurenz rüber, der seinen Blick nicht von der kurzberockten Erscheinung abwendete. Kopfschüttelnd folgte sie den beiden durch einen hellen Flur, von dem rechts drei Türen abzweigten und der sich auf der linken Seite zu einer ins Obergeschoss hinaufführenden Treppengalerie öffnete. Am Ende des Flurs wartete eine offene Glastür, durch die sowohl die Ehefrau des Opfers als auch ihr Kollege verschwanden. Karola eilte hinterher.

Das Zimmer, in das sie eintrat, war so groß, dass sie seinen ganzen Umfang kaum auf einen Blick erfassen konnte. Rechter Hand befand sich ein Kamin mit einer in die Wand eingefügten Nische, in der sich bis unter die Decke Holzscheite stapelten. Daneben ersteckte sich ein futuristisches Regalsystem, dem man sofort ansah, dass es individuell angefertigt worden war. In der Mitte des Raums verteilten sich eine Sitzgruppe aus zwei stahlgrauen Rattansesseln, ein einfacher Stuhl aus Loomgeflecht, ein wie eine Mondsichel geformtes Sofa mit türkisfarbenen Sitzpolstern und ein runder Beistelltisch aus Aluminium und Glas, dessen Design so hochwertig wirkte, dass Karolas Jahresgehalt für einen Kauf nicht ausreichen würde. Die westliche Längsseite des Zimmers war offen, zumindest vermittelte das die riesige Glasschiebetür zur Sonnenterrasse hin, die mit farbigen Tupfern aus Blumenkübeln gesprenkelt war. Ein gepflegter Rasen zog sich bis zum Ende des Gartens, hinter dem sich Streuobstwiesen, Rapsfelder und ein Mosaik aus Wildhecken, Strommasten und aufwendig modernisierten Aussiedlerhöfen erstreckten. Und als wäre das alles nicht schon genug Augenbalsam und naturnahes Wohnen vor den Toren der Großstadt, erhob sich am Horizont die Hefekuchensilhouette des Vordertaunus mit seinen sich an die bewaldeten Flanken anschmiegenden Wohlstandsstädtchen Bad Homburg und Co.

Dahlberg hatte also recht gehabt – eins zu null für ihn.

Karola trat näher an das Fenster und schaute zum Garten hinaus. Noch mehr geldadelige Herrlichkeit: Hinter der Ligusterhecke eine stattliche Blockhütte, die mehr Zimmer haben mochte als Karolas und Mirkos neue Wohnung, und direkt daneben eine überdachte Drahtvoliere, die nicht nur optisch, sondern auch akustisch völlig deplatziert wirkte: Ein nicht versiegendes Zirpen, Zilpen und Zetern ertönte, das so gar nicht zu der akkuraten und modernen Konzeption von Haus und Grundstück passte. Karola lächelte müde – zumindest wussten sie jetzt, dass bei Seidelmanns keine Gartenparty stattfand. Was wie aufgeregtes Schreien und Diskutieren geklungen hatte, war nichts weiter als Vogelgezwitscher aus dem Käfig.

»Bitte setzen Sie sich«, sagte die Witwe. »Darf ich Ihnen etwas zu trinken anbieten?«

Nachdem sie Schürze und Küchenmesser abgelegt hatte, wählte sie eine Flasche Scapa Single Malt aus der Hausbar. Whiskey ist keine schlechte Idee, dachte Karola, immer noch an der großen Glasfront stehend. Dahlberg hatte sich frech auf der Sichelcouch platziert, die Gastgeberin sich mit übereinander geschlagenen Beinen auf dem einzigen Stuhl niedergelassen, sodass Karola nur einer der Korbsessel blieb.

»Nein, danke«, antwortete sie. Immer noch überlegend, wie sie das Gespräch am besten beginnen sollte, beobachtete sie, wie Frau Seidelmann ihr Glas füllte: mit zitternder, von einem schmalen Goldreif gezierten Hand. Ist nicht dein erstes Glas heute, dachte Karola und rang sich ein Lächeln ab. Zögerte immer noch. Von draußen durchstach das Kreischen der Vögel die Stille. Karola räusperte sich, aber Laurenz kam ihr zuvor: »Ihr Mann ist tot. Ermordet.«

Wütend sah Karola zu ihm hinüber. Unsensibler ging es wohl kaum. Und so einen Kerl hatte sie mal geliebt?

Frau Dr. Seidelmann saß wie festgenagelt auf dem Stuhl. Ihre Gesichtszüge hart, die Lippen fest aufeinander gepresst, ihre rechte Faust das Glas umklammernd.

»Entschuldigen Sie die offenen Worte meines Kollegen«, sagte Karola leise, aber mit entschlossener Stimme. »Aber es stimmt, Ihr Mann wurde heute Morgen tot in seinem Büro aufgefunden. Unser aufrichtiges Beileid ...« Sie suchte den Blickkontakt mit der Witwe, aber die Frau starrte in ihren Whiskey und schwieg.

»Wir müssen Ihnen so schnell wie möglich ein paar Fragen stellen«, polterte Dahlberg wieder los. »Sicher ist es auch in Ihrem Interesse, dass wir den Mörder Ihres Mannes rasch finden.« Er fummelte an seiner teuren Armbanduhr herum, nahm sie vom Handgelenk und legte sie mit dem Ziffernblatt nach oben auf die Tischplatte – wie um sich selbst und dieser Frau zu zeigen, dass es keine Zeit zu verlieren gab. Karola bereute es, sich nicht neben ihn gesetzt zu haben: Ein Tritt ans Scheinbein wäre ihm jetzt sicher. Mindestens.

Die Frau vor ihnen sagte noch immer nichts, klammerte sich an den dünnwandigen Rettungsring aus Glas und glotzte hinein, als könnte sie seinen Inhalt mit den Augen leeren.

Karola ließ ihr Zeit, drängte sie nicht.

»Wie ist es passiert?«, presste die Witwe hervor.

»Ihr Mann wurde mit einem schweren Gegenstand erschlagen. Die Ermittlungen am Tatort laufen noch. Mehr können wir leider noch nicht sagen«, antwortete Laurenz. »Können wir Ihnen ein paar Fragen stellen?«

»Was ... was möchten Sie denn wissen?« Frau Seidelmann sprach jetzt mit einer leisen, schwankenden Stimme, so als würde ein Windstoß die Worte zerpflücken und auseinandertreiben.

Karola stutzte. Die Witwe blickte Laurenz aus geröteten Augen an. Sie weiß es, dachte Karola. Von wegen geschnittene Zwiebeln, und auch die schnelle Bereitschaft zur Mitarbeit – die Frau spielte Theater.

»Wann haben Sie«, fragte Lorenz weiter, »Ihren Mann zuletzt gesehen?«

»Ich weiß nicht. Doch, natürlich, gestern Abend. Er fuhr in die Firma, um ein Experiment zu überwachen.«

»Wann war das genau?«

»So um sechs, halb sieben.«

»Und wann kam er wieder zurück?«

»Gar nicht.«

»Entschuldigen Sie.« Dahlberg kratzte sich am Hinterkopf und schlug die Augen nieder. »Ich meinte: Wann kam er normalerweise wieder zurück? Wann wollte er wieder hier sein?«

Seidelmanns Frau leerte ihr Glas und starrte den Polizisten an.

»Sven wollte in der Firma übernachten und erst heute Mittag zurückkehren. Ihn habe ich erwartet, als Sie beide klingelten.«

»Er wollte dort übernachten?«

Abrupt stand die Witwe auf und stanzte mit ihren hohen Absätzen über das Parkett, tschak, tschak, tschak. Hörte sich an, dachte Dahlberg, wie ein schepperndes Hi-Hat, dem etwas zwischen die Becken geraten war. Tschak.

Karola dagegen wunderte sich, wieso die Hausfrau beim Kochen so unbequeme Schuhe trug. Noch mehr Theater?

»Was denken Sie denn?«, konterte Frau Seidelmann mit einer Gegenfrage, während sie weiterhin das Parkett malträtierte. Ihre eben noch zarte Stimme hatte sich in ein Fauchen verwandelt. »Das kam andauernd vor. Sven liebte seine Arbeit, und wenn es notwendig war, übernachtete er eben im Labor.«

Dahlberg hob beschwichtigend die Hände. »Gab es Probleme in der Firma? Hatte er Ärger mit irgendwelchen Kollegen?«

Die Witwe lachte. »Nicht, dass ich wüsste. Sven hatte nur seine Forschung im Kopf. Bei ihm drehte sich alles um Vögel.« Tschak, tschak, tschak. Karola schielte zu ihrem Kollegen hinüber, war sich sicher, dass auch er »Vögeln« verstanden hatte.

»Also keine Probleme oder Streitereien mit Vorgesetzten, oder so?«, versuchte es Dahlberg noch einmal.

»Nein. Sven kam mit allen gut aus, solange man ihn in Ruhe ließ und seine Forschungen nicht behinderte.«

»Woran forschte er denn?«

Die Witwe seufzte. »Na, an Vögeln halt. Keine Ahnung, um was es da genau ging. Hat mich nie interessiert.«

»Aber sie hatten schon auch gemeinsame Interessen?«, fragte Dahlberg.

»Wie meinen Sie das?«

»Nun, wie gut haben Sie sich denn mit ihrem Mann verstanden?«

Tschak, tschak und aus. Ungläubig starrte sie Laurenz an. »Sie Mistkerl. Was bilden Sie sich eigentlich ein?«

Karola erhob sich hüstelnd. »Dürften wir noch rasch einen Blick in das Arbeitszimmer Ihres Mannes werfen?«

»Wenn Sie mir versprechen, dass Sie dann von hier verschwinden.«

Karola nickte. Theater hin oder her – noch länger konnte sie der armen

Frau einen Laurenz in Holzbock-Laune nicht zumuten. Die Gattin des Opfers verließ das Zimmer und kam mit einem kleinen Schlüsselbund zurück. »Hier. Damit kommen Sie hinein.« Unwillig zeigte sie nach draußen.

»Das Vogelhaus ist sein Arbeitszimmer?«, fragte die Kommissarin.

»Ja. Wenn Sven nicht im Labor war, verbrachte er seine Freizeit in der Hütte. Er sagte dann immer ›Ich gehe mal 'ne Runde in den Vogelkasten‹.« Plötzlich schluchzte sie auf. »Entschuldigen Sie. Ich warte lieber hier auf Sie.« Damit schob sie die beiden Polizisten hinaus ins Freie.

»Meine Güte.« Dahlberg schüttelte den Kopf und stapfte über den kurz gemähten Rasen. »Ein Mordsweib, findest du nicht?«

»Also hältst du sie für die Täterin?«

»Oh Mann«, stöhnte Laurenz. »Sei doch nicht so empfindlich, Karola. Du weißt genau was ich gemeint habe.«

Sie lächelte schief. »Eben. Also, was hältst du von ihr ... mal abgesehen von dem, was bei euch die Testosteronproduktion in Gang setzt?«

»Na ja ...« Laurenz wackelte mit dem Kopf und stopfte sich das herausgerutschte Hemd in die Hose. »Das verheulte Gesicht sah nicht wirklich aus, als wären die Zwiebeln dran schuld gewesen.«

»Stimmt.«

»Meinst du, die wusste schon, dass ihr Mann tot ist?«

»Die Frau hat doch kaum Emotionen gezeigt. Die war so kalt wie gefrorener Matjes.«

»Mach mal halblang. Die hat bestimmt 'nen Schock.«

»Klang nicht so, als du nach der Beziehung gefragt hast. Da wurde sie richtig sauer.«

Sie erreichten die weit ausladende Holzhütte, die direkt in die Voliere überging. Gesichert war die Tür des Blockhauses mit einem einfachen Vorhängeschloss. Bevor Karola den vielversprechendsten Schlüssel ausprobierte, lauschte sie dem Gezwitscher, Flattern und Zetern.

Dahlberg zog sie zurück. »Dir ist klar, was das bedeutet?«

Die Kommissarin nickte nachdenklich. »Entweder hat jemand sie informiert und sie will nicht, dass wir das wissen. Oder ...«

»... sie war's.« Laurenz schüttelte den Kopf.

Schon der zweite Schlüssel passte. Als Karola ihn drehte, schlug sich ihr Kollege an die Stirn. »Mist, ich habe meine Longines vergessen.«

»Deine was?«

»Na, meine Uhr. Ich muss schnell zurück.«

Karola blickte skeptisch. »Kein Problem. Vielleicht zeigt dir Frau Seidelmann ja bei der Gelegenheit ihre Uhrensammlung.«

Laurenz grinste und drehte die Handflächen nach oben. »Bin gleich wieder da.« Er zwinkerte und machte sich auf den Rückweg.

Warum bin ich eigentlich nur von Blödmännern umgeben, dachte Karola, drückte die Klinke nach unten und musste lächeln, weil die Antwort klar war: Es gab einfach keine Blödfrauen.

Sie öffnete die Tür und betrat Sven Seidelmanns Vogelkasten. Mit offenem Mund sah sie sich um und erlebte ein unheimliches Déjà-vu: Das dämmrige Innere sah fast genauso aus wie in der Vereinshütte vom Mach-die-Flatter e.V., dem anarchisch-chaotischen Kleinvogelzuchtverein, den ihr Bruder mit einigen Kumpels vor Jahrzehnten gegründet hatte. Außer der Vermehrung von hektischen Zebrafinken, Kanarienvögeln in poppigen Farben und ewig schimpfenden Wellensittichen hatten sich die ungefiederten Vereinsmitglieder damals zum Ziel gesetzt, die Umsätze von Bindinger Bier und Possmanns Apfelwein in die Höhe zu treiben. Karola lächelte. Wie lang war das her? Sie erinnerte sich, wie sie damals als kleine Schwester zu spontanen Demos mitgeschleppt wurde, an Lieder im Park und Flugblätter mit unbeholfenen Sprüchen wie »Besser Vogelschwänze als Atombombenärsche«. Fast dreißig Jahre war das her …

Absolute Exoten waren das gewesen, alle: Das Federvieh aus Australien, Neuguinea und Senegal genauso wie ihre Besitzer mit Pickeln und hauchfeinen Ziegenbärtchen im Gesicht, die sich mehr für Goldbrüstchen und Blaustirnamazonen interessierten als für die Reize ihrer Klassenkameradinnen. Später verlagerte sich das Interesse der Jungs auf einheimische Wildvögel und erreichte erst danach die arteigenen Zweibeinerinnen. Ab dann wurden die Schwerpunkte neu gesetzt, löste die Eroberung des weiblichen Geschlechts ihr Hobby Ornithologie zwar nie ganz ab, aber drängte es doch in die zweite oder dritte Reihe.

Karola fuhr sich durch die Haare. Staunte über diesen Raum, der Mach-die-Flatter e.V. in ihr wieder auferstehen ließ: ausgestopfte Vogelbälger an den Wänden, gestapelte Käfige, vertrocknete Nester und der trockenstaubige Geruch nach Futter, Federn und gehäckseltem Holzstreu. Nur das Notebook auf einem einfachen Holztisch und die in allen Ecken blinkenden LEDs, Thermometer, Hygrometer und Sonst-irgendwelche-Meter zeugten davon, dass sich die Technik in den letzten zwanzig Jahren auch in der Vogelzucht weiterentwickelt hatte.

Von der hinteren Wand führte eine zweite Tür zu einem engen Gang mit verschiedenen Außenvolieren, die gegen Regen durch ein stabiles Dach aus Plexiglas geschützt waren. Das quietschende Gezeter von vorhin, das Karola als ausgelassenes Partygelächter im Garten interpretiert hatte, verstärkte sich, als sie vorsichtig die Tür einen Spalt öffnete und hineinschaute. Immerhin wusste sie noch genau, wie schnell Vögel entwischen konnten.

Die Hauptkommissarin schloss die Tür hinter sich und trat dicht an einen der großen Käfige heran. *Urocolius macrourus*, las sie auf einem ausgedruckten Etikett und darunter den deutschen Artnamen: Blaunacken-Mausvogel. Lächelnd klopfte sie an das Gitter: Die beiden taubengroßen Vögel wirkten mit ihrem hellblauen Fleck im Nacken, der aufgestellten Federhaube und den leicht verquollenen Augen, als hätten sie die Nacht durchgemacht. In der benachbarten Klein-Voliere schwirrten metallisch-grün schimmernde Kolibris vor einer Tränke, und in einem dritten Volierenkäfig, größer als die anderen beiden, entdeckte Karola schließlich hinter eingetopften Hibiscussträuchern einen starengroßen orangegrauen Vogel, der lustlos an einem Mehlwurm herumpickte. Der Totenkopf auf dem Etikett passte so gar nicht zu dem harmlosen Vögelchen mit dem lustigen Namen Zweifarben-Pitohui. War das Vieh etwa giftig?

Nein, das waren nicht unbedingt die Vögel, die sie aus ihrer Jugendzeit kannte. Sie erinnerte sich an zerzupfte Wellensittichküken und nackthäutige Prachtfinkenbabys, hilflose fiepende Wesen, federlos, hässlich, fast komplett aus dem ewig fordernden, weit aufgerissenen Schnabel bestehend. Karola sah ihren Bruder vor sich, wie er die kleinen Schreihälse zärtlich in seinen

Händen herumtrug, stolz und so eitel, als wäre er selbst der Vater dieser gefiederten Brut.

Seufzend ließ sie sich auf den Schreibtischstuhl fallen und überlegte. Das hier sah aus wie der Hobbyraum eines Vogelfreaks, ein wenig schräg und sicher teuer, aber sonst nicht außergewöhnlich. Sven Seidelmann hatte also ein Faible für Vögel, aber so viel hatte sie auch schon vorher gewusst. Sie drückte auf den Powerknopf des Notebooks, wartete auf das Windows-Logo und fluchte, als das Feld mit Username und Passwort aufpoppte. Wäre ja auch zu schön gewesen. Ob Frau Seidelmann die Zugangsdaten kannte? Unwahrscheinlich, entschied Karola. Und wieso dauerte das so lange, bis Laurenz wieder zurück war?

Sie schaltete den Computer aus und zog eine der Tischschubladen auf. Beringungszangen in verschiedenen Größen teilten sich den Platz mit elektronischen Bauteilen und kompliziert wirkenden Messgeräten. In der Schublade darunter fand sie ein buntes Sortiment unterschiedlicher Vogelringe aus Plastik und Leichtmetall, manche so winzig, dass sie kaum über einen Zahnstocher passen würden, andere fast so groß wie ein Armband für Kinder.

Die letzte Schublade enthielt Papierkram. Karola blätterte durch die Dokumente, wurde aber enttäuscht: Rechnungen für Vogelfutter, Kataloge für ornithologisches Zubehör, Notizen über Zuchterfolge, ein Ausweis des Ziergeflügelvereins »Wetterauer Perlwachteln«, alte Eintrittsscheine und Landkarten. Nichts, was aus der Reihe tanzte, nirgends ein Hinweis auf die eine, entscheidende Spur. Seidelmann schien ganz für seine Vögel gelebt zu haben. Schließlich entdeckte Karola noch einen vergilbten Briefumschlag, in akkurater Schreibschrift mit einem kryptischen »von früher« betitelt. Sie griff hinein und zog einen flachen Stoß Fotos im Format zehn mal fünfzehn heraus.

»Das ist doch mal was anderes«, murmelte Karola, als sie auf den Bildern keine Vögel, sondern Menschen entdeckte. Konzentriert blätterte sie durch die Aufnahmen. Die Motive wiederholten sich und zeigten fast immer junge Männer in Gummistiefeln mit seltsamen Hüten und Fernglas um den Hals. Auf einigen wenigen Bildern waren auch Frauen zu sehen, die kaum modischer gekleidet waren. Auf manchen Fotos posierten die Gestalten vor aufgespannten Netzen oder Vogelnistkästen, auf anderen beim Markieren von irgendwelchen Piepmätzen vor einer Hütte im Wald, und eines zeigte ein paar Männer, die vor einem auf dem Stativ montierten Fernrohr standen und mit den Armen ruderten.

Kindsköpfe, dachte Karola und musste erneut grinsen. Offenbar waren die Ornis dieser Welt alle Spinner. Beim nächsten Bild aber erstarrte sie. Hockte da, starrte nur, reglos gebannt, bis sie von draußen leise Schrittgeräusche hörte. Näher kommende Schritte. Sicher endlich Laurenz, dachte sie, in ein paar Sekunden ist er hier. Karola Bartsch schob sich das Foto vorne in die Hose und lupfte ihre Bluse darüber, als die quietschende Tür sich öffnete.

»Hast du etwas gefunden?« Dahlberg winkte ihr zu, seine wuchtige Uhr funkelte wieder am Handgelenk.

Beringt wie ein Vogel, dachte sie und strich sich die Bluse glatt. »Nichts, was uns weiterhilft«, sagte sie und erhob sich. »Abmarsch!«

Draußen stand die Witwe und streckte die Hand aus. Karola drückte den Schlüssel hinein und bemühte sich dabei, diese Hand nicht zu berühren.

»Sind Sie jetzt fertig?«, fragte die Seidelmann.

»Vorerst«, murmelte Karola. »Kann ich den Laptop Ihres Mannes mitnehmen?«

Frau Seidelmann zögerte. »Bitte.«

»Sie wissen nicht zufällig sein Passwort?«

»Nein.« Die Witwe gab sich wortkarg.

»Dann also auf Wiedersehen. Die Spurensicherung wird demnächst noch vorbeikommen.«

Stille. Nur das Zwitschern der Vögel in ihren Käfigen.

»Wann kann ich ihn haben?«, fragte die Witwe und rührte sich nicht.

Die beiden Kommissare schauten sich fragend an. »Ihn?«, fragten sie gleichzeitig.

»Wann kann ich Sven abholen lassen? Die Beerdigung. Sie wissen schon.«

Karola überlegte. Die Gerichtsmedizin würde in vierundzwanzig Stunden mit der Obduktion fertig sein. Keine Leiche, auch keine ermordete, wurde heutzutage noch in den Kühlkammern der Rechtsmedizin auf unbestimmte Zeit aufbewahrt, um für eventuelle spätere Überprüfungen zur Verfügung zu stehen. Trotzdem baute sie einen Sicherheitspuffer in ihre etwas geschwollene Antwort: »In drei Tagen können Sie ihrem Mann das letzte Geleit geben.«

Die Witwe nickte, stolzierte auf schlanken Beinen in Richtung Terrasse und verschwand, ohne sich noch einmal umzublicken. Was vor allem Laurenz bedauerte.

Auf ihrem Weg zurück zum Dienstwagen platzte es aus Karola heraus: »Hast du sie wenigstens nach ihrem Alibi gefragt, als du zum Trösten reingehen musstest?«

»Hör mal, ich hab wirklich nur nach meiner Uhr gesucht!«

»Hast du oder hast du nicht?«

»Du hättest sie ja auch fragen können.«

»Also nicht. Wir sind vielleicht ein paar Amateure.« Karola schnaubte. Sie spürte das Foto auf ihrem Bauch, warm, schwitzig, falsch. Sie musste sich beruhigen, ihren Ärger verstecken und Laurenz' lautes Maul zukleben.

»Soll ich noch mal rein?«, fragte der und drehte sich um.

»Nein. Das heben wir uns fürs nächste Mal auf.«

Sie erreichten Mirkos Hollandrand und Dahlbergs Golf. Ein Witzbold hatte »Putz mich« auf die verstaubte Motorhaube gemalt. Fast ein Graffiti, dachte Karola. Und dann dachte sie, natürlich, an ihn.

Verflucht. Heute jagte ein altes Gespenst das andere.

Die beiden Ermittler schwiegen. Auf einer geköpften Fichte im Nachbargarten hockte eine Krähe, frech, schweigsam und, wie Karola schien, mit einem ironischen Grinsen im Schnabel. Sie atmete tief aus und blinzelte in die Sonne. »Also, wir treffen uns Punkt fünfzehn Uhr im Besprechungsraum.« Sich ihrer eigenen Schroffheit bewusst werdend, nickte sie ihrem Kollegen zu. »Wie wäre es jetzt mit Rippchen und Kraut?«

Laurenz drückte sich ein Lächeln ab. »In der Lohrberg-Schänke? Die haben auch mittags geöffnet.«

»Prima. Ein bisschen mehr Überblick kann uns nur gut tun.« Sie lachte, als Dahlberg sie verständnislos anstarrte. »Na wegen der guten Aussicht da oben.«

Aus Karolas Smartphone säuselte abermals »Bella Notte«. Mirko hatte ihr den Klingelton in einem Anfall spontaner Romantik vor einem Jahr geschenkt. Ob er das noch wusste? Karola hatte das kitschige Lied in ihr Herz geschlossen, weil es eine Hymne an die Schönheit der Nacht war.

Dahlberg dagegen schüttelte sich.

»Jannik, was gibt's?«

»Karola, wir wissen jetzt, wie der Täter in die Firma kam.«

»Warte, ich stell dich auf Laut. Lass hören!«

»Übers Dach«, informierte Jannik Holzmann sie. »Der Einbrecher muss per Feuerleiter auf das Flachdach geklettert sein und hat dort eine Tür zum Treppenhaus aufgehebelt.«

»Was habt ihr gefunden?«

»Komtschewski persönlich hat das Stemmeisen, mit dem sich der Täter Zugang verschafft hat, auf dem Dach entdeckt. Fingerabdrücke wären natürlich ein Sahnehäubchen.«

»Damit rechnet wohl keiner. Hm, als ein ungeplanter Raubmord? Industriespionage? Erkundige dich, ob die Firma irgendetwas Wertvolles vermisst – egal ob Vögel oder Formeln.«

Jannik lachte aus dem kleinen Lautsprecher heraus. »Mach ich. Dann bis nachher.«

Karola fiel noch etwas ein: »Warte mal. Was ist mit den Überwachungskameras im Eingangsbereich?«

»Ähm ...«

»Lass dir die Aufzeichnungen von gestern Abend und Nacht geben. Vielleicht gibt's ja ein Bild von unserem Mann oder unserer Frau – das wäre dann ein Sahnehäubchen mit extra Schokostreuseln.«

»Hört sich lecker an. Ich kümmer mich darum.«

Karola beendete das Gespräch und wartete auf Dahlbergs Kommentar. Er trat gegen ihr Hollandrad. »Also zum Lohrberg. Wie wär's mit einer Revanche?«

7

Montag, 18. Mai, 14.12 Uhr

Das war sein Geschäft des Jahres. Zweihundert Euro für ein paar läppische Sätze. Er hatte seine übliche Runde durchs Revier gezogen, als plötzlich wie aus dem Boden gewachsen dieser Typ auftauchte. War ja nix einzuwenden gegen ein kurzes Schwätzchen, über das Leben im Allgemeinen und auch im Speziellen. Und dann zückt der doch glatt seine Börse und lässt was Grünes blitzen. Blöd nur, dass er gleich Ja gesagt hat, statt mal auszutesten, ob die zwei Scheine schon das Ende der Fahnenstange waren. Früher sahen die Hunnis ja blau aus, heute aber grün. Und gesichtslos. Genau wie der Typ, der sie verteilte.

Blau war zwar seine absolute Lieblingsfarbe, aber dafür waren die Grünen auch doppelt so viel wert. Da konnte man schon drüber hinwegsehen, dass die jetzt grün waren. Und sie nur ein langweiliges Barocktor zierte. Außerdem war auf den Blauen die Clara drauf gewesen. Nicht seine, sondern Clara Schumann mit der feinen langen Nase, dem spöttischen Kussmund und dem komischen Reifen aufm Kopf, der ihr volles Haar festhielt. Aber der Hit waren Claras strahlende, klare Augen.

Er kannte sich aus. War ja mal Drucker gewesen bei der Deutschen Bundesbank am Ginnheimer Spargel. Aber das war Lichtjahre her. Und lange bevor ihn seine Klara verlassen hatte, nachdem er seinen Job bei der Druckerei verloren hatte, weil er ein einziges Mal schwach war und sich ein paar frische Scheine auslieh. Und das nur, weil er doch seiner Klara mal was Exquisites schenken wollte, weil die doch teuren Schmuck so mochte, so wie die andere Clara, die mit den Perlentropfen an den Ohren. Er hatte noch Glück gehabt, dass sie ihn nicht bei den Bullen verpfiffen hatte. Wollten wohl keine schlechte Publicity. Publicity - klingt wie Popel in der City. Scheiß-City.

Festgekrallt hat die sich in ihn. Hat seinen Schweiß ausgesogen wie ein Vampir und rein in die Ritzen der Frankfurter Pflastersteine.

Puh, ganz schön heiß heute, er kam ja kaum noch von der Stelle. Ob der Typ mit dem dicken Geldbeutel noch da stand, ja, der wartete hinter den alten Hecken da, ob auch alles rund lief. Clara in Blau dürfte der auch noch gekannt haben. Obwohl, viel hat er mich ja nicht sehen lassen, da im Schatten der Bäume am Mainufer des Sommerhoffparks. Sieben Bäume, er hatte sie einmal im Suff gezählt, die so eng beieinander wuchsen, als fassten sie sich an den Ast-Ärmchen und tanzten ihr Bäumlein-Ringelrein. Dieser Typ mit seinem weitkrempigen Hut kannte wohl nicht nur Clara in Blau, sondern auch noch ihren Vorgänger, den unrasierten Kopf mit Knollennase und dem komischen Käppi auf dem Kopf. Wie hat der noch geheißen? Sebastian Münster, ja, da sollten die nur noch mal sagen, er werde vergesslich. Und der altmodische Hut von dem Heini, jetzt, wo er darüber nachdachte, der sah wirklich so aus wie der von dem Münster.

Nun aber weiter. Nur nicht den Einsatz vermasseln. Die kurze Strecke bis zur Galluswarte schaffte er selbst im Vollrausch noch unter zehn Minuten. Früher stand ja an jeder Straßenecke so 'n gelbes Häuschen, aber heute, wo schon die Zehnjährigen mit ihren Smarties spielten wie er mit 'ner Flasche Korn, waren die gelben Telefonzellen so gut wie ausgestorben. Dabei war'n die so was wie Kommunismus im Westen gewesen, alle waren gleich, vom Punker bis zum Banker mussten sie sich in die gleiche enge, versiffte Zelle quetschen. Jetzt gab's nur noch die silbrig-rosanen Zellen-Babys, und selbst die musste man lange suchen. Ha! Nie im Leben hatte der Typ sein Handy vergessen. Der wollte nur, dass niemand seine Nummer aufspürte. Dreck am Stecken und zwar bis zur Oberkante. So viel war klar. Aber zwei Grüne wischten so viel Schmutz weg, da konnte die Kläranlage gegenüber kaum mithalten. Trotzdem würd es wohl nix schaden, wenn er sich nach seinem Einsatz die Visage von dem Heini genauer ansah. Natürlich erst, wenn der zweite Schein schon in der Hose zappelte.

Ihm wurde ganz schwindelig, wenn er daran dachte, was er mit dem vielen Geld alles anstellen konnte. Weihnachten im Mai, das war doch mal was. Viel besser als die Gulaschkanone hinter der Liebfrauenkirche, die zwar gegen den vorweihnachtlichen Hunger half, aber nicht gegen die Schweinekälte im Dezember, die vom Fluss hoch bis zu den Eingangstoren der Kauftempel auf der Zeil kroch. Scheiß drauf. Heute war sein Glückstag, und vielleicht würde er heute Nacht sogar mal wieder seine alten Kumpels in der Strandfurt besuchen. Betreutes Trinken sozusagen. Ha!

Er kicherte und schlurfte weiter. Endlich wuchs vor ihm eine dieser modernen Sprechboxen aus dem Asphalt. Der Plastikhörer sah aus wie ein Knochen, und die Milchglasscheibe schützte vielleicht vor Taubendreck, aber bestimmt nicht vor Regen – wer sich so einen Mist nur ausdachte. Hm, der Typ stand immer noch da und gaffte. Hat wohl Schiss, dass ich mit seinem Geld verschwinde, hat kein Vertrauen, der Sack. Dabei braucht der sich doch keine Sorgen zu machen: Den zweiten Schein gibt's erst nach dem Anruf. So war der Deal. Erst die Arbeit, dann das Vergnügen.

Er griff nach dem Plastikknochen, hob ihn ans Ohr und wartete, bis das laute Pochen in seinem Herzen im Dauerton des Freizeichens verebbte. Das Wort gefiel ihm. Frei – ein Zeichen. Er schnalzte mit der Zunge, wischte sich mit dem Ärmel Speichel ausm Mundwinkel, zog die Nase hoch und dachte an Clara. Clara Schumann, die ihm vertraulich zuzwinkerte, so als wollte sie ihm sagen: Auf mich kannst du zählen.

Er grinste breit und ließ seine nikotinbraunen Zahnstümpfe hüpfen wie leere Patronenhülsen. Jetzt aber, dachte er und drückte mit dem Zeigefinger dreimal fest auf die zwei Zahlentasten, die für einen gewaltigen Rausch am heutigen privaten Maifeiertag verantwortlich sein würden. Als er eine Stimme hörte, bewegte er die Lippen und sah dabei Clara, wie sie vor einem blauen Vorhang stand und ihm zulächelte.

Er schlug mit dem Kopf dagegen. Einmal, zweimal. Immer wieder. Hörte auf und lauschte. Drehte sich nach rechts und links, legte den Kopf in den Nacken und schlug wieder seinen Schädel an den Baumstamm. Hämmerte immer schneller gegen die Rinde, zehn Mal, zwanzig Mal pro Sekunde. Endlich erwischte er den Borkenkäfer, pickte ihn auf und schluckte.

Karsten beobachtete den Buntspecht, bis der seine Beute aus der Rinde zerrte und davonflatterte. Vor einigen Monaten erst hatte er in »Nature«

einen Artikel darüber gelesen, warum Spechte keine Kopfschmerzen bekamen: Die Vögel schützten ihr kleines Gehirn mit dicken Muskelschichten und machten bei jedem Hämmern den Harry Houdini – sie spannten die Muskeln kurz vor dem Aufschlag an und absorbierten so die meiste Energie des Schlages. Karsten grinste müde: Konnte man also leider nicht auf den Menschen übertragen. Ein Mittel gegen Kopfschmerzen, das wär doch mal was. Probehalber machte er einen tiefen Atemzug, lauschte in Richtung Rippen und prustete erleichtert die Luft wieder aus. Sein Ex-Sani schien recht behalten zu haben: Gebrochen war nix. Der Buntspecht fing wieder an zu morsen, allerdings zu weit weg. Und sein blutverschmiertes Spektiv würde Karsten sicher nicht aus dem Versteck holen.

Verflucht – doch wieder die üblen Gedanken. Vom Buntspecht zum Dealer, von *Dendrocopos major*, griechisch für »Baumschläger«, zu den menschlichen Schlägern, zu Darius Tablo, dem Ice-Man. Seit Spotti seinen Abgang hingelegt hatte, grübelte Karsten über die Sache nach. Er hatte schon eine erste Schutzmaßnahme ergriffen und den Eimer Hühnerblut, gefüllt mit frischem Hint-Horoz-Lebenssaft, einer neuen Bestimmung zugeführt. Karsten grinste: Nichts gegen High-Tech, aber manchmal waren die alten Tricks die besten. Danach hatte er im Wohnbereich der Scheune mit seinen erbärmlichen fünfundvierzig Kilobyte pro Sekunde im Internet zum Tablo-Clan recherchiert. Eine neue Leitung war längst überfällig – diese Baumhausverbindung nervte.

Wie auch immer, die Eckdaten waren offenbar stadtbekannt: Soltan Tablo war ein betuchter Geschäftsmann im Bereich Import-Export, spendete an Frankfurts arme Seelen Tausende von Euros und hatte keinen Kaffeefleck auf der weißen Weste. Doch immer mal wieder tauchte Soltan Tablo auch in den Klatschspalten auf. Er habe sein Imperium mit Hilfe der osteuropäischen Mafia errichtet, hieß es, sei zu schlau und zu gut gepanzert durch die Rüstung hoch dotierter Rechtsanwälte, um den Ermittlungen der deutschen Justiz ins Netz zu gehen. Das Einzige, was den mächtigen Rumänen offenbar Kummer bereitete, war seine Familie. Der Sohn, die Neffen. Einer von denen, Darius, hatte gestern Meth gefressen. Und ein anderer, las Karsten mit wachsenden Kopfschmerzen, saß seit einem Jahr in

Preungesheim ein. Drogengeschäfte. Crystal Meth. Trotzdem: Die Verbindung Spektiv und Tablo-Clan war wacklig wie ein Mikado-Gebilde. Und was, wenn die Geschichte, wegen der er in der Scheiße steckte, schon länger zurück lag? »Sitzt in Preungesheim«, murmelte Karsten und lauschte dem Rascheln der Silberweide. Vielleicht ...

Seufzend warf er einen Blick auf die Metalltonne, über deren Feuer der Hint Horoz brutzelte. Nachdem Karsten den vermaledeiten Grill nicht gefunden hatte – hoffentlich tauchte der nicht auch irgendwann blutüberströmt auf –, warf er Buchenscheite in die Tonne, spritzte Spiritus drüber und steckte den armen Kampfhahn auf einen langen Eisenspieß. Aber noch war er wohl nicht so weit. Also kramte Karsten sein Handy heraus, alt, ohne Kamera und Touchscreen, dafür auch ohne GPS und schwerer zu orten. Wen sollte er anrufen? Sie oder ihn? Beides würde nicht einfach werden, aber Harald schuldete ihm immerhin noch einen Gefallen. Sie nicht – eher im Gegenteil. Also Rosskamp.

Während er die Nummer im Adressbuch suchte, drehte Karsten den brutzelnden Spieß einmal um die Achse. Zählte das Tuten. Schon nach dem dritten meldete sich sein alter Kollege: »Ja?«

»Ich bin's«, antwortete Karsten.

Schnaufende Stille. Dann ein winziges Knacken, wahrscheinlich hatte Rosskamp die Leitung gewechselt. »Du«, sagte er und machte eine Pause. »Sollst hier doch nicht anrufen.«

»Sorry. Deine Privatnummer fällt immer aus meinem Handy.«

»Sehr witzig, Karsten. Was willst du? Den Ausdruck Persona non grata hast du doch bestimmt schon mal gehört.«

»Jetzt bist du der Komiker«, entgegnete Karsten. »Vor einem halben Jahr hättest du mich am liebsten abgeknutscht.«

Rosskamp meckerte wie eine Ziege – das war seine Variante von Lachen. »Wenn du einen neuen Tipp für uns hast, ist das natürlich etwas anderes.«

»Sorry, diesmal brauch ich selbst einen. Ist wegen derselben Sache.« Vor knapp sechs Monaten war in der Strandfurt ein Typ aufgetaucht, dem das Etikett Meth-Dealer in die platte Nase eingeschlagen gewesen war. Abwechselnd hatten Karsten und Spotti den Typ erst belauscht, dann beschattet. Beide hassten sie – aus unterschiedlichen Gründen – Crystal Meth über alles. Fast zufällig hatten sie den Treffpunkt für eine große Lieferung mitbekommen und Harald Rosskamp vom K 63, das sich um den organisierten Drogenhandel kümmerte, einen Hinweis gegeben. Die von ihm gestartete Aktion wurde zu dem, was die Medien so gerne als »schweren Schlag gegen die organisierte Kriminalität« feierten.

»Was willst du wissen?«, knurrte Rosskamp.

»Zwei Dinge: Wer steckte hinter dem Deal damals, und habt ihr den auch geschnappt?«

Aus dem Handy antwortete die mäkelnde Ziege. »Nein, natürlich nicht. Du weißt doch wohl noch, wie das läuft: An die richtig großen Jungs kommen wir viel zu selten ran.«

»Und wer war«, fragte Karsten, »der große Junge in diesem Fall?«

»Ein übler Typ aus Rumänien, der auf Familienbetrieb macht. Tauchte erst nach deiner Zeit hier auf: Soltan Tablo.«

Karsten nickte dem Main zu, starrte auf die Sonnenscherben im Wasser. Sinnlos das Ganze, aber trotzdem ergab das alles jetzt einen Sinn.

»Bist du noch da?«, fragte Rosskamp.

»Noch«, brummte Karsten. »Danke für die Info.«

Harald Rosskamp meckerte, atmete tief ein und senkte die Stimme. »Kann ich dich mal was fragen?«

Karsten wusste, was kommen würde. Diese Frage kam immer. Früher, dachte er, in den guten, alten Hard-boiled-Zeiten, hätte er jetzt geknurrt: Spuck's schon aus. Aber diese Zeiten waren lange vorbei. Also fragte er nur, fast sanft: »Was?«

Rosskamp räusperte sich. »Also, damals, vor fünf Jahren. Hast du ... oder hast du nicht?«

Karsten schloss die Augen. Glauben würden sie ihm ohnehin nicht. »Nein, Harald. Hab ich nicht.«

»Hm. Ist ja nur, weil damals die ganze Truppe wegen dir in Schwierigkeiten und -«

»Du, tut mir leid«, unterbrach ihn Karsten. »Ich muss jetzt Schluss machen, mein Hahn brennt grad an.«

»Was?«

»Noch mal danke, hast was gut bei mir.« Karsten drückte ihn weg. Starrte auf den Spieß mit Fleischbehang, schwarz wie Springerstiefel. Ja, jetzt ergab das alles einen Sinn: Wenn er – ohne es zu wissen – schon vor Monaten dem Tablo-Clan in die Quere gekommen war. Denn zu der Zeit war auch sein Spektiv verschwunden.

Der Hahn war noch zäher, als er befürchtet hatte – dagegen war ein Stück Holz das reinste Wiener Schnitzel. Karsten kaute so lange auf dem angebrannten Stück Fleisch herum, bis er die sehnige Masse mit einem großen Schluck Ebbelwoi runterspülen konnte. Er hatte es nicht über sich gebracht, das Tier einfach zu entsorgen. Trotzig nagte er an einem Schenkel. Rülpste. Spülte nach mit selbstgekeltertem Stöffsche. Er durfte nicht vergessen, die Scheune abzuschließen, bevor seine ersten Kunden in der Strandfurt eintrudelten. Das Schlachten seines Mittagessens war eine ziemliche Sauerei gewesen: Nicht auszudenken, wenn ein Alki mit Psychose in die Blutlachen stolperte oder sein neu installiertes Sicherheitssystem auslöste.

Karsten spuckte einen Knorpel aus, leerte den Schoppen und lehnte sich im harten Plastikstuhl zurück. Schloss die Augen, ließ die Sonne sein Gesicht wärmen. Ein Kuckuck rief dreimal hintereinander, was Karsten zu einem zweiten Seufzer brachte. Ich bin nicht zu Hause, dachte er.

Aber die kleine Terz aus Kuck und Uck drängelte noch mal. Und noch mal. Karsten grinste matt: Einmal war ein Biologiestudent bei ihm durchs Gebüsch gekrochen auf der Suche nach dem scheuen Vogel. Als ihm Karsten dann seine Hausglocke vorführte, wurde der arme Kerl so rot wie der Eintracht-Adler. Der kam auch nicht mehr auf die Beine. Karsten erinnerte sich an die neunziger Jahre und die Triumphe, die die Eintracht damals noch feierte.

Eine Autotür schlug zu, zögernde Schritte näherten sich vom Griesheimer Stadtweg. Zwei, dachte Karsten, verdrängte Anthony Yeboah und Andreas Möller aus seinem Kopf, öffnete die Augen und griff sich den mit Fett und Ruß verschmierten Bratspieß. Mit zweien würde er klar kommen.

Oder auch nicht.

»Waffe fallen lassen. Ganz langsam!« Die beiden Streifenpolizisten richteten die Mündung ihrer Heckler & Kochs auf ihn.

Die Schupo, hier? Was wollten die von ihm? Oder waren das kostümierte Mafiosi?

Vorsichtig reckte Karsten die Hände in die Höhe und stand auf. »Ei langsam! Derf isch erst emol Ihre Dienstausweise sehen?« Karsten frankfurterte vor sich hin. Auch das hatte er unter dem Stichwort Deeskalation bei Karl-Heinz Buchholz gelernt: Dialekt entspannte. Keiner glaubte wirklich, dass ein hesselnder Dummbabbler im nächsten Moment eine Maschinenpistole aus dem Halfter riss.

»Nix da«, sagte der Jüngere und fuchtelte mit der Heckler & Koch herum. Bei ihm schien Karstens Trick schon mal nicht zu wirken.

»Waffe weg!«, schnauzte auch der andere, dem seine Erfahrung am Bierbauch, am grauen Schnauzbart und der sehr viel ruhigeren Waffenhand anzusehen war. Der Jüngere zappelte für Karstens Geschmack viel zu viel.

»Ei, was für 'ne Waffe?«, fragte er. »Meinste den Grillspieß? Ihr kommt zu spät zum Probieren, isch hab des letzte Stücksche grad geschluckt.«

»Hast du schlechte Ohren? Runter damit!«, blaffte der Jüngere nervös. Eindeutig noch nicht lang bei der Truppe. Aber sie sahen gut aus, die blauen Klamotten. Jedenfalls besser, dachte Karsten, als damals ihre ockerfarbenen Hemden mit grasgrüner Krawatte.

»Schon gut, isch leg den Spieß ab. Des Hähnsche war sowieso kein kulinarisches Highlight.« Langsam legte er den Stab in die Tonne. Das leise Klong ließ den jungen Schupo zusammenzucken. Der Ältere winkte Karsten von Tonne und vermeintlicher Waffe weg.

»Vielleicht«, sagte der Fuchtler, »ist das ja ein Menschenfresser. Und am Spieß hängt noch was von seinem Opfer dran.«

Karsten traute seinen Ohren nicht. Wie schafften es solche Deppen zur Polizei?

»Du guckst zu viele Horrorfilme«, tadelte der Ältere. »Ist nicht gut bei unserm Job. Wir gehen jetzt ganz nach dem Lehrbuch vor, okay?«

Klingt schon besser, dachte Karsten. Verkleidete Drogenmafia war das jedenfalls definitiv nicht. Er gestattete sich ein erleichtertes Grinsen.

»Der lacht uns aus«, eiferte der Jungspund, doch der Blaue mit dem Seelöwenschnauzer ignorierte ihn. »Langsam umdrehen«, befahl er Karsten, »und die Hände auf den Tisch. Verstanden?«

»Was werfen Sie mir denn vor?« Den Dialekt ließ er stecken – die beiden schienen keine Freunde von Friedrich Stoltze und dessen Frankfurt-Reimen zu sein. Mit den Händen auf die Tischplatte gestützt, ließ er sich abtasten. Bekam keine Antwort.

»Sauber«, sagte der Ältere. »Okay, Sie können sich wieder umdrehen. Was ist in der Scheune?«

»Bitte?« Karsten kniff die Augen zusammen. Was ging denn hier ab?

»Wir gehen einem Hinweis nach, und ich wiederhole meine Frage: Was ist in der Scheune?«

»Sie brauchen einen Durchsuchungsbeschluss, wenn Sie da rein wollen.«

»Nicht, wenn Gefahr in Verzug ist.« Der Schnauzbart wandte sich an den Jüngeren. »Du bleibst hier und passt auf ihn auf.«

Karsten wurde unruhig. »Warten Sie! Ich zeige Ihnen alles.«

»Bist du schwer von Begriff?«, fauchte der Jüngere und legte die Waffe an. »Du bleibst schön hier.«

»Sie dürfen da nicht rein!«, rief Karsten dem Beamten hinterher und verfluchte die beiden Idioten, verfluchte den Hahn und seine eigene Faulheit, die Tür nicht verriegelt zu haben. Er roch den Schweiß des jungen Polizisten neben sich, der nervös zur Scheune schielte.

Irgendetwas schepperte.

Karsten stöhnte.

»Scheiße, ist das finster hier«, hörten sie den Mann gedämpft fluchen. »Ich brauch 'ne Taschenlampe!«

Karsten wandte sich an den jungen Polizisten: »Haben Sie die Bodycam eingeschaltet?«

»Hä?«

Karsten hob das Kinn. »Die Kamera an Ihrer Schulter. Haben Sie die eingeschaltet?«

»Das würde dir so passen.«

»Schalten Sie sie ein!«

»Du hast wohl ... den Arsch offen!« Mit der Heckler & Koch pikste er Karsten in die Seite.

Karsten wartete auf den überraschten Aufschrei. Lange dauerte es nicht: Ein lautstarker Fluch, ein erneutes Poltern und schließlich im Eingang der Scheune ein wankender Seelöwe, dessen Kopf, Schultern und Arme vor marmeladenfarbenem Blut trieften. Kirschmarmeladenfarben. Aufheulend wirbelte der Grünschnabel zu Karsten herum, fuchtelte mit der P30 und knickte den Zeigefinger um den Abzug. Karsten warf sich zur Seite, ein Schuss dröhnte am Ufer des Mains und beendete die Mittagsruhe. Karsten dagegen beendete – mit einem genau platzierten Schwinger – den Alptraum des jungen Beamten.

»Ich kann das erklären«, rief er.

Hoffentlich, dachte er. Und der Seelöwe sah doch eher aus wie ein Zombie.

8

Montag, 18. Mai, 15.08 Uhr

Karola wartete ungeduldig, bis der Automat auch noch den letzten Tropfen herausgefaucht hatte. Vorsichtig zog sie den Pappbecher aus der Halterung und hielt sich die Flüssigkeit unter die Nase. Der Kaffee im Präsidium roch besser, als er schmeckte, aber das war bei vielen anderen Dingen auch so, etwa bei angegrauten Männern, die ihren gärigen Sauerkrautschweiß unter einer Duftwolke aus synthetisch-herbem Eau de Cologne zu verstecken suchten – Karola konnte sich da auf ihren Riecher verlassen. Mit Mirko hatte sie in dieser Hinsicht leichtes Spiel: Der verzichtete konsequent auf jegliches Duftwässerchen, weil das die empfindlichen Hundenasen von ihrem Schnupperjob ablenkte.

Karola lächelte und pustete in den Kaffee. Das Rippchen war zäh und das Kraut ohne Kümmel gewesen. Dafür flirtete der Kellner dezent mit ihr, was Laurenz zum schnellen Aufbruch veranlasst hatte. Also hatte sie auf ihren obligatorischen doppelten Espresso verzichten müssen und schlürfte jetzt dünnen Filterkaffee, der wie Mainwasser schmeckte.

Jemand rief ihren Namen, Laurenz natürlich. Gelächter drang aus dem Konferenzraum in den Flur – bis auf Staatsanwalt Wollbricht war das Team bereits komplett. Karola sah auf die Uhr im Gang: fünfzehn Uhr zehn. Das Foto brannte immer noch auf ihrem Bauch – sie musste unbedingt mit ihrem Bruder reden. »Gebe Gott, dass du sauber bist«, murmelte Karola Bartsch.

»Um wen geht es?«, fragte eine dünne Stimme.

Sie zuckte zusammen und konnte gerade noch verhindern, dass Kaffee aus dem Becher schwappte. »Ich habe Sie gar nicht kommen hören, Herr Wollbricht.«

Der Staatsanwalt musterte sie aufmerksam. Um seinen Hals hing die dünne Kette einer Lesebrille, auf den Unterarmen balancierte er vier prall gefüllte Aktenordner.

»Die grünen Karos passen auch nicht wirklich zum grauen Anzug«, grinste die Kommissarin und tippte auf die neue Krawatte.

»Tja«, meinte Wollbricht und verzog das Gesicht. »Nichts ist perfekt. Genau wie dieser Fall.«

»Das können Sie laut sagen.« Karola nickte und schielte auf die Beschriftung der Ordner. »Unterlagen zu Orni Charm Pharmaceutical? Wo haben Sie die denn so schnell ausgegraben?«

Der Staatsanwalt grinste verlegen. Und war da, dachte Karola amüsiert, nicht ein Hauch von Rot auf den Bäckchen des alten Knaben?

»Eine Bekannte im Finanzdirektorium hat ...«, Wollbricht stockte, suchte nach den richtigen Worten, »... Sie verstehen schon ... auf dem kleinen Dienstwege ... das Prozedere etwas beschleunigt.«

Karola nickte erstaunt. »Alle Achtung. Dürfen wir uns die Unterlagen ansehen?«

»Dafür, Frau Kriminalhauptkommissarin, habe ich sie ja mitgebracht. Und nur deshalb auch meine Verspätung.«

Karola lächelte und ließ den noch halb vollen Kaffeebecher in den Abfalleimer fallen. »Dann los«, sagte sie, schnappte sich einen der Ordner und stürmte in den Besprechungsraum am Ende des Gangs.

Staatsanwalt Wollbricht folgte mit kurzen Schritten, in Gedanken wohl mit dem Entschluss beschäftigt, nur noch einfarbige Krawatten zu tragen.

Karola Bartsch lehnte an der geöffneten Tür zum Besprechungsraum und wartete, bis Wollbricht an ihr vorbeigestapft war und seinen Platz neben dem Leiter der Spurensicherung gefunden hatte. Zufrieden stellte sie fest, dass jemand die Tischschilder mit allen Namen aufgestellt hatte: nicht notwendig, da die meisten Kollegen sich seit Jahren kannten, aber professionell. Außerdem wusste sie, dass eine Person hinter einem Namensschild sich gleich wichtiger vorkam.

Karola sah aus dem Fenster, hinunter auf die drei mickrigen Schwarzkiefern im Eingangshof des Präsidiums. Wenn die Erica unter den rostfleckigen Ästen blühte, konnte man sich fast der Illusion hingeben, mitten in der Lüneburger Heide zu stehen, aber jetzt im Frühling ähnelte das stumpfe Grün einem alten Flickenteppich, dem die Farbe ausgegangen war. Trotzdem: Wenn es etwas gab, das ihr an dieser sechsgeschossigen grauen Festung gefiel, dann waren es die acht unterschiedlich gestalteten Innenhöfe: Oasen zwischen den Betonriegeln, die psychologischen Balsam spendeten in dieser Welt aus Glas und Stein. Die Frankfurter nannten das 2002 eingeweihte Polizeipräsidium spöttelnd und skeptisch Pentagon oder noch besser Bullenkloster, aber eigentlich war der riesige, flächenhafte Koloss mit seinen zweitausendfünfhundert Beschäftigten eine Stadt in der Stadt, ein autarkes System mit eigenem Fuhrpark, einer Großküche, Krankenabteilung, Sporthalle, mit Werkstätten und natürlich einem eigenen Knast.

»Ich werd da nicht arbeiten!«, hatte jeder zweite Beamte damals geschimpft. »Das Ding ist ja wie 'ne Festung. Da kannste dich gleich selbst einsperren.« Aber so dick kam es dann doch nicht: Die Büros waren überraschend hell, die Kantine bot neben Schnitzel mit Pommes auch vegetarische Gerichte, und die Sportangebote ersetzten vor allem im Winter teure Abos für Fitnessclubs.

Karola ließ die Tür zugleiten und setzte sich auf ihren Platz an der Schmalseite des überdimensionierten Tisches. Außer Wollbricht und dem Leiter der Technik wartete das gesamte Team mit neugierigen Gesichtern: Kriminalkommissarin Lotte Ahrens mit ihrer neuen Frisur samt grünen Strähnchen, KK Jannik Holzmann, der eben diese auch jetzt noch kritisch beäugte, daneben Konrad Gisselberg, ein erfahrener – und ewiger – Oberkommissar ohne jeglichen Ehrgeiz, sodass er trotz seiner Dienstjahre im unteren Drittel der Karriereleiter festhing. Zuletzt natürlich noch Laurenz Dahlberg, betont gelangweilt mit einem Kuli herumspielend: immer auf der Suche nach dem neuen Level im Coolsein.

Mit Karola zusammen bestand das Kernteam der Mordkommission 3 also nur aus fünf Personen. Natürlich wusste sie, dass ihre unterbesetzte Gruppe schnell an Grenzen stoßen würde, aber die Frühjahrsgrippe hatte auch vor den ultradicken Mauern des Präsidiums nicht halt gemacht: Momentan war

Personal mit freien Kapazitäten so rar wie ein zweistelliger Auswärtssieg der Frankfurter Eintracht. Ein letztes Mal musterte sie die Anwesenden, dann dachte sie: Showtime.

»Danke, dass ihr alle gekommen seid«, begann sie. »Die meisten von euch werden Jochen Wollbricht bereits kennen: Er trägt die juristische Verantwortung für unsere Ermittlungen. Ihr wisst ja, dass die Arbeit der Staatsanwaltschaft nur so gut sein kann wie die von uns erbrachten Ergebnisse.«

Wollbricht räusperte sich und zupfte an seinen grünen Karos herum. »Ich sehe meine Aufgabe allerdings mehr darin, Ihnen allen den Rücken frei zu halten und notwendige Aktionen zu legitimieren. Wie Sie alle wissen, bin ich ohne Ihre tatkräftige Unterstützung so hilflos wie ein auf den Rücken gedrehter Käfer ...« Wollbricht stockte und deutete eine Verbeugung an.

»Vielen Dank.« Mehr fiel Karola dazu nicht ein.

»Können wir«, sagte Dahlberg, demonstrativ auf seine Protzuhr tippend, »jetzt endlich anfangen?«

»Sofort, Laurenz. Ich bin gleich fertig.« Karola schoss einen finsteren Blick auf ihren Kollegen. In einer offiziellen Besprechung konnte sie unterschwellige Kritik nicht ab. »Ich wollte nur noch vorschlagen, dass wir uns – so weit wie möglich – ab heute jeden Tag Punkt fünfzehn Uhr hier treffen werden.«

Karola suchte Augenkontakt zu Lotte Ahrens. Die hatte einen Laptop aufgeklappt und klickte mit einer kabellosen Maus herum.

»Ich möchte außerdem«, fuhr Karola fort, »dass Lotte die Dokumentation übernimmt, und gehe davon aus, dass alle einverstanden sind.« Sie formulierte den Satz absichtlich nicht als Frage und genoss Dahlbergs kurzes Zusammenzucken. »Sie wird auch das Protokoll schreiben und die Ergebnisse auswerten. Lotte, hast du einen griffigen Namensvorschlag für den Fall?«

Lottes grüne Augen tauchten hinter dem Bildschirm auf. »Ja. Da wir am Tatort diesen seltsamen Vogel gefunden haben und weil Gisselberg nicht der einzige Externe bei diesem Fall bleiben wird, könnten wir die MK 3 kurzfristig in ›Soko Nachtschwalbe‹ umbenennen.«

Dahlberg prustete los, wurde aber nicht nur von Karola ignoriert.

»Guter Name, so machen wir das«, sagte sie und wandte sich an den Leiter der Spurensicherung. »Und jetzt die Fakten. Franz, was habt ihr?«

Kommt-Chef-auf-Ski nahm einen Schluck Kaffee aus seinem Pappbecher und verzog den Mund. »Ich hoffe mal, diese Besprechung hinterlässt einen besseren Nachgeschmack als dieses bittere Gesöff. Also ...« Er blickte genüsslich in die Runde. »Wir sind momentan noch dabei, das gefundene humanzytologische Material auf mögliche DNA zu prüfen und mit der Datenbank vom BKA abzugleichen. Die digitalen Kopien sämtlicher Fingerabdrücke sind schon auf dem Weg zum Ident-System, aber da würde ich mir nicht zu viel von versprechen. Die Tatwaffe haben wir leider nicht gefunden.«

Lotte hob die Hand, wartete aber kaum auf Karolas ermutigendes Nicken: »Ist wenigstens der Todeszeitpunkt eingegrenzt?«

»Die sterblichen Überreste unseres Herrn Seidelmann«, antwortete Komtschewski leicht ölig, »liegen noch in der Gerichtsmedizin herum, der Bericht sollte aber bald kommen. Bis dahin haben wir nicht mehr als den Rigor mortis an Hals und Nackenbereich – demnach Exitus zwischen einundzwanzig Uhr am Sonntagabend und heute Morgen zwei Uhr in der Früh. Der Sanitäter hat den Corpus bewegt, sodass die Totenflecken nicht wirklich brauchbar sind. Sicher bin ich mir dagegen, dass der Mann an Ort und Stelle umgebracht wurde, unser Fundort ist auch der Tatort.«

»Hat jemand mit dem Mann gesprochen?«, fragte Karola und blickte in die Runde.

»Der war doch schon tot.« Dahlberg grinste böse.

»Sehr witzig, Laurenz. Ich meine den Sani.«

»Ja, ich«, erklärte Jannik und blätterte in seinem Notizbuch. »Der Rettungswagen war um sechs Uhr vier am Tatort. Erstmaßnahme: stabile Seitenlage.«

Laurenz schnaubte verächtlich. »Der muss doch sofort gesehen haben, dass da alle Liebesmüh vergeblich war.«

Jannik zog den Kopf zwischen die Schultern und hob die Hände, so als wollte er sich stellvertretend entschuldigen. »Na ja, das war dem sein erster

Einsatz. Der hatte selbst 'nen Schock und spulte standardmäßig seine Erste Hilfe ab. Der diensterfahrene Kollege hielt sich klugerweise zurück.«

»Klug wäre es gewesen, den anderen rechtzeitig zurückzupfeifen.« Wieder Laurenz.

Jannik blickte hilfesuchend zu Lotte, die auf ihre Tastatur einhackte.

»Mach einfach weiter, Jannik«, drängte Karola.

»Als Zeugen sind jedenfalls beide ein Totalausfall. Die sind sich nicht einmal einig, ob der Tote ursprünglich auf dem Rücken oder auf dem Bauch lag.«

»Und leider«, ergänzte Komtschewski, »stammen die Stiefelabdrücke im Blut eindeutig von unserem voreiligen Samariter. Dafür haben wir die Fußspuren an der Feuerleiter, und die sind nicht von unserem Ritter in Weiß.«

»Fußspuren?« Karola beugte sich vor. »Auf dem Dach?«

Komtschewski schüttelte den Kopf und kramte in einer Aktentasche. »Hier auf den Fotos sieht man es besser.« Er schob ein paar Farbausdrucke in die Tischmitte, auf denen das Firmengelände von Orni Charm in verschiedenen Ansichten und Blickwinkeln zu sehen war. »Am Ende des Parkplatzes befindet sich eine Rettungsleiter, deren unterste Stufen in etwa zwei Meter fünfzig Höhe anfangen. Direkt darunter ist ein schmaler Streifen mit Rasen. Dort fanden wir«, er ließ seinen knochigen Zeigefinger auf ein Blatt fallen, »Fußabdrücke, die da nicht hingehören.«

»Komm mal zum Punkt, Franz!«, maulte Laurenz.

»Komma zum Punkt? Wie meinst du das?«, fragte Komtschewski unschuldig grinsend.

»Du hast mich genau verstanden. Mach mal hopp!«

»Bitte nicht in diesem Ton!«, mischte sich Karola ein. »Was ist denn los mit dir, Laurenz?« Karola konnte zusehen, wie sich die Adern an Dahlbergs Schläfen aufpumpten. Ein roter Schatten legte sich kurz auf sein Gesicht, bevor sich seine Mimik wieder entspannte.

»'tschuldigung«, wiegelte er ab. »Scheint heute nicht mein Tag zu sein.«

Karola nickte und wandte sich an den Chef der Spusi. »Okay, Franz, die Fußabdrücke. Könnten die vom Täter stammen?«

Komtschewski nickte. »Die Abdrücke waren tief in der Erde, ganz so, als ob jemand von oben heruntergesprungen ist.«

»Und was, wenn dort nur der Gärtner seinen Job gemacht hat oder einer der Mitarbeiter Morgengymnastik?«, entgegnete Karola skeptisch und rückte ihr Namensschild gerade.

Lotte hob die Hand. »Das haben wir schon überprüft. Weder die Angestellten noch externe Personen hielten sich dort in den letzten vierundzwanzig Stunden auf.«

»Und außerdem«, ergänzte Komtschewski triumphierend, »hat von denen keiner Schuhgröße sechsundvierzig!«

»Irgendetwas Spezielles an den Abdrücken?«, fragte Karola.

Komtschewski wackelte mit der Hand. »Wir haben einen Gipsabdruck gemacht und schauen uns den genau an. Fürs Erste kann ich euch nur verraten, dass die Spuren auf ein griffiges Sohlenprofil hinweisen, passend zu Wander- oder Gummistiefeln. Falls ihr also jemanden mit Quadratlatschen findet, solltet ihr ihn nach seinem Alibi fragen.«

Verhaltenes Gelächter. Karola fragte sich, ob sie damit ausschließen konnten, dass eine Frau für das Verbrechen verantwortlich war. Der Schlag auf Seidelmanns Schädel setzte Kraft und Entschlossenheit voraus. Beides sprach nicht für ihr Geschlecht, auch wenn es genügend Frauen mit übergroßen Füßen gab. Sie selbst war nicht gerade mit Elfenfüßen auf die Welt gekommen, sondern musste sich mit Schuhgröße dreiundvierzig und dem entsprechend eingeschränkten Modellangebot herumplagen. Sie konnte von Glück sagen, dass Mirko kein Fußfetischist war, sondern im Gegenteil die Vorteile identischer Schuhgrößen im gemeinsamen Haushalt zu schätzen wusste.

»Haben wir noch weitere Spuren, die ein Profil des Täters ermöglichen?«, wollte der Staatsanwalt wissen.

»Da ist noch das Tatwerkzeug«, antwortete Komtschewski.

Wollbricht runzelte die Stirn. »Ich dachte, die Mordwaffe ist unauffindbar?«

»Stimmt schon. Ich meinte auch nicht die, sondern das Stemmeisen, mit dem sich unser Täter Zugang zum Dachgeschoß verschafft hat.«

»Jetzt reden Sie doch mal Klartext: Haben Sie Fingerabdrücke vom Täter gefunden oder nicht?«

Wollbricht zeigt ja Emotionen, dachte Karola und wusste ohne hinzusehen, dass Laurenz zufrieden grinste.

»Nein«, antwortete der Chef der Spurensicherung und fügte hinzu: »Das Eisen kann aus jedem Baumarkt stammen. Nicht zurückverfolgbare Billigware.«

»Aber die Mordwaffe kann es nicht sein?«, fragte Lotte und schob ihren schmalen Kopf eulengleich nach vorne.

»Ausgeschlossen. Keinerlei Reste von Blut und Gewebe. Außerdem lassen sich die festgestellten cranialen Läsionen nicht mit dem eckigen Profil des Stemmeisens erzeugen. Die Mordwaffe war eindeutig rundlicher und breiter.«

»Also mehr Keule?«, fragte Laurenz.

Komtschewski nickte wortlos.

»Was ist mit Seidelmanns Labor? Habt ihr dort Fingerabdrücke sichergestellt?«, fragte Karola.

Komtschewski rieb sich das Kinn. »Jede Menge, die meisten natürlich vom Opfer. Wir sind noch dabei, die restlichen Abdrücke mit denen der Mitarbeiter abzugleichen. Ehrlich gesagt kann ich mir ohnehin nicht vorstellen, dass der Täter auf Handschuhe verzichtet hat.«

»Und DNA-Spuren?«, hakte Wollbricht nach.

»Genau das Gleiche. Spuren in Form von Haaren, Gewebe, Körperflüssigkeiten sind vorhanden, aber die Zuordnung wird dauern. Meine Mitarbeiter gehen gerade rum und sammeln freiwillige Speichelproben ein. Die meisten sind kooperativ.« Er zögerte und wandte sich fragend an den Staatsanwalt: »Einen DNA-Massentest wird es wohl nicht geben?«

»Momentan ist das noch keine Option«, antwortete der.

»Dachte ich mir schon.« Chef Ski konsultierte seine Notizen. »Also weiter. Auf dem Dach haben wir eingetütet: drei handelsübliche Sechskantschrauben, einen verbogenen Spreizdübel, ein unbenutztes Papiertaschentuch, zwei unbedruckte Pappbecher, mehrere alte Kippen, Laub vom letzten Jahr, ein paar winzige gelbliche Gebilde, die große

Ähnlichkeit mit getrocknetem Nasensekret haben, und ...«

»Popelrotz und Nasenbrot sind des Mörders naher Tod«, dichtete Laurenz und grinste in die Runde, ohne Applaus zu bekommen.

»Ja, genau«, brummte Komtschewski. »Ohne eine Gegenprüfung können wir ohnehin kaum feststellen, ob etwas von dem Sammelsurium vom Täter stammt. Auf jeden Fall solltet ihr überprüfen, wer dort oben überhaupt Zugang hatte – so viele können das ja nicht sein.«

»Gute Idee«, stimmte Karola zu. »Damit fangen wir an. Das dürfte schneller gehen, als die Liste der Personen abzuarbeiten, die Zugang zu Seidelmanns Labor hatten.«

Jochen Wollbricht räusperte sich. »Was ist mit den installierten Sicherheitskameras?«

Jannik meldete sich zu Wort. »Die decken leider nur den Eingangsbereich und die Vorderfront ab. Weder die Labore noch die Rückfront zu den Parkplätzen ist gesichert. Auf den Bändern der Tatnacht ist leider nichts Auffälliges zu sehen: Gestern war so gut wie niemand im Gebäude. Seidelmann kommt um siebzehn Uhr elf bei OCP an ...«

»Und verlässt die Firma nie wieder«, sagte Lotte. »Und ausgerechnet am Sonntag hat die Security frei? Spricht das nicht für einen Insider, der das wusste?«

Karola nickte ihr zu. »Guter Gedanke – das sollten wir unbedingt im Kopf behalten. Jannik, fordere Unterstützung von der Bereitschaft an und weise sie ein: Die Kollegen sollen sich die Aufnahmen der letzten vier Wochen durchsehen. Um das abzusprechen, such dir mit Lotte jemanden bei Orni Charm, der Außergewöhnliches erkennen könnte. Am besten den Sicherheitschef persönlich.«

»Hendrik Stritzel.« Jannik machte sich Notizen.

Karola überlegte kurz. »Hat jemand überprüft, ob etwas gestohlen wurde?«

»Der Geschäftsführer wollte sich noch nicht festlegen«, erklärte Jannik. »Aber es scheint, als ob weder Bargeld noch Wertgegenstände oder Industriegeheimnisse fehlen.«

»Was ist mit den persönlichen Dingen des Opfers?«, fragte Lotte.

»Dr. Stringwell wollte mit einem anderen Wissenschaftler nachsehen, ob etwas verschwunden ist.«

»Und dieser Vogel, den wir direkt bei der Leiche gefunden haben?« Karola drehte sich wieder zu Komtschewski.

Der grinste breit. »Deine Winternachtschwalbe? Das Vieh hat sich mit allen zur Verfügung stehenden Federn gewehrt, aber schließlich konnte ich dem hässlichen Entlein den Schnabel putzen. Auch dieses Blut wird noch untersucht – morgen oder übermorgen wissen wir mehr.«

Laurenz zeigte durchs Fenster nach draußen, wo ein schwarzer Vogel waghalsige Flugmanöver absolvierte. »Mensch, Karola, diese Spur ist doch hauchdünn. Und diese eine Schwalbe da draußen macht noch keinen Sommer.«

»Trotzdem sollten wir kein Indiz außer Acht lassen«, erwiderte sie. »Und das da ist keine Schwalbe, sondern ein Mauersegler.«

»Du kennst dich ja gut aus. Hast du das von deinem Bruder?«

Unangenehme Stille senkte sich über den Konferenzraum. Laurenz und Karola starrten sich stumm an. KK Lotte Ahrens kapierte die Anspielung nicht und fragte: »Wie konnte die Nachtschwalbe überhaupt freikommen?«

»Kann das«, Karola drehte sich in die Runde, »jemand beantworten?«

Franz Komtschewski räusperte sich. »Laut diesem Stringwell gehört das Tier zu einem Langzeitexperiment, an dem Seidelmann gearbeitet hat. Deshalb durften wir *Phalaenoptilus nuttallii* – so der wissenschaftliche Name – auch nicht mitnehmen. Bei der Handhabung des Vogels hat mir einer der dort arbeitenden Wissenschaftler geholfen, der unser Opfer gut kannte und mir nicht so verstockt erschien wie dieser schreckliche Geschäftsführer.«

»Prima«, sagte Karola. »Wie heißt der Mann?«

»Lessmann oder so. Ich bin mir nicht ganz sicher.«

Lottes Finger flitzten über die Tastatur. »Lessner vielleicht? Wir haben unter den Mitarbeitern von Orni Charm einen Albert Lessner.«

»Ja, das isser. Vielleicht solltet ihr den mal – wie heißt es so schön passend für unseren Fall – unter die Fittiche nehmen.«

»Werden wir«, sagte Karola und ärgerte sich gleichzeitig, dass ihnen der Leiter der Spurensicherung einen ermittlungstaktischen Hinweis gab. So als hätten sie ihre Hausaufgaben nicht richtig gemacht. Was ja auch irgendwie stimmte. Sie schielte zu Wollbricht hinüber, der angestrengt in einem Ordner blätterte.

Wieder ordnete Karola ihre Gedanken. »Okay, jetzt zu dem Security-Mann, der die Leiche entdeckte, diesem Stritzel.«

Lotte öffnete eine Datei in ihrem Laptop. »Ja, Notruf um fünf Uhr achtundvierzig. Ich glaube, Kollege Gisselberg war da im Dienst.«

Konrad Gisselberg wischte sich über die grauen Bartstoppeln. Er hatte bis jetzt kein einziges Wort gesagt und räusperte sich erst umständlich. »Wollt ihr das Gespräch hören?«, fragte er dann.

Alle nickten. Gisselberg schob seine Hände in die Hosentaschen und zog einen USB-Stick hervor, den Lotte in ihr Notebook einstöpselte. Kurz danach dröhnte die Stimme des Schutzpolizisten aus dem Lautsprecher:

»Notrufzentrale, was kann ich für Sie tun?«

»Wir haben ... ich habe hier einen ... Unfall.«

»Wo befinden Sie sich gerade?«

»Na hier bei der Arbeit. Bei Orni Charm halt.«

»Wie ist ihr Name?«

»Mein Name? Ja, ist denn das wichtig?«

»Ich benötige Ihren Namen und die Adresse. Brauchen Sie Hilfe?«

»Ja, also nein. ... Das ist wohl zu spät ...«

»Wie heißen Sie denn?«

»Hendrik.«

»Und weiter?«

»Hendrik Stritzel.«

»Gut, Herr Stritzel. Bitte erzählen Sie mir, was bei Ihnen los ist!«

»Was hier los ist? Verdammte Scheiße, schick jemanden her! Das muss ein Wahnsinniger gewesen sein.«

»Gibt es Verletzte? Sind Sie verletzt?«

»Ich? Nein.« Pause. Stille und in der Stille ein kaum hörbares, gedämpftes Murmeln im Hintergrund.

»Hallo, sind Sie noch da? Die Adresse! Wo genau befinden Sie sich?«

»Jaja, ich bin noch da. Schicken Sie einen Krankenwagen zu Orni Charm in die Wilhelmshöher Straße.«

»Machen wir sofort, Herr Stritzel. Bitte geben Sie mir noch die Hausnummer.«

»Äh, Zweihundert ... was? ... dreißig. Zweihundertdreißig.«

»Danke, Herr Stritzel. Wir schicken Ihnen Hilfe. Bleiben Sie noch kurz in der -«

Ein Knacken, ein kurzes Tuten und dann der an eine Monster-Stechmücke erinnernde Dauerwählton der Telekom in enervierender Lautstärke.

Lotte klickte sie tot.

»Da war noch jemand in der Leitung.« Dahlberg kippte mit seinem Stuhl nach hinten. »Habt ihr das Tuscheln gehört, als der Anrufer eine kurze Pause machte?«

»Stimmt«, sagte Karola. »Das sollten die Audiotechniker überprüfen. Schickst du das an die Experten vom LKA, Jannik?«

Der nickte und machte sich eine weitere Notiz.

»Was hat dir dieser Stritzel denn später gesagt?«

»Äh ...«, Janniks Wangen verfärbten sich rötlich, »... nichts.«

Karola verkrampfte sich. »Du hast gar nicht mit ihm gesprochen?«

Stumm schüttelte Jannik den Kopf.

»Wer dann?«

Das Team schwieg.

»Verdammt. Hat Laurenz dir nichts gesagt?«

»Nein, hat er nicht.«

»Und wieso nicht?« Karola wurde langsam wütend – diese Einsatzbesprechung hatte was von einem verdammten Kasperletheater.

»Sorry, das hab ich vergessen weiterzugeben«, meinte Laurenz und hob die Schultern.

»Im Klartext: Unser wichtigster Zeuge wurde noch nicht befragt?« Karola atmete tief ein. »Jannik, du musst heute noch mit diesem Sicherheitsmann sprechen. Schnapp dir den Kerl und quetsche ihn aus. Der Typ scheint nicht das beste Gedächtnis zu haben, wenn er sich noch nicht mal an die Hausnummer erinnern konnte. Und morgen hat er womöglich schon alles vergessen.«

»Na gut, ich fahr gleich im Anschluss los.« Unbehaglich rutschte Jannik auf seinem Stuhl herum, warf einen hektischen Blick auf die neben ihm sitzende Lotte.

Karola wunderte sich: Was war bloß mit ihrem Team los? Warum war Jannik so nervös?

»Leute, gebt euch bitte ein bisschen mehr Mühe.« Sie funkelte ihre Truppe an. »Also, zur weiteren Planung: Wir müssen mit allen Angestellten der Firma sprechen und abklären, was sie zur Tatzeit gemacht haben -«

»Notwendig ist das bestimmt nicht«, unterbrach Laurenz. Er blickte auf die Pinnwand, wo Karola und Lotte erste Namen notiert und Bilder befestigt hatten. Sie würden von jedem Mitarbeiter von Orni Charm ein Foto machen, es beschriften und an die Wand hängen. Scheißarbeit. Laurenz mochte keine Großspuren, die er nicht abgeben konnte wie die Sichtung von Videobändern. »Es gibt ja wohl«, brummte er deshalb, »kaum einen Zweifel daran, dass der oder die Täter sich von außen Zugang verschafft haben. Für mich sieht das nach einem Raubmord aus.«

Genervt schüttelte Karola den Kopf, obwohl Dahlberg nur ihre aktuelle Hypothese in Worte fasste. »Trotzdem können wir nicht die Möglichkeit ausschließen, dass der Mörder ein Kollege des Opfers ist.«

Laurenz lachte. »Du glaubst doch nicht wirklich, dass der Einbruch über das Dachfenster nur so was wie ein Täuschungsmanöver ist?«

Karola musterte Dahlberg. Wieso verhielt er sich nur so aggressiv?

»Wie war denn euer Besuch bei der Witwe?« Wieder füllte Lotte die unangenehme Gesprächspause. Dankbar schaute Karola sie an und tastete nach den richtigen Worten: »Schwierig. Sie beschrieb ihren Mann als einen, der sein Leben ganz dem Beruf und insbesondere seiner Leidenschaft für Vögel gewidmet hat. Laurenz und ich hatten aber beide das Gefühl, dass sie schon Bescheid wusste.«

»War sie es?«, fragte Gisselberg das Offensichtliche.

»Never.« Dahlberg verschränkte mit herausforderndem Blick die Arme vor der Brust. »Die hat mit dem Mord nichts zu tun.«

Karola zögerte. »Wir werden sehen. Aber aus dem Bauch raus gebe ich

Laurenz recht.«

»Unser Opfer«, machte der weiter, »hat sich hinten im Garten ein riesiges Vogelhaus mit gefiederten Raritäten hingebaut.« Dahlberg kicherte. »Karola war ganz verliebt in die kleinen Biester.«

Die Kommissarin nickte nur. »Ja. Sven Seidelmann ging es einzig um seine Vögel. Als Tatmotiv für die Witwe zwar dünn, aber möglich. Auch das müssen wir prüfen: Profitiert sie von seinem Tod? Testament, Gütertrennung, Lebensversicherung, Scheidungspläne, das ganze Programm eben. Laurenz, das überprüfst du. Und natürlich ihr Alibi. Du scheinst ja bestens mit ihr zurechtzukommen.«

»Jawoll, Chefin!« Laurenz haute die Haxen unter dem Tisch zusammen und zog die Fingerspitzen an die Schläfe.

Karola unterdrückte eine spitze Bemerkung und linste ein drittes Mal zu Wollbricht hinüber. Was der Herr Staatsanwalt wohl jetzt über ihr Team und Karolas Führungsqualitäten dachte? Als spüre er ihren Blick, begannen Wollbrichts Lippen sich zu bewegen.

»Frau Bartsch ... ähm, ich gehe davon aus, dass Herr Dahlberg mit der nötigen Sensibilität das Alibi der Witwe überprüfen wird. Ehrlich gesagt kann auch ich mir nicht vorstellen, dass die Frau etwas mit dem Tod ihres Mannes zu tun hat. Genauso wenig sehe ich konkrete Indizien, die auf einen Mitarbeiter der Firma als Täter hinweisen. Raubmord scheint mir die plausibelste Arbeitshypothese zu sein: Ein Gelegenheitsdieb hat es auf Bargeld oder teure technische Geräte in einer Firma abgesehen. Er bricht ein, trifft auf Sven Seidelmann, der an seinem Nachtschwalben-Projekt arbeitet. Es kommt zum Kampf, der Vogel reißt sich los, der Einbrecher greift nach dem erstbesten Gegenstand und schlägt zu.«

Karola unterbrach ihn räuspernd. »Ich will der Leichenöffnung nicht vorgreifen, aber das passt nicht zu den Wunden. Kein Totschlag, wie ich finde. Dem Mann wurde voller Zorn und mit voller Absicht das Gesicht zertrümmert.«

»Na und?« Wieder stellte sich Dahlberg gegen sie. »Seidelmann fällt sofort um und ist tot. Unser Einbrecher ist geschockt. Was soll er jetzt tun? Um das Ganze für die Polizei verwirrender zu machen, zertrümmert er den

Schädel. Er hasst diesen Mann, der zur falschen Zeit am falschen Ort ist. Jetzt will er ihn wirklich töten, möchte ihn am liebsten aus seinem Leben wegprügeln. Als er wieder zur Besinnung kommt, schnappt er sich die Mordwaffe und flüchtet auf dem gleichen Weg, wie er reingekommen ist: übers Dach. Dort vergisst er panisch sein Einbruchswerkzeug und denkt auch nicht an seine Schuhabdrücke auf dem Rasen. Er will nur schnell fort und vergessen, wünscht sich zu vergessen, ja.«

Karola nickte gezwungen. »Genau so könnte es gewesen sein. Aber der Konjunktiv ist trügerisch. Mit einem ›könnte‹ allein begnügen wir uns nicht.«

Die Sitzung entglitt ihr, sie spürte es. Der alte Gisselberg schien kurz vorm Einschlafen, Franz Komtschewski lächelte entrückt und dachte wahrscheinlich an das neue forensische Hochleistungsmikroskop, das ihm der Polizeipräsident zum dreißigjährigen Dienstjubiläum versprochen hatte, Jannik kritzelte in seinen Block und Lotte verschanzte sich hinter dem aufgeklappten Bildschirm.

Nur Laurenz blickte sie an. Und lächelte. Der Scheißkerl wusste genau, was sie dachte.

Wollbricht räusperte sich und rückte seinen Stuhl zurecht. »In fünf Minuten ist Pressekonferenz. Ich werde den Vertretern der Medien die eben skizzierte Raubmordtheorie natürlich nicht vorstellen, sondern die Motivlage zu diesem frühen Ermittlungszeitpunkt offen lassen. Es ist jetzt an Ihnen allen, möglichst schnell die Wahrheit herauszufinden und den Täter dingfest zu machen.«

Damit verabschiedete sich der Staatsanwalt.

Und Karola dachte: Du mich auch.

9

Montag, 18. Mai, 16.28 Uhr

Was hatten Wiedehopf, Hohltauben, Steinschmätzer und Brandgänse gemeinsam? Sie alle brüteten in Höhlen. Nutzten Erdspalten und Kaninchenlöcher, krochen zum Schlafen in kühle Erde und Dunkelheit. Genau so fühlte er sich: wie eine Hohltaube im Erdloch.

Karsten starrte auf die Tür. Einbahnstraßentür, eine, die sich nur in eine Richtung öffnete. Er ächzte und streckte sich, begaffte die massive Metallwand und lachte resigniert auf. Kasti im Knast – das hatte er wieder mal toll hinbekommen. Endlich drehte er sich von der Tür weg, wandte sich um und musterte den Rest der Zelle. Polizeigewahrsam de luxe: eine Pritsche, ein strahlend silbrig leuchtendes Aluminiumklo und weiße Fließen auf dem Boden und an den Wänden – leicht abwaschbar, wenn ein Ausnüchterungskandidat alles vollgesaut hatte.

Ja, er war ein Vogel im Käfig. Den Wiedehopf hatte er zum ersten Mal in Südfrankreich gesehen, Hohltauben, Steinschmätzer und Brandgänse dagegen auf Norderney – vor einer halben, vielleicht auch einer ganzen Ewigkeit. Damals, als sich die jungen Männer Deutschlands noch entscheiden mussten zwischen Bundeswehr und Zivildienst, zwischen Im-Schlamm-Robben oder Im-Altersheim-Hintern-Abwischen, zwischen einem Sich-anschreien-Lassen vom Spieß oder von kreischenden Knirpsen im Kindergarten. Der Bund lockte mit Waffengebrauch und kürzerer Dienstzeit, der Zivildienst mit Gewaltlosigkeit und Sinn. Leicht war Karsten die Entscheidung damals nicht gefallen, war er doch eher selten Atomkraftgegner noch Startbahn-West-Demonstrant gewesen. Erst als er die Zivistellen an der Nordsee entdeckt hatte, wusste er, was er wollte.

In der Zelle war es eigenartig still, gedämpft, wie unter einer Decke aus Schnee. Karsten stand in den wenigen Quadratmetern, glotzte auf Pritsche,

Klo, Kacheln, Tür, lauschte nach draußen. Die beiden Sheriffs hatten ihn mit steinernem Gesicht direkt ins Präsidium verfrachtet, der eine nach Hühnerblut stinkend und sauer, der andere nach seinem Knockout noch ein wenig benommen. Blut im Überfluss, Angriff auf Staatsgewalt, die Scheune als möglicher Mordschauplatz – Karsten wusste nicht, was die beiden sich zusammengereimt hatten.

Jetzt war er hier, im Polizeigewahrsam, stand in der Zelle, starrte abwechselnd auf die Tür, das Klo, die Kacheln, die Pritsche. Lauschte in die Stille hinein, die zu brüllen begann: das johlende Gelächter gestern Abend beim Hahnenkampf, der Schuss, als er dem Methdealer die Hand zertrümmerte. Aber auch ältere Schreie: Spottis gequältes Winseln beim Entzug, kriecherisches Betteln, das sich mit wildem, tierhaften Gebrüll abwechselte: »Ich fick deine Schwester, du Sau!« Andere Schreie in der Stille, immer mehr und lauter; unter jedem Erinnerungsstein, den Karsten umdrehte, fand er lautstarken Schmerz, gequälte Schreie. Und schließlich den einen, der besonders wehtat. Tatjanas Schrei.

Karsten stand in der Zelle, presste die Handballen auf die Augen, lauschte der Stille, die voller Heulen war. Tatjana, Tatja, die junge Fixerin, so jung, dass es wehtat. In den späten Achtzigern hatte Karsten sie kennengelernt, als Frankfurt noch Drogenhauptstadt Nummer eins gewesen war, als sich zwischen Bankhochhäusern und Alter Oper im Taunuspark die Drogis trafen und auf den Wiesen Hunderte von Christiane F.s lagerten, die Nadel in den Arm drückten, sich mit den überforderten Polizisten Schlachten lieferten, vertrieben wurden und zurückkehrten. Heute hatte sich die Lage in der Großstadt entspannt, was Heroin anging. Die Bullen knüppelten nicht mehr, sondern gingen als Drogenstreife OSSIP – Abkürzung der Initiative »Offensive Sozialarbeit, Sicherheit, Intervention und Prävention« – eher als Kumpels durch das Rotlichtviertel. In den Neunzigern öffneten Fixerstuben, die einen Großteil der Aggressivität von den Straßen nahmen – heute galt der Drogenkonsumraum in der Niddastraße als Europas größtes Drogenhilfe-Zentrum.

Damals war das noch anders gewesen. Karsten auch: Als einer der jüngsten NOEPs überhaupt – wie die »nicht öffentlich ermittelnden

Polizeibeamten« kurz und prägnant genannt wurden – hatte er sich richtig ins Zeug gelegt. Wurde – auf Wunsch seiner Vorgesetzten – zum berüchtigten K 64 versetzt, wo er mit einer ähnlich hohen Erfolgsquote bei der Aufklärung von Drogendelikten fortfuhr.

So hätte es weitergehen können, wenn Tatjana nicht gewesen wäre, ein Vogelwesen, leuchtend wie Leukosia und kaum noch in dieser Welt verhaftet. Einzig und allein ihrem Gott der Finsternis hörig, dem nadelblitzenden Leuchtturm der halluzinogenen Erkenntnis, der Fleisch gewordenen Ekstase zwischen Himmel und Hölle. Einmal hoch und ganz tief runter. Hazen river und River deep. Tatja, ein kindlicher Todesengel, der Karsten aus Himmel oder Hölle gesandt vor die Füße fiel. Und ausgerechnet dieses Halbwesen aus Femme fatale, Kind und Zombie erweckte den Beschützerinstinkt des erfolgreichen jungen Drogenermittlers, wurde zu seiner kleinen Schwester, damit er die Finger von ihr lassen konnte. Zufall oder Schicksal? Er wusste es damals nicht, er wusste es jetzt nicht.

Karsten hielt sich rund um die Uhr im Milieu auf, sein normales Leben, seine wirkliche Familie verblasste. Tatjana wurde zur Kindschwester, die er beschützen wollte, beschützen musste, vor sich und den anderen. Erst wusste sie nicht, was er wollte, bot sich an für einen billigen Fick, akzeptierte nur langsam, dass er bloß Freund und Beschützer sein wollte. Sie verstand nicht, aber sie nahm, nahm alles, was sie kriegen konnte – wie jeder Fixer. Und führte ihn direkt an den Abgrund. Tatja, deren Haut so bleich schimmerte, dass sie fast transparent wirkte, drängte und lockte. Karsten widerstand ihrem Körper, aber kaum ihrem Denken: Du musst alles mit mir teilen! Du kannst mich nur ganz verstehen, wenn du das auch probierst. Der Kick ist besser als alles andere.

Karsten glaubte es nicht. Gab ihr Geld, damit sie keinen verunreinigten Stoff – Brown Sugar – kaufen musste und hoffte, sie so vom Straßenstrich fernzuhalten. Die flüsternde Stimme in seinem Kopf, dass er so nur Tatjanas Tod auf Raten finanzierte, ignorierte er. Gib ihr Rattengift ins Essen! Das ist billiger und geht schneller, raunte die Stimme. Sobald Karsten von Entzug sprach, machte sie dicht, mauerte und verschwand für Tage oder Wochen. Dann tauchte sie plötzlich wieder auf, ein zarter Phönix – scheinbar clean –

und lockte ihn aufs Parkett. Frankfurter Applaus: So nannte die Szene in fatalistischer Selbsterkenntnis das typische Klopfen ausgestreckter Finger auf die für die Injektion vorbereite Ellbogenvene.

Tatjana war sturer als er, sie prasselte auf ihn nieder wie ein warmer, unablässiger Regen, Tag und Nacht, drängte und lockte mit ihren Spritzen. Bis sein Widerstand bröckelte. Bis Karsten sich vormachte, dass er Tatja dann wirklich besser verstehen und heilen konnte. Bis er sich einredete, dass er seinen Job als nicht offen ermittelnder Polizeibeamter mit Nadelstichen im Arm doch viel besser machen konnte – sie wusste nichts davon. Bis er bereit war: für den letzten Schritt.

Monatelang hatte er mit dem Dämon gekämpft, bis Tatjas Augen den Ausschlag gegeben hatten, die verzweifelte Sehnsucht darin, ihre tief im Gebirge vergrabene Hoffnung. Da war sie schon kaum mehr als ein Skelett. Vor dem letzten Schritt wollte er ihr beichten, dass er ein Cop war. Und dann der Einsatz in Ginnheim, der Koffer voll Geld, kein Kollege in Sicht, kein verstecktes Mikro, keine geheime Kamera. Nur Karsten und der schäbige, abgeranzte Koffer mit Reichtum. Die Versuchung groß, das kannte er ja. Eine Chance für Tatjana.

Nichts.

Nichts davon.

Hast du oder hast du nicht? Die ewige Frage. Die nicht nur Rosskamp auch heute noch stellte.

Karsten fand sie in seiner Wohnung, einen Arm ausgestreckt, die leere Spritze auf den Boden gerollt wie ein harmloses Kinderspielzeug. Ihre schmalen Lippen lächelnd, ihr Kinn keck nach oben gereckt, als würde sie den Applaus ihres letzten Auftritts genießen. Seine Wohnung: ein einziger zerwühlter und zertrümmerter Saustall. Wahrscheinlich hatte Tatja nach etwas Verkaufbarem gesucht und dabei seine Kripomarke entdeckt. Karsten hatte nie herausgefunden, ob dieses Blechding zum letzten Auslöser mutierte. Ob sie sich deshalb den goldenen Schuss gesetzt hatte: weil Karsten Bartsch nur ein verlogener Bulle war. Ein Nichts.

Die Schreie verstummten. Seufzend öffnete Karsten die Augen. Die Kacheln, die Pritsche, das Klo. Und die verdammte Zellentür.

Karola Bartsch starrte auf die Tür. Eine leere Fläche, bereit für alle möglichen Projektionen – eine Art imaginärer Spiegel. Ihre rechte Hand, bereit, die Klinke zu greifen, stand schon seit Sekunden in der Luft, ohne sich entscheiden zu können. Schließlich seufzte Karola, ließ die Hand sinken, drehte sich um und blickte durch den schweigenden Raum. Nein, diese erste Besprechung der Soko »Nachtschwalbe« war, vorsichtig ausgedrückt, nicht besonders gut gelaufen. Den Kopf unmutig schüttelnd, kehrte Karola an ihren Platz zurück. Musterte die nun leeren Stühle, rekapitulierte die Sitzung, analysierte ihre Kompetenz. Klappte den Ordner über Orni Charm auf und wieder zu. Schloss die Augen.

Heute Nacht hatte sie wieder den Traum gehabt, kurz bevor Konrad sie mit seinem Anruf aus dem Schlaf riss.

Karola reckte sich. Gähnte. Schaute sich schuldbewusst um, aber natürlich war niemand hier. Noch einmal schlug sie den Ordner auf, blätterte durch die ersten Seiten und seufzte: Die Finanzen der Firma würden wohl nicht so leicht zu entwirren sein. Am besten schleppte sie das Ding mit nach Hause und holte sich so früh wie möglich einen Finanzermittler des Wirtschaftsdezernats dazu. Vielleicht konnte ja auch Dahlberg die Sache übernehmen.

Erschöpft musterte Karola ihre viel zu kurzen Fingernägel. Brüchig waren die schon seit Jahren, brüchig, wie ihre Seele sich manchmal anfühlte. Wenn DER Traum sie heimsuchte. Wenn Mirko eine Ehe höchstens aus Spaß oder steuerlichen Gründen erwähnte. Wenn ein neuer Fall unzugänglich und bockig war. Karola wusste nur zu gut, dass sie eine ungeduldige Jägerin war. Am Anfang ging ihr immer alles zu langsam, bis sie endlich die eine Spur gefunden hatte, die zum Ziel führte. Fand sie die nicht, kritisierte sie alle anderen, aber vor allem sich selbst. »Die Richterin« – so hatte ihr großer Bruder sie schon als Kind genannt. Unerbittlich. Kritisch. Selbstkritisch.

Wieder tasteten ihre Augen die leeren Stühle ab – Karolas Team machte ihr Sorgen. Da drüben hatte Lotte über ihrem Notebook gethront, daneben Jannik seine trägen Momente gehabt. Der stand in letzter Zeit wirklich ein bisschen neben sich – vor allem in Lottes Nähe. Ob da was lief zwischen den beiden? Komtschewski war als Einziger professionell gewesen, Laurenz der große Stänkerer am Tisch. Sie musste unbedingt mit ihm reden.

Wie still es hier ist, dachte die Hauptkommissarin. Draußen schob sich eine Wolke vor die Sonne, dimmte das Licht im Raum. In manchen Zellen gab es nur elektrisches Licht, andere hatten panzerverglaste, bullaugenförmige Miniaturfenster. Karola dachte an die armen Schweine, die im Gewahrsam hockten.

Fürchtete sich davor, selbst einmal dort zu landen. Meist, wenn sie DER Traum im Schlaf gequält hatte.

Jannik Holzmann starrte auf die Tür. In seiner Nase juckte es verdächtig. Die Glocke – ein dumpfes Dröhnen wie von einem balinesischen Buckelgong – hallte noch immer nach, mischte sich zum Vogelgezwitscher hier draußen. Mist, jetzt begannen auch noch seine Augen zu brennen – Jannik war klar, was das bedeutete. Der Typ ließ sich wirklich Zeit, aber die Adresse stimmte. Der Ermittler kannte die Gegend rund um den Ostpark aus seiner Kindheit: Die Lagerflächen in den hässlichen Flachbauten rechts und links von der Hanauer Landstraße nutzten damals hauptsächlich Autohäuser, Speditionen oder Versandhändler, bis ab den Neunzigern Immobilienspekulanten das Potential des Viertels erkannten. Magier mit Geldscheinen als Zauberstab, die die alten Sandsteinhallen in großzügige Lofts umbauten. Die Entscheidung der Europäischen Zentralbank, sich im Frankfurter Osten niederzulassen, war schließlich so etwas wie ein Sechser im Lotto für alle Investoren gewesen: Bald übertraf die Nachfrage nach exklusivem Wohnraum zwischen Riederwald und Osthafen das Angebot bei weitem.

Wie konnte, fragte sich Jannik, ein besserer Nachtwächter sich hier ein Haus leisten? Verdiente man so gut als Security-Mann oder zahlte Orni Charm überdurchschnittlich hohe Gehälter? Vielleicht, dachte Jannik, sollte er die Branche wechseln. Der unermüdliche Wallraff hatte es bewiesen: Ein Drei-Tages-Kurs reichte schon, um aus einem kleinhirngesteuerten Muskelpaket einen zertifizierten Sicherheitsfachmann zu machen. Als ausgebildeter Polizist würde Jannik solch einen Laden ganz anders schmeißen. Möchtegern-Rambos hätten bei ihm keine Chance, erlesene

Kundschaft aus der High Society würde die Kompetenz seiner Leute zu schätzen wissen, und Lotte wäre seine rechte Hand.

Träum weiter!, schalt Jannik sich, während er mit der Faust an die Tür klopfte. Du schaffst es ja nicht mal, sie zum Essen einzuladen.

Er fingerte ein Tempo aus der Hosentasche, schniefte hinein und rief: »Polizei, machen Sie auf!« Der Typ musste zu Hause sein – Jannik hatte schließlich die Sekretärin von Orni Charm Pharmaceutical seinen Besuch ankündigen lassen.

Die Tür schwang auf, aber bevor er den breitschultrigen Mann dahinter begrüßen konnte, raste ein maunzender Kugelblitz durch den Türspalt und krallte sich in seine rechte Wade. Fluchend hüpfte Jannik auf einem Bein zurück und schüttelte das andere. Aber die Katze hing wie eine übergroße Klette an ihm, fauchte und kratzte an ihm herum. Jannik dachte an seine Heckler & Koch im Schulterholster, konnte sich aber gerade noch beherrschen. Endlich packte eine fleischige Faust das Katzengenick, zerrte das Vieh am Nackenfell nach oben und schleuderte es einfach hinter sich in den Hausflur. Der Stubentiger segelte jaulend durch die Luft, landete aber sicher auf einem roten Sitzkissen. Das sah aus, dachte Jannik mit schmerzverzerrtem Gesicht, wie eine zertretene Riesentomate.

»Machen Sie das öfters, Herr Stritzel?«, keuchte er.

Der bullige Typ streckte ihm eine Hand entgegen. »Kannst ruhig Hendrik zu mir sagen. Fortuna macht das nichts. Trainiert die Reflexe, sozusagen.«

»Aha, sozusagen.« Jannik ging weder auf das Du noch die fleischige Hand ein, an der mit Sicherheit jede Menge Katzenhaare klebten. Stattdessen begnügte er sich mit einem freundlichen Nicken. »Mein Name ist Jannik Holzmann. Kripo Frankfurt.« Einen Niesanfall unterdrückend, fingerte er seinen Dienstausweis aus der Hemdtasche. Stritzel lehnte sich so weit nach vorne, dass Jannik seine Fahne riechen konnte.

»Das Bild is aber nicht so doll.« Stritzel grinste und schwang wie ein Wackelclown zurück.

»Interessante Türglocke haben Sie da ...«

»'ne Tonband-Erinnerung an meine Ex. Den echten Familiengong hat sie wieder mit nach Thailand genommen. Dafür hab ich die behalten ...« Stritzel deutete mit einem Wurstfinger nach hinten auf die Katze.

»Kann ich kurz reinkommen?«, fragte Jannik.

»Du magst wohl keine Pussis?«, entgegnete der Securitymann und grinste, trat aber zur Seite.

»Bloß 'ne Katzenallergie.« Der Ermittler betrat den Flur, der sich in ein großes Zimmer öffnete. Trotz angeschwollener Nasenschleimhäute roch er zu oft benutztes Katzenstreu und ungewaschene Socken.

»Schade für dich. Fortuna ist eine Heilige. Eine echte Birma-Katze.«

»Tatsächlich? Und warum ausgerechnet Fortuna?«

»Sie bringt mir Glück. Echt, Mann. Kurz nachdem ich das Vieh von meiner Ex geerbt hatte, ging's mit mir aufwärts. Im Beruf und privat.«

»Und wie hieß Ihre Ex?« Die Frage drängte sich nicht auf, kam aber wie von selbst über Janniks Lippen.

»Mann, das wirst du mir jetzt nicht glauben. Die Schnalle hieß tatsächlich Felicitas.«

»Doppeltes Glück also?«

»Genau. Abgefahr'n, was?«

Jannik zog die Lippen zu einem verständnisvollen Lächeln – das konnte er gut. Bei Vernehmungen war kaum einer so verständnisvoll wie KK Holzmann. Außerdem war das hier nicht weiter schwer, erlag doch auch er der Magie der Namen. Wobei Charlotte im direkten Vergleich nicht gerade wie eine Fruchtbarkeitsgöttin klang, noch schlimmer: Jannik musste bei Lotte immer an diese hässliche Bulldogge denken, die im Frühstücksfernsehen durchs Studio wackelte. Gnade ihm Gott, wenn seine Lotte das je erfahren würde. Er rieb sich die juckende Nase – es wurde Zeit, dem Gespräch etwas mehr Richtung zu geben. »Können wir uns kurz setzen?«

In der Mitte des Raums blinzelte ein wuchtiger Glastisch wie das glänzende Auge eines Zyklopen, ein halbrundes, speckiges Ledersofa bildete die Augenbraue dazu, und an Stelle der Nase ragte ein klobiger Katzenbaum empor. Der Mund des Riesen schließlich bestand aus einer unförmigen Zunge aus leeren Bierdosen, einer gelben Kugelhantel und leeren Chipstüten. Jannik musterte die grinsende Fratze, die seine Phantasie erschaffen hatte, und lächelte. Als Installation im Museum würde er sich so was gerne anschauen.

Die hintere Wand des Zimmers nahm fast vollständig ein Flachbildfernseher ein, kaum schmaler als ein Fußballtor und flankiert von einem monströsen Staubsauger plus mannshoher Buddha-Statue aus Elfenbeinimitat.

Hoffentlich hat Stritzel, dachte Jannik, mehr Informationen als Geschmack.

Der leitende Sicherheitsmann von OCP hatte es sich auf seinem schmierigen Sofa-Halbrund gemütlich gemacht, sodass sich der Kommissar einen der aufklappbaren Plastikstühle von der Wand nahm – etwas Abstand konnte nicht schaden. Stritzel war ihm unsympathisch und das nicht nur wegen seiner verdammten Mietze und den abfälligen Sprüchen über seine Ex.

Jannik fischte einen Notizblock aus der Jackentasche und bemühte sich um einen souveränen Ton: »Seit wann arbeiten Sie für die Firma Orni Charm Pharmaceutical?«

Stritzel kratzte sich am Kinn. »Mmh. Im August sind's drei Jahre. Nicht schlecht, was?«

Jannik konnte sich nicht zu einem Lob durchringen. »Alleine oder im Team?«

»Es gibt noch einen zweiten Security-Mann.«

»Sein Name?« Jannik klickte mit dem Kugelschreiben und legte den Kopf schief. Aus den Augenwinkeln beobachtete er Fortuna, die sich über das Fell leckte und ihn zu ignorieren schien. Das war dem Kommissar nur recht.

»Timo. Timo Maurer. Er übernimmt normalerweise die Nachtschicht.«

»Also war er gestern Abend in der Firma?«

»Nein, nein. Sonntags ist frei. Da ist niemand von der Security vor Ort.«

»Obwohl einige der Mitarbeiter am Wochenende arbeiten?«

»Ja klar, aber das sind Forscher, keine Angestellten mit festen Arbeitszeiten. Willste was trinken?«

»Nein, danke. Arbeitszeiten und so.« Jannik wischte sich mit dem Daumen über die Lider. Der Typ begann ihn zu nerven.

»Versteh ich, Dienst ist Dienst und Schnaps ist Schnaps.« Stritzel wuchtete seinen massigen Körper in die Höhe, umkurvte den Katzenbaum und holte eine Flasche mit blauem Etikett von einem Regal, das auf einem Turm aus Poroton-Ziegeln balancierte.

»Nicht mal 'n kleines Gläschen?«, fragte er. »Ich hab hier was ganz Feines. Nix Gorbatschow vom Discounter, sondern Graugänse aus Frankreich.« Der Kerl kicherte, knallte die Flasche auf den Tisch, dass Fortuna zusammenzuckte, und schenkte sich ein. Auf dem Etikett erkannte Jannik eine nordische Küstenlandschaft, vor der ein Schwarm grauer Vögel schwebte. Genau da wäre er jetzt gerne: klare, allergen- und katzenhaarfreie Luft.

»Hören Sie ... Hendrik. Wenn ich das richtig sehe, sind die Sicherheitsvorkehrungen Ihrer Firma, nun, sehr eingeschränkt. Die Kameras zeichnen nur den Vordereingang und das Foyer auf. Es gibt keine gesicherten Türen, außer am Eingang. Nicht einmal eine automatische Erfassung der Mitarbeiter ist vorgesehen. Niemand weiß, wer genau sich in Tierversuchen -«

»Sachte, sachte, ja?« Stritzel starrte ihn an und schaltete um auf professionell. Gab das wieder, was er wohl aus lauter Langeweile in den Hochglanzbroschüren gelesen hatte: »Orni Charm Pharmaceutical ist ein kleines Startup-Unternehmen, das mit dem amerikanischen Mutterkonzern in engem Kontakt steht. Wir haben nur wenige Angestellte, und es ist ja nicht so, dass mit gefährlichen Stoffen hantiert wird. Keine Viren oder Bakterien, sondern Grundlagen-Forschung, verstehst du?«

Jannik nickte schweigend.

»Auch die Labore«, fuhr Stritzel fort, »sind nur Standardausführungen. Wenn mehr Equipment gefragt ist, weichen die Herrn Forscher an die Uni aus. Mit der und der, äh, Senckenberg-Gesellschaft arbeiten die eng zusammen. Da brauchen wir keine Hightech-Absicherung.«

Immer noch wortlos, machte Jannik sich Notizen. Blickte dann auf: »Sie haben ihn gefunden?«

Stritzels Schultern sackten nach unten. Seine Hand umklammerte das Glas. Dann öffnete er die Finger und sprach so leise, dass Jannik sich nach vorne beugen musste.

»Ich bin heute früh ganz normal zur Arbeit gefahren. Alles wie immer, Punkt fünf Uhr war ich vor Ort. Ich habe meine übliche Runde durchs Gebäude gedreht, bis ich dann diesen Scheißvogel im dritten Stock gefunden habe.«

»Die Nachtschwalbe?«

»Keine Ahnung. Aber 'ne Graugans war's bestimmt nicht.« Stritzel verzog die Lippen zu einem schiefen Grinsen.

»Weiter«, sagte Jannik nur.

»Na ja, ich dachte mir, dass der Vogel aus einer der Volieren in den Labors entwischt ist, deshalb hab ich ihn geschnappt und bin nach unten gegangen.«

»In den zweiten Stock? Dort, wo die Labore sind?«

»Genau.«

»Ist ihnen irgendetwas aufgefallen an dem Vogel?«

»Häh?«

»Wissen Sie noch, wie der Schnabel aussah? War da etwas dran?« Er wollte Stritzel die Worte nicht in den Mund legen – offenbar hatte Stritzel das Blut an der Nachtschwalbe nicht registriert.

»Nee. Also, so genau hab ich nicht hingeguckt. Mir ist nix aufgefallen, außer dass es ein besonders hässlicher Vogel war. Mehr so 'n Quasimodo unter den Federviechern.« Wieder dieses Grinsen. Jannik musterte die feinen roten Äderchen, die sich an der Nasenbasis wie Wollknäuel unter Stritzels Haut breit machten: Der Mann war ein gewohnheitsmäßiger Trinker.

»Wann genau haben Sie die Leiche entdeckt?«

»Das war so um halb sechs. Die Sonne war noch nicht ganz da. Ich hab sofort den Rettungsdienst angerufen.«

Das konnte nicht stimmen: Der Notruf war erst um fünf Uhr achtundvierzig eingetroffen.

»Sofort?«, fragte Jannik.

Stritzel rutschte auf dem Sofa herum, seine Hand griff nach dem Glas. »Na ja, der Vogel ist mir bei dem Schreck entwischt. Kann sein, dass ich ein paar Minuten nach dem Vieh suchte.«

»Wollen Sie damit sagen, dass Sie sich erst um den Vogel und dann um den Mann am Boden gekümmert haben?«

»Nee! Aber der Mann war doch tot, das war ja klar.« Stritzel starrte auf das Glas. Seine Hände zitterten.

»War außer Ihnen sonst noch jemand heute früh in der Firma?«

Stritzel zögerte einen winzigen Augenblick. »Nein, niemand.«

»Sie waren also alleine?«

»Hab ich doch grade gesagt.«

»Kannten Sie Herrn Seidelmann?«

»Nur vom Sehen. Das war einer von denen, die so eifrig Überstunden sammelten wie Frauen Payback-Punkte.«

»Hm.« Für einen Profi in der Security-Branche verhielt sich Stritzel nicht gerade souverän. Viel zu nervös. »Privat hatten Sie also keinen Kontakt zu ihm?«

»Ne. Der war mehr so 'n Einzelgänger. Außer seine Arbeit hat den nichts interessiert.«

»Woher wissen Sie das, wenn Sie ihn kaum gekannt haben?«

»Na ja, ich vermute nur, dass er -«

»Warum waren Sie heute nicht mehr in der Firma? Als Sicherheitsbeauftragter wäre das doch angemessen gewesen.«

Stritzels Miene verfinsterte sich, die Äderchen um seine Nase wurden lebendig. »Mir war nicht gut. Ich habe mich krank gemeldet wegen dem Schock und so ...«

Jannik betrachtete den Sicherheitsmann skeptisch. Konnte es tatsächlich sein, dass dieser Schrank vor ihm nicht aus Eiche, sondern aus Holunder gezimmert war?

»Was haben Sie gestern zwischen einundzwanzig Uhr und Mitternacht gemacht?«

»Ich war hier. ›Tatort‹ gucken.« Er zeigte seine weißen Zähne, deutete mit dem Kinn auf den Bierdosenberg hinter dem Kletterbaum. »Was machst du denn an 'nem Sonntagabend?«

»Gibt es dafür Zeugen?«

Stritzels Gesicht verfärbte sich. »Was soll das denn jetzt?«

Jannik winkte müde ab. Wenn die restlichen Mitarbeiter von Orni Charm ähnlich kooperativ waren, hatten sie einen Haufen Alibis zu überprüfen. Karola würde nicht gerade vor Freude einen Luftsprung machen. »Schon gut«, lenkte er ein. »Reine Routine. Aber noch eine letzte Frage: Können Sie sich erinnern, wie die Leiche auf dem Boden gelegen hat?«

»Wie schon?«, brummte Stritzel. »Wie 'n verdammter Toter mit eingeschlagenem Schädel halt. Ich hab leider kein Selfie von mir mit der Leiche gemacht ...« Seine Hand schoss nach vorne, umklammerte das Glas und kippte den Inhalt in den Mund.

Jannik konnte fast sehen, wie Stritzel die Wärme in Rachen, Kehle und Magen genoss, wie er seine Probleme unter der Flut klarem Destillat begrub. Sein Gesicht sagte: Soll der bescheuerte Bulle doch denken, was er will. Die Audienz ist vorbei. Raubtierfütterungszeit.

Als hätte die Katzendame seine Gedanken erraten, tappte Fortuna auf Samtpfoten näher, umkreiste den Katzenbaum und sprang dem verdutzten Polizisten auf den Schoß. Jannik antwortete mit einer Niesattacke, in der das Klingeln seines Handys fast unterging. Die vermaledeite Pussi von sich schubsend, wischte Jannik über das Display und sagte: »Mach, dass du fortkommst!« Mit dem Ellbogen drückte er das anschmiegsame Tier von sich.

»Du meinst jetzt aber nicht mich, oder?«

Lotte. Seine Lotte. »Natürlich nicht, entschuldige.«

»Du klingst so komisch. Bist du erkältet?«

»Nein, erklär ich dir später. Was gibt's?«

Sie zögerte. »Ich sitze gerade mit Komtschewski im Medien-Raum. Wir haben uns schon mal die Dateien der Überwachungskameras angesehen. In der Mordnacht fiel uns nichts auf, aber in der Nacht davor ... Wolltest du nicht diesen Wachmann besuchen?«

»Mach ich gerade.« Jannik stand auf, um die Katze endlich los zu werden. Schon wieder spürte er ihre Krallen durch den Hosenstoff hindurch. Auch Stritzel hatte sich erhoben und schimpfte die zappelnde Katze aus.

»Wer schreit denn da so?«

»Das ... das ist nur Fortuna.« Hilflos. Warum konnte Jannik kaum einen geraden Satz rausbringen, wenn er mit Lotte sprach?

»Fortuna?« Sie lachte. »Bist du bei einer Frau?«

»Nein, das ist nur eine Pussi ... sorry, ich meine Mieze. Also, eine ganz normale – oder jedenfalls fast normale – Hauskatze.« Er begann zu schwitzen und verhaspelte sich immer mehr.

»Okaaaaaay«, sagte Lotte gedehnt. »Jedenfalls solltest du fragen, wer Zugriff auf die Dateien hat.«

Konnte Jannik, denn Stritzel hatte der Birma-Katze endlich klar gemacht, wer hier das Sagen hatte: »Wer hat Zugang zu den Daten der Überwachungskameras?«

»Nur ich«, antwortete Stritzel, »Timo und Doc Stringwell. Wieso?«

Stritzels Finger pflügten wie eine Harke durch das dichte Fell des Stubentigers. Fortuna fauchte noch einmal auf wie ein überdrehter Motor, bis sie in ein versöhnliches Schnurren überging.

»Wieso?«, wiederholte Jannik dessen Frage für Lotte im Smartphone. Er hoffte nur, dass sie kein Katzen-Fan war.

»Weil da etwas nicht stimmt. Kann es sein, dass jemand die Aufzeichnungen von Samstagnacht vertauscht hat?«

»Moment.« Jannik senkte die Hand mit dem Handy, tastete nach einer unverfänglichen Formulierung. »Können theoretisch Videoaufzeichnungen vertauscht werden?«

Stritzel öffnete den Mund und schloss ihn wieder. »Aus Versehen ...«, er machte eine Pause, »... ist das kaum möglich. Die Dateien werden automatisch unter dem jeweiligen Datum archiviert. Was ist denn mit den Aufzeichnungen?«

Jannik senkte den Kopf. »Hast du gehört, Lotte?«

»Hab ich. Hör mal, das Video von der Nacht vor dem Mord wurde vertauscht. Jemand muss die Datei manipuliert haben. Vielleicht dein Hendrik Stritzel. Soll ich Verstärkung schicken?«

Jannik schüttelte den Kopf: »Nein.« Das wäre ja noch schöner. Aber seine Augen brannten, Rotz tropfte ihm aus der Nase und Stritzel stand plötzlich, Alkohol ausdünstend, direkt neben ihm und lauschte. »Wieso glaubt ihr das?«, fragte er.

»Schnee«, sagte Lotte.

»Schnee?«, wiederholten Jannik und Hendrik gleichzeitig.

»Mit Drogen hab ich nichts zu tun!« Der Sicherheitsmann trat entrüstet zurück.

»Nein«, tönte Lottes Stimme aus dem Telefon. »Kein Kokain. Echter Schnee. Auf dem Video von gestern ist ein großer Schneehaufen vor der Eingangstür von Orni Charm zu sehen.«

Jannik nickte. »Du meinst, jemand hat die Tage vertauscht?«

»Nicht vertauscht, sondern kopiert. Die Aufzeichnung von gestern ist identisch mit der vom 11. Januar. Der einzige Tag im letzten Winter, an dem es geschneit hat.«

Ja, Jannik erinnerte sich an diesen Tag, erinnerte sich vor allem daran, dass er Lotte zum Schlittenfahren auf den Feldberg hatte einladen wollen. Er starrte auf die Wodkaflasche im Auge des Zyklopen. Die Vögel auf dem Etikett schienen auf ihn zuzurasen, schlugen mit den Flügeln in einem irrwitzigen Tempo, krächzten lauthals. Der Polizist kniff die Augen zusammen. Das waren keine Graugänse. Hinter der spektakulären Kulisse eisbedeckter Gipfel explodierte eine gleißende Wolke aus Schneegänsen.

10

Montag, 18. Mai, 18.00 Uhr

»Was liest du denn da Schönes? Doch hoffentlich nichts Dienstliches?« Mirko gab ihr einen feuchten Kuss auf die Schulter und schnappte sich den Aktenordner.

Karola machte auf ihrem Swopper eine schnelle Drehung. »He, vertraulich. Lass die Pfoten weg!«

Ungeniert blätterte er die Akten durch und runzelte die Stirn. »Sieht jedenfalls nicht nach spannender Abendlektüre aus.« Er legte die Papiere zurück auf den Tisch. »Dein neuer Fall?«

»Ja. Ermordeter Wissenschaftler in einem Pharmaunternehmen. Die Indizien deuten auf Raubmord - allerdings wurde nichts gestohlen.«

»Woher willst du das wissen? Womöglich verheimlicht die Firma etwas. Vielleicht hat der Mörder ja gefunden, was er gesucht hat, und die wollen nicht darüber sprechen, weil es geheim oder illegal oder einfach nur peinlich ist.«

»Wow. Nicht schlecht, mein kleiner Spürhund.«

»Und wetten, dass die Firma rote Zahlen schreibt?« Mirko deutete auf die Akten.

Karola hob die Augenbrauen. »Stimmt auch. Aber das ist für ein Startup-Unternehmen in dieser Branche nichts Ungewöhnliches.«

»Siehste, ich hätte Karriere bei der Kripo machen können. Aber der Schmutz, in dem meine Hunde wühlen, ist mir lieber als der Dreck solcher Firmen.« Übergangslos fragte er: »Soll ich heute Abend was Leckeres für uns kochen?« Er beugte sich herab und küsste die kleine Hautrinne an ihrem Halsansatz. »Ich liebe deine Drosselgrube.«

»Mit dem Essen wird's heut trotzdem nichts. Sorry.« Karola zupfte an ihrem marineblauen Top mit dem gewagten U-Boot-Ausschnitt herum. Amsel, Drossel, Fink und Star. Bei Mister Fink schien der Frühling anzuklopfen, während sich ihr Herz eher anfühlte wie eine Mördergrube.

»Wieso, ist doch nur euer wöchentliches Joggen im Park. Ich dachte, hinterher ...«

»Wirklich ganz lieb, Mirko, aber heute dauert's bestimmt länger.«

»Okay, dann aber morgen. Yep, morgen erwartet dich ein fürstliches Abendessen.« Er tänzelte um sie herum wie ein aufgeregtes Hündchen.

»Sag mal, wie nennt man eigentlich einen läufigen Rüden?«

Mirko machte einen Schmollmund. »Den Begriff gibt's nur bei den Hundedamen.«

Karola grinste und fragte sich, ob sie ein wichtiges Datum vergessen hatte oder – noch schlimmer – ob Mirko einen konkreten Grund für schlechtes Gewissen hatte. Manchmal war ihr kriminalistisches Misstrauen eine echte Last. Aber ihr Freund kochte einfach zu selten, obwohl er in der Küche richtig kreativ werden konnte.

Karola hüpfte kurz auf ihrem Swopper und dachte an den Tag zurück, als sie Mirko und Mitch bei einem Rauschgifteinsatz kennengelernt hatte. Eigentlich mochte sie Hunde nicht besonders, aber der charmante Hundeführer und sein blitzgescheiter Rüde hatten ihr, der damals blutjungen Hauptkommissarin, zu einem schnellen Ermittlungserfolg verholfen, indem sie das Drogenversteck der Bande hinter einer zugemauerten Kellertreppe aufspürten. Mirko hatte vorher mit Karola gewettet, dass sein Hund die Drogen innerhalb von fünf Minuten finden würde. Sie hielt dagegen, weil ihr Team das Haus bereits auf den Kopf gestellt hatte und keiner daran glaubte, dass dort was zu holen war.

Karola lächelte: Drei Minuten und fünfzehn Sekunden, dann hatte Mitch angeschlagen. Ihr verlorener Wetteinsatz war eine Einladung ins »Wagner« nach Sachsenhausen gewesen. Komisch, aber die magischen Dreiecke aus Bembel, Gerippten und Deckelchen einerseits sowie Mann, Frau und Hund andererseits fühlten sich von Anfang an gut und vertraut an. Nun waren sie im verflixten siebten Jahr: Prompt war aus der bunten Vertrautheit eine graumelierte Routine geworden. Karola hatte es sich nur zögernd eingestanden, aber die gemeinsame Wohnung war der Versuch, wieder mehr Farbe in die Beziehung zu bringen. Abgesehen von den beiden zentralen Knackpunkte: Problem A war Mirkos Wunsch nach einem Kind – seinem Statthalter, wie sie es in Gedanken immer nannte. So viel sie darüber redeten, so wenig sprachen sie über Problem B: den Heiratsantrag, der einfach nicht über Mirkos Lippen kommen wollte.

Ihr Lächeln verschwand vom Gesicht, fortgewischt von diesem Teufelskreis: Solange Karola nicht Ja zu einem Baby sagte, konnte sich Mirko nicht zu einer Ehe durchringen, und solange Mirko ihr keinen Antrag machte, dachte sie bei Baby-Bartsch eher an eine schwabblige Comicfigur als an einen rosazarten Säugling. Außerdem klang der Name »Karola Fink« auch nicht besonders – zu viel Vogel im Name.

Karola seufzte und musterte die Hochhausfront aus brauner Pappe: Sie schafften es ja noch nicht mal, Umzugskartons auszuräumen oder Vorhänge aufzuhängen – wie sollten sie da ein Kind großziehen?

Ihr Smartphone erlöste sie mit »Bella Notte« aus der Grübelei – komisch, die Nummer auf dem Display kannte sie nicht. »Bartsch.«

Dann sagte sie lange nichts mehr.

Eine knappe Stunde später saßen sie sich gegenüber.

»Hallo, großer Bruder«, sagte Karola.

»Hallo, große Schwester«, antwortete Karsten Bartsch.

Jeder von ihnen probierte ein Lächeln.

Keiner bekam es besonders gut hin.

Sie schwiegen, wie sie so oft und so lange schwiegen, seit Karsten den Abgrund gestreift, seit Karola ihre eigenen Dämonen getroffen hatte, seit ihre Eltern gestorben waren und nicht mehr als Klebstoff der Familie dienten. Es war kein angespanntes Schweigen, eher ein hilfloses, verlorenes, aus Kindheitserinnerungen herauskriechendes. Obwohl sich die Geschwister nur wenig zu sagen hatten, hielten sie eisern an ihrem wöchentlichen Treffen fest. Und beim Joggen musste man ja auch nicht unbedingt reden.

Hier schon.

»Idiot!«, begann sie.

Karsten grinste schwach: »Schuldig im Sinne der Anklage.«

»Was hast du dir nur dabei gedacht?«

»Nicht viel, wahrscheinlich. Ich musste -«

»Eine Hühnerblutfalle. Mensch, Karsten, so was machen Zwölfjährige.«

»Ich hielt's für eine gute Idee. Konnte ja nicht ahnen, dass der Seelöwe -«

»Werner wird dir keine Schwierigkeiten machen, dafür kennt er mich zu gut.«

»Ist das der Seelöwe?«

»Hör einfach auf, ihn so zu nennen, okay?«

Karsten schaute sie an und nickte schließlich. »Danke.«

»Aber der jüngere Beamte, den du k.o. geschlagen hast, will dich wegen Widerstand gegen Vollstreckungsbeamte drankriegen.«

Karsten grinste schief. »So ein kleines Arschloch. Dann zeig ich ihn wegen Mordversuch an.«

Karola stand auf, umrundete den Tisch und legte ihre schmale Hand auf seinen Arm. »Nur die Ruhe. Werner hatte seine Bodycam von Anfang an eingeschaltet. Das Ding lief zwar ohne Ton, zeigt aber doch klar, dass du dich korrekt verhalten hast und der junge Kollege, hm, etwas übermotiviert war.«

»Nett formuliert.« Karsten schnaubte. »Der Typ hätte mich fast abgeknallt.«

»Mag sein, aber ich würde es nicht riskieren. Der Mann ist erst seit einem halben Jahr in Dienst und konnte ja nicht wissen, dass sein Partner nur einen Eimer Geflügelblut über den Kopf bekommen hat. Für den musste das so aussehen, als wäre Werner lebensgefährlich verletzt worden.«

Karsten nickte lächelnd. »War ja auch Sinn der Sache. Eine Stolperdrahtfalle, ganz klassisch.«

»Eher ›Die kleinen Strolche‹-Niveau.« Karola musterte ihren Bruder. Er sah nicht gut aus. »Und wozu der Aufwand? Du konntest doch nicht wissen, dass dich die Schupo besucht.«

Karsten legte seine Hand auf ihre. »Eben. Für die war meine Falle nicht gedacht. Die waren zur falschen Zeit am falschen ... Ach, du weißt schon. Können wir jetzt gehen?«

Karola zögerte. Sie hatte nur eine halbe Stunde gebraucht, um ihre Kollegen zu besänftigen und die bürokratischen Wogen zu glätten. Vielleicht hätte sie Karsten noch länger schmoren lassen sollen.

»Nun sag schon«, brummte sie. »Für wen war die Falle?«

Karsten entwand sich ihrem Griff und stand auf. »Nicht hier, Karola. Nicht hier.«

Seufzend nickte sie und ging voraus. Öffnete die Tür, vor der ein Beamter wartete. »Wie du willst. Dann eben beim Joggen.«

Ihr Bruder seufzte. »Ehrlich gesagt ist mir heute nicht sonderlich nach Laufen. Bin ein bisschen schlapp auf der Brust.« Von seinen schmerzenden Rippen sagte er nichts.

Sie musterte ihn, überlegte und lachte dann auf. »Wenn das so ist, habe ich eine sportliche Alternative für alte Männer. Los, komm schon, großer Bruder.«

Er lächelte ihr zu. »Wie's aussieht, bin ich in deiner Hand.«

»Neun zu zehn«, keuchte Karsten zwanzig Minuten später. »Nicht schlecht, aber ich krieg dich schon noch.«

»Heimvorteil, mein Lieber.«

Karsten nickte. Die gigantische Mehrfeldhalle im Polizeipräsidium war schon beeindruckend. Zumal sie alleine waren, Bruder und Schwester, die sich in dem Raum zu verlieren schienen. Die Luft roch nach Schweiß, Bohnerwachs und einem Hauch von Ozon. Nach den langen Stunden in der Zelle empfand Karsten es fast als ausgleichende Gerechtigkeit, jetzt bei ein paar Runden Tischtennis auf Staatskosten zu entspannen.

Karola blinzelte in das Gewirr der Neonröhren über ihrem Kopf und staunte, dass ihr massiger Bruder immer noch reaktionsschnell und scheinbar mühelos mit Ball und Schläger zu hantieren wusste. Sie federte leicht in den Knien und konzentrierte sich auf Karstens Aufschlag. Der Ball flitzte nach links und sie konnte gerade noch mit der Rückhand parieren. Tic-Tac.

»Habt ihr auch schon die neuen Plastikflummis?«, rief er ihr zu.

»Bitte?«

»Wusstest du das nicht? Der gute alte Tischtennisball geht in Rente.«

Karola wischte sich eine Haarsträhne aus dem Gesicht. Männer waren einfach unglaublich: Eben noch hatte ihr Herr Bruder in der Zelle gesessen, abhängig von ihren Verbindungen und viel Goodwill. Und jetzt? Belehrte er sie schon wieder großkotzig. Oder kam ihr das nur so vor? Übertrug sie ihren Frust auf ihn, den Ärger mit Laurenz' arroganten Sprüchen, mit dem Herrn Staatsanwalt oder sogar mit Mirko? War das ihr Fehler oder doch die geschlechtsspezifische Besserwisserei der Männer? Sie hatte mal was mit einem Tauchlehrer gehabt, der ihr das bestätigte: Nirgendwo sonst trennten sich so viele Paare wie beim Tauchen – weil der Mann ständig mit Ratschlägen nervte.

»Man lernt halt nie aus«, sagte Karola leise zu ihrem Bruder, der ihr was von kleinen weißen Bällen erzählen wollte. Bisher war es ihr immer gut gelungen, die richtige Mischung aus Distanz und weiblicher Verletzlichkeit zu finden, wenn es darum ging, ihre eigenen Interessen in der Männerwelt durchzusetzen. Aber langsam schien sie dieses Spiels müde zu werden. »Also, was ist jetzt mit dem Ball?«, fragte sie und schüttelte die Haare. Tic-Tac.

»Nichts weiter. Nur dass König Plastik eben einen neuen Vasallen in seinem Reich begrüßt: Zelluloid ist out.«

Rückhand – Vorhand – Rückhand. Tac-Tic-Tac.

»Spinner«, knurrte Karola, gerade noch einen langen Ball aus der Ecke fischend. »Und warum?«

»Zelluloid ist leicht entzündlich«, antwortete er. Mit Genugtuung merkte sie, dass Karsten langsam doch ins Keuchen kam. »Gilt deshalb als potenzieller Gefahrenstoff.«

»Plastik brennt doch auch.«

»Stimmt, aber diese neuen Polybälle schmurgeln nur, wenn sie angezündet werden. Wie gegrillte Marshmallows.«

Tic-Tac. Beide schmetterten sich jetzt den Ball um die Ohren. Plastik oder nicht.

»Und das Geräusch?«, fragte sie.

»Klingt irgendwie dumpfer. Nach Plastik halt.« Karsten schickte ihr einen fiesen Topspin herüber. Sie konterte, indem sie der Kugel einen zusätzlichen Drall versetzte. Knapp übers Netz.

»Statt Ping Pong«, fragte sie, »heißt das also in Zukunft Plick Plock?«

Karsten wieherte los. Das Lachen rollte wie eine Welle über seinen Brustkorb, schob sich als dröhnender Strom durch seinen Hals und explodierte befreit zwischen seinen Lippen. Das tat gut. Viel zu lange hatte er nicht mehr gelacht. Aber es gab ja auch kaum Gelegenheit und Grund dafür.

Karola grinste. Das Lachen ihres Bruders war schon immer ansteckend gewesen, unwiderstehlich und sein größter Schwachpunkt – zumindest beim Tischtennis. Das hatte sie schon früher im Garten ihres Großvaters ausgenutzt, wo manchmal Schmiedeklänge herüberdröhnten. Mit Sprüchen und Witzen hatte sie Karsten so lange zugesetzt, bis der vor Lachen vorbeischlug.

Manches ändert sich eben nie, dachte sie, als der Ball an Karsten vorbeihüpfte und in der weiten Halle verschwand.

»Neun zu elf für mich«, jubelte sie und beobachtete amüsiert, wie Karsten planlos von einer Ecke in die andere trabte. »Gaanz kalt«, rief sie ihm hinterher. »Kälter als die Tomatensuppe in der Kantine.«

»Kann ich gut drauf verzichten«, rief er zurück.

»Und da ist es noch kälter«, schrie sie ihm zu. »So kalt wie das Lächeln von Mona Sax.«

»Die kennst du? Max Paynes Femme fatale?« Karsten rutschte wie ein Staubsauger über den Hallenboden, immer noch auf der Suche nach dem Ball. Seine Schwester schickte ihm ein eisiges Lächeln: »Die ist mein Vorbild, wusstest du das nicht?«

»Die Auftragskillerin in einem Videospiel? Da tun sich ja Abgründe auf, Schwesterchen.« Endlich entdeckte er den Ball und kam zurück. Immer noch lächelte er – zum ersten Mal seit Tagen fühlte er so etwas wie Ruhe.

Aber Karola gönnte sie ihm nicht – schließlich hatte sie noch ein Hühnchen mit ihm zu rupfen. Oder besser gesagt einen Hahn.

»Also, was sollte dieser Mist mit der Hühnerblutfalle?«

Karsten schaute sich demonstrativ um, deutete auf die grauen Gitterbleche unter der Decke: »Sind hier auch keine Überwachungskameras installiert?«

»Sicher doch. Der Polizeipräsident persönlich wertet die Bänder aus – besonders die von Bauch-Beine-Po.« Karola kicherte. Die Vorstellung war einfach zu komisch.

»Na gut.« Karsten warf den Ball in die Luft, ließ ihn auf seinem Schläger hüpfen. »Ein paar Kleinkriminelle fühlen sich, wie soll ich sagen, von mir ungerecht behandelt. Die Falle sollte mir Zeit verschaffen.«

»Du wirst bedroht?« Karola musterte ihren Bruder. Während des Spiels hatte er sich immer wieder an die Seite gegriffen, wenn er sich unbeobachtet gefühlt hatte. »Bist du verletzt?«

Karsten brummte nur. »Nichts weiter passiert.«

»Du musst die Polizei einschalten!«

Karsten lachte. »Du siehst ja, was dabei herauskommt. Wieso sind die beiden Kanaillen eigentlich aufgetaucht? Doch wohl kaum, weil ich den Grill zu lange angelassen habe. Oder haben sich die Nachbarn mal wieder über meine Gäste beschwert?« Er fingerte einen zweiten Ball aus seinen Shorts, hielt sich die beiden wie Glupschaugen vor die Lider und trällerte: »Maschendrahtzaun makes me feel alright ...«

Karola lachte wieder, obwohl ihr zum Heulen war. Sie machte sich Sorgen. Und Karsten? Der würde noch aus dem Grab heraus Späßchen machen. »Knallkopf«, brummte sie. »Der Hit ist so alt wie deine Unterhosen.«

»Woher willst du das wissen?« Karsten blies die Backen auf, was sein Tennisballgesicht unheimlich wirken ließ.

»Als Schwester hab ich da einen gewissen Einblick ...«

»... gehabt, meine Liebe, die Zeiten sind lange vorbei. Aber jetzt Klartext: Warum hat mich die Polizei mit ihrem Besuch beehrt?«

»Hat man dir das nicht erzählt? Ein anonymer Anruf, gegen halb drei. Die Zentrale hat das zuständige sechzehnte Revier in der Frankenallee informiert und die Jungs losgeschickt. Nachdem sie dich dann als vermeintlichen Massenmörder ins Präsidium geschleppt haben, hat man sicherheitshalber auch die Strandfurt nach ... Beweisen und Indizien durchsucht.«

Karsten erstarrte, ließ den Ball noch einmal hüpfen und schmetterte ihn dann mit voller Kraft in die Luft. Gefährlich leise sagte er: »Ihr habt mein Zuhause durchwühlt?«

Karola nickte. »Gefahr im Verzug. Sie mussten sicherstellen, dass du keine Leiche in Strandfurt, Haus oder Keller hast.«

Er fuhr sich über den kurzrasierten Schädel. »Das hat der Anrufer behauptet? Es war doch einer, oder?«

Wieder nickte sie. »Der Mann sagte, dass Opas Scheune voller Blut ist und dort Tatwaffen versteckt sind.«

Karsten schluckte schwer. Das war gar nicht gut: Tatwaffe, das klang viel zu präzise. Schaudernd dachte er daran, was wohl passiert wäre, wenn Seelöwe und Jung-Irrer das blutige Spektiv vor ihm gefunden hätten. »Das«, fragte er, »hat der Typ behauptet? Karola, ich muss die Aufnahme hören!«

»Vergiss es.«

»Ach komm! Ich muss wissen, ob das einer der Dealer war, die mich auf dem Kieker haben.«

»Ah, es geht also um Drogen?«

»Gib mir einfach eine Kopie, ja?«

»Tut mir leid, Karsten, du weißt doch, wie das läuft. Wir werten das Band aus und falls wir die Person identifizieren, sagen wir dir Bescheid. Sorry.«

»Vielleicht erkenne ich die Stimme. Ich könnte euch helfen.«

Sie seufzte. »Du hast heute einen Polizisten niedergeschlagen und einen anderen mit Blut übergossen. Ich glaube nicht, dass die deine Hilfe wollen.« Sie machte eine Pause und starrte ihren Bruder an. »Zumindest jetzt nicht. Gib ihnen Zeit, ja?«

Karsten nagte mit den Schneidezähnen an seiner Unterlippe. »Mir wird kalt. Lass uns das Spiel beenden und dann duschen.« Er warf ihr den Ball zu. »Du hast Aufschlag.«

»Wie kommst du darauf?«, fragte sie und griff sich den Ball aus der Luft. »Ich hab schon gewonnen, mein Lieber.«

Irritiert schaute er zu ihr hinüber. »Aber das Spiel geht doch bis einundzwanzig!«

»Nö, großer Bruder.« Karola genoss ihren kleinen Triumph. »2001 hat der Internationale Tischtennisverband beschlossen, dass ein Match nur noch elf

Punkte hat.« Sie lächelte ihn an. »Wusstest du das nicht? Game over!«

Nicht lange danach stocherte Karsten missmutig im Fleisch herum und musterte den geschmolzenen Käse. Das Cordon bleu schmeckte nach Mikrowelle, und die halbgaren Salzkartoffeln erinnerten ihn an pissgelbe Tischtennisbälle und seine Niederlage von eben. Trotzdem schaufelte er ein paar Gabeln hinein, ohne auf Karola zu warten. Unhöflich, ja, aber abgesehen von dem mageren Hahn hatte er heute noch nichts gegessen. Konnte er ja nichts dafür, dass Frauen sich beim Föhnen so viel Zeit ließen, als würde das Schicksal der Erde von staubtrockenen Haaren abhängen. Kauend musterte er die mageren Bäumchen, von denen immer drei zusammen aus einem Gießloch im Lärchenparkett herauswuchsen: Der Innenhof des Kasinos war wirklich nicht schlecht.

Er sägte an dem toten Stück Fleisch herum und dachte an früher. Das Essen im alten Präsidium war auch nicht besser gewesen, die Messer schon damals stumpf. Karola hatte müde ausgesehen und unzufrieden – was nicht nur an seiner Eskapade liegen konnte. Wie ein Hohnlachen tauchte Tatjas abgemagerter Körper in seiner Erinnerung auf und überlagerte sich mit Karolas großer, durchtrainierter Figur. Er schüttelte sich.

»Na, was sagt der Kneipier zu unserem Kasino?« Karola kam auf ihn zu, fuhr sich mit der Hand durch die trockenen Haare. So trocken wie Straußenfedern.

»Dass ihr euch einen neuen Koch suchen solltet.«

»Selbst schuld.« Karola beugte sich über den Tisch und rümpfte die Nase. Normalerweise schloss das Kasino wie jede andere Kantine schon um vierzehn Uhr. Aber für diesen Sommer hatten die Betreiber eine Langzeitöffnung bis neun Uhr abends vorgeschlagen – und das Angebot wurde rege genutzt. »Wenn du Vielfraß auf mich gewartet hättest«, meinte Karola, »dann hätte ich dir was anderes empfohlen.«

»Nö danke, Hähnchen hatte ich heute schon.« Er griff nach ihrem Arm und drehte den Oberkörper nach hinten. »Hörst du das?«

»Das hohe Trällern?«

»Ja, da oben in den Ästen hüpft es. Siehst du's?«

»Noch ein Hähnchen?«

»Bravo, Schwesterherz, ein Sommergoldhähnchen.«

»Selten?«

»Ein Kleinod. Im wahrsten Sinne des Wortes und so selten, dass ich dem Regierungspräsidium euren Innenhof als potenzielles Naturschutzgebiet vorschlagen werde. Das war's dann mit Café au lait in der Mittagspause.«

Sie lachte, zeigte ihre blitzenden Zähne. Müde, dachte Karsten. Sie sieht müde aus. Die Ringe unter ihren Augen sagten deutlich: zu viel Arbeit, zu wenig Schlaf!

»War nur ein Scherz«, sagte er grinsend. »Sommergoldhähnchen gibt's zum Glück noch oft genug bei uns. Obwohl's mich schon wundert, was der Piepmatz da macht. Ich meine, Mai, Brutvogelzeit, da entfernen sich Goldhähnchen nie weit vom Nest. Und als ausschließliche Nadelbaum-Brüter ...«

»Du denkst auch nur an Vögel«, unterbrach Karola kichernd seinen Sermon.

»Yep. Setz dich doch.«

Ihr Blick veränderte sich, Karsten spannte sich an. Der Ausdruck erinnerte ihn an das Gesicht seiner Mutter, als er damals den verletzten Höckerschwan mit nach Hause geschleppt hatte. So wütend hatte er sie selten erlebt. »Magst du nichts essen?«, fragte er so beiläufig wie möglich.

»Nein. Aber ich muss dich was fragen.« Sie holte ein Foto aus ihrer Sporttasche. »Kennst du diese Typen?«

Er nahm das Bild, betrachtete die Szene, nickte schließlich. »Der da«, er deutete mit dem Zeigefinger auf einen dürren Kerl, der seinem Nachbarn eine Zange ans Ohr hielt. »Das bin ich.«

»Sehr witzig.« Karola lachte nicht. »Und die anderen?«

»Woher hast du die Fotografie?«

»Auf jede Frage eine Gegenfrage, was?«

Karsten nickte. »Alter Trick. Funktionierte bei dir aber noch nie.«

»Also?«

»Okay, aber dann muss ich schon wieder was vom Hahn erzählen ...«

Karola seufzte. »Wenn es sich nicht vermeiden lässt.«

»Das Bild entstand im Bayerischen Wald. 1990 oder so. Im Herbst. Unsere Orni-Truppe auf der Suche nach dem letzten bayerischen Auerhahn. Wir sollten im Auftrag der Uni München die Bestände kartographieren.« Er sah sie an. »Woher?«

»Kannst du dich an die Namen erinnern?«

»Mmh«, brummte er, »immer diese Gegenfragen. Die Namen? Also, das ist ewig her. Der hier, bei dem ich gerade versuche, sein Ohr mit 'ner Beringungszange zu piercen, das ist der Ralf. Wir nannten ihn immer nur Papageno, weil er ein Meister im Umgang mit dem Vogelnetz war.«

»Nachname?«

»Weiß ich nicht mehr.«

»Und die andern beiden?«

»Der hier, das ist der Udo. Sein Spitzname war Uhu-Udo, weil er den Ruf nach drei Flaschen Bier so exakt nachmachen konnte, dass sich sogar die echten für ihn interessiert haben.«

»Und?«

»Nachname?«

»Du hast es erraten.«

»Müsst ich mal in mich gehen. Kann ich das Foto behalten?«

»Keine Chance«, lächelte sie. »Beweismittel in einem Mordfall.«

»Was? Wer wurde denn umgebracht?«

Karola zupfte an einer Haarsträhne. Vielleicht prüfte sie, ob wirklich alles trocken war. »Also gut«, gab sie preis, »morgen steht's eh in der Zeitung. Und jetzt ist es schon online, denke ich.« Sie tippte auf den etwas herablassend lächelnden Mittzwanziger, der als Einziger keine Gummistiefel und viel zu weiten Parka trug, sondern teuer anmutende Treckingschuhe und eine blaue Sportjacke. »Kennst du ihn?«

Karsten sog scharf die Luft ein und starrte ein paar Sekunden in den Himmel. Die Dämmerung packte ihren roten Pinsel aus und strichelte feine Cirruswolken. Abendrot bringt frühen Tod, dachte er. Das Wetter würde schön bleiben. Wenigstens etwas. Langsam beugte er sich über das Foto. »Wir haben ihn Silber-Sven genannt«, begann er, »weil er immer einen Vogelring aus Sterlingsilber am Finger hatte. Inklusive eingraviertem

Geburtstag. Das kam gut an bei den Frauen, sodass wir ein bisschen neidisch auf ihn waren. Seinen Nachnamen weiß ich noch.«

»Hattest du auch später noch Kontakt zu Seidelmann?«

»Nein. Er war nicht so der Party-Typ. Eher gepflegt als besoffen. Mehr kontrolliert als ausgeflippt.«

»Also ganz anders als du.«

Karsten lächelte, hatte er doch gewusst, dass sie das sagen würde. »Kannst du mir was über die Tat erzählen?«

»Nein.«

»Silber-Sven ...«, murmelte Karsten.

»Wer war noch dabei?«, fragte seine Schwester. »Wer hat das Foto gemacht?«

Er zögerte. »Keine Ahnung. Ist wirklich schon lange her.« Ihre Nasenflügel zuckten ganz leicht. Verdammt, sie glaubt mir nicht. »Kann ich das Foto nicht doch mal ausleihen? Vielleicht fallen mir die Namen dann wieder ein.«

»Nein. Aber ruf mich an, wenn dein Gedächtnis wieder funktionieren sollte. Meine Nummer hast du ja.« Sie steckte das Foto zurück in den Rucksack, ignorierte das blecherne Klappern darin. »Sag mal«, fragte sie nachdenklich, »hast du nicht Schuhgröße sechsundvierzig?«

Karsten grinste. »Seit der fünften Klasse. Du weißt doch, wie schwierig es für Mama immer war, passende Schuhe zu finden. Wieso?«

Sie schüttelte sich. »Nur so. Eine Frage hätt ich da noch.«

»Und zwar, Columbo?«

»Wie war denn dein Spitzname bei dieser Orni-Truppe?«

Ihr Bruder grinste breit. »D'Artagnan.«

»Aha.« Müde lächelte sie zurück. »Ich muss los. Mirko wartet mit dem Essen.«

»Renoviert ihr gerade?« Karsten erhob sich, wollte sie umarmen.

»Wie kommst du denn darauf?«

»Dann lass mich raten: Du machst einen Spraykurs an der Volkshochschule?«

»Verdammt was soll das?« Karola starrte ihn wütend an.

»Na, die Dosen in deinem Rucksack ... Also, ich dachte, dass ...«

Die Fäuste ballend, funkelte sie ihn an. »Ich glaub das nicht. Du warst an meinem Spind? Bist du bescheuert? Wühlst du jetzt in meinen Sachen herum, oder was?«

»He, langsam!« Karsten hob irritiert die Hände. »Ich hab nur 'n Shampoo gesucht.«

»Du schnüffelst in meinem persönlichen Kram herum und findest das nicht mal schlimm?«

»Na ja, hab ich halt schon immer so gemacht ...«

Sie schüttelte den Kopf. »Ich glaub's nicht. Mir reicht's, echt, beim nächsten Mal können sie dich für immer hier behalten.« Sie stampfte Richtung Ausgang, gab der Glastür zur Kantine einen Tritt. Ein paar der anderen Gäste beobachteten sie – halb erstaunt, halb amüsiert. Theatralisch drehte Karola sich noch einmal um und zeigte mit dem Finger auf Karsten. Seht ihn euch genau an, rief der Finger! Den Verräter, diesen perversen Damenunterwäschedurchwühler. Karsten meinte ein gemurrtes »Arschloch« von ihr zu hören, dann war sie verschwunden.

Der winzige Vogel tat es ihr gleich. In höchsten Tönen fiepend, flog das Goldhähnchen in das Himmelsfenster über dem Präsidium und verschwand in der Dämmerung, die sich tiefrot über die Stadt senkte.

11

Dienstag, 19. Mai, 06.21 Uhr

Er lauerte in der Dämmerung, still und reglos. Während er auf das nächste Opfer wartete, bewegten sich nur seine Augen, tasteten die Umgebung ab, huschten suchend hin und her. Die Leichen der letzten beiden hatte er an einen Baum gehängt. Zwischen Ästen und Dornen baumelten sie nun, warteten darauf, von ihm verzehrt zu werden. Der Würger reckte den Kopf und öffnete den Mund. »Gä!«, rief er aufgeregt. Verstummte sofort wieder und warf sich vom Zaunpfosten auf sein nächstes Opfer – Nummer drei.

Karsten starrte gebannt auf den Neuntöter, der sich die Wespe schmecken ließ. Systematisch zupfte der Vogel erst Beine, dann Fühler und schließlich Flügel aus. Danach packte er sein Opfer und schleifte es auf einen Basaltbrocken, hüpfte darauf herum und hoffte, dadurch den Giftstachel rauszupressen. Die ganze Familie der Raubwürger war unter Ornithologen berühmt ob ihrer ausgefeilten Essenszubereitung.

Trotz der letzten beiden Tage, oder gerade deshalb vielleicht, weil die Erschöpfung übermächtig geworden war, hatte Karsten gut geschlafen. Keine Träume, kaum Schmerzen in den Rippen. Und in der Strandfurt war es gestern Abend auch ruhig gewesen: Schon kurz nach Mitternacht hatte Karsten dicht machen können. Spotti, ansonsten so gut wie immer hinter dem Tresen, war nicht aufgetaucht, hatte sich offenbar wirklich in ruhigere Gefilde zurückgezogen.

Kluger Mann, dachte Karsten. Aber er selbst wollte und konnte nicht weg. Die Strandfurt war sein Projekt, sein Leben und auch so etwas wie seine Sühne. Kein dahergelaufener Meth-Dealer sollte ihn zwingen, den Laden auch nur einen Tag zu schließen.

Barfuß tappte Karsten Richtung Main, blieb an seinem persönlichen

Brennnesselfeld am Ufer stehen und pinkelte. Blickte, während es plätscherte, über den Fluss, folgte seinen Wellen bis zur anderen Seite. Dort, leicht schräg gegenüber rauchte das Kraftwerk der Mainova ins morgendliche Blau. Dahinter drängten sich die Hochhäuser der Bürostadt Niederrad zusammen wie ungleich große Dominosteine. Zum Glück war das alles weit genug weg – der Main war breit. Die Autobahn dagegen schon näher: Im Augenblick brummte die A 5 zwar noch schwach, der Berufsverkehr nahm erst Anlauf. Kam der Wind aber von Osten, dröhnten die Motoren manchmal empfindlich laut bis zu ihm.

Karsten Bartsch schüttelte ab und drehte sich um. Musterte das alte Haus seines Großvaters, diese fast malerische Mischung aus Bauernhaus, Scheune und Schmiede. Daneben die Strandfurt wie ein vor dem Haus zusammengekauertes Hündchen, kaum mehr als eine flache Baracke. Seufzend suchte er den Neuntöter, aber der hatte seine Beute in den Ästen versorgt und ließ sich nicht blicken. Spotti hatte verdammt recht: Karsten musste vorsichtig sein – mit dem Tablo-Clan war nicht zu spaßen. Wieder einmal saß er halstief in der Scheiße: erst die Meth-Dealer, dann das blutige Spektiv im Schuppen. Die beiden Bullen auf der Suche nach ... Ja, was? Hatten die wirklich geglaubt, bei ihm zu Hause Leichen zu finden? Ein anonymer Anruf, hatte Karola erzählt. Die Tablos? Eigentlich war Verleumdung nicht der Stil von Dealern – vor allem, wenn sie ihn schon seit Monaten auf dem Kieker hatten. Aber wer sonst? Warum? Und als Krönung des Ganzen: Seidelmanns Tod.

Der stets schicke Silber-Sven, einer seiner ältesten Orni-Kumpels. Einer, den er mal Freund genannt hatte vor, wie lange, weit über zwanzig Jahren? Sven, Udo und Ralf hatte Karsten auf Norderney kennengelernt, als sie dort Vogel-Zivis beim Staatlichen Amt für Insel- und Küstenschutz gewesen waren. Eine legendäre Zeit, vollgepackt mit Naturerlebnissen de luxe, tiefschürfenden Gesprächen und noch tieferen Gläsern. Silber-Sven, Uhu-Udo und Papageno. Später war noch Neumann dazu gekommen, den sie alle nur »den Neuen« oder »fünftes Rad« genannt hatten. Jetzt war Silber-Sven tot und die anderen in der Welt verstreut. Nur mit Udo telefonierte Karsten noch ab und an, vielleicht einmal im Jahr, vielleicht weniger. Nach seinem Biologiestudium und Forschungsreisen in Costa Rica war der nach Norderney zurückgekehrt und hoffte dort auf die erste offizielle Ranger-Stelle im Nationalpark Wattenmeer. Die andern beiden? Papageno und Neumann hatten ihren Doktor gemacht, das wusste Karsten noch. Aber dann? Er zuckte mit den Schultern – Jugendfreundschaften waren eben zerbrechlich: Mit der Familie und dem Job setzte man andere Prioritäten. Alte Freunde gehörten nicht unbedingt dazu.

Karsten kratzte durch seine Haarstoppel und begann mit dem morgendlichen Workout: fünfzig Liegestützen, Kniebeugen und Klimmzüge am Ast des alten Weidenbaums. Früher hatte er die doppelte Menge geschafft, aber für Ende vierzig war's okay.

Silber-Sven ermordet. Schlummernde kriminalistische Instinkte regten sich: Was war da passiert? Während Karsten an der Weide hing und schwitzte, rief er sich seinen alten Zivi-Kumpel in Erinnerung. Ein friedliebendes Kerlchen, neugierig und intelligent. Schon damals auf Norderney ungewöhnlich modebewusst und protzig. Nicht, dass der sich nicht auch die Hände schmutzig gemacht hätte: Wenn sie Strandhafer gepflanzt oder Holzpflöcke im Watt eingespült hatten, war er mit Spaß am Matsch dabei gewesen. Aber das heiße Wasser im Duschboiler verbrauchte Sven danach fast alleine. Karsten hatte ihn von Anfang an gemocht: Für ihn war der ältere Zivi eine Mischung aus Dandy und Dr. Dolittle gewesen, der voller Begeisterung daran glaubte, dass die Natur dem Menschen alle ihre Geheimnisse offenbaren würde. Uhu-Udo dagegen war eher der Seewolf: ein Naturbursche, der liebend gern den ersten Brutvogel-Kartierungs-Gang übernahm – vor Sonnenaufgang, wenn Karsten und Sven noch in ihrem Bauwagen pennten.

»Sechsundvierzig ... siebenundvierzig«, keuchte Karsten in die schmerzenden Muskeln und starrte auf die schuppige Borke. Natürlich hatte er Karola nicht die ganze Wahrheit erzählt. Er mochte auf die Fünfzig zugehen, aber an die Nachnamen von Udo Sievers und Ralf Freudenheim erinnerte er sich bestens, und natürlich auch daran, wer das Foto gemacht hatte. Aber das verfluchte Bild bedeutete nichts. Seine Schwester würde ihn nicht als Verdächtigen bei einer Mordermittlung mit reinziehen.

»Achtundvierzig ... neunundvierzig ... fünfzig!«

Oder würde sie doch?

Er musste sich informieren, ein bisschen rumfragen, vielleicht mit Udo telefonieren. Schwitzend ließ er sich vom Ast plumpsen, streckte und dehnte sich, trabte fünf Minuten auf der Stelle. Und um die Tablos musste er sich auch kümmern. Irgendwie.

Karsten Bartsch hielt inne, drehte horchend den Kopf und lächelte: In die Geräuschkulisse von der Autobahn hatte sich ein leises, klapperndes Ratschen gemischt. Auf Norderney hatten sie stundenlang die Vogel-CD angehört, um die Stimmen von Schilf-, Teich-, Drossel- und Sumpfrohrsänger unterscheiden zu lernen.

Jetzt suchte er das Schilf am Main-Ufer ab, lauschte dem Vogel und war sich nicht sicher. Ein Sumpfi? Oder doch ein Teichrohrsänger? Udo war bei den Vogelstimmen immer der Beste gewesen – noch besser als Sven. Aber der würde keine CD mehr hören. Keine Vogelfeder mehr vermessen. Sonja keinen Kuss mehr geben.

Nie mehr.

Um sechs Uhr zehn fuhr Charlotte Ahrens deutlich schneller als erlaubt über das Seligenstädter Dreieck und katapultierte ihren silbernen Fiat Punto wie eine Flipperkugel über die Auffahrt zur A 3. Trotz der sehr frühen Stunde war sie nicht alleine unterwegs und bald, in einer knappen Stunde, würde es noch schlimmer werden: Stopp-and-go, der tägliche Wahnsinn auf den Autobahnen rund um die Mainmetropole. Manchmal kam es Lotte so vor, als hätte sich der Mensch vom aufrechten Gang verabschiedet, um wieder im Vierbeinermodus durch die Welt zu – nein, nicht zu laufen, sondern zu rollen. Zum Glück stand sie gerne mit den Hühnern auf und mochte es, morgens als Erste im Präsidium zu sein. Dann konnte sie ihre Restmüdigkeit mit Kaffee austreiben, den Tag planen, ihre Berichte noch einmal überarbeiten. Und ein kleines bisschen vor sich hin träumen.

Meistens war Karola zwar noch früher dran, aber die hatte ihr persönliches Büro und folgte dort eigenen Morgenritualen. Jannik kam stets pünktlich, Dahlberg oft zu spät. Letzterer ging momentan allen auf die

Nerven. Er, ein ehemaliger Finanz-Experte, war in ihrem Team ohnehin der Typ fürs Grobe, ein guter Schütze, ein gnadenloser Ermittler. Aber in letzter Zeit übertrieb Laurenz seine Rolle als böser Bulle und spielte ein bisschen zu oft den Zyniker.

Lotte schaltete in den dritten Gang runter und wechselte auf die A 661 Richtung Offenbach. Bretterte durch den zunehmend bewölkten Morgen. Mit der rechten Hand zupfte sie an ihren grünen Strähnchen herum, überlegte, wie ihr wohl blau stehen würde. Ob Jannik die neue Frisur gefiel? Aus ihm wurde sie nicht so recht schlau: Vor ein paar Wochen hätte sie noch gewettet, dass er mit ihr flirtete. Aber mittlerweile ... War er einfach nur schüchtern? Traute er sich eine Beziehung unter Kollegen nicht zu? Und, was noch wichtiger war: Was wollte sie?

Lotte lächelte, während sie einen silbernen BMW überholte, dessen Fahrer sich nicht entscheiden konnte, ob er die linke oder rechte Spur für sich in Anspruch nehmen wollte. Sie betätigte die Lichthupe und zwängte sich an dem schaukelnden Albatros vorbei. Der Blick in den Rückspiegel zeigte nicht nur einen emporgereckten Mittelfinger, sondern auch die knapp über dem Horizont stehende, leicht umgraute Morgensonne. Lotte straffte sich hinter dem Steuer und stopfte Jannik zurück in ihre Gedankenschubladen. Sie mussten einen Mörder fangen – das hatte oberste Priorität.

Karola hatte ihr die Dokumentation der Ermittlungsergebnisse übertragen, ein Vertrauensbeweis und auch – wenn Lotte das richtig mitbekommen hatte – eine Spitze gegen Dahlberg, der diese Aufgabe sonst erledigte. Jannik musste warten.

Hoffentlich, dachte Lotte, liefert die Kriminaltechnik uns heute was Gutes zum Spielen. Anruflisten und Bankauskünfte vervollständigten sich auch nicht von alleine, da wartete noch einiges an Arbeit auf sie. Jannik wollte weiter der Spur Timo Maurer folgen: Für die Manipulation der Überwachungsvideos kamen eigentlich nur der unsympathische Stritzel oder eben sein Kollege Maurer in Frage – keiner der Wissenschaftler dürfte das spezielle Knowhow dafür haben. Dahlberg würde die Befragung der Mitarbeiter fortführen, wahrscheinlich zusammen mit Karola. Immer noch wussten sie zu wenig über ihr Opfer. An was genau hatte er bei Orni Charm gearbeitet? Wie gut lief seine Ehe? Wer waren seine Freunde und Feinde, heute, gestern, vorgestern?

Der alte Gisselberg machte mit Kollegen die Ochsentour und putzte Klinken. Allerdings glaubte Lotte nicht an einen Erfolg: Die Nachbarschaft war überschaubar, das Grundstück der Firma von der Straße aus nicht einsehbar, das Gebäude selbst in der Mordnacht praktisch leer. Trotzdem musste dieser Job penibel erledigt werden.

Staatsanwalt Wollbricht schließlich konzentrierte sich auf die wirtschaftliche Situation des Unternehmens – dafür hatte er die besten Kontakte. Umso besser, dachte Lotte, wenn sich der Schlipsträger in die Ermittlung einbringen wollte. Seine Pressekonferenz gestern war ruhig gelaufen, das Medienecho hielt sich in Grenzen. Zwar hatte es der Mord an Sven Seidelmann überall auf die erste Seite geschafft, aber eben nur auf die untere Hälfte: Die Schlagzeilen blieben weltpolitisch dominiert. Nur auf den Frankfurter Boulevard-Blättern schaute Seidelmann die Leser direkt an. Polizeichef und Staatsanwaltschaft hatten die Motivlage abgesprochen, die meisten Blätter gingen wie die 3. Mordkommission von Raubmord aus, einzig ein Heft titelte: »Mord im geheimen Forschungs-Labor: Entwickelte dieser Mann eine neue Vogelgrippe?«

Natürlich an den Haaren herbeigezogener Schund. An einem neuen Virus hatte Seidelmann sicher nicht gearbeitet – dazu waren schon die Sicherheitsvorkehrungen der Firma viel zu lax. Soweit Lotte verstanden hatte, sah sich OCP als Think-Tank der Grundlagenforschung und suchte in Blut, Fett und Federn nach Krebsmitteln und Co. Nein, an Krankheitserregern hatte ihr Opfer sicher nicht geforscht.

Aber woran dann?

Lotte setzte den Blinker, nahm die Abfahrt Friedberger Landstraße und erreichte die Adickesallee in dem Moment, als die Straßenlaternen nacheinander ihre Lichter ausknipsten.

Genau um sechs Uhr fünfunddreißig manövrierte sie ihren Kleinwagen auf eine der freien Parkflächen in der Tiefgarage des Präsidiums und schloss ihn sorgfältig ab. Im Grunde war das überflüssig. Wenn es einen Ort auf dieser

Welt gab, an dem kein Auto gestohlen werden würde, dann doch bitte schön hier, sollte man meinen. Kriminalkommissarin Lotte Ahrens klemmte sich ihre Laptoptasche unter den Arm und machte sich auf den Weg ins Büro. Sie nahm sich fest vor, nicht nur hier und heute früh die Erste zu sein.

Vorsichtig spähte er durch den Spalt: Das Büro war leer. Gut, er würde nur ein paar Minuten brauchen. Er schlüpfte hinein und sah sich um. Die ersten Strahlen der aufgehenden Sonne zupften an den Lamellen der heruntergelassenen Jalousie, malten waagrechte Linien auf die gegenüberliegende Wandseite. Ein Knastgitter, dachte er und schob sich an den grauen, geflügelten Schreibtischen vorbei, ihre Arbeitsplätze, kleine massive Bollwerke, die ihn immer an ein Cockpit erinnerten. Und das waren sie ja auch: Kommandozentralen, in denen sie ihre nächsten Schritte planten und koordinierten, von denen aus sie Spuren verfolgten und den Täter einkreisten.

Er mochte das Wort: Cockpit. Das klang nach Kampfplatz, nach Hahnengrube. Hier flogen die Fetzen, hier hatten die Hähne das Sagen. Zumindest theoretisch. Theoretisch hatten Hühner hier nichts zu suchen. Hühner, dachte er, machten aus einem Cockpit eine Schlangengrube.

Er lauschte einen Augenblick, näherte sich dann der Tür auf der Schmalseite des Büros. Ein winziges Schild hing daran: KHK K. BARTSCH. Eigentlich, dachte er, müsste dort sein Name stehen. Hinterhältiges Huhn! Er schnaubte, schob sich Plastikhandschuhe über und drückte die Klinke. Unverschlossen. Na bitte, hatte er es nicht gewusst? Schnell trat er ein, zog die Tür hinter sich wieder zu.

Der Schreibtisch seiner Chefin war wie immer penibel aufgeräumt, die Kugelschreiber wie Soldaten aufgereiht, Bleistifte nach ihrem Härtegrad sortiert. Er stutzte, hielt sich den Magnetspender für die Büroklammern vors Gesicht: Die Klammern über der Öffnung des schwarzen Plastikvulkans waren akkurat zu einem Silberstern aus Drahtgeflecht angeordnet. Der arme Mirko. Wie hielt er das nur aus? Karola hatte schon immer einen Ordnungsfimmel gehabt, aber das hier war ja schon fast krank.

Weiter. Er zog an den Schubladen, öffnete eine nach der anderen. Papier,

Schminkutensilien, Studentenfutter. Alles fein geordnet, aber harmlos. Nichts, was ihn interessierte. Er blickte auf seine Uhr, die Zeit rann ihm durch die leeren Hände. Irgendwo musste sich ein Hinweis finden. Konzentriert und langsam drehte er sich um die eigene Achse: Das kleine Fenster mit Blick auf den Innenhof, eine kahle Wand mit Kalender, daneben die Tür, der breite Rollladenschrank mit runder Spitze, noch eine kahle Wand, behängt mit einem abstrakten Gemälde aus blassen Farben und wirren Strichen. In der Mitte des kleinen Zimmers der Schreibtisch, statt Stuhl ein Gymnastikball.

Sein Blick kehrte zum Schrank zurück: Dort musste sie die Personalakten aufbewahren, zumindest ihre persönlichen Aufzeichnungen. Er ruckelte an den heruntergelassenen Rollladen. Verschlossen. Ein gutes Zeichen – unwichtige Sachen wurden nicht weggeschlossen. Er zögerte. Natürlich konnte er den Schrank einfach aufhebeln, mit Gewalt öffnen. Aber dann wusste sie – wussten sie – dass jemand hier gewesen war. Nein, keine Option. Aber wo ein Schloss war, gab es auch einen Schlüssel. Und er konnte sich nicht vorstellen, dass Karola ihn mit sich herumtrug. Wo war er?

Noch einmal öffnete er alle Schubladen, tastete bis in die hinteren Ecken und an der Innenseite der Böden. Nichts. Vorsichtig zupfte er eine der Büroklammern aus der Miniaturinstallation heraus, bog sie zurecht und fingerte damit im Zylinderschloss des Aktenschranks herum. Mist, das wurde nichts. Er konnte sich kaum konzentrieren, schaute immer öfter auf die Uhr. Wo war der verdammte Schlüssel?

Immer hektischer umrundete er den Schreibtisch, bückte sich, beäugte die Unterseite des Tisches, nahm den Sitzball in beide Hände, schüttelte ihn und betrachtete dabei das Bild an der Wand. War da nicht ein kleines Schild unter dem schmalen Holzrahmen? Das hatte er übersehen. Er trat dicht davor und las die Worte auf dem rechteckigen Schildchen: »Paul Klee (1938): Zerbrochener Schlüssel«. Was für ein Zufall, dachte er und musterte die geschwungenen Linien und Punkte, versuchte eine Struktur auszumachen. Von oben links grinste ein Himbeergesicht auf ihn herab, eingerahmt von braunen vertikalen Farbwolken, die wie lange Haare wirkten. Ein Mädchenkopf. Schräg gegenüber in der unteren rechten Ecke das männliche Pendant dazu: eine kurze Nase wie ein kaputter Schlüssel, nur ein Auge, ein geöffneter Mund und gerötete Wangen. Er trat einen Schritt zurück. Fast kam es ihm vor, als würde das Bild ihn verspotten. Karola war ein Symbolfreak – das Bild musste eine Bedeutung haben. Inspirierte sie das Motiv? Starrte sie darauf, wenn sie den Schlüssel zu einer Lösung in einem schwierigen Fall suchte? Half es ihr dabei, die Puzzleteile aus Indizien, Spuren und Beweismittel zusammenzufügen, bis der Schlüssel ins Schloss passte?

Er machte einen Schritt zur Seite, blickte schräg auf das Bild und stutze. War da nicht, direkt auf dem Wandputz, die Andeutung eines Halbkreises? So als hätte etwas an der weißen Farbe der Raufasertapete gekratzt. Natürlich, dachte er, jemand hatte das Bild bewegt. Mit beiden Händen fasste er den Rahmen und schob das Bild langsam nach rechts und links. In der nackten Wand hinter dem Rahmen, etwa dort, wo das einäugige Gesicht des Jungen schielte, fand er ein daumendickes Loch, aus dem ein roter Stofffaden herausragte.

Wie schön, dachte er, der rote Faden ist wieder da.

Noch bevor er danach griff, wusste er, dass am anderen Ende der Schrankschlüssel festgeknotet war – so ein Versteck passte zu Karola Bartsch. Grinsend zog er den Schlüssel aus seinem Loch, kehrte zum Schrank zurück, steckte ihn in das Stiftschloss und drehte. Mit einem Schmatzen rutschten die Lamellenlippen nach oben, gaben den Blick auf prall gefüllte Aktenordner frei. Per Laserdruck beschriftete Ordnerrücken, MK 3, antichronologisch von 2015 zurück bis 2007, Karolas Eintrittsjahr bei der Hessischen Kriminalpolizei. Die Überfliegerin im Polizeidienst, jüngste Kriminaloberkommissarin seit Jahrzehnten, KOK Bartsch die Große.

Endlich fand er den Ordner, den er suchte: »PERSONAL«. Er zog ihn heraus, blätterte darin herum. Natürlich streng alphabetisch geordnet, die Nachnamen zuerst. Charlotte schenkte er sich. Endlich seine eigene Akte: Zeugniskopien, Weiterbildungsbescheinigungen, Ergebnisse der sportärztlichen Untersuchungen, ein bisschen Kommunikation zu internen Anträgen, Krankmeldungen – nichts, was er nicht auch in der Verwaltung hätte nachlesen können, nicht das, was er suchte, was er befürchtete. Zuletzt die Beurteilungen der letzten beiden Jahre: hohe Kompetenzen da, weniger hohe dort. Und Verbesserungsvorschläge, verhaltene Kritik, mangelnde Teambereitschaft, nicht immer kooperationsbereit. Der übliche Scheiß halt, aber nichts, was sie ihm nicht schon aufs Brot geschmiert hätte. Nichts was ihn überrascht oder gekränkt hätte. Nichts, was seinen Zorn rechtfertigte.

Er stellte den Ordner zurück. Lauschte. Durch das Fenster zum Hof sah er Sonne, Wolken und immer mehr Leute, die in ihre Büros hasteten. Er bückte sich für einen letzten Blick. Entdeckte im untersten Regal einen Ordner, der im Gegensatz zu den anderen handschriftlich gekennzeichnet war. Mit ihrer schwungvollen Schrift hatte Karola die Buchstaben SFP darauf gemalt.

Als er zugriff, klingelte draußen im Großraumbüro ein Telefon. Er zuckte zusammen, der Ordner rutschte ihm aus der Hand, überschlug sich, klappte in der Luft auf und knallte mit einer Ecke auf den Boden. Als hätte jemand einen Eimer Farbe umgeworfen, breitete sich eine bunte Flut aus. Darin schwammen Wesen wie aus einer anderen Welt herum, hohläugige Monster, Vampire und andere Gruselgestalten. Eine Ursuppe aus Alpträumen und psychedelischem Wahnsinn, bevölkert und belebt mit den unmöglichsten Gestalten aus Phantasie und Wirklichkeit.

Was um Himmels willen ist das, fragte er sich, als das Geklingel draußen verstummte und durch eine leise Stimme ersetzt wurde. Eine Frauenstimme. Er erstarrte. So früh? Fieberhaft stopfte er die Blätter mit den seltsamen Fotografien zurück in die Klarsichtfolien, hatte das Gefühl, dass sich die entlaufenen Wesen zwischen seinen Fingern wandten und wegduckten, so als fürchteten sie sich davor, wieder zurück in ihren dunklen Aktenordner-Käfig gesteckt zu werden. Eines der Bilder fiel ihm ob seiner Harmlosigkeit ins Auge: vier junge Männer im Wald. Es war weniger das Motiv, als das beträchtliche Alter der Aufnahme, das ihn stutzig machte. Ein Bildabzug aus den guten alten Analogzeiten. Und wieso hatte er das Gefühl, dass er einen der Milchbubis kannte?

Dann – ganz dicht an seinem Ohr – hörte er ein Klopfen an der Tür.

Mit einem lautlosen Satz war er dort, stemmte sein Gewicht dagegen und starrte auf die Klinke, die sich langsam nach unten senkte. Noch einmal.

»Karola? Bist du da?«

Lotte, war ja klar. Die war auch eine von denen, die nie früh genug kommen konnten. Schweißperlen wuchsen auf seiner Stirn. Er musste hier raus, ohne gesehen zu werden. Lautlos fingerte er sein Handy aus dem Jackett, drückte die Kurzwahl zu Lottes Schreibtisch. Hörte das Klingeln auf der anderen Seite der Tür. Und leise, sich entfernende Schritte.

Im Flur war es kühl. Sowohl die Lufttemperatur als auch das allgegenwärtige Grau-Grau des Gebäudes ließen sie frösteln. Im Freien war das okay. Die wuchtige Klinkerwand des Präsidiums mit den eingelassenen stilisierten Sheriffsternen beeindruckte durch massive Dominanz und symbolträchtige Details. Wenn die Sonne tief stand, changierte die Farbe der Granitsteine zwischen champignonbraun und opalblau, ein Effekt, den die Bauherren bewusst eingeplant hatten. Aber hier drinnen fühlte Charlotte sich beim Anblick des leicht zu reinigenden grauglänzenden Wandanstrichs fatal an das Innere eines bestimmten Organs erinnert. Draußen hui und innen pfui. Nicht umsonst wurde der lange Zentralgang – die Mittelspange des Gebäudes – als »Querkolon« bezeichnet: Ein von einem anatomisch bewanderten Witzbold vergebener Spitzname, der sich hartnäckig hielt, auch wenn die Wenigsten wussten, dass damit ein Teil des Dickdarms gemeint war.

Wo blieb Dahlberg nur? Erst konnte es ihm nicht schnell genug gehen – seine Stimme hatte ungewohnt nervös geklungen – und jetzt stand sie alleine vor der verschlossenen Tür der kriminaltechnischen Abteilung. Die örtliche KTU war zwar im Vergleich zum Hessischen Landeskriminalamt in Wiesbaden winzig, für Lotte aber einschüchternd genug. Sollte sie drinnen warten? Einige von Komtschewskis Leuten waren bestimmt schon im Dienst. Wenn notwendig, konnten die hier rund um die Uhr Spuren bis in ihre Atome zerlegen und – zumindest meistens – wieder zusammensetzen.

Die Kriminaltechnik lieferte Daten und Fakten, für deren Bewertung dann wieder sie zuständig waren. Im Idealfall eine optimale Arbeitseinteilung, im normalen Leben halt oft genug suboptimal. Jedenfalls wollte Lotte lieber nicht ohne triftigen Grund vorbeikommen. In den Laboren der Spusi fühlte sie sich oft genug als Fremdkörper, eingekeilt zwischen Elektrophorese und Fluoreszenzmikroskopie, zwischen hochgezogenen Augenbrauen und spöttischen Kommentaren.

Sie musterte die massive Eisentür samt Zahlenkombinationsschloss. Mittlerweile gab es schon Augenscanner oder biometrische Sensoren zur Identifizierung des hausherreneigenen Zeigefingers. Wie geschaffen für so manchen ängstlichen Villenbesitzer im Vordertaunus, eine ganz neue Stufe von My-home-is-my-castle. Blöd nur, wenn der Strom ausfiel oder Nachbarskinder einen Kaugummi draufbappten.

Lotte schaute sich um, legte dann den Kopf schief und presste ihr Ohr an die Tür. Außer einem diffusen Summen wie in einem Bienenstock war nichts zu hören.

»Belauschst du deine Kollegen, liebe Lotte?«

Sie zuckte zusammen, fuhr herum.

»Mensch, musst du mich so erschrecken?«

Er grinste frech. »Lag nicht in meiner Absicht. Danke, dass du gleich gekommen bist.« Sein Grinsen wurde um eine Spur breiter.

Lotte richtete sich auf und blinzelte ihren Kollegen böse an. »Also, was ist los, Laurenz? Was sollen wir hier?«

Er musterte sie, hob seinen Arm vors Gesicht und betrachtete seine protzige Armbanduhr. »Sag mal, Lotte. Du und Jannik, läuft da eigentlich was?«

Lotte schluckte. Das ging ihn ja wohl nichts an. Das ging niemanden etwas an. Außer Jannik ... vielleicht.

»Hast du mich«, sagte sie kalt, »in das Verlies bestellt, um meine Privatangelegenheiten zu diskutieren?«

Er hob beschwichtigend die Hände, trat aber auf sie zu. Ganz dicht. Sein Atem roch nach Pfefferminzdrops. Lotte schob sich zurück an die Tür. Hämmerte mit der Faust dagegen.

»Was macht ihr beide denn hier?« Komtschewski stand im Türrahmen. »Habt ihr kein Zuhause?« Der Spusi-Chef trug eine altmodische Tweedjacke und das graue Haar ungekämmt. Dazu – natürlich – hochgezogene Augenbrauen und einen spöttischen Blick. »Ich lass dich ja schon rein,

Lottchen. Musst nicht die Tür einschlagen.«

Sie schnaufte. Was ging hier eigentlich vor? Argwöhnisch musterte sie Laurenz. Irgendwas war hier oberfaul. Und vielleicht sollte sie demnächst doch lieber den gemütlichen Stau auf der A 3 in Kauf nehmen. Jedenfalls besser, fand Lotte Ahrens, als sich frühmorgens von diesen Gockeln ankieksen zu lassen.

Karola trat stehend in die Pedale. Der Sattel war ihr viel zu hoch, aber sie hatte keine Lust gehabt, ihn richtig einzustellen. Zu müde. Zu viel anderes im Kopf.

Wieder hatte sie schlecht geschlafen. Schuld daran war, natürlich, DER Traum. Und ihr Lebensabschnittsgefährte: Wenn Mirko nicht auf der Seite lag, schnarchte er wie ein vollgefressener Grizzly. Beim Frühstück war seine Laune dann vollends in den Keller gerutscht, verdonnerte ihn ein Anruf der Dienststelle doch für die nächste Woche zur Nachtstreife. »Und weißt du«, hatte Mirko über seinem Morgen-Darjeeling gebrummt, »wozu? Um Jagd auf diese History-Sprayer zu machen, die gerade so hip sind.«

Karola blies in ihren Kaffee. Schluckte. »Was ist so schlimm dran?«, fragte sie ruhig.

»Ich hasse diese Schmiertypen«, antwortete Mirko, mehr Milch in seinen Tee rührend.

»Manche nennen's Kunst.«

»Ich nicht. Aber am meisten nervt mich, dass diese speziellen Deppen auch noch moralisieren mit ihrer Sachbeschädigung. Hoffentlich erwischen wir die bald.«

Karola nickte. »Ich muss los. Kann ich noch mal dein Rad nehmen?«

»Du machst doch eh, was du willst.«

Womit er recht hatte.

Mirko auf der Jagd nach den History-Sprayern. Vielleicht sollte sie in Zukunft seinen Dienstplan checken. Mann, sein Hollandrad ächzte und stöhnte wie ein Oldtimer.

»Wir müssen ... Polizei ...«

»Nein, unter ... Umständen. Die ... nicht glauben.«

»Aber ... umgebracht.«

»Und ... glaubst du werden ... Cops ... dass wir ... waren?«

Zwei Stimmen im Streit, ein Mann und eine Frau.

Kriminalkommissar Jannik Holzmann stand im ersten Stock eines muffigen Treppenhauses in der Leo-Gans-Straße und presste sein rechtes Ohr fester an die dünne Holzspanplatte, die schon seit Jahren einen neuen Anstrich gebraucht hätte. Verdammt, was er da hörte, war ganz und gar nicht das, worauf sein frühstücksleerer Magen eingestellt war. Hatte dieser Security-Mann etwa mehr Dreck am Stecken als sein sockenmuffelnder Buddha-Kollege aus dem Ostend? Hendrik Stritzel hatte ihm verraten, dass neben ihm selbst und Stringwell nur Timo Maurer Zugang zu den Videoaufzeichnungen hatte. Obwohl er dem versoffenen Stritzel nicht einen Millimeter über den Weg traute, war ein Besuch bei Timo Maurer der nächste logische Schritt. Deshalb war er hier, noch vor Dienstbeginn, in Fechenheim und lauschte an einer Tür, von der Farbe abblätterte.

Die Nummer Zwei der OCP-Sicherheitstruppe wohnte in einem Sechziger-Jahre-Bau, der das Glück – oder Pech – hatte, noch nicht per Luxussanierung geliftet worden zu sein. Jedenfalls würde man von den Fenstern der kleinen Wohnungen auch nach dieser Maßnahme nur den Blick auf Fabrikhallen und die Schornsteine des angrenzenden Industriegebiets genießen können. Eigentlich hatte Jannik nur ein paar Worte mit Maurer wechseln und ihm ein erstes Mal auf den Zahn fühlen wollen. Und jetzt so was. Oder bildete er sich da was ein? Sollte er Verstärkung holen?

Verflucht. Warum war er auch alleine hier? Ermittlungen wurden ja wohl nicht umsonst zumindest in Zweierteams durchgeführt. Er konnte Karola schon fluchen hören: »Hat du noch nie vom ehernen Grundsatz der Eigensicherung gehört? Nie alleine zu einem Verdächtigen!«

Mist, sie hätte ja recht. Aber Lotte hatte Jannik so früh nicht ...

Ach, verflucht! Jannik Holzmann tastete nach seinem Mobiltelefon, musste dazu mit dem Kopf etwas zurückgehen und machte, um das Gleichgewicht zu halten, einen Schritt nach vorn. Stieß mit dem Schuh dabei gegen die Tür – und verursachte ein leises Poltern. Mist. Er verharrte bewegungslos, hörte jetzt aber nichts mehr: Die Stimmen in der Wohnung waren verstummt. Jannik Holzmann blieb nur die Flucht nach vorne: Er klopfte.

Von drinnen kamen zaghafte Schritte und ein hektisches Brummen. Jannik pochte noch einmal an die Tür, drückte mit der anderen Hand auf den Klingelknopf. Kramte seine Polizeimarke heraus, klingelte abermals. Bis endlich die Tür einen Spalt weit geöffnet wurde: Eine junge Frau musterte ihn aus zusammengekniffenen Augen. Lange, blonde Haare, zu einem Zopf gebunden, der ihr vorne über die linke Schulter fiel. Ein verwaschenes blaues T-Shirt mit dem Logo irgendeiner ausländischen Universität. Schwarze Jeans und weiße Turnschuhe.

Jannik hielt ihr seine Marke vors Kinn, als wolle er einen Hund ködern. »Guten Morgen.« Er rang sich ein freundliches Lächeln ab. »Kriminalpolizei Frankfurt. Frau Maurer?«

Ein amüsiertes Grinsen flackerte über das Gesicht des Mädchens, so kurz und flüchtig, dass sich Jannik nicht sicher war, ob seine Beobachtung stimmte.

»Nein.« Ihre Stimme klang rau. Wie in Stein gemeißelt.

»Ich möchte Herrn Maurer sprechen.«

»Er ist nicht da.« Ein Zittern schlich sich in die harte Stimme.

Jannik musterte das ungeschminkte Gesicht. Die schmalen Lippen unter der scharf gezogenen Nase und die deutlich hervortretenden Wangenknochen ließen sie älter erscheinen, als sie wohl war. Anfang zwanzig, schätzte er. Er blickte an ihr vorbei, erkannte einen winzigen Flur, ein Zimmer mit Tisch und Stühlen. Nichts Auffälliges.

»Darf ich warten? Er ist bestimmt nur Brötchen holen ...« Jannik lächelte sie an.

»Nein. Er ist ... Ich weiß nicht, wo er ist. Bitte geh!« Sie drückte die Tür zu.

Sein vorschnellender Fuß stoppte sie.

»He, das darfst du nicht!«

»Herr Maurer?« Wieso duzen die mich alle, fragte sich Jannik, schob seinen Körper durch den Türspalt in die Wohnung und drängte die Frau zurück. »Ich weiß, dass Sie da sind!« Er schrie jetzt fast, ignorierte ihren wütenden Blick und hörte ein quietschendes Geräusch. Der Vogel, dachte er, will sich aus dem Staub machen.

Jannik drückte sich an der Frau vorbei in den Flur und stürmte in die Wohnung. Sah sofort das offene, noch schwingende Fenster. Die schmutziggrauen Gardinen bauschten sich im Luftzug wie tanzende Geister. Die junge Frau rief etwas. Er verstand sie nicht, eilte zum Fenster, registrierte aus den Augenwinkeln das auf dem Tisch aufgeschlagene Boulevardblatt, geknickt bei der Headline »Mord in Seckbach«, und spähte nach draußen. Hinterhof, Garagen, Ligusterhecken. Und ein großer, rennender Mann in Jogginghose und einem quietschgelben Muskelshirt. Den konnte er sich noch schnappen!

Drei Meter bis nach unten. Maximal. Jannik schob sich, die Beine zuerst, aus dem Fenster, drehte sich auf den Bauch, klammerte sich mit den Fingern an das mit Taubendreck verschmierte Fensterbrett und ließ sich fallen, ging ganz tief in die Knie, federte den Aufprall ab, rappelte sich hoch und sprintete los. Hinter den Garagen blitzte etwas Gelbes. Hinterher. Jannik war gut in Form. Na ja, der Typ vor ihm anscheinend auch.

»Halt, Polizei! Stehen bleiben!«, brüllte er der hüpfenden Zitrone nach, die in einer dichten Hecke verschwand. Jannik erreichte die Stelle und zwängte sich durch eine Lücke hindurch, ignorierte die wie Krallen über sein Gesicht kratzenden Äste und stolperte weiter. Blieb abrupt stehen: das Dröhnen einer Hupe, ein verkniffener Schrei, das Kreischen blockierender Bremsen und schließlich der dumpfe, unvermeidliche Schlag.

Dann Stille. Nur ein paar tschilpende Haussperlinge, so unbeeindruckt wie das nie versiegende Grundrauschen des allgegenwärtigen Verkehrs. Janniks Augen brannten. Mitten auf der Straße stand ein gigantischer Euro-Sattelzug, dessen vierundzwanzig Tonnen schwerer Anhänger sich wie ein abgeknickter Ast quer über die Fahrbahn gestellt hatte. Ein dürres Männlein mit Baseballmütze starrte mit offenem Mund aus dem Führerhaus, unbeweglich, eine Wachsfigur im Großstadtdiorama. Vor der chromblitzenden Front des Motorraums lag etwas Gelbes.

Wie eine zermatschte Zitrone, dachte der Kommissar, während er sein Handy herausholte und die 112 wählte. Nach dem Notruf rannte er zu dem auf dem Asphalt liegenden Mann, der so gar nicht wie ein Mörder aussah. Was aber – so viel hatte er als Polizist und Kriminalist in den letzten Jahren immerhin gelernt – in den wenigsten Fällen der Fall war. Warum also sollte es bei Sven Seidelmanns Mörder anders sein?

Jannik starrte auf die blutende Zitrone.

Das da war allein seine Schuld!

12

Dienstag, 19. Mai, 09.03 Uhr

»Nach dir«, sagte Laurenz vor der Tür zur Spurensicherung und verbeugte sich theatralisch.

»Machste jetzt wieder einen auf Gentleman?« Immer noch wütend stolzierte Lotte an ihm vorbei und folgte Komtschewski in sein Heiligtum.

»Aber immer doch.« Laurenz grinste. »Wie beim FBI. Wusstest du, dass die gern kurz und knapp ›the man‹ genannt werden? Ich bin genauso: Immer ein Gentle-Man.«

Lotte ignorierte ihn. Am besten, nahm sie sich vor, für den ganzen Rest des Tages.

Kommt-Chef-auf-Ski führte sie durch das Labor der Kriminaltechnik, nickte dabei einem halben Dutzend übermüdeter Gesichter zu, verteilte verbale Aufmunterungen und motivierende Sprüche wie ein Faschingsgott Fruchtkaramellen und Flachlutscher: Ablösung kommt bald – draußen regnet's sowieso – hier spielt das Leben, und der Tod wird nachgespielt – nur wer zerknittert aufsteht, kann sich tagsüber entfalten – das sind keine Augenringe, sondern die Schatten großer Taten – besser du arbeitest klug, statt hart ...

In der Regel erntete Faschingsprinz Franz Komtschewski ein Lächeln für seine Mühen. Nur selten verdrehte Augen. Er galt als Institution bei der Polizei, als einer, der trotz seiner für Außenstehende kaum nachvollziehbaren Kauzigkeit den Bogen nie überspannte und die seltene Fähigkeit besaß, detailverliebt zu sein, ohne den Gesamtüberblick zu verlieren. An einem guten Tag konnte seine Hilfe kriegsentscheidend sein. An einem schlechten gingen ihm auch seine Freunde aus dem Weg.

Heute, überlegte Lotte, schien ein guter Tag zu sein.

Endlich erreichten sie einen gigantischen, überladenen Schreibtisch, hinter dem sich Komtschewski in seinen Chefsessel fallen ließ. »Was verschafft mir die frühe Ehre?« Er deutete auf zwei altmodische Holzstühle.

Lotte schwieg und starrte auf den Boden. Den Schuh musste sich Laurenz anziehen – so viel war klar.

»Ja also ...« Dahlbergs Stimme klang belegt. »Wir wollten einfach nur nachfragen, ob es Neuigkeiten bei der Auswertung der Spuren gibt. Irgendetwas, das uns zum Täter führen könnte.«

Komtschewski drückte umständlich an dem verrosteten Schnallenverschluss seiner Tasche herum, griff hinein und zog ein in Pergamentpapier eingewickeltes Butterbrot heraus, betrachtete es und schob es wieder hinein. »Essen, Trinken und Rauchen strengstens verboten, so die Berufsgenossenschaft.« Er sah die beiden Kommissare nachdenklich an. »Kontaminationsgefahr, wisst ihr? Daran kann ich mich einfach nicht gewöhnen.«

»Äh, sollen wir ein andermal wiederkommen?«, fragte Dahlberg und machte ein gleichgültiges Gesicht.

»I wo, jetzt oder nie. Wo ist eigentlich eure Chefin?«

Fast im selben Moment meldeten sich zwei Klingeltöne – quengelnden Kindern gleich forderten sie sofort nach Aufmerksamkeit. Lotte und Laurenz tasteten nach ihren Smartphones und wischten über die winzigen, glänzenden Gesichter. Die SMS kam von Karola und war bei beiden identisch: *fahre jetzt zu ocp, Laurenz bitte nachkommen, Lotte bitte interne Rech, Treffen im Präsi wie gestern 15.00 uhr.*

Damit war die Frage geklärt. »Karola ist im Pharmaunternehmen«, ließ Laurenz den Kriminaltechniker wissen. »Und sie möchte, dass du uns einen Überblick zum Stand der Dinge gibst.«

Lotte biss sich auf die Lippen und schwieg: Auch wenn Laurenz ein Arsch war, würde sie ihn nicht unter Kollegen als Lügner bloßstellen.

»Soso.« Komtschewski lehnte sich zurück und musterte Dahlberg skeptisch. »Brainstorming in kleiner Runde, was? Zum Aktivieren der verschlafenen Hirnzellen.«

Er verstaute seine Tasche unter dem Tisch und griff sich die oberste Akte vom Stapel. »Na gut. Ich erzähl euch das aber nur, weil ich heute

Nachmittag einen Termin in der Gerichtsmedizin habe und deshalb leider nicht an eurer Soko-Besprechung teilnehmen kann.« Die Betonung auf dem »leider« war eindeutig.

Lotte richtete sich auf. »Ist denn das Obduktionsergebnis schon da?«

»Allerdings. Ich habe bereits den inoffiziellen Vorbericht von gestern Abend. Lambrecht hat sich ins Zeug gelegt, musste aber dann doch unterbrechen. Die endgültige Version ist bis heute Mittag fertig.«

»Todeszeitpunkt?« Lotte schnappte sich einen der herumliegenden Zettel und fischte einen Kugelschreiber aus den Innentaschen ihres Blazers.

»Unser Dr. Lambrecht terminierte den Todeszeitpunkt auf ...« Sein langer Zeigefinger wischte über das Papier und blieb an einem Absatz hängen. »... Sonntag, zweiundzwanzig Uhr plus minus eine Stunde.«

»Wie ist dieser Lambrecht denn so?«, fragte Lotte.

»Ein sehr erfahrener Rechtsmediziner«, erklärte Komtschewski. »Koryphäe auf dem Gebiet der ... Wer war denn eigentlich gestern dabei?«

Bei Tötungsdelikten musste stets mindestens ein Beamter der zuständigen Mordkommission bei der Obduktion anwesend sein, um etwaige Erkenntnisse sofort umsetzen zu können. Dahlberg und Ahrens blickten sich an und hoben die Schultern.

»Karola?«, fragte Lotte zögernd.

»Ihr solltet«, knarrte Komtschewski und wedelte mit seinen dürren Fingern, »ein wenig an eurer internen Kommunikation arbeiten. Jedenfalls ergab die Obduktion -«

»Was ist mit den Tatortspuren?«, unterbrach ihn Dahlberg barsch.

Komtschewski schluckte und fuchtelte abermals mit der Hand in der Luft herum, so als wäre da eine lästige Fliege. Und Lotte wurde klar, dass sie nicht die Einzige war, die sich über Dahlbergs Verhalten ärgerte.

»Spuren?«, fragte er betont langsam. »Also, wir haben jede Menge Genspuren gefunden und natürlich noch mehr Fingerabdrücke. Der Großteil davon stammt vom Opfer und den Angestellten der Firma. Weder in der DNA-Datenbank noch in der AFIS-Datei sind wir fündig geworden. Auch die Vergleiche mit den freiwillig abgegebenen Speichelproben der Mitarbeiter haben noch nichts erbracht. Ich brauch euch nicht zu sagen, was das heißt.«

Die beiden Ermittler nickten nur: Entweder war ihr Täter ein unbeschriebenes Blatt oder ein Profi, der darauf geachtet hatte, keine Genspuren zu hinterlassen.

»Also kein Diebstahl, der zu Raubmord eskalierte?« Laurenz rieb sich das Kinn. »Demnach sollten wir uns auf die Angestellten konzentrieren. Wollbricht wird das nicht schmecken.«

»Ich habe nur mitgeteilt«, brummte Komtschewski, »dass wir keine Spuren einer registrierten Person gefunden haben. Was ihr daraus schlussfolgert, ist eure Angelegenheit. Darüber hinaus -«

Ein immer lauter werdendes Wimmern, wie bei einem Motor, den man nicht in den nächsthöheren Gang schaltete, unterbrach ihn. Komtschewski krähte in den Raum: »He, Rüdiger, sei so gut und warte mit der Zentrifuge noch ein paar Minuten.« Ein schlaksiger Weißkittel drückte auf die Tastatur einer chromblitzenden Tonne, die wie der große Bruder von R2-D2 aussah, dem rollenden Roboter aus »Star Wars«. Grüßend hob er danach die Hand und verschwand hinter einer kühnen Konstruktion aus aneinandergeschraubten Glaskolben, Bechergläsern und Pipetten.

Laurenz hob die Hände. »Reg dich nicht auf, alter Mann. Sag uns lieber, was mit diesem komischen Vogel ist, den Karola angeschleppt hat.«

»Du meinst das Blut auf dem Schnabel der Winternachtschwalbe? Ist ja eigentlich Sache des LKA in Wiesbaden, aber ich habe Rüdiger dran gesetzt – Karola zuliebe.« Er zeigte auf die Hochleistungszentrifuge. »Sollte nicht mehr lange dauern. Sobald wir ein Ergebnis haben, melde ich mich.«

Laurenz grunzte nur. »Was habt ihr noch?« Ein verstohlener Blick auf seine Uhr.

Aha, dachte Lotte, dem reicht es schon.

Der Leiter der Spusi räusperte sich. »Spuren ohne Ende. Blut, Haare, Hautpartikel, Fingerabdrücke. Alles da. Alles so weit ohne Relevanz, zumindest nach dem aktuellen Stand. Letztlich bräuchten wir von allen Mitarbeitern dieser Firma DNA-Material, um die Funde abgleichen zu können.«

»Wie viele fehlen denn noch?«, fragte Lotte.

Komtschewski schielte hungrig auf seine Aktentasche. »Na, die Firma ist klein, und wie ich gesagt habe, waren die meisten kooperativ. So ein rundes Dutzend ist noch übrig, mehr nicht.«

»Wir können niemanden zwingen, seine DNA abzugeben -«, meinte Lotte, doch Laurenz unterbrach sie: »Aber wir können uns auf die zehn oder zwölf konzentrieren, die die Probe verweigern. Mail uns die Liste der Namen, ja?«

»Mach ich«, brummte Komtschewski. »Aber klärt das mit Wollbricht. Was die Spuren angeht, sind jene im Außenbereich für euch wohl die interessantesten.«

»Die da wären?«, fragte Laurenz.

»Nun, zuerst einmal die Schuhsohleneindruckspur unterhalb der Feuerleiter, äußerst gut erhalten. Dann noch mal der gleiche Abdruck im Blumenbeet. Schuhgröße sechsundvierzig. Das Profil eines Wanderschuhs oder eines hochwertigen Gummistiefels. Links außen ist uns eine deutlich erkennbare Einbuchtung aufgefallen, die erst nach dem Kauf entstanden sein muss.«

»Du meinst, das ist ein Individualmerkmal?«

»Richtig. Habt ihr den Schuh, habt ihr euren Einbrecher.«

»Dann lassen wir einfach alle Mitarbeiter von Orni Charm in eine Reihe treten, sortiert nach Schuhgrößen.« Dahlberg lehnte sich zurück und grinste. Wahrscheinlich dachte er darüber nach, ob er es sich erlauben konnte, seine Füße auf den Tisch zu legen.

Lotte konnte sich einen Einwand nicht verkneifen. »Du vergisst dabei, dass auch jemand mit kleineren Füßen einen Schuh in Übergröße tragen kann. Vielleicht war das nur ein Täuschungsmanöver.«

»Hab auch nur 'n Scherz gemacht.« Laurenz verdrehte genervt die Augen und wandte sich an Komtschewski. »Sonst noch was?«

»Ein paar interessante Funde auf dem Dach. Leider keine Fingerabdrücke. Weder an der Tür noch auf dem Einbruchswerkzeug.«

»Die Brechstange?«, fragte Lotte.

»Ja, die Brechstange, die ja auch die Mordwaffe hätte sein können.«

»Konjunktiv!«, sagte Lotte nickend.

Chef Ski grinste müde. »Wie gesagt: Die Passform der Wunden stimmt nicht überein. Außerdem haben wir keinerlei Blut- und Gewebespuren gefunden.« Er räusperte sich. »Selbst wenn der Täter die Tatwaffe abgewischt hätte – Blut lässt sich per Luminol leicht -«

»Was genau war die Todesursache?« Wieder unterbrach Laurenz ihn.

»Gute Frage, Herr Kommissar.« Franz knetete sein Kinn, kratzte mit dem Finger über dem Dreitagebart. »Die sich tatsächlich nicht so einfach beantworten lässt. Laut Obduktionsergebnis deuten die fraktalen Läsionen des Schädels und die Lokalisierung der Hämatome und Knochensplitter auf zwei verschiedene Tatwaffen hin. Wobei die eine nicht unbedingt tödlich gewesen sein muss, die zweite aber mit Sicherheit.«

»Das ist doch verdammt wichtig«, raunzte Dahlberg und positionierte seine Handflächen auf den Oberschenkeln. »Warum erzählst du das nicht gleich?«

Komtschewski kniff die Augen zusammen, drückte demonstrativ seinen Zeigefinger auf die Akte. »Ich wollte mit dem Obduktionsbericht anfangen. Aber du wolltest ja unbedingt über die Ergebnisse der Spurensicherung informiert werden. Mit anderen Worten: Hättest du mich nicht die ganze Zeit unterbrochen, wüsstest du's schon.«

»Ruhig, Leute«, meinte Lotte und beschwor dabei vor allem sich selbst. »Zwei Waffen? Ist dem Täter die erste abgebrochen, oder wie? Sag uns, was du denkst.« Sie legte den Kopf schief und schob ein mit Spitzmund gehauchtes »Bitte« hinterher, das in der Form nur Frauen hinbekamen.

»Weil du's bist.« Franz lächelte ihr zu. »Ja. Also, der erste Schlag wurde mit einem runden, metallenen Gegenstand ausgeführt, nicht dicker als mein Daumen.« Komtschewski starrte auf ihn. »Danach erfolgten mehrere Schläge mit einem massiven, ebenfalls rundlichen, sehr harten Objekt. Der erste Schlag hat das Opfer schwer verletzt, vielleicht bereits getötet. Der zweite Angriff wurde mit zerstörerischer Gewalt und Brutalität ausgeführt – das Ergebnis habt ihr ja gesehen. Die Reihenfolge der Schläge lässt sich anhand der Knochen und Gewebeanordnung sicher rekonstruieren.«

Laurenz musterte den Chef der Spurensicherung. »Zwei Waffen, die eine aus Metall, die andere aus ... Komm schon, ihr habt bestimmt noch was gefunden?«

Chef Ski nickte ihm zu. »Haben wir. In den Gewebeproben aus der

Gerichtsmedizin extrahierten wir sowohl winzige Eisenspäne als auch Kunststoff. Laut Neutronenaktivierungsanalyse handelt es sich um grüne Lackspuren und einen sehr hochwertigen, dichten Hartgummi.«

»Kann man feststellen, welche Produkte diese Materialien enthalten?«

Komtschewski wackelte mit dem Kopf. »Schwierig. Was wir aber sicher können, das ist, diese Mikrospuren einem vorhandenen Gegenstand zuordnen.«

»Diese Verletzungen muss ich mir noch mal genauer an der Leiche ansehen.« Dahlberg stand mit einem Ruck auf.

»Dann solltest du dich beeilen.«

»Wieso das?«

»Dr. Lambrecht hat mitgeteilt, dass unsere Leiche schon heute zur Einäscherung an die Pietät übergeben wird.«

»Was? Wer zum Teufel hat das angeordnet?« Laurenz Stimme dröhnte durch den Raum.

Franz kratzte sich den breiten Schädel. »Mmh, die Staatsanwaltschaft. Vertreten durch Staatsanwalt Jochen Wollbricht höchstpersönlich.«

»Ohne sich mit uns abzusprechen?«

Komtschewski rümpfte die Nase. »Vielleicht weiß Karola ja Bescheid, keine Ahnung. Lambrecht hat mir erzählt, dass die Witwe darum bat, die Obduktion schnellstmöglich zu erledigen. Was Wollbricht dann wohl auch durchgesetzt hat. Kommt schließlich auch euch zugute, nicht wahr?«

»Na toll.« Dahlberg überlegte. Eine rechtsmedizinische Obduktion dauerte zwei bis vier Stunden und anders als beim Sonntagabend-Krimi im Fernsehen musste der Chefermittler nicht unbedingt bei dem Geschnippel dabei sein. Die Analyse bestimmter Proben brauchte allerdings mehr Zeit – viele Gifte etwa ließen sich nur schwer nachweisen. Und wenn dann zusätzliche Untersuchungen notwendig wurden, die Leiche aber schon im Krematorium brutzelte – nun, wohl dem Gerichtsmediziner, der genügend Gewebeproben eingetütet hatte.

Mist, dachte Laurenz. »Ich fahr in die Gerichtsmedizin«, sagte er und fügte hinzu: »Wie heißt's im Sprichwort? Geschwind gewinnt.« Abrupt drehte er sich um und eilte zum Ausgang.

»He, Laurenz!«, rief Lotte ihm hinterher. »Karola wollte doch, dass du zu Orni Charm gehst.« Dahlberg zeigte ihr im Gehen den Stinkefinger und knallte die Tür hinter sich zu.

Komtschewski schüttelte den Kopf. »Grenzwertig, würde ich sagen.«

Lotte rieb sich die Augen, zuckte mit den Schultern. »Scheint nicht sein Tag zu sein.«

»Der hat doch immer seine Tage! Und dann ständig diese dummen Sprüche.«

Lotte musste grinsen.

»Zum Thema Geschwindigkeit ...«, jetzt lächelte auch der Kriminaltechniker, »... hatte mein Doktorvater einen ganz eigenen Spruch: Operative Hektik ersetzt geistige Windstille.«

Nach diesen Worten wandte Franz Komtschewski sich ab und studierte die Zahlenreihen einer Laboranalyse – die Audienz beim Spusi-Papst war beendet. Prompt setzte das Heulen der Zentrifuge erneut ein, sodass Lotte nur vom Stuhl rutschen und zum Abschied nicken konnte. Sie machte die paar Schritte zur jaulenden Metalltonne und blickte hinüber zu Rüdiger, der sie durch die Bestandteile seiner Apparatur hindurch freundlich anlächelte. »Das steht Ihnen gut«, sagte er leise.

»Was meinen Sie?«, fragte Lotte und trat näher an den Labortisch heran, betrachtete einen Erlenmeyerkolben mit gelber Flüssigkeit, unter der eine blaue Klinge aus Butangas brannte.

»Ihre grüne Strähne im Haar. Steht Ihnen wirklich gut.«

Na bitte, dachte Lotte, endlich mal ein Mann, der ein ehrlich gemeintes Kompliment in Worte fassen konnte. Ruhig betrachtete sie Rüdiger, der mit zierlichen, schmalen Händen die Metallmuffe an einem Stativ verschob. Einem Stativ, das aus einem Eisenrohr mit massivem Rundfuß bestand.

»Gehen Sie heute Mittag in die Kantine?« Rüdiger machte einen Schritt auf sie zu. Begleitet wurde er von einem säuerlichen Geruch, einer Mischung aus Schweiß, Schwefel, Essigsäure und anderen Chemikalien, die Lotte nicht identifizieren konnte.

»Bitte?«

»Es gibt Hühnerfrikassee mit Basmati-Reis.«

Sie hasste Hühnerfrikassee. Besonders mit Kapern. »Das Stativ da«, sagte Lotte und deutete mit dem Finger darauf, »steht so was eigentlich in jedem Labor?«

»Darauf können Sie Gift nehmen«, antwortete Rüdiger und lächelte scheu. »Diese Dinger gehören zur absoluten Grundausstattung.«

Charlotte Ahrens nickte.

»Sie kommen also mit?«

»Ich fühle mich geschmeichelt, aber nein.« Lottes Prioritäten standen fest – und Rüdiger gehörte nicht in die Top Ten. Auch dann nicht, wenn er sie mit Komplimenten über ihre neue Frisur überschüttete.

»Ja?«

»Frau Seidelmann, ich wollte nur noch einmal mein aufrichtiges Beileid aussprechen. Ihr Mann hinterlässt wirklich eine große Lücke bei uns. Es tut mir sehr leid.«

»Ich ... ich danke Ihnen.«

»Außerdem wollte ich Sie fragen - entschuldigen Sie, wenn das jetzt ein wenig schroff scheinen mag -, ob Ihr Mann Interna der Firma mit nach Hause genommen hat.«

»Bitte?«

»Nun, wissen Sie, seine letzten Forschungsergebnisse zu den aktuellen Untersuchungen, also, wie soll ich sagen, sind verschwunden. Ich dachte, vielleicht auf seinem privaten Laptop ...«

»Es geht um diese Daten? Sie täuschen Mitleid vor und wollen nur ...«

»Aber nein, ich bitte Sie. Ihr Mann, Sven, er war für mich ein Freund.«

»Ach ja?«

»Aber natürlich! Er war nicht nur brillant, sondern auch sehr sympathisch.«

»Dann kannten Sie ihn nicht besonders gut.«

»Ähm, ich hatte immer die größte Achtung -«

»Schön für Sie. Und nein, ich weiß von keinen Daten. Vielleicht sollten Sie die Polizei informieren.«

»Nun, das ... eher nicht. Ich möchte vermeiden, dass der gute Ruf unserer

Firma -«

»Dann eben nicht. Einen schönen Tag noch.«

»Ja, Ihnen auch, verehrte Frau Seidelmann, den, nun, traurigen Umständen entsprechend.«

Klick.

Stille.

Sonja Seidelmann steckte das Telefon auf die Station, musterte die digitale Nachricht auf dem Display: Gesprächszeit: eine Minute sechsundvierzig. Unzufrieden stand sie auf, stöckelte durch den Raum bis zum Terrassenfenster. Das Kreischen aus der Voliere drang durch die Doppelscheiben hindurch, ein nur in der Nacht pausierendes Trillern und Pfeifen. Wie sie dieses Federvieh hasste.

Sie öffnete den Durchgang, machte einen Schritt hinaus in die Sonne, einen Schritt hin zu dem schnatternden Lärm. Sonja tastete nach ihren Zigaretten, steckte sich eine an und realisierte erst in diesem Moment wirklich, dass das Rauchverbot im Haus hinfällig war. Jetzt konnte sie rauchen, wo sie wollte. Musste nie mehr Svens angewiderte Miene ertragen, wenn er Nikotin in ihrem Atem roch.

Tief inhalierte sie den Rauch. An welcher Klippe war ihr Eheschiff zerschellt? Wann hatten sich ihre Wege getrennt, war ihr Brunnen der Liebe getrocknet? Und geliebt hatten sie sich. An der Uni kennen-, in den Semesterferien lieben gelernt. Sie verliebte sich in Svens Neugier, in sein kindliches Staunen, auch in seine Schüchternheit, die er mit teuren Klamotten und ausgefallenem Schmuck zu kaschieren suchte. Sonja hatte sich begeistern lassen von seiner ornithologischen Leidenschaft. Gute Jahre waren das gewesen. Ihr Biochemie-Studium litt zwar unter Sven Seidelmann, aber ihre Lebensfreude gewann. Wie oft hatte Sonja ihn auf Exkursionen begleitet, Spektiv und Thermoskanne geschleppt, morgens um fünf dem Vogelgesang gelauscht. Wie hatte sie diese Mischung aus Kind, Mann und manchmal auch Hündchen geliebt, wenn Sven plötzlich im Marschieren innehielt, den Kopf leicht drehte und nach einer Vogelstimme lauschte.

Wo genau waren sie falsch abgebogen? Bei so etwas Banalem wie der nächsten Urlaubsplanung, als ihr all die Naturschutzgebiete, mochten sie auch noch so exotisch sein, dann doch zu viel wurden? Als sie auf ihre Sehnsucht nach Paris, London oder Rom verwies? Als sie nicht mehr nur seine Begleiterin sein wollte, sondern zurück an die Uni? Sonja wusste es nicht, so oft sie sich diese Frage auch gestellt hatte. Sie wusste nur, dass Sven und sie dabei waren, sich zu verlieren. Oder war es ihre Rolle als Muttertier gewesen? Die Geburt ihrer Tochter, erst von Sven begeistert begrüßt, dann mit Verachtung gestraft?

Banal. Wie furchtbar banal das alles.

Sie atmete den Rauch ein, presste ihn wieder aus. Nur Rauch, kein Feuer. Betrachtete die Kippe zwischen ihren Fingern, musterte den Abdruck ihres Lippenstifts auf dem Filter. Der Anruf eben machte sie nervös. Wütend darüber, zog sie ein letztes Mal, ließ den Stummel auf den getrimmten Rasen fallen und drückte ihn mit der Schuhspitze tief in das frische Grün. Lauschte auf den Vogellärm und lächelte wieder: Die Anzeige war geschaltet, für einige der seltenen Viecher schon ein hohes Angebot eingegangen.

»Bald«, murmelte Sonja Seidelmann. Bald würde endlich Ruhe einkehren.

»Eigentlich wollte ich mich ja mit Dr. Stringwell unterhalten.«

»Kann ich gar nicht verstehen. Seien Sie froh, dass Sie es mit mir zu tun haben.«

Die Kommissarin hob die Augenbrauen. War das jetzt ernst gemeint oder war dieser Lessner ein Fan sarkastischer Bemerkungen? Sie entschied, die Aussage so aufzufassen, wie sie war: Falls sich der Mitarbeiter bei ihr über seinen Chef beklagen wollte, würde er bestimmt bald deutlicher werden.

»Na gut. Danke jedenfalls, dass Sie sich Zeit für mich nehmen.« Karola zupfte Kugelschreiber und Notizblock heraus, kritzelte das aktuelle Datum und ein paar belanglose Worte. Dabei musterte sie den Mann, der ihr gegenüber saß. Stringwell hatte sich wegen einer wichtigen Telefonkonferenz mit der amerikanischen Muttergesellschaft entschuldigen lassen.

»Die wollen natürlich wissen, was hier los ist«, hatte er in einem Ton gemault, als wäre der Mord ihre Schuld. Schuld an einer Tragödie, die – so schien es ihr – weniger mit dem Tod eines wertvollen Mitarbeiters zu tun hatte als vielmehr damit, dass sich die Leute nicht mehr richtig konzentrierten, dass die tägliche Routine unterbrochen war und darunter die Produktivität litt. Jemand hatte einen Stock in die Speichen gesteckt und somit das Rad, den Kreislauf zum Halten gebracht.

»Ich stelle Ihnen meinen besten Mann zur Verfügung«, hatte Stringwell genuschelt, sich am Pflaster auf seiner Stirn gekratzt und sie großkotzig fortgewedelt. Albert Lessner entpuppte sich als leitender, langjähriger Wissenschaftler mit unerwarteter Freundlichkeit.

Der Biologe knüpfte seinen Laborkittel auf und lächelte. Über den dünnen Lippen ragte eine extravagant dünne, leicht gebogene Nase wie eine Miniaturhaifischflosse hervor. Die dunklen Augen musterten sie interessiert, über der hohen Stirn war das dichte schwarze Haar ganz klassisch nach links gescheitelt. Zusammen mit dem weißen Kittel und der schwarzen Samthose erinnerte sie der Mann an eine Elster.

»Natürlich«, erklärte Lessner und machte ein entschlossenes Gesicht, »ist jeder hier an der raschen Aufklärung des Mordes interessiert. Sie können auf unsere volle Kooperation bauen.« Er legte die Fingerkuppen zu einem Dreieck zusammen.

»Hatte er denn Feinde?«, fragte Karola sofort. »Gab es interne Rivalitäten oder Unstimmigkeiten mit Kollegen?«

Lessner nahm sich Zeit mit der Antwort. »Nicht, dass ich wüsste.« Er fuhr sich mit dem Handrücken über die schmale Nase. »Sven war ein Spezialist auf seinem Gebiet ... Ja, wenn Sie so wollen, war er auch ein sehr spezieller Mensch.«

»In welcher Hinsicht?« Karola hob den Kopf, strich sich die Haare aus dem Gesicht und dachte dabei, dass sie unbedingt mal wieder zum Friseur musste.

»Sven arbeitete absolut professionell und galt als Koryphäe für metabolische Prozesse bei den Apodiformes.«

»Bei den was?«

»Oh, Entschuldigung.«

Angebertyp, klassifizierte Karola stumm.

»Die Apodiformes sind eine Ordnung innerhalb der Vögel, zu denen die Segler, Baumsegler und Kolibris gehören. Bei uns in Deutschland findet man nur Alpensegler und Mauersegler aus dieser Vogelgruppe. Letztere brüten sogar in Frankfurt.«

Karola nickte. Das hohe Kreischen der wie lebendige Sicheln durch den Maihimmel flitzenden Federpfeile war schon immer ihr persönliches Startsignal in den Sommer gewesen. Auf die pünktlich heimkehrenden Mauersegler und ihr verlockend-nerviges »Srriih-srriih« war mehr Verlass als auf jedes Politikerversprechen, auch wenn ihre Treue auf einem Missverständnis beruhte. Weil Karola diese Vögel so liebte, hatte sie sich Karstens Ausführungen gemerkt: Mauersegler verwechselten die Hochhausfassaden Mainhattens mit hohen Felswänden – ihrem ursprünglichen Bruthabitat. Vielleicht hatten die schnellen Flieger aber auch nur erkannt, dass es sich zwischen den windgeschützten Fassaden mehrstöckiger Altbauten komfortabler und sicherer brüten ließ als in feuchten, brüchigen Felsspalten. Wie war noch mal der wissenschaftliche Name? Auch das hatte Karsten ihr erzählt.

»Wissen Sie, was der Name *Apus apus* für eine Bedeutung hat?«, machte Lessner weiter.

»Der Beinlose?«

Der Biologe klatschte in die Hände. »Bravo, Frau Kommissarin. Da hat sich der Besuch des altsprachlichen Gymnasiums doch noch gelohnt, oder?«

Wenn du wüsstest, dachte Karola. Ihr Lehrmeister in Sachen Vogelnamen war momentan – na ja, so was wie vogelfrei. Aber das würde sie Lessner bestimmt nicht unter die Haifischnase reiben. Sie räusperte sich und klickte mit dem Kugelschreiber. »Lassen Sie uns mal auf die Menschen zurückkommen, Herr Lessner. Sie erwähnten gerade, dass Sven Seidelmann ein recht spezieller Mensch war. Was genau meinen Sie damit?«

Das Gesicht des Biologen wurde ernst. »Sven war brillant, aber ein echter Eigenbrötler. Schweigsam, manchmal etwas verbissen. Nicht unbedingt das, was man heute als Teamplayer bezeichnet.«

»Und wie verstand er sich mit seiner Frau?«

»Na ja, wie das halt so ist. Wenn jemand nur für seine Arbeit lebt, verlieren andere Aspekte des Daseins an Bedeutung. Sie kennen das ja vielleicht ...«

Sicher kannte sie das. Die endlosen Überstunden. Die ewig kreisenden Gedanken, die man mit nach Hause brachte und vor denen man selbst im Schlaf, beim Träumen nicht sicher war. Der Druck von Medien und Vorgesetzten, die eine schnelle Lösung des Falles erwarteten. Ja, die Work-Life-Balance-Wippe hing tief auf einer Seite und bewegte sich nur selten in die andere Richtung. Wer käme auch schon für das Gegengewicht in Frage? Mirko? Der setzte sich eher noch auf ihren Schoß. Ihr Bruder? Ja, der schon, der brachte sie auf andere Gedanken. Aber als Ex-Bulle mit teerschwarzen Westenflecken gab es auch bei ihm Tabuthemen, die sie nicht ansprechen konnte. Und Florian? Klar, der war immer locker drauf, mit vierundzwanzig noch fast unsterblich.

Alles Männer.

Karola Bartsch machte einen Strich quer übers Papier und deutete mit dem Stift auf ihr Gegenüber.

»Herr Lessner. Woran forschte Ihr Kollege Seidelmann?«

Er zögerte. »Kennen Sie unser Logo?«

»Das Reagenzglas und die Feder?«

Der Wissenschaftler hob anerkennend die Augenbrauen. »Das Unternehmen Orni Charm Pharmaceutical untersucht die Geheimnisse der Vogelwelt im Allgemeinen – und glauben Sie mir, wir kennen noch längst nicht alle Wunder dieser faszinierenden Tiergruppe –, und im Speziellen alle metabolischen Zusammenhänge bis hin zu molekularbiologischen Prozessen, von denen wir uns einen Nutzen versprechen.«

»Einen Nutzen?« Karola bemerkte das Flackern in den Pupillen des Forschers.

»Ja. Unsere Forschungsabteilung in Chicago beispielsweise sucht nach neuen Arten, die in Zukunft eine Bedeutung für die menschliche Nahrung haben können. Oder wir versuchen zu verstehen, welche Vorgänge die

Zusammensetzung eines Hühnereis bestimmen und leiten daraus Strategien zur Entwicklung von optimiertem Geflügel ab.«

»Das Super-Huhn?« Karola lächelte, aber ihr Gegenüber ging nicht auf den Scherz ein.

»Wenn Sie so wollen. Denken Sie nur: Vögel gehören nicht nur zu den gesündesten Eiweißlieferanten überhaupt, sondern ihr Genuss steht auch nicht unter der Restriktion irgendeiner Religion. Vögel gelten allgemein als koschere Nahrung und haben damit enormes Potenzial für die Ernährung der Weltbevölkerung, sodass -«

»Ich weiß immer noch nicht, woran ihr Kollege Seidelmann gearbeitet hat«, unterbrach ihn die Kommissarin.

Lessner nickte müde. »Wie gesagt, sein Spezialgebiet waren die Stoffwechselvorgänge bei ausgewählten Vogelarten. Details dazu kann ich Ihnen aus Gründen der Geheimhaltungspflicht leider nicht mitteilen.«

Karola griff sich mit der rechten Hand in den Nacken. Sie schwitzte, kritzelte ein paar Striche auf ihren Block. »Okay, dann verraten Sie mir doch, wo Sie am Sonntagabend waren. Oder gehört das auch zum Firmengeheimnis?«

Jetzt endlich lächelte Lessner, kramte in seiner Kitteltasche, fingerte ein Ticket hervor und reichte es der Kommissarin. »Frankfurter Oper«, las sie laut. »›Zauberflöte‹. Premierenvorführung im Großen Saal.«

Lessner nickte. »Schauen Sie mal auf die Rückseite.«

Erstaunt betrachtete Karola die sich wie eine Schlange um ein Reagenzglas windende Feder auf der Eintrittskarte. »Das Logo Ihrer Firma?«

»Deshalb habe ich es Ihnen gezeigt. OCP ist offizieller Sponsor der Aufführung.«

»Wieso das?

»Raten Sie!«

»Papageno?«, fragte sie skeptisch. »Ein Vogel-Bezug?«

Lessner nickte eifrig. »Das Stück hat es Dr. Stringwell angetan. Passt auch ganz gut zu uns: ›Der Vogelfänger bin ich ja‹.« Er lachte.

»Dann waren wohl alle Mitarbeiter am Sonntag in der Alten Oper ... bis auf Sven Seidelmann?«

Lessner räusperte sich. »Jeder Mitarbeiter erhielt von der Geschäftsführung eine Eintrittskarte, aber der Besuch war natürlich freiwillig. Sven hätte sich das in keinem Fall angesehen. Die Zeit wäre ihm zu schade gewesen.«

»Zu schade, um was nicht machen zu können?«

»Forschen, experimentieren, analysieren ...« Lessner hatte sich zurückgelehnt, betrachtete interessiert Karolas Notizen. »Nette Zeichnung, Frau Bartsch. Sehr phantasievoll.«

Karola schaute auf das, was ihr Unterbewusstsein nach außen gestülpt hatte: einen schlafenden Drachen und die miteinander verschlungenen Buchstaben K und B. Fast das zu sprayende Quickpiece für heute Abend. Betont langsam strichelte sie die Zeichnung durch und blickte dem Forscher fest in die Augen. »Sagen Sie mal, Herr ... Lessner. Gehört diese Nachtschwalbe, an der Seidelmann geforscht hat, eigentlich auch zu den ... Apodiformes?«

»Nicht direkt. *Phalaenoptilus nuttallii* ordnet man bei den Caprimulgiformes ein – das sind die Schwalme. Die Vertreter beider Gruppen sind aber eng miteinander verwandt. Wie Bruder und Schwester, wenn Sie so wollen.«

Wollte sie es so? Das war ja nichts, was man sich aussuchen konnte. »Und warum hat sich Herr Seidelmann ausgerechnet mit diesen beiden Vogelgruppen beschäftigt?«

Lessner schwieg, dachte nach. Durch die gekippten Fenster drang der imitierende Gesang eines Stars in den Raum. Wer, dachte Karola, ist eigentlich bei Orni Charm der Star? Wer gibt hier wirklich den Ton an? Dr. Stringwell oder jemand anderes? Sie wollte sich gerade mit einer vorsichtigen Frage in diese Richtung vorantasten, als ihr Smartphone klingelte. Karola schielte auf die angezeigte Telefonnummer. »Da muss ich kurz ran.«

»Kein Problem«, sagte Lessner jovial, machte aber keine Anstalten, den Raum zu verlassen.

»Ja?«

»Karola, ich bin's.« Die Worte klangen gehetzt, abgehackt.

»Jannik? Alles klar bei dir? Von wo rufst du an?«

»Sankt-Katharinen-Krankenhaus.«

Karola fragte sich, ob das die Einleitung zu einem dummen Scherz werden sollte. »Du bist doch nicht krank?«, fragte sie vorsichtig.

»Nein, nein. Mir geht's gut. Zumindest den Umständen entsprechend.«

»Was ist los?« Die Kommissarin runzelte die Stirn und sah zu Lessner hinüber, der beschwichtigend lächelte.

»Wir haben ihn.«

»Wen? Mensch Jannik, erzähl!«

»Den Mörder von Sven Seidelmann. Timo Maurer.«

Sie brauchte einen Moment bis sie den Namen einsortieren konnte.

»Der zweite Security-Mann? Hat er gestanden?«

»Äh, nicht direkt.«

»Hast du ... etwa ...« Karola zögerte, suchte nach einem anderen Ausdruck, einem Wort, das weniger schrecklich, nicht so endgültig klang. Fand ein neutrales: »Schusswaffengebrauch?«

»Nein, das war es nicht.«

Unwillkürlich seufzte sie auf. »Was dann?« Jannik hörte sich schrecklich an – sie musste zu ihm. Und am besten sofort. »Bleib, wo du bist! Ich bin in fünf Minuten da.«

»Karola, er ist geflüchtet«, hörte sie ihren Mitarbeiter flüstern. Und dann prasselten seine Worte wie Steine auf sie nieder, jede Silbe ein Schlag in den Magen. »Er liegt im Koma«, ächzte er. »Massives Hirntrauma. Die Ärzte wissen nicht, ob er überlebt.«

13

Dienstag, 19. Mai, 15.03 Uhr

Draußen spielte der Mai immer noch Sommer. Hitze kroch durch die gekippten Fenster, gemischt mit dem Duft nach gemähtem Gras, Vogelgezwitscher und dem allbekannten Lärmen und Riechen der Großstadt. Frankfurt schwitzte.

Im Besprechungsraum dagegen war es kühl. Die Klimaanlage war schuld, aber auch die Stimmung der Kriminalbeamten, die gegen Null ging. Janniks Alleingang hatte die ohnehin zerrupfte Ermittlung noch schwieriger gemacht: Schon redete StA Wollbricht, wenn auch bis jetzt nur hinter vorgehaltener Hand, von internen Ermittlungen zu dem Vorfall.

»Leute, beruhigt euch!« Karola hob beide Hände, versuchte ihr Team zu fokussieren. »Es ist viel passiert heute. Zeit, uns alle auf den neusten Stand zu bringen. Von Janniks unglücklicher Jagd habt ihr wahrscheinlich alle gehört: Er wollte heute Morgen Timo Maurer befragen, den zweiten Sicherheitsbeauftragten von OCP neben Hendrik Stritzel. Der Verdächtige türmte und geriet dabei in einen Unfall. Gibt's was Neues zu ihm, Jannik?«

Holzmann schluckte, bevor er den Kopf schüttelte. »Nach wie vor im Koma. Prognose unbestimmt.«

»Ich wette, der simuliert nur«, kommentierte Dahlberg mit ätzendem Sarkasmus. »Ist doch wahr: Dieses Scheiß-Koma. Jedes Mal, wenn's spannend wird, fällt den Typen nichts anderes ein, als eben ins Koma zu fallen. Das ist doch -«

»Lass mich«, unterbrach ihn Karola kalt, »etwas klarstellen: Keine weiteren zynischen Bemerkungen heute mehr, ist das klar?«

Laurenz Dahlberg starrte sie an, seine Mundwinkel zuckten. Schließlich nickte er, legte den Zeigefinger wie grüßend an die Stirn.

»Danke.« Karola wandte sich wieder an Jannik. »Und wir reden nachher noch. Wieso zum Teufel warst du allein bei Maurer? Und was ist mit der Frau aus seiner Wohnung?«

»Ausgeflogen«, musste Holzmann zugeben. »Aber ein Computerbild hab ich vorhin noch von einem KT'ler erstellen lassen.« Er verteilte ein Blatt mit der Phantomzeichnung, die er aus seinem Gedächtnis gezerrt hatte: Die langen, blonden Haare als Zopf vorne über die linke Schulter fallend, das kosmetikfreie Gesicht, die schmalen Lippen, die kantigen Wangenknochen. Jungenhaft. »Gekleidet mit schwarzen Jeans, Turnschuhen und einem blauen T-Shirt mit 'nem Uni-Logo. Welches, weiß ich leider nicht mehr.«

»War ja klar«, maulte Dahlberg.

»Laurenz!«, mahnte Karola.

»Eher tiefe Stimme«, machte Jannik weiter. »Ungeschminkt, Anfang zwanzig. Und das war's auch schon.«

»Ist Chef Ski schon in der Wohnung?«

»Seit Stunden. Aber sie haben keine Hinweise auf die Frau finden können. Und auch sonst nichts.«

»Was haste denn eigentlich genau gehört?« Das war der alte Gisselberg, der auch heute wieder an einem USB-Stick herumspielte.

Jannik druckste herum. »Nicht wirklich viel. Also durch die Tür halt. Aber es ging eindeutig um Mord, und dass sie nicht zur Polizei wollten.«

»Wer?«, fragte Laurenz. »Timo Maurer oder Madame X?«

Holzmann zuckte die Schultern.

Wollbricht schnaubte. »Und das war so eindeutig, dass Sie diesem Maurer Angst machen mussten?«

»Ich habe nicht ...« Jannik verstummte. Hatte er vielleicht doch?

»Gibt es schon Näheres zu diesem Security-Typen?«

Lotte Ahrens sprang ohne Zögern in die Bresche. »Keine Vorstrafen oder Auffälligkeiten. Dreiundzwanzig Jahre, geboren in Offenbach. Studierte Informatik bis zum Bachelor, sitzt jetzt an seinem Master in Bioinformatik.«

»Bioinformatik?«, fragte Laurenz.

»Ein Computerfreak?«, wollte Karola im selben Moment wissen.

»Gut möglich«, sagte Lotte. »Wenn ich in seinem Computer die IP-Adresse nutzen kann, würde -«

»Mitnichten.« Noch einmal gab Wollbricht ein Schnauben von sich. Die Krawatte um seinen Hals erinnerte Karola diesmal an das dunkle Grün von After Eight. Wirklich zum Anbeißen, der Knabe. Hoffentlich erstickte sie nicht an ihm.

»Uns liegen«, führte Wollbricht aus, »bis jetzt kaum Verdachtsmomente vor. Schon den Durchsuchungsbeschluss musste ich nachträglich beantragen. Und ich werde nicht gestatten, dass ein unbescholtener -«

»Hört, hört«, schnauzte Laurenz, zum ersten Mal seit Langem den anderen aus dem Herzen sprechend. »Von wegen unbescholtener Bürger. Timo Maurer rannte weg. Brachte unseren Kollegen in Gefahr und -«

»Ach hören Sie schon auf!« Missmutig rieb Wollbricht seine Hände. »Ich sehe schon die Schlagzeile vor mir: ›Tragisches Ende einer Verfolgungsjagd. Polizei hetzt Unschuldigen in den Tod‹.«

Janniks Gesicht wurde mit jedem Wort blasser. Er öffnete seinen Mund, aber Wollbricht war noch nicht fertig. »Wir brauchen jetzt keine schlechte Publicity, sondern einen Mörder. Wenn ich das mal«, er wandte sich an Karola, »als Chef klarstellen darf.«

Karola zuckte mit keiner Wimper. »Unser Vorgesetzter ist nach wie vor der Polizeipräsident, lieber Herr Dr. Wollbricht.« Ein kurzes Blickduell, dann ließ Karola ihm den Sieg und schaute auf ihre Notizen. »Können wir jetzt weitermachen?«, fragte sie.

Zustimmendes Gemurmel von allen Seiten. Karola fasste die Ergebnisse der Spurensicherung zusammen, betonte den durch eine Kerbe in der Sohle gekennzeichneten Gummistiefel. »Nach wie vor«, erklärte sie dem Team, »scheint nichts Wertvolles aus Seidelmanns Büro verschwunden zu sein, was unsere Raubmord-Theorie, hm, nicht gerade stützt. Mit DBA Stringwell, dem Chef vom Ganzen, konnte ich noch nicht wirklich sprechen, mir scheint fast, er lässt sich verleugnen.«

»Na, na«, mischte sich Wollbricht ein. »Der Mann verkehrt in höchsten Kreisen und ist extrem beschäftigt.«

»Das sind wir auch«, fuhr Karola ihn an und musterte die erschöpften Gesichter ihrer Kollegen. In den ersten zwei Tagen einer Ermittlung war Freizeit ein unbezahlbarer Luxus. »Nun, ich versuch's morgen noch mal.

Außerdem fiel Komtschewski doch etwas auf. Etwas, das zu fehlen scheint.«

Die Müdigkeit ihres Teams verschwand schlagartig, gespannt warteten alle auf die Fortsetzung. »Nun, wir fanden einen Firmen-PC und einen Firmen-Laptop. Unser cleverer Chef Ski hat sich aber mal die Anschlüsse angeschaut und ist zu dem Schluss gekommen, dass die Verbindungskabel auf ein zweites Notebook hinweisen.«

Gemurmel im Besprechungsraum.

»Ein privater?«, fragte Holzmann.

»Kein Laptop bei ihm zu Hause?«, ergänzte Laurenz.

»Schon.« Lotte konsultierte am Bildschirm ihre Liste. »Karola hat einen in seinem Vogelhaus gefunden. Aber das ist ein MacBook, und die Anschlüsse bei OCP laufen alle über Windows. Das Gerät aus Seidelmanns Garten war zwar passwortgeschützt, aber kein Problem für die Spezialisten vom K 35. Allerdings enthielt die Festplatte nur Fotos. Tausende von Vogelbildern. Es werden«, Lotte räusperte sich, »noch Freiwillige bei der Sichtung gesucht.«

Niemand meldete sich.

»Also«, fuhr Karola fort. »Wenn es diesen verschwundenen Laptop wirklich gibt, müssen wir ihn natürlich finden. Vielleicht ging es doch um Datendiebstahl. Wir sollten endlich rausbekommen, an was Seidelmann konkret gearbeitet hat.«

»Die mauern doch alle«, knurrte Dahlberg.

»Ich versuch's morgen direkt bei Stringwell. Kollege Dahlberg soll mit diesem Lessner reden – der ist noch am kooperativsten. Jannik, du wirst morgen zusammen mit zwei Unterstützungskollegen der MK 4 die restliche Belegschaft befragen.«

Holzmann nickte. Dahlberg stöhnte. »Noch mal?«

»So oft wie nötig.« Karola blickte auf ihre Notizen. »Jetzt noch etwas, das ein Durchbruch sein könnte. Die mit unterschiedlichen Waffen ausgeführten Schläge auf unser Opfer. Zu einem dieser Werkzeuge hatte Kollegin Ahrens eine interessante Idee. Lotte?«

Die nickte, zupfte sich am grünen Strähnchen, schaltete den Beamer ein und erklärte das Bild: »Dieses Gestänge, ein Stativ für Glasgefäße, ist mir heute Morgen in der KTU aufgefallen. Es steht standardmäßig in jedem

Labor, also auch ...«

»... bei unserer Vogelfirma.« Laurenz pfiff leise.

»Genau.« Lotte nickte. »Komtschewski hat mir bestätigt, dass die Form des Stahlrohrs perfekt zu den Verletzungen der schmalen Waffe passen würde. Also habe ich bei Orni Charm angerufen, aber erst vor einer halben Stunde jemanden erreicht, der mir weiterhelfen konnte. Diesen Lessner.«

»Der«, ergänzte Karola, »wohl am dicksten mit unserem Opfer war, wenn man da überhaupt von dick reden kann. Generell scheint Seidelmann ein Einzelgänger gewesen zu sein. Ich habe selbst heute Morgen mit Lessner geredet. Was hat er zu dir gesagt?«

»Er bestätigte tatsächlich, dass im Labor von Seidelmann ein solches Stativ fehlt.«

»Sehr gut.« Karola nickte. »Und Tatwaffe Nummer zwei?«

»Nun.« Lotte zog ihre Notizen zu Rate. »Laut Chef Ski eine Art kurzer Stange von der Dicke eines Baseballschlägers. Metall, Kunststoff und grüner Latex.«

»Was für ein Grün?«, fragte Jannik.

»Dunkel«, präzisierte Lotte. »Militär- oder Jägergrün. Hat jemand von euch eine Idee?«

Die Runde schüttelte die Köpfe. Auch Karola, die sich dabei aber mit den Händen an der Tischkante festklammern musste. Ihr Magen verkrampfte sich, ihre Gedanken jagten: Schuhgröße sechsundvierzig, das Foto zusammen mit Seidelmann und jetzt das. Verdammt, Karsten, dachte sie. Wo bist du da schon wieder reingeraten? Nur mit Mühe konnte sie den Gedanken beiseiteschieben, rief sich zur Ordnung und kontrollierte ihre Checkliste. »Was ist mit dem Notruf von Hendrik Stritzel? Haben die Techniker Wunder gewirkt?«

»Na ja«, knurrte Gisselberg und hielt den USB-Stick hoch. »Sie konnten ein bisschen an der Aufnahme rumspielen. Tatsächlich ist eine andere Stimme im Hintergrund – der Sicherheitsmann war nicht alleine.«

Er reichte den Stick an Lotte weiter, die die Audiodatei abspielen ließ. Und wieder lauschte das Team Stritzels wirrem Anruf vom Montagmorgen um fünf Uhr achtundvierzig.

»... Wahnsinniger gewesen sein.«

»Gibt es Verletzte? Sind Sie verletzt?«

»Ich? Nein.«

»Jetzt kommt's«, wies Gisselberg unnötigerweise auf die Pause hin. Das gesamte Team der dritten Frankfurter Mordkommission lauschte: *»... Halten Sie mich raus. Ich ... verdammt noch mal nicht hier!«*

»Das war's schon«, kommentierte Gisselberg in seinen eigenen, nächsten Satz auf dem Band hinein*: »Hallo, sind Sie noch da?«*

Lotte stoppte die Aufzeichnung, spulte zurück und wiederholte die Sequenz.

»Die Stimme ist stark verrauscht«, meinte Dahlberg, »kommt mir aber bekannt vor.«

Karola Bartsch nickte. *Ich ... verdammt noch mal nicht hier!* Einen ähnlichen Satz hatte sie von dieser Person schon gehört. Sie schloss die Augen, spulte nun selbst ein Band zurück, das ihrer Erinnerung. Gestern, ganz früh? Ja. Der Unfall. Stringwells Mercedes und ihr Rad. Und schließlich die Stimme des Doctor of Business Administration, als er den Polizeieinsatz bemerkte: »Kann mir vielleicht jemand erklären, *was verdammt noch mal hier* los ist?«

Karsten sortierte seine flüssigen Schätze. Im Scheunenbereich hatte er seine Gärungsanlage aufgebaut, in der Strandfurt lagerte der Apfelwein in Plastikkanistern und wartete darauf, für die Gäste in Bembel gefüllt zu werden. Aber hier, in seinem Wohnbereich, bewahrte er die ganz besonderen Stöffsche auf. Er hatte es sich in den Kopf gesetzt, mit verschiedensten Zusatzstoffen zu experimentieren, setzte versuchsweise Reinzuchthefe, Zucker, Milchsäure oder Schwefel hinzu. Vitamin C kam gut, wie er festgestellt hatte, um die Haltbarkeit zu verlängern. Den Ebbelwoi zu veredeln – das war sein Plan. Dafür hatte er sich sogar einen eigenen Blog eingerichtet, auf dem er von seinen Versuchen berichtete und mit anderen Experten diskutierte.

Prinzipiell konnte man Apfelsaft einfach in Plastikbehälter füllen, ein Gärröhrchen draufsetzen, das Ganze in eine dunkle Ecke stellen und ein paar Monate warten. Aber Karsten hatte höhere Ziele, wollte die alte Spindelkelter seines Großvaters ebenso austauschen wie dessen simple Rezeptur. Leider waren seine Experimente bis jetzt kaum von Erfolg gekrönt: Sein Apfelwein verwandelte sich viel zu schnell in Apfelessig – die Haltbarkeit war das Hauptproblem. Hier oben stapelte er in den Regalen seine Versuchsergebnisse in Flaschen, manche seit Jahren, probierte immer mal wieder einen Schluck. Und war mittlerweile immerhin so weit, dass er diesen Schluck nur noch selten angewidert ausspucken musste. Passierte das doch, schenkte er diese Flaschen kostenfrei an seine Alkis in der Strandfurt aus – das war immer noch gesünder als das meiste, was die sonst so schluckten.

Karsten schob die Flaschen herum wie überdimensionierte Spielzeugsoldaten, bevor er auf sein Handy blickte: keine Zeit mehr für eine Verköstigung. Es war schon kurz vor acht am Abend, Zeit, seine Kneipe aufzumachen. Einen letzten, sehnsüchtigen Blick auf die drei Jahre alte Flasche Ebbelwoi mit Schwefelzusatz und Ingwer werfend, stieg er die Treppe hinunter und ging rüber zur Strandfurt.

Sein Tag war vergangen mit sinnfreier Recherche und erfolglosen Anrufen. Uhu-Udo mochte sich nach wie vor auf Norderney herumtreiben, erreichbar war er offenbar nicht. Zeitungen und Internet-News hielten sich, was Svens Tod anging, erstaunlich bedeckt. Auch zu Darius Tablo, dem Ice-Man, entlockte Karsten seiner Bambusleitung nichts Neues. Der gesammelte Informationsgehalt des Tages war so klein wie ein Stecknadelstich in Papier: kaum sichtbar.

Am Nachmittag hatte er noch einmal aufs Genaueste die Scheune durchsucht: So eine Überraschung wie das blutige Spektiv wollte er kein zweites Mal geschenkt bekommen. Systematisch hatte er sich durch sein Durcheinander gekämpft, aber außer der Hühnerblut-Sauerei von gestern nichts Besonderes entdeckt. Nur bei seinen Gummistiefeln hatte Karsten gestockt. Standen die nicht leicht versetzt? Aber schließlich hatte auch die Schupo hier rumgestöbert. Ihm wurde kalt, als er an das Gespräch mit Karola dachte: Nach dem Tischtennis-Match hatte sie ihn nach seiner Schuhgröße gefragt. Verdammt, dachte Karsten. Entweder wollte sie mich aushorchen oder warnen.

Er stand lange da, hielt den Stiefel in der Hand, drehte ihn nervös hin und her. Lächelte, als er die alte Kerbe links in der Sohle entdeckt – Andenken an eine ganz besondere Vogeljagd auf Norderney. Im Auftrag der Uni Wilhelmshaven hatten sie im Watt nach Eiderentenscheiße gesucht, um mehr über die Fressgewohnheiten dieser Vögel herauszufinden und so vielleicht einen Zusammenhang zum alarmierenden Rückgang der Art herzustellen. Zwölf Monate lang waren Sven, Udo und er einmal die Woche ins Watt rausgelaufen, um auf den Sandbänken nach dem Kot der Eiderenten zu suchen und darin herumzuwühlen. Sie zählten die kleinen Scheißhäufchen, identifizierten an den Resten die Schalen blauer Miesmuscheln, heller Herzmuscheln und bräunlicher Strandkrabben.

Wie war die Studie damals ausgegangen? Karsten erinnerte sich nicht. Er wusste nur noch, dass die Lieblingsspeise der Eiderenten aus Miesmuscheln bestand. Und man beim drastischen Rückgang dieser Muschelart kein Einstein sein musste, um die Folgen abzuschätzen. Egal, jedenfalls war er an einem dieser Wattgänge auf eine riesige, im Schlick eingegrabene Schiffsschraube getreten, die immer noch so scharf gewesen war, dass sie aus dem Hartgummi seines Stiefels eine Ecke rausschnitzte. Noch Wochen danach hatte Karsten sich schaudernd vorgestellt, was mit seinem Fuß passiert wäre, wenn er wie fast immer barfuß durchs Watt gestapft wäre.

Noch mal egal. Er stellte die Gummistiefel zurück, hörte von draußen die Stimmen seiner ersten Stammgäste und verließ die Scheune. Karola, dachte er. Wie weit würdest du gehen?

Nachdenklich begrüßte er seine Kunden und öffnete die Strandfurt. Rotze wedelte mit einem großen Schein und bestand heute »mal uff 'ne vernünftige Dröhnung«. Karsten staunte immer wieder, woher sein Klientel manchmal seinen bescheidenen Reichtum herzauberte. Obwohl, so genau wollte er das auch wieder nicht wissen. Clayderman, der verkrachte Pianist, trat schon von einem Fuß auf den anderen.

»Kasti, da biste ja«, grüßte er erleichtert. »Ich muss unbedingt mit dir reden!«

Erschöpft ließ sie die Schultern kreisen, ohne den Nackenmuskeln dabei viel Entspannung schenken zu können. Normalerweise genoss sie die Anspannung der Jagd, die aufregenden ersten Tage, wenn sich Spuren auskristallisierten wie die Ärmchen von Schneeflocken. Diesmal nicht. Diesmal fraß sich ein Wurm durch die Ermittlung, ein Wurm mit dem Namen Karsten Bartsch. Diesmal arbeitete ihr Team gereizt und unpräzise oder hatte, wie im Fall Jannik und Timo Maurer, einfach Pech. Diesmal stellte sich sogar die Staatsanwaltschaft quer: Wollbricht hatte nicht nur der überstürzten Einäscherung des Opfers zugestimmt, sondern wollte auch von einer vertieften Finanzanalyse von Orni Charm Pharmaceutical nichts wissen. Was sollte diese Gesinnungsänderung? Wollbricht selbst hatte ihr die Akten doch anfangs beschafft.

Karola schloss die Augen, nur einen Moment. Morgen würde sie Florian Funke wieder treffen für einen weiteren Tanz durch die Nacht. Morgen würde sie erneut jene Grenze überschreiten, die DER Traum ihr aufzwang, Nacht für Nacht.

Tief durchatmend, öffnete sie die Lider. Ließ ihren Blick über Schreibtisch, Rollschrank und Fensterjalousien wandern. Gleich im Anschluss an die Teambesprechung, gleich nachdem sie die Aufgaben für morgen verteilt und Laurenz die Finanz-Ordner aufs Auge gedrückt hatte – »was Wollbricht nicht weiß, macht ihn nicht heiß« –, gleich danach, nur aufgehalten von einem Gang zum Damenklo, hatte Karola sich in ihr Büro geflüchtet. Allein sein. Nachdenken. Sich Sorgen machen um Karsten, Jannik und um sich selbst.

Schließlich schnaufte sie müde und stand auf: Eines wollte sie noch erledigen, bevor sie sich von Mirko bekochen und dieses ganze Chaos hinter sich lassen würde. Die Ermittlerin rückte einen Kuli zurecht, der einen Zentimeter zu weit gerollt war, ordnete die Akten, drehte sie in rechte Winkel und steckte eine Büroklammer lotgerecht zu den anderen in den Magnetspender hinein. Zwangsneurotisch nannte Mirko sie manchmal und hatte damit wahrscheinlich sogar recht.

Sie stutzte. Eine der Büroklammern hing leicht schief, war offenbar auseinandergebogen und schlampig wieder zusammengedrückt worden.

Alarmiert stand sie auf, musterte systematisch den gesamten Raum.

Nichts. Mit zornigen Fingern glitt sie an der Reproduktion von Paul Klees »Zerbrochener Schlüssel« entlang. Öffnete ihr Geheimversteck. Hätte sie die Büroklammer nicht bemerkt, ihr wäre nie etwas aufgefallen. So aber registrierte sie, dass der Schlüssel nicht völlig korrekt lag. Sie nahm ihn, schloss ihren Aktenschrank auf, ließ das Rollo hochschnappen und ihre Augen über die Ordner gleiten, bis sie den einen entdeckte, dessen Ecke eingedrückt war. Als wäre das Ding heruntergefallen. Beunruhigt griff sie nach ihm und blätterte durch die Fotografien, die ihr Vorbild und Inspiration zugleich waren.

Durcheinander.

Jemand war hier gewesen, in ihrem Büro.

Aber wer?

Zuerst dachte sie an ihren Bruder: Karsten hatte schließlich auch ihre Sporttasche durchwühlt und dabei die Farbdosen gefunden. Aber hier? Nein. Karsten als halbe Persona non grata hätte nie das Risiko auf sich genommen, sich durch das Großraumbüro zu schleichen und von irgendwem angesprochen zu werden.

Unwahrscheinlich.

Es sei denn ... Karola schluckte.

Es sei denn, der Mörder Karsten Bartsch wollte wissen, wie es mit der Ermittlung stand.

»Verfluchte Hühnerkacke!« Sie stürmte aus ihrem Büro, knallte die Tür zu, rannte fast durch das Büro zum Flur, ließ den Aufzug links liegen und hetzte, drei Stufen auf einmal nehmend, die Treppen nach oben. In der Notrufzentrale traf sie Gisselberg an. Wundern tat sie das nicht: Seit seine Frau vor zwei Jahren gestorben war, übernahm Gisselberg jede Schicht, die er kriegen konnte. »Ich brauche einen Notruf von gestern, vierzehn Uhr zweiundzwanzig.«

»Da war ich nicht hier«, brummte Gisselberg, fast beleidigt.

»Macht nichts.« Karola lächelte ihm zu. »Such mir einfach die Aufnahme raus, ja?«

»Soll ich's dir per Mail schicken?«

»Nein.« Karola schnappte sich einen der Kopfhörer. »Ich warte.«

Kurz darauf drückte sie beide Hände auf die Ohrmuscheln und lauschte.

»Polizeinotruf, wie kann ich Ihnen helfen?«

»Ja, ich muss da ... muss einen Mord melden. Im Griesheimer Stadtweg 63b, des is so 'n altes Haus mit Scheune. Und in dieser Scheune ... alles voller Blut. Und Tatwaffen.«

»Wie ist denn Ihr Name bitte?«

»Da müssen Sie hin. Da wohnt der Kast...« Ein Schniefen und Husten. *»Der Karsten Bartsch.«*

»Hören Sie, können Sie mir Ihren Namen -«

Klick. Laut Computerangabe war der Notruf von einer Telefonzelle bei der Galluswarte abgesetzt worden, das passte auch zu den Hintergrundgeräuschen. Karola klickte auf Wiederholung und lauschte erneut. Ein Hesse, eindeutig, auch wenn er sich ums Hochdeutsch bemühte. »Des« für »das« sagte so nur ein Eingeborener dieses Landes. *»So 'n altes Haus«*: abgeschliffene Sprache, eher alt, krächzend, verbraucht, auf jeden Fall kein Bürgertum. Mehr die Klientel, die in Karstens Strandfurt rumhing. Und dann noch der Name ihres Bruders, unterbrochen von Schnäuzen und Schniefen. Karola musste die Passage viermal anhören, bevor sie sich sicher war: *»Da wohnt der Kast...«*

Ja. Sie nahm den Kopfhörer ab, drückte ihn Gisselberg in die Hand. Bedankte sich und floh aus dem Polizeipräsidium – bloß weg hier. Ja: »Kast« ohne »r«. Nicht der Anfang von Karsten, sondern von Kasti – diesem dümmlich-dämlichen Spitznamen.

Der anonyme Anrufer war einer von Karstens Kumpeln.

Die nächsten drei Stunden wirbelte er hinter der Theke, schenkte Apfelwein aus, kontrollierte einen Brocken Schwarzen Afghanen auf seine Reinheit und redete beruhigend auf Clayderman ein. Der hatte zum ersten Mal seit Jahren ein Angebot für einen Auftritt und schlotterte vor Angst. »Pillen oder Tasten«, murmelte er immer wieder, »das ist hier die Frage.« Karsten riet ihm zu Letzterem, versuchte Selbstbewusstsein aufzubauen. Und wusste selbst, wie fragwürdig seine Ratschläge waren – Tatjanas bitteres Ende war das beste Beispiel dafür. Dennoch bestärkten Karsten diese Stunden in der Strandfurt:

Er durfte hier nicht weg. Konnte seine Leute nicht einfach so im Stich lassen.

Ohne Spotti kam er ins Schwitzen, zumal Rotzes Durst an diesem Abend kaum zu löschen war. Der alte Säufer ließ es sich diesmal sogar nicht nehmen, ein paar Freunde einzuladen. Rotze erkaufte sich damit seine Zuhörerschaft und brachte halbgare Philosophien zum Besten. »Neulich war isch in Frankfurts Schickimicki-Ecke im Westend«, dröhnte er zum Beispiel, »ihr wisst schon, und da hab isch ma widder einen tollen Beweis für die Schere gesehen, die Arm und Reich aufschneidet.«

»Schnauze, Rotze!«, brüllte es aus einer anderen Ecke.

»Wieso? Erzähl weider!«, munterte einer der Nutznießer von Rotzes Freigiebigkeit ihn auf.

»Also«, erklärte der, »isch hab nämlisch an nem Laternenpfahl so 'n Zettel gefunden. Ihr wisst schon, so aufgehängte Teile: Mein Kätzchen Schnurrbart ist entlaufen, suche 'ne Zwei-Zimmer-Wohnung für lesbische Raucherin und so 'n Zeusch.«

»Ja, ja.«

»Also, des gab's an der Lampe: So 'n Zettel mit eingeschnittenen Telefonnummer-Schnipseln zum Abreiße'. Stand drauf: ›Alter Barockspiegel, bestens geeignet für das Foyer Ihrer Villa. VB: fünfzigtausend Euro‹.«

»Un was?«

»Tja, und ganz unne stand dann noch: ›Keine unnötige Sorge, dieser Zettel wird nach wenigen Tagen wieder ordnungsgemäß entfernt.‹«

Ein paar der Strandfurter lachten, die anderen glotzen nur blöde.

»Kapiert ihr des net?«, brüllte Rotze. »Die reichen Arschlöcher machen sich Sorgen, dass so ein Wisch ihre Laternen verdrecksudelt. Zahlen fünfzigtausend für 'n Scheiß-Spiegel, abbe nur, wenn der Zettel ... ordnungsgemäß entsorgt wird. Des is doch de Hammer!«

Der Laden wurde immer voller, Karstens Gäste auch. Spät am Abend kam der Ex-Sanitäter vorbei, warf einen Blick auf Karstens Rippen, nickte kurz und dann nochmals, als Karsten ihm zum Dank einen extragroßen Bembel hinstellte. Gegen elf war die Strandfurt dicht und Karsten betete um ein zusätzliches Paar Hände. Gott erhörte ihn in Form eines abgemagerten, narbengezeichneten Gesichtes.

»Mensch, Spotti«, staunte Karsten. »Was machst du denn hier?«

Seine Nummer Zwei lächelte gequält. »Hab Scheiße gebaut. Kann ich heute Nacht hier pennen?«

Karsten grinste erleichtert. »Wenn du mir unter die Arme greifst: Nichts lieber als das! Willste reden?«

»Mer ham immer noch Dorscht!«, rief Rotze aus seiner Ecke, die mittlerweile die halbe Strandfurt mit einbezog. »Noch 'ne Runde Geläut und Gebembel!«

Spotti krempelte die Hemdsärmel hoch, schlüpfte hinter die Theke und lächelte müde. »Später«, sagte er und nickte Karsten zu.

Dem war's recht.

Aber als sie kurz nach eins als Letztes den trunkenen Rotze nach Hause geschickt und die Überreste des Gelages notdürftig gesäubert hatten, winkte Spotti erneut ab. »Müde«, meinte er nur.

»Willst du mit rüber zu mir?«, fragte Karsten.

»Ne, danke. Ich werf mich gleich hier auf die Notmatratze. Wir reden morgen.«

Einen Augenblick suchte Karsten in den Augen seines Freundes nach Antworten, dann siegte auch bei ihm Müdigkeit über Neugier. »Dann schlaf gut.« Als er zum Haus seines Großvaters schlurfte, hörte er das Klappern der Tür: Spotti schloss die Strandfurt ab.

Kluger Mann.

Manchmal, wenn der Wind besonders dicke Backen machte, hörte Karsten im Schlaf das Geplätscher der Wellen. Der kleine Bruder des Rheins gab sich meist träge, nur selten streckte und reckte er sich im Frühjahr, überflutete die Ufer und setzte den Mainkai unter Wasser. Aber bei starkem Wind warf er Wellen, plätscherte, flüsterte und raunte Flussgeschichten in Karstens Träume. So wie heute.

Nur, dass in dieser Nacht kein Wind wehte – nicht mal das spärliche Schilfgras, in dem der Teichrohrsänger sein Nest eingerichtet hatte, bewegte sich. Die Wellen in Karstens Traum plätscherten auch nicht wirklich, sondern knisterten und knackten. Er wälzte sich im Schlaf, die Nacht war viel zu warm, sommerlich, die Bettdecke noch dem Winter geschuldet, er schwitzte, stritt sich im Traum mit Tatja, brüllte und flehte sie an, das uralte Radio seines Großvaters, breit wie ein Fernseher, rauschte, knisterte und knackte, bis Funken sprühten und die Röhren durchschmorten. Geruch nach Gummi und Rauch. Nein, das war definitiv kein Plätschern.

Karsten kämpfte sich aus den Laken, taumelte auf den Lichtschein zu, der vor seinem Fenster flackerte. Schlaftrunken riss er es auf, hustete Rauch, glotzte ungläubig: Die Strandfurt brannte. So hell, dass Karsten die Augen zusammenkneifen musste, so laut, dass er auch die Ohren schließen wollte. Im Innern seines Lebensinhalts zersprang etwas mit einem Knall, Kanister explodierten, es brüllte und zischte böse. Karsten Bartsch stand ungläubig und steinern am Fenster und starrte auf das Inferno. Spürte den Rauch in seinem Hals so wenig wie die Tränen in den Augen.

»Spotti«, stöhnte er.

Karsten Bartsch riss sich los, stürzte die Treppe hinunter, am Scheunenanbau vorbei nach draußen. Geschlafen hatte er in seiner Jeans, eine Tablo-Vorsichtsmaßnahme von vielen, aber in T-Shirt und Schuhe schlüpfte er nicht. Barfuß, mit nacktem Oberkörper und genauso nackter Angst im Gesicht rannte er zur Strandfurt hinüber, die sich in den feuerknisternden Kamin eines Riesen verwandelt hatte. Er rannte, bis die Hitze ihm mit heißen Fäusten ins Gesicht schlug, bis Haarspitzen und Augenbrauen verschmorten.

»Spotti!«, brüllte er und atmete scharfen Rauch. »Spotti!« Atmete kochend schweren, vergärenden Apfelwein. »SPOTTI!« Atmete verbranntes Plastik, würziges Holz voller Harz und die Verzweiflung seiner Alkis und Junkies. Beide Hände schützend vor dem Gesicht, die Kehle rau, schrie Karsten nach seinem Freund. Das Feuer prasselte wie Sturmregen, aus der brennenden Strandfurt klang gequältes Stöhnen und Ächzen, wenn hier eine Wand nachgab oder dort eine Decke zusammenfiel. Die Fenster waren schon längst geborsten.

Karsten sackte nach vorne, kippte auf die Knie. Zu viel, dachte er. Zu viel, zu viel. Ein irres Mantra in seinem Kopf, wahnsinnig wie das Feuer, das ihm seine Flammenzunge zeigte und mit Hitzefingern nach ihm fasste.

»Zu viel«, murmelte Karsten Bartsch, als die Furt mit einem letzten, feurigen Aufbäumen in sich zusammenstürzte.

Wieder greift DER Traum nach ihr, packt sie so, wie der Vogel Roch aus dem Märchen Sindbad zwischen die Klauen nahm. Wie immer beginnt er mit einem Schatten, der durch die Luft hinabstürzt, auch der fast ein Vogel. Einen, zwei Herzschläge lang, dann berührt der Schatten nassen Asphalt, das klatschende Geräusch dringt durch die Scheiben, Karola kann es hören, ein dumpfer Schlag wie ein zerplatzender, wassergefüllter Luftballon, den Kinder vom Balkon geworfen haben. Nichts anderes geschieht hier: Ein mit Flüssigkeit gefüllter Körper schlägt auf eine harte Oberfläche und zerbirst. Sie reißt das Lenkrad herum, der Wagen schlingert und dreht sich um die Achse, sie steuert dagegen, wuchtet ihr Bein auf die Bremse.

Doch Karola weiß es besser im Traum, in der Wirklichkeit: Tausenddreihundertsechzig Kilogramm lassen sich nicht von einer Sekunde auf die andere stoppen, schon gar nicht bei diesem Sintflutregen, der die Autobahn in eine unendliche, surreale Rutsche verwandelt, sodass sich ihr BMW M3 unaufhaltsam dem gefallenen Engel nähert, ihn überrollt und erst kurz danach zum Stehen kommt. Verharrt. Wie ein witterndes Raubtier vergewissert sich der Bolide seiner Beute.

Alles steht still. Nichts rührt sich, sogar der Regen friert ein und verharrt. Die Tropfen halten den Atem an und warten darauf, dass sich die Zeit zurückdreht. Es geht nicht. Nicht einmal im Traum.

Karola steigt aus. Ihre Beine sind Blei, ihre Gedanken splittern. Vor ihr zuckt der Schatten am Boden, Ikarus ist gefallen, der Regen setzt wieder ein, prasselnd und kalt, hämmert in die Blutlache, verdünnt das Rot. Sie beugt sich vor, ihr Blick tastet über verdrehten Gliedmaßen und herausragenden Knochensplitter. Ikarus' Kopf liegt ganz ruhig, nur aus seinem Mund schlängelt sich ein roter Faden. Die Lider flattern, er öffnet die Augen. Karola beugt sich noch tiefer, geht in die Knie, sie wartet und hört und wartet immer weiter. DER Traum, er endet mit einem Aufbäumen und starren, zerbrochenen Augen. Augäpfel, die sich mit Regen füllen, Tropfen um Tropfen.

Und nie weiß sie, ob ihre eigenen Tränen dabei sind.

Karola wachte auf mit galoppierendem Herzschlag und schweißnasser Haut. Sie tastete nach Mirko, beruhigte sich an seiner Wärme und der Ruhe seines Atmens. Draußen war es noch dunkel; nach wie vor wartete das nackte Fenster auf Vorhänge. Oder Jalousien. Kein Hauch von Dämmerung, nur fahler Widerschein der Straßenlaternen. Kein Geräusch, nur ihr Herzklopfen und Mirkos Atem. Sie wischte sich über die Stirn und schaute nach dem Funkwecker: drei Uhr zweiunddreißig. Die stillste Stunde der Nacht. Nur langsam trocknete ihr Schweiß, verdrängte sie die Erinnerung an jenen grauenhaften Tag. Dieser Besuch aus ihrer Vergangenheit, ihr treuer Alp, er kam regelmäßig und quälte sie. Vor allem dann, wenn Karola dabei war, sich mit dem Sohn des gefallenen Engels zu treffen.

Sie hatte Durst, schlüpfte vorsichtig aus dem Bett und holte sich ein Glas Wasser, ohne in der Wohnung Licht zu machen. Barfuß tapste sie zurück ins Schlafzimmer, stellte sich ans Fenster und schaute hinaus in die Nacht. Frankfurt schläft nie, dachte sie, irgendein Fenster ist immer erleuchtet, irgendjemand ist immer wach. Ob Karsten gut schlief? Das hatte sie ihn noch nie gefragt. Wenn nicht, welche Alpträume mochten ihn plagen? Das Fenster vibrierte ganz leicht, als die erste U5 des Tages unten vorbeirollte. Karola Bartsch fröstelte. Plötzlich hatte sie Angst um ihren großen Bruder.

»Alter, was ist denn hier ...«

»Du ...?«

»Mensch, Kasti, alles in Ordnung? Was ... ei, sachte, Alter, du erwürgst misch ja. Hör uff!«

Aber Karsten hörte nicht auf. Er drückte Spotti an sich, drückte noch fester und ließ erst dann los. »Verdammter Idiot!«, brüllte er. »Wo warst du?«

»Isch?« Die Narben in Spottis Gesicht leuchteten im Flackern des Feuers wie frische Wunden auf. »Konnt net schlafen. Weißt doch, wie des bei mir is.«

Karsten lachte.

»So komisch is des nu auch net!«, brummte Spotti. War er aufgeregt, frankfurterte er deutlich stärker als sonst. »Haste etwa gedacht ...?«

»Natürlich, du Idiot.« Karsten kicherte unkontrolliert. »Ich dachte, du ...«

»Alter, Mensch, Alter ...«

Dicht standen sie nebeneinander und starrten auf die Reste ihres Traums.

»Solltest langsam ma die Feuerwehr a'rufe«, empfahl Spotti.

Aber Karsten winkte ab. »Lohnt nicht mehr. Das Feuer ist am Ende. Und Opas Haus steht weit genug weg.«

»Ei trotzdem. Wesche der Versicherung und so. Wenn wir wieder uffbaue.«

»Aufbauen?«

»Freilisch. Die Strandfurt in noch schöner.«

Karsten Bartsch starrte auf die schwelende Ruine. Eben hatte er noch am Boden gelegen, war am Ende gewesen. Zu viel, hatte er gedacht. Es geht nicht mehr, vorbei und Schluss. Und jetzt stand er neben Spotti, plante schon wieder, er, das Stehaufmännchen Karsten Bartsch, seine Zukunft. »Sicher?«, fragte er Spotti.

»Warum denn net? Oder haste jetzt Schiss vor dem Meth-Tablo?«

Karsten nickte. »Oh ja. Trotzdem haste recht.«

»Wir bauen wieder auf?«

»Machen wir. Aber vorher ...«, Karsten zögerte. Dachte an Silber-Sven, Uhu-Udo und Papageno, »... muss ich noch etwas erledigen.«

14

Mittwoch, 20. Mai, 07.02 Uhr

»Und du schaffst das wirklich? Hol dir Hilfe, okay?«

Spotti grinste über sein ganzes, narbenentstelltes Gesicht. »Hab gestern schon ein paar Kumpels von den Rockets angerufen.«

»Gute Wahl.« Karsten klopfte ihm auf die Schulter – eine bessere Schutztruppe als diese Biker-Gang konnte er sich nicht vorstellen. Es war früh, viel zu früh, grad mal sieben, und in der Luft hing heute kein Maifrühlingsduft, sondern Asche und Rauch. Die halbe Nacht hatten Spotti und er der stöhnenden Strandfurt gelauscht, dem Zischen des Löschschaums, als die Feuerwehr auch ohne Karstens Anruf gekommen war und »Wasser Marsch!« befahl. Und den skeptischen Fragen der Polizei natürlich. Die halbe Nacht hatten sie über den Wiederaufbau geredet und über Brandstiftung spekuliert, bis sie irgendwann fast im Stehen eingeschlafen waren und sich im Haus hingelegt hatten. Karsten war früh wachgeworden, wieder einmal, hatte in der Scheune ein paar letzte Sicherheitsmaßnahmen zusammengebastelt und mit Spotti, als der wenig später mit verquollenen Augen in der Tür stand, eine Zigarette geraucht.

»Dann hau ich mal ab«, sagte Karsten jetzt.

»Dein Wagen?«

»Lass ich dir. Hier sind die Schlüssel.« Was sollte Karsten auch mit dem Auto – am Bahnhof waren freie Parkplätze seltener als ein frisch gekelterter Ebbelwoi in Oberbayern.

»Viel Glück!«

»Hm, Spotti, du wolltest mir noch erzählen, was bei dir eigentlich los war. Warum du wieder hier bist.«

Die von Crystal Meth zerfressene linke Wange zuckte. Einen Moment lang überlegte Spotti, betrachtete Karsten und den nur noch schwelenden Dreckshaufen, der einmal die Strandfurt gewesen war. Schließlich schüttelte er den Kopf. »Nicht so wichtig, Kasti. Pass auf deinen Podolskischädel auf.«

Eine Dreiviertelstunde später schlurfte Karsten Bartsch die Gutleutstraße entlang, vorbei am Technologiezentrum und den Finanzämtern, bis zur Stuttgarter Straße: Bahnhof in Sicht. Und Kaffee in Reichweite. Gott, war er müde. Sein Zug ging erst um acht Uhr dreiundfünfzig, noch hatte er Zeit. Viel Zeit, die er mit Cappuccino zu füllen gedachte. Auf der restlichen Strecke zum Südeingang des Frankfurter Hauptbahnhofs wurde er immer langsamer, so als ob die Müdigkeit runter in seine Beine und weiter bis zu den Füßen sackte, wo sie sich in Klebstoff verwandelte.

Karsten blieb stehen. Er drehte sich um und musterte den quadratischen Vorplatz, der zum Parken gedacht war. Ein paar Plätze waren doch tatsächlich noch frei. Umständlich fummelte er sein Handy aus der Tasche, wollte aber niemanden anrufen – er wartete. Bulleninstinkt, immer noch verlässlich, zumindest meistens. Oder auch nur manchmal. Karsten brabbelte in das ausgeschaltete Handy hinein. Schlurfte dann weiter, in die Deckung eines geparkten Lieferwagens. Drückte sich an das kalte Metall und wartete erneut. Als er vorsichtige und doch hektische Schritte hörte, lächelte er und schob sich geduckt um die Kühlerhaube herum. Und streckte im richtigen Moment ein Bein aus.

Es war einer seiner Stammgäste, der darüber stolperte und zwischen festgetretenen Kaugummis und zerquetschten Pappbechern landete. Karsten packte ihn, zerrte ihn hoch und drückte ihn an die Seite des Lieferwagens.

»Sachte«, krächzte Rotze. »Isch bin's.«

»Seh ich!«, antwortete Karsten ohne ihn loszulassen. So besoffen, wie Rotze gestern gewesen war, hätte er um die Uhrzeit eigentlich noch im Koma liegen müssen. »Warum spionierst du mir nach?«

Rotze lachte und hustete gleichzeitig. »Spionieren? Spinnste, oder was?«

»Verarsch mich nicht, Rotze. Du trippelst schon die ganze Zeit hinter mir her.«

»Isch krieg kaa Luft mehr!«

Endlich ließ Karsten ihn los.

Schniefend tastete Rotze seinen Hals ab. »Blödsinn!«, brummte er dann. »Isch bin jeden Morgen hier am Bahnhof. Such nach Pfandflaschen, du Arsch.«

Karsten zögerte. Die Geschichte klang plausibel, aber sein Bauch war anderer Meinung. Trotzdem, wenn Rotze recht hatte ...

»Komm«, sagte der Ex-Fahnder nach einer nachdenklichen Minute. »Ich lad dich auf 'nen Kaffee ein.«

»'n Henninger wär mir lieber«, nörgelte Rotze.

Keiner von beiden bemerkte die Kamera, die mit hohem Zoomfaktor ein Bild nach dem anderen schoss.

Karola Bartsch schwankte im Wind, der nach langen Sonnentagen Wolken heranschob. Dicke Wolken waren das, regenverheißende Wolken – offenbar war mit dem guten Wetter bald Schluss.

Sie stand auf dem Holbeinsteg, Frankfurts zweiter Fußgängerbrücke über den Main. Die moderne Konkurrenz zum Eisernen Steg sozusagen, eine Hängebrücke mit zwei blauen Stahlträgern an den beiden Ufern, Hibbdebach und Dribbdebach. Obwohl Karola müde war und ihr Kopf Gedanken mahlte wie eine Pfeffermühle ihre Pfefferkörner, musste sie lächeln. Die Hessen hatten schon ulkige Einfälle. Allein den Main als »Bach« zu titulieren zeugte von Humor und Wahrnehmungsstörungen oder beidem, und die beiden Flussufer einfach »hüben und drüben« zu nennen, von praktischem Sinn. Oder Faulheit. Karola hatte hart dafür gearbeitet, den hessischen Zungenschlag los zu werden – nichts Peinlicheres, als an der Polizeihochschule einen Vortrag im Dialekt zu halten. Karsten konnte da leichter umschalten, wechselte zwischen hochdeutscher Artikulation und hessischem Gebabbel so leicht wie ein Profischwimmer zwischen Brust und Delphin. Karsten.

»Idiot!«, knurrte sie den Main an. Seit fast einer halben Stunde stand sie hier auf der Brücke, starrte in den Fluss hinunter oder zur wachsenden

Wolkenwand hinauf. So ziemlich als Erstes hatte sie heute Morgen im Präsi die Nachricht gehört: Der alte Gisselberg hatte ihr vom Brand der Strandfurt berichtet. Mitten im Satz hatte Karola ihn stehen gelassen, ihr Smartphone benutzt und nur Karstens Voicebox erreicht. Zehn Mal versuchte sie es in schneller Folge, fluchte innerlich auf Gott, Karsten und die Welt, rannte wieder die Treppen hinunter und wühlte nach ihren Schlüsseln. Mit Mirkos altem Fahrrad bis zur Strandfurt? Mit der S1 bis Griesheim und dann zu Fuß? Kaum schneller. Taxi? Oder sollte sie Lotte fragen? Die war morgens immer schon früh da. Laurenz putzte sich bestimmt noch die Zähne. Und Mirko? Ach, Scheiße.

Sie hatte sich wieder für das Fahrrad entschieden und war losgetreten, die Adickesallee runter bis zum Grüneburgpark. Obwohl Karola wusste, wie dezent sinnfrei ihre Aktion war – schließlich hatte Konrad Gisselberg jedes Brandopfer ausdrücklich ausgeschlossen –, machte sie sich wahnsinnige Sorgen um ihren Idioten – Brüder hatte man schließlich nicht viele. Sie nur den einen. Seit seinem Abgang von der Kripo trafen sie sich immerhin einmal die Woche zum Joggen, rannten schweigend und oft mit einer dunklen Wolke aus Vorwürfen über ihren Köpfen durch die Gegend, aber er war eben ihr Bruder. Kurz hinter dem Hauptbahnhof hatte schließlich ihr Handy gebellt – noch ein Mirkoscher Geschenk-Klingelton: ein zartes Husky-Kläffen als SMS-Signal. Karsten. Endlich. Jetzt erst!

falls du von der strandfurt hörst, mach dir keine sorgen. keine verletzten. alles okay. bin paar tage unterwegs, wird mir hier zu heiss.

Erleichtert hatte Karola auf die Buchstaben gestarrt.

Wütend hatte sie das Smartphone ausgeschaltet.

Das sah Karsten mal wieder ähnlich: zu heiß. Haha, in Lebensgefahr geraten und dann auch noch kalauernde Witze machen. Kurzentschlossen war sie das letzte Stück bis zum Main gefahren, hatte das Rad am Geländer angeschlossen und den Holbeinsteg erklommen. Da stand sie nun. Wackelte im Wind, ärgerte sich über ihren Bruder und ihre eigenen, nun, was, Fehler? Unzulänglichkeiten? Ängste? Heute Nacht würde sie den jungen Funke treffen, würde erneut ihre Laufbahn gefährden und sich mit schlechtem Gewissen durch die Dunkelheit schleichen.

Scheiß-Psychologie.

Ihr Grübeln wurde von einem lauten Blöken unterbrochen, das die Frankfurter seit ein paar Jahren zu ertragen hatten: Mehr wie ein Schwein quiekend oder eine heisere Ziege meckernd, plärrte eine Nilgans von unten herauf. Mit ihrem braungrauen Gefieder und den dunklen Augenringen sah der Vogel genau so hässlich aus, wie er klang. Karola mochte sie nicht. Die Nilgänse machten Krach, kackten alles voll, verdrängten einheimische Vogelarten und führten, wenn man der »Frankfurter Rundschau« glauben durfte, zu massiven Ernteausfällen bei den Grüne-Soße-Gärtnereien in Oberrad.

Die Hauptkommissarin atmete tief ein und aus, fuhr ihr Smartphone hoch und kontrollierte die Anrufe. Fünf Stück. Zweimal Komtschewski, zweimal Lotte und einmal Oberstaatsanwalt Wollbricht. Nur Karsten, er hatte es natürlich nicht für nötig gehalten, sie anzurufen – eine SMS und Schluss. Karola ließ sich beruhigen von den Schwingungen der Brücke, einem Lullaby-Schaukeln für die Großstadtkinder. Wie lange konnte sie Karsten noch aus den Ermittlungen raushalten? Durfte und wollte sie das überhaupt? Was, wenn ihr Bruder doch etwas mit Seidelmanns Ermordung zu tun hatte? Das Foto in Seidelmanns Gartenhütte. Die Schuhgröße sechsundvierzig. Das Feuer in der Strandfurt – eindeutig Brandstiftung, hatte Gisselberg erzählt. Und Karsten, was tat der? Er haute ab. Immer noch war sie wütend auf ihn. Und machte sich Sorgen.

Der Nilgans unter ihr war's egal. Grölend wie ein später Kneipengänger paddelte sie den Main hinauf, trat dem Fluss in seinen Bauch und suchte nach dem einzig wirklich Wichtigem: was zu fressen.

Karsten schlug sein neues Moleskine auf, frisch gekauft am Frankfurter Sackbahnhof. Nichts gegen die moderne Technik, aber manchmal zog er eben alte, uralte Verfahren vor: Mit Füller in der Hand konnte er besser denken als mit Fingern auf der Tastatur oder dem Tablet. Beiläufig musterte er seine Mitreisenden im Großraumwagen, scannte auf verdächtige Bewegungen, auf betont gelangweiltes Glotzen oder schnelles Wegschauen. Bemerkte nichts.

Vielleicht, dachte er, bin ich paranoid.

Aber vielleicht auch nicht. Irgendetwas Merkwürdiges ging vor, und was Karsten noch mehr hasste als harte Drogen waren Rätsel, die er nicht lösen konnte. Das war schon früher so gewesen, als sich die Geschwister gegenseitig mit kniffligen Aufgaben aus der Reserve lockten.

Hahnenkampf, schrieb er als Erstes – damit hatte schließlich alles angefangen. Andererseits konnte er sich nicht vorstellen, was ein paar Vorstadtmachos mit den späteren Ereignissen zu tun haben sollten. Mister Brechstange und Herr Baseballschläger als Einbrecher? Oder als Feuerteufel, die seine Strandfurt abfackelten?

Unwahrscheinlich. Er zögerte, den Stift in der Hand, und blickte aus dem Fenster hinaus auf die vorbeiziehende Landschaft. In zehn Minuten erreichten sie Kassel-Wilhelmshöhe. Hessische Mittelgebirgslandschaft, nichts Spektakuläres. Die Sonne zog sich ein paar Bettdecken aus Wolken über – anscheinend ging das sommerliche Maiwetter seinem vorläufigen Ende entgegen. Seufzend strich Karsten den Hahnenkampf durch, setzte neu an und notierte dann zügig:

Meth im Strandfurt

Darius Tablo, der Ice-Man

Einbruch in der Scheune? Spektiv mit Blut! Meine Stiefel?

Silber-Sven tot. Mord, extreme Gewaltanwendung, Gerichtsmedizin?

Komtschewski um die Akte anhauen!!!

Die beiden Polizisten bei mir zu Besuch. Anonymer Anruf – wer? Was sollten sie finden?

Karola – bin ich verdächtig?

Sonja???

Feuer. Brandstiftung durch die Tablos?

3 Kl im Balzflug

Den letzten Eintrag strich er gleich wieder – alte, zumal die lieb gewordenen Gewohnheiten, verlor man eben nie. Ganz automatisch hatte er seine Beobachtung notiert: Die drei Kiebitze verschwanden tanzend mit einem der typischen Balz-Loopings über der Feuchtwiese und aus seinem Zugfenstersichtbereich. Einmal Orni, immer Orni. Vögel zählen.

Nie schätzen.

Karsten lehnte sich zurück und musste trotz allem lächeln. Wie beleidigt Sven, Udo und er immer gewesen waren, wenn Touristen auf Norderney behaupteten, sie würden die großen, manchmal zehntausend Individuen umfassenden Vogelschwärme ja nur schätzen. »Aber nicht doch«, hatte Sven daraufhin stets indigniert erklärt. »Blockzählung – das ist etwas ganz anderes als Schätzen«. Und hatte flugs, den Tacker in der einen, das Fernglas in der anderen Hand, den Beweis angetreten: »Je nach Truppgröße«, führte er aus, »teilt man einen Riesenschwarm in einzelne Blöcke auf. Sagen wir mal fünfzig. Fünfzig Vögel lassen sich tatsächlich zählen. Wenn ich diesen Block habe, zähle ich weiter: Die Fünfziger-Blöcke. Damit kann ich einen großen Schwarm erfassen und liege – wir haben später mal zum Vergleich Luftaufnahmen ausgezählt – wirklich sehr genau damit. Zählen, nicht schätzen.«

Jetzt, dachte Karsten, liegt er in der Kühltruhe und bald in der Erde. Zählt nur noch die Regenwürmer, wenn überhaupt.

Merkwürdig, wie kalt ihn das ließ. Sven war einer seiner besten Freunde gewesen, aber eben ein Freund aus einer anderen Welt, einer anderen Zeit. Vergangenheit, dachte Karsten. Immer wieder holt sie einen ein und schlägt mit uralten Krallen schlecht verheilende Wunden. Die Vergangenheit war eine unfehlbare Jägerin, der keiner entkommen konnte. Sie erwischte jeden, so weit man auch flüchtete.

Karsten blickte auf. Durch den engen Mittelgang des Großraumabteils zwängte sich ein kleiner Servicewagen, stieß an Koffer, Taschen und schimpfendes Gegrummel.

Zwei Fronten, schrieb Karsten, krakelig, weil der Zug auf zweihundertsechzig km/h beschleunigte und den Waggon zum Vibrieren brachte. *Svens Mörder und Darius Tablo.*

Um beide musste er sich kümmern, klar. Aber in welcher Reihenfolge? Setzte sein Entschluss, die alten Orni-Freunde zu befragen, die richtige Priorität? Karsten hatte das gestern spontan entschieden, aus dem Bauch raus, voll Glück und Erleichterung, dass Spotti noch lebte. Früher hatte er seiner Intuition bedingungslos vertraut, sein Bauchgefühl über alles gestellt.

Da war sie schon wieder, die Vergangenheit und dieses boshafteste aller Wörter: früher.

Karsten kaufte einen Kaffee, als der Wagen es endlich bis zu ihm geschafft hatte. Staunte, wie teuer so ein Becher geworden war, und dachte an einen seiner Mentoren bei der Polizei. In kritischen Situationen, hatte der immer gepredigt, ist jede Bewegung besser als Stillstand – egal wohin. Karsten hatte lange genug still gehalten. Und seine Richtung war jetzt der Norden: Erst in Hannover, dann in Bremen musste er umsteigen und würde bei den Stadtmusikanten den Regionalexpress nach Norddeich nehmen. Früher – ha! – hatte man diese Züge noch Interregios genannt und sich am frühlingshaften Himmelblau der Waggons erfreut, früher trugen ICEs noch poetische Namen und keine prosaischen Nummern.

Zweifelnd betrachtete Karsten den Kaffeebecher, blätterte dann in »seinem« Reiseplan: Wenn die Bahn ausnahmsweise keine roten Verspätungszahlen schreiben würde, konnte er die Fähre um fünfzehn Uhr dreißig erwischen. Wäre eine knappe Stunde später auf Norderney. Und konnte sich noch heute auf die Suche nach Udo machen.

WAS, schrieb er in großen Druckbuchstaben, bevor er das Notizbuch und kurz danach seine Augen zuklappte, *GEHT HIER VOR?*

Auch Lotte machte sich Notizen. Sie wühlte sich mit der Verve eines hungrigen Maulwurfs durch die Vergangenheit des Mordopfers. Sven Seidelmann hatte seine Karriere als Biologe früh begonnen und war schon als Kind von allem fasziniert gewesen, was Federn hatte. Auf die Schule folgte ein ornithologischer Zivildienst an der Nordsee, dann ein Biologiestudium in Frankfurt und schließlich ein Doktoranden-Job bei der Senckenberg-Gesellschaft mit Stipendienaufenthalten rund um die Welt – immer auf der Suche nach exotischen Vögeln. Zuerst hatte er sich mit Systematik und Taxonomie dieser Tiere beschäftigt, später mit anatomischen und physiologischen Themen und schließlich mit den Möglichkeiten, vielversprechende Forschungsergebnisse medizinisch und wirtschaftlich zu verwerten.

Auch Sven Seidelmann war nach seiner Doktorarbeit auf jenen lukrativen

Zug aufgesprungen, in Dschungel, Luft und Meerestiefen nach neuen Medikamenten gegen Krebs oder AIDS zu suchen. Seine spätere Frau Sonja hatte er wohl schon in den achtziger Jahren kennengelernt, aber erst Mitte der Neunziger geheiratet. Es gab auch eine Tochter mit dem merkwürdigen Namen Luscinia, die jetzt wie alt war? Anfang zwanzig?

Charlotte scrollte durch die bisherigen Protokolle – eine Befragung der Tochter war nirgends vermerkt. Da sie laut Einwohnermeldeamt nicht in Deutschland wohnte, tippte Lotte auf ein Studium im Ausland: Passte doch gut für eine Doktoren-Tochter. *Prüfen*, tippte die Ermittlerin hinter Luscinia Seidelmanns Namen ein, als das Telefon klingelte.

»Komtschewski hier, ist Karola da?« Wie so oft kam der Spusi-Papst ohne Umschweife zur Sache. Stets in Schussfahrt, der Mann, womit er seinen Spitznamen immer wieder aufs Neue bekräftigte.

»Schon wieder weg«, antwortete Lotte.

»Wäre aber wichtig: Die Schnabelanalyse von *Phalaenoptilus nuttallii* ist da.«

»Äh ... schön für sie.«

Kommt-Chef-auf-Ski lachte. »Unsere Winternachtschwalbe! Das Blut am Schnabel stammt definitiv nicht vom Opfer.«

Lotte horchte auf. »Also keine Leichenfledderei? Bist du sicher?«

»Natürlich. Das Blut stammt von einem Menschen und war noch nicht geronnen. Wenn das Tier Seidelmann nicht angegriffen hat, als er noch lebte, stammt es von einem anderen, einem frischen, hm, Spender. Ersteres kann ich jetzt definitiv ausschließen. Also ist die Wahrscheinlichkeit groß, dass Karola den richtigen Riecher hatte: Das Blut der Schwalbe stammt vielleicht vom Mörder – zumindest, wenn der sich noch einige Zeit nach der Tat im Gebäude aufhielt.«

»Gut. Das ist wirklich gut, Franz.«

Der alte Griesgram lachte erneut. »Gibst du Karola Bescheid?«

»Mach ich«, bejahte sie und beendete das Gespräch.

Aber auch Charlotte Ahrens erreichte ihre Chefin nicht.

»Wie jetzt, was man so hört?«

»Also, von mir haben Sie das nicht. Kantinengeflüster halt, vielleicht ist ja auch gar nichts dran.«

»Aha. Und was flüstert die Kantine denn so?«

Laurenz blickte auf seine Longines. Das protzige Ding erfüllte nicht nur zuverlässig seine chronometrische Bestimmung, sondern hellte jedes Mal seine Stimmung auf, wenn er einen Blick drauf warf. In zwölf Sekunden war es vierzehn Uhr dreißig.

Und Kriminaloberkommissar Dahlberg hatte definitiv eine Aufhellung nötig. Seit heute Morgen durchkämmte er Orni Charm Pharmaceutical und befragte, zusammen mit zwei unterstützenden Kollegen der 4. Mordkommission, erneut sämtliche Mitarbeiter der Firma. Immer dieselben Fragen, immer dieselben Antworten, die in unterschiedlichsten Varianten auf das alte Sprichwort hinausliefen: Mein Name ist Hase, ich weiß von nichts. Dahlberg stand auf Sprichwörter, vertiefte sich gerne in ihre Ursprünge und Geschichten. Dieses zum Beispiel ging zurück auf einen Jura-Studenten im 19. Jahrhundert, der bei einer Gerichtsverhandlung seine Zeugenaussage so begonnen hatte: »Mein Name ist Hase. Ich verneine die Generalfragen, ich weiß von nichts.«

Göttlich, dachte Laurenz Dahlberg.

»Ich höre«, sagte er geduldig.

Der graue Mäuserich vor ihm blickte unsicher nach rechts und links. Ein paarmal klappte sein Mund auf und zu, bis die Wörter endlich heraustropften: »Bei denen ... hat's derb gekriselt ... heißt es.«

Laurenz stutzte. Nach Privatem hatte er eigentlich gar nicht gefragt – er wollte wissen, an welchem Projekt ihr Mordopfer gearbeitet hatte. Außerdem interessierten ihn die finanziellen Gewinne der Firma. Als er gestern die Unterlagen durchgearbeitet hatte, war sein alter Spürsinn erwacht: Laurenz Dahlberg konnte Bilanzmanipulationen förmlich riechen. Das hatte er von seinem Vater geerbt. In der Abteilung für Wirtschaftskriminalität hätte Laurenz schnell Karriere machen können, langweilte sich aber nach ein paar Jahren. Er hatte sich gegen den ausdrücklichen Wunsch seines Vaters um eine Versetzung zur Mordkommission bemüht und sie – letztlich nur dank der jungen Kriminalhauptkommissarin Karola Bartsch – auch bekommen.

Derselben verlogenen Frau, die ihn jetzt wieder loswerden wollte ...

Laurenz verzog das Gesicht, atmete seine Wut heraus und starrte durch sein inneres Auge auf die Horrorbilder aus Karolas Versteck, auf all die Gespenster, Chimären und Monster, die mit schrillen Farben aus der Finsternis auf ihn zurannten. Dann fixierte er seinen Blick wieder auf das graue Gesicht gegenüber. »Sie meinen den Seidelmann und seine Frau?«

Der Laborassistent nickte eifrig, schaute sich dann wieder ängstlich um. Eine Maus eben. Oder ein Hase, der den Fuchs fürchtete.

»Hat er sie betrogen?«, fragte Laurenz direkt.

»Nicht er. Sie ihn.«

Oha. Endlich mal eine wirklich neue Information.

»Sie hatte wohl eine Affäre«, erklärte der Assistent leise. Fast flüsternd.

Karsten stand an Deck der »Frisia III« und fühlte sich komisch. Seit Jahren, nein, Jahrzehnten war er nicht mehr auf Norderney gewesen. Zusammen mit Silber-Sven, Uhu-Udo und Papageno hatte er hier eine Zeit verbracht, die in der Rückschau so strahlend glänzte wie der vierte Stern zur Fußball-WM. Heute stand er fröstelnd und alt auf dem Deck der Fähre, schaute mit gemischten Gefühlen zur langsam wachsenden Nordseeinsel hinüber. Alles schien neu und fremd, trotzdem sah alles wie früher aus. Sogar die Bedienung unten im Bauch der »Frisia« brüllte jeden Gast noch genau so an wie vor zwanzig Jahren: »Darf's hier noch was sein?« Zeit, da hatten Einstein und Co schon recht, war wirklich relativ.

Der Wind frischte noch weiter auf, der Westkopf Norderneys streckte sich ihnen entgegen, der Hafen kam näher. Direkt daneben lag das Surferbecken, Tummelplatz für Wassersportler, aber auch Limikolen: Watvögel, die Sven, Udo, Ralf und er gezählt hatten, als hänge ihr Leben davon ab. Die drei Musketiere und d'Artagnan.

Karsten atmete tief, genoss die Mischung aus Salz, Jod, Tang und dem Diesel der Fähre. Eine Küstenseeschwalbe keckerte über ihm, sodass Karsten sich sofort an die Brust griff. Aber da hing kein Fernglas mehr.

Früher.

Im Zug hatte er noch ein paarmal versucht, Udo Sievers zu erreichen, aber kein Glück gehabt. Was Karsten nicht sonderlich wunderte: Udo konnte, von modernen Ferngläsern und Spektiven abgesehen, mit Technik noch nie viel anfangen. Sein Handy würde der nur freiwillig einschalten, wenn er mit gebrochenem Bein in einem Priel im Watt lag. Und auch dann erst, wenn die Flut kam.

Karsten grinste, immer noch die Küstenseeschwalbe im Blick. Natürlich hatte er Udos Adresse, aber ebenso selbstverständlich wäre dort niemand. Nicht im Mai, wenn die Brutvogelsaison ihren Höhepunkt erreichte.

Eine Stunde später strampelte er Richtung Osten. Norderney war neben Borkum die einzige nordfriesische Insel, auf der Autos erlaubt waren – Sinn machten die aber keinen. Also hatte Karsten sich gleich am Hafen einen schwergängigen Drahtesel geliehen und ächzte unter dem Druck des Gegenwindes. Gleich am Hafen hatte er noch im Nationalparkhaus vorbeigeschaut und eine junge Frau, die ihr Freiwilliges Ökologisches Jahr hier verbrachte, nach Udo gefragt. Schon immer hatten die Ornis der Insel mit dem Nationalparkhaus eng zusammengearbeitet, sodass Karsten nicht überrascht gewesen war, als die FÖJlerin nickte. »Neben der Kläranlage«, sagte sie, »gibt's seit ein paar Monaten 'ne illegale Müllkippe. Wenn ich Udo suchen würde, dann dort.«

»Wieso denn das?«, hatte Karsten verblüfft gefragt.

»Schauen Sie sich's an«, grinste sie. »Ich verrate nichts.«

Also hieß es in die Pedale treten. Gegen den Ostwind, gegen die Erinnerungen. Gott, hatte er die Zeit auf Norderney geliebt. Am Leuchtturm hatten sie gewohnt, in einer Containerbaracke, zu der sich ihr Bauwagen gesellte, wo der Altzivi hauste. Tagsüber mit Blick auf den eingedeichten Flughafen, auf die rastenden Trupps von Austernfischern oder Goldregenpfeifern zwischen den Cessnas – und nachts unter den zwölf Laserstrahlen des Norderneyer Leuchtturms. Ohne Fernseher, ohne Handys und Computer. Technisches Neandertal-Zeitalter. Herrlich.

So weit musste Karsten heute nicht. Die Kläranlage lag auf der Höhe des Südstrandpolders, einem Süßwassersee, der Rohrweihen und Bartmeisen im ornithologischen Angebot hatte. Als der süßliche Geruch von

Klärstoffbakterien sich in die Luft mischte, bremste Karsten erleichtert ab. Keine Kondition mehr. Er sollte unbedingt wieder öfter Fahrrad fahren – so wie seine Schwester. Einen Augenblick lang gönnte er sich ein doppelt schlechtes Gewissen: Erstens hatte er ihr damals nicht zur Seite gestanden, und zweitens brachte er sie heute in Schwierigkeiten. Von den Sorgen, die sie sich wegen des Brands der Strandfurt machen musste, mal ganz abgesehen.

Später, entschied Karsten. Jetzt musste er erst mal Udo finden.

Die Müllkippe war erstaunlich groß, lag aber hinter der Kläranlage in einer Graudünensenke und war von den Wegen nicht einsehbar. Wahrscheinlich hatten Kurverwaltung und Küstenschutzamt diesen Schandfleck nur deshalb nicht schon längst weggeräumt. Karsten kletterte über den Müll und staunte, was auf einer kleinen Insel alles an Dreck, Plastik, Verpackungen und ausgeschlachteten Kühlschränken, an Videorecordern oder rostig zernagten Fahrradgestängen zusammen kam.

Von Udo keine Spur, nur Silbermöwen, die kreischend über den Abfall hüpften. Ein paar Heringsmöwen waren auch dabei, Lachmöwen keine. Ein besonders stattliches Exemplar senkte seinen gelben Schnabel mit rotem Futterpunkt gerade tief in die Styroporreste eines schimmligen Fastfood-Menüs, als hinter ihr eine Plastiktüte zu wackeln begann. Zombiehände gruben sich aus dem Müll und griffen nach der Silbermöwe. Packten sie mit geübter Sicherheit. Die Plastiktüte wuchs in die Höhe, ein Kopf darunter hob sich aus stinkenden Zivilisationsresten – fast zärtlich zog Uhu-Udo die Möwe zu sich heran.

Karsten lachte laut auf. Die Ornis waren eindeutig die größten Spinner unter den Biologen.

»Immer noch«, erklärte ihm Udo später, »die beste Methode, um Großmöwen zu beringen: Eingraben im Müll und mit Plastiktüte getarnt zugreifen!«

Seit öffentliche Mülldeponien verboten und aus deutschen Landschaften weitgehend verschwunden waren, ging die Zahl von Silber- und Heringsmöwe deutlich zurück. Nichts Dramatisches, wie Udo versicherte, eher ein Korrektiv zur massenhaften Verbreitung in den neunziger Jahren. Seit drei Monaten nutze er diese Kippe hier, um die Vögel zu fangen und zu beringen – ein Projekt der Uni Hannover zum Langzeitmonitoring.

»Aber das«, schloss Udo, »interessiert dich wohl nicht sonderlich. Was machst du hier? Mensch, d'Artagnan – wie lange isses her?« Er breitete die Arme aus, aber Karsten rümpfte die Nase.

»Bitte erst nach deiner Dusche«, sagte er nur. »Und die Aldi-Tüte könntest du jetzt auch vom Kopf nehmen.«

Da war die Silbermöwe – vermessen, gewogen und mit einem schicken gelben Plastikfußring versehen, schon längst wieder in den wolkenschweren Nordseehimmel aufgeflogen.

»Ich freu mich«, sagte Udo lächelnd. »Aber ich kenn dich auch und wiederhole: Warum bist du hier?«

Karsten rieb sich den Podolskischädel. »Silber-Sven ist tot.«

»Frau Seidelmann.« Karola drückte die Hand der Witwe, spürte Schweiß in den Flächen. »Tut mir leid, dass ich Sie schon wieder stören muss.«

Die lächelte müde. »Heute ohne Kollegen?«

Karola nickte nur. Es war schon spät, kurz vor fünf, der dritte Ermittlungstag bald vorbei. Sie fühlte sich nicht besonders. Sie hasste Karsten, den sie möglichst bald mit den Indizien konfrontieren musste, sie hasste ihre eigene Zerrissenheit. Und sie hasste das Räuspern, das ihr jetzt aus ihrer Kehle kroch. Nachdem Laurenz ihr per Handy das Kantinengerücht und Lotte die Info zu Seidelmanns Tochter übermittelt hatte, war sie sofort hierher geradelt. Weite Strecke bis Bad Vilbel. Gutes Training für die Wadenmuskeln, zumal mit Mirkos Klapperkiste. Aber nicht sonderlich professionell. Denn Zeit hatten sie eigentlich keine. Achtundvierzig Stunden nach einem Mord, dann kühlten die Spuren schneller ab als Wasser im Gefrierfach.

»Nur ein paar kleine Fragen«, sagte Karola und lächelte, »dann bin ich wieder weg.«

Sonja Seidelmann nickte wenig begeistert.

»Wie war Ihre Ehe?«, warf sich Karola in die Fluten.

Die Witwe verzog den Mund. »Also, klein würde ich diese Frage nicht nennen.« Sie ließ ihren Blick über das gestylte Wohnzimmer schweifen. Die Terrassentür stand offen, obwohl der Himmel sich mittlerweile komplett bezogen hatte und mit Regen drohte. Von der Vogelvoliere draußen im Garten war nichts zu hören – ob sie die Tiere schon fortgeschafft hatte? Karola schwieg.

»Normal«, beantwortete Sonja Seidelmann schließlich die Frage. »Aneinander gewöhnt, aber ohne die frühe Verliebtheit. Das, was man ein eingespieltes Team nennt. Eine gewisse, den vielen Jahren des Zusammenlebens geschuldete, wohlwollende Distanz.«

Karola erkannte einstudierte Antworten, wenn sie welche hörte, nickte aber verständnisvoll. »Sie kannten sich sehr lange?«

»Ach Gott, ewig. Wir studierten sogar zusammen. Auch ich habe mit Biologie angefangen, war oft dabei auf seinen ornithologischen Touren. Ich war jung, fand die Expeditionen nach Südamerika aufregend, schlug mich zusammen mit ihm durch den Dschungel von Paraguay. Wir waren lange zusammen, bevor wir endlich heirateten.«

Karola zuckte innerlich zusammen und dachte an Mirko. Noch so ein Thema auf ihrer Lebensliste der Hoffnungen, Ängste und Sorgen. »Und dann?«, fragte sie.

»Dann begann die Gewöhnung. Irgendwann hatte ich keine Lust mehr auf Federn und Schnäbel. Und noch ein Irgendwann später ...« Sonja Seidelmann lachte leise. »Da kapierte ich, dass ich immer nur die zweite Wahl war. Die erste, einzige, große Liebe des Dr. Sven Seidelmann war eben die Ornithologie. Alles andere ...« Sie verstummte.

Wieder wartete Karola, aber diesmal umsonst. »Wissen Sie etwas über die aktuellen Forschungen Ihres Mannes?«, schob sie also nach.

Die Witwe schüttelte ihren sorgfältig frisierten Kopf. »Nein. Das habe ich doch schon -«

»Und Ihre Tochter?«

»Was ... was soll mit ihr sein?«

Ein wunder Punkt, dachte Karola. Noch einer. »Nun«, sagte sie gedehnt. »Ist sie nicht hier? Ihr Vater wurde ermordet und -«

»Sie studiert im Ausland«, schnitt Frau Seidelmann ihr den Satz ab. »Momentan steckt sie in einer wichtigen Semesterarbeit. Sie reist deshalb erst morgen an.«

»Wir würden uns gern mit ihr unterhalten.«

»Ich sag's ihr.«

Karola räusperte sich erneut – manche Fragen waren eben schlimmer als andere: »Noch mal zurück zu Ihrer Ehe, entschuldigen Sie. Gab es Affären?« Der beiläufige Ton gelang ihr ganz gut.

Und Sonja Seidelmann lachte auch nur. »Hören Sie nicht zu? Meinem Mann hat die eine Ehefrau mehr als genügt. Seine Geliebten hatten keine Titten, sondern Federn. Zehntausenddreihundertfünfzig Geliebte, um genau zu sein. So viele Vogelarten schätzt man auf der Welt. Ist das jetzt verständlich genug?«

Karola nickte. Versuchte ein Lächeln. »Und Sie?«

»Bitte?«

Echtes Erstaunen, konstatierte Karola. Oder ebenso gut einstudiert wie die allererste Antwort der Frau. »Hatten Sie«, präzisierte Karola, »außereheliche Beziehungen?«

Die Witwe seufzte. Hob die Hand, an der ein Goldkettchen klimperte. »Früher«, gab sie dann zu. Leise. »Da hab ich, wie man so schön sagt, nichts anbrennen lassen. Ich hatte nicht so viele Geliebte wie mein Mann ...« Sie kicherte schrill. »Aber doch einige. Sven war die Hälfte des Jahres unterwegs, ich konnte und wollte ihn nicht mehr begleiten auf seinen Touren. Da ergab sich das eine oder andere.«

Wieder wartete Karola ab.

»Aber das ist lange her. Und glauben Sie mir: Eifersüchtig war Sven höchstens auf einen Forscherkollegen, der erfolgreicher war als er. Mein Leben hat ihn nicht wirklich interessiert.«

»Und das Leben Ihrer Tochter?«

Ein knappes Schulterzucken, ein langes Zögern. Schließlich: »Glauben Sie mir, ich ... ich weiß es nicht.«

Karola saß auf dem Designer-Stuhl, blickte auf in Stahl und Tropenholz manifestierten Reichtum und musterte das botoxgestraffte Gesicht dieser

Frau. Nickte endlich. Und sagte: »Vielen Dank.« Beim Aufstehen fügte sie hinzu: »Ich müsste mir noch einmal die Voliere und das Arbeitszimmer Ihres Mannes anschauen. Wäre das möglich?«

Frau Seidelmann deutete mit der Hand in den Garten. »Tun Sie sich keinen Zwang an. Was Sie finden, dürfen Sie auch behalten. Ich lege mich so lange, wenn Sie nichts dagegen haben, auf die Terrasse. Ich bin ... erschöpft.«

»Natürlich.« Karola begleitete sie nach draußen, ging die paar Schritte zur Voliere und trat ein. Wurde empfangen von dem scharfen Geruch nach Ammoniak, staubtrockenen Holzspänen und dem schrägen Duft von vergorenem Obst, das in den Futternäpfen vor sich hingammelte. Der Großteil der Käfige stand wie erwartet bereits leer – die Witwe verlor tatsächlich keine Zeit. Noch einmal durchsuchte Karola systematisch diesen merkwürdigen Ort, den Rückzugsort ihres Mordopfers. Als sie nichts fand, verließ sie die Voliere, nickte Frau Seidelmann zu, die es sich, eingehüllt in eine Decke, auf der Terrassen-Liege bequem gemacht hatte. Sie reagierte nicht, starrte nur vor sich hin.

Karola durchquerte das Wohnzimmer und zögerte, als sie vor Seidelmanns Arbeitszimmer stand. Blickte zurück – die Witwe lag immer noch reglos, ihre Augen geschlossen – und huschte eine Tür weiter. Öffnete sie einen Spalt, musterte nur kurz ein mit Vogelmotiven gekacheltes Badezimmer und schlich zum nächsten Zimmer. Aber erst hinter der vierten Tür fand sie einen Raum, der offenbar zur Witwe gehörte: ein barocker, weit ausladender und verschnörkelter Schreibtisch, eine Schminkkommode mit Schmuckkästchen, achtlos auf dem Boden verstreute Highheels und ein im Standby-Modus schlafender Laptop. Karola lauschte, bevor sie auf die Leertaste drückte. Der Bildschirmschoner zeigte ein Mädchen in Rüschenkleid und Lackschühchen – sicher die Tochter. Karola klickte die Ordner auf dem Desktop durch, fand nichts Auffälliges. Briefe, To-do-Listen, nichtssagende Kalendereinträge. Bei den PDF-Dateien sah es ähnlich aus: eingescannte Rechnungen, Steuererklärungen, ein paar Fotos. Karola klickte den Webbrowser an und suchte in der Verlaufsanzeige die Seiten, die Sonja Seidelmann in letzter Zeit aufgerufen hatte: Amazon, Wetteronline,

Nachrichtenseiten, Wikipedia. Auch nichts Aufregendes. Aber was hatte sie erwartet? Schließlich öffnete sie noch das Mailprogramm. Kein Passwort, keine Verschlüsselung.

Karola scrollte die eingegangenen Nachrichten durch, ging eine Woche zurück, dann zwei, dann drei. Stutzte bei einer Mail, deren Absender *sven.seidelmann@ocp.com* lautete. In der Betreffzeile stand: *Ich weiß Bescheid, du Miststück!* Das klang doch mal interessant. Mit fliegenden Fingern öffnete die Hauptkommissarin die Mail, lauschte nach draußen und las: *Du dachtest wohl, du könntest mich hinters Licht führen? Hältst du mich wirklich für so naiv? Wie konntest du nur, noch dazu mit einem meiner ältesten Freunde? Egal, es interessiert mich nicht. Nicht mehr. Du wirst mit den Konsequenzen deiner Tat leben müssen. Sven.*

Karola lauschte erneut, klickte auf Weiterleiten und gab ihre eigene E-Mail-Adresse an. Senden. Sie wechselte in den Ordner »gesendet« und löschte ihre Mail. Fuhr das Notebook wieder runter auf Standby und huschte aus dem Zimmer. Was Sie finden, dürfen Sie auch behalten? Diese Mail hier hatte Sonja Seidelmann damit bestimmt nicht gemeint. Aber Karola brauchte diesen Laptop. Sie brauchte einen Durchsuchungsbeschluss. Andererseits: Was sie hier tat, war mehr als grenzwertig – das wusste sie selbst. Doch dieser Fall ging ihr nicht zuletzt wegen ihres Bruders an die Nieren, klammerte sich an ihr Denken und Fühlen wie ein alptraumartiger Affe. Karola hatte das Gefühl, sich freistrampeln zu müssen.

Sie lächelte schwach, als sie an einen Satz dachte, den jeder Student an der Polizeiakademie lernte: »Die Früchte des verbotenen Baumes sind schmackhaft.« Anders als in den USA gab es im deutschen Strafverfahrensrecht kein Verwertungsverbot bei, nun, grenzwertig erlangten Beweisen. 2009 entschied das Bundesverfassungsgericht spektakulärerweise und sehr ausdrücklich, dass auch rechtswidrig erlangte Beweise verwertet werden durften.

Karola lauschte in die Wohnung, starrte auf den Laptop und befeuchtete ihre Lippen mit der Zunge: eine ausgesprochen schmackhafte Frucht.

15

Mittwoch, 20. Mai, 19.43 Uhr

Später – nachdem Udo ausgiebig geduscht hatte – spazierten sie stundenlang am Nordstrand entlang und schafften es bis zum Wrack am Ostende, wo sie aus alter Gewohnheit die im Sand liegenden Tiere auf der Seehundbank zählten. Die Wolken waren noch dunkler und dicker geworden, der Wind aber auch, sodass er den Regen vor sich her trieb. Das Meer rauschte, die Muschelschalen unter ihren nackten Füßen piksten, die Limikolen pfiffen und schrillten. Sandkörner krochen schmirgelnd unter Hose und Hemd, kratzten immer neue Erinnerungen frei: Weißt du noch, wie hier das Hochwasser die Zwergseeschwalben-Kolonie erwischt hat? Weißt du noch, wie wir dort Stunden brauchten, um ein einziges Nationalpark-Schild einzugraben? Erinnerst du dich, wie irgendein Spinner an der Bake der Möwendüne hundert tote Myxomatose-Kaninchen aufhängte? Und denkst du noch an diese eine Nacht im August, als wir im Sand lagen und die Sternschnuppen über uns funkelten wie ein Feuerwerk Gottes?

Erinnerungen an die Vogelzivi-Zeit auf der Insel, die ihnen so zahlreich schienen wie die Sandkörner am Strand.

Den Rückweg machten sie über die Salzwiesen, ergötzten sich am Lila des Strandflieders, freuten sich an einer Brandgansdame, die fast zwanzig Küken vor sich her trieb – Brandgänse waren ein seltenes Beispiel für einen ornithologischen Kindergarten. Karsten staunte über die Löffler, reihergroße Vögel mit einem löffelartigen Schnabel: Zu seiner Zeit waren diese Vögel absolute Exoten an der Nordsee gewesen, jetzt brüteten sie hier in hohen Zahlen. Der Ex-Bulle und Ex-Vogelzivi ließ das Fernglas, das ihm Udo in die Hand gedrückt hatte, nicht mehr los.

Als schließlich doch die ersten Regentropfen zu fallen begannen, durchquerten sie das feuchte Dünental schneller, als Karsten lieb war – Kornweihen und Brachvögel waren hier am besten zu beobachten – und erreichten halbwegs trocken Udos Wohnung. Wechselten, als der Regenschauer sich ausgetobt hatte, ins Surfercafé und suchten sich einen ruhigen Tisch in der Ecke. Sie fanden auch einen – noch brach Norderney-Stadt nicht unter den Touristen zusammen. So lange hatten sie geredet, jetzt starrten beide auf ihre Biergläser. Sven hatte keiner von ihnen erwähnt. Karsten seufzte – länger konnte er das nicht mehr rauszögern. »Hattest du noch Kontakt zu ihm?«, fragte er in sein Bier hinein.

»Wenig«, antwortete Udo. »Sven war immer schon ... na, du kanntest ihn ja, materialistisch veranlagt. Als Zivi war davon nur wenig zu spüren, aber trotzdem. Ich wunderte mich jedenfalls nicht, als er den Verlockungen der Pharmaindustrie erlag.«

Karsten kratzte sich die Nase – trotz der Wolken hatte er sich einen Sonnenbrand eingefangen. »Was meinst du?«

»Ach, du weißt schon. Kein Forschen um des Forschens willen. Sven liebte seine Vögel wie jeder von uns, aber er wollte nicht ewig auf irgendeiner NABU-Station Vögel aus Fangnetzen pflücken. Oder wie ich als schlecht bezahlter Ranger versauern.«

»An was hat er gearbeitet?«

Uhu-Udo zuckte mit den Schultern und gähnte. »An allem, was gutes Geld versprach. Erzähl ich dir morgen.«

Wieder starrten sie in die Biergläser. Schon leer. Bestellten eine neue Runde, schauten trotz ihrer Müdigkeit auf die dekorativ an die Kneipenwände geschraubten Surfbretter, Anker und Fischernetze. »Und Ralf?«

Udos Miene hellte sich auf. Ralf, den sie Papageno genannt hatten, war ihr Alt-Zivi gewesen. Silber-Sven, Ralf und Uhu-Udo – sie waren das gefiederte Trio der Insel gewesen, die drei Musketiere Norderneys. Als schließlich Karsten dazukam, der Jung-Zivi, hatten sie den zum d'Artagnan gemacht. Der Vierte im Bunde. Vier blutjunge Vollblut-Ornis, denen es nichts ausmachten, morgens um vier zwecks Brutvogelkartierung aus den Betten zu springen. Im Gegenteil, oft genug fingen sie schon um drei an. Udo Sievers lächelte.

»Papageno, ja. Mit dem geh ich immer noch ab und zu kartieren. Der arbeitet jetzt beim NABU am Federsee.«

»Bad Buchau.« Karsten nickte, das hatte er natürlich schon recherchiert. »Ralf kannte Sven am längsten, oder?«

»Und am besten«, sagte Udo. »Vielleicht solltest du mit ihm reden. Noch ein Bier?«

Karsten zögerte nur kurz. »Ich muss ja morgen nicht die erste Fähre nehmen.«

»Bleib doch noch ein paar Tage. Du wirst sehen, es ist mollig warm in so einer Müllkippe!«

»Wirklich ein lukratives Angebot, aber danke. Ich hab ... grad ein bisschen viel um die Ohren.«

»Was mit Silber-Sven zu tun hat, wie ich annehme.« Udo grinste.

»Dumm warst du nie, Uhu.« Karsten grübelte. »Und unser fünftes Rad am Wagen?«

»Neumann?«

»Ja, genau. Der kam doch damals auf Empfehlung von Ralf nach Norderney, oder?«

Udo nickte. »Ich kenn den ja nur von später. Als wir im Schwarzwald nach Auerhähnen suchten.«

»Und am Bodensee Rohrammern beringten.«

»Und auf Helgoland bloß den dritten Platz beim Bird-Watching machten. Natürlich nur wegen des einen schlechten Bieres vom Vorabend.«

Erinnerungen. So viele, wie Sandkörner am Nordstrand.

Es war völlig anders als im Kino. Schäbiger, trister und vor allem still. Kein piepsendes Gerät, das jeden Herzschlag akustisch begleitete. Auch die Atemmaschine keuchte nicht wie ein mittelalterlicher Blasebalg, sondern seufzte nur leise, fast zärtlich vor sich hin.

Jannik Holzmann dagegen seufzte sehr laut. Die Uhr im Krankenhauskorridor klackte eine laute Minute weiter, einundzwanzig Uhr sieben. Krankenschwestern huschten mit gedämpften Schritten, Ärzte stapften etwas lauter. Timo Maurer, Nummer zwei der Security von Orni

Charm Pharmaceutical, lag hinter der Glasscheibe auf seiner Krankenliege, Schläuche im Mund und Verbände am Körper. Das zumindest sah so aus wie im Fernsehen. Seine Augen waren geschlossen, zuckten aber. Ob Timo träumte? Sah er den Lkw auf sich zurasen?

»Dumm gelaufen«, flüsterte Jannik an der Glasscheibe. Was als cooler Spruch gemeint war, trieb ihm die Tränen in die Augen. Natürlich wusste er, dass es nicht seine Schuld war. Timo Maurer hatte sich den Unfall schon selbst zuzuschreiben. Dennoch fühlte der Ermittler sich schlecht. Bevor Jannik an der Polizeischule angefangen hatte, war er vier Semester an der Frankfurter Uni gewesen. Psychologie im Hauptfach, Philosophie als Nebenfach. Jannik wusste, wie die Psyche funktionierte, welche verrückten Kapriolen sie schlug, wie leicht Schuldgefühle, Scham und ein geringes Selbstwertgefühl zu Depressionen führen konnten. Wie schwer es war, mit der Ratio gegen die Gefühle anzugehen. Leider nutzte ihm das Wissen um diese Zusammenhänge momentan nur einen Scheiß. Holzmann registrierte Schritte hinter sich, weder gedämpft noch stampfend, sondern sanft klackend.

»Dumm gelaufen«, sagte Lotte Ahrens leise, als sie neben ihm stand.

»Meine Worte«, flüsterte Jannik zurück und lachte plötzlich.

»Was ist?«, fragte Lotte.

»Ach, dumm gelaufen, das ist echt ein Kalauer. Timo Maurer ist gerannt, ist ja gelaufen, und eben dumm gelaufen.« Jannik kicherte.

»Verstehe«, sagte Lotte humorlos. Gut, dachte sie, dass ich hergekommen bin. Jannik ist echt hysterisch.

»Ich bin nicht hysterisch«, meinte er kopfschüttelnd, als hätte er ihre Gedanken erraten. Hatte er wohl auch.

»Was denn sonst?«, fragte sie.

»Wütend und traurig. Voller Schuldgefühle, obwohl ich natürlich weiß ...« Jannik stockte. Starrte durch die Glasscheibe auf den Komapatienten, fokussierte auf Nähe und musterte das schwache Spiegelbild von Lotte Ahrens. »Mir gefallen übrigens«, sagte er matt, »deine neuen Strähnchen.«

Lotte strahlte. »Geh'n wir was trinken?«

Eine halbe Stunde später schlenderten sie die Berger Straße hinauf, suchten nach altbekannten Kneipen – ach, die Buchkantine gibt's noch? – und fanden noch mehr neu eröffnete Bars und Läden. Die Berger Straße führte kilometerweit durch Bornheim, verband die City mit dörflich anmutenden Randgebieten, in denen Fachwerkhäuser und Ebbelwoi-Kneipen ein ganz anderes Bild von Frankfurt malten als die Hochhaus-Skyline im Zentrum. Lotte und Jannik entschieden sich für ein neues Café, das keiner von ihnen kannte, bestellten Bier für ihn und Gespritzten für sie – immerhin musste Lotte noch fahren.

»Warum wohnst du so weit draußen?«, stellte Jannik die unvermeidliche Frage.

Sie seufzte. »Ich bin eigentlich kein Fan der Großstadt. Bin im Taunus aufgewachsen, hab gern Wald um mich rum. Bei dieser Frage nach der Lieblingslandschaft, ob du der Meer- oder Gebirgstyp bist, da fehlt mir immer der gute alte deutsche Wald.«

»Hört, hört.«

Lotte kicherte. »Na ja, außerdem kann ich draußen besser abschalten. Vom Job, verstehst du?«

»Oh ja.« Jannik schaute in sein Glas, pustete in den Bierschaum hinein.

Mist, dachte Lotte. So viel zum Thema Ablenkung. »Und du?«, fragte sie, obwohl sie natürlich genau wusste, wo er wohnte.

»Praktisch nebenan, im Ostend. Unten am Zoo.«

»Romantisch.«

»Genau, bei Vollmond hör ich die Wölfe in ihren Gehegen heulen.«

Sie schwiegen und tranken. Lauschten der Musik aus den Boxen, den Gesprächen anderer Gäste.

»Warum«, fragte Jannik irgendwann, »haben wir das eigentlich noch nie gemacht?«

»Was denn?«

»Na, zusammen einen trinken gehen.«

Jetzt frag bloß nicht, dachte Lotte, so typisch plump, ob ich solo bin.

»Bist du ...«, begann Jannik, schaute in ihre Augen, glaubte dort etwas zu sehen und stockte, »... nicht todmüde?«

Lotte lächelte. Schien sein Psychologiestudium ja doch was gebracht zu haben.

»Kommt drauf an«, meinte sie und nippte an ihrem gespritzten Apfelwein.

»Schön!« Jannik richtete sich auf. »Was hältst du von diesem Security-Typen? Und Stringwell? Wenn das wirklich seine Stimme auf dem Notrufband war, freu ich mich schon drauf, dass Karola ihn endlich in die Mangel nimmt. Ich würde jedenfalls auf ihn tippen. Hast du eigentlich schon einen Favoriten? Ich meine, als Täter?«

Lotte nahm noch einen großen Schluck. Oh Mann, dachte sie, und begann mit Jannik den Fall durchzukauen.

Als sie schließlich das Café verließen, regnete es. Tropfenspritzer im Licht der Glaslaternen. Nachtschwärmer auf der Suche nach im Dunkeln blühenden Blüten. Jannik brachte sie noch bis zu ihrem Auto, dann standen sie unschlüssig da wie zwei Teenager. Jannik wischte sich den Regen von der Stirn, Lotte klimperte mit den Autoschlüsseln.

»Und«, brachte sie schließlich heraus. »Willst du noch mitkommen und mit eigenen Augen die Vorteile des Dorflebens bestaunen?«

»Nein«, rief Jannik aus. »Ich meine, ja! Ich meine, sonst gerne, aber nicht heute, ich ...«

»Was?«

»Ich hätte das Gefühl, dass das nur eine Mitleids-Tour ist. Wegen Timo. Meiner Schuld.«

»Du hast keine Schuld!«

»Ich ... danke! Bis morgen.«

Eine ungeschickte Umarmung, Wangen streifende Lippen, dann marschierte Jannik auch schon los.

»Männer!«, brummte Lotte, setzte sich in ihren Wagen. Und wünschte einen heftigen, hageldurchsetzten Platzregen herbei.

Kriminaloberkommissar Dahlberg lümmelte sich an diesem Abend auf seinem Sofa, ließ eine Folge von »Battlestar Galactica« auf seinem HD-Breitband-Fernsehschirm flimmern und presste die brennenden Augen zusammen. Höchste Zeit, die Kontaktlinsen rauszunehmen, obwohl sein Tag- oder besser Nachtwerk noch lange nicht getan war. Aber die harten Linsen wollten endlich raus. Laurenz seufzte. »Sei von Eitelkeit frei«, zitierte er ein indisches Sprichwort, »wie das welke Blatt, das der Sturm vor sich hertreibt.« Ein Blick auf die Armbanduhr – kurz vor halb zwölf – und ein sehnsüchtiger zweiter Blick auf den epischen Kampf zwischen Menschen und Zylonen, dann schob er sich hoch, schlurfte ins Badezimmer, nahm die Kontaktlinsen heraus und setzte sich die Brille auf. Musterte sich im Spiegel: hässlich, das Ding. Mit Brille sah er einfach scheiße aus.

Zurück im Wohnzimmer schnappte er sich einen der Ordner, die Karola ihm schließlich doch aufs Auge gedrückt hatte. Steuerakten von OCP. Seine Chefin hatte also gemerkt, dass sie alleine mit den Finanzen nicht klar kam – immerhin. Aber warum war sie damit nicht gleich zu ihm gegangen? Wenn einer der Fachmann für so was war, dann ja wohl er, Laurenz Dahlberg, der King of Wirtschaftskriminalität. Jedenfalls so lange, bis er die Schnauze voll von Aktenbergen gehabt hatte.

Ahnte sie etwas?

Die Brille putzend, musterte er seine Bar, die aus zwei Karaffen bestand: Sherry und Cognac. Entschied sich für Amontillado, den er als Teenie kennengelernt hatte – angeregt durch Edgar Allen Poes Kurzgeschichte »Das Fass Amontillado«. Laurenz grinste, drückte sich die Brille auf die Nase und tauchte für die nächsten zwei Stunden in die Akten ein.

Als er wieder hochkam, streckte er sich genüsslich. Den Sherry hatte er kaum angerührt, die Schlacht im Weltraum war längst geschlagen. Er hatte recht gehabt, wie immer: Bei Orni Charm Pharmaceutical stimmte etwas nicht. Sein MacBook aufklappend, dachte er wieder an diese seltsamen Bilder in Karolas Versteck. Monster und Ungeheuer. War das ein Spiel? Oder war das ... irgendwie Kunst?

Das Notebook piepte, war bereit. Seine Finger senkten sich auf die Tasten – dieses Instrument konnte er auch spielen ...

Das zischende Geräusch in ihrer Faust beruhigte Karola Bartsch. Wie das langsame Ausatmen eines sehr großen, schlafenden Tieres. Ganz anders der dreischwänzige Drache vor ihr, aus dessen bluttriefendem Maul ein alles verschlingender Flammenstrahl auf die nackten Leiber der Gepeinigten herabfuhr. Hinter dem Untier glänzte das Wildstyle aus S und F noch feucht, zwei verschlungene Insignien, die zusammen mit der aktuellen Zahl 99 den Rahmen ihres vorletzten Werkes bildeten.

Dann würde Schluss sein. Mit der 100 wäre das Schandfleckenprojekt beendet und das Vermächtnis erfüllt.

Die Schuld abgetragen.

Sie warf einen nervösen Blick auf die Armbanduhr. Dreiundzwanzig Uhr fünfundvierzig – das war viel zu früh. Selbst nach Mitternacht konnten sie jederzeit von heimkehrenden Nachteulen oder – schlimmer noch – einer Zivilstreife entdeckt werden. Aber Florian hatte sie beschwichtigt. »Da sieht uns sowieso keiner. Zwischen Straße und Hauswand liegt so 'ne Grünanlage, da ist nach Sonnenuntergang überhaupt nichts mehr los.«

Und bis jetzt hatte Florian recht behalten: die Nähe zur Uni-Klinik machte die Gegend einsam. Die Leute wollten nicht an Tod und Krankheit erinnert werden, da konnte die Wohnlage direkt am Main noch so verlockend sein. Erst recht, wenn eben diese Leute gewusst hätten, dass genau hier vor siebenundsiebzig Jahren mit der Promovierung eines Wahnsinnigen und unter dem Applaus der damaligen medizinischen Elite der Grundstein für wissenschaftlich legitimierten Massenmord gelegt worden war. Hier, an dieser Stelle, in der Gartenstraße 140, befand sich damals das Frankfurter Institut für Erbbiologie und Rassenhygiene, in dem Josef Mengele gehätschelt, getätschelt, gefördert worden war und woran heute nicht einmal eine simple Gedenktafel erinnerte.

Es war Zeit, dies zu ändern. Karola Bartsch, momentan keine Kriminalhauptkommissarin mehr, lächelte. Florian hatte, genau wie sein Vater vorher, die Orte stets perfekt ausgewählt und führte einen präzisen anarchisch-künstlerischen Streifzug durch die dunkle Vergangenheit und die kaum weniger düstere Gegenwart Frankfurts: Die Adlerwerke im Gallusviertel, wo Zwangsarbeiter bis zum Erschöpfungstod hatten schuften müssen, eines der vergessenen »Ghettohäuser«, in denen Juden zwangsinterniert worden waren, die Nobelvilla eines stadtbekannten

Immobilienspekulanten, die Hauswand eines Neonazis und natürlich das neue Hochhaus der EZB, auf dessen Fassade sie nur ein kleines Quickpiece verwirklichen konnten, bevor sie entdeckt wurden und überstürzt flüchteten.

Die Pieces bestanden stets aus den beiden Großbuchstaben S und F, dazu der Nummer des Schandflecks sowie dem eigentlichen Motiv, das immer einen engen Ortsbezug aufwies. Und jedes Mal in einem nach oben fliegenden Funken auslief, der sich in eine stilisierte Friedenstaube verwandelte.

Das gesprayte Gesamtkunstwerk umfasste hundert in der Illegalität geborene Graffiti: Vierunddreißig Hot Spots hatte noch Florians Vater fertig gestellt, die restlichen sechsundsechzig waren sein Vermächtnis geblieben. An die Gesellschaft und an seinen Sohn. Zumindest hatte sich das Florian in den Kopf gesetzt, nachdem sein Vater von einer Polizistin auf verregneter Autobahn überrollt worden war. Und sie, Karola Bartsch, war mehr als bereit gewesen, mit der Dose in der Hand zu sühnen. Und gleichzeitig, da sie sich verantwortlich fühlte, auf den Junior aufzupassen.

Heute Nacht also waren sie bei Nummer 99 angelangt. Ein echter Schandfleck in der Frankfurter Geschichte, den keine Putzkolonne der Welt jemals entfernen konnte, entfernen durfte. Nach heute blieb nur noch ein einziges Piece. Dann waren sie endlich fertig und der kleine Florian Funke zum Mann gereift.

Ihr Brustkorb, der Arm, die Hand – ihr ganzer Körper übernahm wie automatisch das Bild in ihrem Kopf, dafür brauchte sie längst kein Blackbook mehr, wie im Jargon die Skizzenbücher genannt wurden, und auch keine Schablone. Karola sprühte frei, ihre Hand bewegte sich ruhig. Der Strahl aus der Softcap hatte genau die richtige Größe, ihre Bewegungen wurden ausladender, der Druck ihres Zeigefingers stärker. Sie wechselte die Farbe. Grün, ja. Grün für die Haut, die Schuppen, Warzen und Dornen auf dem gepanzerten Leib. Die Cap grunzte auf, als Karola das Ventil berührte. Na komm schon. Cop mit Cap. Bulle mit Büchse. Jedes Mal musste sie darüber schmunzeln, aufgeregt und peinlich berührt zugleich. Mit Blau noch zum Schluss das glatte Gesicht des Ungeheuers: keine Drachenfratze, sondern eine offene Stirn, dunkle Augen und die geschwungenen Brauen. Von Dr.

Auschwitz existierten kaum Fotos, die wenigen authentischen Bilder zeigten ihn adrett gekleidet und freundlich lächelnd. Ein verständnisvoller Mensch.

Karola griff sich die Dose mit der schwarzen Farbe: Zwei senkrechte Striche, Strokes, und das Wesen war entzaubert – wenigstens dafür war der Hitlerbart gut. Der Todesengel, überlegte Karola, würde auch heute Karriere machen, da war sie sicher. Nur die übergroßen Zähne deuteten auf das Raubtier hinter dem Bubengesicht hin. Hatte Mengele einen Überbiss, eine Oberkieferanomalie gehabt? War sein Hass auf Menschen mit körperlichen Missbildungen deshalb so grenzenlos gewesen?

Karola schwitzte, schnaufte tief ein. Der Haltegurt ihrer Maske drückte im Nacken und ihre Nase juckte unter den beiden Beulen, die das Filtersystem enthielten. »Du mit deiner Darth-Vader-Maske«, neckte Flo sie oft. »Hast wohl Angst, dass dich jemand erkennt?«

Ja, hatte sie. Angst, dass man sie schnappte, dass alles aufflog und sie ihren Job verlor. Karola schielte zu ihm hinüber, der kaum einen Meter von ihr entfernt stand. Konzentriert. Jeder Stroke genau dort, wo er sein sollte. Kein Wolkenschlag zu viel oder zu wenig. Florian Funke trug nur eine weiße Gesichtsmaske, hatte sich über den schmalen Kopf eine Baseballmütze gezogen. Ein Kompromiss. Die ersten Graffiti hatten sie nicht nur auf rissigem Beton gesprüht, sondern auch in ihre eigene Lunge: Die winzigen Farbaerosole waren zugleich ihre Verbündeten und ihre Pest. Sie fürchtete und liebte diese Armee aus der Dose. Aber es gab noch andere Risiken, nicht weniger gefährliche. Erwischt und verurteilt zu werden gehörte dazu. Oder die Gefahr, von einem schwer erreichbaren Spot abzustürzen. Die wenigsten Sprayer waren schließlich Mitglieder im Alpenverein, und ausgelatschte Sneakers zwar cool, aber kein wirklich guter Ersatz für gummibesohlte Kletterschuhe.

Genau diesem Risiko hatte sie es zu verdanken, dass sie hier stand, mit einem Bein im Knast, mit dem anderen im Unfallkrankenhaus. Aber Karola Bartsch hatte es selbst so gewählt. Hatte das Schandfleckenprojekt zu ihrer persönlichen Therapie, die nächtlichen Ausflüge mit dem kleinen Funke zur ihrer Aufgabe gemacht. Bis zum Ende würde sie ihm beistehen.

Endlich trat sie einen Schritt zurück – der Drache war fertig.

»So still heute?« Florian ließ den Arm sinken und seine Augen prüfend die Lines entlangtasten. Der Drache schien sich zu rekeln, die meterhohe 99 hinter Mengeles Reptiliengrinsen aus der Mauer zu wachsen.

Es war gut.

»Du kennst nicht zufällig jemanden, der sein altes, klappriges Rad verkaufen möchte?« Sie deutete auf Florians Mountainbike, das an der Hauswand lehnte. Stellte sich dabei vor, wie der schlaksige, junge Mann damit Kunststückchen auf den Treppen zur B-Ebene der Hauptwache vollführte.

»Kein Problem«, erwiderter er lächelnd. »Ich kann mich mal umhören. Ein paar Kumpels wechseln ihre Drahtesel schneller als ihre Hipster-Klamotten.« Florian schüttelte die Can und setzte ein paar Lichtreflexe, lang gezogene Bubbles, die wie Feuerzungen aus dem Stein bleckten. Zuletzt fügte er noch die Insignien seiner Handschrift direkt unter der Outline hinzu: SPARK. Sein Synonym in der Szene und ein deutlicher Hinweis auf seinen echten Namen – das englische Wort für Funke.

»Wäre super. Meins ist nämlich unter die Räder gekommen.« Karola zupfte die Plastikhandschuhe von den Fingern, zog die Atemmaske bis unters Kinn und die Kapuze ihres Sweatshirts aus der Stirn. Ein letztes Zischen und ihr Zeichen – die miteinander verschlungenen Initialen ihres Namens – prangte handbreit neben dem Tag ihres Partners. KB – das konnte alles Mögliche heißen, von Körperbesamung bis Kriminalbeamtin. Karola grinste, suchte seinen Blick im schummrigen Licht der Straßenbeleuchtung. »Meinst du, es hätte ihm gefallen?«

»Das Piece hier oder unsere Zusammenarbeit?

»Beides.«

Er zog sich zurück, dachte nach. »Ich glaube schon«, sagte er. »Nein, ich bin ganz sicher, dass er sich darüber gefreut hätte. Über beides.«

»Was wirst du tun, wenn wir fertig sind?«

Florian zögerte. »Ein neues Projekt anfangen?«, fragte er schelmisch.

Sie lachte auf, mit der Dose auf seine Nase zielend. »Genau das habe befürchtet. Wo bleibt mein guter Einfluss?«

Er winkte ab, drehte das Schild seiner Mütze nach hinten. »Du weißt doch: Einmal Aerosol-Junkie, immer Aerosol-Junkie.«

Das klang fast traurig.

Auf dem Theodor-Stern-Kai näherte sich ein Krankenwagen, tauchte ihre Gesichter in blau flackerndes Licht, bevor er in der Einfahrt zum Klinikum verschwand. Auf der anderen Flussseite ragte der Westhafentower in den Nachthimmel.

»Findest du nicht auch, dass der große Gerippte da drüben wie eine riesige Spraydose aussieht?« Karola deutete erst auf den Turm und dann auf die Can in ihrer Hand.

Er lachte. »Stimmt, wo du's sagst. Vielleicht sollten wir mal einen Throw-up-Bembel auf die Glasfassade sprühen ...«

»Untersteh dich, sonst hol ich die Polizei!«

Florian grunzte, bückte sich und packte die Farbdosen ein. Auf dem ausgebeulten Trekking-Rucksack prangte das Backpiece seines Tags. »Übermorgen machen wir unser Masterpiece. Ich werde zur Feier des Tages ein paar Sympathisanten von der Presse einladen.« Der junge Mann trat fünf Schritte zurück, holte ein Smartphone aus dem Rucksack und schoss mehrere Aufnahmen des Graffito. Das Blitzlicht blendete. Von irgendwoher röhrte ein getuntes Motorrad.

»Muss das sein?«, fragte Karola gähnend. Sie hatte genug für heute, freute sich auf ihr Bett und auf – ja, das Gefühl war echt – ihren Mister Fink.

»Ist wichtig. Immerhin hat unser Schandfleckenprojekt für einigen Wirbel gesorgt, nachdem die Zeitungsfuzzis endlich den Zusammenhang kapiert hatten. Außerdem brauchen wir für das letzte Piece etwas Unterstützung aus der Szene, ein paar zusätzliche Writer und auch ein paar Watcher, um den Spot abzusichern. Ne richtige kleine Crew.« Er stopfte die letzte Büchse in seinen Rucksack, schulterte das unförmige Teil und griff nach dem Mountainbike an der Wand. Seine Finger glänzten silbrig.

»So groß soll das Piece werden?« Karola hatte das fast befürchtet.

Florian grinste und schwang sich auf den Sattel. »Nein, ich dachte eher an etwas Kleineres.«

»Warum dann die Crew?«

»Weil wir diesmal verdammt schnell sein müssen.«

Karola packte ihn am Arm – das hörte sich gar nicht gut an. Sämtliche Alarmsirenen ihrer Polizistenseele schrillten. »Was soll das heißen?«, fragte sie. »Los, verrat mir schon die Location! Hat es wieder was mit dem Dritten Reich zu tun?«

»Nicht direkt, würde ich sagen. Du weißt ja, dass wir die Liste meines Vaters abarbeiten ...«

»Ja, ja. Und ich verfluche den Tag, an dem ich dir meine Mithilfe angeboten habe.«

Florian zog die Bremsen des Mountainbikes. Beugte sich plötzlich zu ihr und hauchte einen schnellen Kuss auf ihre Lippen.

Überrascht blickte Karola in sein Pinguinlächeln.

»Und dafür«, raunte er feierlich, »werde ich dir auf ewig dankbar sein, teure Gefährtin.« Wie zum Schwur hielt er zwei Finger vor die Brust.

Sie lachte. »Keine Chance, Kleiner. Ich steh eher auf Loomit mit seinem gepflegten Vollbart. Außerdem wartet mein Mirko zu Hause. Aber lenk nicht ab! Wo?«

Florian verdrehte die Augen. »Also gut, das wird ein echter Burner. Ich dachte an eine fette 100 mit 'nem Doppelkreuz dahinter. Verstehst du? Binäres Hash-Tag sozusagen. Und als Background silbern glitzernde Gitterstäbe und ein paar B-Boy-Faces mit der großen Sehnsucht nach Freiheit im Blick.«

»Ein Gefängnis?«

Wieder das Unschuldslächeln. »Nee, Karola, nicht irgendein Gefängnis. Unser Masterpiece wird auf den Mauern des Frankfurter Polizeipräsidiums prangen!«

Karola wurde bleich. Alles hatte sie erwartet – nur das nicht. Das war nicht nur die Höhle des Löwen, sondern der selbstmörderische Versuch, einem Löwen direkt in den Rachen zu spucken. Und sie wusste nur zu gut, dass der Hessische Löwe scharfe Zähne hatte. Das konnte nicht gut gehen.

Sie öffnete den Mund, um Florian umzustimmen, ein einziges Mal nur. Aber sie kam nicht dazu. Ein Lichtstrahl blitzte auf, fingerte suchend über Mengeles Drachengesicht und fixierte sich auf die beiden Sprayer, ein gnadenloser Scheinwerferspot auf zwei verdutzten Schauspielern. Weiter hinten flammte Blaulicht auf. Karola beobachtete, wie zwei große und ein kleiner Schatten aus der Vogelweidstraße heranschwebten. Vogel. Weide. Ausgeweidet. Die Nachtschwalbe. Blut. Ein in sich verdrehter toter Körper. Eine Kommissarin, die sich über ein entstelltes Gesicht beugt.

Eine laute Stimme holte sie zurück in die Wirklichkeit. Ein Satz, der ihr schon öfter über die Lippen gekommen war. Auf der anderen Seite.

»Polizei, keine Bewegung!«, brüllte ein Beamter, nagelte Karola Bartsch und Florian Funke gnadenlos mit seiner Taschenlampe fest.

Mit schmerzemden Rücken wachte er auf. Das Notebook war dunkel, die Tischlampe noch hell, die Wohnung still. Kriminaloberkommissar Dahlberg blickte auf seine Silberuhr: drei Minuten vor drei. Scheiße, er musste mitten in der Recherche eingenickt sein. Und das Sofa sah zwar lässig aus, war aber zum Schlafen höchst unbequem. Er streckte die Arme nach oben und suchte in seiner Erinnerung nach den letzten Informationen, bevor ihn der Schlaf übermannt hatte. Lächelte und rieb sich die Augen. Spürnase Laurenz hatte es eben drauf.

Er öffnete die von ihm als Bookmark gesetzten Webseiten und konzentrierte sich. Wenn ihn nicht alles täuschte, ging es hier um heikle Börsengeschäfte. Müsste er raten, würde er auf Insiderkäufe tippen, inoffizielle Verkäufe eigener Aktien über unsichtbare Konten und Depots. Illegal also. Seit drei Jahren rang Orni Charm Pharmaceutical mit den Bären an der Börse. Der Kurs war erst in den letzten Monaten ins Bullenlager gewechselt, nachdem einige vielversprechende Pressemeldungen die Spekulanten aufgeschreckt hatten. Aber viel mehr erfuhr Laurenz leider nicht aus den öffentlichen – und nicht so öffentlichen – Seiten im WWW. Er konnte nur die Tageskurse verfolgen, die Übernahme großer Pakete nachvollziehen. Nur wer und was und wie?

Das überstieg seine Mittel hier. Da musste er einen ehemaligen Kollegen anhauen. Oder noch besser ... einen Broker vor Ort. Laurenz grinste. Er freute sich darauf, morgen früh als Erstes die Frankfurter Börse zu besuchen. Das Zentrum von Geld und Macht – das heimliche Herz der Stadt.

16

Donnerstag, 21. Mai, 00:22 Uhr

»Shit«, fluchte Florian, schob sich das Halstuch über die Nase und gab seinem Bike die Sporen. »Ich ruf dich an«, rief er ihr noch über die Schulter zu und war hinter der nächsten Hausecke verschwunden, bevor die Polizisten reagieren konnten. Einen Augenblick später konnten sie – und stürmten auf Karola zu. Der dritte, kleinere Schatten kläffte und zerrte an seiner Leine. Furchtlos.

Sie spannte ihre Muskeln und flitzte los, runter zum Main, links entlang, über den Carl-von-Noorden-Platz und weiter bis zum Gelände der Uni-Klinik. Im Laufen drehte sie sich einmal um die eigene Achse, äugte zurück. Der mit dem Hund hing an ihr dran und nahm – sie erkannte es am Rhythmus der hin und her schwingenden Unterarme – jetzt Tempo auf.

Karola duckte sich zwischen den parkenden Autos hindurch, hetzte einen schmalen Weg entlang, dann über Rasenbeete, vorbei an Hecken und kahlen Hauswänden. Das Areal der Klinik glich mit über fünfzig Instituten und Gebäudekomplexen einer weitläufigen Parklandschaft mit modernen Sommerhäuschen. Es sollte eigentlich nicht schwierig sein, hier ein gutes Versteck zu finden – wenn der Hund nicht wäre: Für einen Hund war ihre unsichtbare Spur aus Schweiß und Körpergeruch so deutlich, als hätte sie eine Damage-Line aus Flourfarbe hinter sich her gezogen.

Weiter.

Schneller.

Karola keuchte heiße Luft, unter ihren Rippen machte sich ein stechender Schmerz breit. So fit, wie sie dachte, war sie wohl doch nicht. Der schwere Rucksack und die enge schwarze Jeans hinderten sie beim Laufen. Immerhin hatte sie ihre bequemen Joggingschuhe an.

Sie gönnte sich einen Halt, stützte ihre Hände auf die Oberschenkel, saugte die warme, regenverheißende Nachtluft ein, lauschte auf ihr pumpendes Herz und die Geräusche hinter sich. Ja, die gebrüllten Befehle und das zustimmende Gebelle waren noch da. Ihr Verfolger schien eine gute Kondition zu haben. Verdammt, wo konnte sie nur hin? Bevor Karola ihre Umgebung genauer mustern konnte, flammten Scheinwerfer auf, ein Motor wurde gestartet, und ein Mittelklassewagen beleuchtete eine der breiten Glasfassaden, hinter der sich Schatten bewegten. Im Abblendlicht entzifferte Karola das Schild davor: »Kinderklinik Haus 32 C, 24-h-Notaufnahme«.

Ein Rund-um-die-Uhr-Service – das passte ihr gut. Sie rannte die Treppenstufen hinauf, schlüpfte durch die sich viel zu langsam öffnenden Schiebetüren und betrat die Empfangshalle. Kühle, klimatisierte Luft. Flimmernde Neonröhren an der Decke. Gedämpfte Kinderstimmen und hinter dem geschwungenen Holztresen eine Krankenschwester mit blauem Kittel und grünkariertem Halstuch, die Karola über ihre Lesebrille hinweg stirnrunzelnd anstarrte. Als die Kommissarin sich näherte, vertieften sich ihre Falten auf der Stirn zur San-Andreas-Spalte.

»Guten Abend«, keuchte Karola und bemühte sich um ein offenes Lächeln. »Die Tochter meiner Schwester ... hatte einen Unfall. Ich ...« Stockend suchte sie nach dem passenden Zaubertrick, der dieses blaubekittelte Herz öffnen würde. »Also, wir sind hier verabredet. Können Sie ... bitte einmal schau'n, ob die beiden schon da sind?« Karola machte ein verzweifeltes Gesicht – dafür musste sie wirklich nicht schauspielern.

»Was«, die Krankenschwester deutete mit dem Finger auf ihren Kopf, »ist das?«

Verwirrt fasste sich Karola ans Kinn, staunte über die lange dürre Gestalt, die sich in der gläsernen Eingangstür spiegelte. Herrje – mit der klobigen Atemmaske über ihrer Brust sah sie aus wie ein Alien auf Sightseeingtour. Kein Wunder, dass die Frau den Mund nicht wieder zu bekam.

»Wir renovieren gerade«, antwortete Karola mit einem Augenzwinkern, zog sich die Maske über den Kopf und ließ das Ding in ihrem Rucksack verschwinden. Die Dosen darin schepperten leise, fast als wären sie lebendig.

»Können Sie mir helfen?«, flötete Karola und fügte ein leises »Bitte«

hinzu.

Die Schwester zupfte an ihrem grünkarierten Halstuch, wandte sich von ihr ab und einem Monitor zu. »Name?«, fragte sie in neutralem Ton.

»Meiner?«

Die Krankschwester verdrehte die Augen. »Nein, der Ihrer Nichte.« Unvermittelt wechselte sie in eine Art resignierter, für die Deppen dieser Welt reservierten Kindersprache: »Ich-benötige-den-Namen. Den-Namen-von-Ihrer-Nichte. Um-im-Computer-nachsehen-zu-können.«

Karola nickte. »Wollbricht«, sagte sie und presste sofort die Lippen zusammen. »Karin Wollbricht.« Das war gut, weil spontan, aber gar nicht gut, weil jeder halbwegs fähige Ermittler eine Verbindung zu ihr ziehen konnte. Sie war echt nicht auf der Höhe – der Name des Staatsanwalts? Zum Kuckuck!

Karola konnte ihren Blick nicht abwenden. Auf dem Halstuch unter dem Doppelkinn der Schwester waren grüne Karos aufgestickt. Die Assoziation zu Wollbrichts Krawatten war also gar nicht so weit hergeholt – und die menschliche Psyche ein echter Witz. Die Kommissarin schielte nervös zur Eingangstür. Hatte sich da draußen nicht etwas bewegt?

»Ich kann nichts finden«, sagte die Schwester.

Wie auch.

»Darf ich auf sie warten?« Jetzt sah Karola sich offen um. »Die beiden müssten jeden Moment ankommen.«

Die Frau hinter dem Tresen zuckte mit den Schultern: »Das Wartezimmer befindet sich gleich hinter der Ecke.« Mit einem Nicken war Karola entlassen.

»Vielen Dank«, murmelte sie und eilte den Gang entlang, bog um die Ecke und schaute sich um. Riskierte einen Blick ins Wartezimmer: eine türkische Familie mit drei Kindern und mindestens dreißig Bauklötzchen sowie ein junges Paar mit vollgekotztem, greinendem Säugling. Erwartungsvoll blickten sie alle auf, bis ihre Hoffnung wieder erlosch: Karola sah eindeutig nicht wie eine Ärztin aus; die Ungewissheit und ihre Qualen waren noch nicht beendet.

»'tschuldigung. Wo ist hier die Toilette?«, fragte Karola in die Runde.

Schweigen. Köpfe, die nach unten knickten. Dafür aufgeregte Stimmen im Hintergrund, Hundegekläff, der Klang von schroff gestellte Fragen und verunsicherte Antworten. Wieder das Bellen, ein strenges »Aus!«, dann die empörte Stimme der grünen Karo-Frau. »Nein, so geht das nicht! Der Hund muss draußen bleiben!«

Karola ballte die Fäuste. Zu spät.

Jemand zupfte an Karolas Sweatshirt: ein kleines Mädchen mit großen Augen und einer Leinenschlinge um den dünnen Arm. »Am Ende des Gangs ...« Eine zarte Glockenstimme. Die Pupillen aus schwarzem Samt musterten die Kommissarin neugierig.

»Danke! Was ist denn mit deinem Arm?«

Sie hob vorsichtig die Schultern. »Keine Ahnung. Vielleicht gebrochen.«

Karola verbeugte sich leicht und machte zwei Fäuste. »Ich drück die Daumen, dass du schnell wieder gesund wirst.«

»Wie heißt du?«, fragte die Singvogelstimme.

Sie zögerte nur kurz. »Karola. Und du?«

»Kirlan.«

Die Ermittlerin lugte vorsichtig nach draußen. »Viel Glück, Kirlan«, flüsterte sie, dann war sie schon weg, rannte durch den Gang bis zur Tür der Toiletten und wählte das Männerklo. In einer einzigen, fließenden Bewegung schloss sie sich ein, sprang auf die Kloschüssel und zog sich an der oberen Kabinenwand hinauf, wo sie das Fenster öffnete und ihren langen Körper ins Freie zwängte.

Draußen stieß sie das Fenster zurück in den Rahmen und rannte wieder, rannte wieder durch die Nacht, zügelte ihren Sprint aber bald zu einem kräftesparenden Dauerlauf. Wohin jetzt? Erschöpft grinste sie. Falls sie ihren hartnäckigen Verfolger auch jetzt noch nicht abgeschüttelt hatte, blieb eigentlich nur noch eins: zum Wasser. Durch die Dunkelheit huschend, sich an Mauern drückend und Straßenlaternen ausweichend, erreichte sie abermals das Mainufer.

Tausende vom Nachtlicht funkelnde Scherben auf dem Wasser, ein schwüler, nasswarmer Wind im Nacken. Das dieselgetriebene Tuckern und die grünen Signallichter eines Lastkahns mit wuchtigem Rücken, breit und hoch, dass er kaum unter die niedrigen Mainbrücken zu passen schien. Rechts ein paar niedrige Hütten, schmale Wege und spärlich beleuchtet. Kleingartenidylle im Schatten der schäbigen Wohnsilos und mit Blick auf die wohlhabenden Brüder - die Wolkenkratzer auf der anderen Mainseite. Dahinter das Strandbad, eine Art Park am Fluss, eine fast perfekte Illusion von Natur mitten in der Stadt. Einmal war sie mit Mirko hier gewesen, einmal auch im Ponton-Café, das sich bei Hochwasser in ein an Ketten geschmiedetes Schiff verwandelte.

An der Brücke, die über das alte Schleusenbecken hinein in den Park führte, blieb sie stehen: Die Insel war eine Sackgasse. Nervös drehte sie sich um, lauschte in die Dunkelheit, kniff die Augen zusammen, als wäre das hilfreich, um einen Blick durch den schwarz gewebten Vorhang der Nacht zu werfen. Nichts – nur das in der Ferne verklingende Brummen des Schiffs, das Plätschern der letzten, von ihm aufgewühlten Wellen. Aber dann sah sie sie. Zwei Schatten, einer auf zwei, der andere auf vier Beinen, die sich hinter den Büschen der Grünanlage langsam zu ihr vorantasteten. Verflucht, welcher Superbulle verfolgte sie da? Sherlock Holmes persönlich?

Das nennt man wohl Pechsträhne, dachte sie, als der Hund anschlug, der Strahl einer Taschenlampe ihr Gesicht streifte und der Hundeführer sein Tier freigab. Aufjaulend stürzte der Vierbeiner auf sie zu, in der Dunkelheit ein wahrhaftiger Hound of Baskerville.

Das war's dann also, dachte die Sprayerin KB und begann zu rennen.

Während die beiden Kommissare Holzmann und Dahlberg in ihren Wohnungen lagen, schlafend und träumend, während Karsten Bartsch sich auf Udos Sofa herumwälzte und im Halbschlummer dem lärmenden Getriller der Austernfischer lauschte, war Charlotte Ahrens noch wach. Sie saß an ihrem Computer, schob Akten und Gedanken hin und her, lauschte dem stärker werdenden Wind, der durchs gekippte Fenster pfiff. Zwei Personen wohnten, ach, in ihrer Brust: Eine war Kriminalkommissarin Ahrens, die am Bildschirm ihr Dossier über Dr. Sven Seidelmann mit immer neuen Details ergänzte – je mehr sie über die Vergangenheit ihres Opfers wussten, desto besser. Die andere Person war Lotte, einfach Lotte, die sich gern die Haare färbte und im Hochsommer, aber nur dann, die Fußnägel lackierte. Und die über Jannik Holzmann nachdachte. Vielleicht hatte der, überlegte sie, gar nicht so unrecht gehabt. Er hatte ihr wirklich leidgetan, und vielleicht war sie nur aus Sorge um ihn ins Krankenhaus gefahren.

War sie?

Und wenn schon, sie wollte ihn ja nicht gleich heiraten.

Der Laptop piepste, die Gesichtserkennungs-Software hatte ein paar neue Bilder ihres Opfers in den Daten des World Wide Web gefunden. Noch mehr Fischlein im Netz. Sie klickte die Fotos rasch durch und blieb an einem Bild hängen, das als Illustration zu einem alten Artikel aus der »Nordwest-Zeitung« diente – achtziger Jahre, frisch digitalisiert und seit kurzem abrufbar. »Vogel-Zivi von Jäger angeschossen«, titelte der Aufsatz. Offenbar war ein Streit zwischen Zivildienstleistenden und der Jägerschaft auf der Insel Norderney so weit eskaliert, dass sich ein Schrotschuss löste und einen Zivi-Oberschenkel streifte. Namen wurden in dem Artikel keine genannt, aber dafür auf einem der Fotos die damalige Zivi-Truppe abgebildet: Den jungen Sven Seidelmann konnte sie leicht ausmachen. Den zweiten, der die Schrotkugel abbekommen hatte und feixend in die Kamera hielt, kannte Lotte nicht. Aber der dritte, stämmig und mit einem lila Tuch um den Hals – der kam Lotte irgendwie bekannt vor. Die Fotografie war gerade noch so zu gebrauchen. Mit Photoshop konnte sie den Bildausschnitt zoomen, schärfen und entkörnen, sodass das kantige Gesicht etwas lebendiger wirkte. Lotte war sich jetzt sicher, dass sie diesen Mann schon einmal gesehen hatte.

Aber wo?

Sie lauschte dem Nachtwind, der durchs Fenster schlich, doch der Name des Mannes blieb im Nebel ihrer Erinnerungen versteckt. Aber dafür gab's ja die Software zur Gesichtserkennung, das neuste Spielzeug auf ihrem Computer. Sie löschte Seidelmanns Bild aus der Suchmaske und fügte die aufgepeppte Visage von Zivi Nummer drei ein. Klickte auf Suchen und musste nicht lange warten. Lotte Ahrens klappte die Kinnlade runter: ein Kollege. Sie las ein paar Artikel. Besser: ein Ex-Kollege. Las weiter, bis sie scharf die Luft einzog. Noch besser: Karolas Bruder.

Charlotte hatte ihn nur einmal gesehen, von Weitem und eingehüllt in eine dicke Gerüchte-Wolke. Angeblich sollte er einen Koffer Drogengeld unterschlagen und selbst mehr gefixt haben, als für einen Fahnder gut war. Karolas Bruder, heilige Scheiße.

Sie fuhr sich durch die Haare, rief Google auf und kombinierte »Sven Seidelmann« und »Karsten Bartsch«. Fand Querverweise und Fotos genug. In sozialen Netzwerken tauchten sie immer mal wieder gemeinsam auf, fast ausschließlich im Rahmen von ornithologischen Vorträgen und Exkursionen. Die beiden hatten sich scheinbar gut gekannt. Was ja auch kein Problem war. Eigentlich. Essentiell war dagegen die Frage: Wusste ihre Chefin das? Und wenn ja – warum hatte Karola ihr Team nicht informiert?

Grübelnd speicherte Lotte die Webseiten und fuhr das Notebook runter, schloss endlich das rüttelnde Fenster. Viel Trost im Schlaf würde sie heute nicht mehr finden, da war sie sicher.

Obwohl Karola wusste, dass sie keine Chance gegen den Schäferhund hatte, lief sie los. Rannte über die schmale Brücke, hörte das Jaulen und Kläffen hinter sich. Vorbei an im Dunkeln wie Theaterkulissen auftauchenden Sträuchern und Bäumen. Deren Äste und Wurzeln spürte sie kaum, bemerkte nicht den Schweiß im Gesicht. Sie schlug wie ein gejagter Hase Haken, rannte immer tiefer in das Dickicht.

Und stand plötzlich am Wasser.

Wie erstarrte Gnome ragten Granitblöcke aus den Wellen. Der Main war ein Band aus geschmolzenem Teer. Vom anderen Ufer aus verbreiteten die ewig leuchtenden Wolkenkratzer ein ruhiges Strahlen, das bis hierher reichte. Geräusche: sanftes Geplätscher des Flusses. Im Wind singend die messerförmigen Blätter alter Weiden. Und ein bösartiges Knurren.

Karola fuhr herum, zog ihren Rucksack nach vorne, schützend vor die Brust. Es war vorbei – das letzte Bild, die Nummer 100 des Schandfleckenprojekts, würde nicht von ihr vollendet werden. Mit aufgerissenem Maul stürmte der Hund auf sie zu. Erdkrümel spritzten unter seinen Pfoten zur Seite.

Dann sprang er.

»Hab dich!«, dachte Mirko und gönnte sich eine kurze Verschnaufpause. Die Sprayer-Tussi war in einer Sackgasse, denn die Halbinsel hatte nur diesen einen Zugang über die Brücke. Den Rest würde Luna übernehmen – auf deren Nase war eben Verlass. Das Hovawart-Weibchen mit dem apart blonden Fleck auf der Hundebrust würde mal wieder einen dieser Vandalen zur Strecke bringen. Das Wort Schmierfink vermied Mirko lieber. Diesmal also eine Frau – das hatten sie eher selten. Er war sich nicht sicher, ob er die Handschellen einsetzen sollte. Die meisten Sprayer waren junge Männer zwischen fünfzehn und dreißig, fast immer flink wie die Wiesel, aber nicht besonders bissig, wenn man sie erst einmal erwischt hatte. Natürlich gab es nichts, was es nicht gab, und auch heute würde er vorsichtig agieren.

Er hoffte, dass Weber sich den Komplizen hatte schnappen können, aber zu Fuß und ohne Hund war das eher unwahrscheinlich. Musste Mirko halt mal wieder die Kohlen für sie beide aus dem Feuer holen: Über das Mädel würden sie auch den Namen ihres Komplizen herausfinden. Mirko Fink zog an dem schweren Polizeigürtel und scharrte mit den Stiefeln über den Asphalt. Überlegte, ob er die Kollegen anfunken sollte – schließlich war die Täterin nicht dumm: Ihre Finte im Krankenhaus hätte fast funktioniert, zumal diese kleine Göre mit dem Armverband Mirko in die falsche Richtung geschickt hatte. Aber egal. Die Jagd war so gut wie beendet.

Ein lautes Bellen: das Zeichen dafür, dass Luna die Frau gestellt hatte.

Mirko krümmte seine Finger zur triumphierenden Faust. Braver Hund. Er stellte sich Weber vor, der vor Neid platzen würde, und grinste breit. Dann holte Mirko tief Luft und rannte über die Brücke, um seine Trophäe einzusammeln.

Das war kein Schäferhund. Eher ein Golden Retriever oder ... etwa ein Hovawart? Unmöglich, dachte Karola. Aber das Tier berührte ihr Bein, bellte noch einmal und schob seinen breiten Schädel unter ihre verschwitzte Hand und ... leckte daran. Karola spürte die raue, warme Zunge über ihre Finger gleiten. Das konnte nicht sein. Mirko hatte heute Nacht keinen Dienst – das hatte sie natürlich überprüft. Aber der kräftige Hund mit breiter Schnauze und schwarzem Zottelfell wedelte mit dem Schwanz. So viel wusste sie über die

Ausbildung der Polizeihunde: Das war kein »Ich hab den Täter«-Verhalten. Nein, absolut nicht. Und war das nicht ein heller Kreis auf der Brust? Langsam ging sie in die Knie, fragte leise: »Luna?«

Der Hund antwortete mit einem knappen Wuff und rieb seine Schulter an Karolas Bein.

»Was machst du denn hier, Große?« Karola strich durch das dichte Fell, kraulte den Rücken, spürte das Halsband über den Muskeln. Luna war eins von Mirkos Lieblingstieren, eine Hundedame mit überragendem Spürsinn und ausgeprägter Neugierde, schon als Welpe selbstbewusst und souverän. Mirko hatte sie jeden Freitag mit zu sich nach Hause genommen, um die dreimonatige Ausbildung des Hovawart-Weibchens auch am Wochenende sicherzustellen. Karola erinnerte sich gut an die gemeinsamen Spaziergänge zu dritt, Luna an ihrer Seite und ein Vorbild für jeden Schutzhund. Luna. Dann war also doch Mirko hinter ihr her.

»Verdammt!«, murmelte Karola in Lunas Fell hinein. Das alles hatte keinen Zweck. Sie konnte Mirko nie erklären, warum sie in der Nacht Farb-Nebel versprühte. Unmöglich, er würde sie nicht verstehen.

Was jetzt? Sie konnte durch den Main schwimmen. Aber dann würde ihr Blackbook nass werden, und diesen Preis wollte sie nur im allerletzten Notfall zahlen. Außerdem würde ihr Luna sowieso folgen: Diese Hündin hatte nie eine Pfütze ausgelassen, wenn sie durfte. Und auch Mirko war nicht wasserscheu.

Was also?

Die Kommissarin öffnete ihren Rucksack, ertastete ein halbes Dutzend Filzstifte, Farbdosen, ihr Skizzenbuch und die weiße Plastiktüte mit den leeren Cans. Vielleicht ...

Tu es.

Karola zog ihren Ledergürtel von der Jeans. »Komm her, Große!« Sie führte Luna zu dem dünnen Stamm einer jungen Erle, schob ein Ende des Gürtels unter dem Hundehalsband hindurch, umfasste die Rinde des Baums und schloss die Gürtelschnalle dahinter.

Luna zerrte und winselte leise.

»Sorry, meine Liebe. Es wird nicht lange dauern.« Karola streifte ihr verschwitztes Kapuzen-Sweatshirt über den Kopf und schüttete die Dosen auf den Boden. Sie lauschte auf Mirkos Schritte, hörte aber nichts. Wie lange? Eine Minute? Karola griff sich die leere Plastiktüte und pustete hinein, bis sie einigermaßen prall war wie ein schrumpeliger Luftballon. Knotete die Tüte an den Tragegriffen zusammen, stopfte sie vorsichtig in die Kapuze ihres Shirts und zog sie an den beiden Kordel-Enden, bis nur noch ein schmaler Bereich sichtbar war. Gut: Das Plastik schimmerte wie bleiche Haut. Sie füllte die Ärmel ihrer Puppe mit je zwei leeren Sprühdosen und verknotete auch die. Dreißig Sekunden? Weniger. Mirko rief nach Luna, seine Stimme klang nah. Der Hund antwortete bellend.

Karola sprang über die glitschigen Ufersteine und schleuderte ihr umgebautes Kapuzenshirt in den Fluss. Wie ein Geist segelte das Kleidungsstück durch die Luft und platschte ins Wasser. Wenn sie Glück hatte, trieben Wind und Strömung die Attrappe noch etwas weiter hinaus. Jetzt aber schnell! So leise wie möglich kroch sie in ein Farndickicht und legte sich flach auf den kühlen Boden. Hob vorsichtig den Kopf und schob ein paar Wedel vor ihr zur Seite.

Da war er auch schon. Mirkos großer Schatten, der helle Schein seiner Taschenlampe strich über die angebundene Hündin, das Flussufer mit den Granitköpfen und schließlich über das silberne Band des Mains. Und er schrie: »He, was soll das? Kommen Sie zurück! Das ist gefährlich, verdammt!«

Karola spähte mit angehaltenem Atem in Richtung Fluss. Ja, auf den glitzernden Wellen trieb der Oberköper eines erschöpften Menschen, die beiden Arme hilflos ausgestreckt. Und Mirko tat, was sie sich erhofft hatte: Er fluchte zum Nachthimmel. Und zog sich die schweren Kampfstiefel von den Füßen. Als ausgebildeter Rettungsschwimmer bei der DLRG blieb ihm auch kaum etwas anderes übrig, also folgten den Schuhen erst der sperrige Vielzweckgürtel, dann die Hose. Karola konnte nicht anders, sie musste schmunzeln, als ihr Herr Fink hektisch am Hosenbein zerrte – hüpfend und zeternd wie ein Flamingo auf der Herdplatte. In Hemd und Unterhose tapste er in den Main, brüllte zu dem treibenden Opfer und warf sich schließlich todesmutig ins kalte Wasser.

Guter Mann, dachte Karola, schob sich aus ihrem Versteck, schnappte Mirkos Sachen und spurtete so schnell sie konnte zurück in Richtung Mainfeld-Siedlung. Sie versenkte Hose und Schuhe in der erstbesten Mülltonne und stutzte. Lehnte da nicht ein rostiges Rad an der Hauswand? Unabgeschlossen und mit aufgepumpten Reifen?

Endlich mal Glück. Wenn sie es mit dem Rad zur S-Bahn-Station schaffte, konnte selbst Luna mit ihrer Wundernase keine Witterung mehr aufnehmen. Sie schnappte sich das Eisengefährt und trat quietschend in Richtung Freiheit.

Keine zehn Minuten später saß sie in einem Wagen der S7 und kratzte an ihrem schlechten Gewissen. Armer Mirko – sie konnte nur hoffen, dass Lunas gute Nase ihr halbnacktes Herrchen rasch zu seinen versteckten Kleidern führen würde. Den Kollegen vom Streifendienst würde er nichts von seiner Demütigung erzählen, vielleicht verzichtete er sogar darauf, ihren Gürtel und das Sweatshirt zur Kriminaltechnik zu schaffen. Die hatten Besseres zu tun, als in den Klamotten von flüchtigen Streetartkünstlern nach Hautschuppen zu suchen. Die Kleidungsstücke machten ihr ohnehin keine Sorgen: Das waren Made-in-China-Produkte, die in Frankfurt jede dritte Frau besaß. Und Mirko hatte sich nie besonders für ihr modisches Äußeres interessiert, eher für das, was sich darunter verbarg. Sie grinste. Nein, Mirko würde nie auf die Idee kommen, dass seine gerechtigkeitsliebende Lebensgefährtin ein Doppelleben führte. Trotzdem wollte sie sich gleich morgen die Teile nachkaufen – sicher war sicher.

Die Kommissarin lehnte sich müde zurück, blinzelte im grellen Neonlicht und musterte die mit schwarzem Edding hingeschmierten Inside-Tags an den Wänden der S-Bahn. Manche Mitglieder der Szene hatten eine Heb-das-Bein-Mentalität und hinterließen ihre Zeichen ohne Anspruch und Qualität. Florian war da anders, der würde seinen Weg gehen. Übermorgen also. Ein letztes Mal KB unter einem Stück Farbe. Und dann? Nichts dann.

Ende im Gelände und fertig.

»Nächste Station: Frankfurter Hauptbahnhof«, verkündete eine blecherne Stimme und ratterte die Anschlussmöglichkeiten herunter. Sie stand auf, schob sich an einem Mann im polizeiblauen Anzug vorbei, der sie mit anzüglichem Blick musterte. Schweigend wartete Karola, bis die Bahn zum Stehen kam, ignorierte den Typen und starrte auf die hässliche Plastikverschalung hinter den Sitzen. Deren blasse Oberfläche schimmerte tatsächlich in unbegreiflicher, noch jungfräulicher Unbeflecktheit.

Völlig erledigt erreichte sie kurz nach ein Uhr in der Nacht ihre Wohnung. Obwohl Mirko unmöglich schneller gewesen sein konnte, schlüpfte sie leise durch die Tür und lauschte in der Dunkelheit. Kein Lover mit nassen Unterhosen. Aber eine Nachricht von ihm auf dem Küchentisch: *Hallo Karoschatz! Weber hat angerufen, ich muss für einen kranken Kollegen einspringen. Kann spät werden – Schmierstreife!!! VKDM.*

Die Abkürzung zauberte ein Lächeln auf ihr Gesicht. Viele Küsse Dein Mirko. Im Zeitalter der SMS-Abkürzungen nicht ungewöhnlich, aber doch ein echtes Tag. Seine Signatur sozusagen. Ob Herr Fink wusste, dass er ein kleiner Künstler war?

Unter der Dusche schrubbte sie sich den Geruch von Farbe und Angstschweiß ab, ließ mit den Wassertropfen ihre Gedanken perlen. Mirko würde, so oder so, weiter ermitteln. Er würde sich fragen, wie der Sprayer Luna ausgetrickst hatte. Konnte skeptisch werden, wenn die Nachtschwester mit grünkariertem Halstuch sich an den Namen Wollbricht erinnerte. Und würde schließlich das große Zittern bekommen, wenn er es schaffte, die kleine Kirlan aufzutreiben. Ihr hatte Karola den eigenen Namen verraten. Gott, war sie bescheuert: Aus dieser Nummer kam sie nur mit viel Glück wieder raus. Oder aber, sie lenkte Mirko die nächsten Tage offensiv ab. Mit erotischen Künsten etwa.

Karola lächelte unter der Dusche – trotz allem. Machte, als sie im Bett lag, auf Mirko wartend und spürend, wie die Müdigkeit schwerer und schwerer wurde, einen Plan für morgen. War wieder bei Sven Seidelmann und drängte ihre privaten Kapriolen zurück. Der Durchsuchungsbeschluss für die Witwe musste morgen da sein. Davor zum Chef der Firma – der gute Mister Stringwell hatte sie lange genug vertröstet, und sie war sehr gespannt auf seine Ausrede. Karola musste endlich herausbekommen, woran das Opfer gearbeitet hatte. Und wo Karsten steckte. Hoffentlich wachte auch dieser Timo bald auf. Außerdem ...

Ihre Gedanken lösten sich auf wie Nebelfetzen im Wind. Im Schlaf verwandelte sich KB, die Sprayerin und Komplizin von Florian Funke im Schandfleckenprojekt, wieder in die Kriminalhauptkommissarin Karola Bartsch. Und DER Traum ließ sie in dieser Nacht in Ruhe.

Er fand einfach keine Ruhe. Die letzten drei Nächte hatte er so wenig geschlafen wie nie zuvor – er drohte schlapp zu machen. Heute konnte und wollte er schlafen, aber er schaffte es nicht. Die Bettdecke war zu warm. Und ohne war ihm zu kalt. Das Weckergeticke nervte. Und die eigenen Gedanken, die waren zu laut. Müde war er. Und Erschöpfung konnte alles gefährden.

Gähnen und strecken und kratzen. Sich herumwälzen auf der Matratze und aus dem Wecker die Batterien rauspulen. Wieder liegen. Der Wind heulte draußen.

Die Wut hatte ihn gepackt, schüttelte ihn durch, sodass er die Augen nicht geschlossen halten konnte. Denn, einfach und drastisch formuliert, sein perfekter Plan war noch nicht aufgegangen. Nie hätte er damit gerechnet, dass die Polizei so unfähig und phantasielos arbeiten würde.

Gott, war er müde.

Und wütend. Seine Planung war akribisch gewesen, die Berechnungen korrekt. Wer hätte mit einer solchen Inkompetenz der Behörden rechnen können? Und dann das Feuer, die abgebrannte Pennerkneipe. Er selbst hatte bei der Feuerwehr angerufen, damit die Flammen nicht auf sein sorgfältig dekoriertes Indizienfeld übergriffen. Wer hatte die Strandfurt angezündet? Darüber hinaus war er seinem eigentlichen Ziel noch keinen Schritt näher gekommen. Er musste sie endlich finden. Sonst wäre alles umsonst gewesen.

Irgendwo in den Frankfurter Straßenschluchten grölte ein Besoffener. Zu laut. Zu kalt. Zu müde. Welche Variablen hatte er übersehen?

Er lächelte. War wütend und müde.

Aber er war noch etwas: geduldig.

17

Donnerstag, 21. Mai, 08.24 Uhr

»Schön, dass Sie endlich Zeit für mich haben, Herr Dr. Stringwell.«

Der Chef von Orni Charm Pharmaceutical brummte nur, wies aber gnädig auf den freien Stuhl vor seinem Schreibtisch. Er selbst thronte auf einem lederbezogenen Bürosessel dahinter.

Karola fühlte sich gut. Das lag zum einen an der Euphorie, die das glückliche Entkommen aus großer Gefahr im Körper produzierte. Und die Gefahr gestern Nacht war wahrlich keine kleine gewesen. Zum andern hatte sie endlich einmal wieder geschlafen, ohne von DEM Traum geplagt zu werden. Jener Alp, der immer wieder an ihr nagte und bohrte, ob sie nicht doch noch hätte bremsen oder ausweichen können. Erfrischt war sie aufgewacht, hatte dem schlafenden Mirko einen Kuss aufgedrückt und sich ein Grinsen nicht verkneifen können, als sie im Bad die knittrig zum Trocknen aufgehängte Unterhose und sein Hemd bemerkte.

»Als Erstes«, begann sie, »wollte ich Sie an Ihre kleine Verbindlichkeit mir gegenüber erinnern. Die Reparatur beläuft sich auf knapp tausend Euro, die Rechnung schicke ich Ihnen gern später zu.«

Das Unverständnis war Stringwell wie mit dicker, grellroter Farbe ins Gesicht gesprayt. Das kleine Pflaster an der Stirn war verschwunden. »Unser kleiner Zusammenstoß vor drei Tagen«, half Karola ihm auf die Sprünge. »Rennrad gegen Mercedes.«

»Ich ...«, stammelte der Doktor.

»Sie haben ja bestimmt«, unterbrach sie ihn, »bereits Ihre Versicherung informiert, nicht wahr?«

»Natürlich.«

Ganz klar eine Lüge. War doch immer gut, dachte Karola, schon früh im Gespräch zu wissen, wann das Gegenüber die Wahrheit sagte. Und wann nicht. Die Kommissarin gestattete sich ein Lächeln. »Fein. Dann zu meinen weiteren Fragen.« Sie ließ ihm ein bisschen Zeit zum Durchatmen und überflog ihre Notizen. »Zunächst muss ich endlich wissen, woran Dr. Seidelmann gearbeitet hat. Wir müssen ausschließen, dass es bei dieser Tat um Diebstahl von Forschungsdaten geht.«

»Bedaure«, antwortete Stringwell. »Da sind mir die Hände gebunden. Ich habe gestern bei unserem Mutterkonzern in Chicago nachgefragt, ob wir in diesem Fall eine Ausnahme machen können, aber nein. Die Geheimhaltung, wissen Sie ...«

Karola winkte ungeduldig ab. »Sie waren am Sonntag«, wieder blickte sie auf ihre Stichpunkte, »gegen zweiundzwanzig Uhr in der Alten Oper. Korrekt?«

»Absolut. Meine Frau kann das natürlich bestätigen.«

Wieder ein »natürlich«. Aber diesmal schien Stringwell die Wahrheit zu sagen.

»Ist das ...«, Stringwell schluckte, »die Tatzeit?«

Karola antwortete mit einer Gegenfrage: »Haben Sie sonst noch jemanden aus der Firma getroffen?«

»Selbstverständlich! Fast die gesamte Belegschaft war eingeladen. Von den direkten Kollegen Seidelmanns allerdings ...«

»Ja?«

»War kaum jemand dort. Doch, hm, der Lessner.«

Die Art und Weise, wie er den Namen aussprach, ließ Karola aufhorchen. »Was ist mit ihm?«

»Nichts«, wiegelte der Geschäftsführer ab. »Ein kompetenter Kollege.«

»Aber?«, hakte sie nach.

Stringwell seufzte. »Nun, sagen wir so: Albert Lessner hört sich ein bisschen zu oft und zu gern selber reden.«

Karola nickte und merkte sich die Information vor. Am besten sprach sie gleich im Anschluss noch mal mit Lessner – vielleicht hatte sie bei einem notorischen Quassler ja Glück und erfuhr endlich etwas über den mysteriösen Forschungsbereich des Opfers. Eines der wichtigsten Hilfsmittel der Kriminologie war – noch vor Fingerabdrücken und DNA-Analyse - die

Klatsch-Sucht der Menschen.

»Jedenfalls hat Lessner mich«, fuhr Stringwell fort, »sowohl zu Beginn der Veranstaltung im Foyer als auch in der Pause bestürmt, als wäre ich ein potenzieller Investor. Unangenehmer Mensch, hat meine Frau noch gesagt.«

Karola schrieb mit. Schaute sich dann in dem modern gehaltenen Büro um, sah viel Glas und viel Stahl. Ein eher kleines, buntes Bild in Öl fiel ihr auf, fast quadratisch, ein mal ein Meter vielleicht. Das Gemälde zeigte wie durch einen Prisma gebrochene, zersplitterte Tiere in intensiven Blau-, Orange- und Grüntönen. Vögel natürlich. Immer nur Vögel. Aber die Sprayerin in ihr bewunderte die Mischung aus strahlender Farbe und einfachem Kontur. Ein Pfauenkopf links mit putzig-drögem Blick wäre ein gutes Zitat für ein schönes Piece.

Karola schob den Gedanken zur Seite. »Sie hatten mittlerweile ja genug Zeit zur Sichtung seines Labors. Es sind keinerlei persönlichen Sachen verschwunden?«

»Nein. Soweit ich weiß, nicht.«

Wahrheit, dachte sie. Und wieder blieb ihr Blick an dem Gemälde hängen. Den Stil kannte sie. Kein Kubismus, kein Picasso, aber so was in der Art. Teuer.

»Ein schönes Bild«, sagte sie und deutete auf das bunt flirrende Rechteck.

Stringwell winkte ab. »Rein dekorativ!«

Lüge, konstatierte Karola im Stillen. Sie holte ihr Smartphone aus der Tasche, scrollte über den Touchscreen – immer noch keine neue Nachricht von Karsten. Dieser Hund!

Karola beugte sich vor und fragte: »Warum haben Sie uns belogen?«

»Bitte? Ich versichere Ihnen, dieses Gemälde -«

»Ich meine nicht das Bild«, unterbrach ihn Karola und aktivierte den Player auf ihrem Smartphone. »Sind Sie das auf dieser Aufnahme des Notrufs?«

Fünfzehn Minuten später stand sie wieder vor Stringwells Büro, zückte ihr Handy und tippte Lottes Kurzwahl: »Ich schicke dir gleich ein Bild von meinem Handy. Ein Ölgemälde, schau doch mal, was das ist.« Karola grinste – die eingebauten Kameras in Smartphones waren schon was Feines.

»Mach ich«, antwortete Lotte kühl.

»Gibt's sonst schon was Neues?«

»Ich ... nein, Chefin.«

»Alles in Ordnung, Lotte?«

»Ja, ja. Was hat Stringwell gesagt?«

Karola seufzte. »Er gab zu, dass er am Montagmorgen schon gegen fünf in der Firma war. Angeblich für eine geheime Telefonkonferenz mit dem Mutterkonzern in Chicago. Das können wir anhand der Telefondaten schnell klären.«

»Und dann?«

»Dann lief er einem hysterischen Hendrik Stritzel in die Arme, geriet selbst in Panik und wollte als Firmenchef nicht mit einem Mord in Zusammenhang gebracht werden.«

»Glaubst du ihm denn?«

Karola zögerte. »Wir werden sehen. Überprüf das Gemälde.« Stirnrunzelnd drückte sie ihre Mitarbeiterin weg. Lotte hatte extrem merkwürdig geklungen, distanziert und zögerlich. Hatte sie sich vielleicht endlich mit Jannik getroffen und mal Tacheles geredet?

Der Regen hatte aufgehört, aber die Wolken zogen noch dicht und grau über ihre Köpfe. Schweigsam liefen Udo und Karsten den Mittelweg entlang, bis sie eine südliche Abzweigung in die Salzwiesen einschlugen. »Kein Nordseebesuch«, hatte Karsten beim Frühstück gemurmelt, »ohne Wattwanderung.« Also waren sie, müde und verkatert, jetzt noch einmal unterwegs. Beobachteten eine Sumpfohreule, die knapp über Andelgras, Keilmelde und Strandflieder hinwegschwebte und sich dabei einen Scheiß darum kümmerte, dass andere Eulen nachtaktiv waren. Sumpfohreulen eben nicht.

Erst als sie die Wattkante erreichten, begann Karsten zu fragen. »Du hast also keinen Kontakt mehr zu ihm gehabt?«

»Kaum. Wir haben uns natürlich immer wieder getroffen, auf Kongressen oder Exkursionen. Bird-Watching, Beringer-Treffen und so.«

Karsten nickte. Auch er war dem umtriebigen Seidelmann immer wieder über den Weg gelaufen – das letzte Mal vor einem knappen Jahr in der Vogelwarte Radolfzell. Neben Helgoland im Norden und Hiddensee im Osten war die Station am Bodensee die dritte Beringungszentrale Deutschlands. Und in diesen drei Vogelwarten kannte irgendwie jeder jeden. Die Welt war ein Dorf, und die Welt der Ornithologen ein besonders winziges.

Lehmiger Schlick quatschte und gluckste unter ihren Zehen. Eine Strandkrabbe reckte ihre Scheren und huschte dann seitlich vor Karstens großen Füßen in Sicherheit. Am Rand der Fahrrinne zu Baltrum trieb eine Kette Eiderenten vor der Seehundsbank und regte sich nicht. Das Festland zeichnete sich als verwaschene, von Wolken verdunkelte Linie ab. Karsten erinnerte sich, wie sie vier – Sven, Udo, Ralf und er, die drei Musketiere und d'Artagnan – genau hier schon einmal gestanden und zur Küste hinübergeschaut hatten. Zu Silvester um Mitternacht war das gewesen, weit weg von den alkoholgeschwängerten Partys in Norderney-Stadt, einsam im Watt, das sich bis zum Festland erstreckte. Karsten hatte nie ein schöneres, weiter entferntes Feuerwerk erlebt.

Er hustete, rieb sich den Schädel. »Worüber hat er momentan geforscht?«

»Weiß ich nicht ... wirklich.« Udo zuckte mit den Schultern, erstarrte plötzlich wie ein nach Beute schnüffelnder Jagdhund und reckte seinen Hals. Hob das Fernglas an die Augen. »Bruchwasserläufer«, sagte er glücklich.

Karsten grinste. »Und unwirklich?«

Udo seufzte. »Zuletzt war er am Torpor dran, glaub ich.«

Der Ex-Fahnder malte mit dem großen Zeh einen kleinen Kreis ins Watt. Eine Gruppe Goldregenpfeifer schwärmte an ihnen vorbei, ihre schwarzen Bäuche leuchteten wie Löcher in der Luft.

»Interessant«, sagte Karsten Bartsch.

»Aber sie waren doch sein engster Vertrauter«, schmeichelte Karola. »Wenn jemand etwas weiß, dann Sie.«

Albert Lessner nickte. »Sicher. Ich weiß natürlich genau, woran Sven arbeitete. Aber wie gesagt, unsere Geheimhaltungsklausel -«

»Von mir«, unterbrach ihn die Kommissarin, »wird niemand etwas erfahren, solange es sich nicht um ermittlungsrelevante Informationen handelt.« Sie grinste schelmisch, versuchte die kumpelhafte Tour: »Indianerehrenwort!«

Aber Lessner zierte sich immer noch. Gleich nach dem Gespräch mit Lotte war sie in sein Labor weitergezogen.

»Sie würden uns«, bettelte Karola, »Sie würden mir wirklich sehr helfen, Herr Doktor. Bitte geben Sie sich einen Ruck.« Schleim, schleim – manchmal mochte sie ihren Job nicht besonders. Aber die Hilflose-Frau-Masche schien endlich zu wirken.

»Also gut«, sagte der Biologe. Lessner strich sich den weißen Kittel glatt, öffnete die Tür zu seinem Labor, blickte aufmerksam den Gang entlang und kehrte zurück. »Ich sage Ihnen das nur, um zu helfen.«

Ja, ja, du Klatschonkel, dachte Karola. Und lächelte süß.

»Diese Insubordination kann mich meinen Job kosten.«

Demonstrativ steckte Karola ihr Notizbuch weg.

Noch einmal lauschte Lessner nach draußen, beugte sich dann näher an die Kommissarin und flüsterte: »Sven arbeitete in der Torpor-Forschung.« Mit vor Begeisterung funkelnden Augen starrte er sie an.

»Sagt mir nichts«, entgegnete Karola trocken.

»Nein?« Enttäuscht streckte er sich. »Dann ... erkläre ich es Ihnen.«

»Ich bitte darum.«

»Torpor bedeutet so viel wie Erstarrung. Sie kennen vielleicht den Begriff des Winterschlafs?«

»Natürlich.«

»Also, ich hatte als Kind beispielsweise eine Griechische Landschildkröte.« Lessner knetete seine feingliedrigen Hände. »Die machte jedes Jahr einen Winterschlaf und dämmerte für Monate im Keller vor sich hin. Oder im Kühlschrank.« Er kicherte. »Der Ablauf des Winterschlafs ist biologisch programmiert und wird von den Tieren langfristig vorbereitet: Fetteinlagerungen, langsame Reduzierung des Stoffwechsels und

Ähnliches.«

»So weit komme ich mit.«

»Der Torpor dagegen ist so etwas wie ein Kurzzeitwinterschlaf, allerdings mit dem wichtigen Unterschied, dass einige Vogelarten diesen aktiv auslösen können, um Energie zu sparen, plötzliche Kälteeinbrüche zu überstehen oder auch nur einen hungrigen Tag.« Lessner gähnte und Karola dachte: Offensichtlich langweilen ihn Erklärungen für Laien.

»Lange Zeit ging man davon aus«, fuhr der Biologe fort, »dass nur Kleinsäugetiere und Vögel bis zu maximal hundert Gramm wie Kolibris in diesen Zustand der Torpidität eintreten. Sven konnte zusammen mit dem Frankfurter Institut für Zoologie und der University of New England in Australien nachweisen, dass auch größere Vögel diese Strategie nutzen. Die über fünfhundert Gramm schweren Eulenschwalme etwa oder -«

»Die Nachtschwalbe«, riet Karola.

»Gut geraten«, sagte Lessner. »Dieser Vogel gehört ebenfalls zur Ordnung der Schwalmartigen und -«

»Bitte, Herr Doktor«, flehte Karola. »Das alles ist hochinteressant, aber mir ist nach wie vor schleierhaft, wie dieser Torpor von Nutzen sein könnte.«

»Sie wollen also die Kurzfassung?«, fragte der Biologe indigniert. »Nun, was glauben Sie, wie eine Technik zur Reduzierung von Herzfrequenz und Atmung anwendbar wäre? Haben Sie noch nie vom berühmt-berüchtigten Thema des Einfrierens gehört? Mit einem bewussten Torpor könnten wir unsere Lebenserwartung deutlich verlängern. Krankheiten ausschlafen. Wer das Patent auf eine funktionierende Torpor-Technologie hätte, würde die Menschheit ein Stück näher an die Unsterblichkeit bringen!«

Torpor, dachte Karsten Bartsch mit Blick auf das Watt. Ging es darum? Hatte Sven den Schlüssel für dieses spezielle Schloss entdeckt? Es waren schon Menschen für kleinere Geheimnisse gestorben. Auch wenn eine praktische Anwendung noch Jahrzehnte in der Zukunft liegen würde, die Industrie würde für den erstbesten vielversprechenden Ansatz Millionen bezahlen.

Karsten seufzte und zog sein Handy aus der Tasche. Blickte auf die Uhr – Zeit für den Rückweg. Blickte auf das Display – drei unbeantwortete Anrufe von Karola. Er seufzte noch einmal, lauter diesmal. Was für ein verfluchtes Kuddelmuddel.

Die beiden alten Freunde drehten um und marschierten, jetzt den Wind im Rücken, zurück. Die Sumpfohreule ließ sich nicht mehr blicken, dafür flötete ein Brachvogel aus den Graudünen heraus seine traurige Melodie.

»Depressive Biester«, brummte Karsten.

»Melancholisch trifft es besser, d'Artagnan. Komm, ich bring dich noch zum Anleger. Muss sowieso mal wieder beim Nationalparkhaus vorbeischauen.«

Karsten hatte nichts dagegen. Der Parkplatz am Ostende, wo die überflüssige Asphaltstraße im Nichts endete, war leer. Kein Auto weit und breit, nur ein paar einsame Fahrräder. Zurück zum Westkopf und Hafen würden sie mindestens eine halbe Stunde brauchen. Als Karsten stehen blieb, um auf die Uhr zu schauen, legte Udo ihm die Hand auf die Schulter.

Karsten blickte ihn an.

»Ich muss dich noch was fragen«, sagte sein Freund.

»Dann mach! Die ›Frisia‹ wartet nicht auf einen grau gewordenen Ex-Zivi.«

»Die paar Strähnchen«, sagte Udo lächelnd, wurde aber gleich wieder ernst. »Ich meine, also, wenn Sven ermordet wurde ...« Er stockte.

Aufmunternd nickte Karsten ihm zu.

»Also ...« Wieder ein Zögern. Dann schnell ausgespuckt wie ein zu lang gekauter Kaugummi: »Du und Sonja, läuft da eigentlich noch was?«

Karsten schloss die Augen. Die Vergangenheit, dachte er. Die Jägerin, der niemand entkommt.

Nie.

Der Bruder ihrer Soko-Leiterin und die Frau des Mordopfers. Lotte konnte es nicht fassen. Sie hielt den Telefonhörer immer noch in der Hand, immer noch mitten in der Luft. Heute, überlegte sie vage, kam ihr das Ding viel schwerer vor als sonst. Den ganzen Morgen hatte sie nach Verbindungen von Karsten Bartsch und Sven Seidelmann gesucht. Hatte beim NLWKN angerufen – dem Niedersächsischen Landesbetrieb für Wasserwirtschaft, Küsten- und

Naturschutz – und nach alten Listen der Zivildienstleistenden gefragt.

»Da hießen wir noch, nech, Staatliches Amt für Insel- und Küstenschutz«, hatte ihr eine näselnde, norddeutsche Stimme geantwortet. »Ein schönerer Name damals. Und StAIK war auch 'ne schönere Abkürzung, wenn Sie mich fragen.«

Aber Lotte fragte nach anderen Namen. Bekam, per Rückruf eine halbe Stunde später, deren fünf Stück, die sie sich hastig notierte: natürlich Sven Seidelmann und – wie befürchtet – Karsten Bartsch, aber auch drei neue: Ralf Freudenheim, Albert Neumann und Udo Sievers.

»Das waren unsere fünf Jungs in der fraglichen Zeit. Wir hatten ein überlappendes System, die kannten sich also alle«, erzählte die norddeutsche Stimme. »Starkes Team damals, wenn ich mich richtig erinnere.« Stark mit s-t.

»Danke«, hatte Karola in den Hörer gerufen.

Ein »Moin« als Abschiedsgruß kassiert. Und sich sofort die Nummern dieses starken Teams zusammengesucht. Udo Sievers, der jetzt Naturschutzranger auf Norderney war, erreichte sie weder auf Festnetz noch per Handy. Albert Neumann fand sie auf die Schnelle überhaupt nicht in der Datenbank, wahrscheinlich war er ins Ausland gezogen – diese Ornithologen schienen ja selbst wahre Wandervögel zu sein. Aber bei Ralf Freudenheim hatte sie Glück. Der arbeitete in einem Naturschutzgebiet bei Bad Buchau und nahm schon beim dritten Klingeln ab.

»NABU-Zentrum Federsee, Freudenheim – ja, Letzteres ist mein Name. Was kann ich für Sie an diesem ekligen, verregneten Morgen tun?«

Lotte grinste.

Und ließ ihren Charme spielen. Das Ergebnis dieser Befragung war allerdings gar nicht zum Lachen: Zwar hatte Freudenheim, als er seinen Fehler bemerkte, sofort einen Rückzieher gemacht, nachdem er unbefangen von Karsten Bartsch und Sonja-damals-noch-nicht-Seidelmann erzählt hatte, war aber schnell eingeknickt. Nun ja, Sonja sei zwar damals schon mit Sven zusammen, aber keine Kostverächterin gewesen. Und eine Nordseeinsel stimulierte ja auch romantische Gefühle, das müsse man verstehen. Jedenfalls ja, Karsten Bartsch und sie wären ein paarmal, wie der NABU-

Mann formulierte, in der Kiste gelandet. Und nein, mehr wisse er nicht, und wenn, würde er es nicht sagen. Karsten sei, trotz der langen Zeit, schließlich ein guter Freund.

Wieder bedankte sich Lotte artig und wurde diesmal mit einem brummigen »Ade!« verabschiedet.

Baden-Württemberg eben.

Und jetzt saß KK Charlotte Ahrens da mit dem Telefonhörer in der Hand, so schwer wie eine Zehn-Kilo-Hantel.

Sie hatte keine Ahnung, was sie jetzt tun sollte.

Laurenz stieg aus seinem schwarz funkelnden VW Golf und streckte sich – die lange Nacht am Computer steckte ihm noch in den Knochen. Natürlich war es wie immer unmöglich gewesen, hier in der Großen Eschenheimer Straße einen Parkplatz zu finden, und wie so oft war er im absoluten Halteverbot gelandet. Skeptisch blickte er zum seit gestern bewölkten Himmel hinauf, zog sich das Jackett zurecht und drängte sich durch die für diese Uhrzeit schon erstaunlich hohe Zahl von Touristen und Einkaufsbummlern: Seine Longines zeigte gerade mal kurz vor zehn.

Der Ermittler schob sich an Galeria Kaufhof und Hauptwache entlang, bog in die Schillerstraße ein und ärgerte sich wie immer über Bulle und Bär – zwei hässliche, fast lebensgroße Bronzetierfiguren, an denen eigentlich nur Kinder ihren Spaß haben konnten. Und ein paar Börsianer vielleicht auch, schließlich standen die zwei klobigen Viecher für Hausse und Baisse, für einen anhaltend steigendenden oder eben fallenden Aktienkurs. Einfach lächerlich, fand er. Die alte Fassade der Wertpapierbörse gefiel Laurenz da schon besser, sie hatte Charme. Der Bau lag fast versteckt am Ende der Zeil, Frankfurts gigantomanischer Einkaufsmeile und Fußgängerzone.

Die Alte Börse: Doppelsäulen, hohe Fenster mit Rundbogen aus Spessartsandstein, spielende Kinder aus Sandstein oben auf der Brüstung. Schön, fand Dahlberg. Trotzdem hielt er sich nicht lang mit der Betrachtung auf, sondern trat durch den Eingang. Eine Kurzbesichtigung für Privatpersonen war auf Anmeldung möglich und gratis, eine VIP-Führung kostete dagegen locker hundertfünfundzwanzig Euro. Geld regiert die Welt, dachte Laurenz. Schalt sich aus ob dieser Plattitüde, suchte und fand in seinem Sprichwortfundus auch rasch etwas Besseres: »Dem Geld darf man nicht nachlaufen – man muss ihm entgegengehen.« Dahlberg grinste. Aristoteles Onassis. Cooler Typ.

Obwohl er seinen Ausweis zückte, musste Laurenz wie alle anderen den Sicherheitscheck über sich ergehen lassen, eine Durchleuchtung, von der sie sich im Präsidium durchaus mal was abschauen konnten, die jedem Flughafen würdig war. Anschließend gönnte er sich einen kurzen Gang durch die Besuchergalerie: Von dort konnte man in den zentralen Handelssaal schauen, 2007 renoviert, wusste Dahlberg, aber das berühmt-berüchtigte Parkett war noch da, ebenso die Ticker und Laufbänder von Dax und Co. Reine Show, dachte Laurenz. Wirklich gehandelt wurde hier auf dem Parkett schon längst nicht mehr. Fast hundert Prozent der Börsengeschäfte wurden mittlerweile online getätigt. Und damit ortsunabhängig.

Laurenz schob sich weiter, nickte Brokern und Tradern in ihren betont lässigen Gucci-Anzügen zu, stieg ein paar Treppen hinauf und folgte endlos grauen Fluren. Bald war von Eleganz nicht mehr viel zu merken. Schließlich klopfte er an eine unscheinbare Tür am Ende eines halbvergessenen Ganges. Ohne Antwort abzuwarten, trat er in das winzige Büro. Der grauhaarige Alte drinnen blickte nicht auf, sondern fixierte weiter seinen Siebzehn-Zoll-Bildschirm. Die wenigen Quadratmeter des Raumes waren fast vollständig mit Aktenordnern zugepflastert, die sich meterhoch stapelten – die Firma Leitz musste an diesem Mann ein Vermögen verdient haben.

»Hallo, Papa«, sagte Laurenz Dahlberg und seufzte.

»Guten Tag, Frau Seidelmann.« Karola blickte in das verblüffte Gesicht der Witwe, während hinter ihr ein Team der Spurensicherung mit leeren Kartons drängelte.

»Was?«, fragte Sonja.

»Ich habe hier einen Durchsuchungsbeschluss. Es tut mir leid, aber könnten wie hereinkommen?« Ohne eine Antwort abzuwarten, winkte sie den Kriminaltechnikern, die prompt wie folgsame Ameisen ins Haus strömten. Karola merkte, wie bei ihr langsam doch die Müdigkeit durchbrach. Nach den Gesprächen mit Stringwell und Lessner, nach dem nicht einfach gewonnenen Kampf um diese Hausdurchsuchung mit Staatsanwalt Wollbricht, nach unzähligen unbeantworteten Anrufen bei Karsten und der anstrengenden Radtour hier hoch nach Bad Vilbel meldete sich ihr erschöpfter Körper. Und ihr Tagesprogramm war noch lange nicht am Ende. Sie blickte auf ihr Handy: halb zwei durch. Um fünfzehn Uhr wollte sie wieder im Präsidium sein – das würde knapp werden.

Die Kriminaltechniker teilten die Räume untereinander auf, Karola zog Frau Seidelmann in deren Arbeitszimmer.

»Was fällt Ihnen ein?«, schimpfte die Witwe.

»Wir haben«, erklärte Karola vage, »einen Hinweis erhalten. Es heißt, Ihr Mann wusste von einer Affäre und sei deshalb eifersüchtig gewesen.«

Sonja Seidelmann lachte. »Ich dachte, ich hätte Ihnen schon Svens Vorstellung von Erotik erläutert. Das ist Unfug.«

Die Kommissarin tat so, als entdeckte sie gerade Sonjas Notebook und zeigte darauf: »Den müssen wir leider auch mitnehmen. Darf ich?«

Auch diesmal wartete sie nicht, sondern drückte den Powerknopf. Wieder hatte sie Glück: Der erweckte Bildschirm zeigte das E-Mail-Programm. Karola scrollte.

»Aber ... das sind meine privaten Nachrichten, was soll das? Ich werde mich -«

»Was?« Karola blickte hoch. »Bei Staatsanwalt Wollbricht beschweren? Ihn um eine Gefälligkeit bitten wie die verdächtig rasche Einäscherung Ihres Mannes?«

»Bitte ... ich ...«

»Was ist das hier?«, fragte die Kommissarin, als sie die wütende Mail Seidelmanns endlich gefunden hatte.

Nur zögernd kam Sonja näher. Blickte der Fahnderin über die Schulter und schlug die Hände vors Gesicht. »Das ist ... ich hielt das für einen schlechten Scherz.«

»Von Ihrem Mann?«

»Der?« Sonja Seidelmann lachte auf. »Der hat mir schon seit Jahren keine E-Mail mehr geschrieben. Wozu auch? Nein, das ist einfach ... Schund.«

»Die Mailadresse ist aber die Ihres Mannes. Hat Sie das nicht stutzig gemacht?«

»Ehrlich gesagt, nein. Ich habe das nur überflogen. War mir nicht einmal wichtig genug, um es zu löschen.«

Karola starrte auf die Zeilen. *Ich weiß Bescheid, du Miststück.*

Andererseits: Warum hatte sie, wenn diese Aussage stimmte, die Mail nicht gelöscht?

Karola drehte sich um und musterte die Frau neben sich. Krähenfüße, erste Falten am Hals, aber immer noch hübsch. Stilvoll. Sie dachte an den anderen Satz der elektronischen Nachricht: *Wie konntest du nur, noch dazu mit einem meiner ältesten Freunde?*

Karola Bartsch zerrte das Foto aus ihrem Rucksack, das sie in der Voliere gefunden hatte. Vier Freunde auf Vogel-Exkursion. Wie hatte man Karsten da genannt? Was hatte er ihr beim Tischtennis erzählt - ja, d'Artagnan. Dann mussten die anderen die drei Musketiere sein. Und ein Fünfter hätte das Foto gemacht.

Oder eine Fünfte.

Seufzend fragte sie: »Frau Seidelmann, kennen Sie eigentlich meinen Bruder?«

Wieder saß Karsten im Zug. Wieder machte er sich Notizen, kritzelte Stichwörter in sein Schreibbuch mit den runden Ecken. Und wieder schaute er auf sein Handy. Mittlerweile dreizehn verpasste Anrufe von seiner Schwester, zwei besorgte Nachrichten von ihr auf der Mailbox und eine wütende SMS. Stinkwütend. Dann eine kurze Textnachricht von Spotti: *alles ok, räumen die trümmer weg, rockets passen auf mich auf* ☺

Karsten lächelte: Ein Smiley war das Ursymbol des menschlichen Gesichts. Als er die nächste Nachricht las, zog sein innerer Smiley die Mundwinkel nach unten: *Hallo d'Artagnan, ich hoffe, diese Nummer stimmt noch. Hatte gerade einen Anruf von der Polizei Frankfurt. Wir müssen reden. Papageno.*

Der gute alte Ralf. Hoffentlich hatte er sich Karola gegenüber nicht verplappert. Oder hatte er nicht mit ihr telefoniert, sondern mit einem anderen Ermittler?

»Mist«, brummte Karsten, schaltete das Handy aus und blickte aus dem Fenster: norddeutsche Tiefebene. Ein Brett von Landschaft, ohne jeden Berg oder Hügel. Er zog seinen Reiseplan aus dem Netz des Vordersitzes und blätterte darin herum. Wenn er in Frankfurt den ICE nach Ulm erwischte, konnte er um dreiundzwanzig Uhr fünfundfünfzig in Biberach sein. Von dort gingen nur Busse nach Bad Buchau am Federsee, wo Papageno lebte. Aber natürlich nicht mehr um Mitternacht, sondern erst wieder gegen sechs Uhr morgens. Karsten würde laufen müssen oder sich ein Taxi nehmen. Einen Augenblick überlegte er, sich von Ralf abholen zu lassen, aber er wollte seinen ehemaligen Zivikollegen lieber überraschen.

Papageno hatte er wirklich lange nicht gesehen. Was merkwürdig war. So merkwürdig wie diese Zeitreise, die er unternahm, ein Vergangenheitstrip, den er Sven Seidelmann verdankte. Zumindest seinem Tod. Karsten gähnte. Vielleicht sollte er doch in Frankfurt übernachten. Mit Karola reden und richtig ausschlafen. Einen kurzen Zwischenstopp in der Gegenwart einlegen. Aber Uhu-Udo, er hatte sich wirklich gefreut, Karsten wiederzusehen. Hatte ihn zum Abschied, schon am Hafen, in den Arm genommen. Hatte gefragt, ob er Martin Buber kenne. Karsten hatte nur mit den Schultern gezuckt: »Irgend 'nen Philosoph?«

»Ein israelisch-österreichischer Religionsphilosoph«, präzisierte Udo.

»Aha. Und?«

»Und der hat einmal so was in der Art gesagt: ›Jede Reise hat ein geheimes Ziel, von dem der Reisende nichts weiß.‹« Udo schwieg und schob Karsten Richtung Fähre. »Ich hoffe, d'Artagnan, du findest das geheime Ziel deiner Reise.«

18

Donnerstag, 21. Mai, 15.10 Uhr

Teambesprechung, die dritte. Gestern hatte sie die Besprechung kurzfristig abgesagt. Der grauenhafte Unfall von Timo Maurer, Janniks Schockzustand und ihre eigene Fassungslosigkeit über den Anschlag auf Karstens Kneipe erzwangen die Auszeit in der Besprechungsroutine. Und wenn sie ehrlich war, konnte sie einfach Wollbrichts vorwurfsvollen Blick und Dahlbergs kontraproduktive Sprüche nicht mehr ertragen. Aber heute musste es weitergehen mit der »Soko Nachtschwalbe«, ihrem Team. Sie mussten die neuen Verdachtsmomente gegen Frau Seidelmann und diesen windigen Geschäftsführer prüfen, analysieren, besprechen. Das war ihr verdammter Job.

War es tatsächlich erst drei Tage her, dass Sven Seidelmann mit eingeschlagenem Schädel aufgefunden worden war? Karola Bartsch vibrierte innerlich vor Energie. Endlich hatten sie die vielversprechende Spur gefunden, und nicht nur eine. Tagelang traten sie auf der Stelle herum, schlurften scheinbar im Schneckentempo durch die Ermittlungen, bis dann endlich die entscheidenden Informationen aufeinandertrafen wie Atomkerne, die Energie freisetzten und sie alle mit neuer Kraft aufluden.

Sie musterte ihre Truppe, nickte Komtschewski zu, der unter grauen Haaren und Bart einen zufriedenen Gesichtsausdruck vor sich her trug. Offensichtlich hatte auch er etwas zu vermelden.

Aber einer nach dem anderen.

»Was ist mit Timo Maurer?«, fragte sie als Erstes.

Jannik schüttelte den Kopf. »Nichts Neues. Halbwegs stabil, jedoch weiter im Koma.«

»Dann rennt er uns wenigstens nicht weg«, unkte Laurenz. Er grinste so unverschämt, als hätte er den einen, alles entscheidenden Hinweis entdeckt.

Das versprach doch mal, ein interessantes Treffen zu werden.

»Schlechte Nachricht«, konstatierte Karola. »Was ist mit der jungen Frau aus seiner Wohnung?«

»Ebenfalls komplette Fehlanzeige«, knurrte Jannik. »Ich habe gestern sämtliche Nachbarn befragt – keiner kennt sie.« Und leider, dachte er, kann ich mich immer noch nicht an das Universitäts-Logo auf ihrem Shirt erinnern. England? Oder doch Amerika?

Karola seufzte, machte ein Häkchen und ein Fragezeichen auf ihrer Liste und ging über zum nächsten Punkt: »Die gute Nachricht ist, dass Kollegin Ahrens ein neues mögliches Tatmotiv gefunden hat. Machst du weiter?«

Lotte nickte ihr kühl zu und startete den Beamer. Karola beobachtete sie aus den Augenwinkeln – irgendetwas stimmte definitiv nicht mit ihr.

»Unserer Chefin ist in Doktor Stringwells Büro ein Gemälde aufgefallen«, begann Lotte. »Darf ich vorstellen: ›Die Vögel‹ von Franz Marc, entstanden 1914. Das Bild gehört zum Bestand der Städtischen Gemäldegalerie im Münchener Lenbachhaus. Angeblich. Als ich dort anrief, teilte man mir nur mit, dass das Bild momentan restauriert werde. Weiter nachgeforscht habe ich erst mal nicht.«

»Interessant«, murmelte Jannik. »Und es ist bestimmt dieses Bild?«

Lotte zuckte die Achseln. »Man hat mir versichert, dass es weder Repliken noch Kopien davon gibt. Natürlich bin ich keine Kunstexpertin, vielleicht ist das ja auch einfach eine Fälschung.«

»Und wenn nicht?«, fragte der Schutzpolizist Konrad Gisselberg.

»Dann ist dieses Gemälde ein erstklassiger Grund, um bei Orni Charm einzubrechen.« Lotte blickte in die Runde. »2008 ging ein vergleichbares Werk von Franz Marc für knapp siebzehn Millionen Euro über den Auktionstisch.«

Dahlberg pfiff durch die Zähne. »Und das Ding hängt einfach so in Big Stringwells Büro?«

»Nein! Nein! Ich glaube nicht an solch phantastische Konstrukte!« Staatsanwalt Wollbricht, heute mit einer hellblauen Krawatte, auf deren Oberfläche rostige Bojen trieben, bekam einen roten Kopf.

Sehr aufschlussreich, fand Karola. »Dann fragen wir den Herrn Stringwell doch mal«, sagte sie. »Dieses Bild macht die Einbruchshypothese jedenfalls um einiges plausibler.«

»Sag ich doch«, kommentierte Laurenz. »Ein Dieb dringt bei OCP ein, wird von Seidelmann überrascht und bumm! Ob unser Mörder Forschungsergebnisse oder Blauer-Reiter-Gemälde klauen wollte, ist dabei doch egal.«

»Apropos Ergebnisse ...« Karola fasste zusammen, was sie über Seidelmanns Forschungen zum Torporverhalten bei Vögeln erfahren hatte und welche Gewinnmargen bei einer kommerziellen Nutzung möglich waren.

»Klingt nach Science Fiction.« Dahlberg zog zweifelnd eine Augenbraue hoch. »Mister Spock lässt grüßen.«

»Wer hat diese Forschungsdaten denn jetzt?«, fragte Jannik Holzmann.

»Auch das«, antwortete Karola, »wird uns DBA Stringwell beantworten müssen.«

»Dann fragt ihn aber auch noch was anderes!« Komtschewski konnte sich nicht länger zurückhalten und platzte mit seiner Bombe heraus. »Das Blut am Schnabel der Winternachtschwalbe – ihr erinnert euch? Es stammt eindeutig von unserem Wirtschaftsdoktor Michael Stringwell.«

Schlagartig verstummte das Team. Sechs Augenpaare fixierten den Chef der Spurensicherung, der sich in diesen speziellen Sonnenstrahlen zu aalen schien.

»Sicher?«, brachte Karola heraus.

Komtschewski nickte. »Hundert Prozent.«

»Aber wie? Auf der Liste der freiwilligen Speichelproben fehlte doch Stringwells Name.«

Chef Ski grinste. »Das Pflaster, erinnerst du dich? Ich musste mich ja mehrmals mit diesem Herrn herumschlagen, auf dass er uns Zugriff auf die Nachtschwalbe gestattete. Beim letzten Mal fingerte er sich das Pflaster ab und, hm, entsorgte es.«

»Franz«, staunte Karola, »du bist ein Genie.«

»Mitnichten!«, warf Wollbricht ein. »Ein solcher DNA-Vergleich wird vor Gericht kaum Bestand haben.«

Die Kollegen blickten sich an.

»Die Früchte des verbotenen Baumes sind schmackhaft«, murmelte Karola.

»Ja, ja«, brummte Wollbricht. »Aber es geht hier um molekulargenetische Untersuchungen. Da greifen Paragraf 81 a und e der Strafprozessordnung. Und da -«

»Das muss«, unterbrach ihn Karola, »Stringwell ja nicht unbedingt erfahren.« Zögernd fuhr sie sich mit den Fingern durch die Haare.

»Aber dann ... dann haben wir ihn!« Lotte klang nicht wirklich überzeugt.

»Nicht unbedingt«, spielte Jannik den Advocatus Diaboli. »Das beweist nur, dass Stringwell am Montagmorgen in der Firma war - und das hat er ja schon zugegeben. Vielleicht hat er nur«, er setzte Anführungszeichen in die Luft, »vergessen, von seinem Zusammenstoß mit dem Vogel zu erzählen.«

»Trotzdem«, brummte Komtschewski sichtlich enttäuscht. »Der Mann vergisst ein bisschen zu viel.«

»Dann würde uns das hier«, mischte sich Dahlberg ein, »vielleicht weiterhelfen.« Mit Schwung warf er eine Dokumentenmappe auf den Tisch.

»Und was ist das?«, fragte Karola.

»Wie ihr wisst, habe ich immer noch Kontakte zur Börse.« Laurenz machte eine Pause, ließ die Worte sacken, bevor er weitersprach: »Als ich mir die Finanzen von Orni Charm Pharmaceuticals anschaute -«

Wollbricht stemmte sich wütend auf die Tischkante und unterbrach ihn: »Habe ich nicht deutlich gemacht, dass eine weitergehende Überprüfung der Finanzen nicht genehmigt war?«

»Tut mir leid, Chef.« Dahlberg grinste süffisant. »Als ich Ihre Direktive erhielt, hatte ich meinen Informanten schon um Recherche gebeten. Und einem geschenkten Gaul schaut ein Ermittler nicht ins Maul.«

Karola unterdrückte ein Kichern. »Da hat er recht, Herr Wollbricht. Was hast du rausbekommen?«

Dahlberg holte tief Luft. Schließlich war es nicht einfach, hinter die Mauern von Börsenspekulanten und Aktienschiebern zu kommen, ohne den behördlichen Polizeiapparat zu nutzen. Von seinem Vater hatte Laurenz nie jemandem erzählt. Sein Vater, der als vergessenes Relikt in der Frankfurter Wertpapierbörse Akten und Ordner sortierte – ein übrig gebliebenes

Faktotum aus vergangenen Zeiten. Kaum jemand an der Börse sah in ihm mehr als einen ergrauten Papierboten, den man herumschickte und als Kaffeeholer oder Putzmann gebrauchte. Niemand wusste, dass sein Vater schneller ausländische Konten zurückverfolgen konnte als jeder Hacker. Nur mit seinen Karteikarten, seinen Kontakten und seinem Telefon. Niemand.

Das sollte auch so bleiben.

»Nun«, begann Laurenz Dahlberg. »Mein Gewährsmann prüfte die Aktienbewegungen von Orni Charm Pharmaceutical in den letzten sechs Monaten und entdeckte einen ungewöhnlich hohen Einzelumsatz. Vor zwei Wochen kaufte an einem einzigen Geschäftstag die Frankfurter Privatbank GetMoney ein dickes Paket. Angeblich für das Depot eines ihrer Kunden.« Auch Laurenz genoss die Aufmerksamkeit seiner Kollegen. Und fixierte Karola. »Aktien im Wert von sechshundertfünfzigtausend Euro.«

»Sagen Sie mir nicht«, stöhnte Wollbricht, »dass Sie den Namen dieses Kunden herausbekommen haben. Mein Gott, das Bankgeheimnis ist mehr als ein sinnloses Wort!«

Dahlberg grinste. »Wie gesagt, was wir damit vor Gericht anfangen können, steht auf einem anderen Blatt. Aber die Info – die habe ich.«

»Der Name!«, forderte Karola ihn auf.

»Ihr könnt's euch wohl denken: Der Kontoinhaber ist Big Stringwell. Der Kurs der OCP-Aktien stieg in der darauf folgenden Woche um fünfundzwanzig Prozent, als die Firma die erfolgreiche Marktplatzierung eines neuen Präparates bekannt gab. Et voilà: verbotene Insidergeschäfte.«

Wieder schwieg das gesamte Ermittlungs-Team.

»Die genauen Daten und Transaktionen«, schloss Dahlberg, »bekomme ich erst morgen früh. Das da ist nur ein Überblick.«

Karola fuhr sich durch die Haare, atmete tief ein und blickte fragend in die Runde: »Stringwell wird wirklich eine Menge zu erklären haben. Holen wir ihn uns?«

Alle nickten – sogar, wenn auch zögernd, Wollbricht mit Tönnchen-Krawatte.

»Aber wir werden bis morgen warten«, überlegte Karola laut. »Ich will die genauen Zahlen von Laurenz.«

Dahlberg nickte.

»Und mehr über Stringwells Vergangenheit.« Karola schaute Lotte an.

»Bekommst du«, sagte die.

Und außerdem, dachte Karola, will ich Stringwell ein bisschen Zeit lassen, mir meine tausend Euro zu überweisen.

Gleichzeitig mit Lotte lehnte sie sich zurück. Beide Frauen lächelten, unabhängig voneinander, erleichtert: Wenn Stringwell ihr Täter war, mussten weder die Affären von Sonja Seidelmann noch die Enthüllungen über Karsten Bartsch auf den Tisch.

Vielleicht ließ sich das sogar für immer unter den viel zitierten Teppich kehren.

Über ihm spielte der Himmel Aprilwetter, schickte abwechselnd Sonnenstrahlen und Regentropfen herunter.

Er kapierte es einfach nicht.

Mirko stand an einem Büdchen auf der Berger Straße und trank Henninger Pils aus der Flasche. Die dröhnenden Glocken der Sankt-Josefs-Kirche erinnerten an die aufgelaufene Stunde. Mirko zählte mit. Fünf Schläge, siebzehn Uhr. So früh am Tag trank er normalerweise nicht, aber die Sache gestern steckte ihm noch messertief in den Knochen.

Nein, er kapierte das überhaupt nicht. Wie hatte die Sprayerin Luna überlistet? Was war da passiert? Wieso konnte diese Tussi überhaupt so clever sein? Innerhalb von Sekunden eine täuschend echt aussehende Puppe zaubern? Und genau im richtigen Moment ins Wasser werfen? Da war doch was oberfaul.

Mirko hatte heute Morgen lange geschlafen, über Karolas Liebesnachricht auf dem Nachttisch gegrinst und sich sofort ans Telefon geklemmt. Er riss die Nachtschwester von gestern aus dem sicher wohlverdienten Schlaf und quetschte sie aus. Nein, das Gesicht der Frau sei erst unter einer Atemmaske, dann der Kapuze ihres Sweatshirts verborgen gewesen. Übrigens habe sie ja gleich gewusst, dass da was nicht stimmte. Nein, es tue ihr leid, wirklich nicht, außer vielleicht, dass sie groß und schlank gewesen sei. Haar- und Augenfarbe? Fehlanzeige. Und welchen Namen sie angegeben hatte? Die Nachtschwester durchsuchte ihr Gedächtnis. Fand nicht viel.

»Also der Vorname«, erklärte sie Mirko nach einer Weile, »war irgendwas ganz Normales, so wie Maria, Silke oder Michaela. Der Nachname, der, ja, der hatte was mit Stoff zu tun. Ich nähe nämlich in meiner Freizeit, wissen Sie? Also, falls Sie sich an mein Halstuch von gestern Nacht erinnern, das ist selbst gemacht.«

»Hübsch«, hatte Mirko gebrummt. »Sehr hübsch.«

»Ja, ja, irgendein Stoff war in dem Namen ... sozusagen eingewebt. So wie ... Stoffelsberg. Nee. Filzbrecht oder Samthausen? Auch nicht, nein, nein. Wolle! Ja, das war's. Irgendwas mit Wolle.«

»Wollbricht?«, fragte Mirko spontan, weil Karola die letzten Tage oft genug über diesen Beamtenvertreter geschimpft hatte.

»Genau!«, jubelte die Nachtschwester und freute sich über wiedergefundenen Faden.

Mirko Finke grunzte und schaute zum Himmel – gerade war wiedermal Regen dran. Und die Bierflasche leer.

Nein, er verstand überhaupt nichts.

»Herr Wollbricht, kann ich Sie noch einen Moment unter vier Augen sprechen?«

Alle anderen hatten den Besprechungsraum schon verlassen, nur der Staatsanwalt stopfte noch umständlich seine Papiere in die Aktentasche. Sie waren allein.

»Ja, selbstverständlich. Was gibt es?«

Karola holte tief Luft, denn jetzt lehnte sie sich ziemlich weit aus dem Fenster.

»Warum wollten Sie nicht, dass wir uns die Finanzen von OCP genauer ansehen?« Diese Frage hatte Karola die ganze Zeit nicht mehr losgelassen. Wahrscheinlich ging es um Beziehungen, Seilschaften, um den Zusammenhalt von Burschenschaften. Oder hatte der stillose Staatsanwalt eine Affäre mit Stringwells Frau gehabt? Alle diese Möglichkeiten waren durch ihren Kopf geschwirrt wie Feuerwerkslichter im Nachthimmel.

Wollbricht zögerte, forschte in ihrem Gesicht und gab sich schließlich einen Ruck. »Ich habe«, sagte er mit einem wehmütigen Blick hinter der randlosen Brille, »selbst ein nicht kleines Aktienpaket von OCP in meinem privaten Portfolio. Und wollte nicht, dass eine ... unnötige polizeiliche Ermittlung einen Kurseinbruch ...« Er stockte. »Sie verstehen?«

Karola war ehrlich verblüfft – mit dieser banalsten aller Antworten hatte sie nicht gerechnet. Geld. Einfach nur Geld. Der schnöde Mammon. Vielleicht, dachte sie, ist das Masterpiece Nummer 100 ja doch gut aufgehoben an der Wand des Pomp- und Popanzpräsidiums. Sie stellte sich vor, wie sie morgen Nacht der Fratze ihres letzten Ungeheuers eine unschuldsweiße Krawatte umhängte – mit tönnchenförmigen hässlichen schwarzen Flecken darauf.

Wortlos verließ sie den Raum.

Lotte und Jannik marschierten nebeneinander Richtung Großraumbüro. Sie musste das Dossier Stringwell ausarbeiten, er sich einen Plan zurechtlegen, wie er den Chef der Firmen-Security, Hendrik Stritzel, aus der Reserve locken konnte. Dieser Typ mit Katze und fischkalter Visage verheimlichte ihnen etwas – da war sich Jannik sicher. In ihre jeweiligen Pläne vertieft, erreichten sie schweigend das leere Büro. Dahlberg hatte sich schon in den Feierabend verabschiedet, Karola war noch im Besprechungsraum mit Wollbricht. Komtschewski wärmte sicher schon wieder Reagenzgläser über offener Flamme und der alte Gisselberg war schlurfend und murmelnd verschwunden: »Mich braucht ja wohl niemand.«

An der Tür zögerte Lotte, wandte sich dann an Jannik. »Ich muss dich was fragen.«

Sein Herz begann schneller zu schlagen. »Ja?«

»Komm mal mit zu meinem Computer.«

Jannik folgte gehorsam, beobachtete, wie Lotte sich setzte, stellte sich nahe zu ihr und blickte über ihre Schulter auf den Bildschirm. Dort waren mehrere Fenster offen, die Lotte Mausklick für Mausklick schloss.

»Warte mal!« Jannik tippte auf das Passfoto einer Frau. »Wer ist das denn?«

»Eine Riesenlücke in unserer Ermittlung«, schnaubte Lotte. »Seidelmanns Tochter. Hat den unmöglichen Namen Luscinia, die Arme. Angeblich ist sie mittlerweile zu Hause bei ihrer Mutter, aber befragt hat sie von uns noch keiner.«

Jannik überflog die spärlichen Informationen, ohne wirklich zu lesen – Lottes Nähe lenkte zu stark ab. Ein neues Parfüm, ätherisch, würzig, aufregend. Wacholder? Er räusperte sich. »Also, um was geht's?«

Wortlos klickte Lotte weitere Fenster weg, bis nur noch ein Bild übrig blieb, das Foto eines Mannes. Sie tippte darauf. »Um den hier. Hast du den schon mal gesehen?« Jannik beugte sich tiefer zu der verführerischen Wacholderwiese hinunter und schüttelte langsam den Kopf. »Leider nein. Den kenn ich nicht. Sieht aus wie einer dieser Schlägertypen, die ihre Grobmotorik nicht im Griff haben.«

Lotte lächelte und hoffte, das Jannik etwas feiner gestrickt war. »Das hier, mein lieber Herr Holzmann, ist Karsten Bartsch – ja, Karolas Bruder –, und er taucht in unseren Ermittlungen auf. Immer wieder. Ich glaube, Karola deckt ihn.«

Als sie an diesem Abend, nassgeschwitzt vom schnellen Strampeln auf dem Fahrrad, die Wohnungstür aufschloss, stolperte sie nicht nur über einen unausgepackten Umzugskarton, sondern auch in einen sehr leckeren Geruch hinein. Sie trat sich die Turnschuhe von den Füßen, wackelte mit den Zehen – und schnupperte. »Mirko?«

»Küche!«

Karola blinzelte verblüfft – ein echter Tag des Erstaunens. Erst der Durchbruch bei den Ermittlungen, dann Wollbrichts ekelerregendes Geständnis. Und jetzt dieses kleine Wunder: Mirko kochte tatsächlich für sie. Und zwar keine Spaghetti aus der Tüte oder Pellkartoffeln mit Quark vom Supermarkt.

Barfuß tapste Karola in die Küche und umarmte ihn. Musterte skeptisch die Bratenflecken auf seinem Hemd – bis zur Schürze hatten seine Ambitionen also leider nicht gereicht. Aber egal.

»Mann, das riecht echt lecker!«, flüsterte sie und gab ihm einen Kuss.

»Frau, meinst du mich oder den Duft aus dem Riesentopf da?«

»Beides natürlich. Was kochst du?«

»Ein Rezept meiner Oma: Coq au vanille.«

Ächzend löste sich Karola von ihm.

»Was denn?«

»Vögel«, knurrte sie. »Bei diesem Fall dreht sich alles um Federvieh. Und jetzt ...«

Mirko grinste. »Jetzt kannst du dich endlich rächen, indem du eins von ihnen auffrisst!«

Sie lachte. »Soll ich was helfen?«

Mirko winkte ab. »Das Hühnchen schmort schon in einem Swimming-Pool aus – falls es dich interessiert – Zwiebeln, Knoblauch, Pfeffer, Öl, Tomatenmark, Weißwein, Geflügelbrühe und, ganz wichtig, Vanillesalz.«

»Was ist das denn?« Sie schmiegte sich wieder an ihn, spürte, wie der Stress von ihr abfiel.

»Eine zerkleinerte Vanilleschote mit Meersalz gemischt.«

»Klingt gut.«

»Aber die Champignons fehlen noch – die kommen erst ganz zum Schluss dazu.«

»Dann her mit dem Messer.«

Sie schnippelte die Pilzköpfe, schmorte sie in Butter an und gab sie kurz vor dem Ende der Garzeit zusammen mit von Mirko grobgehackter Petersilie in den Topf. Im Radio spielte hr3 sein abendliches Madhouse mit dem Neusten aus den Charts. Draußen begann es endlich schwere Tropfen zu regnen, drinnen wurde geschmaust und mit einem kräftigen Burgunder angestoßen. Karola hatte Mirko von ihrem Hauptverdächtigen im Fall Seidelmann berichtet und auf welche Art sie sich Stringwell morgen vorknöpfen wollte.

»Köstlich«, bekannte sie jetzt und leckte sich die Finger ab. »Wenn du dir Mühe gibst, wird noch ein echter Hausmann aus dir.«

»Ein guter Vater wäre ich auch.« Mirko schaute sie lauernd an.

Karola schenkte sich von dem Rotwein nach, suchte nach einer guten Antwort auf die unausgesprochene Frage.

Fand keine.

»Wir sind ja noch nicht mal verheiratet«, sagte sie schließlich, ebenfalls lauernd. Wir sind, dachte sie, zwei Katzen, die um eine Maus kreisen.

»Das eine hat doch nichts mit dem anderen zu tun.« Auch Mirko nahm einen Schluck vom Rebensaft. Ein Bier wäre ihm jetzt sicher lieber gewesen.

»Lass uns von was anderem reden«, bog Karola die Diskussion ab. Was sich als unglückliche Taktik herausstellte: Ihr Freund erzählte in epischer Breite von seiner nächtlichen Jagd auf eine Sprayerin, die in seiner Darstellung überaus gemein, gefährlich und noch dazu hässlich war.

»Ach Mirko«, meinte sie schließlich, »du nimmst das zu persönlich.«

»Ich glaube«, antwortete er, »das ist persönlich.«

Wieder versuchte Karola abzulenken: »Was gibt's im Fernsehen?«

Endlich lachte er wieder. »Du wirst es lieben: Hitchcocks ›Die Vögel‹.«

»Wirklich nicht. Ich kann absolut keine Federn mehr sehen.«

»Dann«, erwiderte er, »solltest du heute Nacht auf dem Sofa schlafen. Denn unsere Bettdecken stecken voller Daunen.«

Karola verdrehte die Augen: »Bevor du jetzt noch auf die Idee kommst, in den DVD-Player ›Unter Geiern‹ einzuschieben, gehe ich in die Koje.« Sie stand auf, reckte sich und schob die Brust nach vorne. »Mit dir oder ohne dich, mein Piepmatz.«

Mirko strahlte. »So wichtig ist mir Karl May auch wieder nicht.«

Einundzwanzig Uhr dreißig, »heute journal«-Zeit. Im Polizeipräsidium leuchteten immer noch die Bildschirme der Computer. Lotte Ahrens schaltete gähnend ihren Computer aus.

»Ich mach Schluss für heute«, sagte sie in Janniks Rücken hinein, der ein paar Sitze weiter vor seinem eigenen Schirm hockte. Er ging seit Stunden die manipulierten Videoaufzeichnungen durch, verglich Standbild für Standbild und arbeitete sich in die Sicherheitssoftware von OCP ein. Er schwieg.

Dann eben nicht, dachte Lotte, die Stringwells Leben in eine ausführliche Excel-Datei gequetscht hatte. Auffällig an diesem Leben war aber nur zweierlei: Erstens hatte der Chef von Orni Charm mehr Geld und Immobilien, als man erwarten konnte, zweitens war seine aktuelle Ehe schon die dritte. Aber strafbar war das ja nicht.

Die Kommissarin stand auf, zog sich ihre Jacke über und kramte laut, klimpernd und lange in ihrer Handtasche herum.

Nichts.

»Also dann bis morgen!«

Endlich fuhr er doch herum. »Was?«

Sie seufzte. »Ich hab genug für heute, Jannik.«

»Oh.«

»Also, bleibt es dabei?«

Jannik nickte. Bestürzt hatte er sich ihren Bericht angehört: Karsten Bartsch als langjähriger Freund des Mordopfers. Ein Semi-Orni par excellence, zwar ohne wissenschaftliche Ausbildung, aber mit großer Hingabe. Und einer, der zumindest vor vielen Jahren mit Frau Seidelmann eine Beziehung hatte.

»Mist«, hatte Janniks Kommentar gelautet.

»Und als i-Tüpfelchen«, hatte Lotte ergänzt, »hier eine Notiz aus seiner Personalakte: Bartsch hatte Sicherheitsschuhe bestellt und seine Schuhgröße angegeben: sechsundvierzig.«

»Ein riesen Mist-Haufen!«

»Kannst du laut sagen.«

Trotzdem hatten sie sich darauf geeinigt, vorerst stillzuhalten: Stringwell war im Moment ihr Hauptverdächtiger auch wenn sich noch kein klares Mordmotiv herauskristallisierte, die Last der Indizien war erdrückend. Und was wäre die Alternative gewesen? Wollbricht von Karolas möglicher Befangenheit erzählen? Nein. Sie mussten erst mit ihrer Chefin reden, sie mit den Fakten konfrontieren.

»Ja«, antwortete Jannik, »wir belassen es dabei. Wenn wir Glück haben, ist Stringwell unser Mann und die ganze Sache löst sich in Wohlgefallen auf.«

»Glück«, sagte Lotte leise, »in Bezug auf eine Mordermittlung. Gefällt mir nicht.«

Sie schwiegen.

»Also, ich geh dann mal«, sagte die Kommissarin, ohne sich von der Stelle zu rühren.

Jannik räusperte sich. »Wollen wir ... was essen?«

Endlich, dachte Lotte Ahrens.

Eine halbe Stunde später saßen sie in Lottes Lieblings-Apfelweinkneipe »Zur Schönen Müllerin« zwischen Sandweg und Berger Straße. Weil der Himmel zwar bedeckt, die Temperatur aber halbwegs angenehm war, hockten sie draußen im kleinen Biergarten. Lotte ließ sich Spargel mit grüner Soße schmecken, Jannik stocherte in seinem Hessenschnitzel – gefüllt mit Apfel, Sauerkraut und Speck – herum. Beide tranken Gespritzten.

»Findest du nicht, dass Karola in letzter Zeit sowieso komisch ist?«

»Was meinst du?«

»Immer gestresst. Oft müde, so als würde sie ganze Nächte durchmachen. Und dann ihre Fahrrad-Manie. Sport ist ja schön und gut, aber sie ist ja praktisch nur noch mit dem Rad unterwegs.«

»Damit kommst du in Frankfurt halt schneller voran.«

»Bis nach Bad Vilbel zur Seidelmann? Wirklich nicht!«

»Ich glaube ...« Jannik verstummte. Aß und trank.

»Was?«, drängte Lotte.

»Seit ihrem Unfall fährt sie nicht mehr gerne.«

»Unfall?«

»Ihr ist mal einer direkt vors Auto gefallen. Stürzte von 'ner Autobahnbrücke. War vor deiner Zeit.«

»Hm.« Lotte packte eine ihrer Strähnen und zwirbelte dran herum. »Verstehe.«

»Ich war damals gerade neu bei der Truppe – war wohl ziemlich heavy für sie.«

Trinken und Essen.

Schweigen.

»Lotte?«

»Ja?«

»Ich ... du ... wir ...« Er stotterte. Wurde rot.

Süß, dachte Lotte, hob ihren Po von der Bierbank und beugte sich zu ihm hinüber. »Komm mal her, Jannik.«

Als sie sich küssten, schoss eine Hitzewelle durch seinen Körper, die nicht nur den Unterleib mit Blut versorgte, sondern auch sein Gehirn mit frischer Energie. Synapsen verbanden sich zu neuen Nervenverbindungen, alte Erinnerungsbilder schärften sich, helle Gedanken schossen wie Lichtblitze hin und her. Er sah sich selbst neben Lotte an ihrem Computer stehen. Das Foto von Luscinia Seidelmann, deren Kurzbiografie daneben. Studium in Glasgow. Ihr Bild verschwamm, morphte in ein anderes Gesicht, wurde zu der jungen Frau an der Tür von Timo Maurers Wohnung. Ihr enges T-Shirt über prallen Brüsten. Natürlich hatte er draufgeschaut. Erinnerte sich jetzt an das Logo, klar und deutlich sah er vor sich dieses Wappen mit Fisch, Buch, Baum und Glocke. Nicht Amerika, nicht England, sondern Schottland. Glasgow. Dasselbe Gesicht, nur etwas älter und die Haare viel länger. Gefärbt.

Atemlos riss sich Jannik von ihren Lippen. »Sorry, ich muss los!«, keuchte er. Wie konnte er nur so bescheuert gewesen sein? Er sprang auf, packte seinen Kram und stürmte davon.

Lotte saß da mit offenem Mund. Eine solche Wirkung ihres Kusses hatte sie noch nie erlebt. War das jetzt ein Fluchtreflex? Gott, musste der Typ verkorkst sein. Tapfer konzentrierte sie sich auf ihre letzte Spargelstange und köpfte das Teil.

»Tut mir leid.« Jannik stand auf einmal wieder hinter ihr, atmete hektisch, strich ihr sanft über den linken Arm. »Ich dachte eben, wie kann man nur so blöd sein. Dann bin ich los. Und nach ein paar Metern dachte ich: Jetzt bin ich aber blöder als blöd.«

Lotte lächelte vorsichtig. »Treffend formuliert. Was ist denn passiert?«

»Ich weiß, wer Timo Maurers Freundin ist. Aber das kann auch bis morgen früh warten – denkst du nicht auch?«

Oh ja, dachte Lotte und machte einen Kussmund.

Und dann hielt sie ihren Holzmann ganz fest an sich gepresst.

Um dreiundzwanzig Uhr achtzehn stieg Karsten mit zwanzig Minuten

Verspätung in Ulm aus dem Zug und erreichte gerade noch so den Anschluss nach Biberach. Wieder hatte er die Fahrzeit fürs Telefonieren genutzt: Spotti räumte weiter auf und glaubte, den Ice-Man herumstreunen gesehen zu haben. »Jedenfalls hab ich ständig«, erzählte Spotti, »das Gefühl, dass hier jemand rumschleicht.«

Lange hatte Karsten gezögert, bevor er seinen alten Kumpel Komtschewski anrief. Sie hatten immer mal wieder zusammengearbeitet und, noch wichtiger, zusammen getrunken. Als Karsten aus dem Dienst ausschied, brach er sämtliche Brücken ab – inklusive Trinkkumpane. Trotzdem: Karsten brauchte die Mordakte Seidelmann, musste endlich wissen, ob er zum Kreis der Verdächtigen gehörte und was die Spusi gefunden hatte. Da er sich an seine Schwester nicht rantraute, wählte Karsten das kleinere Übel und fragte Komtschewski. Der freute sich so lange über Karstens Anruf, bis er um die Akten bat. »Tut mir leid, Kasti, das kann ich nicht machen. Frag Karola, okay?«

Ja, würde er tun. Morgen. Oder vielleicht erst übermorgen.

Pünktlich um dreiundzwanzig Uhr fünfundfünfzig erreichte er den kleinen Bahnhof, blickte mit übermüdeten Augen auf ein Plakat der Stadt: *Biberach. klein. stark. oberschwäbisch*, stand da, begleitet von der stilisierten Zeichnung eines Bibers. Karsten schnaubte. Die Erfinder so mancher Slogans gehörten einfach weggesperrt. Wenn er nur an die Autobahnschilder dachte, die einen beim Wechsel in ein anderes Bundesland begrüßten: *Willkommen im Land der Frühaufsteher*, *An Hessen führt kein Weg vorbei*, *WIr können alles außer Hochdeutsch.* Wer dachte sich solch einen Scheiß nur aus?

Also, was jetzt?

Karsten trat aus dem Bahnhof, musterte das kleine, starke und oberschwäbische Biberach. Zwei Uhren schlugen, leicht versetzt, Mitternacht.

Bad Buchau und sein Federsee lagen keine zwanzig Kilometer westlich von hier. Ein kleiner Spaziergang? Karsten schaute hoch: keine Sterne, aber nur eine dünne Wolkenschicht. Seine letzte Nachtwanderung war ohnehin viel zu lange her. Er ging los, folgte der Straße nach Biberach hinaus, bog aber rasch auf einen Wanderweg ein. Natürlich verlief er sich. In einem dichten Waldstück verlor er die Orientierung, stolperte über die Wurzeln und ärgerte sich darüber, dass die kleine Taschenlampe an seinem Schlüsselring schon nach fünf Minuten saftlos erlosch. Aber das alles machte nichts. Die Nachtluft war großartig, die Stille allumfassend und nur unterbrochen vom melancholischen Trillern eines späten Rotkehlchens. Nach einer halben Stunde hatten sich seine Augen an die Dunkelheit gewöhnt und später schob sich sogar ein Viertelmond zwischen die Wolken und sandte sein Silberlicht zu ihm hinab.

Wie immer dachte Karsten beim Laufen weniger über sein verkorkstes Leben nach, als viel mehr über Tatjana. Tatja, vielleicht die wichtigste Frau in seinem Leben. Die Frau, mit der er nie geschlafen hatte, an deren Tod er sich aber mitschuldig fühlte. Die ihn das einzige Mal in seinem Leben wirklich in Versuchung geführt hatte.

Karsten ging durch Wald und Feld, dachte an Tatjana und die ihm verhassten Drogen. Big H, Meth, Koks, Wasauchimmer – das Zeug wütete schlimmer als jeder Massenmörder auf der Welt. Und was hatte Karsten erreicht in seiner Zeit als NOEP, als »nicht öffentlich ermittelnder Polizeibeamter«? Nichts. Sicher, er hatte ein paar dieser Tablos wegsperren helfen, für ein paar Jahre oder auch nur Wochen, aber Leben retten? Süchtigen helfen? Never ever. Da konnte er in der Strandfurt mehr tun, glaubte er. Musste er glauben. Spotti war weg vom Meth, jetzt schon viele Jahre, und Karsten sorgte dafür, dass es so blieb.

Im Mondlicht bei Bad Buchau lächelte Karsten, als er merkte, wie sehr er seine Strandfurt vermisste. Er vermisste diese Truppe Gescheiterter, die ihre Hoffnungen wie Windlichter vor sich her trugen. Wünschte sich, dass Clayderman seinen Gig schaffte und die richtigen Tasten am Klavier fand, ja, Karsten vermisste sogar den ewig schniefenden, großmäuligen Rotze.

Ein zwitscherndes Flöten riss ihn aus den dunklen Gedanken. Karsten verharrte und lauschte der Nachtigall, die Carl von Linné *Luscinia megarhynchos* getauft hatte. Als Karsten ihren Gesang zum ersten Mal bewusst gehört hatte, war er richtiggehend enttäuscht gewesen: schön, ja, aber bei dem ganzen romantischen Hype um das Nachtigallentirilieren hatte er deutlich mehr erwartet. Da gefiel ihm das Flöten der Amseln besser. Mittlerweile aber genoss er die wechselnden, imitierenden Strophen. Er lauschte. Stolperte weiter. Dachte an Tatjana, an die Strandfurt und seine Schwester. Karola.

Irgendwann trottete Karsten aus einem Waldstück heraus, über ein Feld und durch Hecken bis an ein Wegkreuz. Er war hundemüde. Jesus Christus in Stein modelliert, flehte mit nach oben verdrehten Augen zum Nachthimmel. Die Bank daneben sah eigentlich ganz bequem aus. Karsten legte sich schlafen.

Die Kaimauer am Ende des Westhafens – den Ort hatte er ebenso gut ausgesucht wie die Zeit: kurz vor Mitternacht. Dunkel und still und geisterhaft. Der Main schlängelte sich wie eine glitzernde Anakonda durch die Stadt, schlürfte die trübe Uferbeleuchtung in sich hinein, schlang das Glimmen der Straßenlampen und flittrige Leuchten der Hochhäuser hinab, verdaute das Licht der nachtwachen Stadt und schied – was übrig blieb – als düsteres Flackern zurück an seine nasse Oberfläche. Die wenigen Passanten drängten fort, Richtung Holbeinsteg, um sich je nach Laune und Inhalt der Brieftasche entweder diesseits des Mains im Bahnhofsviertel oder jenseits in Sachsenhausen zu vergnügen. Idioten waren es allesamt.

Er lauschte.

Wie ein riesiger, abgeschnittener Finger lag die Mole im Wasser und bildete die Außenseite des Westhafens. Früher ein heruntergekommener Winterhafen für Binnenschiffer, war hier vor einigen Jahren eines dieser schick-modernen Stadtquartiere entstanden, eines, das jenen, die es sich leisten konnten, die Idylle vom Wohnen am Fluss erfolgreich vorgaukelte. Die Fingerkuppe, die Mole am Westende, war dagegen noch unerschlossen, eine abgesperrte Baugrube mit rauen Granitblöcken, die den Übergang zum Mainwasser säumten. Dazwischen ein schmaler Pfad, der sich durch dickes Brombeergestrüpp bis an den Rand des Hafenbeckens wand.

Perfekt.

Genau dort stand das kleine Arschloch und erwartete ihn. Jetzt hatte der Penner ihn entdeckt, hob die Hand zum Gruß, als wenn sie dicke Kumpels wären. Du wirst dich wundern, mein Freund.

Er winkte zurück. Nur noch die paar Schritte über die schmale Fußgängerbrücke mit dem lächerlichen Namen Flusskrebssteg. Das Wasser darunter sah tief aus. Tief und dunkel. Vielleicht bekamen die gepanzerten Krabbler heute Nacht ordentlich was zwischen die Scheren. Die alteingesessenen Edelkrebse waren schon lange von den viel robusteren Signalkrebsen verdrängt worden. Ein schönes Beispiel für »Survival of the fittest«!

Er überquerte den Steg, rutschte den Pfad hinunter zum Hafenbecken. Seine Verstärkung, die Flasche in der Jackentasche, klirrte leise. Ruhig Blut, mein kleiner Flaschengeist, gleich wirst du befreit. Das Preisschild auf dem Verschluss kaschierte ein nadelkleines Loch, das würde er nie sehen. Im Gegenteil, Mister Wichtig würde sich freuen. Da stand der Kerl und ruderte mit den Armen, als könne er es kaum erwarten. Konnte er auch nicht. Natürlich. Suchtstrukturen. Dummheit. Ignoranz. Glaubte der Typ wirklich, er könnte ihn linken? Dieser Typ mit seinem versifften Trenchcoat, dieses sabbernde Schwein mit hungriger Gier im Blick? Dabei hatten sich die beiden Hunderter nicht mal wirklich gelohnt, die Bullerei war zwar erschienen, aber Karsten nicht dauerhaft weggesperrt. Das Spektiv nicht gefunden. Seine gefälschte E-Mail an Sonja noch nicht entdeckt. Weshalb nicht? Wie deutlich müsste er denn noch werden?

Nein, lebendig hatte ihm dieser Penner nichts genutzt. Im Leben nicht. Aber vielleicht im Tod? Die Fotos vom Bahnhof waren gut geworden. Scharf und eindeutig.

Bye-bye, kleines Arschloch. Hättest mir nicht folgen dürfen, mich nicht anquatschen sollen auf der Berger Straße kurz vor Ladenschluss. Hättest nicht gierig sein sollen und mich erpressen. Und vor allem: Du hättest nicht auf dieses Treffen eingehen sollen!

»Haste wohl net gedacht, dass mer uns so bald wiedersehen, gell?«

»Guten Abend, der Herr.« Verrecke, alter Säufer.

»Brauchste net rumschleime! Haste die Kohle?«

»Sicher. Und hier ist noch eine kleine Anzahlung ... in flüssiger Form.« Er kramte die Flasche hervor und drückte sie dem Mann in die Hand. Verrecke.

»Ei, haste 'nen gude Freund mitgebracht? Kenn isch. Treue Seele. Aber glaub ja net, dass de misch damit los werst. Isch will die zehn grüne Scheine sehn! So wie abgemacht.«

»Keine Sorge, ich hab das Geld dabei.« Trink endlich.

»Ei prima, da könne mer ja schon mal uff unser Geschäft anstoße. Is ja sogar noch orischinal verschlosse!«

»Ist doch Ehrensache. Wäre ja sonst kein Geschenk.« Und hätte dich – vielleicht – misstrauisch werden lassen. Na endlich. Gut so!

»Isch nehm auch gebrauchte Sachen gern. Ah! Tut gut. Willste auch 'n Schluck?«

»Nein danke, ich bin mit dem Auto hier ... steht hinterm Häuserblock.« Gut, der erste, der wichtigste Schritt war getan. Jetzt musste er nur noch aus dem Alten herauskitzeln, was er alles wusste. »Unser Treffen in der Berger Straße, das war kein Zufall, oder?«

»Nee, hab halt 'nen gute' Riecher! Hab mer gedacht, dass du bei der Strandfurt auftauchen würdest. 'n bisschen Tamtam angucke. Hast im Gebüsch gehockt wie 'n Spanner.«

»Und dann sind Sie mir gefolgt?«

»War leicht. Schirmmütze uff und – haste net gesehen – hat sich die Rotznase in Agent X verwandelt. Weil: Besser 'n Täubchen inner Tasche, als bloß 'n Spatz inner Hand, gell?«

Ja. Lach nur, so lange du noch kannst. Johnny Walker und seine stille Braut Miss Valium wirbeln dir schon im Blut.

»Haben Sie mit jemandem über unser Geschäft gesprochen?«

»Hehe, Witzbold. Als dass isch so viele Freunde hätt, mit denen isch so was bequatschen könnt. Ne, kannst ganz beruhigt sein. Der alter Robbi erledischt seine Geschäfte ganz alleine.«

Gut. Ja, trink noch einen Schluck auf mein Wohl. Die Mole ist menschenleer. Kaum Licht in den Fenstern hinten im Hafenbecken. Alle Yuppies schlafen schon.

»Das heißt, Sie haben mich bis nach Hause verfolgt und mir dann vor der Tür aufgelauert?«

»Gelauert? Des is gut: Auf der Mauer, auf der Lauer, sitzt 'ne kleine Wanz

... Öh? Isch hab nie kapiert was des für 'ne Wanz sein soll. Du?«

Fang bloß nicht jetzt noch an rumzugrölen.

»Dein Geld ist in der kleinen Plastiktüte, die ich ans Brückengeländer gehängt habe.«

»Häh? Wieso des denn? Hast wohl Schiss gehabt, isch nehm's dir einfach so ab, gell? Dann ma los!«

Geh nur, Walker, schwanke ins Ziel.

»Vielleicht ist eine Kellerassel gemeint.«

»Hä? Un was soll der Quatsch hier? Da is nix.«

»Warte, außen am Geländer. Die Tüte ist an ein Seil geknotet.«

»Willste mich verarsche? Mann, bin isch müd jetzt!«

»Die Wanze ist bestimmt eine Assel, mein Freund.«

Ich kann sie dir zeigen.

»Wusstest du, dass Asseln zu den Krebsen gehören?«

Hier ist deine Belohnung, warte, ich helfe dir.

»Soll ich dir die Flusskrebse zeigen?«

»Was? Hee! Rühr mich net ... aaaaaaah.«

Das Klatschen im Wasser ist leise. Die Nacht finster. Der miese, kleine Erpresser taucht nicht wieder auf, Miss Valium hat ihre starke Hand vor seinen Mund gedrückt. Dunkel und tief an dieser Stelle. Hättest mir im Park halt nicht erzählen dürfen, dass du nicht schwimmen kannst. Schwätzer sterben früher. Jetzt kannst du dich mit den Krebsen unterhalten.

Er blickte auf seine Uhr – Mitternacht war vorbei, die Stunde der Geister beendet. Nun konnte er sich noch ein paar Stunden aufs Ohr legen, denn er musste sich ausruhen. Jetzt, da er eine Variable aufgelöst und gelöscht hatte. Morgen früh würde er dann Plan B in Angriff nehmen – die Alternative. Er verließ den Flusskrebssteg, die Wohnanlage, den Main und huschte durch die Nacht. Versonnen lächelte er: Morgen, das würde vielleicht sogar Spaß machen.

Ein schwerer Regen brach los und klatschte ihm mit Tausenden von Tropfen Applaus.

19

Freitag, 22. Mai, 09.02 Uhr

Manche Ornis hatten eine Touchdown-Liste: Vögel, die sie beim Beringen oder im Netzfang berührt hatten. Andere fotografierten, führten auch über die so erwischten Arten Buch. Karsten Bartsch begnügte sich damit, möglichst viele unterschiedliche Vögel zu beobachten. Jede neue Art begeisterte ihn, jeder Blick auf ein nie gesehenes Tier versprach ein Stück Enthüllung der Natur. Die meisten Arten auf seiner To-See-Liste waren Exoten, aber es gab auch so manchen, eigentlich häufigen Piepmatz, den er noch nie zu Gesicht bekommen hatte. Einer davon war der ordinäre Feldsperling, *Passer montanus*. Den normalen Wald- und Wiesen-Spatz, den Haussperling, sah man so ziemlich überall, aber sein direkter Verwandter hatte sich stets vor Karsten versteckt. Bis zu diesem Freitagmorgen des 22. Mai.

Er wachte fröstelnd und mit schmerzendem Rücken auf, reckte sich, stand auf und gab der Bank einen enttäuschten Tritt. Wenigstens war er halbwegs trocken geblieben: Geregnet hatte es nicht, nur der Morgentau glitzerte auf dem Gras. Er hockte sich wieder hin, kratzte an ein paar Mückenstichen herum und machte große Augen: Ein kleiner braun-grauer Vogel hüpfte auf ihn zu, tschilpte frech und bog das Köpfchen. Karsten vergaß Mückenstiche und schmerzende Rückenwirbel. Er musterte den Vogel, hakte die optischen Feldmerkmale ab: komplett braune Kopfhaube, check. Kleiner und schlanker als sein Verwandter, check. Schwarzer Wangenfleck, check. Eindeutig: ein Feldsperling. Wahr und wahrhaftig. Das Tier ließ sich eine volle Minute von ihm bewundern, bevor es seine Flügel streckte und davonflatterte.

Karsten Bartsch nahm es als gutes Omen. Er streckte sich erneut, fummelte sein Handy aus der Jacke und schaute auf die Uhr: kurz nach neun. Erstaunlich spät für eine Nacht im Freien. Wie bei Uhu-Udo auf Norderney galt auch hier: Brutvogelsaison im Mai – da wäre ein echter Orni jetzt schon längst unterwegs.

Karsten zog sein Notizbuch hervor, in dem er Papagenos Adresse in Bad Buchau notiert hatte, und marschierte los. Erreichte den Ort nach kaum zehn Minuten, fand rasch die richtige Straße, das richtige Haus und klingelte. Eine kurvenreiche Brünette mit kreisrunder John-Lennon-Brille öffnete. Als Karsten sich vorstellte, ging ein Lächeln über ihr Gesicht.

»D'Artagnan«, sagte sie mit überraschend tiefer Stimme. »Von dir habe ich schon viel gehört. Ich bin Christiane, Ralfs Frau.«

Sofort umwölkte ihn ein schlechtes Gewissen. Dunkel erinnerte er sich an eine Hochzeitseinladung vor sechs Jahren. Damals hatte er mitten in einem Drogenfall gesteckt und eine nichtssagende Glückwunschkarte geschickt.

»Ist er denn schon ...«, fragte er schließlich.

»Freilich, auf Rohrdommel-Suche am See. Oder besser: im See. Zumindest hat er seine Wathose angezogen.«

So gern Karsten sich weiter mit ihr unterhalten hätte, so rasch wollte er Papageno finden. Christiane erklärte ihm den Weg zum See und in welchem Jagdgebiet er ihren Mann am wahrscheinlichsten antreffen würde. Er hatte sich schon umgedreht, als er sich doch noch einmal an Ralfs Frau wandte. »'tschuldigung«, sagte er. »Ist mir jetzt ein bisschen peinlich, aber könnte ich vielleicht 'ne Flasche Bier haben?«

Sie sah ihn skeptisch an.

Karsten lächelte. »Ich schwöre, normalerweise trinke ich um diese Uhrzeit nichts.«

Aus tiefster Seele seufzend nickte sie. »Ihr Ornis, einer verrückter als der andere.«

»Wem sagst du das?« Karsten verstand sie nur zu gut.

»Ist doch wahr!« Christiane redete sich in Rage. »Willst du wissen, was in unserer Kühltruhe liegt?«

Eigentlich wollte er nur das Bier im Kühlschrank, aber er nickte brav. Wie hieß das Zauberwort? Deeskalation.

Auch im Kleinen.

Christiane winkte ihn herein und Karsten folgte ihr in die Küche. Mit theatralischer Geste öffnete sie eine gigantische Gefriertruhe. Karsten musste grinsen: Zwischen Fischstäbchen, Pizzakartons, Speiseeis und eingefrorenen Tupperdosen lag ein steifer, alles überlagernder Seeadler.

»Totfund«, erklärte Christiane überflüssigerweise. »Rote-Liste-Arten müssen eingeschickt und untersucht werden.«

»Ich weiß.«

»Natürlich. Hätt ich mir denken können.«

»Darf ich ihn mal halten?«, platzte Karsten heraus.

»Was? Bist du etwa auch einer von den Touchdown-Brüdern?«

»Eigentlich nicht. Aber ...«

Christiane nickte. »Mach schon.«

Tief in die Truhe hineintauchend, packte er das tiefgefrorene Tier, hielt es bald wie ein Kind in beiden Armen. Schwer, kalt und groß. Und unfassbar weich, die Federn von der Kälte kaum berührt.

»Vorgestern hatten wir Gäste«, kicherte Christiane. »Die haben mit dem Vieh Werfen gespielt.«

»Ornis halt«, brummte Karsten. »Wie sieht's jetzt aus mit dem Bier?«

Kurz darauf spazierte Karsten, die kalte Flasche in der Jackentasche, durch eine moorartige Gegend, erreichte schließlich den in einer malerischen Senke gelegenen Federsee und lief einen langen, mit Geländer gesicherten Holzsteg entlang. Fast den halben See musste er umrunden, bis er die von Christiane bezeichnete Stelle gefunden zu haben glaubte. Wasser, Vögel und Schilf. Viel Schilf – ein dichter, endloser Gürtel. Unmöglich, Ralf da aufzustöbern.

Karsten grinste.

Dann musste er eben dafür sorgen, dass Papageno ihn fand.

»Ich werde mich beim Polizeipräsidenten und bei Herrn Wollbricht über Sie beschweren! Ihre Karriere wird einen Rückschlag erhalten, von dem Sie sich nicht mehr erholen werden.«

Karola nickte nur. Sie hatte schon manchen Verdächtigen so aufgeblasen vor sich sitzen gehabt, voll Selbstbewusstsein, Rechtschaffenheit und Arroganz. Sogar auf einen Anwalt hatte Stringwell großmütig verzichtet.

Aber auch ihm würde Karola die Luft rauslassen. »Sie kennen den Herrn Staatsanwalt?«, fragte sie ruhig und blickte auf die Uhr an der Wand: kurz vor halb elf. Seit acht Uhr war sie auf den Beinen und hatte alles für dieses Verhör vorbereitet.

»Allerdings. Wenn er erfährt, dass Sie einen unbescholtenen Bürger -«

»Das hat er schon erfahren.« Karola gestattete sich ein Lächeln. »Und abgesegnet.«

Stringwell zuckte zusammen. Ein bisschen kleiner war er jetzt schon geworden. Sie spielte ihr niedrigstes Blatt aus: »Franz Marcs ›Vögel‹ von 1914. Wie kommen die in Ihr Büro? Sind die durchs Fenster geflattert?«

Stringwell stöhnte und sackte noch ein Stück zusammen. »Hören Sie, das Bild hat mit alldem nichts zu tun. Das ist eine private Leihgabe ...«

»Aus einem öffentlichen Museum?«

»Ähm ...« Der Manager suchte nach den richtigen Worten, schien aber keine zu finden. Vielleicht gab es ja keine. »Deshalb wusste ja niemand davon«, gestand Stringwell schließlich. »Diese, hm, Leihgabe ist inoffiziell. Beziehungen, verstehen Sie?«

Karola schwieg.

»Ich schwöre«, machte Stringwell weiter, »außer mir weiß niemand von dem Bild.«

Die Kommissarin lachte. »Außer Ihnen und jedem, den Sie in Ihrem Büro empfangen haben.«

Stringwell schnaufte. Nickte resigniert.

»Und Sie hatten keine Angst, dass das Gemälde gestohlen wird?«

»Nein! Es ist mehrfach gesichert. In meinem Büro ist das Werk besser aufgehoben als in jedem Museum der Welt.«

Karola betrachtete den Mann genau, versuchte sich in sein Denken und Fühlen einzufinden. Sprang hinein in den Größenwahn jener Menschen, die mit Geld und Macht alles zu erreichen glaubten. Und es meistens auch schafften.

Wahrheit, dachte sie schließlich. Der Typ ist ein Arsch, aber jetzt lügt er nicht. Vielleicht stach ja ihre zweite Karte – Karola hatte ein gutes Blatt.

Betont langsam legte sie die von Laurenz beschafften Kontoauszüge, Depotaufstellungen und Wertpapiertransaktionen auf den Tisch. Blatt für Blatt. Mit jedem Stück Papier wurde der Doctor of Business Administration blasser. Am Ende, weiß wie die Zimmerwand hinter ihm, tat er Karola fast ein bisschen leid.

»Ich«, krächzte er, »möchte jetzt doch meinen Anwalt sprechen.«

»Ihr gutes Recht.« Karola lächelte ihr Gegenüber an. »Allerdings sollte ich noch hinzufügen, dass Schweigen Ihnen nun nicht viel helfen wird. Das hier«, sie tippte auf die Papiere, »ist nur ein Fall für die Börsenaufsicht und die Kollegen vom Wirtschaftsdezernat. Aber das hier ...«, Karola zog ein neues Papier aus ihrem Ordner und legte es Stringwell vor, »ist ein Mordindiz.«

Ihre Trumpfkarte.

»Das hier, Herr Doktor Stringwell, beweist nicht nur, dass Sie am Montagmorgen in der Firma waren, was Sie uns – nebenbei bemerkt – bewusst verschwiegen hatten. Das hier ist Ihre DNA-Sequenz, und dieses hübsche Muster daneben ist der molekularbiologische Abdruck von Blut, das wir am Schnabel der Nachtschwalbe gefunden haben. Wie Sie sehen, sind die beiden Proben identisch, Herr Dr. Stringwell. Wie haben Sie es gemacht? Sind Sie in der Pause aus der Alten Oper geschlichen? Oder schwänzten Sie den letzten Akt? Hat Ihre Frau nichts bemerkt? Warum haben Sie Seidelmann getötet? Hat er Sie bei Ihren Aktienmanipulationen erwischt? Musste er deshalb sterben? Oder hatte es etwas mit seiner Torpor-Forschung zu tun?«

Stringwell faltete die Hände und ließ seine Stirn nach vorn sacken. Karolas Trumpf stach.

Die Luft war raus.

Während Karola Bartsch mit dem Chef von Orni Charm Pharmaceutical Karten spielte, klingelten Jannik und Lotte in Bad Vilbel bei den Seidelmanns. Er hatte Lotte gebeten, zu diesem Interview mitzukommen, und sie hatte sofort verstanden: Er wollte nicht, dass sich so etwas wie mit

Timo Maurer wiederholte.

Der Vorgarten des Bungalows dampfte vor Nässe – dem gewaltigen Nachtregen hatte die ausgetrocknete Erde nichts entgegenhalten können.

Fast sofort riss Sonja Seidelmann die Tür auf, ungeschminkt, ohne Make-up und gebändigter Frisur, dafür in hektischer Erwartung.

»Kriminalpolizei«, stellte Jannik sie vor. »Ahrens und Holzmann. Wir müssen -«

»Lebt sie? Wo ist sie? Ich will sofort zu ihr!« Die Witwe schrie diese Sätze.

Lotte und Jannik schauten sich an.

»Wen meinen Sie?«, fragte Lotte vorsichtig.

Sonja Seidelmann stutzte, strich sich die Haare zurück und atmete tief ein. »Nichts. Entschuldigen Sie. Was kann ich für Sie tun?«

Wieder tauschten die beiden Ermittler einen Blick.

»Wir wollten«, begann Jannik, »uns kurz mit Ihrer Tochter unterhalten.«

»Sie ... ist nicht hier. Bitte gehen Sie! Ich kann nicht ...« Ihre Augen flehten noch mehr als die Worte.

Lotte verstand. »Wenn man Sie beobachtet, ist es jetzt schon zu spät«, raunte sie ihr zu. »Wenn nicht, sollten wir schnell reingehen.«

Die Witwe schwankte, nickte schließlich und verschwand im Haus. Die Kommissare folgten, Jannik schob die Tür hinter ihnen zu.

Auf einer türkisfarbenen, wie eine Mondsichel gekrümmten Couch im Wohnzimmer hockte Sonja Seidelmann, die Hände vors Gesicht geschlagen.

»Was ist mit Ihrer Tochter passiert?«, fragte Lotte und suchte den Raum nach Taschentüchern ab. Fand keine.

Schluchzend wedelte die Witwe Richtung Telefon. Jannik ging hin, studierte den Anrufbeantworter und drückte den richtigen Knopf. Eine elektronisch verzerrte Stimme plärrte aus dem Lautsprecher: »Ich habe Luscinia. Sie wissen, was ich will. Geben Sie es mir und Ihrer Tochter wird nichts geschehen.«

Ein dritter Blickwechsel zwischen Lotte und Jannik – beide dachten dasselbe: Kriminalkommissar Holzmann hatte wirklich Pech bei Zeugenbefragungen.

Karsten setzte sich auf den Steg, schob seine Füße zwischen das Geländer und ließ die Füße baumeln. In aller Ruhe trank er sein Bier und schaute dabei übers Wasser. Atmete die Morgenluft ein, beobachtete Blässhühner und einen Rothalstaucher mit Nachwuchs. Als die Flasche leer war, räusperte er sich – mal sehen, ob er das noch drauf hatte. Er blies zwei Töne, eine Terz wie beim Kuckuck, nur viel tiefer und langgezogener. Nicht ganz so täuschend, aber nicht schlecht. Noch einmal imitierte er den Balzruf der Rohrdommel und noch einmal. Wenn hier nicht zufälligerweise schon ein Brutrevier eingetragen war, musste Karsten jetzt nur noch warten.

Es dauerte keine zehn Minuten, bis unter ihm das Schilf zu rascheln begann und die hagere Gestalt von Papageno auftauchte: Konzentriert lauschend und mit dem Blick nach unten schob er sich durchs Wasser, bei jedem Schritt glucksten die Gummistiefel der Wathose aus Plastik. Karsten blies noch einmal in die Bierflaschenflöte.

Ralf Freudenheim schaute hoch zum Steg und lachte. »Kasti, du Arsch!«

»Ralf, du Papagei. Ich freu mich auch.«

In seiner wasserdichten Plastikhose, die ihm bis zur Brust reichte, sah Ralf aus wie ein Angler im Fluss, nur dass er statt der Angelrute ein Spektiv samt Ständer mit sich herumschleppte. Mit einiger Mühe kletterte er den Steg hinauf und ließ sich neben Karsten nieder. »Du hättest auch einfach anrufen können«, sagte er grinsend.

»Technikfreie Kommunikation war mir lieber«, gab Karsten zurück und wurde ernst. »Ich hoffe, du hilfst mir.«

»Wenn ich kann.«

»Bestimmt. Also, zuerst einmal: Was wollte die Polizei von ... Verdammt, ist es das, was ich denke?«

Beide lauschten ins Schilf hinein: ein schnelles, knarrendes Ratschen, so ähnlich wie eine heisere Grille.

Freudenheim nickte. »Unser besonderer Stolz hier am Federsee: ein Brutrevier des Wachtelkönigs. Du weißt schon: rrrep-rrrep.«

»So wie: Plemm-plemm?«

»Genau.«

Begeistert tasteten Karstens Augen die Uferzonen ab. Dieser seltene, geheimnisumwitterte Vogel stand noch auf seiner To-See-Liste. Ziemlich weit oben sogar. Aber er sah nichts. Schon dass sie ihn hörten, war ungewöhnlich – Wachtelkönige knarrten eigentlich nur nachts los.

Als hätte der Vogel das auch gerade gemerkt, verstummte er abrupt.

Ralf hustete. »Sie haben nach Sonja und dir gefragt. Und ich hab mich verplappert.«

Karsten verzog das Gesicht.

»Sorry, ich wusste ja nicht ...«

»Schon gut. Silber-Sven ist tot.«

Papageno nickte. »Hab ich gelesen. Und was hast du damit zu tun?«

»Offenbar mehr, als mir lieb ist. Wenn mich nicht alles täuscht, bin ich Verdächtiger in einem Mordfall.«

»Scheiße.«

»Du sagst es.«

Gleichzeitig, synchron, verbunden als alte Partner schauten sie in den Himmel, beobachteten einen hoch oben schwebenden Vogel.

»Mäusebussard?«, fragte Karsten.

Ralf lachte. »Bei Greifvögeln warst du schon immer mies. Das ist ein Wanderfalke, mein Freund.«

Das Tier kreiste über ihnen. Sank tiefer und stieg wieder auf. Schenkte ihnen einen schrillen Pfiff zum Abschied.

»Die sehen halt irgendwie alle gleich aus«, brummte Karsten schließlich und brachte sie dann wieder zurück auf den Boden: »Du kanntest Sven von uns am besten.«

Ralf nickte. »Ein zerrissener Typ. Einerseits immer mit teurem Schmuck und Markenklamotten unterwegs, andererseits der Erste, der im Dreck robbte, um einen Flussregenpfeifer vor die Linse zu kriegen.«

Karsten lächelte.

»Und er hatte Humor«, sagte Ralf, »jedenfalls manchmal. Kennst du die Ostereiergeschichte?«

»Nope.«

»Also, ich war mal bei einer Führung dabei, die er kurz vor den

Osterferien für 'ne Schulkasse gemacht hat. Als wir an einen Meisenkasten kommen, nimmt er das Gelege heraus, um es den Kids zu zeigen. Greift sich dann vorsichtig eins der Eier und steckt sich's in den Mund. Mampft genießerisch, während alles um ihn herum aufkreischt.«

»Ist ja heftig.«

»Ne.« Papageno grinste. »Er hatte dieses Ei vorher ausgetauscht. Mit 'nem Schokoladen-Ei, das er täuschend echt angemalt hat.«

Sie lachten.

»Sag mal«, hakte Karsten dann nach, »weißt du, wie es mit ihm und Sonja lief?«

Ralf zuckte die Achseln. »Er hat nie groß von ihr erzählt. Sonja habe ich vor zehn Jahren das letzte Mal gesehen.«

Karsten stierte ins algengrüne Wasser des Federsees.

»Was?«, fragte Papageno.

»Ich hab Hunger.«

Sein alter Zivi-Kollege klopfte ihm auf die Schulter. »Dann komm mal mit. Meine Frau wartet manchmal, wenn sie besonders großzügig gelaunt ist, mit dem Frühstück auf mich. Warst du eigentlich schon mal hier am Federsee?«

»Nee.«

»Dann lass uns einen kleinen Umweg machen. Zur lokalen Sehenswürdigkeit Nummer eins.«

Ralf führte ihn in das, was die Touristik-Abteilung von Bad Buchau »Wackelwald« getauft hatte. Die Bäume wuchsen auf moorigem Boden, der unter jedem Schritt federte. Hüpfte man wie auf einem Trampolin, schwangen sie mit – wackelten.

»Allerliebst.« Karsten grinste. »Übrigens schönen Gruß von Uhu-Udo!«

Ralf lachte auf. »Reise in die Vergangenheit, was?«

»Du sagst es. Udo hat mir erzählt, dass Sven zuletzt am Torpor forschte. Weißt du mehr darüber?«

Ralf überlegte. »Mh. Das war doch 'ne alte Sache. Wenn ich mich richtig erinnere, war er mittlerweile schon an was Neuem dran.«

Karsten wartete gespannt.

»Hatte auch was mit Metabolismus zu tun, aber ich komm grad nicht drauf.«

Karsten ließ seinem alten Freund noch ein wenig Zeit, fragte aber nach einer Weile: »Und von unserm fünften Rad? Hast du von ihm gehört?

Papageno lachte. »Albert? Klar. Ja, ja, das fünfte Rad am Wagen habt ihr ihn genannt. Ich fand das immer ziemlich fies.«

»War halt ein richtiges Weichei.«

»Mag sein. Ich hatte jedenfalls einen anderen Spitznamen für ihn.«

»Nämlich?«

»Alfred E. Neumann.«

Karsten kicherte. Ob heute noch jemand diese Satirezeitschrift kannte, deren gezeichneter Antiheld der zahnlückige Alfred E. Neumann war?

»Weichei, sag ich doch.«

»Ja, und er hat sich an Silber-Sven drangehängt wie 'ne kleine Klette. Seidelmann, sein großes Vorbild.«

»Hm. Und noch später?«

Papageno zuckte die Achseln. »Ich glaube, die haben dann tatsächlich zusammengearbeitet, der Neumann und Sven. Mehr weiß ich auch nicht.«

»Schade«, sagte Karsten. Und ließ ein letztes Mal den Wald für ihn tanzen.

»Frühstück?«, fragte Ralf.

»Bin am verhungern.« Als sein Handy klingelte, dachte er sofort an Karola und zögerte. Irgendwann musste er mit ihr reden. Je früher, desto besser.

Seufzend zog er das lärmende Ding aus der Tasche. »Ja?«

»Karsten? Oh Gott, ich wusste nicht, wen ich sonst anrufen soll. Bitte, du musst mir helfen!«

»Sonja? Was ist denn ...«

»Ich flehe dich an! Luscinia wurde entführt.«

Karsten nahm das Handy vom Ohr und starrte es an. Hob es wieder und sprach ohne zu denken: »Ich komme. Momentan bin ich bei Ralf am Federsee. Kann also ein paar Stunden dauern.«

»Danke. Ich danke dir.«

Stille. Sonja hatte aufgelegt. Karsten spürte, wie der Boden unter seinen Füßen bebte. Das Zittern kam nicht nur aus dem Wackel-Wald.

20

Freitag, 22. Mai, 12.22 Uhr

Karola trat Mirkos schweres Hollandrad über die Steigung der Friedberger Landstraße, bog am Heiligenstock links ab und rollte nassgeschwitzt in die Heilsberg-Siedlung und weiter bis zur Friedensstraße. Zwischen Seckbach und Bad Vilbel steckte in fast jedem Straßen- oder Ortsnamen eine Verheißung – oder zumindest die Hoffnung – auf Frieden und Heilserwartung. Leider, dachte Karola, half das nicht wirklich. Tod und Teufel ließen sich von frommen Wünschen nicht abhalten.

Um zwölf Uhr dreißig erreichte sie die Villa Seidelmann, schloss das Rad ab und mischte sich unter die anwesenden Kollegen: Das Mobile Einsatzkommando hatte die Fangschaltung zur Ortung des oder der Entführer bereits eingerichtet. Lotte und Jannik sprachen mit der Witwe, draußen saßen weitere Beamte des MEK in einem Kleinbus und behielten die Straße im Auge. Vor zwei Tagen hatte Karola sich noch über das Schneckentempo der Entwicklung beklagt – jetzt war ihr das definitiv zu viel Action auf einmal. Zumal heute Nacht noch ein ganz anderes Finale stattfinden sollte: Das hundertste und letzte Puzzle des Schandfleckenprojekts wartete auf sie.

Karola Bartsch seufzte und klatschte in die Hände. »Nun, Leute, weiß jeder, was er zu tun hat?«

Alle nickten, brummten oder winkten müde ab: Der Entführer hatte sich nicht noch einmal gemeldet, sie konnten also nur warten. »Jannik und Lotte bitte zu mir.«

Karola zog die beiden auf die Terrasse, steuerte mit ihnen die ehemalige Voliere an. »Wo stehen wir?«, fragte sie.

Lotte antwortete: »Die Witwe mauert. Angeblich hat sie keine Ahnung, was der Entführer eigentlich will. Ich glaube ihr nicht.«

»Jannik?«

Jannik stimmte zu: »Die Frau weiß genau, um was es geht.«

»Hat sie denn irgendwas zum Tathergang beigesteuert?«

»So gut wie nichts«, antwortete Jannik. »Angeblich ist ihre Tochter Luscinia gegen zehn Uhr fünfzehn aus dem Haus und wollte mit dem Fahrrad zum alten Schießplatz hier im Wald.«

»Hat sie denn eine Waffe?«, fragte Karola verblüfft.

»Ne«, erklärte Jannik. »Dieser Schießplatz ist schon längst renaturiert. Läuft jetzt als Naturschutzgebiet.«

»Oh«, stöhnte Karola. »Noch eine Vogel-Freundin?«

Lotte schüttelte den Kopf. »Hörte sich nicht so an. Angeblich wollte sie einfach den Kopf frei kriegen. Ein bisschen Ruhe haben von allem.«

»Gut. Befragt jemand die Anwohner?«

»Kollegen von der Schutzpolizei sind unterwegs – bis jetzt ohne Erfolg.«

»Dieses Naturschutzgebiet ...«, überlegte Karola.

»Ja?«, fragte Lotte.

»Schickt ein Mantrailingteam los.« Mantrailer waren speziell ausgebildete Hunde, die menschliche Gerüche unterscheiden und einer bestimmten Spur folgen konnte. »Diese Personenspürhunde«, sagte Mirko immer, »sind echte Genies.«

»Schon geordert«, sagte Lotte. »Hauptsache, wir müssen uns nicht durch den Dreck schlagen.«

»Wieso?«, fragte Jannik ehrlich verblüfft. »Dort sollen Orchideen wachsen, wär doch ganz nett.«

»Nach dem Regen gestern Nacht?« Lotte verdrehte die Augen. »Da gibt's jetzt mehr Matsch als Blümchen.«

Das Trio erreichte die Voliere, Sven Seidelmanns privaten Vogelkasten. Karola drehte sich zu den beiden um, musterte sie, sagte nichts.

»Was ist mit Stringwell?«, fragte Jannik, als ihm unbehaglich wurde.

Die Hauptkommissarin schnaubte. »Der mauert auch. Aber wir haben nicht nur eine Beweislast, sondern eine echte Beweislawine. Die hat ihn plattgewalzt.«

»Entführt kann er die Tochter aber nicht haben – dazu war die Zeit zu knapp. Wenn die Zeitangabe der Mutter stimmt, war Stringwell da schon auf dem Weg zu dir ins Präsidium.«

Karola nickte. »Er könnte einen Komplizen haben.«

»Oder«, meinte Lotte gedehnt, »er ist wirklich nicht unser Mann.«

»Wer sonst?«

Jannik holte tief Luft: »Dein Bruder zum Beispiel.«

»Ach, verdammt!« Karola fuhr sich durch die Haare. Streckte ihren langen Rücken. »Wie habt ihr's rausbekommen?«

Lotte übernahm: »Er ist ein alter Freund des Opfers. Und hat Schuhgröße sechsundvierzig – wir hätten schon längst seine Stiefel prüfen müssen.«

»Und das Motiv?«

Lotte schaute Jannik fragend an, der nickte unmerklich.

»Weil er«, sagte Lotte leise, »möglicherweise eine Affäre mit Frau Seidelmann hat. So wie früher schon einmal.«

Karola schloss für einen Moment die Augen. »Respekt«, murmelte sie dann. »Ihr seid wirklich gute Ermittler. Wer weiß noch davon?«

»Noch niemand«, antworteten Lotte und Jannik synchron.

Karola überlegte lange und musterte ihre Mitarbeiter. »Ich schlage Folgendes vor«, sagte sie dann. »Ihr ermittelt gegen meinen Bruder und habt dabei freie Hand. Ich selbst halte mich zurück wegen Befangenheit. Es gibt auf Frau Seidelmanns Laptop eine E-Mail, in der ihr Mann sie beschimpft: Er wüsste von einem Seitensprung.«

Lotte setzte zu einer empörten Frage an, aber Karola hob die Hand.

»Prüft die IP-Adresse. Bekommt heraus, ob sie wirklich von Seidelmann stammt. Und durchsucht Karstens Haus. Vor allem auch die Scheune. Vergleicht seine Stiefel. Tut, was immer ihr für richtig haltet. Aber ...« Sie zögerte kurz. »Aber informiert mich als Erstes. Um mehr bitte ich nicht.«

Wieder tauschten Lotte und Jannik Blicke.

»Okay«, sagte KK Ahrens. »So ähnlich wären wir sowieso vorgegangen. Aber falls sich der Verdacht erhärtet, müssen wir Wollbricht Bescheid geben.«

Karola nickte. Ein Strohhalm. Mehr nicht.

»Wo steckt dein Bruder denn jetzt?«, schob Jannik nach.

Karola seufzte. »Wenn ich das nur wüsste ...«

Sie schwiegen. Der Himmel über Bad Vilbel war grau und immer noch regenschwer.

»Und wo ist eigentlich Laurenz?«, brach Jannik erneut die Stille.

»Der wurde heut Morgen«, antwortete Karola, »bevor hier alles aus dem Ruder lief, zu einer neuen Leiche am Westhafen gerufen.«

Jannik stöhnte. »Was soll das denn? Seidelmann hat doch wohl höchste Priorität! Oder hat das was mit unserem Fall zu tun?«

»Nein.« Karola zuckte die Achseln. »Und ansonsten: Beschwer dich beim Polizeipräsidenten über die dünne Personaldecke. Beim Frühlingswetter über die Grippewelle. Und bei den Kollegen über gehäufte Urlaubsanträge.«

»Schon gut«, winkte er ab. »Offensichtlich gibt's grad keine Urlaubssperre.«

»Außerdem scheint das keine große Sache sein. Laurenz hat schon angerufen – in seinen Worten: Nur ein weiterer besoffener Penner, der beim Pissen in den Main gefallen ist.«

»Der Mann kann sich ausdrücken«, kommentierte Lotte.

»Wie auch immer. Im Moment können wir nichts anderes tun, als warten. Wie wäre es, wenn du, Lotte, hier die Stellung hältst, während Jannik der ... der anderen Spur folgt?«

Die beiden nickten synchron und neigten ihre Körper minimal zueinander.

Aha, dachte Karola und verkniff sich, trotz all ihrer Sorgen, ein Grinsen.

»Und du?«, fragte Lotte.

»Ich bin«, antwortete Karola und hob zum Abschied die Hand, »mir noch nicht sicher.« Sie ließ die beiden Turteltäubchen stehen, kehrte ins Haus zurück, sprach mit dem Leiter der Kriminaltechnik und verabschiedete sich von Frau Seidelmann.

Draußen regnete es schon wieder und dicke Tropfen landeten auf Mirkos Sattel. Was tun? Sie zerrte an der rostigen Kette, mit der das Rad abgeschlossen war. Was tun? Normalerweise kam sie mit Stress und Zeitdruck bestens zurecht, aber für diesen speziellen Spagat hätte sie mehr als zwei Beine gebraucht. Momentan streckte sie sich einfach zwischen zu vielen Baustellen: die Entführung von Seidelmanns Tochter und Stringwell, der mittlerweile in die U-Haft verbracht wurde, während Karsten im Irgendwo herumstreunte. Und schließlich Florian Funke, der sie heute Nacht zum illegalen Verzieren des Präsidiums erwartete. Zu viel – die Belastung begann sie zu zerreißen.

Endlich bekam sie das Schloss ab, wickelte das Eisenskelett umständlich um die Sattelstütze, prüfte den Reifendruck. Nur um etwas Sinnvolles zu tun. Was jetzt? Hier in Bad Vilbel nutzte sie nichts – das Team hatte alles im Griff. Eine erneute Befragung der Witwe hielt sie zum jetzigen Zeitpunkt für sinnlos: Sonja Seidelmann rückte trotz ihrer offensichtlichen Angst um die Tochter nicht damit heraus, was der Entführer eigentlich von ihr wollte. Und auch in Bezug auf Karsten beharrte sie auf ihrer Aussage: eine alte Geschichte, längst vorbei. Deshalb hatte sie auch die E-Mail weder gelöscht noch groß beachtet.

Also weg hier. Aber wohin?

Das Handy nahm Karola die Entscheidung ab: Ihr verlorener Bruder stellte sich unter ihre Wortdusche aus Wut und Sorge. Nachdem sie ihn eine geschlagene Minute beschimpft hatte, nutzte er geschickt eine Atempause: »Karola, du hast ja recht. Mit allem. Können wir uns treffen? Es ist jetzt kurz nach zwei, mein Zug rollt in 'ner halben Stunde im Hauptbahnhof ein.«

Karola schnaubte. »Wo?«

»Da ich gerade ein bisschen paranoid bin – in deiner Lieblingskirche? In einer Stunde?«

»In zwei. Und wenn du nicht pünktlich bist, lass ich dich zur Fahndung ausschreiben.«

»Aber sicher doch.«

»Ich meine das ernst.«

»Ich auch, Schwesterherz.«

Nachdenklich drückte Karsten sie weg – er meinte schon, die Schlinge um seinen Hals zu spüren. Er musste aufpassen. Planen. Und mehr Informationen bekommen.

Die Entscheidung, vor seinem Treffen mit Sonja erst mit seiner Schwester zu reden, war ihm nicht leicht gefallen. Aber Karola hatte es verdient. Und vielleicht konnte er ihr ja bei der Gelegenheit doch ein paar Informationen aus den Rippen leiern.

Der ICE zitterte leicht. Trotz aller Grübelei freute Karsten sich auf die Einfahrt in den Frankfurter Sackbahnhof: Auch zum hundertsten Mal, wenn der Zug die Kurve nahm und die Sicht auf die Skyline freigab, gaffte er staunend wie ein Bauer vom Land. Man konnte über Hochhäuser denken, wie man wollte, aber Mainhattens Turmspitzen beeindruckten ihn immer wieder: Diese Landschaft aus Beton, Stahl und Glas war einzigartig in Deutschland.

Bevor es so weit war, rief er noch einmal Spotti an. »Bin heut Abend wieder da.«

»Super, Alter! Dann kann ich meinen Begleitschutz ja entlassen. Ehrlich gesagt nerven die Jungs mittlerweile.«

Im Hintergrund hörte Karsten Gegröle und Heavy-Metal-Musik. »Ich glaub's. Nichts Neues vom Ice-Man?«

Spotti zögerte. »Wie gesagt, irgendwer is schon hier rumgeschlichen. Aber mittlerweile is alles ruhig.«

»Gut. Und Spotti?«

»Was?«

»Danke.«

»Kein Problem, Kasti.« Pause. »Ich muss Schluss machen.«

Alarmiert registrierte Karsten den völlig anderen Klang seiner Stimme. »Was ist los?«

»Weiß noch nicht. Hier steht einer von der Kripo. Will sich umsehen, sagt er.«

»Verdammt.«

»Keine Panik, Alter. Ich hab alles im Griff. Bis nachher!«

Beunruhigt steckte Karsten sein Handy weg und dachte an das blutverschmierte Spektiv. Aber das war gut versteckt – sollten seine Ex-Kollegen doch suchen, bis sie schwarz wurden wie ein Hühnerpopo. Fahrig blätterte er in seinem Notizbuch und wartete.

Wartete auf die Silhouette seiner Heimatstadt.

Laurenz Dahlberg blickte dem Doc nur halbherzig über die Schulter – Wasserleichen waren nicht so sein Fall. Obwohl diese hier kaum länger als ein paar Stunden in den Wellen geschaukelt haben konnte. Ganz leise summte er vor sich hin, versuchte die Arbeit des Rechtsmediziners weitgehend zu ignorieren. Eine derart rasch vorgenommene Leichenschau grenzte schon an ein Wunder: Heute Morgen hatten sie den Penner aus dem Main gefischt, und jetzt wurde dieser Fisch schon entgrätet. Mit sicheren Bewegungen schnitt ihm Dr. Günter Lambrecht die Klamotten vom Leib. Identifiziert hatten sie den Toten noch nicht, aber Penner mit Personalausweis in der Brieftasche waren eher selten.

Dass es sich um einen Obdachlosen handelte, ließen sowohl Qualität und Zustand der Kleidung als auch die, nun ja, körperlichen Abnutzungserscheinungen erkennen: verdreckte Hände und Füße, rote Säufernase, schlechte Zähne und Haarspitzen, die seit Jahren keine Friseur-Schere mehr berührt hatte. Die Fingerabdrücke hatte Dahlberg schon abnehmen lassen und durchs System gejagt – vielleicht hatten sie ja Glück. Obwohl es unter den Berbern mehr bürgerlich-zerbrochene Existenzen als Kriminelle gab, konnte man nie wissen.

Glück, dachte Dahlberg, als die Tür des Sektionssaals aufging und Komtschewskis Schuhe über die abspritzbaren Bodenkacheln auf sie zu klapperten.

Mit argwöhnischem Blick musterte der Spusi-Chef Laurenz und nickte nur knapp.

»Jetzt nicht«, knurrte Dr. Lambrecht und fuchtelte in Richtung Mikrofon, das über dem Seziertisch baumelte. »Bin mittendrin.«

»Ist aber wichtig.« So leicht ließ sich Kommt-Chef-auf-Ski nie abwimmeln. »Geht um das toxikologische Screening bei Seidelmann, dem Toten aus dieser Pharma-Firma. Irgendwas ist da merkwürdig ...«

»Jetzt nicht«, wiederholte der Rechtsmediziner genervt. »Wart halt die paar Minuten, bis ich die äußere Beschau fertig habe.«

Komtschewski rümpfte die lange Nase, brummte dann aber zustimmend.

Mit einem letzten Schnitt befreite Lambrecht den Toten von seinem

Unterhemd, entblößte eine eingefallene, magere Brust. Mit plastikbehandschuhten spitzen Fingern zupfte er schließlich die Socken von den Füßen, zog die verhornten, mit blauen Nägeln ausgestatteten Zehen auseinander, suchte dazwischen nach Einstichlöchern. »Keinerlei Hinweise auf Nadeln«, konstatierte er. »Heroin hat er schon mal nicht gespritzt.«

Die Wasserleiche lag nackt und stumm auf dem Steintisch, ihr Kopf auf einer hölzernen Nackenstütze.

Mit monotoner Stimme diktierte der Mediziner seine Eindrücke vom Äußeren des Toten. Richtete seine Aufmerksamkeit schließlich auf die linke Hand, die zur Faust geballt war.

»Vollständig ausgeprägter Rigor Mortis«, murmelte er ins Mikro.

Dahlberg rechnete nach: Die Leichenstarre erreichte ihr Maximum rund vierzehn Stunden nach dem Tod – dann musste ihr Penner nach Mitternacht in den Main gestürzt sein. Das passte doch ganz gut.

Lambrecht mühte sich mit den Fingern ab, bog sie mit viel Kraft zurück. Dahlberg wartete immer auf ein Knacken, wenn die Leichenstarre gebrochen wurde – immer umsonst: Natürlich brach man keine Knochen, sondern lockerte nur die Gelenke.

Der Zeigefinger der Leiche schnellte wieder zurück.

Der Rechtsmediziner fluchte.

Laurenz wandte sich ab.

Komtschewski schaute interessiert zu.

Endlich gab die Wasserleiche ihren Widerstand auf und öffnete die Hand.

»Nur eine Feder.« Lambrecht schnappte sich eine Pinzette, nahm die offensichtlich abgebrochene Feder aus der Hand und hielt sie unter eine angeschraubte Lupe. »Ungewöhnlich«, brummte er.

»Warum?«, fragten Dahlberg und Komtschewski gleichzeitig.

Der Mediziner zuckte mit den Schultern. »Wasserleichen im Main, da bleiben oft Federn hängen. Deshalb hab ich die wichtigsten Arten mal studiert: Stockenten, Lachmöwen, Schwäne, Blässhühner und mittlerweile auch diese aufdringliche Nilgans. Aber die hier ...«, er hielt ihnen Pinzette samt Feder unter die Nasen, »... kenne ich nicht.«

Dahlberg seufzte – er hatte schon längst die Schnauze voll von Vögeln.

Unschlüssig drehte Dr. Lambrecht die braun-gelb gestreifte Feder hin und her. »Sieht eher nach 'nem Greifvogel aus, aber was weiß ich.« Er stöhnte. »Wird eine lange Internet-Recherche werden.« Vorsichtig legte er das Federbruchstück in eine Petrischale.

»Ich hätte da 'ne Idee.« Komtschewski rieb sich den grauen Bart. »Wenn du mir versprichst, jetzt gleich über Seidelmann zu reden, versuche ich an einen ... hm, Spezialisten zu kommen.«

Der Mediziner zögerte, nickte dann aber. »Eine Hand wäscht die andere.«

Komtschewski grinste und suchte die Nummer seines alten Kollegen in den Handykontakten.

Karsten Bartsch nahm sofort ab. »Hallo, Chef Ski! Hast du's dir doch anders überlegt?«

»Was?«

»Na, die Akte zum Fall Seidelmann. Ich muss wirklich nur einen kurzen Blick reinwerfen!«

»Nein, eigentlich ...« Komtschewski drehte sich zu Dahlberg um, machte dann ein paar Schritte und verließ den Sektionssaal. Draußen im Gang sagte er: »Eigentlich wollte ich dich um was bitten.«

Karsten lachte. »Gerne, wenn ich kann. Aber du weißt ja: Eine Hand wäscht die andere!«

Komtschewski knirschte lautlos mit den Zähnen. »Also gut. Aber du müsstest sofort in die Gerichtsmedizin kommen. Geht das?«

»Ja. Eine halbe Stunde hätte ich wohl Zeit. Langt das?«

Der Chef der Spurensicherung lächelte schon wieder. »Kommt drauf an, wie gut du Vogelfedern identifizieren kannst.« Zufrieden beendete er das Gespräch und kehrte in den Sektionssaal zurück, wo Dr. Lambrecht mittlerweile ein Klemmbrett studierte.

»Die Blutergebnisse unserer Wasserleiche«, erklärte er Dahlberg.

»Lassen Sie mich raten: Alkohol in rauen Mengen.«

Der Mediziner nickte. »Aber nicht nur. Auch Diazepam, wahrscheinlich Valium.«

Der Kommissar brummte. »Dann hat er eben zusätzlich noch ein paar Pillen eingeworfen.«

»Wenn Sie das sagen. Ich beginne jetzt mit der inneren Sektion. Bitte Ruhe, meine Herren.«

Dahlberg stöhnte leise.

Komtschewski holte sich erst einmal einen Kaffee. Der war hier, im Institut für Rechtsmedizin in der Kennedyallee, ohnehin besser als im Präsidium.

Großer Bruder trifft kleine Schwester. Großer Bruder hat ein Rätsel und ist schlau, aber manchmal etwas unvorsichtig. Das war ihr einziger Vorteil.

Noch zwei Stunden bis zu dieser Neuauflage eines Wettstreits aus Kindertagen, Ich-weiß-etwas-was-du-nicht-weißt. Sie legte sich ins Zeug und schaffte es fast immer, das Mirakelchen aus seinem Versteck zu locken. So war das früher und vielleicht lag hier einer der Gründe, weshalb ihnen die Ermittlungsarbeit bei der Polizei leichter von der Hand ging als vielen anderen. Doch diesmal war es kein Spiel. Diesmal musste die kleine Schwester unbedingt gewinnen.

Karola starrte finster auf den Geschäftsführer in Nadelstreifen und den nicht minder fein bekleideten Anwalt daneben, der sie mit einem umständlichen Räuspern aus ihren Kindheitserinnerungen zurückholte. Zurück in diese Wände in dieser Festung in dieser Stadt mit ihren alten und neuen Mauern um sie herum.

»Ich habe mich«, sagte Stringwell, »mit meinem Anwalt beraten und möchte meine Aussage präzisieren.« Seine Augen huschten durch den Raum. »Wie ich Ihnen bereits sagte, bin ich am Montagmorgen sehr früh in die Firma gefahren, um mit Chicago zu telefonieren. Es ging um ein wichtiges Joint Venture, was für keine anderen Ohren bestimmt war. Nach meinem Anruf traf ich auf Herrn Stritzel.«

»Wo?«, unterbrach ihn Karola.

»Bitte?«

»Wo haben Sie ihn getroffen?«

»Am Fahrstuhl im zweiten Stock.«

»Ist Ihr Büro nicht im dritten? Was wollten Sie bei den Laboren Ihrer Mitarbeiter?«

»Ich ...« Stringwell zögerte. »Ich hörte Geräusche. Dachte natürlich an unser Sicherheits-Team, das um diese Uhrzeit seine Runde drehen musste.«

»Aber?«

»Ich hörte Schreie. Wie sich herausstellte, die von Stritzel. Ich schlich die Treppe hinunter und traf ihn dort an.«

»Weiter.«

»Wie gesagt, Herr Stritzel war hysterisch, hatte gerade den bedauernswerten Dr. Seidelmann tot aufgefunden.«

»Und dann?«

»Dann verfing sich die Nachtschwalbe in meinen Haaren und hackte nach mir. Dort.« Er strich sich vorsichtig über die Stirn.

Karola schluckte. Sie glaubte ihm, hatte sie doch den schreckhaften Vogel am eigenen Leib erlebt.

Ja, sie glaubte ihm.

Das war nicht gut. Und wieso war eigentlich diese Nachtschwalbe aus ihrem Käfig entkommen? Wurde Seidelmann vielleicht nicht in seinem Labor von seinem Mörder überrascht, sondern bei den Vogelvolieren, die sich ein paar Zimmer weiter befanden? Nein, das hätte Spuren hinterlassen, die Komtschewskis Team mit Sicherheit gefunden hätte.

»Das heißt also, außer Ihnen beiden hielt sich Montagfrüh niemand sonst in der Firma auf?«

Der Geschäftsführer von Orni Charm Pharmaceutical wackelte mit dem Kopf. »Korrekt. Nur unser Security-Mann und ich.«

Stringwell und Stritzel. Der Firmenchef und der Sicherheitschef. Lüge oder Wahrheit? Karola schaute ihr Gegenüber lange an.

Der Anwalt machte sich schweigend Notizen.

»Und dann?«

»Dann ... bin ich wieder gegangen.«

»Einfach so? Weil Sie ...«, Karola zitierte aus dem letzten Verhör, »als CEO der Firma nicht direkt mit einem Mord in Verbindung gebracht werden wollten?«

»Äh ... ja.« Schweißtropfen auf seiner Stirn.

Der Anwalt blieb weiter stumm.

»Wohin sind Sie dann gefahren?«, wollte die Kommissarin wissen.

»Nur kurz zu mir nach Hause. Ich duschte, wechselte die Kleider und verarztete mich.« Wieder tippte er sich an die Stirn.

Ja, dachte Karola Bartsch. So konnte es gewesen sein.

Oder auch nicht.

Als sie den Vernehmungsraum verlassen wollte, meldete sich der stumme Anwalt zu Wort: »Wir hätten da noch etwas für Sie.«

Mit spitzen Fingern nahm Karola den Umschlag und musterte den Scheck über tausend Euro. Sie zögerte. Ein Bestechungsversuch war das Letzte was sie in diesem Mordfall gebrauchen konnten. Aber die Zahlungsanweisung war nicht von Stringwell persönlich ausgestellt, sondern von einer Frankfurter Privatbank. Karola steckte den Umschlag ein. Wenigstens war dieses Gespräch damit nicht völlig umsonst gewesen.

Draußen auf dem Zentralgang des Polizeipräsidiums blickte Karola gereizt auf ihr Smartphone: Noch eine knappe Stunde bis zu ihrem Treffen mit Karsten. Sie rief bei Jannik an, der Karstens Scheune durchsuchte – bis jetzt ohne Erfolg. War das gut? Sie hoffte es. Als Nächstes kam Lotte in Bad Vilbel dran: Der Entführer hatte sich immer noch nicht gemeldet. Merkwürdig. So wie Stringwells Geschichte. Lüge oder Wahrheit – sie klang plausibel. Zumindest so weit, dass der Anwalt ihn bald aus der Untersuchungshaft raushauen würde. Falls der zuständige Ermittlungsrichter überhaupt einen Haftbefehl ausstellte. Karola Bartsch starrte aus einem der Fenster auf die Adickesallee. Zu viele Wenns und Falls, zu viel Konjunktiv. Lüge oder Wahrheit? Alles würde jetzt von der Aussage des Sicherheitsmannes abhängen – Hendrik Stritzel.

Draußen auf einem der Besucherparkplätze stand Stringwells Mercedes, die Delle an der Motorhaube setzte einen unübersehbaren Akzent in dem Metallikchassis. Diese Unfallspuren würde sie so schnell nicht vergessen. Stringwell war also mit seinem Wagen zur Befragung gekommen und würde mit ihm das Polizeipräsidium auch wieder verlassen. Lüge?

Die Kommissarin suchte eine Kurzwahl. Drückte sie.

»Karola Bartsch hier«, meldete sie sich. »Ja, dir auch. Du, ich bräuchte einen Peilsender. Ja, sofort. Geht das? Super!«

Während sie redete, hastete Karola den Querkolon zurück in Richtung Kriminaltechnik. Noch eine Stunde – jetzt musste sie sich beeilen, wenn sie noch einmal bei Orni Charm vorbeischauen wollte. Und das wollte sie: Stritzel musste sofort befragt werden. Wenn er Stringwells Geschichte bestätigte, sah es schlecht für ihre Ermittlung aus.

Und für Karsten. Vielleicht erwischte sie bei OCP auch noch den Quasselonkel – immerhin hatte er sich schon einmal als gute Quelle erwiesen.

Eine halbe Stunde später schob sie Mirkos Klapperrad über den Firmenparkplatz von Orni Charm Pharmaceutical. Zum Glück war der Regen in ein sporadisches Nieseln übergegangen, sodass sie halbwegs trocken ankam.

Auch hier standen die Wagen dicht an dicht, offenbar war der Alltag in der Firma wieder eingekehrt. Karola musterte die Autos auf den per Namensschild reservierten Parkplätzen. Na bitte, Dr. Albert Lessner war brav bei der Arbeit. Gedankenverloren musterte sie dessen kleinen, dunkelblau lackierten VW-Kombi.

Sie überlegte.

Nur noch eine halbe Stunde, bis sie Karsten traf.

Im Eingangsbereich fragte sie nach Stritzel, wurde in den Überwachungsraum verwiesen und trat ein, ohne zu klopfen. Stritzel hockte auf einem Drehstuhl und spielte mit seinem Gummiknüppel. Karola kannte und verachtete diese Typen, die ihre Gewaltphantasien im privaten Bereich auslebten – sie demonstrierten Stärke, wo nur Schwäche hauste. Erwartungsgemäß knickte Stritzel dann auch sofort ein und bestätigte Stringwells Aussage.

»Er ist der Chef«, jammerte Stritzel, »und er wollte, dass ich ihn da raushalte. Schließlich muss er sich um das Wohl der gesamten Firma kümmern.«

Verflucht, dachte Karola.

»Danke«, sagte sie, drehte sich um und kehrte ins Foyer zurück. So wie die Sache lag, mussten sie Stringwell also tatsächlich gehen lassen. Karola wollte gerade Wollbricht anrufen, als Quasselonkel Lessner an ihr vorbeihastete. Mit strahlendem Lächeln nickte er ihr zu und marschierte Richtung Ausgang.

»Hätten Sie einen Augenblick Zeit?«, rief Karola.

»Eigentlich nicht, aber für Sie natürlich immer.« Hinter seinem Lächeln meinte Karola Müdigkeit zu erkennen. Lessner wirkte gehetzt. Zum ersten Mal sah sie ihn ohne Laborkittel: Modisch, aber nicht übertrieben schick. An seinem Jackett steckte eine übergroße Brosche aus Silberschmuck und Federn, auf seiner schicken Krawatte waren winzige Flamingos gedruckt. Der elegante Gesamteindruck wurde von lehmverschmierten Wanderschuhen wieder zunichte gemacht. Ornithologen sind alle verrückt, dachte Karola und zitierte damit ihren Bruder.

»Also«, sagte Lessner. »Was kann ich für Sie tun?«

Karola setzte alles auf eine Karte: Überrumpelungstaktik. »Wer«, fragte sie so lässig wie möglich, »wusste alles von Stringwells illegalen Börsengeschäften?«

Lessner riss Augen und Mund auf. »Was meinen Sie? Illegal, also das kann ich ...« Sein Handy tönte eine Bass-Terz wie von dröhnenden Schiffshörnern geblasen: tief – noch tiefer. »Entschuldigung, da muss ich rangehen.«

Karola nickte – sie hatte genug gesehen. Lessner wusste nichts von den Machenschaften seines Chefs.

Er lauschte ins Handy und fluchte. »Tut mir leid, Frau Kommissarin, aber ein Notfall. Ich muss zurück ins Labor.«

»Wir reden später weiter«, entließ ihn Karola und schaute ihm nachdenklich hinterher, wie er wieder zu den Aufzügen hastete.

Mit in den Hosentaschen vergrabenen Händen verließ sie die Firma, stand auf dem Firmenparkplatz von Orni Charm Pharmaceutical und dachte nach. Der Himmel hier war genauso grau wie über Bad Vilbel. Wind frischte auf und blies ihr sanft Haarsträhnen ins Gesicht. Sie dachte an Mirko. Den jungen Funke. An Wollbricht. An die Quasselstrippe, an Michael Stringwell und seinen lädierten Mercedes. Erinnerte sich an Karstens Rat: »Vertrau deinem Instinkt.«

»Scheiß drauf«, sagte Karola leise zum Himmelsgewölk und traf eine Entscheidung.

Karsten drehte das abgebrochene, in einem Plastikbeutel verwahrte Stück Feder zwischen seinen Fingern. »Hm«, sagte er in die neugierigen Gesichter von Dahlberg, Komtschewski und Dr. Lambrecht. »Ist ja ziemlich derangiert, das Ding.«

»Nun mach's nicht so spannend«, brummte Komtschewski.

Karsten blickte ihm ins Gesicht. »Unsere Abmachung steht?«

»Klar. Nun sag schon.«

Noch einmal hielt Karsten das Plastiktütchen hoch und ans Licht. »Ich bin mir ziemlich sicher, dass die hier von einer Rohrdommel stammt.«

»Was für 'ne Trommel?«, knurrte Dahlberg, dem dieser abgehalfterte Typ auf die Nerven ging. Komtschewski hatte ihn nur als Karsten vorgestellt, aber irgendetwas an dem kam Laurenz bekannt vor.

»Dommel«, korrigierte Karsten. »Wenn ihr eine Bierflasche hättet, könnte ich euch ihren Ruf demonstrieren.« Er lächelte. »Wo habt ihr die gefunden – im Main?«

Dahlberg nickte mürrisch.

»Unmöglich.« Karsten legte die Feder weg. »Rohrdommeln leben versteckt in großen Schilfbereichen. Und sind außerdem ziemlich selten. Hier in Frankfurt? Never ever.«

»Na toll«, ächzte Laurenz und checkte sein iPhone, auf dem eine SMS gelandet war. Stirnrunzelnd las er die Nachricht, überlegte und wandte sich dann an Dr. Lambrecht. »Ich muss los. Wann bekomme ich Ihren Bericht?«

»Morgen früh«, antwortete Dr. Lambrecht schon in Dahlbergs Rücken hinein. Mit großen Schritten entschwand er dem Keller der Frankfurter Rechtsmedizin.

»Meine Herren«, wollte sich Lambrecht verabschieden, aber Karsten hielt ihn zurück.

»Warten Sie. Wäre es möglich, dass ich mir die Leiche ansehe?«

Der Rechtsmediziner zögerte, aber Komtschewski beruhigte ihn: »Ist schon in Ordnung.«

Er irrte sich.

Dahlberg hockte in seinem Golf, die Hände am Lenkrad, die Gedanken im Chaos. Noch hatte er den Wagen nicht gestartet, sondern holte erneut sein Smartphone heraus, las noch einmal die von Jannik stammende SMS: *liebste! habe die stiefel gefunden, kerbe passt perfekt. sagst du es Karola?*

Dahlberg grinste wölfisch – was zum Teufel ging da vor? Wollten die anderen ihn aus dem Team stoßen? Enthielten sie ihm Informationen vor? Offensichtlich hatte dieser Idiot Jannik den falschen Handykontakt angetippt. Man musste kein Superhirn sein, um zu erraten, wer nach ihm selbst – Laurenz – im Telefonbuch stand: Lotte natürlich. Hatten die beiden Königskinder also endlich zusammengefunden. Ha!

Dahlberg biss die Zähne aufeinander. Was für ein Spiel spielten sie?

Er drehte den Schlüssel, lauschte dem leisen Brummen des Motors. Nun gut, das würde er schon rausbekommen.

Da lag er, endlich einmal still und auf ewig bleich. Der Y-Schnitt verunstaltete seinen dürren Körper, der steinerne Obduktionstisch wirkte wie ein Opferaltar. Karsten trat näher heran, hier unten im Keller des Frankfurter Instituts für Rechtsmedizin, und musterte aufmerksam die geschlossenen Augen. Da lag er, sein Strandfurter Dauergast Robert Pichner. Er, der ewig schniefende, schnüffelnde Rotze, lag jetzt mit trockener Nase. Trocken und kalt wie 'ne Hundeschnauze. Sein Durst auf ewig gelöscht.

»Du kennst ihn?«, fragte Komtschewski.

Karsten nickte stumm.

»Ein Freund?«

Trauriges Kopfschütteln. Und eine erhobene Hand, um weitere Frage zu verhindern. Endlich riss sich Karsten los und drehte sich zu dem Kriminaltechniker. »Ich brauch die Akte.«

Komtschewski nickte. Holte einen dicken Ordner aus seiner Aktentasche. »Hab nur das Wichtigste ausgedruckt.«

»In Ordnung.«

»Du hast zehn Minuten. So lange benötigt Lambrecht für seine After-Snip-Zigarette im Garten des Instituts.«

»Das reicht.«

Karsten hockte sich auf den nächsten freien Seziertisch und ließ die Füße baumeln. Warf nicht einmal einen kurzen Blick auf die eingeschnittene Rinne, die die Steinplatte wie ein Rahmen umgab und in der das Blut der Leichen ablaufen konnte. Karsten Bartsch überflog eine Seite nach der anderen. Noch kein offizieller Hinweis auf ihn, das war gut. Gesicherte Spuren: ein Fußabdruck Größe sechsundvierzig. Schlecht. Individualmerkmal – die Fehlstelle – am linken Hacken. Noch schlechter. Zwei Mordwaffen. Interessant. Die eine wohl ein Laborständer für Gläser und Kolben, der andere ebenfalls rund und länglich, mit größerem Durchmesser. Aus Plastik und grün ummantelt. Ganz schlecht. Sein eigenes Spektiv – da war sich Karsten sicher. Mit beschleunigtem Puls las er weiter, überflog die Namen der Mitarbeiter von OCP. Keiner sagte ihm etwas, von Sven Seidelmann natürlich abgesehen. Er kannte niemanden dort. Aber kannte jemand von dort ihn, Karsten Bartsch? Wer zum Teufel wollte ihm da etwas anhängen?

»Die Zeit ist um.« Komtschewski trat an ihn heran und hielt die Hand auf.

»Ja«, sagte Karsten.

Wie recht du hast, dachte er.

Er hasste es, ihre Sachen zu durchwühlen. Falsch und gemein war das, eine Art Vertrauensverrat. Und trotzdem: Er musste diesen lächerlichen Gedanken, der sich in seinem Kopf eingenistet hatte, endlich austreiben. Musste einen großen Exorzismus vornehmen, und wenn dazu das Verletzen der Intimsphäre gehörte – dann scheiß drauf. Vorsichtig zog er die nächste Schublade auf, faltete T-Shirts und Blusen auseinander, schob Slips und Socken zur Seite.

»Wollbricht«, murmelte er und »Luna«. Das alles konnte kein Zufall sein. Niemand hätte seinen Hund überlisten können – es sei denn, Luna kannte und vertraute ihm.

Seufzend schob Mirko die Schublade zurück und nahm sich die kleine

Kommode vor. Der Name Wollbricht hatte ein Übriges getan. Und die Figur der Sprayerin, groß und schlank, passte auf Karola.

»Unmöglich«, brummte er.

Das Sweatshirt, das er aus den Fluten des Mains gerettet hatte, lag jetzt in seinem Spind auf der Wache. Er hatte die leeren Farbdosen und die zusammengeknotete Plastiktüte genauer studiert als die Speisekarte in seinem Lieblingsrestaurant. Nichts. Aber das Kapuzen-Shirt ... irgendwie kam es ihm bekannt vor. Einen ganzen Tag lang hatte er gegrübelt, dann kam er drauf: Karola hatte so eins.

»Unmöglich«, wiederholte er und wühlte in den Kleidern seiner Lebensgefährtin. Da er auch heute zur Nachtschicht eingeteilt und tagsüber zu Hause war, hatte er die Wohnung für sich. Karola war vollauf mit ihrem Orni-Mord beschäftigt. Er mit heimtückischer Detektivarbeit. Je mehr Schränke und Schubladen Mirko durchsuchte, desto tiefer sank seine Laune. Ihr Sweatshirt war nicht da. Und wenn er es nicht fand, war das ein Beweis für ...

»UNMÖGLICH!«, brüllte er die leere Wohnung an.

Und fing an zu lachen. »Da bist du ja! Allen tausend Höllenhunden sei Dank!«

Freudestrahlend zog Mirko ein Kapuzen-Sweatshirt aus der Kommode, das jenem der Sprayerin aufs Haar glich. Was für eine Erleichterung!

»'tschuldige, Baby«, murmelte er und legte das Kleidungsstück vorsichtig wieder zusammen.

Er stutzte. Zerrte es wieder aufeinander. Starrte ungläubig auf das im Kragen steckende Preisschild, das noch nicht abgeschnitten worden war. Fassungslos schnupperte er am Stoff, atmete weder Karolas Weichspüler noch ihren Körperduft.

Mirko Fink sank auf den nächstbesten Umzugskarton, der prompt unter ihm einknickte.

Das Teil war neu gekauft.

»He, Dahlberg! Das lag heut Morgen im Postfach. Ermittlungssache neueste Wasserleiche im Main. Das machst doch du, oder?«

Laurenz nickte und übernahm den Umschlag. »Per Boten?«, fragte er.

Der Beamte am Empfang suchte auf seiner Kladde. »Ne, ganz einfach per Post. Aber keine Angst, gefährlich kann's nicht sein. Zu klein und zu dünn.« Er grinste und salutierte spöttisch.

Noch auf den ersten Treppenstufen riss Laurenz den DIN-A5-Umschlag auf und zog eine Handvoll Fotos heraus. Bilder seiner Wasserleiche – aber noch sehr lebendig. Sein Penner im Handgemenge mit einem Typen.

Auf dem nächsten Treppenabsatz blieb er stehen und hielt die Abzüge ans Licht. Das im Hintergrund, das musste der Frankfurter Hauptbahnhof sein. Und ihr Penner das Opfer eines Angriffs. Der zweite Mann packte ihn am Kragen und drückte ihn gegen einen Lieferwagen. Der Kommissar blätterte durch die Aufnahmen. Auf den ersten vier waren nur Rücken und Hinterkopf des Angreifers erkennbar, aber auf dem fünften ...

»Heilige Scheiße«, murmelte Laurenz. Er erkannte den Typen – der Vogelnarr mit seiner Trommel-Feder. Was hatte Komtschewski gesagt?

Karsten.

Ja. Natürlich kannte er ihn.

21

Freitag, 22. Mai, 15.28 Uhr

Die Leonhardskirche war nicht nur die älteste und vielleicht schönste, sondern auch die unbekannteste Kirche der Stadt Frankfurt. Kaum jemand kannte dieses Kleinod am Main, zumal es seit 2011 wegen Renovierung geschlossen und verrammelt war. Denkmalschützer und Archäologen hatten eine großangelegte, wissenschaftliche Ausgrabung gefordert, welche die eigentlichen Restaurierungsarbeiten seit Jahren verzögerte. Drei Meter tief grub man den Kirchenboden aus und fand im Schutt der Vergangenheit zahlreiche Gräber und Kunstwerke, Madonnenskulpturen und sogar einen Atzmann: einen steinernen, als Bibelstütze dienenden Priester aus dem 15. Jahrhundert. Ein Glück, dass die Familie Bartsch den Küster des Gotteshauses gut kannte: Er war der beste Freund ihres Vaters gewesen. Ein Glück, dass sich Karsten schon als Teenager einen Nachschlüssel hatte machen lassen, den er bis heute als Talisman im Handschuhfach seines alten Corsas aufbewahrte.

Er steckte den Schlüssel ins Schloss, drehte und rüttelte so lange, bis sich die Pforte mit einem filmreifen Quietschen öffnete. Noch mal Glück, dass das Schloss nicht ausgetauscht worden war. Und ein letztes Mal Glück, dachte er, dass der Stadt Frankfurt offenbar das Geld ausgegangen ist: Der Kirchenraum war leer und still, ähnelte mehr einer Baustelle als einem Gotteshaus.

Karsten Bartsch war pünktlich. Mit einem Winken begrüßte er die achthundert Jahre alten romanischen Figuren über dem Portal und trat ins Halbdunkel ein. Staub und Dreck überall, der Boden aufgerissen wie ein gefurchter Acker. Karsten erkannte das alte Skelett der Kirche, die romanischen Knochen, auf denen das Fleisch der gotischen Hallenkirche aufgelegt wurde: alte Säulenfundamente und aus Felsbrocken zusammengefügte Grundmauern. Karola war noch nicht da.

Er schlich durch die Kirche, lauschte nach dem Quietschen der Pforte. Machte einen Schlenker zum steinernen Baum in der Salvatorkapelle. So hatte Karola als Kind das Hängende Gewölbe genannt, die scheinbar frei in der Luft sich kreuzenden Sandsteinbögen. Für ihn war es das Himmelsgewölbe gewesen, eine wundersame Konstruktion aus Luft und Stein. Karsten starrte, den Kopf weit in den Nacken gelehnt, zur filigranen Steindecke hinauf. Nach den Gärten und Wiesen am Main, dem Haus ihres Großvaters, war das hier immer ihr Lieblingsplatz gewesen.

Die Tür quietschte. Leise, aber zielgerichtete Schritte: Sie wusste genau, wo sie ihn zu suchen hatte.

»Großer Bruder«, begrüßte Karola ihn.

»Kleine Schwester«, antwortete er.

Die Umarmung war zögernd, gehemmt. Sie taxierten sich, tasteten das Gesicht des anderen ab wie ein Suchbild, beide kannten das Spiel, die Arbeit des Polizisten: Lüge oder Wahrheit. Ich weiß etwas, was du nicht weißt.

»Wie geht's dir?«, fragte Karola endlich.

»Könnte besser sein.« Karsten schaute wieder zum Himmel aus steinernen Bogenrippen. »Weißt du noch, wie wir -«

»Bitte nicht.« Karola schüttelte den Kopf.

»Keine Verbrüderung mit dem Feind, was?« Karsten lächelte müde. »Keine positive emotionale Verknüpfung zur verdächtigen Person.«

Sie nickte. »Wir müssen reden.«

»Und die richtigen Fragen stellen.«

»Zum Beispiel?«

»Sagt dir der Name Robert Pichner was, genannt Rotze?«

»Nein.«

»Früher ein Stammgast bei mir in der Strandfurt.«

»Und heute?«

»Tot. Karola, ich muss das Band hören.«

»Welches?« Natürlich wusste sie, was er meinte. Aber sie wollte ihn reden lassen, sich in sein Sprechen einhören.

Karsten seufzte, er kannte ihre Taktik. Aber er machte mit. Soweit er wollte, soweit er konnte. »Der anonyme Anrufer vor vier Tagen«, erklärte er. »Der mir die Kollegen auf den Hals gehetzt hat.«

»Stichwort Hahnenblut«, schnaubte Karola.

»Genau.«

»Das geht nicht, und du weißt es.«

»Bin ich ein Verdächtiger?«

»Hochgradig.«

»Und warum steht davon dann nichts in der Mordakte Seidelmann?«

Karola stutzte, aber nur einen kurzen Moment. »Du hast immer noch gute Kontakte.«

Er hätte seine Schwester gern in den Arm genommen. Rührte sich nicht.

»Ich habe das Band gehört«, erzählte sie ihm. »Eine versoffene Stimme mit hessischem Dialekt.«

»Mit Schniefen und Schnüffeln?«

»Was?«

Karsten rieb sich den Schädel. »Warum glaubst du, wurde er Rotze genannt? Dem seine Nase lief schlimmer als bei jedem Kokser.«

Zögernd nickte sie, erinnerte sich. »Möglich.«

Jetzt schwiegen beide. Von draußen klang das Gelächter der Touristen herein, die die Treppe zum Eisernen Steg erklommen, und das Verkehrsrauschen vom Mainkai. Nur ein paar Meter entfernt und doch unendlich weit weg. In der Kirche war es still.

»Warst du es?«, brach Karola den Frieden und schaute ihren Bruder an.

Der schüttelte den Kopf, mit einer Tonne Traurigkeit im Blick.

Karola hasste sich für ihre Frage.

»Jemand will mir was anhängen«, beschwor Karsten sie. »Der anonyme Hinweis, der Stiefelabdruck Größe sechsundvierzig. Ich wette -«

»Was?«

»Ihr habt eine Kerbe in der Sohle gefunden. Am linken Hacken.«

Sie nickte. Karola Bartsch, die Leiterin der Soko Nachtschwalbe, hatte die heutige Teambesprechung verschoben. Ihr Bruder war wichtiger. Tief holte sie Luft. »Wer sollte dich reinreiten wollen? Und warum?«

»Zuerst habe ich Drogen-Dealer verdächtigt, die in der Strandfurt Ärger machten. Crystal-Meth-Typen. Aus der harten Liga.«

»Aber?«

»Die kennen mich nicht gut genug. Außerdem ist diese Sache hier von langer Hand geplant.«

»Also?«

»Ich ... jemand aus meiner Vergangenheit. Ich dachte an meine alten Orni-Kumpels. Die letzten zwei Tage besuchte ich Udo und Ralf.«

Immer noch wortkarg zog Karola das Foto aus Seidelmanns Voliere hervor und hielt es ihm hin: die drei Musketiere und d'Artagnan im Wald.

Karsten nickte. Suchte nach Worten, kam nicht in die Gänge.

Seine Schwester entschied sich. »Ich glaube dir. Aber du musst mir alles erzählen. Wirklich alles.«

Erleichterung wetterleuchtete über sein Gesicht. Karsten holte Luft und begann zu erzählen, von damals, als er sich in Sonja verliebte, obwohl die mit Silber-Sven zusammen war. Eigentlich. Und von heute, angefangen beim Auftritt von Darius Tablo bis hin zur Identifizierung von Rotzes Leiche. Er redete zehn Minuten, ohne dass Karola ihn unterbrach. Dann fragte er: »Was zum Teufel machst du eigentlich die ganze Zeit mit deinem Scheiß-iPad?«

Karola zögerte, aber sie wusste, was er sagen würde.

Er sagte es: »Komm schon, eine Hand wäscht die andere.«

Sie nickte. »Ich überwache einen Peilsender. Vor einer halben Stunde ist er nach Hause gefahren. Seitdem bewegt sich der Wagen nicht.«

»Wer ...?«

Karstens Handy unterbrach seine Frage. In der Stille der Leonhardskirche klang der Ton wie die Fanfare des Teufels. Karsten schaute auf die Nummer, nahm an. »Papageno, was ist?«

»Zwei Infos für dich – vielleicht hilft's dir.«

»Warte kurz, ich stell dich auf laut.«

Ralf Freudenheim hörte sich im Kirchenraum an wie die elektronisch verstärkte Stimme eines Priesters. »Also, ich hab mal meine alten E-Mails gecheckt. Silber-Sven saß tatsächlich schon seit über einem Jahr an einem neuen Projekt. Die Torpor-Sache war schon lange durch.«

Karola biss sich auf die Lippen. Gezielte Desinformation – das passte nur zu gut.

»Jetzt«, erklärte Ralf weiter, »war er an Fettverbrennung dran, du weißt schon.«

Oh ja, Karsten wusste. Er hatte oft genug Vögel aus Fangnetzen geholt und vorsichtig ihre Federn am Bauch weggeblasen – die eingelagerte Fettschicht war dann deutlich zu erkennen. Für ihren Herbstzug mussten die Tiere ein immenses Fettreservoir anfuttern, um die langen Flüge in den Süden zu schaffen.

»Ich hielt das ja«, dröhnte Papagenos Stimme durch die Kirche, »für eine Schwachsinns-Idee, aber Sven war richtig elektrisiert. Er glaubte fest daran, eine Art Fettburner-Pille entwickeln zu können. Verstehst du?«

Karsten schloss die Augen. Ein Medikament zur Fettverbrennung? Ein Pillchen zum Einwerfen, und schon purzeln die Pfunde? Ja, er verstand. Der ultimative Traum jeder Frau – und der meisten Männer: Ade Friss-die-Hälfte, ade Fettabsaugen, ade Diät.

»Mein Peilsender meldet sich«, raunte Karola ihm zu. »Ich muss los.«

»Warte.« Karsten hob die Hand. »Und das zweite?«, fragte er Papageno.

»Ach, das ist vielleicht nicht wichtig. Mir ist nur eingefallen, wo Neumann mit Sven zusammen arbeitete. Eine Firma namens OCP. Orni Charm ...«

»... Pharmaceuticals«, schloss Karsten. »Übrigens ein Scheiß-Name. Aber das kann nicht sein – ich habe die Mitarbeiterliste gesehen. Ein Neumann ist nicht dabei.«

Durch die Hallenkirche tanzte ein gespenstisches Lachen. »Ein Weichei«, kicherte Ralf, »du hast's doch selbst gesagt. Albert Neumann nahm den Namen seiner Frau an, weißt du nicht mehr? Er heißt jetzt ...«

Karolas Kopf ruckte hoch. »Lessner«, rief sie dumpf.

»Genau.«

Papagenos Priesterstimme klang irgendwie enttäuscht.

Jannik telefonierte mit Lotte, die nach wie vor in Bad Vilbel auf einen Anruf des Entführers wartete.

Und Laurenz Dahlberg hörte zu, lauschte an dem geöffneten Türspalt.

Stoisch ertrug er dümmstes Süßholzgeraspel und ihre Verabredung für den Abend, reimte sich aus den zwischendurch eingeworfenen Informationen ein schönes Gedicht zusammen: Karsten Bartsch als Hauptverdächtiger. Passende Stiefel, passendes Motiv, passendes Arschloch. Und Karola wusste davon.

Bevor Jannik auflegte, zog Laurenz die Tür lautlos zu und rieb sich die Hände. Rannte fast durch die Gänge, hastete die Treppen hinab, sauste zu seinem VW Golf: Der Weg zu Staatsanwalt Wollbricht würde ein Triumphzug sein, der Haftbefehl gegen Karsten nur eine Formalität. Natürlich würde es auch nicht zu vermeiden sein – bedauerlich, aber eben notwendig – Karola Bartsch die Leitung des Mordfalls zu entziehen.

Und sie einem ganz bestimmten, so loyalen wie erfahrenen Kriminaloberkommissar zu übertragen.

Laurenz Dahlberg gab Gas.

»Was soll das denn werden?« Fassungslos starrte Karsten auf Karola, die ihr Fahrrad aufschloss. »Du willst mit diesem Ding deinem Peilsender folgen? Mach dich nicht lächerlich.«

Karola zögerte. »Du hast ja recht. Wo steht dein Wagen?«

»Direkt am Mainkai, komm. Wohin fährt er?«

Bruder und Schwester rannten los, Karola suchte den roten Punkt auf ihrem Display. »Nicht zur Firma. Nicht in die Innenstadt. Richtung Osten – er will raus aus Frankfurt.«

»Dann beeil dich mal und schwing dich rein.«

Sie hatten Karstens Corsa erreicht, schon saß er hinter dem Steuer und drehte den Anlasser.

Karola schluckte. Konnte nicht. Wollte nicht.

Er stieß von innen die Beifahrertür auf. »Mach! Worauf wartest du?«

»Ich ...«

Ihr Bruder ließ den Motor an. Hielt den Fuß auf der Bremse und gab Gas: Der Wagen fauchte.

Karola rührte sich nicht. »Ich ... ich nehm doch das Rad«, stammelte sie.

»Scheiße«, fluchte Karsten, beugte sich aus dem Wagen und zerrte sie, die willenlos schien, auf den Sitz. »Wenn er die Innenstadt verlässt, verlieren wir ihn. Oder ist die Reichweite der Sender heutzutage größer als zu meiner Zeit?«

Stumm schüttelte seine Schwester den Kopf. Er aber nickte, fluchte lautlos. Tut mir leid, dachte er, ich hätte wirklich besser auf dich aufpassen müssen.

»Warum hast du mir nie erzählt, dass es so schlimm ist?«

Wieder schüttelte sie nur den Kopf. »Es gibt auch gute Tage«, krächzte sie.

Ja, die gab es. An einem guten Tag hockte sie als Beifahrerin im Wagen, ohne dass jemand etwas mitbekam. Aber heute war ein schlechter Tag. Ein sehr schlechter.

Karsten löste die Handbremse, der Wagen schoss los. »Lass mich jetzt bloß nicht im Stich, Schwesterherz. Wohin?«

Ein Zittern lief durch ihren Körper, dann heftete sie ihren Blick auf das Tablet, griff nach dem roten, blinkenden Punkt wie nach einem Rettungsanker. »Vorne auf die Sonnemannstraße rauf«, krächzte sie. »Er ist beim Riederwald, fährt die Wächtersbacher lang.«

Karsten drückte gleichzeitig Gaspedal und Hupe, teilte seine Aufmerksamkeit zwischen dem Straßenverkehr und seiner Schwester. Ihr Gesicht war jetzt kalkweiß, auf ihrer Stirn fette Schweißtropfen. Kein Atmen mehr, sondern stoßweises Keuchen. Ihre Hände zitterten wie die eines Säufers. Scheiße, Scheiße, Scheiße, dachte Karsten und schaltete einen Gang höher. Die Straße halbwegs frei, der Berufsverkehr noch erträglich. Halt sie am Reden, dachte er.

»Wie bist du auf ihn gekommen?«, fragte er.

Sie schwieg. Starrte mit zusammengepressten Lippen auf das iPad.

»Karola! Hilf mir! Und versuch um Gottes willen tief zu atmen – du hechelst wie ein Hund!«

»Ich«, krächzte sie und musste an Luna denken. An Mirko. Tief zog sie Luft in die Lungen, stieß sie wieder aus. Einatmen, ausatmen. Der Druck auf ihrer Brust ließ nach. »Ich habe nur auf meinen großen Bruder gehört.«

»Ha! Und welcher meiner tausend Weisheiten bist du gefolgt?«

»Der klischeehaftesten: Trau deinem Instinkt.«

Karsten lachte vor Erleichterung – sie schien sich zu fangen. »Was war in diesem Fall dein Instinkt?«

Karola versuchte zu lächeln. Das klappte nicht. »Fahr die Ostparkstraße hoch und dann rechts auf den Ratsweg drauf.«

»Nun sag schon.«

Noch einmal holte sie tief Luft, versuchte sich zu entspannen. »Zuerst wollte ich den Peilsender Stringwell unterjubeln. Aber irgendwie hab ich seiner Geschichte geglaubt. Seidelmann war sein bestes Pferd im Stall, und selbst wenn der seinem Chef irgendwie auf die Schliche gekommen wäre ...« Sie stockte, strich sich mit den Fingern über ihren ausgetrockneten Hals. Spürte, wie ihr Puls raste.

»Red einfach weiter!«

Die Reifen quietschten in einer Kurve, der Motor brummte böse, die Mischung aus Abgas und ganz leichtem Benzingeruch verursachte ihr Übelkeit. Vor ihnen stürzte Funkes Körper auf die Fahrbahn und zerplatzte in einer Wolke aus Rot.

Karola Bartsch schluckte. Es tat weh.

»Dann bin ich noch rasch zur Firma.«

»OCP.«

»Ja. Und dort lief mir Lessner über den Weg. Der Einzige, der mit uns geredet hat.« Sie lachte verächtlich. »Unter dem Siegel der Verschwiegenheit natürlich. Er wollte ja nur helfen. Ha! Eine Lüge nach der anderen hat er mir aufgetischt – von wegen Torpor-Forschung.«

»Aber das wusstest du da noch nicht.«

»Stimmt. Nach der Ampel links. Aber dann fielen mir seine Schuhe auf. Wanderstiefel mit frischem Matsch. Lotte hat mich drauf gebracht: Sie sagte, bei dem Regen der letzten Nacht gäb's mehr Dreck als Wege.«

Karsten lachte auf. »Du hast Neumanns, also Lessners Wagen den Peilsender verpasst, weil seine Schuhe schmutzig waren?« Er kicherte. »Mann, der Typ ist ein Orni. Vielleicht war er nur morgens irgendwo im Wald und hat Vögel beobachtet.«

»Vorhin hätte ich dir recht gegeben.«

»Und jetzt?«

»Jetzt nicht mehr. Dank der Informationen von deinem Vogel-Freund: Lessner hat mich belogen. Und außerdem ...«

»Was?«

»Die Feder, die dein Kumpel Rotze in der Hand hielt. Die war nicht zufällig braun-gelb gestreift?«

Karsten war so verblüfft, dass er die Bremse streifte. Ihm wurde kalt. Der Wagen bockte, Karola klammerte sich an den Sitz.

»'tschuldigung. Ja. Braun-gelb. Von 'ner Rohrdommel.«

Karola atmete ein, atmete aus. Löste langsam, Finger für Finger, die Hände vom Sitz. Schnappte sich das iPad, das auf ihren Schoß gerutscht war, und kontrollierte den Sender. »Geradeaus«, presste sie hervor. Und dann: »Lessner trug eine Brosche an der Jacke. Ein hässliches Ding aus Silber. Verziert mit Vogelfedern in Braun-gelb.«

Ihr Handy spielte »Bella Notte«, »Susi und Strolch«. Von Mirko geschenkter Klingelton. Denk an Mirko, beruhige dich, atme tief ...

Mit immer noch zitternden Fingern tippte Karola auf das grüne Hörer-Symbol.

»Es ist so weit«, sagte Lottes Stimme. »Der Entführer hat sich gemeldet.«

Lotte lauschte mit wachsender Verwunderung. Die Stimme ihrer Chefin klang gepresst – ihr schien es schlecht zu gehen. »Nein«, antwortete Lotte, »für die Fangschaltung des MEK war's zu kurz.« Hörte wieder zu. Nickte. »Werd ich machen. Ja. In Ordnung.« Sie zögerte, sagte dann noch: »Viel Glück!«

Aber Karola Bartsch hatte schon aufgelegt.

Lotte zupfte an ihrer grünen Strähne und ging ins Wohnzimmer zurück, wo Frau Seidelmann teilnahmslos auf ihrer Couch kauerte. Als die Kommissarin auf sie zutrat, hob sie hoffnungsvoll den Kopf.

»Nichts Neues von Ihrer Tochter«, musste Lotte zugeben. »Aber wir wissen über die Fettburner-Pillen Bescheid. Es geht um diese Daten, nicht wahr? Deshalb musste Ihr Mann sterben. Und deshalb wurde Ihre Tochter entführt. Wo, Frau Seidelmann, sind diese Unterlagen?«

Die Witwe fing an zu weinen.

Endlich, dachte Lotte. Jetzt wird sie auspacken. Aber wieder einmal störte ihr Handy. Sie trat ein paar Schritte zurück, blickte auf das Display und lächelte. Hoffentlich war Janniks Timing im Bett besser. »Es geht jetzt nicht«, sagte sie knapp in das Gerät.

»Wollbricht hat einen Haftbefehl gegen Karsten Bartsch beantragt.« Seine Stimme überschlug sich fast. »Und er hat den Kripochef bequatscht, dass der Karola den Fall wegnimmt. Dahlberg hat jetzt die Leitung der Untersuchung.«

»So eine Scheiße«, murmelte Lotte und zog an ihren Haaren bis es schmerzte.

Er grinste vor sich hin – sein Plan B bereitete ihm in der Tat Freude. Gelassen steuerte er seinen nachtblauen VW-Kombi durch Frankfurt, behielt aufmerksam den Rückspiegel im Blick, bemerkte nichts Verdächtiges. In seinem Kopf schwirrten die Variablen, die Möglichkeiten und Wahrscheinlichkeiten wie mathematische Formeln herum. Flatterten wie Vögel.

Albert Lessner lächelte ob dieser Assoziation. Nahm brav Gas weg, als er eine Dreißiger-Zone durchquerte: Bloß nicht auffallen jetzt. Denn er stand so kurz vor dem Ziel. Mit dieser verzogenen Göre als Druckmittel würde Sonja endlich die Daten preisgeben. Und dann konnte er sich absetzen, ein Ticket nach Südamerika war schon längst gebucht. One-way only. Und leider allein. Annelie hätte das gefallen, da war er sich sicher. Annelie, vielleicht der einzige Mensch, der ihn wirklich geliebt hatte. Der in ihm nicht den Dorftrottel und ewig Zweiten sah. Die an einem Gehirntumor elend verreckt war.

Langsam erreichte Lessner den Frankfurter Stadtteil Enkheim und prüfte abermals seinen Plan. Suchte einen Fehler, mögliche Schwächen. Es gab keinen sicheren Sieg: Jede Schlacht konnte verloren werden, so unterlegen der Gegner auch wirkte. Aber Lessner blieb zuversichtlich. Alles kam jetzt auf das richtige Timing an – er musste nur die Daten zur pharmazeutischen Verwertung des Fett-Burnings einsacken und auf einen anderen Kontinent verschwinden, bevor irgendjemand auch nur ahnte, was Sache war. Mittlerweile mussten selbst die beschränktesten Beamten auf Karsten gekommen sein, den perfekten Sündenbock. Bis der sich da rausgewunden hatte, wäre Albert schon längst fort. Und vielleicht landete d'Artagnan ja im Knast.

Die Vorstellung gefiel ihm.

Kurz hinter Enkheim, nicht weit vom Schwimmbad entfernt, bog er in seine Seitenstraße ab, folgte dann einem Waldweg ins Ried. Eine rot-weiß gestrichene Schranke versperrte nach ein paar hundert Metern den Weg – Albert Lessner hatte den Schlüssel. Natürlich. Er schloss auf, ließ die Schranke oben und fuhr langsam weiter.

Was, wenn die Hure einen Dreck auf ihre Tochter gab? Unwahrscheinlich, aber immerhin möglich. Variablen. Wenn sie nicht sofort zustimmte, musste er sie eben einschüchtern. Alles kalkuliert. Sein Wagen rumpelte durch immer dichter werdenden Wald. Lessner lachte, fasste sich an die Brusttasche seines Jacketts. Ja, die Waffe war noch da. Natürlich war sie das. Zwölf Schuss, die Seriennummer abgefeilt, der Lauf geputzt. Nicht, dass er mit einer Pistole umgehen konnte. Aber das brauchte er ja auch nicht: Aus nächster Nähe würde er die gefesselte Luscinia Seidelmann auf jeden Fall treffen. Und die Videofunktion seines Handys würde auch vollkommen ausreichen. Ein zerfetzter Arm, ein zerschossenes Bein und viel Blut – das würde selbst eine hartgesottene Mutter erweichen. Ja, sein Plan würde gelingen. Er zweifelte nicht daran. Die Maske lag unter dem Beifahrersitz versteckt und wartete auf ihren Einsatz.

Showtime.

Karsten schielte zu ihr hinüber. »Schaffst du's?«

Stöhnend nickte seine Schwester. »Geht schon. Er wird langsamer. Sieht aus, als wollte er ins Ried und den Wald dahinter.«

Karsten nickte. »Beliebter Ort für Ornis. Gutes Revier für Wendehals, Steinkauz und -«

»Bitte«, presste Karola hervor. »Verschon mich mit deinen Scheiß-Vögeln, ja?«

Karsten grinste. Wenn sie schon wieder fluchen konnte, musste es ihr besser gehen.

»Was ich eigentlich sagen wollte«, fuhr er fort, »wir waren mal zu viert dort. Entdeckten eine halb verfallene Holzhütte. War schon damals derart zugewachsen, dass die, hm, Scheiß-Vögel von dort besser zu beobachten waren als von 'nem Tarnzelt aus.«

»Lessner war auch dabei?«

»Ne, nur Silber-Sven, Uhu-Udo, Papageno und ich.«

»Aber?«

»Aber wenn Albert jahrelang mit Sven zusammen gearbeitet hat, dann ...« Karsten ließ den Satz ausklingen.

Karola hatte verstanden. »Kommt man mit dem Auto dorthin?«

»Nein. Aber zu Fuß vom Parkplatz sind's keine zehn Minuten.«

»Perfekt für ein Entführungs-Opfer.«

»Meine Rede.«

Und wieder susi & strolchte ihr Smartphone. Karola nahm den Anruf an, sagte nichts, hörte nur zu und wurde noch eine Spur bleicher.

Karsten fuhr langsamer und wartete. Als seine Schwester nichts sagte, fragte er: »Willst du nicht langsam Verstärkung rufen?«

Sie schnaubte. »Geht nicht. Ich bin suspendiert.«

»Puh! Aber das sollte dich nicht daran hindern.«

»Und du – du bist schengenweit zur Fahndung ausgeschrieben.«

»Das«, ächzte Karsten, »sollte dich allerdings hindern. Dann kann ich gern auf Verstärkung verzichten. Neumann, also Lessner, ist eh bloß ein Weichei.«

Albert Lessner stand neben seinem Wagen und lauschte. Hörte nur das Ticken des Motors, das Summen einer Fliege, den Wind in den Bäumen. Und natürlich die Vögel. Sein geschultes Ohr identifizierte Buchfink, Zilpzalp, Meisen und eine Singdrossel. In weiter Ferne klagte ein Kuckuck. Er lauschte und lächelte. Erinnerte sich an Silber-Svens kindliche Begeisterung, als er den Durchbruch bei der Fett-Forschung erzielte. Alles streng geheim, natürlich, niemandem konnte Seidelmann davon erzählen, noch nicht einmal Stringwell. Nur ihm, Albert vertraue er. Dem fünften Rad am Wagen. Dem dummen, ewig grinsenden Alfred E. Neumann.

Albert zischte. Immer war er nur ein Wasserträger gewesen. Als das erste Patent zum Torpor für Millionen verkauft wurde, obwohl es als reine Grundlagenforschung noch Jahrzehnte keinen Gewinn abwerfen würde, hatte nur Seidelmann seinen Anteil eingestrichen. Albert ging leer aus. Dabei hatte er sich die Nächte um die Ohren, die Reagenzgläser um die Nase gehauen. Jahrelang hatte er für Sven Versuchsreihen ausgearbeitet und durchgeführt, während Seidelmann seine Nase Tag für Tag ein Stück höher trug.

Wasserträger. Diener. Fünftes Rad.

Diesmal nicht, hatte er sich geschworen. Diesmal nehme ich mir den Kuchen ganz für mich allein.

Ein letztes Mal tastete Albert nach der Pistole, befühlte das raue Holz der Maske. Dann brach er auf. Zeit, der Hurentochter ein bisschen Benehmen beizubringen.

Ja, das würde Spaß machen.

»Der Motor ist noch warm«, flüsterte Karola. »Wo lang jetzt?«

Sie hatten gewartet, bis der Peilsender an Lessners Wagen fünfzehn Minuten still stand, dann war auch Karsten über den Waldweg bis zu dem versteckten Parkplatz gerollt. Die Schranke hatte Albert freundlicherweise offengelassen – anscheinend hatte er einen Schlüssel dafür.

Karsten orientierte sich. »Schon lange her«, brummte er dann. »Aber ich glaube, in dieser Richtung.«

»Du glaubst?«

Karsten grinste schwach. »Warum, denkst du, waren wir eben in einer Kirche?«

22

Freitag, 22. Mai, 16.53 Uhr

Luscinia Seidelmann schluckte mühsam. Ein Stechen im Hals, so als müsste sie einen faustgroßen Stein herunterwürgen. Sie hatte Angst. Angst davor, in diesem Loch verrecken zu müssen. Und noch mehr Angst davor, dass er zurückkommen würde, um ihrer Angst ein Ende zu machen.

Sie keuchte, verzog das Gesicht, drückte mit der Zunge an ihren Lippen herum, die er mit Klebeband versiegelt hatte. Der Maskenmann hatte ihr nur einen leeren Plastikeimer und eine Klopapierrolle dagelassen. Sonst nichts. Ihre Hände waren hinter dem Rücken mit Klebeband gefesselt, sodass sie sich zum Pinkeln noch nicht einmal die Hose hätte ausziehen können. Ihre Füße waren so zusammengebunden, dass sie winzige, trippelnde Schritte machen konnte: Selbst wenn sie irgendwie aus dieser ekligen Hütte herausgekommen wäre, eine Flucht war unmöglich. Ihr Handy hatte der Kerl ihr natürlich weggenommen.

Was wollte er von ihr? Warum war sie entführt worden? Fuck you, Maskenmann.

Ohne Uhr konnte sie auch nur schätzen, wie lange sie schon hier war: fünf Stunden, sechs. Auf jeden Fall zu lange. Verzweiflung kroch ihr über den Rücken wie eine große, giftige Spinne. Die Tür der Hütte war fest verschlossen, das schiefe Viereck eines winzigen Fensters von außen mit Brettern zugenagelt. Nur durch ein paar schmale Ritzen drang etwas Licht in ihr Gefängnis. Wie eine Mumie war Luscinia die paar Quadratmeter abgestolpert, hatte sich mit den Schultern gegen die Tür geworfen, immer wieder, bis der Schmerz sie stoppte, mit den zusammengebundenen Händen am Fenster gerüttelt und erfolglos nach irgendetwas Scharfem gesucht: Die Hütte roch nach Staub und Moder, war aber sorgfältig leergeräumt worden.

Sie lauschte, hörte nichts weiter als Vogelgezwitscher und das Summen von Insektenflügeln. Ab und zu das ferne Dröhnen eines Flugzeugs, unerreichbar weit entfernt. Und das mühsame Schnaufen aus ihrer Lunge.

Der Maskenmann hatte sie abgeliefert wie ein Paket, seine Stimme hatte dumpf und bedrohlich geklungen: »Es dauert leider noch eine Weile, bis ich mich um dich kümmern kann.« Ein letztes Mal hatte er ihre Fesseln überprüft und war dann verschwunden. Stunden war das her.

Als die Tür sich endlich wieder öffnete, war sie weggedämmert, schlief nicht wirklich, sondern döste in der Zwischenwelt von Traum und Wachsein. »Durst«, krächzte sie matt, als er ihr das Klebeband von den Lippen zerrte.

Der Maskenmann lachte. Er trug denselben Vogelkopf, eine geschnitzte Holzmaske mit schiefem Dolchschnabel, die wohl einen Reiher darstellen sollte. Einfach gemacht, aber gruselig. Masken waren immer unheimlich.

Der Reiher griff in die Jackentasche. Luscinia erwartete eine kleine Plastikflasche mit Trinken, und wich erschrocken vor der Pistole zurück. Der Maskenmann zielte auf sie. Holte mit der anderen Hand ein Smartphone aus der Jacke und wischte mit dem Daumen darauf herum. Aktivierte offenbar die Foto- oder Videofunktion. Ja, sie hatte Angst, schreckliche Angst. Aber sie war nicht blöd. Versteckte ihre Intelligenz hinter blonden Haaren und einem naivem Lächeln. Das habe ich, dachte Luscinia bitter, von meiner Mutter gelernt.

Der Maskenmann schob die Faust nach vorne und zielte.

Karola und Karsten schlugen sich durch Dickicht, Mückenschwärme und die verrinnende Zeit. Es dauerte Minuten, bis sie einen Pfad entdeckten, der kürzlich benutzt worden schien. So leise wie möglich schlichen sie weiter.

»Wie geht's dir?«, flüsterte Karsten.

»Gut.« Was stimmte: Mit jedem Schritt fühlte sich Karola besser. Die Panikattacke im Wagen kam ihr bereits vor wie eine Variante DES Traums. Hier draußen konnte sie frei und tief durchatmen.

Als eine fast vollständig zugewachsene Holzhütte in dem Gestrüpp auftauchte, zog Karola ihre Heckler & Koch P30. »Waffe?«, fragte sie ihren

Bruder.

Der schüttelte den Kopf. So weit entfernt von seinem Wagen, nutzte ihm auch das Sirenengeheul aus Lautsprecherboxen nichts.

Lautlos näherten sie sich der Hütte. Karola presste ihr Ohr an die Tür, gab Karsten dann Handzeichen, dass er die Rückseite überprüfen sollte. Er schlich sich um die Holzecken, erreichte das verrammelte Fenster. Blinzelte durch einen winzigen Spalt, konnte aber nichts erkennen: Drinnen war es düster. Vorsichtig beendete er seine Runde, traf wieder auf Karola und schüttelte den Kopf.

Sie nickte ihm zu. Griff mit der freien Hand die verrostete Türklinke. Holte Luft und warf sich in die Hütte.

»Schön, dass ihr es einrichten konntet.« Laurenz Dahlberg grinste spöttisch und zeigte auf zwei Stühle, die er in Karolas Büro hatte tragen lassen. »Setzt euch«, raunzte er.

»Was soll das?«, keifte Lotte. »Ich sollte in Bad Vilbel sein!«

»Nur ruhig«, antwortete Dahlberg. »Wenn ich richtig informiert bin, war der letzte Anruf des Entführers doch nur Hinhaltetaktik: Ein paar Drohungen, ohne wirklich was zu sagen. Aber das gilt natürlich nur, *wenn*« – er betonte das letzte Wort – »ich richtig informiert bin.«

Lotte und Jannik schauten sich an.

»Was ja«, machte Dahlberg gnadenlos weiter, »offenbar nicht selbstverständlich ist in unserem Team. Ihr habt mich ausgeschlossen. Mir den Verdacht gegen Karsten Bartsch verheimlicht. Ach ja, es gibt übrigens einen zweiten Mord von ihm«, setzte er noch einen drauf und lächelte süffisant.

»Was?«, riefen Lotte und Jannik gleichzeitig.

Lässig warf Dahlberg die vor dem Frankfurter Hauptbahnhof geschossenen Fotos auf den Tisch. »Hier greift Karolas Bruder diesen Pichner an, und noch in derselben Nacht wird er umgebracht.«

»Mord?« Karola verstand kein Wort. »Ich dachte, ein Unfall ...«

»Nix.« Dahlberg grinste so breit, als hätte er die Masterfrage bei Jauchs Ratequiz geknackt. »Momentan gehen wir davon aus, dass Bartsch ihn mit

Valium betäubte und dann noch lebend in den Main warf. Wollbricht weiß Bescheid. Und er hat die Erweiterung des Haftbefehl auch sofort beantragt.« Er beugte sich vor. »Als neuer Leiter der MK 3 möchte ich jetzt alles über unseren neuen Hauptverdächtigen wissen. Aber ich warne euch.« Sein Kopf kam den beiden noch näher. »Karola kann mildernde Umstände verbuchen – der Typ ist schließlich ihr Bruder. Aber ihr beiden ...«

Dahlberg ließ die Drohung in der Luft hängen wie eine winzige, bösartige Gewitterwolke.

Jannik schluckte. Und begann zu berichten.

Hinter ihm ein Geräusch. Lessner wirbelte herum, erkannte im hellen Rechteck der geöffneten Tür zwei Gestalten, zwei von hinten beleuchtete Silhouetten: eine groß und bullig, die andere groß und schmal. Mann und Frau. Bruder und Schwester. Mit einem Augenblinzeln erkannte er Karsten und Karola. Hinter ihm schrie die Huren-Tochter eine Warnung.

Und er drückte ab.

Karola reagierte mit der Geschmeidigkeit einer erfahrenen Judoka: Mit einem Hechtsprung sprang sie zur Seite, krümmte sich im Flug zur Judorolle und landete sanft auf modrigem Holzboden. Karstens Reflexe dagegen waren eingerostet. Er schaffte es gerade noch, sich zur Seite zu drehen um weniger Fläche zu bieten, hatte sich aber kaum bewegt, als der Schuss knallte. Scharfer Pulvergeruch in der Hütte, die kreischende Luscinia im Hintergrund und Feuer in seinem linken Bein. Karsten knickte ein, rutschte am Türrahmen zu Boden. »Neumann, du Weichei!«, stöhnte er.

Das fünfte Rad sprang einfach über ihn hinweg. Erstaunlich schnell für eine Laborratte flüchtete er nach draußen und verschwand im Enkheimer Wald.

»Er haut ab«, stöhnte Karsten.

Seine Schwester hatte sich längst aufgerappelt und redete auf Sonjas Tochter ein. Dann verlor sie kostbare Sekunden, als sie Karstens Wunde untersuchte.

»Durchschuss«, konstatierte sie knapp.

»Egal, lass den Scheißkerl nicht entwischen.«

Draußen wirbelte sie einmal um die eigene Achse und lauschte – kein Lessner in Sicht und Gehör. Ohne weiteres Zögern rannte sie in Richtung der geparkten Wagen los: das logischste Ziel. Karola hetzte durch den Wald, übersprang Wurzeln, versuchte die Richtung zu halten. Ein Déjà-vu spukte erneut in ihrem Kopf, diesmal ihre Flucht vor Mirko vorgestern Nacht. Aber jetzt war sie die Jägerin, heute waren die Rollen vertauscht.

Als Karola schließlich die kleine Lichtung erreichte, schoss Lessners dunkelblauer Kombi gerade davon. Zwei Schüsse gab sie auf die Räder des Wagens ab, verfehlte und fluchte. Spurtete zu Karstens klapprigem Corsa, warf sich auf den Fahrersitz, tastete nach dem Schlüssel, er steckte, drückte die Kupplung, drehte den Anlasser. Und erstarrte. Das berühmte Reh im Scheinwerferlicht, ausgelöst durch das laute, bösartige Heulen des Motors. Augenblicklich begannen ihre Hände zu zittern, ihr Herz zu trommeln.

»Nein!«, brüllte Karola Bartsch und tippte aufs Gas. Langsam schaukelte der Wagen los. Der Motor heulte übertourig auf, Karola rammte den zweiten Gang rein, die Räder drehten sich schneller, zerrten die Karosserie über den Waldweg.

»Nein!«, rief die Hauptkommissarin noch einmal.

Karsten schob sich über den Boden der Hütte, eine dünne Blutspur hinter sich herziehend. Ächzend erreichte er Sonjas Tochter. Fummelte an ihren Handfesseln herum, bekam das Klebeband nicht zu fassen, fluchte und zerrte schließlich mit den Zähnen daran.

»Wer sind Sie?«, keuchte Luscinia.

»Karsten«, stellte er sich vor und spuckte ein Stück Faser aus. »Alter Freund deiner Mutter.«

Nachdem er ihre Hände befreit hatte, war sie es, die sich um ihn kümmerte. Luscinia riss sein T-Shirt in Stücke, wischte Blut von der Wunde und band einen Streifen ums Bein. In der Zwischenzeit musterte er sie, soweit das im Halbdunkel möglich war. Lange blonde Haare, zierlich und ungeschminkt. Große Augen, wie ihre Mutter. Dasselbe galt für ihre Brüste. Karsten suchte nach Sven in ihrem Gesicht, meinte den Widerhall seiner schmalen Wangen zu erkennen, seine leicht gekrümmte Nase.

Luscinia schnüffelte. »Ich glaube«, sagte sie leise, »ich habe mich eingepinkelt.«

»Das macht nichts«, antwortete Karsten sanft. »Danke für den Verband.«

In Filmen und Büchern überwand der Held seine Ängste in Sekunden. Er sah die geliebte Frau an der Spitze eines Hochhauses taumeln und kämpfte nur kurz gegen seine Höhenangst. Der Held gewann immer.

In Filmen und Büchern.

Karola Bartsch würgte den Motor ab, der Corsa rollte stotternd noch einen halben Meter und blieb stehen. Stöhnend drückte Karola ihren Kopf auf das Lenkrad, sprang dann, wie per Schleudersitz, aus dem Wagen.

Die harte Tour funktionierte nie, ein brutaler Crashkurs scheiterte immer. Desensibilisierung hieß das Zauberwort, die schrittweise Annäherung an das Zentrum des Horrors. Karola hatte alles gelesen über diese Art situations- oder objektbezogener Ängste. Arachnophobie, Flugangst, Höhenangst, Bacteriophobie, die Liste war unendlich. Als Frankfurterin kannte sie auch die Goethe-Anekdote, wie der dichtende Geheimrat sich selbst von seiner Panik kurierte, indem er immer wieder das Straßburger Münster hinaufstieg. Jedes Mal ein paar Stufen höher, jedes Mal ein paar Minuten länger. Desensibilisierung.

Eine Träne rutschte über Karolas Wange. Sie hatte selbst damit begonnen, hatte sich, wenn Mirko nicht da war, in seinen Wagen gesetzt, erst sekunden-, dann minutenlang. Sie hatte angefangen mit dieser Therapie, aber viel zu früh aufgehört. Hatte den guten Tagen vertraut, die immer häufiger zu kommen schienen. Außerdem hatte ihr Radfahren schon immer Spaß gemacht, und es stimmte ja auch, was sie den anderen predigte: In Frankfurt kam man mit dem Rad schneller voran.

Aber heute, heute war ein ganz schlechter Tag. Sie hatte es verbockt.

»Was machen wir jetzt?«, fragte Luscinia und starrte ängstlich aus der offenen Hüttentür.

»Wir rufen erst mal«, schnaufte Karsten, »deine Mutter an.« Er fingerte sein Handy hervor. Lachte kläglich auf.

»Was?«

»Billiger Filmtrick trifft auf Realität«, brummte Karsten. »Mein Akku ist alle.«

»Meiner nicht«, sagte Karola von der Tür her. Karsten blickte auf, bemerkte ihr resigniertes Kopfschütteln.

»Der kommt nicht weit«, tröstete er sie.

»Da hast du recht. Schon gar nicht mit dem hier.« Sie winkte mit ihrem iPad, auf dem ein roter Punkt blinkte.

Dann rief sie Laurenz an, den neuen Chef, und wartete auf den Streifenwagen. Schon nach zehn Minuten trudelte der auf dem Waldparkplatz ein, mit Konrad Gisselberg am Steuer. Schweigend fuhr das seltsame Quartett die kurze Strecke von Enkheim nach Bad Vilbel zurück zur Villa Seidelmann. Vor dem Bungalow parkten ein Notarztwagen und der blaue Sprinter der Spurensicherung. Gisselberg stellte sich daneben und drehte den Kopf nach hinten: »Ihr drei Hübschen solltet mal eure kalkweißen Gesichter sehn. Ihr schaut aus, als wenn ihr in 'ner echt üblen Geisterbahn gewesen wärt. Was genau ist denn passiert?«

Karola rang sich ein Lächeln ab und half ihrem Bruder aus dem Wagen. »Später, Konrad. Lass uns erst mal ankommen und die junge Frau hier nach Hause bringen.« Sie nickte Luscinia aufmunternd zu und drückte auf den Klingelknopf. Die Tür schwang fast im selben Moment auf und Mutter und Tochter fielen sich tränenreich in die Arme.

»Wo ist Lotte?«, fragte Karola das Mobile Einsatzkommandoteam, das die Fangschaltung bereits wieder abbaute. Die zuckten nur mit den Schultern.

»Im Präsidium«, knurrte dafür Konrad. »Auf Anweisung von Dahlberg.«

Karola nickte nur. Mit dem würde sie später abrechnen, jetzt gab es Wichtigeres. Zwar hatte man ihr die Leitung der Ermittlung entzogen, aber nicht die Mitarbeit an diesem Fall. Von Suspendierung könne, hatte Wollbricht kleinlaut bestätigt, als Karola ihn wütend angerufen hatte, auf keinen Fall die Rede sein. Das sei gut, hatte Karola geantwortet, dann würde vielleicht auch nicht die Rede auf sein Aktienpaket bei OCP kommen.

Eine Hand wusch die andere.

Immer und überall.

Wie sie Laurenz kannte, hatte er die Aufhebung des Haftbefehls gegen Karsten noch nicht beantragt. Karola lächelte böse. Keiner wusste, dass Karsten hier war, bei Sonja Seidelmann. Nur Gisselberg kannte ihn, aber der alte Kollege würde den Mund halten. Der Notarzt hatte Luscinia untersucht und die Schusswunde ihres Bruders versorgt.

Mutter und Tochter redeten leise aufeinander ein. Karola näherte sich den beiden.

»Frau Seidelmann, ich muss kurz mit Ihrer Tochter sprechen.«

Sonja nickte. »Natürlich.« Dann drehte sie sich von ihr weg und stolzierte auf Karsten zu.

Karola registrierte den Hüftschwung und folgte der Tochter in ihr altes Kinderzimmer.

Nein, erklärte Luscinia dort, sie könne ihren Entführer nicht identifizieren, seine Stimme aber wohl schon. Sie antwortete sicher und schnell auf alle Fragen Karolas, nur zum Schluss wurde sie zögerlich.

»Wie geht es ...«, fragte sie, »... Timo?«

»Er liegt leider immer noch im Koma.«

»Kann ich zu ihm?«

Karola zögerte. »Morgen, okay?«

Das Mädchen nickte.

»Sie sind ein Paar?«, tastete Karola sich vorsichtig vor.

»Seit einem halben Jahr«, sagte Luscinia strahlend. »Leider eine Fernbeziehung, weil ich in England studiere.«

»Wie haben Sie sich kennengelernt?«

»In Papas Firma. Als ich ihn einmal besuchte, ist mir Timo über den Weg gelaufen. Ich glaube, er hat sich sofort in mich verknallt.«

Süß, dachte Karola, als Luscinia leicht errötete.

»Und hat mich dann immer wieder getroffen. Zufällig.« Das letzte Wort betonte sie lächelnd. »Hat mich ein paarmal eingeladen, und irgendwann hat's auch bei mir gefunkt.«

Karola schaute sie an. »Warum ist Timo weggerannt, als mein Kollege bei euch geklingelt hat? Über was habt ihr da gesprochen?«

Luscinia Seidelmann kaute auf ihren Lippen, spielte mit einer Haarsträhne herum. »Ich war natürlich völlig aufgelöst. Mein Vater war ermordet worden, und außerdem, also Timo und dieser andere Sicherheitstyp ...«

»Hendrik Stritzel?«

»Ja. Sie hatten Streit. Timo hat mitbekommen, dass Stritzel Mitarbeiter der Firma erpresst.«

»Wie bitte?«

»Jedenfalls hat Timo das gedacht. Die Aufzeichnungen der Videoüberwachung wurden immer wieder kopiert oder auch geändert. Timo glaubte, dass Stritzel die Firmenmitarbeiter bespitzelte. Irgendwann hat er ihn direkt darauf angesprochen. Aber Stritzel lachte nur. ›Ein Wort von dir‹, soll er gesagt haben, ›und ich hetz dir die Cops auf den Hals. Auch von dir habe ich Bänder.‹«

»Was meinte er damit?«

Wieder wurde Luscinia rot. Diesmal um einige Nuancen dunkler.

Karola verstand. »Von Ihnen beiden?«

Ein Nicken.

»Aber damit konnte Stritzel doch nichts -«

»Meine Mutter«, unterbrach Luscinia sie. »Sie wusste nichts von Timo und mir. Und soll auch nichts wissen.«

Erneut verstand Karola. »Dann dachte Timo, als mein Kollege klingelte ...«

»Dass Stritzel ihm was anhängen will, ja. Und dann verlor er den Kopf und rannte los ...«

Tränen im Gesicht der jungen Frau.

Genug für heute, dachte Karola.

Er brauchte Gewissheit. Jetzt. Sofort. Ihre gemeinsame Zukunft hing davon ab. Der Gedanke, dass seine Frau ein Doppelleben führte, machte ihn verrückt. Die Zweifel hackten wie Geier an seinem Herzen. Eigentlich war das unmöglich. Er wusste, dass es kompliziert war. Zwischen Mann und Frau. Und speziell zwischen Polizist und Polizistin. Aber das machte ihm keinen großen Kummer. Sie passten gut zusammen. Das wusste er. Die

Chemie stimmte und bei den wirklich wichtigen Dingen hatten sie ähnliche Ansichten. Auch wenn Karola etwas zu oft die Hosen anhatte. Er grinste. Bildete er sich etwas ein? Sie hatte sich neue Klamotten gekauft und die alten entsorgt. Alles harmlos, oder? Und Wollbrichts Namen hatte er selbst in die Runde geworfen. Vielleicht hatte die Nachtschwester sich nur daran erinnert, um ihn schneller wieder los zu werden. Jagte er ein Phantom? Trieb ihn seine Eifersucht und sein Misstrauen in einen Abgrund?

Mirko Fink drückte die Haustür auf und atmete den Geruch nach muffigem Altbau und gebratenem Hühnchen ein. Draußen auf der Frankenallee hupte ein Auto, laute Stimmen, er verstand die Sprache nicht. Er suchte nach Licht, stolperte über etwas, fand den Schalter und drückte darauf. Er musterte das Waveboard, das ihn fast zu Fall gebracht hätte. Für einen Moment hatte er Lust, das Ding auszuprobieren. Unter den verbeulten Briefkästen standen zwei Kinderwagen und ein rostgeplagtes Mountainbike. Er ging ein paar Meter weiter, fand das Schild mit dem passenden Familiennamen. Klingelte. Hörte Schritte hinter dem Holz. Kindergeschrei. Hektische Rufe.

Ein schmächtiger Mann öffnete ihm die Tür. Graue Flanellhose, blütenweißes Hemd, braun polierte Lederschuhe. Er lächelte unter einem dichten Schnauzer, Bart und Kopfhaar waren akkurat geschnitten. Die Pupillen wie aus Kohle geformt, unter den Augen tiefe Falten aus Sorge und Schlaflosigkeit. Der Mann streckte seine Hand aus und Mirko schlug ein. »Sie sind der Polizist, der mit Kirlan sprechen will?« Die Stimme klang dunkel und rauchig und hätte ohne Weiteres zu einem wesentlich kräftigeren Typen gepasst.

»Ja, genau. Hier ist mein Ausweis. Ich danke Ihnen, Herr ... Karabulut, dass Sie mich empfangen.« Mirko deutete eine Verbeugung an.

»Es ist spät«, sagte er in holprigem Deutsch. »Meine Tochter ist krank. Sie soll sich schonen.«

Mirko nickte. »Ich weiß. Es wird nicht lange dauern. Darf ich eintreten?«

Der Mann winkte ihn herein. Sie gingen einen schmalen Flur entlang, an den Wänden hingen vergilbte Farbaufnahmen von der türkischen Riviera, der Fußboden war eine einzige Stolperfalle aus übereinandergelegten Teppichen, flüsternde Stimmen hinter angelehnten Türen, ein Baby wimmerte, über allem der verwirrende Geruch von Chili, Kümmel und Baharat.

Der kleine Mann klopfte kurz an eine Tür, trat ein und sprach mit einem Mädchen, das sehr gerade auf der Kante eines Bettes saß, den in Gips verpackten Arm wie einen Fremdkörper von sich gestreckt. Mirko erkannte sie sofort wieder. Die Kleine hatte ihn ihm Krankenhaus in die falsche Richtung geschickt. Aber deshalb war er nicht gekommen.

»Hi, Kirlan«, grüßte Mirko. »Wie geht's deinem Arm?«

Das Mädchen blickte fragend zu ihrem Vater, der langsam nickte und das Zimmer verließ.

»Der Arzt hat gesagt, dass die Operation gut verlaufen ist.« Die Stimme hoch und klar wie der Schrei einer Schwalbe.

»Das freut mich.« Mirko sah sich im Zimmer um. Ein zweites Kinderbett schräg gegenüber, ein Schrank, ein niedriger Schreibtisch, Poster von Popsternchen an den Wänden, ein Knautschsack, ein Laufstall mit Knuddelhase und einer Decke mit goldenen Mondgesichtern. »Ist das dein Zimmer?«

»Ich teile es mit meinem kleinen Bruder und meiner älteren Schwester.«

Mirko nickte. Suchte nach den richtigen Worten. Einem Anfang.

»Sie sind wegen der Frau aus dem Krankenhaus hier?

Richtig. Deshalb war er hier.

»Sie war sehr nett.«

Ja, auch das war richtig.

»Warum suchen Sie sie?«

»Sie hat etwas ...« Er suchte nach einem passenden Wort. »... beschädigt, was anderen gehört. Fremdes Eigentum.« Seine Stimme klang seltsam, wie aus weiter Ferne.

»Muss sie deshalb ins Gefängnis?«

Vielleicht. Wollte er das? Er kramte die Fotos hervor. Legte sie auf den Tisch. Drei Frauen im gleichen Alter. Alle mit schulterlangen braunen Haaren und ähnlich sportlicher Statur. Seine Lieblingscousine auf einer Geburtstagsfeier, eine Kollegin beim gemeinsamen Betriebsausflug in Heidelberg und Karola bei einem Spaziergang am Jacobiweiher mit dem kokett nach oben gestreckten Kinn und einem Lächeln, das vor Glück erstrahlte. Er erinnerte sich. Ein sonnenverwöhnter Frühlingstag vor einem Jahr. So lange her.

»Kirlan, ich brauche deine Hilfe bei der Identifizierung der Person. Die Polizei sucht die Frau. Verstehst du mich?«

Ein knappes Nicken.

»Kannst du dir die Fotos ansehen und mir sagen, ob die Frau aus dem Krankenhaus dabei ist? Es ist wichtig.«

Wieder ruckte das schmale Köpfchen nach unten.

Die Augen des Kindes tasteten vorsichtig über die Farbausdrucke. Prüften die Gesichter der abgebildeten Frauen. Zuckte da nicht ein Muskel im Gesicht des Kindes? War da nicht ein Aufblitzen in den dunklen Pupillen? Presste sie nicht gerade die Lippen aufeinander, um sich nicht zu verraten?

»Nein«, sagte sie leise. »Die Frauen da kenne ich nicht.«

»Bist du sicher?« Mirkos Stimme war laut. Er beugte sich nach vorne.

»Ja«, hauchte das Stimmchen.

»Du bist sicher, dass du diese Frau hier«, er hielt ihr Karolas Bild dicht vor die Nase, »noch nie zuvor gesehen hast?«

»Ja.«

»Du weißt, dass du nicht lügen darfst? Dass du dich selbst schuldig machst, wenn du nicht die Wahrheit sagst.«

Das Mädchen drehte sich weg und rief etwas sehr laut auf Türkisch. Sofort öffnete sich die Tür und der kleine Mann stand neben ihm. »Es ist genug«, sagte er mit sanfter Stimme und legte seine Hand auf Mirkos Schulter. »Meine Tochter hat alles gesagt, was es zu sagen gibt.«

Mirko verstand. Er hatte eine Grenze überschritten. Er hatte ein Kind bedrängt, weil es nicht das erzählt hatte, was er hören wollte.

»Bitte entschuldigen Sie«, murmelte er beschämt, trat zurück und folgte dem Mann nach draußen, drehte sich noch einmal um. Gerade noch rechtzeitig fand er die richtigen Worte. »Danke, Kirlan, du hast mir sehr geholfen. Mehr als du glaubst. Ich drück die Daumen, dass du schnell wieder gesund wirst.«

Das Mädchen hob den Blick, sah Mirko verwundert an.

»Das hat sie auch gesagt.«

»Wer?«

»Die Frau aus dem Krankenhaus.«

»Tatsächlich? Na so ein Zufall.« Mirko folgte dem Vater, trat aus dem Zimmer in den dunklen Flur, blieb mit dem Fuß an einem der Teppiche hängen.

»Kennst *du* die Frau auf dem Foto?«, hörte er Kirlans klare helle Stimme plötzlich hinter sich.

Mirko stutzte. Drehte das Bild in seinen Händen. Er wusste die Antwort darauf nicht mehr.

»Du hast mehr Bauch und weniger Haare.« Sonja Seidelmann grinste und tätschelte Karstens Podolskischädel.

»Und du bist immer noch so schön wie damals«, konterte er.

»Lass den Scheiß«, meinte sie. »Gegen dummdreiste Schmeichelei war ich schon immer immun.«

»Stimmt.«

Beide schwiegen, beide dachten Jahrzehnte zurück, erinnerten sich an ihre Nächte auf Norderney. Viele waren es nicht gewesen. Aber schöne.

»Warum hast du damals -«, fing Karsten an, aber sie unterbrach ihn.

»Schhhhhhh!«, flüsterte sie und legte einen Zeigefinger auf seine Lippen. »Bleibst du bei mir heut Nacht?«

Karsten zögerte. Aber nur kurz. Der Notarzt hatte bei seinem Bein gute Arbeit geleistet und Spotti musste er noch anrufen. Aber ansonsten ...

Zum gefühlt tausendsten Mal stolperte sie über denselben Umzugskarton und schimpfte. Aber ein von Mirko gekochtes Mahl erwartete sie an diesem Abend nicht. Auch kein Zettel mit liebevoller Buchstabenkombination. Müde schaute Karola sich in der leeren Küche um. Natürlich, er hatte heute Nachtschicht. Ganz schlechtes Timing. Sie konnte nur hoffen, dass sein Streifendienst ihn weit weg vom Polizeipräsidium führte.

Ein Blick auf die runde, in der Stille laut tickende Küchenuhr mit lachendem Hundegesicht: bald halb neun. Sie hatte noch drei Stunden, bevor sie sich mit Florian Funke traf, um ihre Schandfleckenserie zu beenden.

Was für ein Tag.

Er spürte ihren Kopf auf seiner Brust. Spürte das Kitzeln ihrer Haare, das leichte Atmen auf seiner Haut. Ihre Brüste drückten schmeichelnd an seine Seite, ihr linkes Bein hatte sich um seines geschlungen. Einer ihrer Zehennägel pikste ganz leicht gegen seine Wade. Vorsichtig strich er über ihre Stirn.

»Schläfst du?«, fragte er.

»Ja«, knurrte Lotte und küsste, immer noch mit geschlossen Augen, seine Brustwarze.

Was für ein Tag.

Verrückt, ärgerlich und sehr schön.

Bis sein Handy läutete.

Immer, immer, immer diese Handys.

»Nein«, brummte Lotte und rutschte mit dem Kopf tiefer. Bis zum Bauch. Ließ ihre Zunge in seinen Nabel zucken.

Jannik seufzte. »Doch.«

Er streckte sich nach dem Nachttisch, nahm das Gespräch an und lauschte. Sagte »Danke« und dann lange nichts mehr.

Lotte Ahrens rutschte wieder hoch. »Was ist?«, fragte sie nervös.

»Timo Maurer ist seinen Verletzungen erlegen«, antwortete er hölzern. »Er ist tot.«

»Jannik, du darfst nicht ...«

Er löste sich von ihr. Schlug die Decke zurück und stand auf. »Ich muss los.«

»Warte, ich komm mit.«

»Nein!« Fest schaute Jannik ihr in die Augen. »Bitte.«

Diesmal, dachte Lotte traurig, wird er nicht so schnell zu mir zurückkommen.

23

Freitag, 22. Mai, 23.40 Uhr

Laurenz Dahlberg hockte mit angewinkelten Knien vor dem Schreibtisch und machte sich nicht die Mühe, sein Gähnen zu unterdrücken. Zur Entspannung und auch zwecks Demonstration seiner Sonderrechte als neuer Leiter der Mordkommission hatte er sein Digitalradio mitgebracht. Seit heute Mittag tönte daraus Rockmusik der letzten dreißig Jahre in das Kommissariatszimmer. Gerade eben tropften die ersten psychedelischen Takte von »Us and Them« aus dem kleinen, hochwertigen Lautsprecher – ein Stück von Pink Floyd, das man nicht mehr allzu oft hörte. Wir und die da – das traf es doch. Wir hier drinnen und die da draußen. Und keiner konnte sich seinen Platz im Leben wirklich aussuchen. »God only knows it's not what we would choose to do.« Genau so war es.

Laurenz wandte den Blick vom Monitor auf das Radio, lauschte Gilmours lockender Stimme. Kaum jemand wusste, dass der Titel der genialen Scheibe auf eine geistreiche Bemerkung von Mark Twain anspielte: Dass jeder Mensch eine dunkle Mondseite hatte, die er vor der Welt versteckte. Welche Geheimnisse versteckst du vor uns, Karola Bartsch? Längst war ihm aufgefallen, dass seine Chefin, oder momentane Ex-Chefin, Autos aus dem Weg ging. Vor allem fahrenden Autos. Insbesondere, wenn sie in einem sitzen musste.

Er grinste, schob die Ellbogen nach außen und hob die Schultern, um die Muskulatur zu lockern. Ihr Büro gefiel ihm. Nur diesen bescheuerten Gymnastikball würde er so bald wie möglich austauschen, und auch dieses komische Bild von Paul Klee, das ihn auszulachen schien. Laurenz hatte nicht wirklich erwartet, jenen Ordner mit den verrückten Fotos noch in Karolas Schrank zu finden. Auch das Schlüsselversteck war leer gewesen – Karola musste es bei ihrem letzten Besuch im Präsidium ausgeräumt haben.

Sie war schuld an allem. Ihr hatte er es zu verdanken, dass seine Tage in der Mainmetropole gezählt waren und ihn in der Bundeshauptstadt ein harter Winter erwartete. Sein Einspruch gegen die Versetzung war postwendend und aus »ermittlungstechnischen und beamtenrechtlichen Gründen« abgelehnt worden. Unterschrieben vom Sekretär des Innenministers persönlich inklusive Stempel von der Kriminaldirektion. Im Übrigen verwies man auf die »nicht unerhebliche Sonderzulage und die beruflichen Möglichkeiten, die sich bei Bewährung« boten. Als wenn Laurenz auf beides angewiesen gewesen wäre. Wer weiß, welchen Gefallen Karola den hohen Herren erwiesen hatte, um ihn loszuwerden. Aber warum? Hatte sie wirklich solche Angst davor, dass er an ihrem Stuhl herumsägte?

Jetzt hatte sie die Quittung für ihr Misstrauen bekommen. Außerdem hatte Karola ihren Bruder geschützt, zumindest wichtige Informationen zurückgehalten. Noch einmal verrenkte er sich beim Gähnen fast den Kiefer – langsam musste er wirklich ins Bett. Aber er wollte um keinen Preis die Festnahme von Lessner verpassen, schließlich wäre das sein erster, großer Fahndungserfolg als neuer Chef. Auch wenn er die entscheidenden Hinweise letztlich Karola verdankte.

Karola Bartsch mit ihren langen Beinen und den wunderbaren Brüsten – wo sie jetzt wohl steckte? In den Armen von diesem Gassigeher Mirko?

Laurenz schüttelte sich. Kontrollierte zum tausendsten Mal den Ticker auf Karolas – nein, jetzt seinem – Bildschirm: nichts Neues. Dank des Peilsenders hatten sie Lessners Kombi in der Tiefgarage des Frankfurter Flughafens gefunden; nur um Sekunden mussten sie ihn verpasst haben. Ein Flugzeug hatte Lessner aber nicht erwischen können. Sein Name tauchte auf keiner Passagierliste auf und selbst ein falscher Pass hätte ihm nichts genützt: In Minutenschnelle standen an jedem Check-in Beamte mit dem Ausdruck von Lessners Visage in der Hand. Außerdem hatte keine der Kameras ihn erfasst. Dahlberg tippte auf die S-Bahn. Mit dem Auto zum Flughafen, um eine falsche Spur zu legen, das passte zu diesem Typ. Und dann mit der S-Bahn zurück nach Frankfurt. Direkt zum Hauptbahnhof. Und von dort in die weite Welt. Schengen ließ grüßen. Früher oder später, dachte er, erwischen wir ihn.

Ein letztes Mal kontrollierte er den Ticker mit den neuesten Polizeiberichten und sein iPhone. Komtschewski hatte sich abermals gemeldet – bereits drei Nachrichten blafften auf der Mailbox herum. Aber Laurenz hatte den Spusi-Chef noch nie ausstehen können. Ein bisschen Geduld würde dem nichts schaden.

Endlich Feierabend, dachte er, obwohl es zum Feiern noch etwas früh war. Jetzt brauchten sie nur noch Lessner schnappen und den Sack zu machen.

Die letzten Takte des Stückes perlten auf ihn nieder. Was sang Waters da? »The old man died.« Ja, genau. Das war's, was sie alle erwartete. Er betrachtete die Ziffern auf seiner Longines: dreiundzwanzig Uhr siebenundvierzig. Eine gute Uhr und eine gute Uhrzeit, um Schluss zu machen.

KOK Laurenz Dahlberg hatte schon die Hand nach dem Aus-Knopf seines Radios ausgestreckt, um dem einsetzenden Gequassel des Moderators zu entgehen, als er in der Bewegung erstarrte. Von einer Sekunde auf die andere war er hellwach.

»Hi Leute. Willkommen in der Gegenwart auf der hellen Seite des Mondes. Und willkommen bei Radio FIRE. Frankfurts Independent Radio Experience – eurem unabhängigen Digitalradio aus dem Bembelpalast der Republik. Wir grüßen alle Nachtschwärmer zu Hause und unterwegs an ihren PCs, Tablets und Smarties. Ja, und auch euch, liebe Dinosaurier, die ihr uns über den guten alten UKW-Sender zuhört. Herzlich willkommen zu einer neuen LiveNight-Sendung von ›Wir geben euch FIRE!‹ Höhöhö ... Und hier vor mir steht er schon, unser Interviewpartner des Tages – pardon der Nacht –, und sein Name gibt mir eine Steilvorlage zu einem der genialsten Hörfunkübergänge der Geschichte: Radio FIRE begrüßt den geheimnisvollen Mister SPARK! Höhöhö ...«

»Ja, hallo Leute ... freut mich auch sehr ...«

»SPARKI, wir stehen hier auf dem Parkplatz an der Bertramswiese, direkt gegenüber vom Hessischen Rundfunk, dessen markante Rundkuppel ursprünglich als Parlamentsgebäude der jungen Bundeshauptstadt gedacht war, und wir erleben jetzt und heute ein Beispiel für lebendige Basisdemokratie. Denn wenige Meter von hier erhebt sich das Polizeipräsidium der Stadt, 2002 eröffnet als rechteckiger Bau aus Klinker und Glas. SPARK, dein Schandfleckenprojekt hat hohe Wellen geschlagen, die bis ins Ausland reichen, und deine Graffitis sind mittlerweile so etwas wie das zu Bild gewordene ›Schlechte Gewissen‹ der Stadt. Wie kam es dazu?«

»Wie es dazu kam? Ja, also ... das ist so eine Art Projekt. Wir malen Bilder, um die Erinnerung wach zu halten.«

»Die Erinnerung an die dunkle Seite des Ortes?«

»Ja, aber da ist noch mehr ...«

»Deine Pieces enthalten eine politische Botschaft?«

»Nein ... das heißt: doch. Die Spots wurden immer nach ihrem inhaltlichen Bezug ausgewählt. Je dunkler das Böse, umso heller die Farben, das ist so etwa unser Credo.«

»Okay, aber wie suchst du deine Ziele aus?«

»Es gibt eine Liste ...«

»Eine Liste?«

»Ja. Eine Aufstellung von Orten und Personen, die ein Schandfleck für Frankfurt und damit für die Menschheit sind. Die Idee zu dem Projekt hatte mein Vater ...«

»Tatsächlich? Das ist interessant. Macht denn dein Vater bei den Aktionen mit?«

»Nein ... das ... das geht nicht mehr ... Aber meine Mutter ...«

»Deine Mutter ist Sprayerin? Wer ist das?«

»Nur … nur die im Geiste. Jedenfalls vollenden wir heute unser Projekt mit einem Masterpiece, für das wir alle unsere Freunde eingeladen haben.«

»Okay, wenn ich mich hier umsehe, das ist schon ein beeindruckender Haufen. Die Hälfte vermummt, viele mit bemalten Kapuzen, und auch ein paar Frauen sind dabei. Ihr habt hier ein mobiles Gerüst und jede Menge Equipment für High-Speed-Spraying, wenn ich das richtig sehe.«

»Ja, es muss alles sehr schnell gehen. Ein echtes Quickpiece eben. Ich schätze mal, wir werden keine fünf Minuten Zeit haben, bevor die Cops da sind.«

»Wie wollt ihr das schaffen?«

»Das geht nur mit einer Crew aus erfahrenen Sprühern, und wir nutzen dazu aufwändige Techniken, mit denen wir sonst eigentlich nicht arbeiten.«

»Zum Beispiel?«

»Zum Beispiel speziell umgebaute Feuerlöscher und einen Fassadendrucker, mit dem wir sehr schnell einen meterhohen Background erstellen können.«

»Das führt uns zu dem eigentlichen Ziel der Aktion. Warum ist für euch das neue Polizeipräsidium von Frankfurt ein Schandfleck?«

»Das Gebäude wirkt wie ein riesiges Brandeisen, das man in das Herz der Stadt gedrückt hat. Hinter seinen Mauern existiert eine eigene Stadt mit eigenen ungeschriebenen Gesetzen und auch Gefängnissen. Jedes Gefängnis auf dieser Welt erinnert uns daran, dass etwas zwischen den Menschen zerbrochen ist. Wir möchten mit dem heutigen Masterpiece auf den Missbrauch von Staatsgewalt hinweisen und nutzen dazu das offensichtlichste Symbol dieser Gewalt: ein Polizeipräsidium, das einer Festung gleicht.«

»Okay, das klingt doch sehr nach einer politischen Botschaft. Ich habe gehört, dass euer Abschluss-Piece den Titel ›Die letzten zehn Meter‹ hat. Wie kam es zu dem Namen?«

»Das ist im dreifachen Sinne zu verstehen. Einmal soll es ausdrücken, dass wir mit dem letzten Piece das Schandfleckenprojekt abschließen, dann ist es ein Hinweis auf die tatsächliche Größe des Graffito, und schließlich soll es dazu ermuntern, ganz nah ranzugehen. Und sich nicht von Oberflächlichkeiten täuschen zu lassen ...«

»Wie meinst du das?«

»Guck mal bei Google Earth und schau dir die Aufnahmen vom Präsidium an. Und dann scroll dich in die höchste Vergrößerung, die GE bietet, das sind die letzten zehn Meter. Da wird aus dem adretten, wuchtigen Gebäude mit seinen funktionalen Innenhöfen plötzlich ein riesiges Dreckloch, eine Baustelle, eine schwärende Wunde mitten in der Stadt, kurz: ein Schandfleck. Und genau das meine ich mit ›den letzten zehn Metern‹.«

»Äh, okay, klingt etwas skurril, aber ja, das scheint wirklich zu stimmen, hier im Live-Chat bestätigen unsere aufmerksamen Hörer den Sachverhalt ... SPARK, noch eine letzte Frage, bevor du dich mit deinem Team zum Präsidium aufmachst. Wirst du nach Abschluss des Streetart-Projektes deinen Namen verraten?«

»Den kennt doch jeder. Steht unter jedem Piece!«

»Höhö, netter Scherz. Na dann Hals- und Dosenbruch bei deinem Meisterstück! Und wie immer hat unser LiveNight-Interviewpartner einen Musikwunsch frei. SPARKI, was wünschst du dir?«

»Ist doch klar: ›Fuck tha Police‹ von N.W.A.«

Jannik hatte jeden befragt, der ihm in der Nacht noch zwischen die Finger kam: den Polizisten vor Timos Zimmer, die behandelnden Ärzte, das Pflegepersonal sowie seine Familienangehörigen und andere Besucher, die an den Betten ihrer Kranken wachten oder durch die Gänge geisterten. In jedem sah er den Sündenbock, den er suchte, den er brauchte – und den er nicht fand.

Kurz vor Mitternacht sank er selbst wie ein halbtoter Patient auf die Sitzbank in irgendeinem weiß gestrichenen Krankenhauskorridor. Schaute auf seine mageren Notizen und schüttelte stumm den Kopf. Noch am Nachmittag hatte Karola ihnen per Handy die Aussage Luscinias referiert, und als Timo Maurer starb, lief ein kompletter Film in seinem Kopf ab: Stritzel, der die Mitarbeiter von OCP auf schmutzige Geheimnisse hin belauscht, spioniert und erpresst, ein typischer Widerling mit hämischem Grinsen, er schleicht sich nachts in das Krankenhaus und dringt in Timo Maurers Zimmer ein, starrt höhnisch auf den im Koma liegenden, manipuliert die Geräte und verschwindet, noch bevor sein Opfer stirbt, wieder aus dem Zimmer.

Ein spannender Film, aber die Realität sah anders aus: öder und trostlos. Timos Krankenzimmer lag im dritten Stock, ein Eindringen von außen durchs Fenster war unmöglich – das hatte Jannik als Erstes überprüft. Vor seiner Tür hatte ein Kollege gewacht, schließlich war Timo Maurer einer ihrer Hauptverdächtigen gewesen. Laut den Angaben des Schupos hatte nur die Nachtschwester das Zimmer betreten. Dieselbe Schwester, die absolut nichts Ungewöhnliches an Maurers Zustand bemerkte und entspannt ihr Häkchen auf dem Klemmbrett am Fußende des Bettes machte. Die noch nicht wieder zur Tür hinaus war, als der Komapatient konvulsivisch zu zucken begann. Weder ihr Stoßgebet noch der herbeigerufene Stationsarzt, weder Herzmassage noch Lungenintubation oder Elektroschocks konnten helfen.

Herz- und Kreislaufkollaps, erklärte der übermüdete Stationsarzt. Nichts zu machen.

Nichts zu machen, wiederholte Jannik Holzmann im Stillen. Kein Sündenbock für ihn.

Mechanisch zog er sein Smartphone hervor und starrte aufs Display: zwei Minuten nach Mittenacht. Ein gesimster Einsatzbefehl von Dahlberg für morgen, eine kryptische, resigniert klingende Nachricht von Komtschewski auf der Mailbox: »Also, ich versteh das nicht. Was ist bloß los bei euch? Warum meldet sich keiner?«

Drei verpasste Anrufe von Lotte, aber nur ein beschwörender Satz von ihr: »Jannik, tu, was du willst, aber gib dir nicht die Schuld!«

Er schaute hoch zu der nächsten Neonleuchte an der Decke, blickte so lange hinein, bis die Lichter vor seinen Augen einen Tanz aufführten.

Natürlich hatte sie recht.

Natürlich nutzte das nichts.

Sechs Minuten nach zwölf. Jannik kramte einen Zettel aus der Hose und rief Timo Maurers Eltern an. Erreichte dessen Vater, lauschte dem Schmerz und der Wut. Hörte zu, brummte zustimmend in den Pausen, sagte Ja und Nein in den richtigen Augenblicken.

»Ich möchte«, sagte er schließlich in eine verzweifelte, endgültige Stille hinein, »verstehen, was passiert ist. Ihren Sohn besser kennenlernen. Hatte er einen besten Freund? Moment, einen Hacker-Kumpel? Ja ... Wolfgang Bierstein, nein, nicht nötig, die finde ich schon. Vielen Dank.«

Der junge Kommissar beendete die Verbindung und starrte in den Gang. Still und kahl. In der Luft hing der alles überlagernde Geruch von Reinigungsmitteln, hinter den Türen Angst und Schmerz.

Tu, was du willst.

Er wollte ... endlich Bescheid wissen.

Über WLAN rief er das Einwohnermeldeamt auf, loggte sich mit seiner Dienstnummer ein, suchte und fand den Namen: Wolfgang Bierstein. Dahlmannstraße 11. Das kam ihm mehr als bekannt vor: Timo Maurers Freund lebte wie Jannik im Ostend, keinen Kilometer von der Wohnung entfernt, wo jetzt Lotte Ahrens wach lag und auf ihn wartete. Oder schlief sie schon? Er hoffte es. *mir geht's gut, mach dir keine sorgen. schlaf schön*, simste er ihr.

Vierzehn Minuten nach zwölf. Noch längst nicht Schlafenszeit für einen Hacker, oder?

Jannik streckte sich und stand auf.

Er würde nicht anrufen, sondern gleich vorbeischauen. Vielleicht hatte er ja mal Glück.

Florian Funke alias SPARK ließ den höhöhö-lachenden Radiomann stehen, verschwand von der akustischen Bildfläche und stolzierte zu einer Gruppe junger Menschen, die im Nachtschatten einer großen Platane auf ihn warteten und mit Handshake begrüßten. Aus ihren Smartphones bellte Ice Cube seine bösen Reime auf die Polizei. Der Sender hatte also SPARK's Musikwunsch in den Äther der Nacht geschickt. Florian wandte sich an die schlanke Braunhaarige, deren wachsame Augen unter ihrer fellgrauen Flexfit-Cap hervorlugten und die sich immer wieder nervös vergewisserte, dass das schwarze Tuch über ihrer schmalen Nase auch wirklich fest saß.

»Na, KaBe: Wie war ich?«, fragte der All City King.

»Musste das sein?«, stellte Karola die Gegenfrage.

»Du meinst, dass ich dich als meine Ma ausgegeben habe?«

»Du weißt genau, was ich meine!«

»Der kleine Gag mit dem Wunschkonzert? Och, du weißt doch, dass Graffiti und Hip-Hop zwei Seiten der gleichen Medaille sind.«

»Aber das ist wie Öl ins Feuer gießen.«

»Mensch Ka, die Bullen haben wir bisher kein einziges Mal im Visier gehabt. Es ist nur angemessen, wenn wir heute Nacht mal richtig auf die Kacke hauen.«

Karola schwitzte unter ihrer Vermummung, und der Stoff kratzte auf der Haut. Florian hatte ein gutes Dutzend Watcher und Sympathisanten aufgetrieben – und als Krönung dieses Live-Interview organisiert. Sie war froh, wenn das hier vorbei war. Wenn das alles ein für alle Mal vorbei war.

»›Child in Time‹ wäre besser gewesen«, entgegnete sie.

Er kicherte, machte sich lang wie ein junger Gockel. »Besser schon, liebe Ka, aber nicht passender. Außerdem ...«, er senkte den Kopf zu ihr herunter, »wolltest du ja dieses Interview auf gar keinen Fall machen.«

Stimmt. Da hatte er recht. »Trotzdem denke ich ...«, versuchte sie es noch mal.

Aber SPARK drehte sich um und rief den anderen zu: »Ich verrate euch jetzt ein Geheimnis. Nämlich den echten Namen von KaBe. Wer will ihn wissen?«

Ein Dutzend Arme reckten sich in die Höhe.

Nein, das kann er doch nicht machen, dachte Karola. Sie schwankte und hörte seine laute, wohltönende Stimme direkt neben sich. »Der wirkliche Name von KaBe – von meiner langjährigen und treuen und loyalen Sprayergefährtin – ist ...« Er machte eine Künstlerpause. »... ist ... Knotter-Bärchen.«

Großes Gelächter.

Karola spürte, wie das Blut in ihren Kopf rauschte, und war jetzt doch froh über die Vermummung. Unter Florians eigenem Kopftuch konnte sie sein breites Grinsen gerade noch erahnen. Matt deutete sie auf einen alten Pick-up, auf dessen Ladefläche ein dünnes Plastikrohr in den Nachthimmel ragte. »Und was soll die Flak da?«

»Das ist der Bembel-Bomber.«

»Wie bitte?«

»Geiles Teil, was?«, sagte er und wandte sich wieder an die ganze Gruppe. »Mit dem Paint Computer schaffen wir ein zehn Meter breites Wall Mural in nur fünf Minuten!«

»Wie soll das gehen?«, ächzte ein dürres Männlein mit hoher Stimme und wilder Mähne, der sich zwei breite Revolvergürtel kreuzweise über die Schultern gehängt hatte – in den beiden Holstern steckte jeweils eine

Farbdose.

»Gute Frage, ZETT. Das Ding wird von einem Computer gesteuert, beginnt links unten und hört rechts oben auf, das heißt, wir können die Cans schon schwingen, während der Painter noch läuft. Der ist so programmiert, dass er zweitausendfünfhundert Farbpunkte in nur fünf Minuten zu einem fertigen Background einschließlich First Lines verschießt. Während der Bembel-Bomber in Aktion ist, müssen wir gleichzeitig auf dem Gerüst arbeiten. Für Freestyle bereitet der Painter eine weiße Fläche im Zentrum vor. Die anderen verschieben das Gerüst, sodass wir kontinuierlich weitermachen können. Die Watcher halten uns den Rücken frei. Wie besprochen halt. Und ihr wisst: Wir haben nur fünf Minuten!«

»Wer soll auf dem Gerüst stehen?«, fragte Karola, obwohl sie die Antwort kannte.

Florian nickte. »ZETT und Baby-Q stehen auf der unteren Plattform und erledigen die Second Lines. Wir beide setzen oben die Highlights. Noch Fragen?«

»Wo genau soll das Piece hin?« Ein kleiner übergewichtiger Typ mit speckiger Schirmmütze und nervösen Augen hob die massige Hand.

»An die Ostfront, Baby-Q, in der Bertramstraße – hör doch mal besser zu! Falls die Cops auftauchen, geben die Watcher per Handy Bescheid und wir verduften in Richtung Bertramswiese.«

»Was ist mit dem Nummernschild vom Pick-up?«, grunzte Baby-Q und deutete auf den Wagen. »Wenn die ACABs das sehen, sind wir dran.«

»Natürlich gefälscht. Wir haben irgendein Nummernschild abfotografiert und auf Pappe gezogen.«

»Und was ist mit den Cops im Gebäude?«, hakte ZETT nach.

»Du meinst die Polizisten, die jetzt noch im Präsidium arbeiten?«

»Klar. Die werden doch als Erstes merken, wenn wir an der Haustür klopfen.«

Florian äugte zu Karola hinüber, gab die Frage mit einem Kopfnicken weiter. Ja, wie viele übermüdete Gesetzeshüter schoben wohl Nachtdienst? Zwanzig? Fünfzig? Fünfhundert? Er hatte keine Ahnung. Schweigen. Sie senkte den Blick. Konnte oder wollte dazu nichts sagen. Nun gut. Er drehte sich zu ZETT: »Was würdest du tun, wenn du nachts aufwachst, weil eine Horde Vermummter dein Haus beschmiert?«

»Äh, also, ich glaub, ich würd die Bullen rufen«, gab ZETT zu.

»Siehste«, sagte SPARK und seine Augen spiegelten das Funkeln in seinem Namen wider. »Genau das werden die armen Kerle auch tun.«

»Ein echter Cop. Wahnsinn.«

Jannik seufzte. Das fing ja gut an. Er hatte mit seinem Dienstausweis gewedelt und damit ein naives, freudestrahlendes Lächeln in Wolfgang Biersteins Gesicht entfacht.

»Keine Angst?«, fragte er den jungen, vollbärtigen Mann mit dicker Brille und ebenso dickem Bierbauch.

Wolfgang lachte. »Wovor denn?«

Wortlos deutete Jannik auf die vier Flachbildschirme, die eine ganze Zimmerwand einnahmen und per sich krümmender Kabelschlangen mit ebenso vielen Power-Stations verbunden waren. Eine einsame Schreibtischlampe arbeitete sich tapfer gegen die Dunkelheit ab. In der stickigen Luft hing der Geruch nach schmutzigen Socken und einer Ladung Cannabis.

Bierstein verging das Grinsen, aber er winkte ab. »Ach, unsere Hacker-Truppe ist völlig harmlos. Nichts, na ja, kaum was Illegales. Wir überwachen nur die Überwacher. Watch the Watchmen, verstehen Sie? Wie der CCC.«

Jannik nickte. Jeder Polizist in Deutschland bekam es früher oder später mit dem Chaos Computer Club zu tun. »Ich möchte mit Ihnen über Timo Maurer reden.«

»Klar. Wie geht's ihm?«

Verflucht. Janniks Puls ging schneller. »Sie ... haben es noch nicht gehört? Er ist heute Abend verstorben. Leider war -«

»Fuck, fuck, FUCK!«, stöhnte Bierstein, ließ sich auf einen Drehhocker fallen, schnappte sich die nächste Tastatur und tippte los. Ein Chatfenster öffnete sich, seine Finger tanzten. Wütend hämmerte der junge Mann Buchstabe um Buchstabe.

»Was wollen Sie wissen?«, fragte er, als er fertig war. Ganz ohne Grinsen und Naivität.

Jannik räusperte sich. »Hat er mit Ihnen mal über seine Arbeit gesprochen?«

»Diese Vogel-Firma? Klar. Er fand den Job super: viel Kohle für wenig Arbeit. Konnte in den Nachtschichten sein eigenes Ding durchziehen.« Er lachte auf. »Nur das Kreischen der Vögel machte ihm manchmal zu schaffen.«

Jannik wartete.

»Und sein Chef«, fügte Bierstein nach einer Weile hinzu. »Der war wohl ein ziemliches Arsch. Machte immer auf Kumpel und so. Aber hintenrum ...«

»Was?«

»Na ja. Timo glaubte, dass sein Chef die Überwachungskameras für eigene Spielchen benutzte.«

Der Kommissar nickte. Das passte zu Luscinia Seidelmanns Aussage. Karola hatte ihren Bericht im Intranet der Polizei hochgeladen, Jannik ihn genauestens studiert. »Hatte Timo Beweise gegen seinen Chef? Hat er ihn mit seinem Verdacht konfrontiert?«

»Ne«, schnaubte Wolfgang Bierstein. »Timo war doch nicht blöd. Und außerdem ... ein bisschen ängstlich im real life, verstehen Sie? Der hat sich immer aus allem rausgehalten. Bloß kein Stress. Aktiv wurde der nur am PC.«

Jannik horchte auf – da stimmte was nicht. »Er hat sich nicht mit Stritzel gestritten?«

»Timo? Pah. Niemals.«

»Wann haben Sie ihn denn zum letzten Mal gesehen?«

»Erst letzte Woche.«

»Und gesprochen?«

»Auch letzte Woche. Aber wir haben noch gechattet, kurz vor ... seinem Unfall.«

Bierstein zögerte, zog sich die Brille ab, wischte sie am T-Shirt sauber und studierte den Bildschirm. Während ihres Gesprächs war eine Zeile nach der anderen im Chat-Fenster erschienen: wütende, traurige, nicht glauben wollende.

Viele Zeilen. Timo musste ziemlich beliebt gewesen sein.

»Und da haben Sie auch«, fragte Jannik vorsichtig, »über Timos Chef gechattet?«

»Yep. Gab aber nichts Neues. Er schrieb nur, dass er langsam die Schnauze voll hatte und sich nach einem anderen Job umschaute.«

»Und ... Timos Freundin?«

»Diese Tussi?« Wieder schnaubte Wolfgang abfällig. »Mann, die war um einiges schlimmer als sein Chef. Vor der habe ich ihn nicht nur einmal gewarnt.«

»Moment mal, wir sprechen jetzt von Luscinia, oder?«

»Klar. Was für ein Kack-Name, aber ehrlich. Die hat Timo voll ausgenutzt.«

Jannik stutzte, wischte einen Berg Fast-Food-Verpackungen von einem Stuhl und setzte sich. »Was meinen Sie?«

»Also wenn Sie mich fragen, die hat sich nur an Timo rangemacht, um mehr über das Sicherheitssystem der Firma rauszukriegen. Timo-Schatz, wie geht das mit den Kameras? Timolein, wie oft müsst ihr eigentlich Kontrollgänge machen? Die hat ihn ausgequetscht wie die NSA unsere Regierungsvertreter.«

»Moment mal, es war also nicht Timo, der Luscinia ...«

»... angebaggert hat?« Wolfgang Bierstein lachte traurig. »Never ever. Timo war ein echter Nerd, der entsprach allen Klischees und war schüchtern wie Sau. Ohne ein halbes Dutzend Cocktails hätte der nie ein Mädel angemacht. Und so eine wie die schon gar nicht.«

Jannik blieb der Mund offen stehen. Er musste mit Karola sprechen. Und Lotte. Da stimmte wirklich etwas ganz und gar nicht.

Dahlberg duckte sich tiefer in den Fahrersitz seines Golfs und betrachtete gebannt die unwirkliche Szene auf der gegenüber liegenden Straßenseite. Nachdem über Radio FIRE von der unmittelbar bevorstehenden Urban-Art-Aktion am Polizeipräsidium berichtet worden war, hatte er sich leise und schnell aus dem Büro geschlichen, dem Pförtner knapp zugenickt und war davongefahren. Wenn die Medien mitspielten, hatten sie den Kampf schon verloren, bevor es richtig losging. Da war es besser, sich frühzeitig aus dem Staub zu machen, der hier bald so dicht durch die Luft wirbeln würde, dass keiner mehr würde atmen können. Warum sollte er die heißen Kohlen herausholen? Zumal ihn das alles sowieso bald nichts mehr anging.

Laurenz hatte auf dem direktesten Weg nach Hause fahren wollen, dann aber siegte die Neugierde über seine Müdigkeit: Er parkte seinen Wagen auf einem der verlassenen Firmenstellplätze mit Blick auf die Bertramstraße und fasste das Treiben an der östlichen Fassade des Präsidiums ins Auge. Mit einer Mischung aus Staunen, Bewunderung und Ärger starrte er auf den mitternächtlichen Mummenschatz, der wie ein harmloses Straßentheater begann und sich zu einer Grande Opera steigerte.

Wie aus dem Nichts war ein Dutzend Vermummter hinter den Bäumen aufgetaucht, in ihrer Mitte ein klappriger Pick-up mit einer abenteuerlichen Rohrkonstruktion auf der Ladefläche. Schon aus reiner Gewohnheit notierte sich Dahlberg das Kennzeichen des Wagens, holte sein Smartphone heraus und aktivierte die Fotofunktion. Das Ding auf dem Wagen spuckte – kaum, dass es stand – Farbpillen in schneller Folge auf die Mauer des Polizeipräsidiums. Die Aktivisten zerrten ein wackliges Gestell auf Rollen vom Wagen und schoben es dicht an die Gebäudewand, vier von ihnen kletterten nach oben und zückten ihre Farbdosen. Auf knapp zwei Meter Höhe werkelten ein Dicker und ein Dürrer, noch weiter oben turnten zwei lange, schmale Gestalten herum. Mann und Frau, da war sich Dahlberg sicher. Mit großer Konzentration und flott wie Speedy Gonzales sprühte das saubere Pärchen Striche und Konturen, so als hätten sie nie etwas anderes getan. Die Frau erinnerte Laurenz an irgendwen, da war etwas in ihren Bewegungen. Egal. Er würde sich da fein raushalten. Und beobachten. Er schoss ein paar Fotos.

Wie ein monumentaler Wassersprenger feuerte die Kanone in kurzen Intervallen Hunderte von Farbbällen ab, die auf den grauen Klinkern zerplatzten und wie in Zeitraffer ein Bild aus Punkten formten: Sie fügten sich zu einer meterlangen, rotgeziegelten Mauer zusammen, die auf der Fassade des Präsidiums wuchs – Stein auf Stein – immer höher, während die vier Typen mit den Spraydosen dem entstehenden Motiv buntes Leben einhauchten. Kunst, die sich auf der schuppigen Haut des Polizeipräsidiums manifestierte. Dahlberg erkannte jetzt erste Details: Vor der gepunkteten Mauer tauchte die Silhouette eines Mannes auf, der ein umgedrehtes Gewehr in den Fäusten hielt und den Schaft so gegen die Backsteinmauer schlug, dass ein meterlanges Loch entstand. Gemalte Steintrümmer flogen durch die Luft, aus dem Inneren des Gebäudes rann Blut und tropfte in einen Teich.

Sieht verdammt echt aus, dachte Dahlberg. Fasziniert schaute er zu, wie hinter dem gemalten Mauerloch fahle Gesichter auftauchten, angstverzerrte Fratzen, Menschen und Monstervisagen, knüppelschwingende Polizisten und ein großer, ernst blickender Mann mit erhobenem Zeigefinger plus weißer Weste, auf der wie dicke Fliegen schwarze Zeichen prangten: das ineinander verschlungene Doppel-S der Paragrafenreiter, stilisiert zum Nazizeichen.

Reglos schaute Laurenz zu, wie die vermummten Aktivisten auf dem Podest ihre Arme kreiseln ließen, er hörte durch das halb geöffnete Autofenster das Zischen der Sprayer zum schnellen Tschak-Tschak-Tschak der Farbkanone. Zum Schluss leuchtete silberfarben und dreidimensional umrandete das Zeichen SF#100 auf, und dann ... Wie inszeniert, wie für einen abgedrehten Open-Air-Film geschnitten, erstarrte plötzlich die Szene. Eine feierliche Stille legte sich über die Nacht, und – nur für einen Augenblick – trat die ganze schreckliche Schönheit des kaum zehn Meter breiten Kunstwerks im Licht der Straßenlampen deutlich und irgendwie vertraut hervor. Dunkelheit und lautloser Triumph. Bis der im Schlaf gestörte Löwe blinzelte. Laurenz hatte schon darauf gewartet, auf das grelle Scheinwerferlicht und das sich öffnende Maul des Löwen, das helmbepackte Krieger ausspuckte und einen brüllenden Wasserwerfer. Gleichzeitig näherten sich zwei Hörfunkwagen mit langen Dachantennen dem Präsidium, Dahlberg erkannte das Logo des Hessischen Rundfunks.

Und dann – war der Teufel los. Megaphone knackten, Sirenen heulten und die Scheinwerfer des Wasserwerfers zerschnitten die Dunkelheit wie gleißende Lichtschwerter.

Die Sprayer ließen alles stehen und liegen und stoben in alle

Himmelsrichtungen davon. Der Dicke von Dick & Doof, die im unteren Teil des Gerüsts gewerkelt hatten, stieg in den Pick-up und raste direkt auf den Wasserwerfer zu, bremste kurz vor dem Zusammenprall ab und kurvte mit viel Glück an den Einsatzkräften vorbei Richtung Adickesallee. Das anschwellende Jaulen der Martinshörner schien aus allen Himmelsrichtungen näher zu kommen. Schließlich war nur noch das Sprayerpärchen da.

Die machen immer noch weiter, dachte Laurenz ungläubig. Beobachtete, wie die beiden zwar vom Gerüst kletterten, aber immer noch die Farbdosen zischen ließen: Der Mann sprayte so etwas wie einen Stern, eine Taube und die Buchstaben SPARK an die Wand, die Frau direkt daneben zwei miteinander tanzende Buchstaben, ein K und ein B.

Endlich duckten sich auch diese zwei weg und rannten los. Direkt auf Laurenz zu. Als die Frau an ihm vorbeihuschte, trafen sich ihre Blicke. Da wusste er, wo er jene wilden Fratzen, die bleckenden Mäuler und Scheusale an der Mauer schon einmal gesehen hatte. Laurenz Dahlberg erkannte mit einer Gewissheit, die ihn selbst erschreckte, das verängstigte Gesicht unter dem Halstuch, den schlanken, muskulösen Körper. Den echten Namen hinter dem K und dem B.

24

Samstag, 23. Mai, 00.15 Uhr

Lotte wälzte sich schlaflos in Janniks Bett. Schnappte sich ihr Handy und drückte auf Wahlwiederholung. Wenn er diesmal wieder nicht dranging, würde sie ihn suchen. Aber Jannik meldete sich nach dem zweiten Tuten. Sie lauschte seinem Bericht und staunte über seine Bitte: Sie sollte zu Luscinia Seidelmann recherchieren. Jetzt.

»Na gut«, meinte sie. »Wo steht dein Rechner?«

»Das Powerbook auf dem Schreibtisch.«

»Das olle Ding funktioniert noch? Und Dein Passwort?«

Sie hörte ihn atmen.

»Ähm«, sagte er schließlich. »Lotte Bindestrich Ahrens.«

Sie grinste. »Nicht sehr originell, aber schmeichelhaft. Ich warte auf dich.«

»Danke. Für alles.«

Lotte-Bindestrich-Ahrens legte ihr Handy zurück und sprang aus dem Bett. Zog sich T-Shirt und Bluse über und fuhr Janniks Rechner hoch. Rümpfte die Nase über die veraltete Software – besonders technikaffin war er also schon mal nicht. Sie verschränkte die Finger und ließ sie knacken, loggte sich ins Intranet der hessischen Polizei ein und legte los.

»Steig ein«, befahl er und öffnete die Beifahrertür.

Die Frau mit dem Rucksack zuckte zusammen. Ließ ihre Hand mit dem Hausschlüssel langsam sinken. Spähte aus den Augenwinkeln die Glauburgstraße hinunter: Zu dieser nächtlichen Stunde waren kaum noch Menschen unterwegs. Über dem Präsidium kreiste ein Hubschrauber – ein blinder Bussard, der ins Leere stieß. Hatte man sie bis nach Hause verfolgt oder sollte das ein Raubüberfall werden?

»Was wollen ... Du, Laurenz?« Erleichterung. Verblüffung.

»Steig ein«, wiederholte ihr Kollege drohend. »Wir müssen reden.«

Und Ärger.

Sie runzelte die Stirn, lupfte den Rucksack mit den Dosen von der Schulter und sagte lässig. »Hat das nicht Zeit bis morgen? Ich bin todmüde.« Sie registrierte seine weißen Zähne, sein Lachen, seinen Triumph.

»Das glaub ich gerne«, herrschte Dahlberg sie an. »Steig endlich ein, sonst erzähle ich Mirko von deinem großen Auftritt vorhin.«

Karola Bartsch schloss die Augen, zögerte und setzte sich widerstrebend auf den Beifahrersitz. Schnallte sich an. Ihre Hand zitterte, fast noch mehr ihre Stimme: »Was meinst du damit?«

Er lachte leise, drehte den Zündschlüssel, holte sein iPhone aus der Hemdtasche und hielt ihr das Display hin: die Mauer, das Masterpiece und zwei vermummte Gestalten auf einem Gerüst. Dahlberg gab Gas und raste los.

Sofort wurde ihr schwindlig. Karola zwang sich, die Augen zu schließen und tief durchzuatmen. Der Motor jaulte, als der Golf in die Eckenheimer Landstraße bog. »Kannst du bitte ...«, keuchte sie, »etwas langsamer?«

Statt einer Antwort schob Laurenz die Hand unters Armaturenbrett und drückte auf eine Taste. Der Wagen schlingerte, Karola japste, das mobile Blaulicht auf dem Dach erwachte und sendete sein enervierendes Jaulen in die nächtliche Stadt.

»Was soll das?«, schnaufte sie. »Sind wir im Einsatz?«

Er gab keine Antwort, presste nur die Lippen aufeinander. Ein Flackern in seinen Pupillen: ein Lächeln wie von innen heraus, bedrohlich und furchterregend. Laurenz drückte das Gaspedal durch, jagte mit Achtzig über den Alleenring. Panik kroch mit kalten Spinnenbeinen über ihren Rücken. Links kam das Präsidium näher. Wollte er sie abliefern wie eine Trophäe? Ein moderner Kopfgeldjäger, tot oder lebendig?

Sie stöhnte. Atmete. Ein. Aus. Verkrampfte. Ein. Aus. Immer schneller.

Mehr Gas. Das Grauen in ihrem Rücken. Bis in ihre Eingeweide. Neunzig km/h. Ihre Handflächen fühlten sich amphibisch an: kalt, feucht, verletzlich. Hundert. Sie rasten über die Allee. Laurenz schwieg verbissen, steuerte den Wagen mit hundertzwanzig Stundenkilometern die Eckenheimer Landstraße entlang, neben ihnen huschte die Sandsteinmauer des Hauptfriedhofs vorbei. Noch eine Mauer. Tabu für jeden Writer.

Karola wimmerte, hielt sich die Unterarme vors Gesicht, der Tod wartete auf sie, hinter jeder weiteren Kurve dieser wahnwitzigen Fahrt. Sie war erstarrt, das Reh im Licht. Erst als sie mit Tempo hundertsechzig über die A 661 in Richtung Süden fuhren, öffnete Laurenz Dahlberg wieder den Mund, fasste nach unten und brachte das Gejaule zum Schweigen.

Wenigstens das.

»Amaxophobie«, sagte er. Das erste Wort seit zehn Minuten. Für Karola zehn Stunden. »Das ist es doch oder? Vor allem wenn du selbst am Steuer sitzen musst. Deshalb sieht man dich seit Jahren nur noch auf dem Rad.«

Tränen. Endlich. Karola nickte.

»Deine Gedanken spielen dir einen Streich. Nehmen die Katastrophe vorweg, obwohl da nichts ist.«

Seine Worte schlugen wie Hammerschläge auf sie ein. Droschen auf die Mauer, die sie um sich gebaut hatte. Es stimmte nicht. Da war etwas. DER Traum. Und DIE Wirklichkeit vor vielen Jahren.

»Die Folge ist Stress beim Fahren bis hin zu schweren körperlichen Symptomen. Genau dein Zustand.«

Sie erreichten die Kaiserleibrücke, schossen über sie hinweg. Das Knallen der Räder über den Dehnungsfugen fühlte sich an, als ob jemand eine Axt in ihren Unterleib rammte.

»Das ständige Vermeiden führt zu einem Verlust an Lebensqualität und einer Verringerung des Selbstbewusstseins. Die eingeschränkte Mobilität wird als Vorteil zurechtgebogen.«

Ja, ja, JA. Laurenz hatte sich wie immer gut vorbereitet. Aber warum? Was hatte sie ihm getan?

»Das Ganze ist ein Teufelskreis, bis man schließlich vor der eigenen Angst Angst hat. That's it.«

Karola schluckte. Mit etwas mehr Sensibilität wäre aus Laurenz ein guter Psychoanalytiker geworden und kein fieser Psychopath.

»Wie kam es dazu, Karola? Was war der Auslöser?« Er ging etwas vom Gaspedal, der Wagen wurde langsamer. Das war gut. Sie würde ihm alles sagen, wenn er nur stoppte.

»Es passierte ...« Karola schnaufte, rang nach Luft, suchte nach Spucke. »Kurz nachdem ich das Polizeistudium in Wiesbaden bestanden hatte. Ich hatte gefeiert. Mit Freunden zusammen.« Ihre Stimme ein heiseres Krächzen. Sie schielte aus dem Fenster. Das Schild mit der Ausfahrt nach Offenbach leuchtete im Scheinwerferlicht auf und verschwand.

»Ein trüber Tag im Mai. In der Nacht setzte Regen ein, der immer stärker wurde. Dann meldete sich eine Freundin. Wohnte in Seligenstadt. Hatte Liebeskummer. Ob ich nicht kommen könne.«

Laurenz nickte. »Weiter«, bellte er.

»Ich hatte zwei Bier getrunken und war hundemüde. Ließ mich aber überreden und fuhr los. Ich lieh mir den Wagen eines Freundes, einen bulligen BMW, mit dem ich die Strecke in einer knappen halben Stunde schaffen konnte.« Karola spähte aus dem Fenster. Weiße Schrift auf blauem Grund: die A 3 Richtung Aschaffenburg.

»Wo fährst du hin, Laurenz?«

Das Ticken des Blinkers, rechts in die Abfahrt, links, wieder rechts, hinein in die enge Kurve, die Reifen pressten sich in den Asphalt, kämpften gegen die Fliehkraft. Sie waren jetzt da. Genau auf der Strecke.

Ein.

Aus.

DER Traum war wieder da.

»Erzähl weiter, Karola!«

Sie schüttelte den Kopf. Kehrte die Scherben dieser Nacht damals zusammen. »Ich fuhr sehr schnell. Nicht schneller als erlaubt, aber schneller als angemessen. Es war dunkel, der Starkregen, ich gähnte ununterbrochen. Kurz vor Obertshausen ... genau hier ... ist es passiert.«

»Was, Karola? Was ist geschehen?«

Sie starrte auf die Schilderbrücke, die Meter für Meter näher kam: Die graue Stahlkonstruktion ragte wie der Oberkiefer eines Totenschädels in die Höhe, die winzigen Metallsprossen auf beiden Seiten, das schmale Geländer hinter der Beschilderung. Genau wie damals. Oben die dünnen Aluminiumschilder, die auf Aerosol-Junkies eine magische Anziehungskraft ausübten. Wer sich hier hoch traute, dessen Dosenkunst wurde jeden Tag von Tausenden von Pendlern gesehen, der war ein Streetart-King über dem Asphalt. Immer näher, immer näher, und dann der Schatten, das Klatschen, die Bremsen, der dumpfe Schlag, mit dem die Reifen über den Körper rollen. Das Ende DES Traums. Karola schrie – jetzt.

Wie damals.

Dann waren sie vorbei, waren einfach unter der Brücke durchgefahren. Ohne Schatten. Ohne Notbremsung. Ohne Notarzt.

»Ein Sprayer rutschte auf dem glitschigen Metall aus, direkt vor meinen Wagen.« Heiße Tränen und Angstschweiß. »Ich konnte nicht mehr bremsen, der M3 zermalmte den Körper. Im Untersuchungsbericht stand, dass das Opfer ›mit an Sicherheit grenzender Wahrscheinlichkeit schon tot war, als der Unfallwagen ihn überrollte‹.« Sie schluchzte auf. »Wie sicher ist so eine Wahrscheinlichkeit, Laurenz?«

Er nickte, hatte verstanden. Wenigstens das. »Du hast dir die Schuld gegeben. Obwohl du nichts dafür konntest.«

Sie fuhr sich mit dem Ärmel über das Gesicht. »Sein Name war Gustav Funke, ein stadtbekannter Sprayer, einer der ersten echten Streetart-Künstler. Er hatte eine Vision, die er umsetzen wollte: das Schandfleckenprojekt – Graffiti als gutes Gewissen der Stadt. Ein bunter Finger, der mahnend auf die offenen Wunden der Metropole zeigte. Ein dosenbewaffneter Wächter gegen das Vergessen.«

»Und der Sprayer heute neben dir? Das ist sein Sohn, nicht wahr?«

Oh ja, Dahlberg war clever. Ein guter Beobachter, ein noch besserer Kriminalist.

Die Abfahrt nach Hanau. Längst hatte Karola jegliches Zeitgefühl verloren – die Nacht dehnte sich unendlich.

»Gut kombiniert«, krächzte sie.

Ein erstes, tastendes Lächeln auf beiden Seiten. Verständnis? Wie lange war das her? »Florian Funke wurde mit sechzehn Waise. Ich habe mich um ihn gekümmert ...«

»Und hast ihm dabei geholfen, das Vermächtnis seines Vaters zu erfüllen. Oh Mann, Karola, was für eine verzwickte Geschichte.«

Ja. Und jetzt endlich war sie zu Ende. Hoffentlich. Ein Schild kündigte die Raststätte von Weiskirchen an. »Kannst du hier bitte rausfahren?«, schniefte sie.

Zu ihrer Überraschung bremste Laurenz und setzte den Blinker.

»Aber nur, wenn du mir noch etwas erklärst«, sagte er. »Warum zum Henker willst du mich loswerden?«

Karsten wachte von ihrer Bewegung auf. Seit zu vielen Jahren schlief er allein, war es nicht mehr gewohnt, wenn sich eine Frau neben ihm umdrehte oder nachts für einen Toilettengang mal kurz raus musste.

Sonja ging jedoch nicht zum Klo, das lag rechts vom Schlafzimmer. Sie tapste, lautlos und barfuß, nach links. Richtung Treppe.

Karsten blinzelte den Schlaf aus den Augen, atmete aber weiter, tief und langsam. Spielte den Schläfer. Sonja huschte aus dem Zimmer, schlich die Treppe hinunter. Sie machte kein Licht.

Warum?

Karsten Bartsch atmete, tief und langsam. Wartete und stand schließlich auf, so geräuschlos, wie sein schmerzendes Bein es ihm erlaubte. Der Notarzt hatte natürlich Bettruhe verordnet.

Karsten grinste schwach. Die Bettruhe hatte er gehabt.

Mit einem leisen Ächzen zog er sich die Jeans über, kroch in sein T-Shirt und folgte Sonja, seiner großen Liebe von Norderney. Humpelte die Treppenstufen hinab und lauschte: Offenbar öffnete sie die Terrassentür und verschwand im Garten. Wo zum Teufel wollte sie hin, mitten in der Nacht?

Er schlüpfte hinaus und folgte ihr. Hinkte über regennassen Rasen. Sonja schlich – ein Gespenst im samtroten Bademantel – zur östlichen Grenze des Gartens. Reckte sich einen kleinen Kirschbaum hinauf.

Karsten kam näher. Biss sich auf die Lippen, als sein Bein Beschwerde gegen die sinnlose Bewegung einreichte: Ich fordere Bettruhe.

Mühsam zwang er sein Bein weiter vorwärts, bis er erkennen konnte, was Sonja da machte. Freundlicherweise hatte die Wolkenfront Erbarmen mit ihm und befreite einen sichelförmigen Mond: silberfahles Licht im Garten der Seidelmanns. Verblüfft beobachtete Karsten, wie Sonja ein kleines

Vogelhaus betastete und die Klappe unter dem Einflugloch öffnete. Wie sie vorsichtig ein Nest aus Moos herauszog und die Eier darin prüfte. Nest, Gelege, Schokoladeneier – natürlich musste sie die Geschichte kennen, die Papageno ihm am Federsee erzählt hatte. Sven wird sie oft zum Besten gegeben haben, dachte Karsten. Eine dieser Geschichten, die der Ehepartner in- und auswendig kennt.

Er humpelte durch den Garten. Von weit her, aus irgendeinem Busch, trillierte eine Nachtigall. Kaum Wind.

»Ein gutes Versteck«, sagte Karsten.

Sonja Seidelmann zuckte kaum zusammen. Drehte sich zu ihm, eines der Eier in der schmalen Hand. Im Mondlicht schien ihm ihr Lächeln echt.

»Die Fettburner-Daten?«, fragte er.

Sie nickte. Wortlos drückte sie das Plastik-Ei auf und hielt ihm einen USB-Stick hin.

»Du musst mir glauben, Karsten.« Ihre Stimme beschwörend, Nachtigallen-Gesang. »Ich habe Sven nichts getan.«

Er lachte leise. »Warum sollte ich? Damals, ja, da habe ich dir noch geglaubt.«

»Das war doch was ganz anderes!«

»Ach ja?« Karsten hob die Hand, berührte ihre Wange. Bleich und faltenlos im Silberlicht der Nacht. »Du wolltest mit mir weggehen. Hast mir versprochen, dass mit Sven nichts mehr lief. Ich stand am Anleger, Sonja, damals auf Norderney, als die erste Fähre losfuhr. Um sechs Uhr fünfzehn legte sie ab, Liebste, Ich hab die Uhrzeit nie vergessen. Fuhr ohne dich, ohne mich. Ohne uns. Warum sollte ich dir heute glauben?«

Sie fasste nach seiner Hand. Drückte sie fest. »Weil ich die Wahrheit sage. Als Sven tot war, ergriff ich nur die Chance. Sein zweiter Firmenlaptop stand in dieser furchtbaren Voliere, in seinem Hexen-Vogelhäuschen, seinem eigenen, privaten Wunderland. Ich kopierte die Forschungsergebnisse auf diesen Stick und entsorgte den Laptop.« Sie schüttelte den Kopf. »Formatierte die Festplatte neu und brachte das Ding zur Schrottpresse. Ich wollte alles hinter mir lassen, verstehst du, Karsten? Auch ich habe studiert, ich weiß, wie man Svens Daten zu Geld machen kann. Ich brauche keinen Stringwell, keine OCP dafür.«

»Und keine Tochter?«, fragte Karsten.

Sie holte aus und schlug zu.

Karsten packte ihr Handgelenk, das sich wie eine Natter in seiner Faust wand.

»Ich hätte nie zugelassen«, zischte Sonja, »dass ihr etwas passiert.«

Der Mond hatte keine Lust mehr auf die Komödie und rief eine neue Wolke herbei. Die Dunkelheit wurde dunkler, nur noch ihre Augen und Zähne leuchteten hell. »Verstehst du nicht? Ich habe das alles so satt. Luscinia lebt in Schottland, genießt ihr Leben. Und was hatte ich? Ein Vogelhaus, das nach Vogelscheiße stinkt! Einen Mann, der sich einen ebensolchen Dreck um mich kümmerte. Ich wollte nur weg. Ich will immer noch weg.« Sie schloss die Augen. Übrig blieben nur noch die Zähne in ihrem halb geöffneten Mund. »Und du ...«, sagte sie zögernd, »... du könntest mit mir ...« Ein Flüstern nur noch, ein letzter Schluchzer.

Die Nachtigall verstummte.

Sonja schwieg.

»Danke«, sagte Karsten. »Aber das Angebot kommt zwanzig Jahre zu spät.«

Die beiden doppelten Espressi dampften in ihren Porzellanbechern, sandten stumme Rauchzeichen in die Luft. Es roch nach Grillfett und WC-Reiniger, dünnem Kaffee und ungewaschener Kleidung. Das Dudeln eines Spielautomaten versprach schnelles Glück. Sie starrten gemeinsam durch die schmutzigen Fensterscheiben auf die parkenden Lkws, die wie gestrandete Wale am Straßenrand lagen. Vermieden den Blickkontakt, rührten in den Tassen und nippten mechanisch.

Sag es schon, dachte Karola, ergreif die Initiative.

Meinte sie damit ihn oder sich selbst? Sie wusste es nicht.

Schließlich räusperte sich Laurenz: »Warum willst du mich loswerden?«

Karola sah in verständnislos an. »Was meinst du?«

»Tu nicht so! Die Versetzung nach Berlin natürlich. Was habe ich dir getan?«

»Wovon um Himmels willen sprichst du?«

Er lachte traurig. »Wovon wohl. Man hat mich in die Bundeshauptstadt abberufen. Zum 1. Juli.«

»Davon weiß ich nichts.«

»Hör doch mit der Lügerei auf«, knurrte er. »Du willst mich loswerden. Hast Angst, dass ich dir den Job wegnehme. Noch eine Phobie. Du bist echt krank, Karola.«

Sie schlug so stark mit der Hand auf die Tischplatte, dass eine der Tassen umkippte, herunterrollte und auf dem Boden zersprang – das war jetzt alles zu viel. Eindeutig.

Jemand vom Service blickte auf, Laurenz winkte ab.

»Du verdammtes Arschloch!«, schrie Karola. »Hast du schon mal daran gedacht, dass du der kranke Typ in dieser Sache bist? Wahnvorstellungen? Hä? Ich höre das mit deiner Versetzung gerade zum ersten Mal. Das schwöre ich dir bei ...« Sie suchte nach einem starken Geist, einem Barong, Totem, Gott, nach Familie, Glauben oder Religion. Irgendetwas, worauf sich zu schwören lohnen würde. »Ach leck mich doch ...«, stöhnte sie und schlug die Hände vors Gesicht.

Laurenz schwieg, fragte dann mit leiser Stimme: »Wenn du's nicht warst, wer dann?«

»Jemand, der wirklich ein Interesse daran hat, dass du nach Berlin gehst. Was mich betrifft, überschätzt du dich da!«

Dahlberg kaute auf seiner Unterlippe herum, massierte die Schläfen und ließ sämtliche Kollegen und Freunde Revue passieren. Aber der Verräter-Schuh passte keinem: Niemand hätte einen Vorteil davon, wenn er Frankfurt verlassen musste. Von den Freunden ging er zu seinen Feinden über, dachte wieder lange nach. Kein Treffer. Und von den Freunden ... zur Familie?

Laurenz Dahlberg schluckte. Konnte das sein? Er stürzte den Rest Kaffee hinunter. Bitter. Das alles war so bitter. Er streckte sich, holte sein Handy hervor und lehnte sich in dem unbequemen Plastikstuhl zurück. Drückte auf die Kurzwahl, hielt sich das Ding ans Ohr und lauschte dem Klopfen seines Herzens. Karola sah ihn aus verquollenen Augen an.

»Hallo, ich bin's. Entschuldige den späten Anruf. ... Du warst noch wach? Gut. ... Hör mir bitte jetzt gut zu und sag mir unbedingt die Wahrheit. Hast du etwas mit meiner Versetzung nach Berlin zu tun? Du warst nicht wirklich überrascht, als ich dir davon erzählt habe. ... Ja, ich muss wissen, wer das veranlasst hat ...«

Laurenz lauschte. Hörte nur zu. Nickte. Und schüttelte den Kopf: resigniert, wütend, verständnislos. Den Blick starr, das iPhone an seinem Ohr, er hätte es am liebsten zerquetscht. Aber er schloss nur die Augen und legte das Mobiltelefon behutsam auf den Tisch.

Karola musste sich nach vorne beugen, um ihn zu verstehen.

»Mein Vater ... er wollte meine Karriere ... anstoßen.« Laurenz schnaufte. »So hat er sich zumindest ausgedrückt. Hat seine alten Beziehungen spielen lassen und ein paar Wichtigtuer aus dem Finanzministerium kontaktiert. Wollte natürlich nur das Beste für seinen Sohn. Väter wollen immer nur das Beste.«

Die Kommissarin atmete leise. Hörte zu.

»Entschuldige, Karola. Ich habe mich echt wie ein Arschloch verhalten. Wie ...«, er stockte, »... kann ich das wieder gut machen?«

Sie sagte nichts, sondern strich ganz leicht über seine Wange. Blickte in seine dunklen Augen. »Bring mich nach Hause, Kollege Dahlberg«, flüsterte sie endlich. »Aber fahr nicht so schnell.«

»Soll ich, oder soll ich nicht«, murmelte Reiner Marvin Spottke, genannt Spotti. Er trieb sich am Skyline Plaza herum – Frankfurts »Shopping-Adresse Nr. 1«, wie das Einkaufscenter seit der Eröffnung 2013 für sich warb. Zu dieser späten Stunde waren die Geschäfte natürlich geschlossen, aber das Restaurant auf dem Dach hatte samstags bis um drei Uhr nachts auf. Und damit auch der Dachgarten des Centers, in den Spotti sich ein bisschen verliebt hatte. Das Center selbst fand er Schrott: einfach noch ein Einkaufstempel mit all jenen Marken, die auch sonst überall auftauchten. Aber dieses Dach ...

Spotti starrte hinunter auf seine Stadt. In der Nacht glitzerte Bankfurt in vielen Farben, als hätte ein Großjuwelier sämtliche Schmuckstücke auf einem schwarzen Samttuch ausgeschüttet. Ein Chaos an Lichtern. Ein Chaos an Gedanken. Und die Frage im Kopf: Soll ich?

Der Wind pfiff kalt und feucht durch seine Klamotten. Spotti duckte sich unter die Pergola, die das Wegnetz dieses verrückten Parks auf einem Dach überdeckten. Viel Grün und viel Stein. Noch alles neu, die Pflanzen noch nicht wirklich verwurzelt an diesem Standort. Klettergerüste für die Kleinen und Tischkicker für die Großen. Sogar ein Boulefeld gab es hier oben.

Verrückt. Spotti wäre gern Gärtner geworden. Aber dann hatte er sein Leben weggeworfen an die Droge. Hatte jahrelang auf der Crystal-Meth-Müllhalde gelegen, bis Karsten ihn aufgeklaubt hatte. Aus dem Dreck gezogen. Karsten hatte die schlimmste Zeit – als der Entzug Wahnsinn hieß – über Spotti gewacht.

Und jetzt das.

Soll ich? Oder soll ich nicht?

Laurenz bremste behutsam und schaltete den Motor aus. Karola blieb noch einen Moment sitzen. Ihr Atem ging ruhig. Ein. Aus. Was für eine Nacht. Auf der Rückfahrt wäre sie fast eingeschlafen – ein gutes Zeichen. Sie suchte nach dem Türgriff und passenden Worten.

»Soll ich mit Wollbricht reden?«, meinte sie schließlich. »Er schuldet mir noch einen Gefallen. Vielleicht kann er in Berlin was für dich erreichen.«

Laurenz streckte sich. »Danke, aber nein.« Der Kommissar blinzelte. »Ich habe die ganze Rückfahrt über nachgedacht: Vielleicht war die Idee von meinem Vater gar nicht so schlecht. Als Buchhalter-Duo knacken er und ich jedes geheime Konto der Bratwa.«

Die beiden Ermittler grinsten sich an.

»Und wenn du Heimweh bekommen solltest«, Karola zwinkerte ihm zu, »stellen wir einen zweiten Schreibtisch in mein Büro.«

Laurenz zuckte ganz leicht zusammen: Sie ahnte also, dass er in ihrem Büro herumgeschnüffelt hatte. »Aber nur, wenn ich ein anderes Bild aufhängen darf«, meinte er.

»Woran hättest du denn gedacht?«

»Botticellis ›Venus‹ vielleicht?«

»Typisch Mann.«

»Typisch ...« Laurenz beendete den Satz nicht.

Die Beifahrertür wurde aufgerissen und Mirkos Kopf tauchte im Türrahmen auf. Sein Hundeblick huschte irritiert durch den Wagen, sein Verstand versuchte zu begreifen, was er da sah.

»'n Abend Mirko, wie geht's?«

Laurenz klang eine Spur zu hemdsärmelig, fand Karola und wusste, dass es ihrem Lebensgefährten genauso ging.

»Wo kommst du her?«, wandte sich Mirko an Karola. »Was zum ...« Er stockte, schaute sie ungläubig an. »Hast du ... geweint?«

»Ja, nein, es ist ...« Karola verstummte.

»Abschiedstränen«, half Laurenz weiter. »Ich werde nach Berlin versetzt. Ab Juli darf ich als Steuerspezialist bei der Bekämpfung der russischen Mafia helfen. Aber sag's nicht weiter, Mirko. Die Offensive wird vom Bundeskriminalamt geleitet und ist topsecret.«

Mirko glotzte, als hätte ihn einer seiner Hunde nach der Uhrzeit gefragt. »Äh, das heißt, ihr wart die letzten paar Stunden ... zusammen ... nur ihr beide?«

»Ja, wir haben Abschied gefeiert. In meiner Wohnung.«

Mirko entspannte sich, drückte die Autotür ganz auf, sodass Karola leichter aussteigen konnte. »Und was ist in dem Rucksack?«, fragte er mit neuem Misstrauen in der Stimme und deutete auf Karolas Schoß.

»Schmutzige Wäsche von mir«, antwortete Laurenz für Karola. »Also, meine Waschmaschine hat den Geist aufgeben und – na ja, Karola hat sich freundlicherweise bereit erklärt. Du weißt schon. Ist was passiert, Mirko? Du wirkst ein bisschen durcheinander.«

Mirko schüttelte langsam den Kopf, rang sich ein Lächeln ab und zeigte nach Norden. »Habt ihr denn nichts mitbekommen? Auf das Präsidium wurde ein Anschlag verübt.«

»Tatsächlich?«, sagten Kommissar und Kommissarin wie aus einem Mund.

»Ja, ein Farbanschlag von den Autonomen. Einer der größten in der Geschichte.«

Darius Tablo schlich durch die Dunkelheit, müde, aber entschlossen. Seit fünf Nächten wartete er auf seine Chance, seit fünf Nächten überwachte er die Bruchbude von diesem Arschloch mit ohnmächtiger, wachsender und zähneknirschender Wut. Aber mit einem Dutzend Rocker hatte er sich eben doch nicht anlegen wollen – die passten zu gut auf. Und ein Bandenkrieg wäre nicht im Sinne der Familie.

Aber heute Nacht, dachte er. Heute bin ich am Zug.

Er dachte an die zerschossene Hand seines Kumpels, an das Gift in seinem eigenen Magen. An die Erniedrigung und die beschissene Angst. »Du bist tot, alter Mann«, hatte er gedroht. Und Darius Tablo drohte niemals leer. Das Feuer sollte eine erste Warnung sein. Wenn die dumme Sau dabei verkohlt wäre, nun gut, aber die langsame Rache schmeckte eben besser: ihm Stück um Stück alles nehmen, bis er winselt und flennt. Das war Tablos Plan gewesen.

Leider hatte sich die Situation geändert. Dieser Bartsch hatte immer noch Freunde bei den Cops. Seit Tagen machten die Bullen Druck, die Familie durfte sich keine neuen Auffälligkeiten leisten. Also musste die Sau leise geschlachtet werden. Unauffällig, ohne Blut und Geschrei. Sehr schade, aber unumgänglich. Zumal wenn der Typ auch noch Verbündete wie die Rockets hatte.

Nein, der neue Plan war gut. Bartschs Tod würde schmerzvoll sein. So viel war sicher.

Darius wusste genau, wo das Narbengesicht schlief. Der ursprüngliche Plan hatte auch diesen Lakaien mit einbezogen, aber nun ließ der Ice-Man ihn pennen. Der Diener sollte überleben. Ruhe sanft, dachte Darius und schlich an Spottis Zimmer vorbei.

Ja, er war gut vorbereitet. Die Tage des Wartens waren nicht umsonst gewesen. Er hatte sich das Haus eingeprägt, die Zimmer, die Routine von Narbengesicht. Und er hatte sich informiert über den Bartsch-Arsch, diesen Ex-Bullen mit Helfersyndrom.

Kurz ließ er die Taschenlampe aufblitzen, huschte die Treppe hinauf und bekreuzigte sich oben. Denn das Internet war wahrlich ein Segen Gottes.

Auch wenn er einem Cop mehr Intelligenz zugetraut hatte. Zwar tummelte Bartsch sich nicht auf Social-Media-Seiten, hatte keinen Facebook- oder Xing-Account, kein GooglePlus- oder WhatsApp-Konto. Aber, noch besser, der Idiot betrieb einen eigenen Blog. Wie jede Leidenschaft, würde auch diese dem Arsch zum Verhängnis werden. *Ebbelwoi2.0* hieß die Webseite. Blogeinträge über seine Panschversuche, Geschwätz über Zusätze beim Keltern, über Geschmacksrichtungen und Haltbarkeit. Darius Tablo grinste. Alles zugänglich. Alles nutzbar. Ja, das Internet war ein Geschenk des Himmels ... oder des Teufels.

Er schlich weiter, lächelte, malte sich Bilder aus voller Rache und Blut. Die unvermeidliche Diele knarrte, aber er hielt kaum inne. Lauschte nur kurz auf das Schnarchen von Narbengesicht. Tastete sich weiter durch das alte Gemäuer. Fand schließlich, was er suchte: ein Zimmer voller Flaschen.

Du Flasche, dachte der Ice-Man.

Und meinte damit Karsten Bartsch.

25

Samstag, 23. Mai, 10.52 Uhr

Fröstelnd saß Karsten Bartsch unter der großen, alten Weide am Main. Hinter ihm die Ruine der Strandfurt, noch hartnäckigen Brandgeruch auskeuchend. Vor ihm der Main, immer gleich, immer in Bewegung, mal hochwasserschlammig, mal glasblau glitzernd. Und heute eher braun, eher muffelig. Eine Plastiktüte trieb vorbei, unter ihr ein Strudel, als ob Neptun persönlich sich an ihr verschluckt hatte. In Karstens Kopf kreisten Wirbel ganz anderer Art: Er dachte an Sonja, er dachte an Luscinia, er dachte an Tatjana. An Schuld und Sühne, an den ganzen Mist dieser Woche. Ein übelriechender Misthaufen, der mittlerweile zwar etwas kleiner geworden war, aber immer noch zum Himmel stank. Ein großer Dreckshaufen hieß Darius Tablo, ein anderer Albert Neumann alias Lessner. Und ein dritter, dachte Karsten Bartsch zynisch, hieß Karsten Bartsch.

Nach dieser seltsamen Nacht bei, mit und in Sonja war er ziemlich überstürzt aufgebrochen. Hatte nichts versprochen, nichts in Aussicht gestellt. Hatte ein Taxi zurück ins Enkheimer Ried genommen, wo sein abgestellter Corsa auf ihn wartete. War vorsichtig losgefahren, weil das Bein wie Hölle schmerzte, und erreichte sein Zuhause kurz vor zehn. Spotti war nicht da, auf einen Zettel hatte er in Druckschrift gekritzelt: »Musste weg, bis heute Abend. Welcome back, Alter!«

Etwas verloren räumte Karsten in der Küche herum, riss alle Fenster bis zum Anschlag auf und schnappte sich schließlich sein Notebook. Gebraucht, verkratzt, mit uraltem Systemprogramm – aber zuverlässig. Genau wie ich selbst, dachte er.

Und hockte sich unter die Weide. Schaute in den Main, lauschte den Strudeln in seinem Kopf.

Erst nach einer ganzen Weile fuhr er den Computer hoch und klickte seine spezielle, eigenhändig konstruierte Lebensversicherung an: Bevor er zu Uhu-Udo nach Norderney aufgebrochen war, hatte er in jedem Zimmer von Großvaters Haus Mikrokameras installiert. Spotti hatte die Bilder täglich überprüft, blieb also nur die letzte Nacht zur Durchsicht.

Karsten startete die Aufzeichnung, klickte auf Schnelldurchlauf und starrte müde auf den Computer, bis ein Schatten im Flur hinter der Eingangstür seine Aufmerksamkeit erregte. Sich vorbeugend, klickte er auf die Standardgeschwindigkeit. Der Bildschirm spiegelte, sodass Karsten sich anstrengen musste, um überhaupt etwas zu erkennen. Außerdem war die Aufnahme viel zu dunkel – für Infrarotkameras hatte ihm das Geld gefehlt. Erst als die Taschenlampe auf dem Monitor aufblitzte, erkannte er Darius Tablo.

Während ein Stockenten-Pärchen auf dem Main vorbeischaukelte, während Sonne und Wolken sich balgten, während sich von hinten eine Gestalt näherte und lautlos auf ihn zu schlich, kniff Karsten die Augen zusammen und folgte konzentriert den Bewegungen des Ice-Man. Sah, wie er in sein Heiligtum eindrang. Beobachtete, wie er eine Flasche Apfelwein vom Regal nahm. Schaute zu, wie Darius Tablo eine ...

»Hallo, d'Artagnan.«

Karsten drehte sich nicht um, fluchte innerlich über seine Unvorsichtigkeit: Schon wieder hatte ihn das Weichei übertölpelt. »Hallo, Albert.«

Die Aufzeichnung der letzten Nacht lief weiter, während Karsten überlegte, ob Neumann etwas davon sehen konnte.

Ablenken, dachte Karsten und drehte sich um. Grinste. »Du siehst scheiße aus«, sagte er.

Lessner nickte. »Wie geht's deinem Bein? Tut's noch weh?«

Auf dem Bildschirm bewegte sich Darius zurück zum Hauseingang und verschwand aus dem Sichtfeld der Kamera. Dunkelheit. Nacht. Das war's.

Neumanns Hand zitterte nicht. »Was meinst du«, fragte er. »Soll ich noch mal in dasselbe Bein schießen? Oder ziehst du das andere vor?«

»Mach dich nicht lächerlich, Albert.« Karsten stand auf, ächzte laut, als er sein verletztes Bein belastete. Mit diesem Handicap konnte er es nicht mit beiden Gegnern aufnehmen: mit Albert *und* seiner Pistole. Mehrere Optionen verwerfend, entschied er sich für eine: Lock ihn ins Haus.

»Ein paar hundert Meter weiter ist ein Kindergarten«, erklärte Karsten ruhig. »Und Spaziergänger kommen auch immer wieder vorbei. Ganz abgesehen von der Lagerhalle da hinten und -«

»Sei still!«, zischte Albert. Seine Kiefern mahlten. »Ins Haus!«, befahl er schließlich. »Aber ganz langsam.«

»Dafür«, meinte Karsten, »hast du schon gestern gesorgt.« Sein Humpeln übertrieb er schamlos.

Die Abschlussbesprechung der Mordkommission war auf elf Uhr angesetzt – immerhin war Samstag, und alle sehnten sich danach, den Fall endlich abschließen zu können.

Hauptgesprächsthema war natürlich die Attacke der History-Sprayer auf das Präsidium. In der Pressebox reichten sich Medienvertreter und Lokalpolitiker die Klinke. Selbst der Oberbürgermeister hatte sich den entstandenen Schaden angesehen und fand überraschende Worte des Verständnisses für die Hintergründe der nächtlichen Aktion, die auch einen gewissen künstlerischen Anspruch habe erkennen lassen. Trotzdem war das Ganze natürlich ein Anschlag auf den Rechtsstaat und das Graffito musste schnellstmöglich wieder entfernt werden. Durch die gekippten Fenster hörte man das Zischen und Fauchen der Heißwasserhochdruckpistolen, mit denen eine Reinigungsfirma das auffällige Tattoo wieder entfernen wollte.

Schade darum, dachte Karola und unterdrückte ein Gähnen. Immerhin hatten die TV-Leute Aufnahmen von den »Letzten zehn Metern« machen können. Die Bilder waren schon jetzt der Renner im Internet. Sie suchte Blickkontakt zu Laurenz, vergewisserte sich, dass sie die Ereignisse der letzten Nacht nicht geträumt hatte.

Komtschewski fehlte, Staatsanwalt Wollbricht wirkte gereizt. Er hatte den ganzen Vormittag mit den Journalisten verbracht. Und trug wieder eine Scheußlichkeit am Kragen.

Karola öffnete den Mund, um das Team zu begrüßen, bremste sich in letzter Sekunde und lächelte ihrem Kollegen aufmunternd zu. Laurenz hatte sie noch vor der Besprechung abgefangen und ihr eine Plastiktüte mit alten Klamotten überreicht, die sie für ihn waschen sollte, um Mirkos Misstrauen glatt zu bügeln. Karolas Grinsen verwandelte sich in blankes Entsetzen, als er ihr anschließend die belastenden Fotos hinhielt: Karsten und Pichner vor dem Hauptbahnhof. Flüsternd hatten sie vereinbart, dass sie ihre Karten auf den Tisch legen würden und Dahlberg die Leitung der Ermittlung bis auf weiteres beibehalten sollte. Alles, was sie wussten, sollte jetzt auch das Team erfahren. Zumindest fast alles.

Laurenz Dahlberg räusperte sich und musterte die Polizisten. »Der Haftbefehl gegen Karsten Bartsch wegen Mord an Sven Seidelmann wurde aufgehoben«, begann er und legte ein paar Fotos vor sich ab.

Karsten, der Pichner am Kragen gepackt hielt.

Karsten, der den Stadtstreicher mit der Faust bedrohte.

Karsten und Pichner, die sich gegenseitig anzubrüllen schienen.

»Leider gibt es neue Verdachtsmomente gegen Herrn Bartsch, sodass der Haftbefehl vorerst bestehen bleibt. Eine Streife war heute Morgen um acht Uhr in der Wohnung des Beschuldigten - ohne Erfolg. Die Fahndung läuft jetzt bundesweit.«

Die Runde starrte verdutzt auf die Fotos.

»Wo kommen die her?«, fragte Gisselberg und schnappte sich eines der Bilder.

»Anonym per Post«, antwortete Laurenz.

»Dann sind die einen Dreck wert«, meinte der alte Polizist und ließ das Foto fallen, als hätte er sich daran verbrannt.

Dahlberg nickte. Trotzdem mussten sie Karolas Bruder so schnell wie möglich finden. Er wandte sich an die Gruppe. »Ich möchte euch – auch im Namen von Karola – für eure Arbeit danken. Die Akte Seidelmann ist so gut wie geschlossen, Lessner als Täter überführt und -«

Karolas Smartphone zappelte auf dem Tisch herum wie ein Fisch auf dem Trockenen – wie immer hatte sie es vor der Besprechung auf Vibrationsalarm gestellt.

Misstrauisch beäugte Albert die offenen Fenster, schloss vorsichtig, die

Waffe beständig auf Karsten gerichtet, eines nach dem anderen. So begann ihr Rundgang durchs Haus.

Schließlich erreichten sie auch Karstens Heiligtum. Albert kicherte: »Bist also ein Säufer geworden.«

»In Maßen. Obwohl, grad jetzt käm mir ein Schoppen recht. Wie wär's, Albert? Ein Schluck auf die gute alte Zeit?« Stöhnend ließ er sich auf einen Stuhl fallen. »Ich kann eh keinen Schritt weiter.«

Albert zögerte.

»Wenn du mich schon abknallen willst«, drängte Karsten sanft, »dann solltest du mir ein letztes Glas gönnen. Wenigstens das bist du mir schuldig.«

Albert schnaubte: »Nichts bin ich dir schuldig. Du und deine Musketiere, ihr habt mich immer nur verachtet und verarscht. Alfred E. und fünftes Rad, glaubst du, ich habe -«

»Ja, ja!« Karsten winkte ab. »Verschon mich mit deiner armseligen Küchenpsychologie. Was ist jetzt? Nimm die Flasche im zweiten Regal, vorne rechts.« Karsten mühte sich ein Grinsen ab. »Das ist mein bester.«

Albert gab sich großzügig. »Warum nicht.« Ohne Karsten aus den Augen zu lassen, schob er sich rückwärts zum Regal, tastete nach der Flasche.

»Nein, nicht die. Da ist mir zu viel Schwefel reingekommen. Die nebendran. Genau, so einen Ebbelwoi hast du noch nie probiert. Gläser sind da hinten.«

Wachsam stellte Albert Flasche und zwei Gerippte auf den Tisch zwischen sie. Setzte sich Karsten gegenüber und schenkte ihnen ein. Mit seiner Rechten weiterhin auf Karsten zielend, schob er ihm ein Glas hin.

»Zum Wohl«, zischte Albert Lessner.

»Danke«, brummte Karsten und griff nach dem Glas. Trank nicht. »Was zum Teufel willst du hier?«, fragte er stattdessen.

»Du hast es doch schon gesagt: dich töten.«

Karsten verzog die Lippen. »Und warum? Weil wir dich als Zivis geärgert haben? Wach auf, Albert!«

»Nein.« Lessner deutete ein Kopfschütteln an. »Nicht aufgrund unserer Vergangenheit. Obwohl du mir als Sündenbock natürlich wunderbar gepasst hast! Wie habe ich euch gehasst, damals. Weißt du noch, unser Ausflug nach Helgoland? Als ich zum ersten Mal Eissturmvögel oder Trottellummen sah und so begeistert war, weil diese Vögel weinten? Vogeltränen – ihr habt euch bepisst vor Lachen.«

Karsten war nicht zum Lachen zumute. Vorsichtig wandte er ein: »Na ja. Die Nasendrüsen zum Salzausscheiden mit Tränen zu vergleichen, das war halt auch ... irgendwie witzig.«

»Witzig. Soso.« Albert verzog seine Lippen. Ruhig redete er weiter: »Ich werde dich töten. Nicht aufgrund unserer Vergangenheit, sondern wegen meiner Zukunft. Die du kaputt gemacht hast. Ohne dich hätte mein Plan funktioniert.«

Karsten setzte das Glas an die Lippen, stellte es aber wieder zurück, als wolle er Zeit schinden. »Deine Zukunft hast du dir selbst versaut. Gib mir nicht die Schuld.«

»Oh doch!« Jetzt begann Alberts Hand zu zittern.

Deeskalation, dachte Karsten Bartsch. »Mann«, sagte er, »ich musste doch meine eigene Haut retten. Schließlich wolltest du mir den Mord an Sven anhängen. Was sollte ich denn machen?«

Lessner grinste. »Du jammerst! Das gefällt mir.«

»Und du hast keine Chance mehr. Leg die Waffe hin, trink 'nen Schluck und stell dich.«

»Ja«, sagte Albert und drückte ab.

Die Kugel sauste durch das Zimmer, schlug in der Decke ein.

Jahrzehntealter Putz rieselte herab.

Albert lauschte. »Wollte nur prüfen«, höhnte er, »ob uns hier jemand hört.«

Karsten atmete pfeifend aus.

Die Wunde in seinem Bein pochte mit seinem Herzen um die Wette.

Behutsam griff er wieder nach seinem Glas, hielt es, nun selber mit zitternder Hand, Albert hin. »Na dann, Prost!«

An Karstens ausgestrecktem Arm schwebte der gefüllte Schoppen in der Luft. Ohne zu blinzeln starrte er in Alberts Augen. »Prost, sag ich, oder verträgst du immer noch nichts?«

Ein Lächeln zuckte über Lessners Gesichts, ein Lächeln voll Schmerz und Wut. Die Rechte stützte er auf dem Tisch ab, hielt so die Waffe ruhig und auf Karsten gerichtet, die Linke griff nach seinem Glas.

Sie stießen an.

Heftig klirrend.

Karsten nahm einen kräftigen Schluck.

Albert tat es ihm nach. Schluckte. Schmatzte. Setzte das Glas ab.

Karsten wartete stumm.

»Schmeckt ja widerlich«, sagte Albert, griff sich im selben Moment an den Bauch und krümmte sich.

Die Waffe fiel ihm aus der Hand.

Karsten spuckte ihm seine Ration Ebbelwoi, gemischt mit dem Gift, das Darius Tablo in die Flasche gefüllt hatte, direkt ins zuckende Gesicht.

»Weichei«, sagte er und kramte nach seinem Handy. Tippte die 112. Und zögerte.

»Du hast Silber-Sven totgeprügelt wie ein tollwütigen Hund«, flüsterte er.

Karolas Smartphone zappelte auf dem Tisch. Sie schnappte danach und taxierte die aufblinkende Nummer. Ihr Bruder. Na endlich ...

»Ich muss da rangehen«, erklärte sie knapp, schwieg, seufzte und sog die Worte in sich auf. Als sie auflegte blickte sie in fünf Augenpaare, die vor Neugierde glänzten.

Ihr eigenes Gesicht spiegelte für den, der es lesen konnte, Verwirrung, Sorge und Erleichterung wider.

»Das war mein Bruder«, sagte sie. »Lessner wurde gerade mit akuter Strychnin-Vergiftung ins Lukas-Krankenhaus eingeliefert. Karsten hat ihn ...«, sie stockte, »... irgendwie überwältigt.«

Die Runde schwieg.

Dahlberg hatte sich als Erster wieder gefangen. »Nicht schlecht«, meinte er. »Dann fehlen nur noch die Tatwaffen und Lessners Geständnis. Letzteres sollte nicht schwer zu bekommen sein. Wir werden -«

Die Tür zum Besprechungsraum ging auf, Komtschewski stürmte herein und brüllte in den Raum: »Ja spinnt ihr denn alle?«

»Dito«, fauchte Dahlberg zurück. »Was ist denn los, Chef Ski?«

»Was los ist?« Der Leiter der Spurensicherung stützte sich auf die Tischplatte und musterte die Kollegen. »Ich habe jedem von euch gestern mehrere Anrufe, Nachrichten und SMS geschickt. Teamwork, schon mal gehört?«

Karola nickte. »'tschuldigung. War ein harter Tag.« Und eine noch härtere Nacht, fügte sie im Stillen hinzu.

»Besonders du!« Wütend streckte Komtschewski seinen dürren Zeigefinger Richtung Dahlberg. »Du warst doch bei der Obduktion dabei, als ich Lambrecht um ein neues toxisches Screening bat.«

Laurenz duckte sich. Natürlich hatte er Komtschewskis Anrufe registriert, sich aber vollständig seiner neuen Chef-Position hingegeben. »Was gibt es denn so Wichtiges?«, fragte er etwas kleinlaut.

Der Kriminaltechniker kratzte sich am Bart, verzog dabei den Mund zu einem kleinen, wütenden »O«.

»Kommt, Leute«, half Karola Dahlberg weiter. »Beruhigt euch alle mal. Komtschewski, setz dich bitte! Auch wenn wir unsere Differenzen hatten, wir sind immer noch ein Team. Und zwar ein gutes.« Sie drückte den Spusi-Chef auf einen Stuhl, schickte erst Laurenz ein Augenzwinkern, dann Staatsanwalt Wollbricht ein freundliches Lächeln und setzte sich selbst zurück an den Besprechungstisch. »Leg los, Franz! Was hast du gefunden?«

»Etwas Merkwürdiges«, schnaufte er, »in Seidelmanns Blut. Batrachotoxin, zwar nur in geringer Konzentration, aber das hat nichts zu sagen. Ziemlich exotisch. Ziemlich tödlich.«

Das gesamte Nachtschwalben-Team schien die Luft anzuhalten.

»Gift?«, fragte Lotte ungläubig.

Komtschewski nickte. »Ich ging zuerst von einem Fragment, einer Verunreinigung der Proben aus. Doch unser aller Leichenschnippler Lambrecht hat mir versichert, dass alles seine Richtigkeit hat. Dennoch müssten wir eine Gegenprobe veranlassen.«

»Aber?«, fragte Karola, die den Konjunktiv registriert hatte.

»Aber die Leiche ist bereits eingeäschert worden. Wer hat das eigentlich veranlasst?«

Wollbricht hustete. »Frau Seidelmann hat darum gebeten, und da die Todesursache klar schien ...«

»Ist sie selten«, wies Komtschewski ihn zurecht. »Fraglich, ob wir mit den restlichen Gewebeproben einen aussagekräftigen und vor Gericht unanfechtbaren Nachweis bekommen.«

»Wie exotisch?«, fragte Karola. »Was für ein Gift?«

In ihrem Kopf zog wie im Zeitraffer die gesamte Ermittlung vorbei, fünf Tage, sechs Nächte, Bild um Bild, Detail für Detail. Irgendetwas war da. Sie wusste es, konnte es aber nicht sehen.

»Nun ja, fremdartig eben. Leider müssen wir die weiteren Untersuchungen abwarten, so die überhaupt möglich sind. Wenn ich raten müsste, eben was Exotisches. So wie der berühmte Fugu-Kugelfisch oder Pfeilgiftfrösche.«

»Nein«, murmelte Karola wie von weit her, in ihrem Kopf weiter die Bilder absuchend. »Hier geht es nicht um Fische. Nicht um Frösche. Hier geht es um Vögel. Die ganze Zeit.«

»Nur gibt es, soweit ich weiß, leider keine giftigen Vögel«, warf Dahlberg ein.

Karola dachte nach. Da war etwas. Ein bestimmtes Bild. Die Voliere, ja: der spukhafte Vogelkasten von Sven Seidelmann. In ihrem Kopf schritt sie noch einmal den Raum ab, roch erneut Streu, Futter, Vogelkot. Sah wieder die Käfige samt ihrer pfeifenden, kreischenden und vor sich hin pickenden Bewohner. Fest presste sie ihre Augen zusammen, zwang ihre Erinnerung, klarer und klarer zu werden. Die Schilder zu den einzelnen Käfigen. Karola Bartsch blätterte in ihren Erinnerungen zurück wie in den Seiten eines Buches, und sie brauchte nichts weiter tun, als die richtige Seite aufzuschlagen. Ja, da war es – drei Schilder mit Artennamen: ein Blaunacken-Mausvogel, ein Anden-Kolibri und schließlich ... der Totenkopf auf dem Etikett.

Karola öffnete die Augen, atmete zischend ein.

Dieser ganze Fall war absurd. Und doch passte alles zusammen.

Unvermittelt sprang sie auf, gab neue Anweisungen: »Lotte, Jannik, ihr kommt mit mir. Komtschewski, informiere dich so schnell wie möglich über einen Vogel namens Zweifarben-Pitohui. Und Herr Staatsanwalt, ich brauche umgehend einen Haftbefehl.«

»Gegen wen denn?«, fragte Wollbricht verdattert.

Karola schüttelte, selbst verblüfft, den Kopf. »Sonja Seidelmann.«

Noch auf den Treppenstufen des Polizeipräsidiums schickte sie eine Streife zu Seidelmanns Bungalow in Bad Vilbel, um das Haus im Auge zu behalten. Wenn sie recht hatte, bestand akute Fluchtgefahr. Aber zugreifen wollte sie selbst.

»Welchen Wagen?«, fragte Lotte, als sie den Parkplatz erreicht hatten.

Karola schüttelte sich. Aber sie hatte das Gefühl, dass sie es schaffen konnte, mit dem Trauma besser umgehen konnte, ihre Phobie seit letzter Nacht besser im Griff zu haben. »Deinen. Du fährst ruhiger als Jannik.«

Verdutzt hob Lotte die Augenbrauen, stellte aber keine Fragen.

Diesmal, dachte Karola verbissen, werde ich nicht mit dem Fahrrad bei Seidelmanns vorfahren. Und wenn ich kotzen muss.

Sonja Seidelmann schloss den letzten Koffer, ließ ihren Blick über die geplünderten Schränke und Kommoden gleiten. Ja, sie hatte alles. Mit einiger Mühe schleppte sie ihr Gepäck nach unten.

Die Türglocke erschreckte sie mehr als Karstens Stimme heute Nacht im Garten – war das schon ihr Taxi zum Flughafen?

»Also«, sagte Sonja müde, als sie die Tür öffnete und die Hauptkommissarin erkannte, »Sie sind wirklich hartnäckig.«

Karola lächelte nicht. »Sie wollen verreisen?«

»Ein bisschen Abstand wird mir gut tun. Meine Tochter ist schon auf dem Weg zum Flughafen – sie kehrt nach Schottland zurück. Luscinia ist noch traumatisiert von der Entführung und dem Tod von diesem … ihrem Freund. Nicht mal seine Beerdigung kann sie jetzt noch ertragen. Und ich, nun, ich will nicht allein in diesem leeren Haus bleiben.«

»Wo soll's denn hingehen?«, fragte Jannik.

»Wieder nach Spanien, zu meiner Freundin in Madrid.«

Und von dort, mutmaßte Lotte, nach Neuseeland oder Kanada.

Karola drängte sich durch die Tür. »Tut mir sehr leid, aber wir müssen uns noch mal unterhalten.«

»Worüber denn?«, fragte Sonja bitter. »Svens Mörder ist gefasst, OCP hat seine Forschungsdaten wieder, Stringwell und die Firmenzentrale in Chicago sind glücklich.«

Und du, dachte Jannik, hast dabei bestimmt gut abkassiert.

»Setzen wir uns doch.« Karola packte Sonja ohne Umschweife am Arm und zog sie ins Wohnzimmer.

Genervt warf sich die Witwe aufs Sofa. »Mein Taxi kommt gleich.«

»Das würde ich abbestellen«, entgegnete Karola kalt. »Sagt ihnen der Name Zweifarben-Pitohui etwas?«

Sonja stöhnte auf. »Ein Vogel? Was sonst – Svens Viecher verfolgen mich noch über seinen Tod hinaus.«

»Ja, ein Giftvogel.«

Fragend blickte Sonja sie an.

Was für eine Schauspielerin, dachte Karola.

Ihr Smartphone vibrierte. Genervt warf die Kommissarin einen Blick auf das Display: Komtschewski.

»Ja?«, fragte sie leise, ohne Frau Seidelmann aus den Augen zu lassen.

»Wir haben ein Problem«, erklärte ihr der Spusi-Papst. »Also dieser Vogel, eigentlich ist der gar nicht giftig.«

»Was? Das kann doch jetzt -«

»Nur die Ruhe! Also, es ist so: Das Tier wurde 1992 in Neu-Guinea entdeckt und, große Überraschung, es war hochgradig toxisch. Das haben die Forscher am eigenen Leib erlebt: Als sie das Vieh fangen wollten, hackte der mit dem Schnabel und vergiftete sie so. Die konnten von Glück -«

»Franz, bitte!«

Komtschewski lachte.

Karola stand auf, schob die große Glaswand zur Seite und trat in den Garten hinaus.

»Der zweifarbige Pitohui«, fuhr der Kriminaltechniker in der Zwischenzeit fort, »nimmt das Gift über die Nahrung auf. Seine Leibspeise sind *Melyridae*-Käfer, die wiederum das Gift zu ihrem Schutz produzieren. Leuchtend blaue

Krabbler. Wirklich schön und –«

»Komm zur Sache, ich flehe dich an!«

»Immer diese Hektik. Ich hab schon deiner Kollegin gesagt, dass das nichts bringt. Aber weil du's bist ... Fakt ist: Ohne diese Käfer verlieren die Piepmätze relativ schnell ihre Giftigkeit. Ein paar Monate in Gefangenschaft und der Pitohui ist mehr hui als pfui.« Chef Ski schickte sein Kichern durch den Lautsprecher.

»Also muss das Tier frisch importiert sein.«

»Exakt. Äußerst unwahrscheinlich, dass man irgendwo im guten, alten Frankfurt *Melyridae*-Käfer auftreiben kann.«

»Ich nehme an, die Ausfuhr dieser Zweifarben-Typen ist streng reglementiert?«

»Theoretisch schon.« Komtschewski schnaufte. »Praktisch gesehen kriegt man allerdings für Geld immer noch alles. Du weißt doch, wie viele Tiere der Zoll jährlich beschlagnahmt.«

»Schon gut. Danke für die Info, Franz. Kommt zur rechten Zeit.«

»Ich wünschte, ich hätte bessere gehabt. Und leider gibt's noch mehr schlechte Nachrichten!«

Karola seufzte. »Schlimmer geht immer, was?«

»Du sagst es. Also, ich hab das mal durchgerechnet. Nehmen wir mal an, der Vogel wurde ganz frisch aus Neu-Guinea ins Hessen-Ländsche importiert, noch randvoll mit Käfergift. Alles an dem Vogel ist toxisch, sein Gewebe, die Federn, das Blut. Um dem Tier aber genug Batrachotoxin abzuzapfen, müsste man schon mehrere Tage, sagen wir mindestens eine Woche lang Gift entnehmen.«

Mist. Karola presste das Handy so fest an ihr Ohr, dass es schmerzte. »Und Sonja«, murmelte sie, »war in der Woche vor Seidelmanns Tod in Spanien.«

»Genau. Das wollte ich sagen.«

»Ich bin müde, Franz.«

»Bitte?«

»Nichts. Also noch mal danke.«

Karola steckte ihr Handy ein und gönnte sich ein paar Atemzüge im

Freien. Die Anstrengung der letzten Nacht drückte ihr schwere Gewichte auf Schultern und Gedanken. Florian Funke und das Schandfleckenprojekt – endlich beendet. Wer war denn schon frei von Schuld und Schandflecken?

Erschöpft drehte sie sich um und stakste zurück ins Haus.

»Frau Seidelmann«, begann Karola erneut. »Die Vögel aus der Voliere – wo sind die?«

Sonja winkte ab. »Svens großes Erbe? Alle verkauft. Für erstaunlich viel Geld, wenn Sie mich fragen. Ein einziger Sammler nahm mir das ganze Federvieh ab.«

»Sie haben sicher die Unterlagen dazu?«

Die Witwe lachte. »Alles, was sie wollen. Kauf- und Verkaufsverträge, Gesundheitsgutachten, Einfuhrgenehmigungen – bei seinen Vögeln nahm Sven es sehr genau. Der Sammler wollte nur eine Quittung für alles.«

»Ich brauche diese Papiere. Vor allem interessiert mich das Kaufdatum dieses einen Vogels. Des Zweifarben-Pitohuis.«

Sonja Seidelmann lachte bitter. »Die haben Sie bereits.«

Verwirrt schaute Lotte hoch.

»Die Hausdurchsuchung«, knurrte Karola.

»Richtig. Viel Spaß beim Durchsuchen der Akten.«

Geschlagen stand die Ermittlerin auf. »Frau Seidelmann, ich muss Sie bitten, Frankfurt in nächster Zukunft nicht zu verlassen.«

»Das heißt ...?«

»Ihre Freundin in Spanien muss warten.«

Fluchend stapfte Karola die Einfahrt entlang, Lotte und Jannik folgten ihr mit einem Schritt Abstand. »Mist, ich war mir so sicher. Irgendetwas übersehen wir. Immer noch.«

»Wenn Sie nicht die beste Schauspielerin seit Julia Roberts ist«, befand Lotte, »hat sie von dem Gift nichts gewusst. Als du draußen mit Komtschewski gesprochen hast, haben wir ihr auf den Zahn gefühlt. Sie war's nicht.«

»Wer denn dann?«, rief Karola frustriert.

»Wenn es die Mutter nicht war«, ließ sich plötzlich Jannik hinter ihr hören,

»dann vielleicht die Tochter.«

Abrupt blieb Karola stehen, prompt lief Lotte in sie hinein.

»Luscinia war in Schottland, als Seidelmann starb«, blockte Karola ab.

»Eben nicht.« Lotte rieb sich die Nase. »Jannik und ich haben gestern noch lange recherchiert. In der Woche vor dem Mord war sie bereits hier. Am Tag vor der Tat buchte sie einen Flug zurück nach Schottland. Und kehrte später wieder zurück.«

»Aber sie wurde entführt!«

»Na und?«, fragte Jannik. »Luscinia Seidelmann hat dich auch belogen, was Timo anging. Sie hat sich an ihn herangemacht, nicht umgekehrt.«

»Und sie studiert Medizin«, setzte Lotte noch eins drauf. »Mit Schwerpunkt Toxikologie und Anästhesie.«

Karola blickte abwechselnd Lotte und Jannik an. Wieder schossen in ihrem Kopf die Bilder durcheinander, mischten sich wie Blätter in einem Kartenspiel neu. Ja, diese Patience konnte endlich aufgehen.

»So ein Biest!«, zischte Karola Bartsch. »Ruft sofort beim Flughafen an. Leitet die Fahndung ein. Und dann sucht nach dieser Einfuhrgenehmigung für den verfluchten Vogel. Findet den Sammler, Komtschewski soll dem Vieh zur Not jede Feder einzeln rausreißen.«

Stumm starrten ihre beiden Mitarbeiter sie an.

»Worauf wartet ihr?«

»Und was«, fragte Lotte vorsichtig, »machst du?«

»Ich ...« Karola streckte sich. Schaute die zwei mit roten Augen an. »Ich hab die Schnauze erst mal voll. Ich laufe ein bisschen durch die Gegend.«

Er schenkte sich noch einen Schoppen ein. Keinen selbstgemachten, sondern aus einer gekauften Flasche. Sicher war sicher. Durstig trank er das Gerippte leer, schaute es an, schaute die Hand an, die es hielt: Sie zitterte immer noch. Er hatte Sehnsucht nach seiner Schwester und ihren coolen Sprüchen, ihrer harten Ehrlichkeit. Und er freute sich auf Spotti. Mittlerweile saß Karsten wieder unter der Weide, und, oh Wunder, keiner hatte seinen Laptop geklaut. Zu alt wahrscheinlich.

Noch einmal klickte er die Sequenz an, die Darius Tablo zeigte, wie er Gift in seinen Ebbelwoi kippte.

Banause.

Karsten schenkte nach. Überlegte, drehte seine Gedanken um wie Muscheln am Strand. Den einen Misthaufen namens Albert Lessner hatte er entsorgt. Wie zum Teufel sollte er den Ice-Man loswerden? Denn Darius, das spürte er, würde nie lockerlassen.

So viele Muscheln Karsten auch aufhob – er fand keine Perle, keine Lösung. Rosskamp, sein alter Kumpel bei der Drogenfahndung, machte Druck und ließ den Crystal-Dealern wenig Luft zum Handeln. Aber früher oder später ...

Karsten drehte noch eine letzte Muschel um und dachte an das, was er wirklich liebte: die Vogelwelt. Dachte an den Strandregenpfeifer, der potenzielle Fressfeinde mit einem Trick von seinem Nest weglockte: Er schauspielerte. Der kleine Vogel ließ einen Flügel am Boden schleifen, führte humpelnd seine Feinde in die Irre und tat so, als sei er schwer verletzt. Wenn das Nest weit genug weg und in Sicherheit war, spreizte der Regenpfeifer die gesunden Flügel und flatterte dem Feind davon.

»Hm«, brummte Karsten Bartsch Richtung Main. Dann telefonierte er. Bat zwei Menschen um Hilfe: den Ex-Junkie mit zernarbtem Gesicht und seinen letzten wohlwollenden Kontakt bei den Drogenfahndern, Harald Rosskamp. Noch einmal.

Beide sagten zu.

Jetzt kam es nur noch auf Schnelligkeit an.

Die Gedanken sind frei. Wie die Vögel. Karola lächelte bitter. Ornithologische Metaphern jeglicher Art würde sie nach diesem Fall nicht mehr ertragen können. Ziellos wanderte sie umher, hatte Bad Vilbel schon hinter sich. Überließ sich ihren Füßen, ihren freien Gedanken, ihrem Unbewussten. Luscinia Seidelmann. Konnte das sein? Dann musste diese junge Frau cleverer sein, als sie alle gedacht hatten. Was würde sie an ihrer Stelle tun? Wirklich nach Glasgow zurückfliegen?

Karola zückte ihr Smartphone und erkundigte sich bei Lotte. Aber Seidelmanns Tochter war nicht am Flughafen aufgetaucht, der Flieger ohne sie abgehoben.

Kein Flug in die Highlands. Eine clevere Mörderin. Selbstbewusst, narzisstisch, blutjung.

»Wenn ich sie wäre«, murmelte Karola, »was würde ich tun?«

Irgendwo in der Nähe bleiben. Ich bin der Marionettenspieler über den Puppen. Ich würde, dachte Karola Bartsch, bis zum bitteren Ende bleiben. Und zuschauen. Mich irgendwo verstecken, wo niemand sucht. An einem Ort, so absurd, dass er unsichtbar wird.

So absurd wie dieser ganze vogelfedrige Fall.

Mit neuer Energie lenkte Karola jetzt ihre Schritte – sie glaubte zu wissen, wo sie Seidelmanns Mörder finden würde.

Karsten kam sich vor wie im Kino, nur auf der falschen Seite – nicht als Zuschauer, sondern flach auf die Leinwand gepresst. Vor einer Stunde hatte er noch gemütlich unter seiner Weide am Main gehockt, jetzt spielte er den verletzten Sandregenpfeifer, lag im Krankenhausbett, angeschlossen an EKG und lautlos vor sich hin tröpfelnden Flaschen. Diese Nummer war so oft in diversen Filmen abgezogen worden, dass sie gar nicht klappen konnte. Es sei denn, sein Fressfeind Darius Tablo hatte keine andere Wahl. Selbst wenn er die Falle roch, würde er die Chance nutzen müssen. Schließlich ging es um seine Familienehre. Oder nicht?

Karsten spielte toter Mann. Oder zumindest halbtot. Spotti hatte seine Kontakte genutzt und den Tablos Informationen zugespielt: Der verrückte Typ von der Strandfurt am Main sei im Krankenhaus eingeliefert worden. Strychnin-Vergiftung, aber er lebt.

Und sein alter Kollege Harald Rosskamp hielt draußen die Zimmertür im Blick – versteckt, aber wachsam.

Karstens Nase juckte, doch er konnte sich nicht kratzen. Strychnin-Vergiftungen gingen mit Zuckungen und Krämpfen einher – damit alles echt aussah, waren seine Hände und Füße am Bett festgeschnallt.

Eine Übung in Vertrauen, dachte er.

Scheiß-Nase.

Die Tür zu seinem Zimmer öffnete sich.

»Ich habe Sie unterschätzt, Frau Kommissarin.«

»Und ich Sie«, antwortete Karola. »Und zwar gewaltig.«

Seidelmanns Tochter hatte nicht den geringsten Versuch unternommen, sich zu verstecken. Die Tür jener Bruchbude im Enkheimer Wald, in der sie noch vierundzwanzig Stunden vorher als Entführungsopfer gezittert hatte, stand weit offen. Aus einem kleinen Radio trällerten die Beatles. »Blackbird«. Natürlich. Der englische Name für Amsel.

Während Karola unendlich müde auf die Hütte zuging, hörte sie Paul McCartney so genau zu wie noch nie:

»Blackbird singing in the dead of night

Take these broken wings and learn to fly

All your life

You were only waiting for this moment to arise.«

Ja, sie war am Ende dieser Geschichte angekommen.

Luscinia Seidelmann hockte auf der Türschwelle und begrüßte sie. »Ich habe Sie unterschätzt, Frau Kommissarin.«

Karsten hielt die Augen geschlossen, linste aber durch einen winzigen Spalt unter den Lidern hindurch. Den Trick hatte er sich von einem Junkie abgeguckt, damals, in seinem anderen Leben. Darius Tablo zwängte sich durch die Tür, schloss sie hinter sich und lauschte. Trat einen Schritt vor.

»Du bist tot, alter Mann.«

Karsten atmete schnell und röchelnd – mit dem Schlauch in der Nase und der Angst im Bauch war das nicht weiter schwierig. Durch den Schlitz in seinen Augenlidern beobachtete er, wie Darius grinsend die Finger streckte und Handschuhe überzog, lautlos näher kam und sich schließlich über ihn beugte. Ob er ein Kissen nehmen würde oder die Hände?

»Ich halte meine Versprechen«, sagte der Ice-Man und legte ohne Zögern seine Finger um Karstens Hals. Drückte zu. »Schönen Gruß von meinem Kumpel: Seine Hand bleibt steif, die Familie hat ihn zurück nach Rumänien geschickt. Zum Schweinehüten.«

Gut, dachte Karsten. Einer weniger. Dann riss er die Augen auf.

»Du bist wach?«, flüsterte Darius Tablo. »Umso besser.«

Er drückte fester.

Wo zum Teufel blieb Harald? Voll Panik warf Karsten seinen Kopf hin und her, wackelte mit den Schultern. Seine Hände und Füße, festgeschnallt ans Krankenbett, zuckten.

Karsten röchelte hilflos. Schwarze Schatten wanderten von den Augenrändern auf ihn zu. Seine Lunge brannte.

»Verrecke, alter Mann!«

Die festgeschnallte Hand konnte Karsten nicht heben, aber seine Finger waren frei. Er drückte.

In ohrenbetäubender Lautstärke hallten Polizeisirenen durch das Zimmer.

Der Crystal-Dealer schreckte zurück. Karsten keuchte rasselnd auf. Pumpte Sauerstoff durch seine gequetschte Luftröhre, pfiff aus dem letzten Loch.

Das Sirenengeheul schwoll an. »Moin, hier spricht die Polizei. Sie sind umstellt.«

»S-pricht« und »ums-tellt« mit norddeutschem Zungenschlag. Aus Karstens Finger glitt die Fernbedienung für die Stereoanlage.

Als sich Darius erneut auf ihn stürzte und zu würgen begann, war endlich Harald da, ausgerüstet mit Dienstwaffe und laufender Bodycam, überwältigte den Ice-Man und ließ Handschellen klicken.

»Mann«, hustete Karsten, »wo warst du?«

»Sorry. Musste mal Pinkeln.« Und meckerte wie eine Ziege, die dem Wolf entkommen war.

Karsten hustete und spuckte Galle. An Rosskamps Lachen würde er sich nie gewöhnen.

Sie hockten dicht nebeneinander vor der Hütte. Vögel zwitscherten. Ein Flugzeug, auch nur ein Vogel, wenn auch aus Aluminium und Plastik, zeichnete einen langen weißen Strich in den Himmel. Wie ein gigantischer Stroke, dachte Karola. Paul McCartney hatte ausgezwitschert. Wie zum Hohn war die Sonne herausgekommen und wärmte die Mailuft. Karola Bartsch schwitzte.

»Ich glaube nicht«, erklärte Luscinia freimütig, »dass Sie genug Beweise finden. Ich werde alles leugnen.«

»Warum haben Sie es getan?«, fragte Karola einfach.

Seidelmanns Tochter zuckte mit den Achseln. »Weil ich es konnte?« Versonnen spielte sie mit ihren langen Haaren, legte sich den Schopf nach vorne über die Brust. Die blonde Farbe glitzerte in der Sonne. »Weil meine Mutter ihn hasste? Weil ich ihn hasste? Weil er kein Mensch war, sondern ein Roboter, der Daten sammelte und sonst nichts? Suchen Sie sich etwas aus, Frau Kommissarin.«

»Er war Ihr Vater.«

Verächtliches Lachen. »Vater? Biologisch vielleicht. Ein Vater wie bei manchen Vogelarten: für Sekunden draufspringen, wild flattern, sein Sperma verspritzen und dann auf und davon. Er hat sich einen Dreck für mich interessiert. Noch weniger als für seine Frau.« Wieder strich sie sich über die Haare. »Mein Gott, er hat mich nach einem seiner verfickten Vögel benannt: Luscinia von *Luscinia megarhynchos*, die Nachtigall, ausgerechnet.« Wieder dieses Lachen, kalt und traurig zugleich. »Wahrscheinlich sollte ich noch dankbar sein. Er hätte sich schließlich auch für Branta entscheiden können: die dumme Gans.«

»Aber -«

»Schhhhhhh!«, machte Luscinia Seidelmann. »Ich werde reden, Sie werden zuhören. Wir sind allein. Keine Zeugen, nur die Vögel ...« Sie kicherte. »Später werde ich alles leugnen. Mich als Entführungsopfer profilieren. Ich kann das gut.«

Karola glaubte ihr aufs Wort.

»Insofern«, fuhr Luscinia fort, »war dieser Lessner ein echter Glücksfall. Obwohl ich wirklich Angst hatte. Furchtbare Angst.« Sie quetschte sich Tränen aus den Augen.

Das Schauspielern musste in der Familie liegen.

»Am Anfang half ich nur meiner Mutter. Ich wusste, sie wollte an die neuen Forschungsdaten zur Fettverwertung, wollte das Geld für sich selbst. Und für mich natürlich.« Luscinia lächelte träumerisch. »Ich verführte diesen kleinen Narren, den lieben Timo. Brachte ihn dazu, die Computer meines

Vaters zu verwanzen. Trojaner, Keylogger, Orvell Monitoring – keine Ahnung. Timo installierte bei einem routinemäßigen Update ein spezielles Programm, mit dem ich Zugriff auf die Rechner meines Vaters hatte. Timo erklärte ich, dass ich eine große Geburtstagsüberraschung plante. Der verliebte Trottel glaubte mir. Als mein Vater dann aber starb, hatte er plötzlich die Hosen voll. Meinte, ich müsse zur Polizei gehen und alles sagen, schließlich handele es sich ja um Mord.« Sie blinzelte. »Dann kam Ihr Kollege – das war Glück. Ich habe immer Glück.«

Luscinia Seidelmann schwieg. Lange. Eine Biene summte vorbei, ein weißer Schmetterling naschte an der Löwenzahnblüte.

Karola hielt sich an die Regel. Sagte nichts.

Seidelmanns Tochter nickte anerkennend. »Sie sind brav, Frau Kommissarin. Ich kopierte also fleißig seine Daten und schickte sie meiner Mutter. Sie ist keine schlechte Biochemikerin und wusste genau, was diese Forschungsergebnisse wert waren. Sie ist übrigens auch kein schlechter Mensch. Meistens jedenfalls.« Diesmal nur eine kurze Pause. »Und dann las ich in einer E-Mail, nur zufällig, von Vaters Neuerwerbung: dem Zweifarben-Pitohui. Nein, vielleicht doch nicht zufällig. Sondern wieder Glück. Wie ich schon sagte: Ich habe immer Glück. Mein Fachgebiet ist Toxikologie, von diesem Vogel hatte ich schon gehört. Was wäre das für eine ausgleichende Gerechtigkeit, dachte ich da.« Schweigen. Und Lächeln. »Meine Mutter war in Spanien. Ich flog nach Frankfurt, sagte ihr nichts. Erntete das Gift.«

»Wie ... haben Sie es verabreicht?«

Luscinia lachte. »Eine Frage will ich Ihnen durchgehen lassen. Natürlich wusste ich, dass Batrachotoxine nicht über den Magen-Darm-Trakt aufgenommen werden können. Eine Beimischung ins Essen oder Trinken fiel also weg. Aber ich nutzte die Eitelkeit meines Vaters. Er war verliebt in die Vögel und in sich selbst. In seine Hände auch – keine Frau cremt sich so oft ein, wie er es tat. Ich spritzte das Gift in seine Handcreme, die er in der Gartenvoliere immer griffbereit hatte. Setzte darauf, dass er früher oder später eine offene Kratzwunde haben würde.«

Der Kommissarin fuhr ein kalter Schauer über den Rücken. Sie erinnerte sich an den Tatort, an den Ehering am Finger des Toten, eine goldene

Träne. Die gepflegten Hände, die Kratzspuren auf der Haut.

»Mein Vater hatte sich die präparierte Tube von Zuhause mit in die Firma genommen. Können Sie sich diesen Zufall vorstellen? Dass genau in jener Nacht eins seiner Vogelviecher ihn kratzt? «

»Dann war Lessners Tat völlig umsonst. Ihr Vater wäre sowieso gestorben?«

»Lessner. Da hatte ich schon wieder großes Glück.« Luscinia lachte leise.

Karola fröstelte und hatte plötzlich einen Gedanken. »Wenn wir das Gift finden, kriegen wir Sie dran!«, sagte sie mit fester Stimme.

»Sie werden kein Glück haben. Ich war am Mittwoch bei Orni Charm, ganz offiziell als trauernde Tochter des ehemaligen Mitarbeiters, die noch ein letztes Mal den Arbeitsplatz ihres Vaters sehen wollte. Niemand hat mich aufgehalten. Ich habe die Tube mitgenommen und in den Müll geworfen.«

Karola knurrte.

»Sehen Sie: Immer habe ich Glück. Glück. GLÜCK.« Eine lange Pause.

»Nie«, flüsterte sie dann. »Nie wirklich. Niemals.«

Diesmal waren ihre Tränen echt.

Und Karola verstand. Sie zog ihr Handy hervor, orderte einen Streifenwagen und starrte zum maiblauen Himmel hinauf.

Der weiße Schmetterling löste sich vom Löwenzahn und taumelte davon.

26

Zwei Wochen später

»Wissen Sie«, dozierte Albert Lessner, »unter uns Ornithologen gibt es die unterschiedlichsten Typen. Den Naturburschen zum Beispiel, der einfach möglichst viel Zeit im Freien verbringen und Vögel beobachten will.«

Kriminaloberkommissar Dahlberg verkniff sich ein Gähnen. Er schaltete auf Durchzug und ließ ihn reden. Zum Glück war dies die letzte Vernehmung. Seine Sachen waren gepackt. Nächste Woche würde er den Berlinern zeigen, wozu ein Hesse fähig war.

»Dann gibt es den Naturschützer«, machte Lessner stur weiter. »Er spendet für WWF und Greenpeace, wacht mit Argusaugen über seine Brutvogelpopulationen und heult, sobald die Zahlen minimal rückläufig sind. Oder der Taxonom: Das ist jener Orni, der sämtliche Vogelarten nicht nur auf Latein, sondern auch noch auf Englisch, Französisch oder Spanisch zu benennen weiß. Das sind Sammler, die auf neue Arten Jagd machen. Nichts anderes als Briefmarken- oder Mineraliensammler. Ein nächster Typus wäre -«

»Und Sie, Herr Lessner«, unterbrach Laurenz ihn jetzt doch. »Zu welchem Typ gehören Sie?«

Verwundert starrte Albert ihn an. »Zum reinen Wissenschaftler natürlich. Zum Forscher, der fasziniert ist von den biologischen Rätseln dieser Tiere, vom Wunder des Vogelzuges, der den Magnetfeldern der Erde folgt, vom komplexen Vorgang der Mauser, von der Evolution des Darwinfinken, der Intelligenz von Rabenvögeln oder vom Mysterium des Schwarmverhaltens.«

»Uff«, machte Laurenz. »Mich fasziniert nach wie vor die Tatwaffe.«

»Die Tatwaffe, die Tatwaffe«, äffte Lessner nach. »Ich habe Ihnen schon gezeigt, wo ich den Erlenmeyerkolben-Ständer entsorgt habe. Wenn Sie nicht tief genug im Müll graben, ist das nicht meine Schuld.«

»Das Ding haben wir ja gefunden, aber wo bitte schön soll das Spektiv sein?«

»Karstens Fernrohr? Ich habe es in seiner Scheune versteckt. Er muss es vor Ihnen gefunden haben. Sonst gibt es nichts dazu zu sagen.«

Dahlberg wiegte den Kopf hin und her.

»Sie haben sich in der Alten Oper ein Alibi verschafft, indem Sie mit Ihrem Chef redeten. Sind dann in die Firma, haben dort Seidelmann erschlagen und wollen noch in derselben Nacht zu Karsten Bartsch gefahren sein, um das Spektiv zu verstecken?«

»Aber sicher doch.« Lessner lächelte. »Planung ist alles.«

»›Ja, mach nur einen Plan, sei nur ein kluges Licht‹«, entgegnete Dahlberg, »›und mach dann noch 'nen zweiten Plan – geh'n tun sie beide nicht.‹ Bertolt Brecht.«

Der Strauß bewegte sich nicht, als Karola dicht vor seinem schuppigen Kopf ihr erstes Selfie des Jahres schoss. Sie trat einen Schritt zurück und betrachtete den Vogel, der entspannt mit gespreizten Laufbeinen vor einer Wüstenlandschaft posierte und sie aus dunklen Augen aufmerksam zu betrachten schien.

Florians Anruf hatte sie etwas ratlos zurückgelassen, denn sein Vorschlag »Um fünf bei Vogel Strauß« mit dem spöttischen Kommentar »Du bist doch die Detektivin« als Antwort auf ihre Frage, wo denn das bitte sein solle, war eine kleine Recherche-Herausforderung. Endlich hatte sie die Informationen zusammen: Das ehemalige Haus »Zum Strauß« in der Bethmannstraße hatte eine gewisse Berühmtheit erreicht, weil der damals vogelfreie Martin Luther 1521 hier freundliche Aufnahme und Schutz der Frankfurter Patrizier genießen durfte. Das Fresko aus dem 18. Jahrhundert mit dem jungen Strauß zeigte eine etwas verklärte Szene damaliger Kaufmannsphantasien von fremden Ländern und Tieren und verziert heute die Außenfassade der Bethmann-Bank. Ein guter Treffpunkt für einen Sprayer. Ein guter Ort für so etwas wie der Beginn eines Ehrenfleckenprojektes.

Florian war pünktlich, kam auf einem neuen Rad mit Gepäcktaschen angedüst und drehte ein paar wacklige Runden, bevor er vor ihr abbremste.

»Geiles Piece, was?« Er zeigte auf den Laufvogel.

Sein schlaksiger Körper steckte in löchrigen Jeans und einem rot-schwarz kariertem Hip-Hop-Hemd. Mit den schulterlangen Haare, die nach hinten zu einem kleinen Zopf zusammengebunden waren, sah er aus wie ein Holzfällerbub auf Besuch in der Großstadt. Die grünen Augen blitzten unternehmungslustig. Karola wurde bewusst, dass sie ihren Graffiti-Gefährten schon lange nicht mehr unvermummt gesehen hatte.

Sie nickte. »Und ein geiles Bike«, erwiderte sie.

»Yep«, meinte er, rutschte vom Sattel und gab ihr einen schnellen Kuss auf die Wange. Ihre Blicke trafen sich, forschend, taxierend, suchten nach den Fragen, die sie noch stellen wollten, und den Antworten, die sie sich noch schuldeten. Und auch nach denen, die ungefragt bleiben würden, die sie sich schuldig bleiben wollten.

Karola wurde ernst. »Was ist mit deinen Freunden? Gab es Festnahmen? Konnten sich alle in Sicherheit bringen?«

Sein Grinsen zeigte Entwarnung. »Da hatten wir echt mehr Glück als Verstand. Deine Kollegen aus dem Präsidium waren ja die Ersten, die auftauchten. Aber da war der Burner schon fast fertig.«

»Und was ist mit dem Wagen?«

»Baby-Q hat es tatsächlich geschafft, den Bembel-Bomber zurück ins Hauptquartier zu schaffen. Das Nummernschild war ja nicht echt. Bisher hat uns die Polente nicht beehrt. Wir haben einfach wieder das richtige Kennzeichen drangeschraubt.«

»Unglaublich.«

»Ja, die Nacht hatte etwas Unwirkliches, Magisches, findest du nicht?«

Oh ja, das Gefühl hatte sie allerdings auch.

Sie schwiegen. Sahen einer Gruppe Japaner zu, die umständlich aus einem Reisebus kletterten und mit großen Augen in Richtung Paulskirche starrten.

»Was wirst du jetzt tun?«, fragte Karola leise. Eine der Fragen, die gestellt werden mussten.

»Och, weitermachen wie bisher.« Er winkte ab, als er Karolas erschrockenes Gesicht sah. »Studieren. Jobben. Das Leben genießen.«

»Und das Schandfleckenprojekt?«, wagte sie einen Vorstoß.

»Ist beendet und abgeschlossen. Aber wir nutzen das Momentum und die öffentliche Aufmerksamkeit und werden alle hundert Motive in einem Blog vorstellen. Von den allermeisten Pieces gibt es ja leider nur noch Fotos. Selbst am Präsidium war nach zwei Tagen kaum noch was zu sehen.« Er seufzte.

»Also kein Interview mit dem Kulturdezernenten?«

»Du wirst lachen, aber die Anfrage kam wirklich.«

»Und?«

»Du kennst mich doch. Dosenkunst ist nur in der Illegalität wirklich kreativ. Das Gesprühe mit offiziellem Passierschein ist nichts für mich.«

Sie nickte. So sprach die Jugend. Sie hoffte, dass Flo noch lange so denken würde, auch wenn ihr Gewissen sie dafür tadelte.

»Ich hab gehört, dass du ein neues Rad brauchst«, wechselte er plötzlich das Thema. »Mein Rad ist dein Rad. Hier, nimm! Ist nicht geklaut!« Er schob ihr den Drahtesel zu. Karola war baff. »Das kann ich nicht –«

»Klar kannst du. Außerdem ist die olle Möhre von deinem Knacker echt peinlich.«

Die Kommissarin strich behutsam über den Ledersattel, testete die Handbremsen. »Klasse Teil«, sagte sie. »Tausend Dank dafür.«

»Schon gut«, sagte er grinsend. »Hast mir ja die letzten paar Jahre immer unter die Arme gegriffen. Ohne dich wäre ich wahrscheinlich –«

»Warte mal, Flo«, unterbrach ihn Karola. Das gehörte eindeutig zu den Dingen, die sie nicht hören wollte. »Ich hab auch was für dich.« Sie kramte in ihrem Rucksack, zog ein dickes Buch heraus. »Hier.«

»Mensch, Karo. Dein Blackbook. Mit Sketches. Das kann ich nicht –«

»Doch, doch, das kannst du annehmen. Bei dir ist es besser aufgehoben.« Sie dachte an Mirko. Was passieren würde, wenn er irgendwann ihre Aufzeichnungen entdeckte. »Außerdem kannst du das gut für den Blog verwenden. Du weißt ja, wie penibel ich alles aufschreibe.«

Er lachte, freute sich, nahm Karolas Sprayer-Tagebuch wie einen Pokal entgegen.

»Okay. Wenn wir schon dabei sind, hätte ich dann noch 'ne Kleinigkeit für dich.«

Er beugte sich über das Hinterrad und zog ein knallig buntes Stoffbündel aus der Satteltasche hervor. »Für dich. Eins deiner geliebten mausgrauen Kapuzenshirts, das du immer getragen hast. Die ganze Crew hat unterschrieben.«

Für einen Moment sprachlos, betrachtete Karola die verschlungenen Tags unter dem Backpiece. Alle waren dabei: ZETT, Baby-Q, KNAX, T-OUTLINE, 6TES, CANCAN und noch ein Dutzend andere und natürlich – mit filigranem Leuchtstift – der silberne Funke von SPARK. Sie drückte erst das Shirt und dann Florian fest an sich, – so fest, als verabschiedeten sie sich für eine lange Zeit.

»He, kein Grund zum Weinen, Karo. Das Projekt ist abgeschlossen. Eher etwas zum Feiern.«

Sie schluckte, wischte sich über die Wangen und starrte an Florian vorbei. Konnte das sein? Der flotte Sahara-Renner, jener Vogel Strauß an der Wand, streckte den Hals mutig in den blauen Himmel und zwinkerte ihr aufmunternd zu. Ja, genau das würde sie machen.

Hendrik Stritzel nippte an der Dose Bier und fluchte: Die Eintracht hatte es wieder einmal verbockt und zwei Tore kassiert. Grunzend schaltete er den Fernseher aus, kraulte mit nacktem Fuß seine Fortuna. Die Katze schnurrte. Glück, dachte Hendrik, kann ich jetzt brauchen. Und was zu futtern – der Pizzabote hätte längst hier sein müssen.

Mit knurrendem Magen stampfte er durch die Wohnung. Die letzten drei Wochen hatte er sich gefühlt wie eine der Mäuse, die in Fortunas schnurrbehaartes Antlitz starrten. Aber niemand hatte ihn verschlungen. Ein paar weitere Befragungen zu Stringwell und Seidelmann, ein Interview zu Timo Maurer, bei dem Hendrik natürlich alles geleugnet hatte. Wer sollte ihm widersprechen? Timo war tot, sonst wusste niemand von seinen Nebengeschäften. Die geklauten Daten und saftigen Aufnahmen ruhten auf seinem Computer hinter den besten Firewalls, die man sich für Geld kaufen konnte. Für viel Geld. Trotzdem war erst mal stillhalten angesagt. Den Ball ganz flach spielen.

Der Gong an der Tür schlug an und dröhnte durchs Haus.

Pizza. Endlich.

Aber als Hendrik Stritzel die Tür öffnete, standen dort zwei Polizisten. Den einen kannte er. Diese Zipfelmütze mit Katzenallergie. Diese Pissnelke.

Stritzel setzte sein kumpelhaftestes Lächeln auf. »Hallo, ich freu mich! Kann ich dir noch mal weiterhelfen bei deinen Ermittlungen?«

Der Typ lächelte zurück. Schob sich in die Wohnung und nahm dem anderen einen großen Käfig aus der Hand.

»Ist das ...«, setzte Hendrik an.

»Eine Katzenbox zum Transport, genau«, fiel ihm Jannik Holzmann ins Wort.

»Aber wieso, ich meine, was soll das?«

»Na, für Ihre Katze natürlich.«

»'tschuldige, Kumpel, aber ich versteh jetzt nicht.«

»Tja, ich dachte, im Tierheim ist Ihre Fortuna am besten aufgehoben.«

»Tierheim? Was zum Teufel ...«

»Hendrik Stritzel, ich verhafte Sie wegen Erpressung und Nötigung. Die Katzenbox für Fortuna, diese Handschellen für Sie.«

»Aber ... du, Sie können mich nicht ...«

»Oh doch!« Jannik schnappte sich Stritzels Handgelenke und fixierte den großen, muskulösen Mann. Nahm dann die dicke Akte von der Transportbox aus Plastik und öffnete sie. Fischte Blatt um Blatt heraus und hielt sie Stritzel vor die Nase. Es dauerte lange.

Hendrik schluckte hart. Die Daten stammten von seiner Festplatte. Unmöglich, dass jemand sie gehackt hatte. So gut war keiner.

»Mit schönem Gruß von Timo Maurer«, sagte Jannik leise. Und von Wolfgang Bierstein und seinen Freunden. Zwei Wochen hatte der Computerclub gebraucht, um sich in Stritzels digitales Geheimarchiv zu wühlen.

Das Warten, fand Jannik, hatte sich gelohnt.

Heute Abend war Richtfest am Main: Die neue Strandfurt, eine ähnlich wacklige Bretterbude wie die alte, wurde mit unzähligen Bembeln begossen. Karstens Vorräte neigten sich bedrohlich dem Ende zu, sodass einige schon auf Bier ausweichen mussten – die Armen. Über zwei großflächigen Grills brutzelten Bratwürste und Steaks. Geflügel gab's keines – auf Karolas ausdrücklichen Wunsch. Der Juni hatte die Vögel stumm gemacht, die Balzzeit war zu Ende. Wer jetzt noch als Federvieh beschäftigt war, der brütete und hielt den Schnabel.

Gemeinsam hatten die Stammgäste einen Toast auf Rotze ausgesprochen und Anekdoten über ihn zum Besten gegeben. Der ehemalige Sanitäter hatte zusammen mit ein paar Freunden ein altes, verstimmtes Klavier herangeschafft, und sie alle erlebten das Wunder, Clayderman spielen zu hören. Anfangs war er so aufgeregt, dass er die ersten paar Takte verhaute, dann aber brachte er seinen Chopin derart zum Leuchten, dass ein Horowitz neidisch geworden wäre.

Gut gelaunt schob sich Karsten durch die Meute. Er klopfte Rosskamp auf die Schulter und versprach ihm kostenfreien Ebbelwoi in der Strandfurt auf Lebenszeit.

»Danke«, sagte der Drogenfahnder lachend. »Aber weitere Tipps von deinen Stammkunden wären mir lieber.

Karsten nickte. »Meine Ohren gehören dir!«

In der Menge entdeckte er seine Schwester, die sich ihr Geripptes mit den letzten wertvollen Resten nachfüllen ließ. Er quetschte sich durch die Gäste und umarmte sie. »Wie geht's dir?«

»Prima.« Sie stießen an. »Wir waren ein wirklich gutes Team.«

»Zeitweise jedenfalls. Nächste Woche?«

Fragend schaute sie ihn an.

»Tischtennis. Du schuldest mir eine Revanche.«

»Du hast keine Chance, Bruderherz. Aber wie du willst.«

»Braucht ihr eigentlich«, druckste Karsten herum, »Neumanns Mordwaffe als Beweismittel?

»Du meinst, dein Spektiv?«

»Ja. Mensch, das Ding war arschteuer!«

Karola grinste ihn an. »Mal schauen. Wenn, dann weiß ich ja, wo ich es finde. Ich kenne alle deine Verstecke, großer Bruder.« Mit dem Kinn wies sie auf den gekrümmten, alten Weidenbaum am Mainufer, in dessen Wipfel eine Höhlung gerade noch erkennbar war.

»Danke«, sagte Karsten und verkniff sich die Frage nach Mirko.

Danach schüttelte er weitere Hände und prostete anderen Gesichtern zu. Versuchte an die schönen Seiten im Leben zu glauben. Mit zarten Fingern griff eine kleine Traurigkeit nach ihm. Er schob sich aus dem Trubel zum Mainufer, lehnte sich an seine Weide. Spürte die Rinde, hart und knorrig, aber auch haltbar und Halt gebend.

Nach einer Weile hörte er Schritte hinter sich.

»Hallo«, sagte Sonja Seidelmann.

»Du? Ich habe ...« Dich nicht eingeladen, wollte er sagen, bog den Satz aber höflich zurecht: »... dich wirklich nicht erwartet. Ich dachte, du wärst schon längst in Spanien?«

»Noch nicht«, antwortet sie. »Erst muss ich mich um meine Tochter kümmern. Geld habe ich ja jetzt genug.«

Fragend zog Karsten eine Augenbraue hoch.

»Orni Charm war so erleichtert, die Daten wiederzuhaben, dass Stringwell mir einen Deal anbieten musste: Ich erhalte Lizenzabgaben und werde am Gewinn beteiligt.«

»Wie läuft's denn mit dem Medikament?«

»Dem Fett-Verbrenner? Angeblich gibt es bei den ersten neuen Testreihen Schwierigkeiten. Aber das ist mir egal – das Patent ist verkauft.«

»Besser so«, brummte Karsten. »Wir schlucken schon genug Pillen.«

»Aber eine fürs Idealgewicht?« Sonja lachte leise und berührte vorsichtig Karstens Bauch. »Könnte dir auch nicht schaden.«

Er lenkte ab. »Was ist mit Luscinia?«

»Sieht gut aus. Ein reiner Indizienprozess, der sich hinziehen wird. Sie wird gewinnen.«

»Aber sie hat es getan.«

»Wirklich? Und wenn, dann war sie nur etwas mutiger als ich.«

Sie schwiegen. Winkten einem vorbeischippernden Kahn im Main.

»Sonja?«

»Ja?«

»Ich weiß, ich habe dich das schon mal gefragt, aber Luscinia -«

»Nein, Karsten«, unterbrach sie ihn. »Sie ist nicht deine Tochter.« Sonja zögerte. »Auch wenn ich mir das oft gewünscht hätte.«

»Tja dann ...« Er schluckte.

»Mach's gut, Karsten. Vielleicht sehen wir uns ja noch einmal wieder.« Sie hauchte ihm einen Kuss auf die Wange. »... in diesem Leben.« Dann war sie hinter dem Vorhang aus Weidenblättern verschwunden.

Karsten ging zurück zur Party, kämpfte sich an die Theke und schnappte sich den allerletzten vollen Bembel. Er war durstig.

Spotti prostete ihm begeistert zu: »Voller Erfolg, Alter.«

»Dank dir. Ohne dich -«

»Prost, Mann! Aber bist du die Crystal-Mafia jetzt endgültig los?«

»Darius sitzt im Knast. Und kommt da so schnell nicht raus: Wir haben den halben Mordversuch sogar auf Video! Mein Kumpel Rosskamp hatte seine Bodycam eingeschaltet.«

»Na, ich weiß nicht.«

»Was denn?«

»Ich kenn doch unsere verfuckten Gerichte. Ihr habt dem Ice-Man eine Falle gestellt. Das zerrupft euch doch jeder Anwalt.«

Karsten grinste. Und trank. »Verlass dich drauf: Darius bleibt weggesperrt. Meine Schwester hat 'ne Kollegin. Die ist zwar klein und hat bescheuerte grüne Haarsträhnchen, aber kann super mit Computern. Die hat meine Akte im Krankenhaus etwas ... mmh ... sagen wir optimiert: Ich war ein offiziell eingeliefertes Vergiftungsopfer. Außerdem habe ich eine echt coole Aufnahme vom Ice-Man aus meiner Wohnung.«

Spotti lachte. »Da haste dich aber gut erholt, Alter.«

Sie tranken.

»Was wolltest du mir eigentlich Wichtiges erzählen?«, fragte Karsten nach einer Weile.

»Was meinst du?«

»An dem Abend, als die Strandfurt abbrannte. Du weißt schon.«

Spotti zögerte. Soll ich, oder soll ich nicht? Noch oft genug war er in den letzten Wochen oben auf dem Dachgarten des Skyline Plaza gewesen.

»Nur zu«, munterte ihn Karsten auf. »Prost und trau dich!«

»Ich wollte«, sagte Spotti schließlich leise, »mit dir über Tatjana reden.«

Der letzte Schluck Apfelwein blieb Karsten in der Kehle stecken.

»Ne jetzt«, ächzte er. »Nicht du auch noch. Woher kennst du sie?«

»Sie war meine Schwester.«

Die Vergangenheit. Die gnadenloseste Jägerin von allen.

Karsten hatte Durst, immer noch, immer mehr.

»Und?«, fragte er, als Spotti schwieg. »Wolltest du dich an mir rächen? Gibst auch du mir die Schuld an ihrem Tod?«

»Nein, Alter.« Spotti blickte auf den Main. »Als ich hierher kam, war ich kein Mensch, sondern ein Drogenzombie. Eine, wie irgendwer mal gesagt hat, Kristallmarionette mit zerfetzter Haut, löchrigem Herzen und gebrochenem Willen – gezogen an den Fäden der Sucht. Ich wollte einfach nur wissen, was mit Tatja passiert ist.« Er schluckte. »Und dann hast du mich rausgeholt aus dem Dreck. Ich war ...« Spotti suchte nach Worten. »Verblüfft, Alter. In den letzten Monaten habe ich mich dann genauer umgehört. Und ...«

»Ja?«, blaffte Karsten.

»Ich möchte dir danken. Du hast zu ihr gehalten. Hast zumindest versucht, ihr zu helfen. Ohne sie auszunutzen. Warst weder ihr Stecher noch ihr Zuhälter. Warst das, was ich hätte sein sollen. Ihr Bruder.«

Sie tranken. Der Bembel war leer. Spottis Narbengesicht zuckte.

»Gibt's hier was zu trinken?«, fragte eine neue Stimme.

»Papageno!«, rief Karsten und stürzte auf seinen ehemaligen Zivi-Kollegen zu. Umarmte auch ihn. »Was machst du denn hier?«

»Ach, der Federsee kann auch mal ein paar Tage ohne mich gluckern. Karola hat mich informiert. Du ja wieder nicht!«

»Ich weiß. Ich hab halt gedacht, du kommst sowieso nicht.«

Spotti verließ die beiden wortlos und lächelnd, Karsten drückte Papageno ein Bier in die Hand. Der verzog seinen Mund: »Eigentlich wollte ich euren Apfelwein probieren!«

»Der ist schon alle. Aber unser Henninger Pils ist auch net schlecht.«

»Wie geht's dir?«, stellte Ralf jene Frage, die Karsten vor Minuten seiner Schwester gestellt hatte.

Der hob die Hände, verschüttete dabei ein wenig Bierschaum. »Die Frage ist nicht, wie es mir geht, sondern wohin ich eigentlich gehe.«

»D'Artagnan wird philosophisch. Dass ich das noch erleben durfte.«

Sie tranken.

»Aber du kannst das auch andersrum sehen«, meinte Ralf schließlich.

»Nämlich?

»Dass es nicht darauf ankommt, seinen Weg zu finden. Sondern seinen Weg zu gehen.«

Karsten schnaubte. »Verschon mich mit deinen Zigarettenpapier-Weisheiten. Erst Udo, jetzt du – seid ihr alle unter die Esoteriker gegangen?

»Du hast«, konterte Papageno lachend, »doch damit angefangen.« Unvermittelt wurde er ernst. »Und Neumann?«

Karsten zuckte die Achseln. »Wartet auf seinen Prozess. Hat alles gestanden. Unglaublich, oder?«

Der Kuckuck rief. Dreimal. Papageno blickte sich um: »Wo hockt der denn?«

»Über meiner Haustür.« Karsten grinste, winkte rüber zu Karola, die sich eine Jacke überstreifte und schon auf dem Weg war. Ich mach auf, bedeutete sie ihm und fuchtelte mit den Händen. Täuschte er sich oder war sie aufgeregt? Egal. Er hockte sich auf eine Bierbank etwas abseits und dafür näher an den Fluss. Brauchte jetzt etwas Ruhe – nicht nur der Äppler in seinem Blut musste verarbeitet werden.

Das Wasser dampfte, der Main schien zu atmen. Er fühlte sich gut. Er hatte eine Menge Mist in seinem Leben gebaut, aber auch ein paar vernünftige Dinge hingekriegt. Und die Strandfurt gehörte dazu.

Da hörte er ein Hecheln, spürte etwas Raues, Feuchtes auf der Hand: Eine Hundezunge leckte gierig an den letzten Spuren von Apfelwein. Karsten kraulte den mächtigen Schädel. »Na? Du hast wohl auch Durst?«

»So ist recht, Luna. Schnapp dir den Verbrecher!« Mirko Fink – mit Karola im Arm – streckte ihm die Hand entgegen. Karsten stand auf und schlug ein, bemerkte Karolas neues Outfit. »Was ist das denn für ein krasses Teil?«, fragte er sie.

»Cool, nicht wahr?«, antwortete Mirko. »Hat Karo von ihren VHS-Schülern als kleines Abschiedsgeschenk bekommen. Ist schon beeindruckend, was man aus 'ner Farbdose alles herausholen kann.« Verliebt lächelte er Karola an, die auf Karsten etwas verlegen wirkte. War da nicht ein kaum wahrnehmbares Augenzwinkern?

»Ratet mal, wo ich heute war«, lenkte Karola das Gespräch in eine andere Richtung.

»Doch nicht etwa im Bullenkloster?«, fragte Karsten spöttisch.

»Ja, da auch. Ihr dürft noch mal!«

»Bei einem Fahrlehrer mit abgeschlossenem Psychologiestudium?«, setzte Karsten eins drauf.

Karola hieb ihm ihren Ellenbogen in die Seite. »Sehr witzig, aber voll daneben, obwohl die Idee nicht schlecht ist.«

Ihr Bruder stöhnte übertrieben auf.

Mirko zuckte mit den Schultern.

»Ich war heute Nachmittag in Afrika!«, lüftete Karola das Geheimnis.

»Wer's glaubt.« Karsten rieb sich die Rippen.

»Ihr Kleingläubigen! Ich beweise es euch!«

Sie kramte ihr Smartphone hervor und hielt ihnen das Display vor die verdutzten Gesichter: Ihr lang gestreckter Hals neben dem des Laufvogels. Nase an Nase. Dunkle Pupillen, die sich gegenseitig musterten. Hinter den beiden eine Wüstenlandschaft aus Sand und Felsen, Kakteen und Palmen.

»Ich fasse es nicht«, japste Karsten.

»Und ich dachte immer, die gibt's nur im Zoo«, witzelte Mirko.

»Straußenfilet ist übrigens eine Delikatesse«, fügte Karsten nachdenklich hinzu.

»Mensch, du denkst auch nur ans Fressen«, schimpfte Karola und boxte ihrem Bruder in den Bauch. »Genau wie die da.« Sie deutete auf einen kleinen Trupp Nilgänse, die am Mainufer grasten.

Karsten schwieg einen Moment und beobachtete die Tiere. Die Augen der Vögel glänzten im Licht der Abendsonne. Fast schien es ihm, als würden sie goldene Tränen weinen. Freudentränen.

Dann verzog sich sein Gesicht zu einer Grimasse, er prustete los, platze aus sich heraus, kicherte sein mitreißendes Lachen, das sie so liebte. Sein Lachen schlug Wellen und steckte an, bis die ganze Strandfurt mit einstimmte. Ein befreiendes Wiehern und Brüllen von allen Seiten: Das erste unbeschwerte Lachen seit mehreren Wochen.

Die Nilgänse mit ihren braunen Augenklappen hoben erstaunt die Köpfe, öffneten ihre zartrosa Schnäbel und stimmten krächzend ein in das Gelächter der Federlosen. Und für ein paar unwiederbringliche Augenblicke schien es ganz so, als verstünden sich Mensch und Tier prächtig.

Nachwort

Einen Roman zusammen zu schreiben, war ja schon ein besonderes Abenteuer, aber ein gemeinsames Nachwort ...

Insofern stürzen wir uns gleich und mitten in die Danksagung hinein. Als Erstes und vor allem sind wir unseren Testlesern dankbar, wobei testen nicht annähernd die Qualität dieser Menschen umschreibt: Sie waren mehr Prüfer und Impulsgeber, Kritiker, Lektoren, kurz – sie waren eine phantastische Hilfe für uns. Besonderer Dank gebührt den beiden Hauptkommissaren Karl-Heinz Schmid aus Freiburg und Ronald Funck aus Frankfurt. Beide sind nicht nur herausragende Kriminalisten, sondern auch – zu unserm Glück – begeisterte Leser. Sie durchkämmten das Manuskript mit feinem Kamm und filterten etliche Schuppen, Läuse und Krümel heraus: natürlich sachliche Unstimmigkeiten oder Fehler, aber auch sprachliche Fusseln. Euch beiden: tausend Dank! Durch euer Wissen und euren Einsatz ist der Roman um Meilen besser geworden. Ebenso engagiert klopften Gerd Kraus und Steffen Kleebach den Text ab – Ersterer besonders auf ornithologische Schwächen, Letzterer hauptsächlich als Frankfurter Stadtexperte. Spezialisten und – auch das ein echtes Glück für uns – gute Freunde.

Was jetzt noch an Fehlern im Buch steckt, geht ganz allein auf die Kappe von Krüger & Krüger. Zum Teil, weil diese Fehler sich einfach zu gut vor uns versteckten (wie ein Fitis im dichten Gebüsch), zum Teil aber auch in Berufung auf die Freiheit des Dichters und aus Gründen der dramaturgischen Plausibilität. So setzen sich beispielsweise die Tatortteams der Kriminaltechniker aus im Schichtdienst arbeitenden Gruppen zusammen – unser Komtschewski als Leiter der Spurensicherung würde nie im Kittel über Blutflecken auf dem Boden krabbeln. Aber da wir unser Personal überschaubar und dafür intensiver charakterisieren wollten, mag man uns solche Anpassungen nachsehen.

Dank und Liebkosungen gehen, wie sollte es anders sein, an unsere Familien. Jutta und Fabiola und Ira: Ihr seid einfach großartig! Ohne euch und eure Großzügigkeit wäre dieses Buch so kaum möglich geworden.

Am Grunde des Dank ausschüttenden Füllhorns liegt, zuletzt und doch zuerst, unser Dankeschön an alle Leserinnen und Leser dieses Romans und Thrillers. Wir hoffen, er hat Ihnen gefallen.

Herzlich,
Eure Krüger & Krüger

Du willst noch mehr Ebbelwoi und schräge Vögel?

Möchtest du wissen, wie es mit Karola und Karsten, Lotte und Jannik, Spotti und Clayderman weitergeht? Der nächste Fall führt die Frankfurter Hauptkommissarin mitten hinein in die Abgründe des zwielichten Rotlichtviertels. Was als einfacher Fall beginnt, entwickelt sich zu einem gnadenlosen Katz-und-Maus-Spiel. Verzweifelt wendet sich die Kommissarin an ihren Bruder Karsten, der mit seiner Strandfurt und einem zugeschwommenen Pinguin eigentlich genug Probleme am Hals hat. Die Spuren führen hinaus ins Grüne, wo gefiederte und ungefiederte Vögel ihr Wesen und Unwesen treiben. Und zu allem Überfluss hat sich Florian Funke in eine radikale Tierschützerin verliebt, so dass Karola zwischen Pflichterfüllung und Beschützerinstinkt hin und her gerissen ist.

»Normalerweise hatte er nichts gegen Leichen, schließlich bezahlten sie seine Miete, waren sein täglich Brot. Aber ausgerechnet hier? Warum wurden die Toten nicht auch mal im Bankenviertel entsorgt oder wenigstens in Nordend?«

Printed in Poland
by Amazon Fulfillment
Poland Sp. z o.o., Wrocław

28904222R00215